마담 엑스

노출

마담 엑스
MadameX

재신다 와일더
신윤진 옮김

Exposed

글누림

Madame

X

Exposed

Madame X   01 - 15

Exposed

01

나는 발가벗고 있고 당신은 옷을 입고 있다.

생각해보면 늘 그런 식이었던 것 같다. 날 계속 발가벗겨 두는 것은 그저 내 알몸을 보며 즐기기 위해서인가? 아니면 그것 역시 통제와 조종의 한 가지 방식인가? 나를 계속 억압하고 억류하기 위한 일종의 수단인가? 내 생각에는 둘 다인 것 같다. 내가 당신의 휑뎅그렁한 꼭대기 층 집에서 함께 살게 된 지금, 나는 시도 때도 없이 발가벗고 있고, 그런 때면 당신의 두 눈은 방황하며 떠돌다가 내게로 향하고 내 몸을 샅샅이 살핀 뒤 나의 어슴푸레한 살과 탄탄한 곡선을 빨아들인다. 일을 하고 있을 때조차 당신의 두 눈은 언제나 내게 머물러 있다. 당신의 두 눈은 노트북에서 내게로 옮겨와 나의 우아한 목뼈 위에 잠시 머물렀다가, 풍만한 두 가슴 사이의 골로, 평평한 배로, 두 허벅지가 만나는 지점으로 흘러내린다. 그러다가 왠지 머뭇거리며 억지로 내게서 시선을 거두어 일거리로 눈을 돌린다. 때때로 그렇게 느껴진단 이야기다.

케일럽 인디고와의 삶. 딸깍거리고 찰칵거리는 자판의 콘체르토, 빤히 보는 시선과 힐끔 보는 시선의 서곡. 당신은 언제나 일을 하고 있다. 언제나. 나는 자정에 당신의 전화벨 소리에 잠에서 깬다. 당신의 전화벨 소리는 따르릉 울리는 회전식 전화기 스타일의 단조로운 구식 신호음이다. 당신은 퉁명스럽게 "인디고요."라고 대답하고는 집중해서 통화 내용에 잔뜩 귀를 기울이며 최대한 적은 수의 음절을 동원해 대꾸한 다음, 가까이에 놓인 침실용 탁자 위에 전화기를 던지고 나를 거칠게 자신의 가슴 위로 끌어올린다. 새벽 4시, 당신은 바지 속으로 두 다리를 집어넣고 어깨를 움츠려 버튼다운 셔츠를 입은 뒤 단추 위에서 손가락을 놀리며 사업 관계로 그만 나가봐야 한다고 말한다. 그러고 나면 다음 날 새벽 세 시, 혹은 네 시가 되어야 돌아온다. 심지어 여섯 시가 되어야 돌아올 때도 있다. 그럴 때 당신은 면도를 하지 않은 얼굴 두 눈 밑에 다크서클까지 어려 있어서 몹시 초췌해 보인다. 그런데도 나는 당신의 귀가 의식에 참여하기 위해 잠에서 깨어난다. 이것은 당신도 알고 있는 사실이다.

당신은 내가 누워 있는 침대 옆에 서서 나를 가만히 내려다보며 내가 몸을 돌려 당신을 바라보길 기다린다. 그러고는 천천히 옷을 벗는다. 절대로 시선을 떼는 법 없이, 잘 펴져 있는 이불을 내 알몸 위에서 치워버린다. 그러면 나는 나를 바라보아서 불룩하게 솟아

오른 당신의 바지 지퍼를 알아채지 않을 수가 없다. 그리고 그 순간 욕망으로 불타오른다.

어쩔 수가 없다.

그래도 나는 스스로를 시험해본다. 그동안 내가 당신과 관련해 자제력의 새로운 원천을 조금이라도 찾아낸 것은 아닌지 알아보려고.

하지만 결과는 매양 똑같다. 나는 당신을 바라본다. 셔츠를 벗는 당신의 모습을, 재빨리 단추를 풀고 양쪽 어깨뼈가 모이도록 두 팔을 뒤로 젖히는 당신의 모습을, 그리고 바닥으로 떨어지는 당신의 셔츠를. 발가벗은 당신의 상체는 거대하고 그을린 조각 같고 완벽한 근육질이다. 목이 멘다. 나는 억지로 침을 삼키고 또 삼킨다. 침을 삼키면 당신을 향한 나의 욕망 역시 꿀꺽 넘어가 버리기라도 할 것처럼. 나의 시선은 여덟 조각으로 갈라진 당신의 복부를 지나 당신의 사타구니, 불룩 솟은 바지 지퍼 위에 머문다. 벌컥벌컥 샘솟는 뜨거운 욕망 때문에 두 허벅지를 단단히 붙인 채. 나는 이제 헐떡이며 숨을 내쉬고 있다.

아무 말도 할 필요가 없다.

당신이 팽팽해진 바지 후크를 풀고 커다란 엄지와 기다란 검지로 지퍼 손잡이를 잡아 천천히 아래로 내린다. 발기한 당신의 성기가 자유롭게 풀려난다. 그것이 내 얼굴 앞에서 흔들린다. 길고 단단하고 완벽한 물건이다.

나는 그를 거스를 수 없었다.

내 안에 있던 의지가 송두리째 뽑혀 나간다.

당신의 두 손이 거칠게 내 살을 문지르고 희롱하고 소유한다. 당신이 두 손으로 내 양쪽 엉덩이를 세게 잡으면, 나를 침대 끝으로 밀어붙여 높이 안아 올리고 내 안으로 쑥 들어오면, 나는 그저 흐느낌을 흘리며 당신의 거친 행동에 저항할 뿐이다.

그리고 나는 당신을 위해 산산이 부서진다. 팽팽하게 당겨져 맥박이 뛰는 당신의 목 힘줄을, 탄력 있는 당신의 복근을, 당신이 엉덩이를 돌리는 방식을, 당신이 원하는 자리로 손쉽게 나를 옮기면서 잔물결을 그려내는 당신의 팔뚝을 바라보면서.

이윽고 당신은 절정에 도달하지만 결코 서두르지 않는다. 내가 절정에 오르기 전 당신은 사정하는 법이 없다. 심지어 어떤 때는 내가 두 번씩이나 절정에 오를 때까지 기다린다. 엉덩이를 돌리며 내 몸을 찌르는 당신의 동작에서 이미 사정을 했다는 사실을 내가 알아채지 못하기라도 하면, 당신은 커다란 엄지로 내 클리토리스를 누르고, 어떻게 하면 나를 기쁘게 만들 수 있는지 정확히 알고 있다는 듯, 부드럽고 솜씨 좋게, 고집스럽게 원을 그린다.

조용하면서도 강렬한 신음을 흘리며 사정을 할 때면 당신의 관자놀이에서 땀방울이 떨어진다. 마치 당신의 존재를 그대로 보여주는 듯한 정교한 섹스 규칙에 땀방울이 복종하기라도 하는 듯.

나와 관계를 마치고 나면 당신은 엄지로 내 관자놀이를 쓸어 잔머리 많은 새카만 머리채를 옆으로 넘기고, 내게 당신과 눈을 맞출 수 있는 순간, 은밀한 유대감을 확인할 수 있는 순간을 허락한다.

아주 잠깐, 시간의 파편에 불과하지만. 그러나 적어도 그 순간은 특별한 시간이다. 마치 이 짓…… 그러니까 이 게임을 계속하려면 내게 그런 순간이 필요하다는 사실을 알고 있는 사람처럼.

이것은 계략이다.

기만이다.

거짓으로 길들여진 관계다.

성교 후에 허락되는, 서로를 친근하게 바라보는 그런 순간이 없다면 나는 아마 불타 없어지고 말 것이다. 폭발하고 말 것이다.

그리고 그런 순간이 있음에도 나는 여전히 불만스럽다. 너무나 불행하다.

당신은 그 사실을 알고 있다.

나도 그 사실을 알고 있다.

그러나 우리는 그 사실을 입에 담지 않는다. 내가 이야기를 꺼내려 하면 당신은 구석에 쌓인 먼지를 떨어내듯 대화를 옆으로 쓸어버린다. 전화를 받거나, 급하게 참석해야 할 미팅이 있다든가, 답장을 써야 할 이메일이 있다든가, 성사시켜야 할 거래가 있다는 핑계를 대면서.

당신에게는 훈련시켜야 할 수습생이 있다. 내 앞에서 '수습생'이란 단어를 입에 올리지 않을 만큼 당신은 충분히 영리하지만.

나는 당신이 그녀들에게 간다는 사실을 알고 있다. 내 곁을 떠나 있을 때 당신이 그녀들을 '테스트'하고 '훈련'한다는 사실을 알고 있다.

나는 알고 있다.

알고 싶지 않지만 알고 있다. 모를 수가 없다. 모르고 지내려고 애도 써봤지만.

당신은 절대로 구겨지는 법이 없는 버튼다운 셔츠의 단추를 위에서 두 번째 것부터 단춧구멍에 끼우고, 셔츠 자락을 바지 속으로 집어넣은 다음 셔츠를 밖으로 잡아당겨 적당히 부풀린다. 은색 버클이 셔츠 단추, 바지 지퍼와 일직선 안에 놓이도록 얇은 검은색 가죽 벨트를 찬다. 셔츠 소매를 팔꿈치까지 정확히 네 번 걷어 올리고 손가락으로 짙은 색 머리를 빗어 넘긴 뒤 당신은 떠난다. 잘 지내란 말도, 어디에 간다거나 언제쯤 돌아올 거라는 단서가 될 만한 말도 한마디 하지 않고.

그저 잠시 동안 친근한 시선으로 나를 바라보며 엄지로 내 머리를 쓸어 귀 뒤로 넘겨주고는 가버린다.

그리고 나는 당신이 어디로 가는지 알고 있다.

당신은 거래를 성사시키러 가는 것이 아니다. 다른 사업가와 협상을 하러 가는 것도 아니다. 계약서에 서명하러 가거나 새 사업장을 물색하러 가거나 잠재적인 부동산 투자자를 조사하러 가는 것도 아니다. 그런 것들은 모두 사업가들이 하는 일이다. 그동안 공부를 해왔기 때문에 나는 그 사실을 알고 있다. 당신은 사적인 거래와 공적인 거래가 모두 이루어지는 업체 여남은 개는 물론 인디고 서비스 유한책임회사의 사장이자 대표이사이자 주주 총회 회장이다. 그러므로 건물 모퉁이 사무실에 앉아 있어야 마땅하다.

유선전화 수화기를 귀에 붙이고 컴퓨터 모니터 앞에 앉아 수지, 그러니까 수입과 지출에 대해, 분기별 수익에 대해, 누가 '파par'를 달성하지 못했는지에 대해 논해야 마땅하다.

'파'는 한 홀을 끝내는 데 필요한 최소한의 스트로크 수를 뜻하는 골프 용어지만, 구어로 최소 기준을 뜻하는 용어이기도 하다. 이제 인터넷에 접속할 수 있기 때문에 나는 늘 새로운 것들을 배우는 중이다.

당신은 그런 일을 하고 있어야 마땅하다. 내가 텔레비전을 통해, 책을 통해, 인터넷을 통해 배운 바에 따르면 대표이사는 그런 일을 하는 사람이다. 사업가는 그런 일을 하는 사람이다.

하지만 나는 당신이 그런 일을 단 한 가지도 하지 않는다고 생각한다. 아니, 적어도, 당신이 그런 일을 하고 있을 것이라 내가 기대하는 순간에는 하지 않는 것이 분명하다.

당신은 새벽 네 시에 이메일 답장을 쓴다. 그리고 여섯 시에 나를 깨워 섹스를 하고 여섯 시 반이나 그 이후부터 여덟 시 반까지 운동을 한 다음, 샤워를 하고 간단한 아침을 든 뒤, 아홉 시에 잠자리에 들어 정오에 일어난다. 일어나서 다시 이메일 답장을 쓰고 그동안 걸려온 전화를 확인해 전화를 걸고 서류, 그래프를 비롯해 여러 가지 일을 처리한 다음 집을 나선다.

가끔은 나와 아침 섹스를 한 뒤 샤워를 건너뛰고 그냥 집을 나선다.

그러고 나서 집으로 돌아오면 나를 피한다. 당신은 나가서 일을 한다. 샤워를 한다. 나를 피한다. 일을 한다. 나를 피한다.

그리고 마침내 나와 함께 앉아서 같이 식사를 하거나 나를 데리고 외식을 하러 가거나 공연장에 간다.

그래서 케일럽이 대체 뭘 하냐고?

나는 당신이 집 밖에 있을 때 무엇을 하는지, 왜 나를 피하는지 알고 있다.

당신은 당신의 '수습생'을 훈련시킨다.

바꾸어 말하면 그 짓을 한단 이야기다.

전직 매춘부, 마약 중독자, 노숙자 소녀들에게 남자를 기쁘게 만드는 법, 제대로 구강성교 하는 법, 항문성교 하는 법, 얼굴로 정액을 받으면서 섹시하고 유혹적으로 보이는 동시에 감사하는 마음을 표하는 법, 실제로 말 한마디 하지 않고 섹스를 간청하는 법을 가르치는 것이다.

당신은 몸소 시범을 보이면서 그런 것들을 가르친다.

그녀들과 그 짓을 함으로써.

그녀들이 당신의 귀두를 입에 물면 당신은 그녀들에게 제대로 펠라티오하는 기술을 가르친다.

당신은 그녀들을 침대 위에 엎드리게 하고 당신의 페니스를 그녀들의 항문에 쑤셔 넣으며, 어떻게 하면 항문에 절대 상처가 나지 않는지, 어떻게 하면 그녀들도 확실히 쾌감을 느낄 수 있는지 알려준다.

당신은 그녀들의 입에서 당신의 페니스를 빼 그녀들의 얼굴 위에 마음껏 사정하면서, 자기 자신은 그렇지 않지만 고객 중 일부는 이런 행위를 즐기는 만큼 그 모든 것이 다 그녀들을 위해서라고 주장한다. 아무렴, 그러시겠지.

내가 이 모든 일들을 어떻게 아느냐고?

내게는 레이철이라는 친구가 있다. 건물 6층 3호실에 사는 레이철은 공식적으로는 69713번 수습생이지만 그냥 줄여서 3번이라고 불린다. 그녀는 당신의 '거리에서 신부로' 프로그램 수습생이다. 당신이 일과를 위해 집을 나선 뒤에, 그러니까 세 시간의 수면 후 5번가를 향해 우아하게 달려가는 미끈한 하얀색 마이바흐 자동차를 내려다본 뒤, 나는 화이트와인 한 병을 손에 들고 엘리베이터를 이용해 6층으로 내려가 3번 방문을 두드린다.

레이철은 와인 잔이 아닌 그냥 유리잔 두 개에 와인 한 병을 모조리 따른다. 커다란 원기둥 모양의 주스 잔 말고 와인 잔 같은 것을 갖고 있지 않기 때문이다. 그리고 나서 우리는 침대에 앉아 대화를 나눈다. 그녀가 나에게 이야기를 들려준다. 과거의 삶에 대해. 입 밖에 내는 것이 금지된 이야기지만, 몇 가지 이유로 우리는 그런 대화를 나눈다. 그리고 현재 자신의 삶, 훈련 중인 신부로서의 삶에 대해 그녀는 나에게 모든 것을 털어놓는다. 어느 때는 그 정도가 지나칠 정도이다.

"미안해요. 또 '지많정'인가요?"

'지많정'은 '지나치게 많은 정보'라는 뜻이다.

그렇다고, 나는 그녀에게 답한다. 당신이 이곳, 내가 앉아 있는 바로 이 침대 위에 있었다는 이야기는, 이곳에서 그녀와 항문성교를 했다는 이야기는 '지나치게 많은 정보'이다. 당신이 그녀의 항문에서 페니스를 꺼내 그녀의 등에 사정했다는 이야기 역시 지나치게 많은 정보다.

내가 그렇게 말해도 그녀는 계속 이야기한다. 마치 내가 자신의 사제, 고백성사 신부라도 되는 것처럼. 내 생각에 그녀는, 그런 이야기를 여자 친구 사이에 나누는 대화라고 여기는 것 같다.

우리의 대화를 나를 위한 교육이라고 여기는 것 같다. 이를테면 '사정' 같은 어휘도 그녀에게서 배웠다. 차라리 몰랐더라면 좋았을 것을.

그런데 당신이 내게는 그런 짓을 하지 않는 것이 좀 이상하다.

당신은 나와 항문성교를 하지 않는다. 내 등이나 얼굴에 사정하지도 않는다.

당신이 내게 그런 짓을 하면 기분이 어떨까 상상해본다. 좋을까? 역겨울까? 수치스러울까? 혹은 흥분될까? 어떤 날은 이럴 거란 생각이 들었다가 다른 날은 또 저럴 거란 생각이 든다. 나는 당신에게 그런 짓을 해달라고 부탁할 용기가 없다. 그런 짓을 당하면 어떤 기분일지 꼭 알아내고 싶은 것도 아니다.

레이철은 섹스 중에 고통을 느끼는 걸 좋아한다. 엉덩이 맞는 것을 즐긴다. 그것도 아주 세게. 두 손을 등 뒤로 모아 넥타이로 묶고 뒤에서 성교를 하면서 몸 깊숙이 페니스를 찌른 채 벨트로 엉덩이를 때려주는 것을 좋아한다. 그녀가 내게 말해준 내용을 그대로 옮기면 그렇다.

나는 그런 내용을 알고 싶지 않다.

그런데도, 그녀가 내게 그 모든 일을 털어놓으리라는 사실을 잘 알면서도, 그녀와 대화를 나누기 위해 6층으로 내려가는 일을 멈출 수가 없다.

사실 나는 알고 싶었다. 내가 그것을 알고 싶어 한다는 사실이 혐오스럽다.

그녀는 내게 동료 수습생의 성 취향에 대해서도 말해준다. 4번은 항문에 진동기계를 꽂은 채 당신과 섹스하는 것을 좋아한다. 5번은 구강성교 마니아이며 얼굴로 당신의 정액을 받는 것을 정말로 좋아한다. 7번, 8번, 9번은 레이철이 아는 한 특별히 좋아하는 행위는 없다. 그리고 2번은 자위질식, 그러니까 당신이 그 짓을 하면서 목을 졸라주는 것을 좋아한다.

내가 정상적이라고 생각하는 범위를 훨씬 뛰어넘는 성적 행위들이 6층에서 일어나고 있다는 사실을 나는 잘 안다.

당신이 섹스에 관한 한 부자연스러울 정도로 초인간적인 능력을 갖추고 있다는 이야기도 들었다. 당신은 나랑도 최소 하루에 한 번은 섹스를 한다. 레이철의 주장대로라면 당신은 보통 1주일에 한 번씩 그녀를 찾아간다. 거기에 1번, 2번 그리고 4번부터 9번까지의 여자들을 더하고 나까지 합치면 자그마치 여자가 열 명이다. 한 주 내내 다른 여자들이랑, 하루에 한 명씩 돌아가며 섹스를 하고도 세 명이 남는다. 하지만 솔직히 말해서 이것도 내가 얻어낸

가변적인 정보와 나의 수학 능력을 토대로 산출해낸 한 가지 계산에 불과하다.

내가 생각하기에 당신의 삶은 곧 섹스다.

아, 일도 있긴 하다.

당신은 그래도 잠은 나와 함께 잔다. 그러니까 진짜 잠 말이다. 오전 9시부터 12시까지의 아침잠 세 시간, 대개 '일'의 방해가 없을 때만 가능한 밤 열 시부터 새벽 한 시까지의 또 다른 잠 세 시간. 참으로 이상한 수면 시간이다. 게다가 당신은 늘 활동 중이고, 늘 어딘가 갈 준비가 되어 있다. 당신은 늘 갑자기, 즉시, 완벽하게 잠에서 깬다. 갑자기 눈을 번쩍 뜨고 눈을 두 번 깜박인 뒤 자리에서 일어나 옷을 입는다. 기지개를 켜는 짓도, 두 눈을 비비는 짓도, 하품도 하지 않는다. 전혀 망설이지 않고 침대 가장자리에 일어나 앉아 손바닥으로 수염이 까칠하게 자란 턱을 한 번 문지른다. 그걸로…… 완전히 잠이 깬다. 괴상하기 짝이 없다.

당신과 함께 사는 것은 기이한 일이다. 내가 알아낸 바로는 그렇다.

나는 이제 지루할 틈이 없다.

여전히 일을 하고 있기 때문이다. 나는 이제, 한때는 내 아파트였지만 지금은 사무실로 개조된 곳으로 내려가 고객을 만난다. 내 침실이었던 방에는 컴퓨터가 갖춰져 있고 거실에는 커다란 평면 TV가 있다. 나의 공간이다. 만약 내게 '집'이 있다면, 당신과 함께 사는 펜트하우스가 아니라 그곳이 나의 진짜 집이다.

실제로 내가 당신과 함께 살고 있다는 증거는 어디에도 없다. 이게 정상적인 일인지 아닌지 난 잘 모르겠다. 나는 펜트하우스의 내부 장식을 전혀 바꾸지 않았다. 당신의 옷장 한쪽에 내 옷을 넣어놓았을 뿐이다. 여기서 내가 말하는 '옷장'이란 옷 보관만을 위해 할애된 2천 제곱피트, 그러니까 56평이 넘는 공간이다. 건물 꼭대기 층 전체를 차지하는 당신의 집은 특정 구역만 이동 가능한 칸막이로 구분해놓은, 완전히 탁 트인 공간이다. 그리고 옷장은 아파트 어느 위치에서도 눈에 보이지 않게 가려지도록 대단히 영리하게 설계되었다. 정장, 바지, 버튼다운 셔츠를 걸기 위한 봉과 티셔츠, 속옷, 양말, 그리고 내 옷 보관을 위한 선반으로 이루어진 붙박이 공간이다. 하지만 내 옷이 보관된 선반과 옷걸이 말고는, 내가 그 집 거주자라는 사실을 평범한 방문객이 알아챌 만한 흔적이 전혀 없다. 하긴, 그 집에는 평범한 방문객 역시 존재하지 않지만. 당신의 사진도, 나의 사진도, 당신의 가족사진도, 그 누구의 사진도 없다. 그저 이름 모를 예술가들의 추상화가 걸려 있을 뿐이다. 나뭇잎, 곤충 대가리, 너무나 잔잔해 거울로 쓸 수도 있을 것만 같은 호수 수면의 확대 사진, 불규칙적으로, 혹은 규칙적으로 표현된 색, 쩐득한 페인트를 1인치 두께로 칠해서 질감이 살아 있는 바탕, 정교하게 그려진 나무들의 선. 기이하고 비인격적이며 아름답다.

　여러모로 당신과 비슷하다.

　내 공간은 나의 예전 아파트이다. 나는 아직도 창가에 서서 저 아래 보도를 지나는 사람들을 소재로 이야기를 상상한다.

나의 삶도 사실은 예전과 똑같다. 내가 펜트하우스에 살고 있다는 것, TV를 보고 인터넷 서핑을 한다는 것, 당신이 집에 오기만 하면 언제든 내 몸을 가질 수 있다는 것만 빼면. 표면적으로 볼 때 나는 내가 원하면 언제든 그 건물을 떠날 수 있다.

하지만 나는 돈이 한 푼도 없다. 수표는커녕 1달러짜리 지폐를 본 적도 없다. 그리고 신분증도 없다.

고객들에 대한 권한 역시 여전히 없다.

마담 엑스 말고는 이름도 없다.

과거에 대해서도 스페인 사람이라는 것 말고, 혹은 당신이 내게 말해준 것 말고는 더 이상 알아내지 못했다.

그는 실눈을 뜨고 입술을 오므린 채 콧구멍을 벌름거리며 텀블러에 든 스카치 냄새를 맡았다.

"이건 어떤 종류의 위스키지?" 질문이 날아왔다.

"그건 사실 스카치예요. 1939년산 맥켈란이죠." 내가 대답했다.

그는 손으로 크리스털 텀블러를 쥐고 입술을 잔에 대어 금색 액체를 삼켰다. 혀로 맛을 보는지 크리스털을 통해 찌그러진 분홍색 얼룩이 눈에 보였다. "씨팔. 존나 끝내주는군."

"한 병에 만 달러니까 아주 좋은 것 이상이죠." 내가 대꾸했다.

그는 가격을 듣고도 움찔하지 않았다. 그러지 않는 것이 당연했다. 오늘 나를 찾아온 고객은 최고 수준의 부잣집 아들이었다. 카리브해, 지중해, 프랑스 남부에 가족 별장이 있는, 심지어 아르헨

티나 대초원에 농장까지 있는 부잣집 아들. 그는 터무니없을 정도로 비싼 상품, 시계, 술, 자동차, 전용 비행기에 익숙한 부류였다. 그에게 한 병에 만 달러짜리 스카치는 생필품이나 다름없었다.

그렇다고 해서 그가 정제된 미각이나 맛을 감별해내는 탁월한 안목을 갖추고 있다는 뜻은 아니다.

그리고 예절도.

아무렴, 아니고말고.

나는 서류에 적혀 있던 그의 이름을 기억해내려고 안간힘을 썼다. 이번이 그의 첫 약속이었기 때문이다.

클린트? 플린트? 뭐 그런 이름이었던 것 같은데. 아니면 브랜드, 그중 하나겠지. 키가 큰 편이었지만 아주 큰 키는 아니었다. 갈색 일자 눈썹, 비싼 비용을 들여 스타일링 한 것 같은데도 평범하기 짝이 없는 갈색 머리, 높고 날카로운 광대뼈, 대충 그런 남자였다. 온몸이 지나치게 근육질인 것도 아니고 잘 빠진 몸매도 아닌 것으로 보아 자신을 위해 체육관에서 시간을 엄청나게 허비하는 성격은 아닌 모양이었다. 그리고 끓어오르는 가래 거품을 통해 말을 하는 것처럼 목소리가 푹 잠겨 있었다. 솔직히 말해서 함께 있자니 미칠 것 같았다.

클린트. 그게 그의 이름이었다.

무례하고 미개하게도 내 커피 테이블 위에 그의 투박한 신발 두 짝이 얹혀 있었다. "그래서 마담 엑스, 수업이 정확히 어떻게 진행되는 거요?"

나는 참을성과 노력을 발휘하기 위해 날카롭게 숨을 들이마셨다. "우선, 클린트 씨, 내 가구에서 발을 치우세요. 그리고 나서 팸플릿과 계약서를 읽어봤는지 말씀해주시죠."

"팸플릿은 대충 훑어봤소. 남자들을 위한 현대판 예절 교육서 같더군. 당신이 시간당 엄청난 수업료를 받는다는 점만 빼면." 스카치 한 모금. "그리고 에, 계약서도 읽어봤소. 그러니까 존나 잘 읽어봤다는 거요. 그런 서류에 서명하기 전에 계약서를 안 읽어볼 사람이 누가 있겠소? 계약 조건이든 뭐든 온라인과는 다르더군. 아무튼 그래서 이해했지. 당신을 건드리면 안 되고 때려도 안 된다. 뭐든 다 들어주지. 난 여자친구가 있고 사기꾼이 아니오. 그런 건 문제가 되지 않는다, 그 말이오. 솔직히 말해서 이런 허튼소릴랑 당장 집어치우고 싶지만."

"이곳에 왜 왔죠, 클린트 씨?"

"지금 내 돈줄을 쥐고 있는 게 우리 아버진데, 내 날카로운 성질을 좀 죽일 필요가 있다고 그래서." 그는 굉장히 빈정대는 말투, 악의가 느껴질 정도로 냉소적인 표정으로 이렇게 말했다.

"그 말에 동의하지 않나 보죠?"

그는 어깨를 으쓱했다. "씨팔, 당연하지. 난 수업의 요점을 모르겠소. 당신이 하려는 일이, 맹세하는 짓일랑 그만두라고 내게 말하는 거요? 격식 있는 만찬에서 어떤 포크를 어떻게 쓰는지 가르치고? 빌어먹을."

나는 갑자기 내가 빠져 있는 그 덫 전체가 몹시 피곤해졌다.

"내가 하기로 되어 있는 일이 정확히 그거예요. 당신에게 바른 말을 사용하라고 말하고, 남의 집에 방문했을 때 다른 사람의 가구 위에 더러운 부츠 발을 얹는 바보짓을 그만하라고 말하는 거죠. 그 래요. 내가 하는 일은, 날카로운 당신 성질을 죽이고 정중한 모임 에서 어떻게 행동해야 하는지 가르치는 일이에요. 무례함으로 가 득 찬 미개한 당신 몸뚱이에 예의를 아는 **뼈대** 하나를 심는 것이나 마찬가지죠." 나는 숨을 내쉬면서 콧등을 문질렀다. "그런데 솔직 히 말해서, 클린트 씨, 난 당신 말의 요점을 모르겠어요. 당신은 구 제불능인 것 같아요."

"씨팔, 그게 무슨 뜻이야?"

"당신이 예의고 나발이고 아무것도 가진 것 없는 기괴한 야만인 이란 뜻이에요. 당신은 매력도 없고 침착함도 없단 뜻이고요. 게 다가, 배울 줄 아는 잠재력이라는 게 당신한테 눈곱만큼이라도 있 는지 참으로 의심스럽다는 뜻이기도 하죠. 그리고 끝으로, 클린트 씨, 당신이 내 시간을 낭비했다는 뜻이에요."

"이런 젠장, 당신은 진짜 개 같은 년이야. 그거 알아?" 그는 갈색 눈동자 가득 증오의 불길을 태우며 자리에서 일어섰다. "엿 먹어. 당신한테 수업 따위 받을 일 없을 거야."

"정말로 그럴 수 없을 거예요." 나는 손짓으로 문을 가르쳤다. "이럴 때는 보통 무슨 말을 하죠? 아, 그게 좋겠네요. 나가는 길에 문 쾅 닫지 말아요."

그는 떠났고 나는 안도했다.

이 짓을 얼마나 더 할 수 있을지 정말로 알 수가 없었다.

'일'하는 척, 그 일에 무슨 가치가 있는 척, 그 일이 마음에 드는 척, 그 일이 뭔가 대단한 일인 척하는 짓을. 나에게든, 고객들에게든, 케일럽에게든, 그 누구에게든. 그건 그저…… 공허한 시간 낭비이자 게임에 불과했다. 우리 모두가 즐겁게 참여하고 있는 척하는.

이 일을 계속 할 수는 없다.

나는 불쑥 겁이 나면서 맥이 풀렸다. 근심스럽고 불안했다.

그리고 화가 났다.

뭐라고 설명하기 힘든 감정이 내면에서 고개를 들었다. 아가리를 쩍 벌린 골짜기 속에서 뿜어져 나오는 형이상학적 굶주림. 어디론가 가고 싶은 욕구가, 뭔가 하고 싶은 욕구가 샘솟았지만, 그곳이 어딘지, 또 무엇인지 알 수가 없었다. 그것은 무엇이라 형언하기 힘든 것을 향한 욕구였다. 공포, 그러니까 당장 그 아파트를 그 건물을 떠나지 않으면 폭발해버리고 말 것만 같은, 팔을 휘젓고 비명을 질러대며 횡설수설하는 정신이상에 걸릴 것만 같은 기분과 맞닿아 있는 욕구였다.

나는 벌떡 자리에서 일어나 하얀색 발렌티노 크레이프 꾸뛰르 드레스의 엉덩이 부분을 문질러 펴면서 내면으로부터 평정심을 한껏 끌어올리려 애썼다. 그러고는 라벤더색 마놀로 블라닉 샌들을 신은 두 발을 꼼지락거렸다. 그런 신체적인 움직임이 내면의 동요를 가라앉혀주기라도 하는 것처럼.

나는 별안간 엘리베이터를 탔다. 엘리베이터의 도착을 알리는 '딩동' 소리와 함께 수많은 기억이 되살아났다. 나는 이제 열쇠를 갖고 있었다. 복사본 열쇠일 수도 있었지만 어쨌든. 언제든 직접 열쇠를 꽂고, 어느 층이든 내가 원하는 층으로 열쇠를 돌릴 수 있었다. 엘리베이터 문이 부드럽게 열렸고, 몸이 떨려 와서 비틀거리는 걸음으로 엘리베이터에 탔다. 전투적으로 숨을 몰아쉬면서.

나는 가야 했다.

밖으로 나가야 했다.

숨을 쉬어야 했다.

그런데 그럴 수가 없었다.

할 수가 없다.

주먹을 꽉 쥐고 두 눈을 꼭 감은 채 엘리베이터 중앙에 서서 억지로 폐의 팽창과 수축을 반복했다. 간신히 한 손을 뻗어 열쇠 구멍에 열쇠를 꽂았고, 간신히 손가락을 놀려 열쇠를 돌렸다. 내가 몇 층을 선택하느냐에 대해서는 신경조차 쓰지 않았다. 그건 문제가 되지 않았다. 이곳만 아니면 어디든 상관없었다.

1층. 건물 로비. 정장 차림의 한 남자가 거대한 대리석 데스크 맞은편의 여자와 목소리를 낮추어 대화를 나누고 있었다. 로비는 가로세로 90센티미터 크기의, 금색 줄무늬가 들어간 검은색 대리석이 깔린 탁 트인 공간이었다. 천장이 어찌나 높은지 15미터는 족히 되는 것 같았다. 로비 양옆 바닥을 뚫어 한 줄로 심어 놓은 약 10미터 높이의 사이프러스 나무들이 그 자체로 벽 노릇을 하고 있었다. 위압감이 느껴지게 설계된 공간이었다. 로비 안에 대륙처럼 떠 있는 안내 데스크 뒤편에 단상이 설치되어 있어서, 안내 직원이 방문객을 말 그대로 한참 내려다보게 되어 있었다. 그 데스크를 보자 진짜로 다른 사람들보다 몇 미터 높은 자리를 차지하고 있던, 그리하여 오만한 태도로 누군가를 '깔아본다'는 표현을 낳은 수 세기 전 재판정 판사석이 떠올랐다.

또각-또각-또각-또각, 바닥에 닿는 내 하이힐 소리가 걸음을 내디딜 때마다 소총 총성처럼 로비 가득 울려 퍼졌다. 사람들의 시선이 나를 향했다. 여러 개의 눈이 나를 지켜보고 있었다.

나는 아름답다.

나는 비싸 보인다.

왜냐하면 난 비싼 여자니까.

전에는 그 사실을 알지 못했다.

벌거벗은 채 내 아파트라는 감옥에서 꼭대기 층 펜트하우스로 옮겨가기 전, 그러니까 내 삶을 위한 선택이라는 것을 전혀 할 수 없던 시절에는 그 사실을 몰랐다.

그 선택을 한 뒤로 나는 배우기 시작했다.

내가 너무나 아끼는, 2천 달러짜리 주홍색 지미 추 뾰족구두에 대해. 지금 입고 있는, 거의 3천 달러나 나가는 발렌티노 드레스에 대해. 속옷에 이르기까지 내가 몸에 걸치고 있는 제품들은 모두 각자의 품목에서 최고가가 매겨진 물건들이었다.

그 사실을 알게 되긴 했지만 그 지식을 어디에 써먹어야 할지 나는 알지 못했다. 그건 지금도 마찬가지였다. 상품에 값을 치른 사람은 내가 아니었다. 그 물건들을 고른 사람 역시 내가 아니었다.

나는 억지로 자신감 넘치는 척, 도도한 척 걸음을 내디뎠다. 드넓은 로비를 가로지르는 동안, 내 생각이 이리저리 방황해도 그냥 내버려 두었다. 어깨를 뒤로 젖히고 턱을 높이 쳐든 채 엉덩이를 흔들며 걸었다. 엘리베이터에서 몇 킬로미터나 떨어진 곳에 있는 것처럼 느껴지는 회전문에 시선을 고정한 채 수백 평의 검은색 대리석 위를 지났다. 로비 중앙에 열두 개의 커다란 검은색 가죽 소파가 거대한 사각형 형태로 놓여 있었고, 세 개씩 놓인 소파의 행렬은 각각 작은 테이블로 구분되어 있었다. 그곳에 앉아 누군가를 기다리던 사람, 대화를 나누던 사람, 사업 거래를 진행하던 사람 모두가, 로비를 지나는 나를 바라보았다. 나는 아무도 모르게 그들의 수를 세었다. 열네 명.

열네 명의 사람들이, 마치 정말 뜻밖의 진귀한 구경거리라도 되는 것처럼 로비를 지나는 나를 바라보았다.

5번가에서 어슬렁대고 있는 표범 한 마리를 만나기라도 한 것처럼.

나는 먹잇감이 아닌 포식자인 척하며 정신을 놓지 않으려고 애썼다.

유리 회전문을 통해 밖으로 나왔다. 8월 말이라 덥고 공기가 탁했다. 눈부신 햇살이 고층건물들 틈을 뚫고 내 위로 쏟아졌다. 맨해튼의 소음이 물리적인 파도가 되어 나를 공격했다. 사이렌 소리,

쌩 소리를 내며 나를 지나쳐가는 경찰차, 고함소리, 어딘가로 급히 달려가는 구급차, 길모퉁이에서 엔진을 부르릉 울리며 신음하는 쓰레기 트럭, 내 오른쪽으로 6미터 정도 앞에 있는 신호등이 파란 불로 바뀌자 동시에 회전 속도를 올리는 자동차 수십 대.

나는 억지로 걸음을 옮겼다. 자꾸 꺾이려고 하는 무릎에 저항하면서, 쪼그라드는 폐에 저항하면서. 공포가 칼이 되어 목구멍 속으로 파고들었다. 칼날이 가슴 쪽으로 향해 있었다. 뜨거운 금속이 숨통을 조였다. 나는 공포의 발톱에 사로잡혔다. 주범은 사이렌이었다. 야생 맹수의 울부짖음 같은 사이렌 소리가 내 귓전에서 계속 맴돌았다.

어딘가에서 자동차 타이어가 끼익 소리를 냈지만 나는 볼 수가 없었다. 두 눈을 질끈 감고 있었기 때문이다. 공포에 맞서지 못하고 내가 기대어 서 있던 건물 옆면 뜨거운 짙은 색 대리석이 내 팔뚝을 달구었다.

질문이 들려왔다. 누군가가 내게 괜찮으냐고 묻고 있었다.

괜찮지 않은 것이 분명했지만 대답을 할 수 있는 상태가 아니었다.

내 어깨에 얹히는 손이 느껴지기 전까지는.

어떤 목소리가 들렸다.

세상과 소음과 의문의 눈길로부터 막아주려는 듯 나를 감싸는 건장한 몸에서 열기가 느껴졌다.

"이봐요, 숨 쉬어요. 괜찮아요? 숨을 쉬어야지, 숨을, 엑스." 태양처럼 따뜻한 목소리가 음속으로 내 귀에 전달되었다. "나예요.

내가 드디어 당신을 찾았네요."

아니, 그럴 리가 없다.

설마 그럴 리가.

나는 위를 올려다보았다.

정말로 그였다.

로건.

02

"당신 여기서……." 나는 기침을 해 목청을 가다듬고 다시 입을 열었다. "당신 여기서 뭘 하고 있는 거예요, 로건?"

그가 손바닥으로 내 뺨을 감싸자 숨통이 트였다.

"보다시피 당신을 스토킹하고 있어요."

"로건." 나는 간신히 나무라는 듯한 말투로 말했다. 의지의 눈부신 결과였다.

그의 목소리에서는 웃음기가 느껴졌지만 긴장감도 함께 느껴졌다. "정말 농담 아니에요. 당신을 진짜로 스토킹하는 중이거든요. 내 말은, 그동안 계속 당신을 찾았단 뜻이에요. 먼발치에서라도 당신을 볼 수 있길 바라면서. 단 몇 초 동안만이라도 당신과 대화를 나눌 수 있길 바라면서."

"왜요?" 나는 나약하고 작고 혼란스러운 목소리로 물었다.

"왜냐하면 엑스, 당신 생각을 멈출 수가 없었거든요. 안 그러려고 애도 써봤는데, 당신 생각에 완전히 빠져버리고 말았죠. 내가 보기에 나는 '당신 생각하기'에 뛰어난 소질이 있는 것 같아요. '당신 생각 안 하기'는 완전 젬병이지만요."

그 말에 내 입술에 미소가 살아났다. "그동안 공연히 사서 고생하면서 지낸 모양이네요."

"그렇긴 한데 나는 사서 고생하는 걸 좋아해요." 로건은 내가 두 발로 일어서는 것을 도우려고 두 손으로 내 손을 잡았다. "사실 이 블록 끝, 저 옆 건물에 사업상 볼 일이 있었어요. 그런데 이 건물 옆을 그냥 지나칠 수도 없고, 저 위에 당신이 있을까 궁금해하지 않을 수도 없더군요. 당신이 행복하게 지내고 있다면 당신을 실제로 만날 수는 없겠구나, 그렇게 생각하긴 했지만요."

나는 혼란스러웠다. 지금 이 남자가 하는 말이 진실일까? "당신 말은 앞뒤가 안 맞는데요, 로건."

"나도 알아요. 난 그저, 당신을 보고 이렇게 달려오는 동안 내 마음이 얼마나 덜컹 내려앉았는지 티 안 내려고 애쓰는 중이에요."

"티 안 내려고 한다. 재밌는 표현이네요." 나는 그에게 왜 그렇게 마음이 덜컹 내려앉았느냐고 묻지 않았다. 웬지 내게 별로 좋지 않은 대답이 돌아올 것 같은 생각이 들었다.

"티 안 났나요, 엑스?"

"전혀요." 내가 그를 올려다보고 있었던가?

그랬다. 그것도 아주 빨히. 나는 쓰러질 것만 같았다. 심장이 벌렁벌렁했다. 내 손으로 다시 그의 손을 느끼고 싶었다.

"잘됐네요. 그렇다면 여기서 내가 할 일은 다 끝났군요."

"이런 상황에 농담이라니 안 어울려요, 로건."

"안 어울린다고요?" 로건이 갑자기 진지하게 말했다. 그의 목소리는 단조로웠다. 어찌나 단조로운지 아무런 감정이 느껴지지 않을 정도였다. 그리고 약간 차갑게 느껴지기도 했다. "그럼 이런 상황에 내가 어떤 말을 해야 하죠? 당신이 내가 아닌 그 남자를 택했다는 사실에 상처받았다고 황당하고 유치하게 징징댈까요? 아니면 내가 당신 생각을 멈추지 못하는 것이 내 잘못은 아니지 않냐고 따질까요? 그것도 아니면 당신을 원한다고 말할까요? 당신 집 문 앞에 나타나 빌어먹을 바이킹처럼 말 그대로 당신을 어깨에 들쳐메고 보쌈해 가야겠다는 생각을 계속 해왔다고? 이런 상황에 어울리는 에티켓은 도대체 뭐죠, 마담 엑스?"

"그러지 말아요, 로건. 제발 그러지 말아요." 이렇게 비는 것이 아무렇지도 않다니.

"나는 당신을, 내 허리를 감고 있던 당신의 맨다리를 지금도 느낀단 말예요." 내 귓가에 그의 목소리가 울렸다. 친근하고 육감적인 목소리였다. "내 배에 밀착되어 있던 당신의 음모에서 뿜어져 나오던 뜨거운 열기를 나는 지금도 느껴요. 당신의 냄새도 여전히 느끼고요. 나 때문에 당신의 그곳이 얼마나 젖어 있었는지도. 그건 나 때문이었어요. 엑스, 당신은 날 원하고 있었어요. 그때 나도 원하던 그 행동을 당신과 함께 그냥 해버릴 걸 그랬어요. 내 품 안의 당신은 알몸이었고 나한테 **완전히 빠져** 있어서 필사적으로 날 원하는 마음 때문에 푹 젖어 있었으니까. 바로 그 자리 복도 카펫 위에 당신을 눕히고 정신을 잃을 정도로 격하게 사랑을 나눌 걸 그랬어요. 그랬다면 당신은 내 차지가 되었을 텐데. 그랬다면, 당신이 그렇게 내 집에서 걸어 나가지 않았을 텐데."

"그런데 왜 그러지 않았나요?" 아, 나는 천하의 멍청이였다.

"그때 당신은 준비가 되어 있지 않았으니까요. 그런데 지금도 여전히 준비가 덜 된 것 같네요. 그때 겁에 질려 있었던 것과 마찬가지로 지금도 여전히 겁에 질려 있고요. 그때 당신은 꼭 난생처음 굴 밖으로 나와 햇살에 눈을 깜박이는 자그마한 토끼 같았죠. 당신 안에는 암사자가 살고 있는데 말이죠. 엑스, 당신이 할 일은 그 암사자를 찾아내는 것, 스스로 그 암사자가 되는 것뿐이에요."

"난 내가 사는 건물 현관에서 채 6미터도 벗어나지 못한걸요, 로건"

"하지만 어쨌든 당신 스스로 걸어 나왔잖아요? 그렇지 않아요? 아기 걸음마로 엘리베이터를 타고, 밥."

"뭐라고요?"

로건은 내가 당연히 알고 있으리라는 듯 물었다. "〈밥에게 무슨 일이 생겼나?〉 얘기잖아요? 몰라요? 정말로? 알았어요. 신경 쓸 것 없어요. 그냥 영화 대사일 뿐이니까."

나는 한숨을 내쉬었다. "당신 완전히 기억상실증에 걸린 모양이군요. 기억 안 나요? 영화는 내 삶의 일반적인 특성과 아무 관련이 없잖아요, 로건."

"흠, 그럼 가장 먼저 그것부터 뜯어고쳐야겠군요. 당신이랑 나, 우리 둘이서 한 달 내내 내 침대 안에서 지내면서 야생 원숭이처럼 뜨겁게 사랑을 나누고 영화를 보는 거예요. 당신이 그동안 놓친 훌륭한 영화들부터 따라잡아야겠네요. 〈밥에게 무슨 일이 생겼나?〉[1]는 고전이에요. 〈라스베이거스의 공포와 혐오〉, 〈좋은 친구들〉, 〈대부〉는 끝내주죠. 당신한테 로맨틱 코미디 영화도 몇 편 보여줄게요. 〈노팅힐〉도 좋고 〈10일 안에 남자친구에게 차이는 법〉이랑 또, 아, 〈러브 액츄얼리〉는 정말 멋진 영화죠. 그 영화를 싫어하는 사람도 더러 있긴 하지만, 난 그 영화가 좋아요. 진짜 최고거든요."

"야생 원숭이처럼 뜨겁게 사랑을 나눈다고요, 로건? 진짜로요?"

로건은 나를 자신의 가슴 쪽으로 당겨 안고 내 몸에 두 팔을 두르며 내 귀에 대고 웃었다. "그래요, 엑스. 야생 원숭이처럼 뜨겁게 나누는 사랑. 지구상에 그것보다 더 좋은 건 없어요. 눈치 보며 참

---

1 〈밥에게 무슨 일이 생겼나?(What About Bob?, 1991)〉: 프랭크 오즈 감독, 빌 머레이 주연의 미국 영화 제목이다. 수많은 정신과 의사가 포기한 신경과민 중증 환자 밥이 마빈이라는 유명 정신과 의사를 만나 좌충우돌 치료를 진행하면서 두 사람이 함께 성장한다는 코미디, 드라마 영화이다. 영화 속에서 의사 마빈이 환자 밥에게 한꺼번에 욕심내지 말고 작은 것부터 차근차근 풀어나가자면서 권하는 책 제목이 '아기 걸음마(Baby Steps)'이다.

기, 시간 제약, 책임감 따위는 모두 집어치우고 우리 둘이서 최대한 서로에게서 기쁨을 얻어내기만 하면 되는 거예요. 몇 시간씩, 또 몇 시간씩, 그리고 또 몇 시간씩 사랑을 나누는 거죠. 너무 지쳐서 옴짝달싹 못하게 될 때까지."

"그러고 나서 영화를 보고요."

"그러고 나서 영화를 보고요. 가끔씩 피자나 중식을 배달시켜 맥주를 마시면서요."

"난 그 두 가지 음식 다 한 번도 먹어본 적이 없어요." 내가 고백했다.

"당신 이 세상 사람 맞아요? 그게 말이 돼요?" 그는 전혀 믿기지 않는다는 듯이 말했다.

"당신이 정상적이라고 여기는 경험이 내게 부족하다는 사실에 당신은 여전히 놀라는군요. 그렇죠?"

"그냥 뭔가 완전히 잘못된 것처럼 느껴져서 그래요. 맥주와 피자, 그건 그러니까…… 어, 인생의 기본적이고 본질적인 요소 같은 거거든요. 농담 아니에요. 맥주와 피자와 영화가 없다면 정말로 살아 있는 게 아니거든요."

"난 내가 살아 있다고 확실히 느끼는데요."

"엑스…… 물론 당신은 살아 있죠. 하지만 당신, 진짜 삶을 살고 있는 것 맞나요? 그냥 존재하는 것, 하루하루 이 세상에 물리적으로 존재하는 행위를 단순히 지속하는 것 말고, ……삶을 즐기고 있냐 그 말예요. 매일 새로운 시간을 보내는 것, 완전한 당신으로 사는 것, 당신이 누구인지 스스로 결정하는 것, 그리고 당신을 그 자체로 완성해주는 삶을 선택하는 것, 그런 삶을 살고 있냐는 말예요. 내가 서 있는 곳에서 보면…… 당신 삶은 그런 삶처럼 보이지 않거든요."

"그리고 맥주, 피자, 영화가 그런 삶의 일부고요. 그렇죠?" 그의 말에 너무나 정곡을 찔린 나머지 나는 방어적인 태도로 말했다.

로건은 한숨을 쉬었다. "아뇨, 엑스. 물론 내게는 그래요. 하지만 이 대화의 맥락에서 보면 맥주, 피자, 영화는 당신이 뭔가를 스스로 선택할 자유를 누리고 있느냐를 잘 보여주는 하나의 지표일 뿐이에요. 당신은 여전히 디자이너의 작품을 온몸에 걸치고 있잖아요. 딱 보면 알아요. 속옷도 몽땅 디자이너 란제리겠죠. 지난번에 내가 쇼핑몰에 데려가서 편한 옷들을 사줬잖아요. 편한 기본적인 스타일의 청바지, 티셔츠, 단순한 형태의 브라와 속옷. 장식품 같은 옷 말고요. 내가 보기에 당신은…… 그런 옷을 입는다고 당신이 더 비싸지는지 난 잘 모르겠어요. 그런데도 당신은 여전히 그런 모습이잖아요. 장식품 같은 디자이너의 작품을 입은 마담 엑스. 물론 마담 엑스니까 그렇겠지만, 그건 엑스, 그러니까 그냥 엑스의 모습이 아니에요. 그리고 당신이 자유롭게 그런 선택을 했다고는 생각되지 않네요. 나랑 함께 있는 동안은 이런 모습이 아니었으니까요."

"로건……."

"내가 이곳에 와서 당신에게 하려고 했던 말은, 내게는 당신이 그보다 훨씬 더 많은 것을 누릴 자격이 있는 여자라는 말, 그게 다예요. 장식품 옷을 입고 펜트하우스 감옥에 사는 것보다 더 많은 것을 누릴 자격이 있다는 말."

"거긴 감옥이 아니에요, 로건" 또다시 강력하고 확실하게 정곡을 찌르는 말이었는데도 왠지 그래야겠다는 고집이 내면에서 고개를 들어서 나는 이렇게 말했다.

로건이 속삭였다. "나는 당신이 그 남자를 떠나서 나와 함께 갔으면 좋겠어요. 나는 지금 여기에서 이렇게 긴 대화를 나누어도 아무 문제가 되지 않는 사람이에요. 그리고 그게 내가 원하는 거예요. 난 당신을 원해요. '우리'가 되길 원해요. 하지만 그 선택을 당신이 직접 하길 원해요. 당신이 인생을 살면서 원하는 대로 스스로 결정을 내릴 수 있으면 좋겠어요. 설사 그게 내가 아니라 하더라도. 그러니까 내 말은, 당신이 나랑 관련해 어떤 결론을 내리든 그와 무관하게 당신이 원하는 것을 찾을 수 있게 내가 돕겠다는 뜻이에요."

우리는 케일럽의 빌딩 정문에서 6미터도 떨어지지 않은 보도 한복판에 서 있었다. 왠지 그것이 위험하게 느껴졌다.

그리고 진심으로 이해가 가지 않았다. "로건…… 왜, 대체 왜 나한테 이렇게까지 신경을 쓰는 거죠?"

그는 어깨를 으쓱했다. "솔직히 말하면 엑스, 나도 잘 모르겠어요. 알 수 있었다면 좋았겠죠. 내 뜻대로 당신 생각에서 벗어나거나 당신 생각과 어느 정도 거리를 둘 수 있었다면 젠장, 그동안 난 훨씬 더 편하게 지냈을 거예요. 그런데 난 **그럴 수가 없었어요.** 노력해봤는데도." 그는 손짓으로 빌딩을 가리켰다. "그 남자는 당신이 생각하는 그런 남자가 아니에요, 엑스. 적어도 그런 사실 정도는 알아야죠."

"그럼 그 사람은 어떤 사람인데요. 로건?"

좌절에 빠진 신음 소리가 들려왔다. "좋은 사람이 아니에요. 당신이 생각하는 그런 사람이 아니라고요."

"증거 있어요, 로건?" 나는 스스로에게 묻고 있었다.

증거가 필요한가? 이 건물 6층보다 더 확실한 증거가? 이유는 알 수 없지만 나는 여전히 고집을 부리고 있었던 것이다.

고집을 부리고 있는 것이 맞기는 했지만 그러지 말란 법도 없지 않은가?

로건이 내게 그렇게 겁을 주었는데 말이다. 그는 나의 가치관, 나의 세계관을 시련에 빠뜨렸다. 내가 가질 수 없는 것이 분명한 것들을 원하게 만듦으로써. 예전에는 존재하는지도 몰랐던 선택이라는 것이 불현듯 가능할지도 모른다고 느껴지게 만듦으로써.

로건은 몸을 돌려 허공을 바라보다가 한 손으로 자신의 머리를 헝클어뜨렸다. "없어요. 적어도 아직은."

길고 차체가 낮고 미끈한 흰색 자동차가 길모퉁이를 부드럽게 돌았다. 마이바흐 랜덜렛 62 차종이었다. 50만 달러에서 백만 달러 사이 어디쯤 가격이 형성되어 있는. 나는 그 차와 똑같은 차를 탄 적이 있었다. 그래서 누가 곧 나타날지 알 수 있었다.

"빌어먹을." 로건이 중얼거렸다. 그는 나를 물끄러미 바라보며 내 눈을 찾았다. 내 눈 속에서 무엇을 찾았는지 그는 불행해 보였다. "내가 증거를 찾아낼 거예요, 엑스. 찾아서 당신에게 보여줄게요."

나는 아무 말도 하지 않았다. 할 말이 없었다. 그저 멀어져가는 그의 모습을 바라보기만 할 뿐이었다. 슬픔이란 감정이 치밀어 오르면서 창에 찔린 것처럼 가슴이 아팠다. 그의 내면에 있는 무언가가 내게 내 영혼과 대화를 나누어보라고 요구하고 있었다. 그 요구가 어찌나 강렬한지 겁이 날 정도였다. 그저 로건이 내 옆에 가까이 있었다는 것, 단지 그 자체만으로도 내게 엄청난 힘을 발휘하는 그 생각을 어떻게 하면 주체할 수 있을지 알 수가 없었다.

마음 깊은 곳에서 인정머리 없는 신이 차가운 목소리로 말했다. "로건, 이 여자는 스스로 현재의 삶을 선택한 거야."

"흠. 그렇다고 해서 그게 옳은 선택이었다는 뜻은 아니지만." 로건은 내게서 멀어져갔다. 그는 뒤돌아보지 않았다.

내 안의 무언가가 산산이 조각났다.

"왜 그 남자랑 이야기 하고 있었지, 엑스? 그리고 당신은 왜 밖에 나와 있는 거야?" 당신의 목소리는 낮고 차분했다. 너무나 낮고 너무나 차분했다.

"그 남자는 그냥 이 앞을 지나가는 중이었어요. 나랑은 우연히 만난 거고요."

"당신은 왜 밖에 나와 있는 거야?" 당신은 같은 질문을 반복했다.

나는 콩알만큼 용기를 냈다. "나한테 외출을 허용하지 않았었나요, 케일럽?"

당신의 두 눈이 가느스름해졌다. "아무렴, 되고말고. 당신은 죄수가 아니니까. 난 그냥 당신이 좀 걱정돼서 그래. 거리는 안전하지 않거든. 게다가 당신은 공황발작을 일으키는 경우가 종종 있잖아."

공황발작을 일으키는 경우가 종종 있다. 그래, 나는 그랬다. 그런데 로건과 관련된 뭔가가 나를 진정시켰다. 공포를 잊게 만들어줬다. 만사를 아무렇지도 않게 만들어줬다.

물론 나는 그런 말을 하지 않았다.

"가끔씩 내가 공황장애를 극복하길 당신이 진정으로 바라지 않는 것은 아닌지 궁금할 때가 있어요." 나는 그런 말을 하고 있는 나 자신을 발견했다. 현명하지 못하게도, 어리석게도, 용감하게도. 아마도 그 콩알에서 싹이 튼 모양이었다. "내가 그냥 당신 빌딩 안에, 당신 보호 아래 머물기를 당신이 바라고 있는 것은 아닌지 궁금할 때가 있다고요.

당신이 한 손으로 내 팔을 잡았다. "여기 밖에 선 채로 당신이랑 이런 토론을 하고 싶지는 않군."

당신은 나를 끌고 회전문을 통해 탁 트인 대리석 로비를 지나 다시 안으로 들어갔고, 나는 몇 가지 이유가 있어 당신이 하는 대로 그냥 내버려 두었다. 개인용 엘리베이터를 타고 위로, 위로, 위로, 마침내 펜트하우스까지 다시 올라가는 동안, 내 자아는 내게서 분리된 듯 나를 잡고 있는 당신의 모습을 지켜보았다. 내 팔뚝을 놓고 원을 그리며 내 주위를 걷는 당신의 모습을 지켜보았다. 불현듯, 당신은 화가 나서 우리에 갇힌 채 안절부절못하는 한 마리 사자요, 나는 어쩌다가 그 우리 안에 포식자와 함께 갇힌 한 마리 어린 양인 것처럼 느껴졌다.

"난 당신이 걱정돼, 엑스." 그는 아까 했던 말을 반복했다.

나는 한 자리에 서서 당신이 걸어 다니는 모습을 바라보며 말했다. "당신이 내 걱정하는 거 나도 알아요. 그럴 필요 없을 것 같은데 말이죠. 지금처럼 너무 많이 걱정할 필요까지는."

당신은 고집스럽게 말했다. "걱정이 많이 되는 게 당연하지. 이 건물 벽 너머 세상에 대한 당신의 이해는…… 제한적이잖아."

"내가 꼭 바로잡고 싶은 게 있다면 그거예요."

"왜?" 당신은 걸음을 멈추고 내게서 몇 센티미터 떨어지지 않은 지점에 서서 나를 내려다보았다. 얼음처럼 차가운 짙은 두 눈에 의심이 가득했다. "왜 갑자기 변한 거지?"

"갑자기가 아니에요, 케일럽."

"그 자식 때문이군. 그렇지?" 이렇게 말하는 당신 목소리가…… 심술이 난 것처럼 들렸다.

아니면 질투가 난 걸까? 케일럽이 질투라니 말도 안 된다. 그에게는 어울리지 않는 단어다.

"로건이랑은 상관없는 일이에요." 나는 잠시 말을 멈추고 눈을 깜박이며 생각한 다음, 싹이 튼 용기가 조금 더 강하게 자랄 수 있게 자극이 되도록 숨을 들이마셨다. "아니, 전적으로 그 사람 때문인 건 아니에요."

"그게 무슨 말이지, 엑스? 전적으로 그자 때문인 건 아니라니?"

나는 중립적이면서도 진실한 답을 찾느라 잠시 머뭇거렸다. "그러니까 내 말은…… 로건이 나로 하여금 바깥세상에 호기심을 갖게 만들기에는 그 사람이랑 함께 지낸 시간이 짧았단 뜻이에요. 그 사람 때문에 시작된 호기심도 아니고 그 사람한테서 끝날 호기심도 아니란 뜻이죠." 나는 케일럽을 회유해보기로 했다. "날 영원히 여기에 가두어둘 수는 없어요, 케일럽. 난 소유물이 아니에요. 여자고 인간이죠."

"난 그저 당신을 보호하려고 애쓰고 있을 뿐이야." 당신은 내게 가까이 다가와 내 가슴에 당신의 가슴을 세게 밀착시키고 두 손을 내 엉덩이에 얹었다.

"알아요."

"당신은 소유물이 아닐지 모르지만, 엑스," 당신은 웅웅 울리는 목소리로 말했다. "당신은 내 여자야."

그 말을 듣자 속이 뒤틀렸다. 나의 일부는 그 말이 진실이란 점을 알고 있었고 그 말을 좋아했다. 그리고 나의 또 다른 일부는 그 말을 증오했다. 그 일부는 내가 '당신 여자'로 존재하는 한 내 삶이 영원히 내 것이 되지 못하리란 사실을 알고 있었다.

당신이 갑자기 거칠게 입술을 덮치는 바람에 생각이 흩어졌다.

약간 서툴고 심지어 충동적으로 느껴지기까지 하는 키스였다. 그것은 당신이 몸으로 내 몸을 지배하려 할 때 평소 주로 쓰는 방식이 아니었다.

당신이 키스를 하자 한 가지 의문이 떠올랐다. '당신이 내게 키스를 얼마나 자주 하더라?'

대답 역시 즉각 떠올랐다. 자주는 아니었다. 아니, 사실 그런 적은 거의 없었다. 당신의 입과 내 입, 당신의 입술과 내 입술은 거의 만나는 일이 없었다. 친근함을 표현하는 이런 식의 키스는 우리 사이에 존재하지 않았다. 내 몸, 내 젖가슴, 내 허벅지 사이에는 키스하지만 당신이 내 입술에 키스한 적이 있었던가? 전혀 없었다.

그 키스가 무슨 의미인지 나는 알 수가 없었다.

당신은 내게 천천히 키스했고, 키스를 할수록 당신의 기술도 점점 좋아졌다.

그러나 내가 평소처럼 의지를 상실하게 된 것은, 당신이 두 손으로 내 몸을 더듬기 시작하고 나서였다. 내 몸이 후끈 달아오르고 내 배와 음부가 팽팽하게 당겨진 것은, 당신의 두 손이 내 드레스 지퍼를 내리고 내 어깨에서 그 드레스를 벗기고 나서였다. 속옷, 그래, 카린 길슨이 디자인한 란제리, 당신이 내게 주면서 디자이너가 나 한 명만을 위해 특별히 직접 수작업으로 제작한 란제리라고 말했던 그 속옷 바람으로 당신 앞에 서자 심장이 미친 듯이 쿵쿵 뛰었고 두 손이 떨렸으며 두 무릎에서 기운이 빠졌다.

당신의 두 눈이 내 몸을 더듬었다. "정말 눈부시게 아름답군, 엑스. 이 란제리 세트는 당신한테 진짜 잘 어울려. 카린이 나를 위해 이 옷을 설계할 때 본인 능력보다 훨씬 뛰어난 솜씨를 발휘했어."

"당신을 위해서라고요?"

당신의 얼굴에 당신답지 않은 미소가 잠깐 스쳤다. "흠, 그렇지. 란제리란 본질적으로 입는 사람보다는 감상하는 사람을 위한 거잖아. 그렇지 않아?"

그 말이 내 내면의, 내 마음에 들지 않는 진실을 일깨웠다. 단지 란제리에만 국한되는 이야기가 아니겠지, 나는 생각했다. 내 모든 옷이 다 그런 거야.

독립체로서의 나 역시 마찬가지였다.

독립체라는 말 대신 '개인'이라고 말해야 했지만, 나는 내가 독립체를 넘어서는 개인이라는 존재가 아닐까 봐 두려웠다. 나는 소유물이었다. 질 좋은 화병과 같은. 아니면 화가가 직접 그린 원작 그림이거나.

나는 당신의 수집품 중 하나였던 것이다.

어찌 된 일인지 난 이미 당신의 손에 이끌려 긴 소파 가장자리에 앉아 있었다. 당신의 손가락이 내 음부를 덮고 있는 리옹 산産 실크를 쓰다듬었다. 당신의 손길이 닿자 몸이 달아오르는 것을 느끼지 않을 수가 없었다. 나는 당신의 모습을 지켜봤다. 나의 일부는 단절감을 느끼고 있었다. 왠지 공정하지 못했다.

당신이 이곳으로 나를 끌고 올라올 때부터 나는 마치 당신과 나 자신, 즉 우리를 위에서 내려다볼 수 있는 것처럼 상황을 지켜봤다. 승강기와 가장 가까운 검은색 가죽 소파에 앉아 있는 나. 나는 소파 가장 높은 부분에 양어깨가 닿게 등받이에 등을 기대고 앉아 있었다. 쩍 벌려져 있는 두 무릎. 음부를 덮고 있는 연한 복숭아색 실크. 컵이 절반만 있는, 젖가슴을 위로 모아주어 안 그래도 큰 가슴을 더 커 보이게 만드는 브라의 샹티 레이스. 당신을 위해서.

나를 위해서가 아니라 당신을 위해서.

당신은 번들거리는 짙은 색 원목 마룻바닥에 무릎을 꿇고 앉아 있었다. 내 무릎 사이에 당신의 딱 벌어진 어깨가 있었다. 여전히 양복 차림으로. 완벽한 근육 위에 그어진 검은색 세로줄 무늬, 빳빳한 하얀색 버튼다운 셔츠, 얇은 회색 넥타이, 투톤의 옥스퍼드 정장 구두. 당신의 두 손은 내 양쪽 허벅지 안쪽에 놓여 있었다. 당신의 입은 내 피부, 배와 엉덩이 여기저기를 돌아다녔다. 나는 당신이 실크 속옷 밑으로 손을 집어넣는 것을 바라보았다. 속옷을 벗겨 나를 알몸으로 만들기 쉽게 내 엉덩이가 들리는 것을 바라보았다.

내 온몸을 더듬는 당신의 손가락을 바라보았다. 두껍고 강하고 단단한 손가락이었다. 나의 외음순 사이를 만지는 당신의 손길은 전혀 부드럽지 않았다. 익히 알다시피 고집스러운 손길, 익숙한 손길이었다.

내 몸은 순전히 당신에 의해서 내게 알려졌다.

이 문장에서는 내 생각을 문법상 수동태 문장으로 표현하는 것이 적절할 듯싶다.

좀 이상하게 들릴지 몰라도 나는 궁금했다. 내 목소리는 당신의 손길에 반응했고, 내 몸은 여기저기를 휘감는 당신의 혀에 들썩이고 비틀리면서 몸 전체로 쾌락의 전율을 흘려보냈다. 짜릿한 기분이었다. 당연하게도 그랬다. 당신은 쾌락 전문가니까. 그런데도 나는 궁금했다. 도대체 무슨 짓을 하려는 거지? 내게 무엇을 원하는 거지? 그리고 나는 당신에게 그것을 주려는 걸까?

내가 소파 등받이 뒤로 넘어갈 만큼 밀려 올라가 척추를 곧게 펴고 몸을 떨자 당신은 마침내 내 등 뒤로 손을 뻗어 브라를 풀어 옆으로 치웠다. 나는 또다시, 옷을 입고 있는 당신 앞에 발가벗겨져 있었다.

당신은 가능한 한 최후의 순간까지 옷을 입고 있을 터였다. 경험상 나는 그 사실을 알고 있었다.

그런데 왠지 이제 그 사실이 계속 의식되었다.

당신은 두 팔로 내 몸을 안아 뒤집어 소파 위에 무릎을 꿇고 등받이를 바라보는 자세를 취하게 했다. 당신이 내 뒤 소파 위에 무게를 싣는 것이 느껴졌다. 당신이 바지 지퍼를 내리는 것이 느껴졌다. 이 짓을 하는 동안에도 옷은 절대 벗지 않을 테지. 그저 바지 후크를 풀고 지퍼를 내리고 바지와 검은색 아르마니 팬티를 내리기만 할 테지.

내 몸 안으로 당신이 들어왔다.

물론 나는 헐떡였다. 당신이 나를 채우고 정확하게 내 안의 어딘가를 건드렸으니까. 그리고 당신은 어떻게 찔러야 내가 더 자극적으로 느끼는지 완벽하게 알고 있었으니까. 그래서 나는 헐떡일 수밖에 없었다. 당신은 손가락으로 내 젖꼭지를 꼬집고 한 손을 앞으로 돌려 내 클리토리스를 만졌다. 나는 아직, 아직이었다.

나는 멍하니 그 모습을 지켜보았다.

나는 헐떡이고 있었고 자극을 느끼고 있었고 분열되고 있었다.

그런데도 정신이 멍했다.

어떻게 이런 일이 가능하지?

나한테 무슨 일이 일어난 거지?

당신은 일을 마치자 뒤로 물러났다. 지퍼와 후크를 잠갔다. 단 몇 초 만에 옷에 주름 하나 없고 털 한 올 붙지 않은 말끔한 모습으로 돌아가 있었다.

당신은 나를 향해 몸을 숙였다. 나는 여전히 소파 등받이에 상반신을 걸치고 있었다. 내 허벅지는 여전히 떨리고 있었다. 당신이 내게서 쾌감을 가져가는 동안 몸을 지탱하느라 힘을 주고 있었기 때문이다. 물론 나도 쾌감을 느끼기는 했다. 나는 당신에게 당신 몫을 돌려준 것이 분명했다. 당신은 내게 아무것도 주지 않고 가져가기만 한 것이 아니었다. 그런데 이제 일을 마치자, 내 안에 아직 당신의 정액이 따뜻하게 남아 있는데도, 당신은 나를 향해 몸을 숙여서 수염이 자라 깔끄러운 턱을 내 왼쪽 어깨 위에 문지르는 것이었다.

귓가에 울리는 당신의 목소리는 멀리서 치는 천둥소리 같았다. "당신은 내 거야, 엑스. 그 사실을 잊지 마."

아, 그게 이런 뜻이었구나. 나는 깨달았다.

걱정 말아요, 케일럽. 잘 알았으니까.

그때 레이철이 떠올랐다. 당신이 그녀에게 하는 짓들도. 수치스러워야 마땅한데 왠지 그녀는 그렇게 느끼지 않는 그 짓들도.

나는 아직 내게도 그런 짓을 해달라고 당신에게 부탁할 용기가 없었다.

그리고 당신은 나가버렸다. 재빠르게.

나는 다시 샤워를 했다. 당신의 손길과 정액을 문질러 닦아냈다.

내 자아가 여전히 나의 외부에 존재하는 것처럼 느껴졌고 그 느낌이 싫었다.

나는 다시 옷을 입는 내 모습을 지켜보았다. 이번에는 내가, 아니 실제로는 당신이 가진 것 중에서 가장 단순한 속옷을 입고 가장 덜 섹시한, 그러니까 노출이 가장 적은 옷을 입었다. 굽 없는 신발을 신고 액세서리도 걸치지 않았다. 머리는 단순하게 꼬아 올려 핀으로 꽂았다.

나는 다시 엘리베이터를 타고 내려갔다. 원래는 로비로 내려갈 생각이었는데, 무슨 이유에서인지는 잘 모르겠지만 나는 6층에 있었다.

3호 문패가 붙은 문을 두드리면서.

03

"마담 엑스, 들어와요." 레이철이 말했다.

"오늘은 와인을 못 가져왔어요."

그녀는 어깨를 으쓱했다. "상관없어요. 어차피 이제 술 못 마시거든요. 케일럽이 지난번에 내 몸매에 대해서 뭐라고 하더라고요." 그러고는 가늠하듯 내 눈을 살폈다. "당신 화났군요."

나는 문간을 지나 거실을 통과해 창유리에 이마를 대고 아래를 내려다봤다. "난 갈피를 못 잡겠어요, 레이철"

"뭐를요?"

"전부 다요."

잠시 침묵이 흘렀다. 레이철은 무슨 말을 해야 하나 궁리 중인 모양이었다. "가끔은 그럴 때 그 사람이 효과가 있어요."

나는 고개를 저었다. "아뇨. 그런 문제가 아니에요. 그 사람은 나를 대할 때랑 당신을 대할 때랑 달라요." 그녀를 흘끔 쳐다보고 말을 이었다. "그 사람이 당신이랑 섹스하면서 옷을 벗지 않은 적이 있나요?"

그녀는 어깨를 으쓱했다. "아뇨. 그런 적은 없는 것 같네요."

"나랑 섹스할 때는 그래요. 알몸으로 할 때보다 옷을 입은 채 할 때가 더 많다니까요."

그녀는 눈썹을 찌푸렸다. "그것참 괴상하네요."

"나도 그게 궁금해요." 나는 잠시 말을 멈추고 레이철을 다시 흘끔 쳐다보았다. 붉은색이 감도는 금발, 사랑스러운 하트형 얼굴,

희망, 두려움, 절망, 분노, 반감 등 여러 감정이 갈등하듯 모두 담겨 있는, 표정이 많은 갈색 눈동자. "뭐 하나 물어봐도 될까요?"

"그럼요. 물론이죠."

"지금부터 내가 묻는 말에 당신 기분이 상한다면 사과할게요. 그래도…… 당신이 나한테 말해준 이야기들 있잖아요, 당신이나 이 층에 사는 다른 여자들한테…… 케일럽이 하는 행동이…… 수치스러운 적은 없었나요? 모멸감을 느낀 적은요? 당신이 원해서 그런 행위를 하는 건가요? 아니면 그 사람이 그걸 기대하기 때문에?"

"우선, 난 기분 상하지 않았어요. 충분히 할 수 있는 질문이에요. 생각해보죠. 음, 난 하나도 수치스럽지 않아요. 모멸감을 느꼈냐고요? 잘 모르겠네요. 아니, 사실은 그런 적 없어요. 그건 그렇다 치고. 그런 행위를 원하느냐고, **좋아하느냐고** 물었죠? 그런 행위를 하면 기분이 좋으냐고 묻는 건가요? 아뇨. 실은 안 좋아요. 그건 나를 위한 게 아니에요. 그 사람을 위한 거죠. 그 사람이 그걸 좋아하거든요. 그 사람은 나를 가르치는 것이라고 말하지만, 그거야 내가 더 잘 알죠. 그 사람은 모든 여자랑 다 다른 방식으로 그짓을 해요. 옆방 5호 여자와 할 때는 나와 할 때랑은 전혀 다른 방식으로 하더라고요. 굉장히 거칠게 말이죠. 나랑 할 때는 그렇지 않아요. 난 심하게 고통스러운 방식을 즐기지 않거든요. 전에도 말한 적 있잖아요. 5호랑 있을 때는…… **거칠기만 하다고요.** 그 여자를 이리저리 밀치고 머리채를 잡아서 자기가 원하는 자리로 막

끌고 다닌대요. 내내 그런 짓만 하는 거예요. 그래도 그 여자가 진짜로 다친 적은 없어요. 그저…… 몸을 거칠게 움직이는 것뿐이죠." 그녀는 나를 흘끔 쳐다보고 물었다. "궁금해요, 엑스?"

"아뇨." 나는 즉각 반발했다. 그런데 생각해보니 그것은 거짓말이었다. "그래요. 아, 잘 모르겠어요."

그녀는 알겠다는 듯 씩 웃었다. "궁금하군요. 두렵기도 하고요. 그렇지 않아요?"

나는 어깨를 으쓱했다. "그래요, 약간." 심호흡을 했다. "아니, 거짓말이에요. 실은 매우 두려워요. 오늘, 그러니까 방금 저는 외출을 했었어요. 밖에서 내가 아는 사람을 만났는데 케일럽이 질투를 하더군요." 나는 그녀에게 이야기를 털어놓고 있는 나 자신을 발견했다. 말을 하면 할수록 입술이 점점 더 가벼워지는 것 같았다. "그 사람은 날 발가벗겨놓고 날 상대로 구강 애무를 실시했어요……."

레이철은 웃음을 터뜨렸다. "맙소사. 더럽게 품위 있고 격식 있는 말투로 말하네요. 그냥 그 사람이 당신 거기에 매달렸다, 당신을 핥았다고 말해요."

나는 그렇게 말해보았다. "그 사람이 내 거기에 매달렸어요. 그러고는 나를 밀어서 소파 위에 무릎 꿇리고 자기도 내 뒤에 무릎을 꿇은 채…… 나한테 그 짓을 했어요. 심지어 팬티조차 벗지 않은 상태로요. 속옷을 다리 아래에 건 채. 그러더니 그냥 나가버렸죠."

레이철은 눈을 깜박였다. "너무 심한데요. 그냥…… 나가버렸다고요? 그러니까, 아무 말도 안 하고요?"

"내가 자기 소유물이란 사실을 내게 상기시켜주긴 했죠."

"일종의 영역 표시 같은 건가 보네요." 레이철은 천장을 흘끔 쳐다보았다. "그 사람이 나랑 그렇게 옷을 입은 채 그 짓을 한다면 자극적일 것 같은데요. 꼭 무슨…… 불륜 같잖아요. 아, 이건 이럴 때 쓰는 말이 아닌가? 아무튼, 꼭 우린 이런 짓을 하면 안 돼, 뭐 그런 느낌이 들잖아요."

"그 사람은 날 부끄러워하는 것 같아요." 그렇게 말하니 그렇게 느껴졌다.

그녀는 고개를 저었다. "아뇨. 난 그렇게 생각하지 않아요. 그 사람은 뭔가를 부끄러워하는 사람이 아니에요. 자기 자신은 물론, 자기가 하는 짓도, 자기랑 함께 있는 사람도 전혀 부끄러워하지 않죠."

"그럼 어떻게 그럴 수가 있죠? 나랑 할 때는 왜 그렇게 이상하게 구는 걸까요? 우린 항상 그런 식으로 해요. 죽은 듯이 고요한 깊은 밤에는 옷을 벗을 때도 가끔 있지만, 그럴 때도 늘 일을 끝내자마자 곧바로 옷을 입어요. 그러고는 언제나 곧장 나가버려요."

"난 잘 모르겠네요. 정말로 모르겠어요. 희한한 일이네요. 우리 중 누구랑도 그런 식으로는 안 하는데. 물론 곧바로 떠나긴 하지만, 흠, 그 사람은 바쁘잖아요."

"그 사람이 바쁘다고요? 뭘 하느라고요? 우리가 그 사람 일이잖아요."

"당신은 우리랑은 다르죠. 당신을 음, 따돌리려고 이런 말을 하는 건 아니에요. 그저 당신은 우리랑 처지가 다르다는 뜻이죠. 물론 당신은 우리랑 부류가 다른 여자라는 뜻이기도 하고요. 당신은 우리보다 훨씬 낫잖아요." 그녀는 고개를 푹 숙이고 아래를 내려다보았다.

"그렇지 않아요, 레이철. 다르다고요? 아니, 훨씬 낫다고요? 아뇨. 나 역시 케일럽을 위해 존재하는 열 명의 여자 중 한 명일뿐이에요. 심지어 그 사람이 그 짓을 할 때 성가시게 옷을 벗을 필요조차 없는."

"언젠가 그 사람한테 부탁해보지 그래요? 아니면 나서서 그 사람 옷을 벗겨보든가. 그러고 나서 그 사람이 어떻게 나오는지 보는 거예요."

나는 그 제안에 아무런 대꾸도 하지 않았지만, 나중에 고려해보려고 그 방법을 머릿속 한편에 챙겨두었다. "자신이 그 사람을 위한 수많은 여자 중 하나라는 사실을 알면서도 괴롭지 않아요?"

그녀는 무심하게 다시 어깨를 으쓱했다. "아뇨, 전혀요. 그딴 건 상관 안 해요. 그 사람이 다른 여자들이랑 그 짓 하는 소리가 온종일 들려오는데요, 뭐. 5호는 비명의 달인이라서 도저히 무시할 수가 없거든요. 게다가 난 예전에 창녀였잖아요. 그래서 정상적인 사람들이 하는 섹스 같은 건 내 머릿속에 떠오르지도 않아요. 나한테는 그런 문제가 별일 아니에요. 게다가 난 곧 이 프로그램을 졸업할 거예요. 신부 등급이 될 때까지, 누군가에게 중요한 사람이 될 때까지. 딱 두 단계 남았는데, 곧 승급될 예정이거든요."

마음 아프게도 레이철의 말에는 어딘가 잘못된 부분이 있었지만, 그걸 계속 물고 늘어지고 싶은 생각이 내게 없는 것만은 확실했다. 내 코가 석 자였으니까.

"그만 가봐야겠어요."

"그래요." 레이철은 나를 위해 문을 열어주면서 웃었다. "그런데, 내 침대 밑에 또 숨어서 들어보고 싶지 않아요? 나한테만 살짝 말해 봐요. 재미있을 거예요."

나는 엘리베이터에 타면서 그 질문에 대해 생각했다. 그 소리를 다시 듣고 싶나?

그런 것 같았다. 병적이게도.

나는 레이철의 옷장 안에 있었다.

지금은 일을 하고 있어야 할 시간이었다. 15분 후에 고객과 약속이 되어 있었으니까. 그런데 나는 고객들에게 더 이상 아무런 관심도 없었다.

레이철의 옷장에는 옷이 몇 벌 없어서 내가 숨어 있을 공간이 넉넉했다. 내가 밖을 내다볼 수 있게 문이 살짝 열려 있었다. 긴장되고 무섭고 흥분됐다. 내가 이제 하려는 짓이 역효과를 내면 어쩌나 걱정스러웠다.

나는 그저 듣기만 하려는 것이 아니라 보기도 하려는 것이었다.

내가 어리석은 것 아닐까?

의심할 여지 없이 그랬다.

문 열리는 소리, 보드라운 가죽구두 밑창이 딱딱한 나무 바닥을 딛는 소리가 들렸다. 목소리가 들렸다.

레이철의 목소리. "케일럽, 안녕하세요. 어떻게 지냈어요."

"잘 지냈지. 고마워." 말이 멈추었고 몸을 움직이는 소리가 들렸다. "당신 곧 시험을 치르기로 되어 있지? 그렇지?"

"네, 맞아요. '애인' 등급 시험이에요."

"당신이 '파티 파트너' 등급으로서 맡은 일을 훌륭하게 해내고 있다고 리사가 그러더군. 특별히 당신을 배정해달라는 신청이 많이 들어온대."

"열심히 노력하고 있어요. 난 꼭 '신부' 등급이 되고 싶거든요."

잠시 침묵. "고백해야겠군. 레이철, 당신이 '신부' 명단에 들어가는 걸 지켜보는 게 난 좀 아쉬울 것 같아. 지금 당신이랑 함께 보내는 시간이 즐거워서."

"나도 그래요."

"그래?" 그 말투에 날카로움이 실려 있었다.

레이철은 바로 반발했다. "물론이죠! 당신을 만나기 전까지 난 섹스를 즐긴 적이 없었어요. 그냥 먹고 살려고 한 짓이죠. 그런데 당신이랑 하면 기분 좋단 말예요."

당신은 그녀와 그 짓을 할 때처럼 나한테 말을 한 적이 거의 없었다.

아, 그래, 나는 샘이 났다.

옷장 문틈으로 보이는 것이라고는 레이철의 방 문간과 침대 일부뿐이었다. 옆으로 발을 옮겨야 침대 다른 부분을 볼 수 있었다. 문틈으로 지켜보고 있으려니까 레이철과 당신이 차례로 문으로 들어오는 것이 보였다. 그녀는 맨발에 청바지와 분홍색 꽃무늬 블라우스를 입고 있었다. 당신이 턱을 들어 올리자 레이철이 블라우스를 벗었고, 창백하고 빈약한 젖가슴, 분홍색 유륜, 짙은 색 젖꼭지가 드러났다. 브라를 안 차다니, 충격이었다. 레이철은 두 손을 뻗어 당신의 셔츠 단추를 풀었다. 단추가 다 풀렸지만 당신은 아직 셔츠를 입고 있었다. 바지 후크가 풀리고 지퍼가 내려갔다 당신은 속옷을 입지 않은 상태였다. 그게 더 이상했다.

당신의 발기한 성기가 출렁 풀려났다.

내 가슴 속 심장이 쿵쾅거렸다. 어찌나 크게 방망이질 치는지 그 소리가 당신에게 들릴까 봐 걱정스러웠다. 나는 가만히 서서 숨조차 쉬지 않았다.

당신은 바지를 벗고 셔츠를 벗어 알몸이 되었다. 벌건 대낮이었고 블라인드가 걷어져 있었다. 당신이 레이철의 청바지를 벗겼다. 그녀도 속옷을 입지 않은 상태였다. 브라나 팬티를 입지 않으면 어떤 느낌이 들지 나는 상상조차 되지 않았다.

당신들은 둘 다 알몸이었다.

둘이 함께.

두 사람은 서로를 마주 보고 햇빛 속에 서 있었다.

레이철이 당신의 발기한 성기를 쥐고 손가락으로 쓸어내리자 당신의 입술은 팽팽해졌고 눈은 가늘어졌으며 콧구멍은 넓어졌다. 창백한 손이 당신의 성기를 위아래로 펌프질하는 동안에도 당신은 평온함을 유지했다. 그러자 손놀림이 점점 더 빨라졌다.

당신이 가쁘게 숨을 쉬기 시작했다.

"그 정도면 충분해." 당신이 불쑥 그녀의 손에서 성기를 빼냈다. 당신의 배가 팽팽하게 당겨져 있는 것이 보였다. 나는 알아챘다. 당신이 사정을 참고 있다는 사실을.

내 몸이 달아올랐고 그런 나 자신이 역겨웠다.

그런데도 너무 짜릿했다.

시선을 돌릴 수가 없었다.

당신은 한 손을 뻗어 레이철의 머리채 속으로 집어넣고 키스를 시작했다. 키스가 점점 더 거칠고 격렬해졌다. 나는 그런 식의 뜨거운 키스를 당신에게 받아본 적이 없었다. 짧은 키스가 끝나자 당신은 레이철을 눌러 앉혔다. 레이철은 무릎을 꿇고 당신의 성기를 바라보았다. 그녀의 얼굴에 미소가 떠올랐다. 저 미소, 진짤까? 굶주림의 미소일까? 열망의 미소일까? 두 눈을 당신의 성기에 고정한 채 그녀는 손가락으로 밑동 부분을 잡고 입술을 벌린 다음, 창백하고 도톰한 그 입술로 발기해 있는 당신의 성기를 물었다.

당신은 두 눈을 감은 채 한숨을 내쉬었다. 나는 레이철보다는 당신을 주로 쳐다보았다. 당신 쪽으로 레이철의 머리를 당기면서 엉덩이를 앞으로 찌르는 속도가 점점 빨라졌다. 당신의 기다란 성기가 레이철의 목젖에 닿는 소리가 턱턱 들렸다. 당신은 몸을 앞으로 기울여 더 깊이 집어넣었다. 두 눈에 물기가 어려 있었고 콧구멍이 넓어져 있었다. 당신은 그녀를 바라보지 않았다. 당신의 고환을 받치랴, 당신이 몸을 뒤로 뺄 때 성기를 쥐랴, 당신이 몸을 거칠게 앞으로 내밀 때 당신의 엉덩이를 움켜쥐랴 레이철의 두 손은 몹시 바빴다.

"얼굴로 받아." 당신이 명령했다.

레이철이 뒤로 물러나자 당신의 성기가 자유롭게 풀려났다. 침이 그녀의 입술과 당신의 성기 사이에 끈처럼 늘어졌다. 레이철은 주저 앉아 두 손으로 당신의 성기를 잡고 강하고 빠르게 펌프질했다. 마지막 단계에 이르자 당신이 직접 두 손으로 당신의 성기를 잡았고 레이철은 입을 벌리고 당신의 성기에 열망 가득한 두 눈을 고정한 채 기다렸다.

당신은 사정했고, 하얀 정액 줄기가 당신의 성기에서 뿜어져 나와 레이철의 얼굴 위로 쏟아졌다. 벌어진 입술과 깜박이는 두 눈 위로. 레이철은 혀를 내밀어 그것을 핥아 맛을 보았고 당신은 계속 사정했다.

레이철의 얼굴에 끝없이 사정하면서 오르가즘을 느끼는 당신을, 창백한 피부 위로 떨어지는 끈적끈적한 정액 줄기를, 나는 두려움과 흥분을 똑같이 느끼면서 바라보았다. 이 모든 일이 일어나는 동안 레이철은 유혹적인 표정, 흥분한 표정, 얼굴에서 끈적거리는 액체가 흘러내리는 것에 쾌감을 느끼는 표정을 짓고 있었다.

저건 어떤 기분일까?

그런 다음 가장 낯선 광경이 펼쳐졌다. 당신이 방에 딸린 욕실로 사라졌다가 물에 적신 수건을 들고 돌아와, 세상에, 너무나 다정한 태도로 당신의 정액을 닦아주는 것이었다.

당신과 관계를 할 때 나는 으레 내가 직접 닦는 것으로 되어 있었다.

그런 다음에는?

당신은 레이철을 침대에 눕히고 그녀의 가녀린 흰 허벅지 사이에 당신의 얼굴을 묻었다. 당신의 혀가 음순에 닿으면, 클리토리스에 닿으면 어떤 기분인지 나는 알고 있었다. 그 생각을 하자 가슴이 저렸다. 피부색이 짙고 근육이 탄탄한 내 허벅지와 달리 크림처럼 하얗고 가녀린 그녀의 허벅지 사이에서 당신의 머리가 움직이고 있는 광경을 보자 가슴이 저렸다. 새로 배운 표현으로 말하자면 당신이 레이철의 거기를 핥는 모습을 바라보았다. 사실 표현만 새로 배운 것이 아니었다. 당신은 좌우로, 위아래로, 원 모양으로 머리를 흔들면서 마치 그녀의 틈 속에 숨겨진 무언가를 실컷 맛보고 있는 것처럼 보였다. 나는 당신이 손가락을 당신의 턱 밑으로 집어넣어 여러 번 찌르는 동작을 반복하는 것을 지켜보았다. 레이철은 몸을 뒤틀면서 신음하고 소리를 질렀다. 당신이 자유로운 한 손을 위로 뻗어 레이철의 작은 장밋빛 젖꼭지를 비틀었는데, 얼마나 세게 비틀었는지 내 몸이 다 찌릿할 정도였다.

레이철은 소리를 질렀고 쾌락의 비명을 그대로 토해냈다.

그렇게 몇 분 더 비명을 이끌어낸 뒤 몸을 일으켰을 때 당신의 성기는 다시 발기해 있었다. 당신은 거칠게 레이철의 엉덩이를 잡고 하체를 뒤집어, 당신이 선 채로 그녀의 양쪽 엉덩이를 잡는 자세를 취했다. 그러더니 무자비할 정도로 강하게 삽입했다. 맨살이 쓸리는 소리와 레이철의 비명이 들렸다. 당신의 손이 찰싹! 세게 맨살을 때렸다. 세도 너무 세게. 하얀 피부가 장밋빛으로 붉게 달아오르자 당신은 반대쪽 엉덩이에 같은 행동을 했고, 이어서 번갈아 가며 그 짓을 했다. 찌르고 때리고 찌르고 때리고.

그러다가 당신이 우연히 왼쪽으로 시선을 돌렸다.

당신의 찌르는 동작이 불안정해졌다.

내 가슴 속의 심장이 멈추어 섰다.

두려움이 엄습했다.

나는 그대로 얼어붙었다.

당신이 나를 발견한 것이었다.

"엑스." 당신의 목 뒤에서 울려 나오는 소리였다.

나는 마비된 상태로 꼼짝도 하지 않았다.

"이리 나와. 당장."

나는 옷장 문을 밀어 열었다. "안녕, 케일럽."

"당신이 관음증 환자인 줄 미처 몰랐군." 당신은 여전히 레이철 안에 있었다.

"나도 몰랐어요."

"그런데 여기에서 우리를 바라보고 있다니."

나는 대답하지 않았다. 말싸움을 하고 싶지 않았다.

우리. 그 단어가 따끔거렸다.

당신은 한 팔을 뒤로 뻗었다가 수평으로 악랄하게 호를 그리며 휘둘러 레이철의 엉덩이를 때렸다. 그 충격에 벌겋게 변한 피부색은 이미 야만적일 정도로 심각했다. 심하게 다친 것이 분명해 보였다. 당신이 몸을 찌를 때마다 레이철의 몸뚱이는 앞으로 흔들렸고 머리는 떨리는 양쪽 어깨 사이에서 덜렁거렸다.

"보고 싶어, 엑스?" 당신의 목소리는 분노로 착 가라앉아 있었다. "그럼 봐." 당신은 침대를 가리켰다. "이 위에서."

나는 침대 위로 올라갔다. 레이철과 눈이 마주쳤다. 그 갈색 눈에는 수치심이 담겨 있지 않았다. 흥분이라면 모를까.

당신은 그 짓을 다시 시작했다.

내게 고정된 당신의 시선은 전혀 흔들리지 않았다. 레이철의 엉덩이를 때리는 당신의 손짓이 점점 더 격렬해졌다. 여자는 환희의 비명을 점점 더 크게 내지르면서 당신의 품에서 몸을 흔들 뿐이었다. 그러더니 섹스로 달아오른 두 눈으로 내 쪽을 흘끔대다가 내게 윙크했다.

나는 당신과 레이철을 번갈아 가며 바라보았다.

내게 고정된 두 쌍의 눈을 보면서 나는 고통스럽게도 그들의 모습에 나 역시 영향을 받고 있다는 사실을 깨달았다. 나는 침대 위에 무릎을 꿇은 채 허벅지를 딱 붙이고 레이철과 그 짓을 하는 당신을 지켜보았다.

나를 올려다보면서 다시 오르가슴에 도달한 레이철은 입을 벌린 채 숨도 거의 쉬지 않았다. 당신이 야만적일 정도로 강하게 찌를 때마다 그녀의 몸은 앞으로 출렁거렸다. 오르가즘을 느끼는 다른 여자를 바라보는 것은, 내가 아닌 다른 여자의 몸 안에 들어가 있는 당신의 성기를 바라보는 것은, 다른 여자와 성교해 그 여자가 오르가즘에 이르게 만드는 당신을 바라보는 것은 괴상하고 이상하고 너무나 생소한 경험이었다. 나는 역겨움에 온몸이 갈가리 찢기는 것 같았다. 그 상황이 너무 싫었다.

그런데도,

내 몸은 흥분으로 달아올랐다.

나는 오르가즘을 느끼는 당신을 바라보았다.

마지막 순간 성기를 밖으로 꺼내 레이철에게 욕정을 풀어놓는 당신의 짙은 눈동자는 얼음처럼 차가웠다. 나는 그 모습을 바라보았다. 당신의 페니스 끝에서 뿜어져 나오는 하얀색 줄기를 바라보았고, 그 줄기가 때리는 창백한 피부를 바라보았고, 사정하는 당신의 표정을 바라보았다.

당신은 레이철의 엉덩이를 애정 어린 손길로 다시 한 번 때리고는 그녀를 침대에 눕혔다. 나는 침대에서 내려와 쌩하니 당신 옆을 지나갔다.

"이리 돌아와, 엑스." 그것은 명령이었다.

나는 복종하지 않았다. 달리고 달려서 엘리베이터의 은색 문을 쾅 짚으면서 다른 손 손바닥으로 승강기 호출 버튼을 세게 눌렀다. 복도를 걸어오는 당신의 발걸음 소리가 들렸다.

"엑스, 이리 돌아오라고 했지!"

나는 대답하지 않았다. 숨을 쉴 수가 없었다. 가슴이 아프고 폐가 불타는 것 같았다. 정말로 숨을 쉴 수가 없었다.

어지러웠다.

엘리베이터가 도착하자마자 나는 안으로 뛰어들어 나를 로비로 데려다줄 층 버튼을 눌렀다. 문이 닫힐 때 당신의 모습이 보였다.

바지만 입고 상체는 벌거벗은 당신의 가슴은 땀으로 번들거렸고 머리는 헝클어져 있었다. 그리고 당신은 몹시 화가 나 있었다.

문이 닫히기 직전 당신의 손이 열림 버튼을 눌렀고 나는 공포에 사로잡혔다. 하지만 이번만큼은 그 공포가 나를 얼려버리는 대신 행동으로 이끌었다.

"왜 당신은 저 여자를 대하듯 나를 대하지 않는 거죠?" 이렇게 말하는 내 목소리가 들렸다. 호흡이 느껴지지 않는 날카로운 목소리였다. 그 목소리는 거의 흐느끼고 있었다. "왜 나랑은 저 여자랑 하는 식으로 그 짓을 하지 않는 거죠?"

"저 여자는 수습생이야……." 당신이 입을 열었다.

당신 뒤쪽 벽 모퉁이에서 우리를 훔쳐보고 있는 레이철이 보였다. 부끄럽지도 않은지 그녀는 여전히 알몸이었다. 기이한 풍경이었다.

"그래서요?"

"당신은 저 여자보다 훨씬 가치가 있지. 저 여자는 그저 '신부'가 되면 그뿐인 여자지만, 당신은…… 당신은 마담 엑스잖아."

당신 뒤에 서 있던 레이철이 분노했다. 갈색 눈에 눈물이 차올랐다. "개자식." 쉭 욕설이 날아왔다.

당신은 몸을 돌렸다. "레이철, 잠깐만."

그러자 당신이 갑자기 인간처럼 보였다. 레이철과 나 사이에 갇힌.

"하지만 나는 당신이 함께 발가벗어줄 만한 가치도 없는 여자잖아요. 당신이 함께 있고 싶어 하는 척 해줄 만한 가치도 없는 여자고요. 얼핏 봐도 나랑은 저 여자랑 하듯 그 짓을 즐기는 척도 안 하면서." 말을 멈출 수가 없었다. 말이 산사태처럼 쏟아졌다. "난 그냥 당신 소유물이에요, 케일럽. 당신이 나를 곁에 계속 두는 것은 날 소유하는 것이 좋기 때문이지 날 좋아하기 때문이 아니에요. 나랑 그 짓 하는 게 즐겁기 때문도 아니고요."

내 말 중에 논리적으로 타당한 말은 한마디도 없었다. 나는 질투심을 느꼈고 당신이 미웠다. 그런데도 나는 여전히 당신이 필요했고 당신을 원했으며 당신이 레이철을 대하듯 나를 대해줬으면 싶었다. 내가 원하는 것은……

알 수가 없었다.

내가 원하는 것 중에 빌어먹을 논리에 맞는 것은 하나도 없었다.

나 자신을 이해할 수가 없었다.

내가 원하는 게 뭐지?

자유.

나는 당신을 밀어냈다. 그것도 매우 거칠게. 당신은 놀라서 뒷걸음질 쳤다. 레이철이 놀라서 내는 헉 소리가 들렸다.

엘리베이터 문이 닫혔다.

"이런 씨팔 좆같은!" 당신이 외치는 소리가 들렸다. 그것은 지금껏 내가 들어온 당신 목소리 중 가장 큰 목소리였다.

로비를 지날 때 느껴지는 것이라고는 내가 불규칙한 호흡을 받게 내뱉고 있다는 것뿐이었다. 내가 울고 있다는 사실을 깨달았지만 개의치 않았다.

이번에는 맨해튼의 소음도 나를 마비시키지 못했다.

나는 굽 높이가 10센티미터나 되는 구찌 하이힐을 신은 발로 달렸다.

디자이너가 만든 명품 옷을 입은 채 도망쳤다.

이 도시에 내가 아는 장소라고는 단 한 곳뿐이었고, 나는 어찌어찌 그곳에 도착했다.

메트로폴리탄 미술관.

나는 입장권을 살 돈이 없었다. 매표소 창구에 도착해서 보니 책상 맞은편에 키가 작고 나이가 많은 흑인 여자가 앉아 있었다.

그녀가 나를 알아보았다. "아, 당신이군요! 미술관에서 당신을 본 적이 있어요. ……아, 몇 년 전에요!"

"안녕하세요……." 나는 그 여자의 이름은 몰랐지만, 그 여자는 알고 있었다. 왠지 그렇게 느껴졌다. "아주 오래전 일인데요."

"인디고 씨는 어디 계시죠?"

"나는…… 혼자 왔어요."

그녀의 얼굴 위로 어떤 표정이 스쳤다. 그녀는 고개를 한쪽으로 갸우뚱하며 물었다. "저런, 아가씨, 괜찮아요?"

거짓말을 할 수가 없어서 나는 고개를 저었다. "아뇨, 안 괜찮아요. 난…… 안으로 들어가야 해요. 그런데 돈 갖고 오는 걸 잊었어요. 돈이 없어요. 그런데 난…… 난 꼭 들어가야 해요."

"그러니까 표를 사고 싶은 거군요. 1달러만 내면 내가 들여 보내줄 수 있어요."

"전혀 없어요. 한 푼도요."

여자는 잠시 망설였다. 그러더니 자신의 뒷주머니로 손을 뻗어 구겨진 녹색 지폐 몇 장을 꺼내 그중 두 장을 현금 수납함에 넣고는 나에게 표 한 장을 건넸다. "아가씨, 오늘은 내가 내줄게요. 아가씨가 이 장소를 얼마나 사랑했는지 아니까. 예전에 여기서 온종일 시간을 보냈잖아요. 그것도 매일."

"고맙습니다. 정말로 고마워요."

그녀는 손사래를 쳤다. "별말씀을."

"제게 얼마나 큰 호의를 베푸신 건지 모르실 거예요."

나 스스로는 잘 알고 있다고 생각했다. 그리고 안으로 들어가자 내가 미술관 내부 구조를 잘 알고 있다는 사실을 깨달았다. 내 발이 나를 그 그림으로 이끌었다.

그곳에 긴 의자가 하나 놓여 있었다. 조명이 어두운 하얀 벽에 걸려 있는, 내가 아끼는 그 그림은 눈에 띄는 전시물이 아니었다. 그저 수많은 전시물 중 하나, 별로 중요하지 않은 그림일 뿐이었다. 나는 의자에 앉아서 다리를 꼬았다.

나는 그녀를 물끄러미 바라보았다.

〈마담 엑스〉의 초상화.

그녀에게서는 침착함이, 억지스럽지 않은 힘이 느껴졌다. 목이 그려내는 곡선, 팔에 실린 힘, 얼굴에 떠올라 있는 평온한 표정.

나는 아주 오랜 시간 그림을 바라보았다. 그림에 담긴 평온함을 찾아내고 힘의 크기를 가늠하면서.

보아야 할 그림이 한 점 더 있었다. 전시실을 이리저리 둘러봤지만 어떻게 된 일인지 그 그림을 찾을 수가 없었다.

경비원이 한 명 있었다. 키가 크고 피부가 너무 까매서 번들거리는 흑인이었다. "실례합니다. 〈별이 빛나는 밤〉은 어디에 있죠?"

경비원은 멍한 얼굴로 나를 쳐다보다가 어깨를 으쓱했다.

가까이 있던 관람객 한 명이 나를 바라보았다. 중년 여성이었다. "아가씨, 여긴 메트로폴리탄 미술관이에요. 〈별이 빛나는 밤〉은 현대 미술관에 있어요. 현대 미술관은 길을 따라 조금 더 내려가면 있고요. 시내에요."

나는 여인에게 고맙다고 말하고 사전트 그림 앞 의자로 돌아왔다.

생각에 잠겼다.

내게는 기억이 있었다. 당신과 이곳에 함께 있던 분명한 기억이. 당신이 이 그림 앞에서 〈별이 빛나는 밤〉 앞까지 내 휠체어를 밀어줬었다.

어떻게 그런 일이 가능했던 거지? 두 그림이 한 미술관에 전시되어 있는 것도 아닌데.

다행스럽게도 나는 이제 완전히 딴생각에 빠져 있었다. 레이철과 함께 있는 당신의 모습도, 나에게 고정되어 있던 당신의 두 눈도 더는 눈앞에 어른거리지 않았고, 흥분과 역겨움과 배신감도 더이상 느껴지지 않았다.

나는 그 감정들을 저 깊은 곳, 아직은 처리하지 않아도 되는 감정들을 쌓아두는 내면 깊은 곳으로 밀어 넣었다.

그때 당신이 느껴졌다.

"여기 오면 당신을 찾을 수 있을 줄 알았어." 당신의 목소리는 거리 밑에서 울리는 지하철의 우르릉 소리처럼 차분했다.

"난 당신이랑 할 말 없어요." 나는 당신을 바라보지 않았다. 왼쪽으로 1미터도 떨어지지 않은 지점에 당신이 서 있었다.

"안타깝군. 난 당신한테 할 말이 아주 많은데."

"그것참 새로운 경험이 되겠네요."

당신은 한숨을 내쉬었다. "엑스, 당신은 이해하지 못하겠지만……."

"한 번만 더 그 개 같은 소리 지껄이면 소리 지를 거예요." 내가 내뱉었다. 욕을 하는 것이 좋았다. 나 자신이 강하고 자유로운 사람이 된 것 같은 기분이 들었다.

"왜 나를 훔쳐봤지?"

"나도 몰라요. 그러지 말 걸 하는 생각도 들지만 한편으로는 그러길 잘했다는 생각도 들어요." 나는 당신의 향수와 당신의 존재가 뿜어내는 묘한 힘을 의식하지 않고 숨을 쉬려고 안간힘을 썼다. "내가 당신에게 어떤 의미인지 이해하게 됐으니까요."

"당신이 내게 어떤 의미이냐, 그건 당신이 이해할 수 있는 범주를 넘어서는 문제야, 엑스."

"그래서 나랑 그 짓을 할 때는 성가시게 옷조차 벗을 필요 없는 거군요? 그래서 그 짓을 끝낸 뒤에 나랑은 절대로 함께 있지 않는 거군요? 그래서 나를 그렇게 대하는 거군요? ……연약한 물건 다루듯."

"뭐라고, 엑스? 당신은 내가 정말로 당신한테 그 짓거리들을 해주길 원하는 거야?" 너무 큰 목소리가 튀어나왔고 당신은 주위를 둘러보고는 거의 들리지 않을 만큼 목소리를 낮췄다. "내가 그 여자들 대하듯 당신을 대해주길 원해? 당신 얼굴에 사정하길 원해? 당신 머리채를 잡아서 당신을 다치게 해주길 원하느냐고? 그게 당신이 원하는 거야, 엑스?"

나는 고개를 저었다. "모르겠어요. 내가 그걸 원하는 건지 잘 모르겠어요. 그래요. 케일럽! 잘 모르겠다고요. 근데 그건 알아요. 그 여자랑 함께 있는 당신을 바라보고 있으려니까 질투가 나더군요. 화도 나고요. 당신이 나랑 하는 것보다 그 여자랑 하는 걸 더 즐기는 것 같았어요. 당신의 수많은 여자 중 그냥 한 여자가 되기는 싫은데 말이죠."

"당신이 요구하는 건 해줄 수 없어, 엑스. 당신은…… 내가 이 말을 하면 당신이 싫어하겠지만, 미안한데, 당신은 절대 이해 못 해."

나는 분노의 으르렁 소리를 내뱉었다. 그 소리가 어쩌나 컸는지 다른 관람객이 걸음을 멈추고 나를 바라보았다. "그럼 내가 이해할 수 있게 도와줘야죠!"

"어떻게, 엑스? 내가 무슨 말을 해야 하지?"

"진실?"

"무슨 진실? 뭐에 대한 진실을 말하라는 거야?"

"나에 대한 진실? 우리에 대한 진실? 도대체 왜 그 빌어먹을 탑에 꼭…… 꼭 라푼젤처럼 날 계속 가둬두는 건지."

당신은 오랫동안 아무 말 없이, 내 이름이 된 사전트의 그림만 바라보았다. "우리 둘이 이 장소에 앉아 이 그림을 바라보며 얼마나 많은 시간을 보냈는지 알아?"

그것은 그 무엇에 대한 진실도 아니었다. 그래도…… 전혀 무관한 말은 아니었다. 나는 그곳에 내 자유 의지로 와 있는 것이었으니까.

"정말 많은 시간을 보냈죠." 나는 잠시 머뭇거리다가 다시 말을 이었다. "내 기억이 어딘가 잘못됐나 봐요. 휠체어를 타고 당신이랑 여기에 왔던 일이 또렷하게 기억나요. 사전트 그림을 보고 나서 당신이 휠체어를 밀어줘서 반 고흐 그림을 함께 보고는 했는데. 나는 그 일을 기억해요, 케일럽. 지금 내가 여기에 서 있는 것만큼 분명하게. 그 일이 눈에 선해요. 그런데 내가 지금 서 있는 바로 이 자리에서 내 기억이 틀렸을 수도 있다는 사실을 깨달았어요. 반 고흐 그림은 아예 다른 미술관에 있으니까요. 나…… 나는 이해가 안 돼요. 어떻게 내가 뭔가를 잘못 기억할 수가 있죠?"

당신은 굳게 다문 입술 사이로 숨을 내쉬었다. "당신이 다시 걷고 말하는 법을 배우느라 재활 치료를 하는 동안 내가 기억에 관한 공부를 좀 했었는데, 기억의 저장과 소환이란 주제에 대해 우리가 이해할 수 있는 내용은 극히 일부에 지나지 않아. 그중에 기억나는 내용이 한 가지 있어. 어린 시절이나 그 비슷한 시기부터 형성된 우리의 기억 대부분은 실제 일어난 사건 그대로 기억된 것이 아니라더군. 그러니까 우리는 기억의 기억을 기억하고 있는 거야. 이해가 돼? 그리고 그 사건이 일어난 시점으로부터 시간이 흐르면 흐를수록 기억도 점점 왜곡돼서, 우리의 기억은 실제 일어난 사건과 비교해보면 몹시 부정확한 것이 될 수도 있대."

그 말에 내 몸이 흔들렸다. 숨 쉬는 법, 똑바로 서 있는 법은 부디 꼭 기억해야 할 텐데. "그럼…… 내 기억 중 몇 가지는 실제 기억이 아닐 수도 있단 말인가요?"

내 기억을 믿을 수가 없다니? 어떻게 그럴 수가 있단 말인가? 물론 당신은 이해하기 너무 어려운 문제라고 말했지만.

"적어도 과학적으로는 그렇단 얘기야." 당신은 대수롭지 않은 일이라는 듯 어깨를 으쓱했다.

"난 기억도 몇 개 없는데 말이죠. 당신, 로건, 레이철, 다른 수습생들, 렌…… 당신들한테는 평생의 기억이 다 있잖아요. 계속 보유할 수 있는 일직선의 정체성이. 나한테는 그게 없어요. 6년의 기억. 그게 전부죠. 내 정체성은 일직선이…… 아니라…… 차원 분열 도형이에요. 여러 갈래로 갈라지고 만들어진 가짜 정체성이죠. 그건 내가 아니에요. 당신이 창조해낸 나는 내가 아니란 말예요."

"엑스, 그 말은 옳지 않……."

"내 말이 옳아요, 케일럽. 그게 진실이에요. 당신이 나를 창조해낸 거예요. 당신이 내 이름도 지어주고 내 집, 그러니까 13층 아파트도 나한테 줬잖아요. 내 책도 전부 당신이 사준 거고. 나한테 정체성이 조금이라도 있다면 어딘가 기록이 있어야 할 거 아니에요. 적절히 처신하는 법을 비롯해 예의와 태도를 내게 가르친 사람도 당신이에요. 게으른 부잣집 아들들을 가르치는 여인 마담 엑스라는 정체성을 내게 부여한 사람도 당신이고요. 그중에 내가 스스로 선택한 게 뭐가 있죠, 케일럽? 아무것도 없어요. 내 옷을 사는 사람도, 내 음식을 사는 사람도 당신이고, 내 일상생활을 구성하는 사람도 당신이잖아요. 나는 오직 당신의 영향권 반경 안에만 존재하는 사람이에요."

"도대체 무슨 말을 하는 거야?" 당신은 조심스럽게 천천히 입을 열었다.

"당신이 내 정체성을 창조한 거라고 말하고 있잖아요. 그런데 이제 그게 나한테 잘 맞지 않는 것 같은 기분이 들기 시작했어요. 옷이라고 치면 너무 딱 붙거나 너무 헐렁해요. 어느 장소에서는 너무 딱 붙고 다른 장소에서는 너무 헐렁한 그런 옷 말예요." 나는 잠시 말을 멈추고 숨을 쉬었다. 숨쉬기가 힘들었다. "나는…… 실타 래처럼 풀리고 있는 중이에요, 케일럽."

긴 침묵이 흘렀다.

잠시 후 당신이 말했다. "당신은 마담 엑스, 나는 케일럽 인디고. 내가 당신을 구했어. 당신은 나와 함께 있어야 안전해."

나는 불안정하게 숨을 내쉬었다. "빌어먹을, 케일럽 인디고."

"내가 당신을 악당의 손에서 구했어. 나는 당신한테 다시는 나쁜 일이 일어나지 않게 할 거야." 당신은 한 손을 뻗어 내 손을 쥐었다. 당신의 손길과 목소리에는 나를 옴짝달싹 못하게 옭아맬 수 있는 마법의 힘이 있는 모양이었다.

당신은 나를 일으켜 세워 미술관 밖으로 데리고 나왔다.

당신의 마이바흐 자동차 안에 클래식 음악이 부드럽게 울려 퍼졌다. 첼로 독주곡이 잔잔하게 파도쳤다. 렌이 차체가 긴 자동차를 부드럽게 몰아 어수선한 정체에서 빠져나가 당신의 빌딩으로 우리를 데려가는 동안, 나는 음악의 선율에 정신을 집중했다. 마치 생명줄을 움켜쥐듯.

엘리베이터 안에서 당신의 한 손이 내 등허리에 얹혀 있었다. 당신은 열쇠를 돌리고 펜트하우스를 뜻하는 'P' 버튼을 눌렀다. 우리는 오르고 또 올랐다. 숨을 쉴 수가 없었다. 높이 올라갈수록 폐가 점점 더 오그라들었다.

펜트하우스 안에서 검은색 소파가 나를 반기고 있을 터였다. 당신이 여러 번 너무나 비인간적으로 내게 그 짓을 했던 그 소파가. 두려움이 엄습하면서 숨을 쉬기가 힘들어져 나는 끅끅 소리를 냈다. 목구멍에서 맥박이 거세게 뛰었다.

당신은 엘리베이터에서 내려 내가 따라 내리길 기다렸지만 나는 엘리베이터에서 내리는 대신 불쑥 열쇠를 돌렸다. 로비가 있는 1층, 주차장이 있는 지하, 6층, 13층만 아니면 어느 층이든 괜찮았다. 당신은 한숨을 쉬더니 내가 하는 대로 내버려 두었다. 완벽한 정장 뒷주머니에 한 손을 꽂은 채, 다른 한 손으로 숱 많은 검은 머리를 쓸어 넘기면서. 그것은 좌절, 짜증, 체념의 몸짓이었다.

내가 내린 층이 몇 층인지 알 수가 없었다. 위층으로 이어진 계단이 보여서 그리로 올라갔다. 오르고 또 올랐다. 다리가 아프고 3천 달러짜리 옷이 땀에 푹 젖었다. 계단이 마침내 끝나고 문이 하나 나타났다. 다리가 젤리처럼 흐물흐물해져서 더는 계단을 오를 수 없을 지경이었다. 나는 문에 은색 열쇠를 꽂고 돌렸다. 열리는 데 익숙하지 않은 뻑뻑한 문이 빠끔 열렸다. 나는 비틀비틀 휘청거리면서 빌딩 옥상으로 나갔다.

숨이 막힌 채 옥상 밖으로 천천히 발을 몇 걸음 더 옮겼다.

밤의 어둠이 내린 도시가 펼쳐져 있었다. 빛이 가득한 고층 사각형들이 거리를 따라 도시 전체에 서 있었다. 위를 올려다보자 어두운 암회색 하늘이 보였다. 초승달이 지평선 위 낮은 곳에서 빛나고 있었다.

언제 밤이 됐지?

혼자 미술관에서 얼마나 오랫동안 그림을 바라보고 있었던 거야? 그게 그렇게 긴 시간이었나? 어떻게 차를 타고 이곳으로 돌아왔는지 전혀 기억이 나지 않았다. 차가 움직이고 있다는 느낌, 행인들의 흐릿한 얼굴과 자동차들, 노란색 택시와 검은색 SUV 차량들, 고요하게 연주되던 첼로 소리만 떠올랐다.

나는 옥상에 깔려 있는 자갈돌을 밟고 한참을 걸어 빌딩 가장자리로 갔다. 오른쪽에는 비틀린 형태의 은색 돔이 있었고, 왼쪽에는 시끄럽게 으르렁거리며 돌아가는 환풍기가 설치된 콘크리트 구조물이 있었다.

59층 밑 보도를 가만히 내려다보았다. 사람은 점, 자동차는 장난감처럼 보였다. 현기증이 나를 붙잡고 흔들었고, 나는 어지러워서 뒷걸음질을 쳤다.

그러고는 숙녀답지 못하게 두 다리를 뻗고 그 자리에 털썩 주저앉았다.

통제할 수 없는 울음이 끝없이 북받쳐 올랐다.

정신을 잃을 때까지, 큰 지진 후의 여진처럼 두 눈을 감아도 흐느낌에 몸이 떨릴 때까지 나는 울고, 울고, 또 울었다. 그런데도 실은 내가 무엇 때문에 울고 있는지 알 수가 없었다.

아마도

모든 것이

싫어서겠지.

04

나는 어둠의 대양 속으로 가라앉는 중이었다. 하늘은 바다였다. 넘실거리는 구름 덩어리가 파도처럼 사방으로 흘러 다니면서 무겁게 나를 짓눌렀다. 호메로스의 시에 나오는 짙은 와인색 바다의 거대한 파도처럼. 나는 옥상 바닥에, 낮 동안 열을 받아 여전히 열기를 뿜어내고 있는 거친 콘크리트 바닥에 등을 대고 누워 있었다. 얇은 드레스 원단 밑으로 그 열기가 느껴졌다.

정신이 들었을 때 누군가 곁에 있는 것이 느껴졌지만 나는 눈을 뜨지 않았다. 아마도 당신이 날 찾아낸 모양이었다. 내가 갈 수 있는 곳은 한정되어 있었으니까. 내 옆에 앉는 당신이, 내 머리칼을 부드럽게 이마 위로 쓸어 올리는 당신의 손길이 느껴졌다.

그때 시나몬 냄새와 담배 냄새가 났다.

나는 눈을 번쩍 떴다. 당신이 아니었다.

나는 깜짝 놀라 속삭였다. "로건, 당신이 어떻게 여기 있어요?"

그는 어깨를 으쓱했다. "뇌물을 찔러주고 경계를 흐트러뜨리고, 뭐, 별로 어렵지 않았어요. 당신이 아파트에 없더군요. 이유는 잘 모르겠지만 그냥 어떤 느낌이 들어서…… 올라와 봤죠. 마치 여기 오면 당신을 찾아내게 되리라는 사실을 미리 알고 있던 사람처럼."

"당신은 여기 있으면 안 돼요."

그는 입에 담배를 한 대 물고 손으로 감쌌다. 라이터가 긁히는 드르륵 소리와 찰칵 소리가 들렸다. 잠깐 오렌지색 불꽃이 일더니 알싸하고 시큼한 담배 냄새가 났다. 그의 뺨이 오목해지면서 가슴이 부풀었고 콧구멍에서 하얀 연기가 뿜어져 나왔다. "그래요. 난 여기 있으면 안 되죠."

"그런데 왜 여기 있어요?" 나는 일어나 앉았다. 주름투성이의 더러운 드레스가 거의 엉덩이까지 올라가 있어서 적당한 수준 이상으로 맨살이 드러나 있는 것이 느껴졌다.

"당신이랑 할 이야기가 있어서요."

"할 얘기가 뭔데요?"

그의 두 눈은 수줍어하지 않고 내 몸을 훑었다. 산들바람이 불어오자 젖꼭지가 단단해졌고 피부에 소름이 돋았다. 어쩌면 바람 때문이 아니라 로건 때문이었는지도 모르지만. 그의 독특하고 생기가 도는 푸른빛의 두 눈이 내 곁에 있다니. 그는 불쑥, 예상치 못한 상황에서 설명할 수 없는 이유로 그 옥상, 내 삶 속에 들어와 있었다.

"정말로 해야 할 말이 많아요." 그의 두 눈 속에는 확실히 많은 말이 담겨 있었다.

"그럼 해봐요." 내가 말했다. 나에게 그것은 하나의 도전이었다.

그의 손가락 사이에 끼워진 담배에서 연기가 피어오르고 있었다. "케일럽 그 사람은 당신이 생각하는 그런 사람이 아니에요."

"당신이 그 말을 한 건 이번이 처음이 아니에요. 당신은 그 사람에 대해 뭔가 알고 있군요. 그래요? 그 사람 진짜 정체가 뭐죠?"

"몇 가지 사실은 알아요." 그는 담배를 길게 빨아들이고 잠시 숨을 멈추었다가 코를 통해 연기를 다시 뿜어냈다.

"케일럽의 비밀을 내게 알려주려고 여기 잠입한 거예요?"

그는 화가 난 것처럼 고개를 저었다. 금발 머리가 그의 어깨 위에서 물결쳤다. 그는 부인했다. "아뇨. 그런 게 아니에요. 당신이 잘못된 선택을 했기 때문이죠. 당신은 나랑 함께 있었어야 했어요. 그랬다면 우리 둘이 놀라운 일들을 해낼 수 있었을 텐데."

"내게는 선택의 기회가 주어진 적이 없어요, 로건." 나는 이렇게 말했지만 그 말이 약간 거짓처럼 느껴졌다.

"아뇨, 기회가 있었어요." 그는 다시 한번 길게 담배 연기를 빨아들였다가 용처럼 콧구멍으로 뿜어냈다. "아무튼. 그 문제로 당신이랑 말싸움하고 싶지는 않아요. 내가 여기 온 건 그동안 내가 좀 파헤친 내용을 당신에게 알려주기 위해서예요."

"그게 무슨 뜻이죠? 파헤치다뇨?" 손으로 붙잡을 뭔가가 있으면 싶었다. 로건 말고 시선을 돌릴 만한 다른 대상이 있었으면 싶었다.

"당신 신변 조사를 좀 했거든요." 그는 조용히 말하면서, 엄지로 담배꽁초를 튕겼다. 담뱃재가 산들바람 속으로 날아가며 흩어졌다.

"뭐 좀 알아냈어요?" 이렇게 물었지만, 그런 질문을 하고 싶지 않았다.

나는 그의 손에 들려 있는 라이터를 빼 들었다. 그의 손바닥 열기가 남아 있어서 따뜻했다. 바닥부터 1~2센티미터 정도를 채운 액체가 투명한 초록색 용기 안에서 찰랑댔다. 나는 엄지로 점화장치를 돌려 불을 붙였다. 다시 손가락을 돌려 불을 붙이고 까만색 버튼을 꾹 누른 채 살아 오르는 불꽃을 바라보았다. 옥상 바닥 그의 구둣발 옆에 담배 한 갑이 놓여 있었다. 그는 내 옆에 다리를 꼬고 앉더니, 내 몸을, 내 가슴골을, 내 허벅지와 음부를 덮고 있는 검은색 실크 조각을 수줍음 없이 대놓고 쳐다봤다. 나는 손을 뻗어 담뱃갑을 잡았다. 그는 나를 바라보기만 할 뿐 아무런 행동도 하지 않았다. 나는 담배 한 대를 뽑아, 아까 지켜보았던 그의 행동을 흉내 내어, 햇볕에 그을려 주근깨가 돋은 입술로 물었다. 불꽃이 일었고 담배 끝에 불이 붙었다. 연기가 피어오르기에 담배를 빨아들였다.

"뇌가 튀어나올 만큼 기침을 하게 될 텐데." 로건이 경고했다.

연기가 내 폐를 채웠다. 너무 뜨거운 연기가 너무 빽빽하게 차올라 폐에 불이 붙는 것 같았다. 나는 캑캑 기침을 토해냈다. 기침이 끝없이 나왔고 눈물도 찔끔 났다.

"이런 걸 왜 피워요?"

그는 어깨를 으쓱했다. "습관이에요. 내가 끊지 못하는 습관 중 하나죠. 사실은 정말로 금연을 시도해본 적도 없지만요." 그러고는 담배를 한 모금 빨고 말을 이었다. "먼저 입안에 연기를 채운 다음에 들이마셔요. 아니면 아예 들이마시지 말든가. 흡연은 나쁜 습관이에요. 당신한테는 절대로 어울리지 않는. 당신은 담배를 배우면 안 된다고 말해야 할 것 같은 책임감이 느껴지네요."

그러나 그는 나를 말리려고도, 담배를 내게서 빼앗으려고도 하지 않았다. 그저 그의 지시대로 따라 해보는 내 모습을 바라보기만 했다. 기침은 여전히 나왔지만 처음만큼 끔찍하지는 않았다. 어지러웠다. 정신이 멍했다. 자극적인 기분이었다. 그 습관의 매력이 뭔지 이해가 될 것도 같다는 생각이 들었다.

"뭘 알아냈죠, 로건?" 몇 분의 침묵이 흐른 뒤 내가 물었다.

그는 즉시 대답하지 않았다. 긴장감이 팽팽하게 느껴지고 두꺼운 침묵이 깔린 몇 분이 흘렀다. 그와 내가 뿜어내는 담배의 가느다란 연기만이 이따금 피어올랐다. 나는 구름만큼 무거운 그 침묵이 나를 짓누르게 그냥 내버려두었다.

담배를 피우니 좋았다. 침묵을, 그의 말과 내 말 사이에 놓인 긴장감 도는 공간을 채우는 소일거리가 되어 주었기 때문이다.

그는 짧아진 담배꽁초를 화난 듯 손목을 비틀어 끄면서 말했다. "정보는 힘이에요. 내가 알아낸 정보로 당신을 협박하고 싶네요. 나랑 함께 가지 않으면 말해주지 않겠다고. 하지만 그러면 나 역시 케일럽보다 나을 게 없는 사람이 되겠죠."

나는 그의 말이 암시하는 바에 대해 곱씹었다. "케일럽이 나에 대해 다 알면서 내게 말해주지 않는다고 생각해요?"

"그래요. 그 사람은 전에 그 사람이 당신한테 말해준 것보다 훨씬 더 많은 사실을 알고 있다고 생각해요." 그는 일어서서 군살 없는 몸을 쭉 펴고 내 곁을 떠나 성큼성큼 옥상을 가로질러 가더니, 허공으로 떨어지지 않게 둘러쳐 놓은 허리 높이의 벽 위에 두 손을 없었다. "우리 집에 왔던 날, 당신이 복도에 있었을 때 기억나요? 내가 코코아 산책을 시키고 돌아왔을 때 말예요."

나는 침을 꿀꺽 삼켰다. "네, 로건. 기억나요."

그가 그 이야기를 한 것이 이번이 두 번째였다. 나는 너무나 또렷하게 기억하고 있었다. 그것은 목욕을 하거나 잠을 청할 때마다 되풀이해서 나를 엄습하는 기억이요, 꿈이자 환상이었다. 잠에서 깨고 나면 우리의 손과 입이 어땠는지 자세한 내용은 기억나지 않았지만.

나는 새록새록 떠오르는 그 기억으로부터 도망치려고 위를 올려다보았다. 구름이 낀 어두운 하늘을, 연무와 빛 공해로 흐릿해 보이는 하늘을.

별이 보였으면 싶었다. 별이 어떻게 보일지 궁금했다. 다이아몬드처럼 반짝이는 빛의 점들로 가득한 하늘을 올려다보면 어떤 기분이 들지 궁금했다.

그의 말이 내 영혼을 울리고 내 귓속으로 파고들었다. 그의 목소리에 담긴 통증에 가까운 욕망에 이끌려 나는 현실로 돌아왔다. "당신은 알몸이었어요. 믿기 힘들 만큼 아름다운 그 피부가, 나를 위해 완전히 벗겨져 있었죠. 나는 그런 당신을 두 팔로 안았고요. 당신은 내 품 안에 있었어요, 엑스. 난 내 손으로, 내 입술로, 내 혀로 당신을 가졌어요. 그래놓고 당신을 보내다니. 내가…… 당신이 당신 발로 떠나게끔 만든 거예요." 그는 몸을 돌려 나를 바라보았다. 나의 냄새를 맡을 수 있는 것처럼, 드레스 원단 밑 내 몸을 볼 수 있는 것처럼. "당신을 떠나보낸 것 때문에 내가 얼마나 가혹한 대가를 치렀는지 당신은 영원히 이해하지 못할 거예요. 그 사실을 받아들이는 데 얼마나 큰 자제심이 필요했는지도."

나는 세차게 고개를 저었다. "로건, 나는…….."

그는 몸을 돌려 다시 스카이라인을 바라보면서 말을 이었다. "나는 지금도 그 기억에 시달려요. 당신을 품에 안아놓고도 그냥 떠나보낸 그 기억에. 당신이 날 떠났다는 사실 때문에 괴로운 게 아니에요. 내가 당신을 떠나게 했다는 사실이 괴로운 거죠. 그렇게 하는 것이 옳았다는 걸 내가 잘 알고 있기 때문에 더 괴롭고요. 그 사실을 인정하기 싫은 만큼 내게는 그 사실이 상처가 되지만…… 당신은 그때 나한테 올 준비가 되어 있지 않았어요."

"또 그 소린가요? 그게 대체 무슨 뜻이에요, 로건?" 나는 일어서서 드레스 자락을 끌어 내렸다. 일곱 걸음을 옮겨 몇 센티미터 간격을 두고 그의 옆에 섰다. "아까는 나에 대해 뭔가를 알아냈다고 말했잖아요."

그는 고개를 저었다. "별 뜻 없으니까 신경 쓰지 말아요."

로건은 청바지 뒷주머니로 손을 뻗어 네모나게 접은 종이 한 장을 꺼내더니 손에 들고 물끄러미 바라보았다. 바람에 종이 가장자리가 펄럭였다. 거기에 무슨 내용이 적혀 있든 내가 그 종이를 읽지 못하게 바람이 내 손에서 그것을 빼앗아 가고 싶어 하는 것처럼. 그는 발을 돌려 나를 마주 보고는 걸음을 옮겨 가까이 다가왔다. 나는 숨을 멈추었다. 온몸이 따끔거렸다. 내 피부가 그의 피부와 혀의 촉감을 기억하고 있었다. 그러지 말았어야 했는데. 그것은 내가 내린 결정이 아니었다. 하지만…… 그 일을 잊을 수가 없었다. 그리고 내 내면 저 깊은 곳에는 그 일을 잊고 싶지 않은 마음이 가득했다.

"엑스, 내가 당신한테 할 말이 아주 많다고 했죠? 그런데 어떻게 말을 해야 할지 모르겠어요. 나는 당신을 이곳에서 다시 데리고 나가고 싶어요. 당신이랑 함께 도망쳐서 당신을 내 여자로 만드는 거죠. 하지만 그것만으로는 충분하지 않아요. 난 자존심이 강한 남자예요, 엑스. 나는 당신이 나를 **선택**하길 원해요. 그리고…… 언젠가는 당신이 그럴 거라 생각해요."

그는 내 몸에 자신의 몸을 밀착시켰다. 탄탄하고 팽팽하고 따뜻한 그의 몸이 구석구석 느껴졌다. 내 가슴은 그의 가슴에 눌려 납작해졌고, 내 엉덩이는 그의 몸에 밀려 불룩해졌다. 내 안의 뭔가가 아프게 나를 찔렀다. 내 몸을 당기는 느낌을, 그를 의식하자 한순간에 머릿속이 하얘졌다. 그가 나를 어떻게 완벽하게 납치해 거친 바람이 느껴지는 곳으로 데리고 나갔었는지, 그것 말고는 아무것도 떠오르지 않았다.

그가 붙잡고 있는 내 팔뚝 위에서 종이가 펄럭였다. 그는 한 손으로 내 팔을 잡고, 다른 손 손바닥을 내 뺨에 댔다.

안 돼요. ……그러지 말아요. 나는 말소리를 입 밖으로 내보려고 했다.

"안 돼요, 로건." 나는 속삭였지만 그 말은 그저 숨소리로밖에, 그저 한숨 소리로밖에 들리지 않았다. 내 뺨을 만지는 손길에, 내 입을 스치는 그의 입술에 속눈썹이 미세하게 떨렸다.

그는 행동했다.

그는 내게 키스하고,

키스하고,

또 키스했다.

나는 그를 말리지 않았다. 반역적인 내 몸뚱이는 몸을 비틀고 싶어 했고 그의 몸과 섞이고 싶어 했다. 몸 전체로 그를 감싸고 싶어 했다. 내 두 손이 살그머니 그의 머리칼 속으로 숨어들었고 이내 곱슬곱슬한 금발 속에 파묻혔다. 내 목구멍에서 진짜 한숨이 새어 나왔다. 어쩌면 뜨겁고 간절한 신음이었는지도 모르겠다.

우리가 키스를 나눈 시간은 한순간에 불과했다.

1분 30초나 될까.

그런데도 그것은 모든 것을 완전히 바꿔놓은 것처럼 느껴지는 키스였다. 내 두개골을 덮고 있는 두피가 너무 헐거워지다 못해 확 벗겨져 나가서 나의 진짜 모습이 드러난 것처럼 느껴졌다. 그의 손길이, 그의 키스가, 그의 존재가 나를 진짜 **나답게** 만들어줄 수 있을 것처럼 느껴졌다.

나는 울고 싶었다.

그의 품 안에 축 늘어져서, 그 부드럽고 다정하면서도 강렬한 키스를 내가 더 이상 견딜 수 없을 때까지 계속해달라고 애원하고 싶었다.

그는 뒤로 물러서면서 손목으로 자신의 입을 문질러 닦았다. 내면의 악마와 필사적으로 싸우고 있는 것처럼 그의 가슴이 오르내렸다. 그는 네모나게 접은 종이를 내게 내밀었다. "이거. 이게 진짜 당신 이름이에요."

벼락을 맞은 것처럼 전율이 느껴졌다. 온갖 감정이 치밀어 올랐다. 그것은 너무나도 지독한 열기와 두려움과 의심과 욕망이었다.

그는 절반 높이의 벽 위에 한 손을 올렸다. 몸을 지탱하고 있는 것처럼. 금방이라도 그 위로 뛰어내려 날아가 버릴 것처럼.

"로건……." 나는 할 수 있는 말이 한 마디도 없었다.

"알고 싶다면 결심을 해야 해요. 한번 알고 나면…… 돌이킬 수 없을 테니까. 질문을 던지기 시작하면 멈출 수 없을 테니까."

"이제는 알아야죠. 그렇지 않아요?" 나는 화내듯 그에게 물었다. "당신이 질문의 답을 찾아냈고, 이제 내가 그 답을 직접 보아야 하는 거로군요."

"맞아요." 그는 숨을 내쉬고 내 곁을 지나가려다 말고, 호흡과 동작을 멈추었다. 그의 인디고색 눈과 내 눈이 마주쳤다. "당신은 나랑 함께 갈 수 있어요. 뉴욕을 떠날 수도 있고요." 그러고는 구름이 드리워진 하늘을 올려다보았다. "나는 당신을 어딘가 먼 곳으로 데려가 당신에게 별을 보여줄 수도 있어요."

그는 내 마음속 희망을 들을 수도 있는 건가? 내 마음속을 들여다보고 내 생각을 읽을 수 있는 건가? 그에게 정말로 그런 능력이 있는 건 아닌지 궁금했다.

"하지만…… 당신은 그러지 않겠죠." 그는 자신의 엄지로 내 입술을 문질렀다. "어쨌든 아직까지는."

그가 다시 내게 키스를 할 것 같았다. 다시 기습 키스를 당하면, 너무 자주 마주치는 것 같은 이 남자와 너무 가까이 있어서 숨을 쉴 수 없는 순간이 다시 찾아오면, 내가 살아남을 수 있을지 전혀 확신이 서지 않았다.

"질문의 답이 궁금하다면, 엑스…… 답을 찾았을 때 그 답을 피해서는 안 돼요."

나는 떠나는 그의 모습을 바라보지 않았다. 아니, 그러지 못했다. 그러고 싶지 않았다.

차마 그럴 수가 없었다.

줄어들기 직전의 늘어난 고무줄 같은 고통스러운 침묵의 시간이 오래오래 흘렀다. 나 혼자라는 사실이 분명해진 뒤에야 나는 마침내 스카이라인으로부터, 고층건물과 아파트 단지의 어두운 윤곽선으로부터, 구름과 저 멀리 켜져 있는 흐릿한 불빛으로부터 시선을 거두었다. 옥상은 다시 텅 비어 있었다. 그곳에는 나와 로건의 키스가 남긴 여운뿐이었다.

나는 네모난 종이를 펼쳤다.

내 옆 하얀 돌 위에 내가 아까 피우다 만 담배가 잊힌 채 놓여 있었다.

구겨진 누런 종이 위에, 남자 특유의 악필로 대문자 여러 개가 비스듬하게 적혀 있었다.

그 글자들이 이름 하나를 만들어내고 있었다.

내 이름.

읽지 않고 나 스스로 그 종이를 없애버릴 수도 있었다. 하지만 나는 그러지 않았다.

로건이 내게 알려준 내 이름이었기에.

그 사실 때문에 나는 그가 사랑스러웠고, 동시에 미웠다.

05

"이사벨 마리아 드 라 베가 나바로." 나는 속삭이는 소리로 이름을 읽었다. "이사벨."

이게 내 이름이라고? 이사벨이?

로건은 이 이름을 어떻게 찾아냈을까?

나는 종이에 압력을 가하는 펜의 감촉이 느껴진다고 상상하면서, 펜을 쥐고 단호하게 힘을 주어 쪽지를 쓰는 그의 강건한 손가락이 보인다고 상상하면서 종이를 뚫어지게 바라보았다. 26개의 글자, 나무를 얇게 펴서 만든 종이 위에 잉크로 눌러쓴 단순한 글씨체. 그 모든 것이 하나의 이름, 하나의 정체성을 만들어내고 있었다.

이사벨.

나는 물끄러미 종이를 들여다보았다. 시간이 얼마나 오래 지났는지 알 수가 없었다.

그러다가 문득 종이 오른쪽 아래 가장자리에 뭔가 다른 글씨가 작게 인쇄되어 있는 것을 깨달았다.

열 개의 숫자.

212-555-3233. 그 옆에 두 개의 대문자가 더 있었다. LR.

그의 전화번호인가?

무의미한 그 숫자들이 마침내 목소리를 빌리지 않고도 내 마음 속에서 의미 있는 형태를 형성하게 될 때까지 나는 그 숫자들을 속으로 계속 되뇌었다. 그 열 개의 숫자들은 낙인처럼 뇌 속에 각인되었다. 네 개의 이름으로 구성된 내 이름 전체를 잊을 리 없는 만큼 이제 그 숫자들도 잊을 리 없었다.

이사벨 마리아 드 라 베가 나바로.

나는 종이를 작게 접어 브라 속으로 집어넣고 발길을 돌렸다. 성큼성큼 문으로 걸어가 계단을 내려갔다. 층계참 세 개를 지나자 건물 내부가 나왔다. 복도는 어둡고 텅 비어 있었다. 사무실 유리창을 통해 흘러들어온 달빛과 도시의 불빛이 컴컴한 통로 위에, 마름모와 사다리꼴 무늬가 그려진 카펫 위에 어른거렸다. 엘리베이터가 보였다. 나는 타고 6층으로 내려갔다. 열쇠가 없어서 내 아파트로도 펜트하우스로도 갈 수가 없었다. 또 다른 장소로는 가고 싶지 않았다.

나는 머뭇거리다가 레이철의 방문을 두드렸다.

"마담 엑스?" 레이철이 졸린 눈에 어리둥절해 하는 표정으로 나를 바라보았다. "지금 새벽 네 시예요."

"알아요. 미안해요. 난…… 달리 갈 데가 없어서요."

"들어와요." 그녀는 손가락으로 눈가를 비비면서 딱딱한 나무 마룻바닥 위를 비틀비틀 걸었다. "무슨 일이에요?"

"혹시 컴퓨터 있어요?"

"물론이죠. 그런데 왜요?"

"좀 쓸 수 있을까요?"

"네, 그런데 대체 무슨 일이에요?"

나는 그 질문에 어떻게 대답을 해야 할지 알 수가 없었다. 설명하기 힘든 일들이 너무 겹겹이 쌓여 있었다. "난 그저……." 나는 고개를 저었다. "설명 못 하겠어요."

그녀는 어깨를 으쓱했다. "알았어요." 그러고는 거실 구석에 있는 책상을 손짓으로 가리켰다. 책상 위에 얇은 은색 컴퓨터가 놓여 있었다. "써요. 커피 좀 마실래요?"

나는 컴퓨터로 다가갔다. 한 입 베어 먹은 사과 로고가 꼭대기에 사랑스럽게 장식된 얇은 노트북이었다. 덮개를 열자 화면이 켜졌다. 내 아파트에 있는 컴퓨터와 바탕화면에 깔린 아이콘이 똑같이 생겨서 어렵지 않게 인터넷에 접속하는 아이콘을 찾아냈다. 레이철은 소파 반대쪽 끝에 앉아서 호기심 가득한 눈으로 날 쳐다보고 있었다.

나는 검색창에 "이사벨 이름의 뜻"을 쳤다.

왜? 왜 나는 이름에 담긴 의미를 찾고 싶었던 걸까?

이사벨의 뜻은 "주님은 나의 맹세"였다.

내게는 무의미한 말이었다.

마리아는 얼핏 보기에도 성모 마리아에서 비롯된 이름으로 라틴 문화권에서 흔하디흔한 이름이었다.

드 라 베가는 "초원의"라는 뜻으로, 역사적으로 스페인 귀족 가문에서 쓰인 이름이었다.

나바로는 그냥 스페인의 나바르 지방 출신이란 뜻이어서 내게 더더욱 별 의미가 없었다.

내면의 가마솥 안에서 여러 감정들이 끓어올랐다. 끓어 넘쳐 범람했다. 격렬한 맹독성 감정들이었다. 그러나 그 감정들은 충격으로 만들어진 얼음의 층 밑에 모두 숨겨져 있었다.

내게 이름이 생겼다.

그것도 진짜 이름이.

이사벨 마리아 드 라 베가 나바로?

"이사벨? 그게 당신 이름이에요?" 레이철이 물었다.

"그런 것 같아요. 잘은 모르겠지만."

로건이 지어낸 이름일 수도 있었다. 마음대로 아무 이름이나 대충 골라서. 그게 내 이름인지 내가 어떻게 알겠는가?

스스로 이사벨인 것처럼 느껴지는가? 알 수 없었다.

나는 레이철을 바라보았다. "당신도 이름이 있었잖아요. 전에…… 수습생이 되기 전에 쓰던 이름말예요."

그녀는 시선을 떨어뜨린 채 고개를 끄덕였다. "그래요. 니콜이었죠." 그러더니 한숨을 내쉬고는 창밖을 바라보았다. 그녀가 바라보고 있는 것은 도시가 아니라 과거였다. "니콜 마틴"

"그런데 지금은 레이철인 거예요?"

그녀는 다시 고개를 끄덕였다. "그래요. 열다섯 살이었을 때 어떤 포주한테 걸려들었어요. 그 작자는 나를 딕시 설탕을 연상시키는 딕시라고 불렀죠. 그 시절 나는 달콤했거든요. 그 작자는 내가 항상 설탕보다 달콤하길 원했죠." 그녀는 낮고 걸걸한 남자 목소리를 흉내 내며 말했다. "이리 와, 딕시, 설탕 좀 줘."

"그게 무슨 뜻이에요? 설탕 좀 달라뇨?"

그녀의 얼굴에 재미있다는 듯 미소가 살짝 스쳤다. "아, 그건…… 그러니까, 보통 누구한테 키스한다는 뜻이에요. 할머니가 아이한테 설탕 좀 달라고 말하면 자신한테 키스해달라는 뜻인 거죠." 얼굴에서 웃음기가 사라졌다. "하지만 데온의 경우, 그 말은 무릎을 꿇고 자기 자지를 빨라는 뜻이었어요."

"저런." 무슨 말을 해야 할지 알 수가 없었다.

"그렇게 니콜이었던 나는 케일럽이 나를 발견하기 전까지 딕시로 살았어요. 그 뒤로는 3번이 되었다가," 그녀의 안색이 밝아졌다. "이제 레이철이 된 거죠."

"어떻게……." 나는 질문할 문장을 머릿속에서 정리하느라 말끝을 흐렸다. "당신은…… 스스로 레이철인 것처럼 **느껴지나요?** 스스로 생각할 때 당신은 누구인 것 같아요?"

오랜 침묵이 흐른 뒤 그녀는 어깨를 으쓱했다. "잘 모르겠네요.

내 마음속의 나는 여전히 니콜인 것 같아요. 이제 그 이름을 아는 사람은 이 세상에 케일럽과 당신뿐이지만요."

"가족은 없어요?"

"없어요. 아빠는 원래 없었고요, 엄마는 약쟁이였어요. 내가 창녀가 된 이유는 엄마가 몸뚱이를 굴리는 걸 보면서 자랐기 때문이에요. 그러다가 내가 겨우…… 젠장, 열두 살 때였나? 엄마가 약물 과다로 죽었어요. 다른 가족이 전혀 없어서 시 정부에서 날 시설에 가두려고 하기에 도망쳤죠." 레이철은 조용히 저 허공 어딘가를 통해 과거를 바라보고 있었다. "나는 이제 스스로 레이철이라고 생각해요. 그 이름이 정말로 나인 것처럼 느껴지고요. 새로운 나인 거죠. 나는 레이철이 될 수 있어요. 그럼 영원히 니콜이나 딕시인 적이 없었던 척하면서 살 수 있을 거예요."

"그렇군요."

그녀는 알겠다는 듯 날카로운 시선으로 나를 바라보았다. "지금 당신 자신이 누구인지 알아내려고 애쓰는 중이군요. 그렇죠? 자신이 마담 엑스인지, 아니면 이사벨인지."

"당신 말이 맞는 것 같아요. 그게 바로 지금 내가 하고 있는 일이에요."

"내 경험에 비추어봤을 때 당신은 그런 사람인 것 같아요. ……자신이 다른 사람일 거라고, 자신이 실은 새로 이름을 알게 된 그 사람일 거라고 스스로를 설득하려 애쓰는 사람. 이사벨이 되고 싶으면 이사벨이 되는 것이 어떤 것일지 그걸 생각해봐야 해요. 새로운 이름에 대답하는 법을 배우는 것은, 우선, 스스로 그 이름을 지니는 걸 뜻하겠죠."

나는 내가 무엇을 원하는지, 누구이고 싶은 건지 알 수 없었다.

나는 이사벨이고 싶은 걸까?

아니면 마담 엑스이고 싶은 걸까?

나는 로건을 생각했다. 내가 선택할 권리를 누릴 자격이 있는 사람이라고 주장하던 로건을.

하지만 무엇을 선택해야 할지 알 수가 없었다.

나는 도망치듯 3번 아파트에서 나와 엘리베이터를 타고 로비로 내려갔다. 레이철에게 작별인사도 건네지 않았고 나올 때 방문도 닫지 않았다는 사실은 안중에도 없었다.

나는 거리에 서 있는 나 자신을 발견했다. 밖은 여전히 깜깜했고 뉴욕시라고 하기에는 너무나 조용했다. 자동차 몇 대가 옆으로 쌩 지나갔다. 머리 위에 등이 켜진 노란 택시 한 대, 하얀색 소형 밴 한 대, 경찰차 한 대였다.

내 소재를 당신이 알고 있는지, 당신이 날 찾고는 있는지 궁금했다.

발견되고 싶지 않았다.

적어도 당신 눈에는.

24시간 영업하는 카페가 있었다. 내가 들어가자 피곤하고 지루해 보이는 나이 지긋한 여인이 나를 쳐다보았다. "도와드릴까요?"

"전화 좀 쓸 수 있을까요?"

그녀는 멍한 시선으로 나를 바라보았다. "곤경에 빠졌나요?"

"어떤 사람한테 전화를 걸어야 해서요. 중요한 일이에요. 물론 불법적인 일은 아니고요."

여인은 눈을 몇 번 깜박이더니 앞치마 주머니에 손을 집어넣어 휴대전화를 꺼내 내게 건넸다. 뚜껑이 열리는 종류의 전화였다. 나는 번호를 눌렀다. 212-555-3233.

졸린 듯한 목소리, 아름답고 햇볕처럼 따뜻한 목소리가 들렸다. "여보세요. 누구시죠?"

"저…… 나예요."

"엑스?"

"네."

"지금 어디 있어요?"

나는 여인을 흘끔 쳐다봤다. "어디 있냐고요? 여기 상호가 뭐죠?"

여인은 손짓으로 내 앞 계산대 위에 놓여 있는 메뉴판을 가리켰다. 나는 카페 이름과 주소를 읽었다.

로건이 말했다. "10분 안에 갈게요. 거기 있어요. 알았죠?"

10분이 안 되어 그가 나타났다. 카키색 카고 반바지, 소매가 없어서 팔꿈치부터 어깨까지 팔뚝을 뒤덮고 있는 문신이 더 두드러져 보이는 민소매 티셔츠 차림에 샌들을 신고 있었다. "엑스, 당신 괜찮아요?"

나는 고개를 저었다. "궁금한 게 너무 많아요." 그에게 필사적으로 매달리고 싶은 마음이었다. 하지만 그랬다가는 영원히 그에게서 떨어지지 못할까 봐 두려워 감히 그러지 못했다. "난 아무것도 모르겠어요. 무엇을 해야 하는지도 모르겠고요."

로건은 주위를 둘러보다가 메뉴판을 챙겨 들고 칸막이가 쳐진 자리로 가서 앉았다. 나는 그의 맞은편에 앉았다. 그는 여인 쪽으로 시선을 돌리며 말했다. "커피 두 잔 주세요." 그는 내게 메뉴판을 내밀었다. "배고파요?"

나는 고개를 끄덕이면서 얇은 합판 앞뒤에 적어 놓은 음식 이름들을 정독했다. 벨기에 와플과 베이컨을 먹기로 했다. 한 번도 먹어본 적 없는 음식들이었지만 왠지 이름만 들어도 맛있을 것 같았다. 음식이 도착하자 로건과 나는 몇 분 동안 마냥 먹기만 했다. 와플이 어찌나 맛있는지, 이야기하느라 먹는 시간을 단 1초도 허비하고 싶지 않았다.

음식을 다 먹어치우자 로건은 그 커다란 두 손으로 블랙커피가 든 자그만 흰색 도자기 머그잔을 감싸 쥐었다. 그는 숨을 내쉬고 물었다. "자, 뭐가 궁금하죠?"

"그 이름을 어디에서 알아냈어요?"

그는 눈썹을 찌푸렸다. "그 이름? '내 이름'이 아니라 '그 이름'이네요?"

"내 이름 맞아요?"

"날 믿지 못하는군요?" 그는 상처받은 목소리로 말했다.

나는 논리적으로 말하고 싶었지만 쉽지가 않았다. "믿어요. 적어도 믿고는 싶어요. 하지만 어떻게 믿죠? 무작정 믿어야 하나요? 아무 이름이나 적어온 걸 수도 있잖아요. 그게 내 이름인지 내가 어떻게 알겠어요?"

그는 고개를 끄덕였다. "그 말도 일리는 있네요. 당신이 전에 그랬죠. 6년 전 사고로 뇌를 다치는 바람에 완전히 기억을 잃었다고. 당신이 병원 이름 같은 걸 전혀 말해주지 않아서 처음에는 넓은 범위부터 뒤지기 시작했어요. 뉴욕시 전역에 있는 병원의 신원 미상 의식 불명 환자를 다 찾아봤죠. 정보를 주면서 그런 기록에 대해 물어볼 지인이 있는 친구들을 다 동원해서 말이죠. 6년 전, 그 해 1년만 해도 의식 불명에 빠진 희생자가 발생한 사건이 수천 건이나 일어났더군요. 그런데 그 수천 명의 의식 불명 환자 중에 신원 미상 환자는 없었어요. 그 환자들 대부분은 몇 시간, 혹은 며칠 안에 의식을 되찾았고, 깨어난 사람들 대부분은 기억도 되찾았어요. 그 중 몇 명은 기억을 일부밖에 되찾지 못했지만요."

"지금 무슨 이야기를 하는 거예요?" 나는 실신할 것 같았다.

"당신이 얼마나 오랫동안 의식 불명 상태에 빠져 있었는지 혹시 알아요?"

나는 기억을 떠올렸다. 의식이 돌아왔을 때 나는 신경 반응이 없었다. 깨어나기는 했지만 전부가 돌아온 것은 아니었다. 두 눈의 초점을 맞추는 데만도 시간이 꽤 걸렸고, 옆에서 건네는 질문을 이해하고 그에 반응하기까지는 더 많은 시간이 걸렸다. 물론 말도 할 수 없었다. 그게 정신적인 문제인지, 아니면 신체적인 문제인지, 의사들도 확진을 내리지 못했다. 그런데 케일럽과 함께 시간을 보내면서 말을 하기 시작했다. 단어를 발음해주면 그 발음을 흉내 내면서. 내가 얼마나 오랫동안 의식 불명 상태에 빠져 있었는지 들은 기억이 전혀 없었다. 내가 그 당시 일을 알고 있는 것은 케일럽이 말을 해줬기 때문이고, 따라서 내가 아는 것은 그게 다였다. 의식을 찾은 직후 나의 실제 기억은 지독히 흐릿했다.

나는 고개를 저었다. "나…… 난 잘 모르겠어요. 케일럽이 말해주지 않았거든요. 물어볼 생각을 한 적도 없고요."

그는 그저 고개를 끄덕일 뿐이었다. "내가 찾아낸 의식 불명 환자 중에 당신의 경우와 일치하는 사람은 한 명도 없었어요. 증상으로든, 다른 부작용으로든, 신체 상태만 따졌는데도요." 그는 커피를 한 모금 마셨다. "그래서 과거로 거슬러 올라갔어요. 1년, 그리고 또 1년. 신분증 없이 병원에 들어온 의식 불명 환자를 조사했죠. 병원 사람들은 그런 여자 환자를 '제인 도Jane Doe'라고 부르더군요. 의사와 간호사 수백 명을 만났는데 당신에 대해 아는 사람은 아무도 없었어요."

"당신 혼자 그걸 다 했어요? 그 조사를?"

그는 어깨를 으쓱했다. "증거를 찾았다고 전에 말했잖아요. 지금도 여전히 조사 중인데 시간이 좀 걸릴 것 같아요. 어쩌면 사업체 팔아치우고 흥신소를 차려야 할지도 몰라요. 당신 그거 알아요? 내가 사람 뒷조사에 재능이 있더라고요." 그는 한 손을 젓고는 말했다. "그래요. 요점만 말할게요. 나는 깨어 있는 시간을 모조리다 그 일에 쏟아부었어요. 잠을 자야 하는 시간조차 대부분 당신에 대한 정보를 찾느라 보냈고요. 그렇게 3년 치 환자 기록을 싹 뒤진 뒤에야 뭔가를 찾아냈어요."

그가 갑자기 말을 멈추었다. 그 이유를 알지 못했지만 나는 좌절감, 호기심, 두려움을 느꼈다. "그래서요? 뭘 알아냈는데요?"

"2006년에 자동차 사고가 있었어요. 승객은 엄마, 아빠, 십 대 소녀 이렇게 세 명이었고요."

"자동차 사고라고요?" 침을 삼키기가 힘들었다. "2006년에요? 그럼 9년 전인데요?"

그는 고개를 끄덕였다. 그러더니 다정한 목소리로 머뭇머뭇 말을 이었다. "사건 개요는 이래요. 부모는 현장에서 즉사했어요. 뒷좌석에 타고 있던 어린 소녀는 용케 살아남았고요. 그 소녀는 병원으로 이송됐지만 아무리 낙관적으로 보아도 생사를 예측하기 힘든 상태였대요. 그날 밤 응급실에서 근무했던 어떤 간호사랑 대화를 나누었는데, 두개골에 심각한 상처를 입어서 의식이 없는 열여섯 살 소녀가 곧 응급실에 도착할 거란 전화를 받은 일을 기억하고 있더군요. 하지만 그 여자가 아는 것은 그게 다였어요. 간호사는 그날 밤 그 소녀를 돌보았고 의사들은 소녀를 살리려고 최선을 다했지만, 소녀는 깨어나지 않았고 곧 병원 다른 층으로 옮겨졌거든요. 간호사는 그 뒤 그 환자를 잊었대요. 빌어먹을, 맨해튼 응급실 간호사들은…… 하루에도 환자를 수백 명씩 보니까. 당신도 알다시피 응급실에서 병동으로 옮겨지는 환자들을 일일이 다 확인할 순 없잖아요?"

"자동차 사고라고요?" 현기증이 느껴졌다. "노상강도 사건이 아니고요?"

"그 간호사는 나이만 더 어린 당신을 정확하게 묘사했어요. 짙은 색 피부, 검은 머리, 아름다운 얼굴, 멕시코계인지 스페인계인지 몰라도 아무튼 라틴 인종. 그 여자가 이야기한 부상 부위도 당신 흉터랑 같은 곳이고요." 그는 자신의 엉덩이와 머리를 손가락으로 가리켰다. 내 몸에 흉터가 남아 있는 부위였다. "그 환자가 당신이었다면, 자동차 사고가 맞아요. 그 점은 의심할 여지가 없어요."

"그럼…… 병원에서는 내 신원을 밝혀내지 못했다면서 당신은 어떻게 알아냈죠?"

"당신도 알겠지만 시청, 병원, 경찰서에는 일거리가 넘쳐나요. 수천 건씩 사건을 처리하다 보면 실종자, 신원 미상 인물, 미제 살인 사건이 그대로 방치되는 경우도 많아요. 제인 도, 혹은 존 도가 계속 생기는 거죠. 그래서 그 사람들이 사건 수사를 포기했다는 사실에 실망하지 않았어요. 그저 다른 시각으로 사건을 바라봤을 뿐이죠. 물론 그 사람들도 약간의 수고를 무릅쓰긴 하지만, 어떤 사건들의 경우는 계속 인력을 투입해야 할 타당한 이유가 없어요. 당신은 범죄가 아니라 자동차 사고로 의식 불명 상태에 빠진 만큼, 미제 살인 사건도, 다른 그 무엇도 아니었어요. 그래서 그들은 포기했고 당신은 계속 의식 불명 상태로 있었던 거예요. 어떤 일들은 그렇게 얼렁뚱땅 흘러가기도 하고 그러다가 완전히 잊히기도 하더라고요." 그는 한쪽 어깨를 들어 올렸다. "그와 달리 내게는 정보와 시간이 있었어요. 조사를 계속 진행해야 할 동기도 있었고요. 그래서 그렇게 한 것뿐이에요."

"그래서 결국 날 찾아냈고요."

그는 고개를 끄덕였다. "당신을 찾아낸 거죠. 그러고 나자 사고 자동차를 추적할 수 있었어요. 모든 자동차에는 자동차의 신분증 번호라고 할 수 있는 고유 번호가 있어요. 자동차 등록 번호VIN라고 하는데, 경찰이 사고 현장에 나타나 가장 먼저 기록하는 것도, 견인차가 망가진 차를 폐차장으로 끌고 갈 때 가장 먼저 기록하는 것도, 폐차장에서 차를 끝장내기 전 기록하는 것도 그 번호예요. 차를 폐차하는 과정에 관계된 사람들 모두가 그 자동차 등록 번호를 갖게 되는 셈이죠. 말하자면 자동차는 자신의 기록을 철저하게 남기는 물건이에요. 실제로 사람들이 차를 쉽게 잃어버린다는 사실을 생각하면 좀 이상하게 들리겠지만요. 아무튼 나는 경찰 기록에 접근할 수 있는 통로가 있어서 그 차 등록 번호를 알아냈어요. 그건 기본 중의 기본이에요. 알았죠? 아무튼 수사를 중지할 별다른 이유가 없는데도 수사가 중단됐더군요. 내가 찾아낸 그 차는 렌터카였는데 그게 좀 까다롭긴 했어요. 모든 렌터카 회사가 기록을 최상의 상태로 보관하고 있는 것 아니라서 일이 꼬일 수도 있거든요. 아비스나 버젯 같은 대형 렌터카 업체들은 최대한 많은 기록을 되도록 오래 보관하지만, 규모가 작은 업체들은 대체로 그렇지 않잖아요." 그는 한 손을 들어 손사래를 쳤다. "나는 추적해서 알아낸 렌터카 업체를 찾아가 서류 원본 찾는 일을 도와달라고 설득했어요. 렌터카 업계에는 불법적인 관행이 퍼져 있어서 설득하는 과정이 필요했죠. 차를 빌리는 사람들의 개인 정보를 많이 알아두지도 않고 그들한테 질문도 많이 하지 않거든요. 알았죠? 그냥 거액의 현금을 받고 운전자의 이름이랑 면허 번호만 기록해둬요. 누군가가 미국 면허가 아닌 스페인 면허밖에 없다 하더라도 아주 빡빡하게 굴 사람들이 아니죠. 여기까지 이해했어요?" 웨이트리스가 지나가다가 로건의 커피잔을 다시 채웠다. 그는 커피를 한 모금 마시고 이야기를 계속했다. "그래서 나는 렌터카 업체를 경영하는 그 사내에게, 기꺼이 낡은 서류를 뒤져봐야겠다는 생각이 들기에 충분한 액수의 현금을 찔러줬어요. 차를 빌린 사람의 이름은 루이스 드 라 베가였어요. 현금으로 보증금을 맡기고 한 주 동안 차를 빌렸더군요. 그 외의 정보는 없었어요. 이름과 스페인에서 발급한 여권 사진 한 장뿐이었죠. 루이스 가르시아 드 라 베가 레예스. 여권을 찍은 사진 속에 그 이름이 적혀 있었어요. 이제 다른 정보가 더 필요해진 거예요. 예컨대 INS 기록 같은."

"INS요?"

"이민 귀화국Immigration and Naturalization Service 말예요. 거기에 미국으로 이민 온 사람들의 행적이 보관되어 있거든요." 로건이 설명했다. "루이스 드 라 베가, 카밀라 드 라 베가, 이사벨 드 라 베가는 2004년 4월 스페인에서 미국으로 이민을 왔더군요."

"이사벨 드 라 베가" 나는 내 안에서 어떤 느낌 같은 것이 일어나길 바라면서 이름을 되뇌었다. "그런데 아버지 이름이 루이스 레예스라면서 난 왜 이사벨 레예스가 되지 않은 거죠?"

그는 고개를 저었다. "스페인의 작명 관습에 대해 조사를 좀 해봤는데 처음에는 정확한 이유를 잘 모르겠더라고요. 그런데 스페인 집성촌에 대한 구글 검색을 읽다가 그 이유를 짐작하게 됐어요. 보아하니 스페인에서는 세례명을 이름으로 쓰는 것 같더군요. 물론 항상 그런 건 아니지만요. 그런 다음 아버지의 성이 먼저 붙고 그 뒤에 어머니의 성이 붙어요. 그러니까 성이 두 개가 되는 거죠. 하지만 격식 없는 편한 자리에서 자신을 소개할 때는 보통 세례명에 첫 번째 성인 아버지의 성만 붙여서 말해요. 그래서 아버지 루이스 가르시아 드 라 베가 레예스와 어머니 카밀라 마리아 드 라 베가 나바로 사이에서 당신의 성과 이름 이사벨 마리아 드 라 베가 나바로가 나온 거예요. 관습에 따라 보통은 이사벨 드 라 베가라고 불렸고요."

나는 논리적으로 생각해 이치에 맞는 질문을 떠올리려고 애썼다. "사고 이전 우리 부모님이나 나에 대해 뭣 좀 알아낸 것 있어요?"

"당신 아버지는 금속 세공인이었어요. 특히 금세공 기술이 뛰어난. 그런데 이곳 뉴욕시의 스페인 전통 장신구 업체에서 일할 기회가 생겨서 가족을 데리고 이곳으로 건너온 모양이더군요. 사실 2004년 전까지도 그 업체랑 계속 협업을 해왔는데 무슨 이유에서

인지 그 해에 업체 사람이랑 개인적인 연락을 주고받으면서 이곳으로 이주해오기로 한 거예요." 로건은 머그잔으로 합성수지 소재 테이블 위에 원을 그렸다. "당신 아버지를 찾는 건 사실 어렵지 않았어요. 여권 번호가 있어서 아주 쉽게 찾을 수 있었죠. 당신의 고향인 바르셀로나에 사는 지인 몇 명한테 부탁해서 알아낸 내용은, 당신 아버지 사업이 순탄치 않았다는 거예요. 그게 당신 아버지 잘못 때문인 것 같지는 않지만요. 아무튼 그래서 미국으로 건너올 기회가 생기자 실행에 옮긴 거예요. 당신 나이는 미국으로 건너왔을 때 열네 살, 사고가 났을 때 열여섯 살이었어요."

뭔가 대답할 말, 지적인 말을 찾아내려고 애썼지만, 충격을 받아서 정신이 멍하고 어지러운 상태라 뭔가를 떠올릴 수도, 어떤 생각을 진척시킬 수도, 어떤 기분을 느낄 수도 없었다. "이 모든 정보를 그저…… 전화 몇 통으로 알아냈단 말인가요?"

그는 어깨를 으쓱했다. "기본적으로는 그렇죠. 그런데 그렇게 말하니까 그 많은 수고가 다 별것 아닌 것처럼 느껴지는데요. 할 일이 엄청 많았거든요. 지난 몇 주 동안 2~3백 통의 전화를 걸어야 했어요. 막다른 길을 뚫어서라도 당신과 당신 가족에 대한 구체적인 정보를 갖고 있는 사람들을 찾아내야 했으니까요. 이곳으로 건너온 이후 당신 가족이 남긴 흔적은 냉혹하기 짝이 없었어요. 당신 아버지는 일주일에 70~80시간씩 등골이 휘도록 일했어요. 당신 어머니도 호텔 청소부로 그와 비슷한 양의 노동 시간을 감당해야 했고요. 나는 당신 가족이 스페인에서보다 한 단계 낮은 수준의 생활을 했다는 인상을 받았어요. 당신은 공립 고등학교에 다녔지만, 당신을 실제로, 그러니까 개인적으로 알고 있는 사람은 한 명도 못 찾았어요. 당신을 가르쳤던 교사는 두 명 찾았지만, 다시 말하건대 이곳은 뉴욕이잖아요. 한 반 규모가 엄청나게 커서, 담임교사가 특정 학생을, 그것도 10년 전에 가르쳤던 학생을 기억해내는 것은 불가능한 일은 아닐지 몰라도 어려운 일이긴 하죠. 게다가 당신은 조용하고 내성적인 학생이었던 것 같아요. 영어 구사에 어려움은 없었지만 외국어 억양이 강했고요. 당신이 제출한 과제물들은 어떻게 봐도 눈에 띄는 것들은 아니더군요. 그래도 굉장히 우수하진 않지만 어느 정도 괜찮은 성적을 받았던 것으로 보건대 당신은 아마 적응 중이었나 봐요. 가까운 친구는 한 명도 없었지만."

"나한테……." 나는 숨을 쉬느라 잠시 멈추었다가 다시 말을 이었다. "나한테 다른 가족은 없나요? 스페인에도 없느냐, 그 말이에요."

로건은 고개를 저었다. 그 눈이 슬퍼 보였다. "안타깝게도 없어요. 당신 부모는 자식을 한 명밖에 낳지 않았고, 양쪽 조부모님은 당신 가족이 스페인을 떠나기 전, 당신이 어렸을 때 모두 돌아가셨어요. 당신 가족이 이곳 뉴욕에서 살았던 집들까지 다 조사해봤는데, 당신 부모님이 돌아가신 뒤에 당신 가족 물건을 보관하고 있는 아파트는 한 곳도 없었어요. 아무도 그 사람들한테 당신 사정을 말해주지 않았을 테니까요. 당신 가족이 돌아올 때를 대비해 당신들 세간을 창고에 넣어두었지만, 부모님은 돌아가시고 당신은 의식

불명에 빠졌으니까, 의식을 되찾았을 때 당신은 자신이 누구인지 몰랐으니까, 결국은 그 사람들도 그 물건들을 팔아치우거나 내다 버린 거죠."

"나는 출발점으로 다시 돌아온 셈이군요. 가족도 없고, 진짜 정체성도 없고, 진짜 내가 속한 집단도 없는."

로건은 한숨을 쉬었다. "그런 것 같네요. 내가 알아낸 그 모든 정보 중에 좋은 내용은 하나도 없으니 말예요. 그렇죠?"

나는 내가 믿을 수 없을 정도로 고마워하지 않는 태도를 보이고 있다는 사실을 깨달았다. "로건, 미안해요. 당신이 나를 위해 해준 일들을 대수롭지 않게 치부하려던 건 아니었어요. 내 이름을 찾았잖아요. 부모님 이름도 알게 됐고요. 내게는 그것만 해도 다 갚을 수 없을 만큼 큰 선물이에요." 그러고는 머그잔을 쥐고 있는 그의 두 손 위에 내 손을 얹었다.

그는 부정의 몸짓으로 어깨를 으쓱해 보였다. "별일 아닌걸요."

"이게 어떻게 별일 아니에요? 내가 내 이름을 찾았는데요?"

그는 내 눈을 바라보았다. 밝은 인디고색의 날카로운 시선이 내 눈에 날아와 꽂혔다.

"당신이 부여하는 만큼, 딱 그 만큼의 의미만 있는 일이잖아요. 이건 그 이름으로 당신이 뭔가를 해야만 의미가 있어지는 일이예요. 정체성이란 당신이 만드는 거예요. 그게 엑스든 이사벨이든 간에 당신이 스스로를 어떻게 부르고 싶은지, 당신 자신이 누구이고 싶은지에 달린 문제니까요. 사람은 누구나 자신의 정체성을 찾아 헤매요. 그렇지 않은가요? 내 말은, 사람은 누구나 자라면서 스스로를 중요하게 만들어줄 자신의 본질과 의미를 고심하면서 인생을 보낸단 뜻이에요. 사람들이 술을 마시는 것도, 마약이나 도박을 하는 것도, 온몸에 문신을 하는 것도, 그림을 그리거나 밴드에서 음악을 연주하는 것도, 책을 쓰는 것도, 매일 밤 다른 사람과 잠을 자는 것도 다 그 때문이죠. 자신이 누구인지 알아내려고. 어떤 사람들에게는 정체성이 가문의 역사 속에 뿌리 박혀 있어요. 그 사람들의 정체성에서는 어디에서 성장했느냐가 가장 중요한 요소예요. 내 지인 중에 샌디에이고에서 평생 살아온 가족이 있는데, 그들은 그 도시를 절대 안 떠나요. 부모가 그 도시로 이주해 와 정착한 뒤, 그곳에서 태어나고 자란 그 사람들은 영원히 거길 떠나지 않을 걸요. 아버지가 변호사였기 때문에 그들도 변호사가 될 테고요. 그 사람들한테는 그게 가장 쉬운 일이거든요. 그런 경우가 많지는 않겠지만, 그런 사람들에게는 삶 자체가 자신의 정체성인 거예요. 다른 사람들은 그보다는 더 힘들겠죠? 나 역시 내 방식대로 정체성을 만들어야 했어요. 내 인생으로 무엇을 하고 싶은지 결론 내려야 했죠. 나는 생각했어요. 비행 청소년이 되고 싶니? 마약 중개상이 되고 싶니? 범죄자가 되고 싶니? 객사하고 싶니? 아니면 감방에 가고 싶니? 그래서 군대에 가 정비공이 되었어요. 그다음에는 전투 용병이 되었고요. 그다음에는 아무것도 아닌 존재가 되었죠. 부상을 당해 병원 침상에 누워만 있는 미래도 없고 과거도 끝장난 존재였거든요. 모든 걸 다시 시작해야 했어요. 나는 처음부터 모든 결론을 다시 내렸어요. 내가 원하는 게 뭔가, 어떤 사람이 되고 싶은가. 나는 늘 뭔가를 만드는 일, 손을 쓰는 일, 활동적으로 움직이는 일이 좋았어요. 그래서 주택을 매입하고, 재건축해 되파는 일에 뛰어들었죠." 그는 손을 테이블 위에 폈다. 그 두 손에, 풍파에 시달린 손금에, 거친 피부에 시선이 끌렸다. 크고 강하고 유능해 보이는 손이었다. 바위만큼 단단하고 콘크리트 블록만큼 거친 손이었다. "그래서 낡은 집의 마루를 뜯어내고 벽을 무너뜨리고 벽장을 들어내는 일을 하게 됐어요. 못과 뼈대만 남을 때까지 집을 한 꺼풀씩 벗겨내는 거예요. 그런 다음 새집을 지어요. 새 벽을 세우고 새 벽장을 짜 넣고 새 바닥을 까는 거죠. 그렇게 모든 걸 예쁘게 만들어서 되파는 거예요. 나는 그 사업을 수익성 있는 사업으로 키웠어요. 그게 내 정체성이에요. 뭔가를 새로 짓는 것. 옛날에는 집을 새로 지었고, 지금은 사업체를 새로 세워서 되팔아요. 회사를 통째로 사들여 판다는 점만 빼면 과거에 집을 갖고 했던 일과 똑같은 일이죠."

"당신은 당신 자신을 재건축했군요."

그는 고개를 끄덕였다. "그것도 여러 번."

"어떻게 그런 일을 하죠? 정체성은 어떻게 짓는 거예요?"

"내 생각에는 배짱과 결심이 필요한 것 같아요. 실은 인생의 다른 문제들도 마찬가지잖아요. 자신의 인생, 자신이 지닌 기술 같은 것들을 똑바로 판단한 다음, 자신이 무엇을 좋아하는지, 무엇을 하고 싶은지 결론을 내리고, 그 결론이 이끄는 대로 따라가는 거예요."

나는 테이블 위를 물끄러미 내려다보았다. "내가 그런 일을 할 수 있을지 모르겠어요. 현재의 내 삶은 완벽하지는 않지만 내가 잘 알고 있는 것이긴 하거든요. 그게 내가 가진 전부이기도 하고요. 난 그것 말고 다른 것은 가져본 적이 없어요. 당신 말대로라면 내게도 부모님이 있었고 내가 학교에 다닌 적도 있지만, 그런 사실이 나를 다른 곳으로 데려다주는 것은 아니잖아요? 케일럽 문제를 어떻게 해결해야 할지 깨닫는 데 그런 사실이 무슨 도움이 되겠냔 말예요."

마지막 질문은 소리 내어 할 생각이 없었는데 그만 불쑥 입 밖으로 튀어나오고 말았다.

"내가 대신 결론을 내려줄 수는 없어요. 당신 스스로 그 방법을 알아내야 해요." 로건은 나를 바라보지 않았다.

"미안해요, 로건. 당신이랑 둘이 있을 때는 그 사람 이야기 안 하려고 했는데. 하지만 내 삶이 처해 있는 현실이 그렇잖아요. 당신이 그 사람 나쁘게 생각하는 거 알아요. 그리고 그 사람과 그 사람 생활의 일부는 내 마음에도 안 들어요. 최근에 그 사람에 대해 더 알게 된 사실들이 있는데, 알고 났더니 마음만 불편하더라고요. 하지만 그 사람은 내가 깨어난 뒤로 날 위해 존재한 사람이에요, 로건. 내가 가진 보잘것없는 정체성이나마, 그걸 내게 준 사람도 그 사람이고요. 걷고 말하는 법을 다시 배우는 동안 나는 하루하루를 매일 그 사람과 함께 지냈어요. 아무것도 모르는 상태에서 다시 시작했는데 말이죠. 장기의 대부분은 빠르게 제 기능을 회복했는데, 근육이 수축되어 있었고, 언어를 관장하는 뇌 부위가 손상되어서, 걷고 말하는 법을 다시 익혀야 했거든요. 의식을 되찾고 나서 처음 2년을 나는 재활 치료와 언어 치료로 보냈어요. 혼자서는 옷을 입을 수도, 음식을 먹을 수도 없었죠. 그런데 그 자리에 케일럽이 있었어요. 내가 갖고 있는 것은 모두 그 사람이 준 거예요. 그 사람에 대한 당신 감정이 안 좋다고 해서 그 모든 사실을 폄하할 수는 없어요."

로건은 한숨을 쉬었다. "그 사람이 악마라거나 뭐 그런 말을 하려는 게 아니에요. 난 그저……." 그는 말을 멈추고 두 손으로 얼굴을 문지르더니 말을 이었다. "그 사람이 왜 그런 일을 했는지 스스로에게 물어본 적 있어요?"

"그 사람이 날 발견했으니까요."

"그건 그 사람이 하는 말이고요." 로건은 검지로 테이블을 톡톡 두드렸다. "하지만 그 사람은 노상강도 사건이었다고 말했다면서요? 당신이 내게 그렇게 말하지 않았나요? 사건 기록은 다른 말을 하고 있어요. 난 경찰 기록을 봤어요. 자동차 사진도, 심각한 뇌 손상으로 무의식, 무반응 상태에 빠진 16세 여성에 대한 기록도 봤고요. 당신이 영영 깨어나지 못할지도 모른다고 기록된 의료 기록도요."

"그 사람이 뭐 하러 거짓말을 하겠어요?"

"모르죠." 로건이 말했다. "난 몰라요. 그리고 그 질문은 그 사람한테 해야 할 질문이지만 내가 물어볼 수 있는 질문이 아니에요."

"나 역시 그 질문을 할 수 있을지 잘 모르겠네요." 다시 현기증이 느껴졌다.

가슴이 답답했다. 벽이 조여 오는 것 같은 기분이었다. 좌석 칸막이 뒤에 손이 있어서 그 손이 내 목을 조르는 것 같았다. 세상이 핑핑 돌았다.

거짓. 진실. 왜곡. 사실.

그 모든 단어들이 혹 불어 끈 초에서 피어오르는 연기처럼 뒤틀리고 섞이고 형태가 바뀌고 일그러졌다.

나는 자리에서 일어서서 비틀거리면서 칸막이 밖으로 나갔다. 가게 밖으로 나가 보니 아침이었다. 빌딩의 협곡 사이로 흘러든 햇빛이, 거리 위, 보도 위에 넓은 금색 빛줄기를 던지고 있던 햇빛이 나를 씻어냈다. 나는 비틀비틀 걷다가 달리기 시작했다.

숨을 쉴 수가 없었다.

앞도 볼 수가 없었다. 그건 공황장애 증상이 아니었다. 그건…… 뭔가, 그보다 더 나쁜 증상이었다. 심장이 미친 듯이 쿵쾅대서 그대로 주저앉을 것만 같았다. 내가 죽어가고 있는 건가? 어쩌면 그것도 그리 나쁘진 않을 것 같았다.

나는 어떤 신호등 기둥을 붙잡고 서서 차가운 금속에 뺨을 댔다.

나는 내가 울면서 주문처럼 한 단어를 계속 되뇌고 있다는 사실을 깨달았다. "이사벨…… 이사벨…… 이사벨……"

그때 건장한 두 손이 나를 당겼고 넓은 가슴이 나를 안았다. 햇빛 같은 목소리가 귓가에서 웅얼웅얼 울렸다. "이제 괜찮아요. 숨을 쉬어 봐요. 자, 깊게 숨을 들이마셨다가 내뱉어요."

그가 해줘야 할 말은 그게 아니었다. 그런 말은 도움이 되지 않았다. 나에게 숨을 쉬라고 말한다고 해서 내가 숨을 쉴 수 있는 것이 아니었으므로. 그 말은 정답이 아니었다.

"나는 마담 엑스," 나는 마술을 할 때 주문을 외우면 통하듯, 그 말이 통하기를, 그 말이 내 폐로 산소를 불어넣어 주고 미친 듯이 쿵쾅대는 내 심장을 늦춰주기를 바라면서 속삭였다. "나는 마담 엑스. 당신은 케일럽 인디고. 당신이 나를 악당의 손에서 구했어요. 당신이랑 함께 있으면 나는 안전해요. 이건 그냥 꿈이에요. 꿈일 뿐이라고요."

나는 그 말을 여러 번 반복했지만 아무런 도움도 되지 않았다.

그런데 등 뒤에서 불규칙한 숨소리가 들려왔고 귓불에 닿는 입술이 느껴졌다. 내 가슴 위에 그의 팔이 강철 밴드처럼 감겨 있었다. "맙소사. 그 개자식이 당신을 세뇌했군요." 분노가 스며들어 있는 그 목소리는 우울하고 씁쓸하게 들렸다.

"이…… 이 말이 공황장애 증상이 나타날 때 진정하는 데 도움이 된단 말예요." 나는 간신히 대꾸했다.

"흠. 그럼 이제 새로운 방법을 써볼까요? 좋죠? 당신은 이사벨. 당신은 강해요. 당신은 안전하고요. 당신은 다른 사람이 필요 없어요."

할 수가 없었다. 그 말이 입 밖으로 나오질 않았다. 나는 시도하고 또 시도했다. "나, 나는…… 이사벨. 나는 이사벨. 나는 이사벨."
그러다가 고개를 저었다. "난 아니에요. 이사벨이 아니에요. 아니
란 말예요. 이사벨은 더 이상 내가 아니에요. 난 이사벨이 될 수 없
어요. 이사벨은 죽었거든요. 난 죽었어요. 수술대 위에서 죽었다
고요. 의사들이 날 다시 데려왔지만 난 이미 죽었어요. 내 심장은
거의 1분 동안 멈춰 있었어요. 그때 난 죽었어요. 이사벨 드 라 베
가는 죽었단 말예요."

"그럼 다른 사람이 되어 봐요."

나는 울고 있었다. 그것은 흐느낌이었다. "누구요? 내가 다른 누
가 될 수 있겠어요? 난 마담 엑스에요."

"마담 엑스가 당신이 되고 싶은 사람인가요?"

나는 그의 두 팔 안에서 몸을 비틀어 그의 가슴에 뺨을 기대며
외쳤다. "몰라요! 나도 모르겠어요. 로건. 아니, 난 더 이상 마담 엑
스로 살고 싶지 않아요. 나는 다른 새로운 인물이 되고 싶어요. 그
런데 그게 누군지 모르겠어요. 누가 되어야 하는 건지, 어떻게 결
정을 내려야 하는 건지 모르겠어요."

"당신은 강해요, 당신은 안전하고요. 당신은 다른 사람이 필요
없어요."

"그건 진실이 아니에요."

"아직은 그럴지도 모르지만 그렇게 될 수 있어요." 그는 손가락
끝으로 내 턱을 건드렸다. "날 봐요, 내 사랑. 이런 문장 들어본 적
있어요? '진짜가 될 때까지 진짜처럼 행동하라.'"

나는 고개를 저었다. "아뇨, 없어요."

"당분간은 그것밖에 할 수 없을지도 몰라요. 괜찮은 척하는 것. 강한 척하는 것. 다른 사람은 아무도 필요 없는 척하는 것. 그래도 진짜인 것처럼 해봐요. 당신 자신을 위해서, 당신 주위 사람들을 위해서 말예요. 잠에서 깰 때도, 잠자리에 들 때도 계속 진짜로 그런 척하는 거예요. 그럼 결국 언젠가는…… 그게 진실이 될 거예요."

나는 대답하지 않았다. 마이바흐 자동차가 도착할 때쯤 나는 다른 누군가를 찾지 않아도 될 만큼 진정이 되어 있었다. 길고 차체가 낮은 자동차가 우리 옆에 멈추어 섰다.

당신은 운전을 하고 있는 렌 뒷좌석, 저쪽 창가에 앉아 있었다.

창문이 부드럽게 내려갔다. 당신의 짙은 색 두 눈은 나에게 고정되어 있었다. "타, 엑스. 당장."

"이 사람 스스로 원하는 걸 결정하게 해주면 어떻겠소, 케일럽?" 로건은 나를 안고 있는 팔을 풀지 않은 상태로 이렇게 물었다.

"당신이 상관할 문제가 아니야. 그리고 그 여자한테서 팔 치워."

"이 사람이 나한테 그래 달라고 직접 말하면 그렇게 하지."

당신은 너무나 차분한 목소리로 물었다. "감옥으로 돌아가고 싶나, 라이더 씨? 원한다면 그렇게 해줄 수 있어."

로건의 몸에 힘이 들어갔다. 그 위협에 부담을 느낀 것이 분명했다.

나는 개 두 마리가 놓고 싸우는 뼈다귀가 된 기분이었다. 그 상황이 몹시 마음에 들지 않았다. "그만해요. 두 사람 다. 그냥…… 그만두라고요." 나는 당신을 향해 고개를 돌렸다. "날 어떻게 찾았죠, 케일럽?"

"당신은 내 거야. 난 언제든지 당신을 찾아낼 수 있어.

"이 여자는 **당신** 게 아니야, 개자식아. 이 여자의 주인은 자신이라고." 로건이 으르렁댔다.

그러자 렌이 차에서 내렸다. 키도 크고 덩치도 큰 렌의 표정 없는 두 눈에서 살기가 느껴졌다. 렌의 상의 밑에서 권총 한 자루가 나타났다. 크고 시커멓고 위협적인 물건이었다. 총구가 로건의 머리에 닿았다.

"뒤로 물러서. 당장." 렌의 목소리는 얼음보다 차갑고 평온하며 덤덤했다.

"좆 까. 대낮에 대로변에서 날 쏘지는 못할걸." 팔에 통증이 느껴질 정도로, 내 팔을 잡은 그의 손에 힘이 들어갔다.

렌은 총 꼭대기 부분을 딸깍 당기면서 말했다. "다시 생각해보시지. 확실히 쏠 수 있으니까. 난 실수를 해본 적이 없는 사람이야, 라이더."

펜트하우스, 욕조, 입에 총부리를 문 채 결박당해 있던 렌이 떠올랐다. 그의 눈 속에 있는 살인자가 보였다. 로건은 1초도 되지 않아 죽고 말 터였다. 한 번 숨을 내쉬고 다음 숨을 내쉬기도 전에.

나는 속삭였다. "날 놔줘요, 로건. 그만 해요. 내 눈앞에서 당신이 다치는 꼴을 볼 수는 없어요."

그의 두 눈이 애원하듯 내 눈을 찾았다. "당신에게는 선택권이 있어요. 이 문제도, 이름도, 미래도."

"내가 그 여자 미래야." 당신이 말했다. 내가 아닌 로건을 향해. "내가 그 여자의 과거였고 그 여자의 현재인 것처럼 말이지. 그중에 네가 끼어들 자리는 없어. 넌 심심풀이 땅콩일 뿐이야."

"이 작자가 날 쏘게 내버려 둬요. 빌어먹을, 나한테 신경 쓰지 말아요, 엑스. **당신 자신**을 위해서 선택해요."

목이 졸리는 것 같았다. 선택이란 말에 질식당할 것만 같았다.

나는 로건을 바라보았다. 분노로 이글거리는 그의 두 눈에는…… 뭔가, 내가 이해할 수 없는 감정이 녹아 있었다. 부드러우면서도 강렬한 그 감정이 끓어오르더니 돌연 날카로운 면도칼이 되어 곧장 나를 덮쳤다. 곱슬곱슬 끝이 말린 그의 긴 금발이 어깨 위에서 찰랑거렸고 그의 눈 위에도 흩날렸다. 그의 상처, 오른쪽 어깨 위에 남아 있는 두 개의 동그란 구멍과 오른팔 아래 팔뚝부터 위 팔뚝까지 그어져 있는 가느다란 흰 선이 보였다. 그의 오른쪽 갈비뼈 사이에도 주름처럼 상처가 하나 남아 있다는 사실을 나는 알고 있었다. 나는 그의 위팔뚝을 뒤덮고 있는, 여러 이미지가 뒤죽박죽 섞여 있는 문신을 보았다. 나는 보았다. 그 모든 광경을, 얼음처럼 정지한 삽화를, 그의 인디고색 눈과 금발 머리와 상처와 문신과 일로 거칠어진 두 손을, 각진 턱과 높은 광대뼈를, 내게 키스한 적이 있지만 더 이상은 요구하지도, 주장하지도, 욕망하지도, 원하지도 않고, 내가 그 입술을 가질 준비가 되길 마냥 기다리고만 있는, 표정이 풍부한 입술을. 내가 준비가 되는 날이 올까? 내가 자유롭게 그를 선택하는 날이 올까? 내가 그걸 해낼 수 있을까?

알 수 없었다.

나는 그를 위해 그에게서 물러섰다. 나 때문에 그가 상처 입게 내버려둘 수는 없었다.

그런데도 그는 이미 나 때문에 상처를 입었다. 그의 두 눈에 그렇게 쓰여 있었다. 그 사실이 곧장 칼날처럼 내 심장에 꽂혔다.

나는 거리를 벌렸다. 그러자 데자뷰 같은 장면이 펼쳐졌다. 내 앞에 있는 로건, 내 뒤에서 날 기다리는 당신, 자동차, 렌, 나의 심장통과 슬픔과 혼란. 나는 그를 원했지만 나 자신을 믿을 수가 없었다. 그와 함께 있는 미래라는 비전을 믿을 수가 없었다. 나는 과연 그를 믿고 있는가? 알 수 없었다.

당신은 내 뒤 마이바흐에 타고 있었다. 당신은 차에서 내리지도 않았다. 당신의 두 눈은 암흑의 현신이었다. 불가지하고 불가해한. 당신은 평소와 똑같이 완벽하고 건드릴 수 없는, 생명이 있는 대리석을 깎아 놓은 듯한 모습을 하고 있었다.

렌이 한 손으로 차 문을 열면서 다른 손에 쥐고 있던 총을 내려 시야 밖으로 치웠다. 당신은 나를 향해 팔을 뻗지도 않았다. 당신은 심지어 나를 바라보지도 않았다. 당신은 로건을 빤히 바라보고 있었다. 당신이 무슨 생각을 하고 있는지, 당신의 기분이 어떤지 알 수가 없었다.

로건이 지금 하는 생각, 로건의 지금 기분은 알고 있었다. 그의 얼굴에는 감정이 쓰여 있었으니까. 누가 그걸 보든, 누가 뭐라고 생각하든 그는 그런 것에 신경을 쓰지 않았으니까.

그 남자는 그랬다. 딱 그게 그 남자였다.

나는 어딘가로 이동 중이었고, 이동 중인 몸을 꼼짝도 할 수 없었다. 이 상황을 멈출 수가 없다. 당장 로건에게로 도망칠 수가 없다. 언젠가는 그럴 수 있을지 모르지만 적어도 지금은. 그는 내게 지나칠 정도로 상냥했고 진실했으며 과분했다.

그는 너무나 현실적인 존재였다.

그렇다면 나는……?

나는 유령이었다.

이사벨이라는 이름의 유령.

06

당신은 오랫동안 말이 없었다. 나는 감각이 없는 것처럼 느껴질 정도로 꼼짝도 하지 않고 앉아 있는 당신을 바라보았다. 어쩌면 어떤 말을 하고 어떤 말을 하지 않을지 고심 중인 것 아닐까. 잘 모르겠다. 나는 당신의 표정을 읽어낸 적이 단 한 번도 없었다.

"엑스," 당신의 목소리는 조심스럽게 느껴질 만큼 단조롭고, 정교하게 조율되어 있었다.

"로건이 내 이름을 알아냈어요."

"그건 그 작자 생각이고. 그렇지 않아?" 당신은 자신만만하고 무신경한 태도로 말했다.

"그 사람이 들려준 이야기는 그럴듯했어요."

"그래? 그럼 당신 새 이름은 뭐지?" 당신은 무시하듯 물었다.

"이사벨 마리아 드 라 베가 나바로." 나는 이렇게 말하면서 당신을 흘끔 바라보았다. "스페인 이름이죠."

당신은 다시 침묵했다. 당신의 침묵 사이에 어떻게 끼어들어야 할지 알 수가 없었다. "그래서 이제 이사벨이 됐나?"

"잘 모르겠어요. 그게 문제예요. 그렇지 않아요? 난 잘 모르겠어요. 아무것도."

"당신은 알아. 당신이 누구인지 알고 있잖아." 당신이 좌석 위에서 몸을 돌렸다. 당신의 눈 밑에는 다크서클이 져 있었고, 면도를 하지 않아 뺨과 볼에는 거뭇거뭇 수염 가닥이 자라 있었다. "당신은 마담 엑스. 나는 케일럽 인디고……." 당신이 또 그 주문을 외우기 시작했다.

"내가요? 그리고 당신이요?"

"일단 모든 일에 의문을 품기 시작하면 멈출 수 없게 돼, 엑스. 그건 너무 깊이가 얕아서 도저히 빠질 수 없는 토끼 굴에 갇히는 거나 마찬가지야."

"우습네요. 로건도 비슷한 말을 했거든요."

"그 작자가 그랬단 말이지." 이 말은 평서문이었는데도 의문문처럼 들렸다.

"그랬어요." 마음속으로는 여전히 공포에 사로잡혀 있었지만, 나는 어떻게든 그것을 돌파해나가는 법을 익히는 중이었다. 영혼 속에 몰아치는 돌풍에도 불구하고 말을 함으로써. "그 사람이 그러더군요. 일단 의문을 품기 시작하면 대답을 피할 수 없을 거라고."

"로건이 뭐라고 했든 난 관심 없어. 그 작자는 아무것도 아닌 존재야." 당신이 좀 더 가까이 붙어 앉았다.

당신의 몸에서 뿜어져 나오는 열기가 느껴졌고, 정장 재킷 원단을 팽팽하게 만드는 당신의 이두박근이 보였다. 당신은 평소에도 잠을 극히 짧은 시간밖에 자지 않았지만, 그나마도 설쳤는지 두 눈이 붉게 충혈되어 있었다.

"그 사람은 아무것도 아닌 존재가 아니에요. 적어도 나한테는. 그리고 나는 그 사람이 한 말에 관심 많아요."

"왜?"

"그 사람은 나한테 진실만 말하거든요, 케일럽."

"당신이 그걸 어떻게 알아?" 당신은 두 손을 들어 올려 내 허벅지 위에 올렸다.

나는 당신의 손을 처냈다. 나의 갑작스럽고 분명한 행동에 우리는 둘 다 놀랐다. "싫어요. 나 건드리지 말아요." 내 안에서 격렬한 감정이 끓어오르는 것이 느껴졌다. 그것은 격노, 날것 그대로의 극심한 분노였다. 당신을 향한, 로건을 향한, 모든 것을 향한.

"그 작자가 당신한테 진실을 말하는지 어떻게 알아?" 당신은 같은 질문을 반복했다. "그 작자가 꾸며낸 이야기일 수도 있잖아."

"알아요. 그 점에 대해서는 이미 생각해봤어요. 문제는, 같은 의문이 당신한테도 적용될 수 있다는 거예요. 당신이 내게 해준 말들이 진실인지 내가 어떻게 알죠? 내가 무엇을 믿을까요? 내가 누구를 믿을까요?"

당신은 한숨을 쉬었다. "언제나 당신 옆에 있었던 남자를 믿어야지."

"그런데 왜 그랬어요? 왜 대화를 피했죠? 당신의 처분만을 바라고 있는 수십 명의 다른 여자들을 만나지 못했다면, 나는 당신이 섹스를 편하게 하려고 그런다고만 생각했을 거예요. 말하자면 당신이 하는 말을 듣고만 있는 포로 청중이 되었겠죠."

"나한테 당신은 그런 존재가 아니야, 엑스."

나는 딱 잘라 말했다. "날 그렇게 부르지 말아요. 난 더 이상 그 엿 같은 마담 엑스가 아니란 말예요."

"그럼 당신은 누구지?"

"나도 잘 몰라요!" 나는 처음 두 단어는 큰 소리로, 세 번째 단어는 비명처럼 내질렀다. 심지어 렌조차 고개를 돌려 나를 바라보았다.

"그럼 무명씨라고 불러줄까?"

"놀리지 말아요, 케일럽 인디고." 내 목소리는 칼날처럼 가늘었다.

"놀리는 거 아닌데. 조롱은 내 스타일이 아니거든."

"당신 스타일은 뭔데요? 포주 짓? 아니면 매춘? 구원이라는 얄팍한 구실 밑에 가둬 놓은 그 여자들의 정체가 바로 그거예요. 그 여자들은 여전히 매춘부라고요. 이제 당신을 위해서 일하는 만큼 고객은 당신 딱 한 명뿐이지만요. 가장 높은 경매 가격을 제시하는 사람한테 당신이 **팔아먹기** 전까지는 당신 노리개로 지내다가 그다음에는 신부라는 이름의 노예로 전락하겠죠. 당신은 그 여자들이 스스로 그 길을 선택했다고 이해시켰겠지만, 그 여자들이 선택한 것 맞아요? 정말로? 레이철은 선택의 여지가 없었어요. 거리로 돌아가면 다시 창녀 딕시, 마약 중독자 딕시가 되어야 했으니까. 그런데 이제 그 여자는 **당신의** 창녀, 당신 중독자가 됐어요. 그건 선택이 아니에요." 나는 두 눈을 감고 숨을 내쉰 다음 입술 사이로 진실을 내뱉었다. "나도 그보다 나을 게 없죠. 우린 모두 당신의 창녀예요. 당신 중독자고요. 당신은 마약이에요. 우리의 정맥 속을 흐르는."

"엑스든 이사벨이든 당신이 누구든 간에, 당신은 자신이 무슨 말을 하고 있는지도 모르면서 지껄이고 있어."

"내가 누구든 이라고요? 말 한번 잘했네요, 케일럽." 내가 말을 멈추자 긴장감이 도는 무거운 침묵이 우리 사이에 드리워졌다. "내가 이제 질문을 하나 할 텐데 솔직하게 대답해야 할 거예요. 그러지 않으면 다시는 당신이랑 한마디도 안 할 거니까."

"좋아." 당신은 차분하게 대답했다.

"날 어떻게 찾아냈어요?"

당신은 한숨을 내쉬었다. 그것은 체념의 날숨이었다. "당신 몸에는 수술로 심어놓은 마이크로칩이 있어. 안면 재건 수술을 할 때 그 의사한테 2백5십만 달러를 지급할 테니 칩을 심어달라고 했지."

그 말에 나는 너무 놀라서 말문이 막혔다. 어쩌나 놀랐는지 차분하고 덤덤한 태도를 유지하기가 너무 힘들었다. "마이크로칩? 재건 수술?" 나는 내 얼굴 왼쪽, 귀 바로 위를 만졌다.

"기억 안 나?" 당신은 어리둥절해 하는 표정을 지었다.

"안 나요." 기억해보려고 했지만 실패였다.

나는 의식을 되찾은 직후의 날들을 곰곰이 돌이켜봤지만 떠오르는 것이라고는 재활과 케일럽, 의사들과 케일럽, 간호사들과 케일럽이라는 안개로 가득한 흐릿한 나날뿐이었다.

"당신 얼굴 왼쪽 전체가…… 완전히 엉망이 됐었어. 얼굴 오른쪽은 완벽하고 티 하나 없었지만 왼쪽은…… 그렇지 않았지. 그래서 전 세계에서 가장 기술 좋기로 유명한 재건 성형외과 의사를 데려왔고, 당신의 아름다운 얼굴을 되찾아주는 대가로 어마어마한 금액의 돈을 그 작자에게 지급했어. 아까 말한 2백5십만 달러는 칩을 심어달라고 찔러준 뇌물에 불과해. 다른 환자들을 다 떼어버리고 뉴욕으로 날아와 당신을 고치는 데 전념하라고 그 네 배가 넘는 돈을 지급했으니까."

내 얼굴을 고쳐주려고 당신이 그렇게 많은 돈을 썼다는 사실에 감동을 받아야만 할 것 같았다.

"아까 그랬잖아요, ……내 몸에 마이크로칩을 심었다고. ……그게 무슨 뜻이에요?" 이제는 말을 하는 것도 숨을 쉬는 것도 힘이 들었다.

당신은 잠시 동안 대답이 없었다. "당신 엉덩이 상처…… 사고가 난 이래로 그 상처는 계속 그 자리에 있었어. 프랑켈 박사가 얼굴 성형을 하려고 당신을 수술대에 눕혔을 때 그 상처 부위를 절개하고 그 안에 아주 작은 컴퓨터 칩을 심은 다음 아무 일도 없었던 것처럼 보이게 그 부위를 다시 봉합했지. 그 마이크로칩이 내게 당신의 위치를 알려주는 거야. 오차 범위가 몇 미터밖에 안 될 만큼 정확하게." 당신은 전화기를 들어 보이며 말했다.

당신의 그 고백을 어떻게 받아들여야 하는 건지 알 수가 없었다. 그래서 주제를 바꿨다. "로건이 나한테 무슨 이야기를 했는지 알고 싶어요?"

"당신이 말하고 싶다면 들어주지." 무표정하고 무관심한 표정, 믿지 않는다는 표정이었다.

어쩌면 그것도 너무 지나칠 정도로.

"자동차 사고가 있었어요. 우리 부모님은 죽었지만 나는 죽지 않았죠. 그 사람들은 이민자였어요. 경찰은 내 신원을 밝혀내지 못했지만, 내가 영영 깨어나지 않을지도 모르는 의식 불명 상태에 빠져 있었기 때문에, 수사는 그냥 종결됐고 나는 제인 도인 채로 남았어요."

"알겠어."

나는 그를 물끄러미 바라보았다. "알겠다고요? '알겠다'니 그게 무슨 뜻이죠?"

"그자 이야기에 문제가 많다는 뜻이야. 당신 신원은 왜 밝혀지지 않았지? 당신 부모님은 기본적인 신분증도 들고 다니지 않는 불법체류자였나? 아니, 당신 부모와 당신이 신원 불명이 될 수밖에 없었던 일련의 괴상한 사건들이 일어났다 치더라도, 그럼 수사는 왜 그냥 종결됐지? 그냥…… 포기했을 리가 없는데. 로건이 당신의 신분을 알아낼 수 있었다면 경찰은 왜 못 알아낸 거야?"

"내 생각엔……." 목이 탔고 정신이 멍했으며 머릿속이 혼란스러웠다.

"6년이야, 엑스. 당신을 간호하느라 나는 6년이란 인생을 보냈어. 그런 정보를 찾는 게 그렇게 쉽다면, 당신 생각에는 내가 그걸 알고도 당신한테 숨겼을 것 같아?" 내가 그렇게 생각하나? 알 수가 없었다. 당신은 말을 이었다. "당신이 나를 알고 지낸 세월이 6년이야. 그 남자를 알게 된 건 고작…… 얼마나 됐지? 그것도 생각이 안 나네. 당신 그 남자랑 얼마나 오래 함께 있었지? 잘 봐줘야 겨우 몇 시간 아닌가? 그런데도 그자의 말이라면 뭐든 믿을 준비가 되어 있군." 목소리에 혐오감이 실려 있었다.

당신의 논리적인 지적에 나는 대꾸할 말이 없었다.

"하지만 내 얼굴 말예요, 케일럽. 화상이었다고 말했잖아요. 노상강도 사건 중에 어떻게 그런 일이 일어날 수 있죠?"

"난 화상이라고 말하지 않았어. 그냥 엉망이 됐다고 했지. 당신은 난폭하고 잔혹하게 두들겨 맞았거든. 의사들이 그러더군. 얼굴을 막 밟혀서, 두 손으로 머리를 감싸고 거북이처럼 웅크렸을 거라고. 알아들어? 당신 얼굴은 그런 사례가 다시 있을 수 없을 만큼 손상이 심각했어. 당신이 그런 얼굴로 살아가는 게 싫어서 내가 그걸 고친 거고. 난 화상이라고 말한 적 없어."

나의 원래 신분은 그렇게 순식간에 사라지고 말았다.

나는 당신이 미웠다.

"당신은 마담 엑스……." 당신이 말했다. 그 말에 필사적으로 매달리고 싶었지만 그럴 수가 없었다. 예전에는 너무나 익숙하고 편안했던 당신의 그 말이 이제는 너무나 공허하게 들렸다. "나는 케일럽……."

나는 속삭임이라고 하기도 힘들 만큼 작은 소리로 말했다. "그만해요, 케일럽. 제발…… 그만하라고요."

"당신이 새 이름을 하나 고르고 싶다면……."

"왜 당신은 당신이 허락하는 방식대로만 결정을 내리게 만들려고 하죠? 왜 내 삶은 모조리 **당신**한테 달린 거냐고요? 왜 내 **존재** 전체가 당신에게 달려 있어야 하죠?"

당신은 한숨을 내쉬었다. 길고도 괴로운 소리였다. "차 세워, 렌." 당신이 말했다.

자동차가 당신 빌딩으로부터 몇 블록 떨어진 5번가 왼쪽 차선에 부드럽게 멈추어 섰다. 이른 아침인데도 수많은 자동차가 우리의 오른쪽 차선으로 지나갔다.

당신은 자동차 문 너머, 차창 너머 세상을 손짓했다. "그럼 가. 가서 당신만의 방식을 찾아봐."

"케일럽……."

그는 지나가는 자동차들을 살펴 차 문을 열고는 차 뒤편으로 돌아와 내 옆 차 문을 열었다. 그러더니 내 손목을 잡아 나를 끌어내리고 다시 운전석 뒷자리 쪽으로 돌아갔다. "내가 당신을 계속 가둬두길 고집해서 당신의 삶이 내 손에 달리게 된 것이 아니야. 상황이 그렇게 된 것뿐이지. 당신이 '자유'를 그토록 절실하게 원한다니, 그럼 그렇게 지내봐." 당신은 조롱 섞인 어조로 '자유'라는 단어를 힘주어 말했다.

당신은 몸을 낮춰 차에 올라탔다. 차 문이 부드럽게 '철컥' 소리를 내며 닫혔다. 마이바흐는 엔진 소리를 낮게 부르릉 내면서 미끈하게 멀어져갔다. 나를 혼자 남겨두고.

당신은 자신의 의사를 분명하게 전달한 것이었다. 그럼 나는 어디로 가지? 무엇을 하지?

나는 누구지? 마담 엑스가 아니라면 나는 누구지?

이사벨? 그 여자는 진짜일까? 로건의 이야기는 진실일까?

그렇다면 그건 당신의 말이 거짓말이란 뜻이었다. 당신의 말이 진실이라면 로건의 말이 거짓말이란 뜻이었다.

두 이야기에는 모두 허점이 있었다. 의심스러운 점이 있었다. 어쩌면 둘 다 진실이 아닐 수도 있었다.

나는 생각에 잠긴 채 걸었다. 내가 있는 곳이 어디인지도 모르면서. 당신이 나를 차에서 쫓아낸 지점으로부터 그다지 멀지 않은 곳, 한두 블록 정도 떨어진 곳이었다. 길모퉁이에 짙은 색 돌로 지어진 교회가 하나 있었다. 고딕 양식 건축물이었다. 교회 계단에 사람들이 앉아서 담배를 피우고 커피를 마시고 핸드폰으로 통화를 하고 있었다. 나는 계단에 앉아 얌전히 두 다리를 모으고 공포와 싸웠다.

나는 맨해튼에 혼자 있었다. 수중에는 돈도 없고 신분증도 없었다. 정체성이 없었으니까. 나는 그 누구도 아닌 존재였다. 당신에게 돌아가 당신의 탑 위로 올라간다면, 당신의 소유물인 것에 만족해야 했고, 마담 엑스인 것에 만족해야 했다.

로건에게 전화를 걸 수도 있었다. 하지만 과연 내가 그에 대해 무엇을 알고 있단 말인가? 아는 것이 거의 없었다. 그가 내게 한 말, 그에 대한 내 느낌 그게 다였다. 그를 믿을 수 있을 것 같은 느낌이었다. 그 사람과 함께라면 무엇이든 해낼 수 있을 것 같은 느낌이었다. 함께 있을 때 나는 그를 의심하지 않았다. 그를 잘 알고 있는 것 같았다. 그가 내 안에 있는 것 같았다. 그런데 이렇게 떨어져 있으면 그 모든 것이 의심스러웠다. 그가 의심스럽고 나 자신이 의심스럽고 케일럽이 의심스러웠다.

몸에서 악취가 나는 누더기 차림의 늙은 흑인이 내 옆에 앉기 전까지 나는 내가 울고 있다는 사실조차 의식하지 못했다. 노인은 갈색 봉투로 싼 병에 든 액체를 벌컥벌컥 들이켜면서 나를 곁눈질했다. "누군가 아가씨한테 나쁜 짓을 한 모양이군, 그렇지?"

나는 코를 훌쩍였다. "네. 아뇨, 잘 모르겠어요."

노인은 내 말에서 뭔가를 느꼈는지 현자처럼 고개를 끄덕였다.

"가장 고통스러운 게 바로 그거지. 모르겠는 거."

"난 내가 누군지 몰라요." 나는 왜 술주정뱅이 노숙자에게 그런 말을 털어놓았을까? 이유는 모르지만 나는 말을 했고, 그러자 카타르시스가 느껴졌다.

"흠, 나도 그렇소. 물론 나는 대단한 인물이었던 적이 없지만. 난 노숙자라서 술을 마시고 있는 게 아니오. 술을 마셔서 노숙자가 된 거지." 노인은 구름 한 점 없는 쾌청하고 푸른 하늘에서 뭔가를 찾는 듯 하늘을 향해 시선을 던졌다. "어쩌면 인생을 다르게 사는 방법이 있었을지도 모르지. 이제는 아무것도 기억나지 않지만."

"나도 기억이 안 나요. 전에 내가 누구였는지가 기억이 안 나서, 지금 내가 누구인가에 대한 확신마저 잃고 말았어요." 이제 나는 흐르는 눈물을 닦지도 않았다.

"아가씨가 예전에 누구였는지, 그리고 지금 누구인지, 그걸 꼭 알아야 할 필요는 없소. 아가씨가 지금 뭘 원하는지만 알면 되지."

놀랍게도 너무나 도움이 되는 말이었다. 나는 그 마지막 말을 곱씹으면서 노인을 바라보았다. 나는 스스로 '누구'가 되고 싶은 건지만 알면 되는 것이었다. 레이철도 그와 아주 비슷한 말을 했었고 로건도 마찬가지였다.

그런데도 의문점은 여전히 남아 있었다. 나는 '누구'가 되고 싶은 걸까?

알 수 없었다.

알 수가 없었다.

시간이 좀 흐른 뒤 노인은 계속 병의 내용물을 들이켜면서 비틀비틀 자리를 떴다.

나를 향해 다가오는 당신이 보였다. 당신은 필멸의 인간들 사이를 성큼성큼 걷고 있는 신처럼 보였다. 당신이 입고 있는 네이비블루 정장은 물론 맞춤 양복이었다. 타이를 매지 않은 흰색 버튼다운 셔츠의 맨 위 단추 두 개가 풀려 있어서 V자 모양으로 속살이 드러나 보였다. 뒤로 쓸어 넘긴 검은 머리는 아무런 애를 쓰지 않아도 예술적으로 아름답게 보였다. 블랙홀 같은 두 눈은 모든 빛과 질량을 흡입했다. 모든 것을 흡입하고 끌어당기고 찾아내서 그 안으로 빨아들였다. 나를 안으로 빨아들였다. 나를 안으로 끌어당겼다. 당신은 내 옆에 앉더니 팔꿈치로 계단을 짚으면서 뒤로 기댔다.

"집으로 돌아와. 엑스."

"집이요? 그게 뭔데요?" 나는 그 단어가 더없이 쓴 담즙인 것처럼 뱉어내며 물었다.

"빌어먹을, 도대체 뭣 때문에, 엑스⋯⋯."

"나는 당신의 크고 흉물스러운 아파트 안에 앉아서 기다렸어요. 내가 뭘 기다리고 있었는지 알아요? 당신이요. 난 거기에 앉아서 당신을 기다렸어요. 당신이 나타나길 기다렸어요. 그래서 당신이 나한테 그 짓을 할 수 있었고 그 짓을 끝낸 다음 날 무시할 수 있었던 거예요." 주위의 시선이 모두 내게 향했다. 난 그 시선을 무시했다. 그러나 당신은 나를 바라보지 않았다. 당신은 군중을 쓱 훑어보고 행인들을 바라보았다. 노란색, 검은색, 흰색, 파란색, 빨간색

이 어우러진 자동차의 물결을 바라보았다. 나를 제외한 모든 것을 바라보았다. "난 이제 그러기 싫어요, 케일럽. 모든 상황이 의문투성이예요. 나는 누구인가, 나는 누구였는가, 나는 누가 될 것인가, 누구나 이런 상황이라면 그런 의문을 품을 거예요. 그게 어떤 건지 당신은 알지도 못하죠?"

"당신보다는 잘 알아."

"난 더 이상 그런 사람으로 살고 싶지 않아요, 케일럽."

"그럼 어떤……."

나는 당신의 말을 잘랐다. "아직은 나도 몰라요. 지금은 아무것도 몰라요. 내가 로건을 믿는 것, 당신을 더는 믿지 않는 것은 분명하지만요." 나는 당신을 물끄러미 바라보았다. 마침내 당신의 시선이 내게로 향했다. "난 더 이상 당신의 주문에 걸린 노예로 살 수 없어요. 모든 것이 이미 변했거든요."

"당신을 변하게 만든 게 뭐지?"

나는 어깨를 으쓱했다. "로건." 그건 간단한 진실이었다.

그와 함께 지낸 단 몇 시간이 모든 것을 변화시킨 것이다. 내가 그 사실에 고마움을 느끼는지 그렇지 않은지는 불확실했다.

"그자는 전과자야." 당신이 말했다.

나는 고개를 끄덕였다. "알아요. 그 사람이 말해줬거든요." 나는 입술에 침을 발랐다. "당신이랑 관련이 있다고 그 사람이 그러더군요. 아니, 그 사람 말 속에서 그런 의미가 느껴졌어요. 그 사람은 무슨 일인지 말하려고 하지 않았지만. 어쨌든 그게 무슨 문제예요. 난 신경 안 써요."

"그래서 이제 어떻게 하려고?"

"모르겠어요."

"그냥 나랑 함께 돌아가지 그래. 당신이 의문점을 해결할 수 있도록 내가 돕지. 당신 공간도 만들어주고."

"내가 계속 당신이랑 함께 지낼 수 있을지, 이젠 모르겠네요. 당신, 레이철, 나 사이에 일어난 일은 그렇다 치더라도."

당신은 한숨을 내쉬었다. 긴 침묵이 흘렀다. 그리고 다시 한숨 소리가 들렸다. "돌아와." 당신과 시선이 마주쳤다. 그 두 눈 속에 담겨 있는 감정의 불꽃이, 아주 작고 미세한 불꽃이 보였다. "제발."

내가 다른 데 갈 곳이 있나? 아무 데도 없었다. 찾아갈 사람도 없었다. 레이철한테는 이미 너무 많은 폐를 끼친 상황이었다. 그리고 레이철만 보면, 엉덩이를 때리면서, 요란한 소리를 내면서, 나를 뚫어지게 바라보면서 그 짓을 하던 당신이 떠올랐다.

나는 로건에게 가고 싶었다. 모래 속에 내 머리를 파묻고 싶었다. 그의 품에 안기고 싶었다. 나를 바라보는 그의 두 눈을, 나를 만지는 그의 두 손을, 그의 입술을 갖고 싶었다. 그것도 너무나 간절하게 원했다. 나는 진실한 그를 원했다. 세상 그 누구보다도 편안한 사람이 바로 그였다. 하지만 만약 그 사람도 거짓말을 하고 있는 거라면? 당신에게 중독되었던 것과 마찬가지로 그 사람에게도 중독된다면?

당신은 마약이었다. 그리고 나는 당신에게 중독되어 있었다.

마약 중독자에 대한 책을 한 권 읽은 적이 있다. 마약 때문에 자신이 죽어가고 있다는 사실을 알면서도 중독자들은 왜 마약을 끊지 못할까. 그것은 죽음이 목전에 있다는 사실을 알면서도 일정 시간이 흐르면 다시 마약에 손을 대기 때문이었다.

나는 더 이상 내가 당신을 믿지 않는다는 사실을, 당신이 거짓말을 하고 있다는 사실을, 당신이 내게 진실을 숨기고 있다는 사실을 잘 알면서도 당신과 함께 돌아갔다. 당신은 그런 식으로 나를 조종해 다시 제자리에 주저앉혔다. 내가 당신과 함께 돌아간 것은 당신에게 중독되어 있었기 때문이다.

07

당신은 엘리베이터 안에서 문에 기대어 서 있는 나에게 하체를 강하게 밀어붙여 옴짝달싹 못하게 만들어놓고 두 손으로 내 몸을 더듬었다. 한 손은 내 머리 밑에 집어넣어 머리채를 움켜쥐었고 다른 한 손으로는 내 옷을 벗겼다. 당신의 입이 강하게 내 입술을 덮쳤지만 그것은 키스가 아니라 소유권의 과시였다. 당신의 입이 내 호흡을 앗아갔다. 당신의 두 손이 내 의지를 앗아갔다.

당신의 몸이 내 생각을 지웠다. 당신이 어쩌나 강하게 나를 밀어붙였는지 나는 말싸움을 하거나 머뭇거리거나 몸을 피할 겨를

이 없었다. 나는 내 몸을 지배하는 당신에게 갇혀버렸다. 내 몸의 버튼을 누르는 법을 잘 아는 당신은 버튼을 눌렀다. 나는 무기력해지고 말았다.

당신은 악령이었다.

어찌 된 일인지 당신은 알몸이 되어 있었다. 당신이 옷을 벗는 모습을 보지도 못했고 그런 움직임을 느끼지도 못했는데, 내 피부에 닿는 당신의 맨살이 느껴졌다. 당신은 다정하지도 않았고 느긋하지도 않았다. 당신은 입으로 내 입을 마구 유린했다. 내가 숨을 쉬려고 얼굴을 억지로 당신에게서 떼어낼 때까지.

그러자 당신은 두 손으로 내 어깨를 짓눌러 나를 강제로 무릎 꿇렸다. 당신은 한 손으로 내 머리채를 휘어잡고 억지로 내 머리를 뒤로 젖혔다. 심장이 마구 뛰었다. 나는 충격으로 입을 벌린 채 당신을 올려다보았다. 그것은 내가 알던 케일럽의 모습, 매일…… 내가 기억하는 한, 매일 밤 내 몸을 소유하던 남자의 모습이 아니었다.

발기한 당신의 페니스가 내 얼굴 앞에서 흔들렸다. 당신의 몸 밖에 알지 못하는 내게 관련 지식은 없었지만, 당신의 다른 신체 부위만큼 완벽한 그 성기는 두껍고 혈관이 울퉁불퉁했고 귀두가 도톰했다.

"입 벌려." 당신이 명령했다.

나는 입을 벌렸다. 정신은 멍했지만 내 몸이 알아서 명령에 복종했다.

당신은 내 입에 당신의 성기를 밀어 넣었다. 나는 컥 소리를 냈다. 당신은 성기를 뒤로 뺐다가 다시 찔렀다.

"이게 당신이 원하는 거야? 그 여자들 다루듯 당신을 대하는 것?"

아, 우리는 다시 그 화제로 돌아와 있었다.

당신은 내 입에 넣은 성기를 찔렀다. 살맛이 났다. 당신의 성기가 닿을 때마다 내 목젖에서 턱턱 소리가 났고, 더 깊숙이 들어가면 숨이 막혔다. 눈에서 눈물이 찔끔 났고 코가 당신의 배에 닿았다. 숨을 쉴 수가 없었고 턱이 아팠으며 그럴 마음이 없는데도 눈에서 계속 눈물이 흘렀다. 그 짓 때문에, 당신 때문에, 통증 때문에 나는 마비되어 가고 있었다. 당신의 성기가 목구멍을 막는 바람에 숨이 막혀서 나는 코로 공기를 들이마셨다.

나는 그 짓이 마음에 들지 않았다.

머리를 흔들며 뒤로 빼보려고 했지만 뒤통수가 엘리베이터 문에 딱 붙어 있어서 피할 수가 없었다.

"이게 당신이 원하는 거야?" 당신이 물었다.

나는 고개를 저었다.

폭행을 당하고 있는 것 같은 기분이 느껴지기 시작했다.

배신감도.

당신은 성기를 내 입에서 빼더니 한 손으로 그것을 움켜잡고 위아래로 펌프질하기 시작했다. 다른 한 손은 내 머리채를 휘어잡고 있었다.

"얼굴에다 싸주길 바라지? 안 그래? 레이철처럼."

도대체 당신은 왜 이런 행동을 하는 걸까?

나는 비명을 지를 수도 있었지만 그러지 않았다.

그저 흐릿한 시선으로 당신의 성기 위에서 움직이는 당신의 손을, 팽팽해진 당신의 얼굴을, 악문 당신의 턱을 바라보았을 뿐이다. 당신은 페니스 끝으로 내 얼굴을 찔렀다. 그러고는 비웃음 가득한 입을 일그러뜨린 채 조용히 사정했다.

당신이 내 얼굴 위에 사정했다.

뜨거운 정액이 머리를 적시고 앞이마로 흘러내렸다. 뺨으로 흘러내렸다. 입술 위에도 뜨거운 정액 방울이 튀었다. 소금기가 느껴졌다. 턱으로도 흘러내렸다.

당신이 뒤로 물러섰다. 나는 흐느낌을 참으면서 일어섰다. 나는 역겨움, 영혼의 통증으로 가슴을 들썩이며 서 있었다.

그리고…… 아, 나는 나 나신이 미웠다. 나 자신이 혐오스러웠다.

당신이 그 짓을 강제로 한 것이 아니었다면, 나 역시 당신을 바라보면서 그 짓을 즐겼을지도 모른다는 진실을 부인할 수가 없었기 때문이다. 당신의 성기를 쥐고 있던 손이 당신의 손이 아니라 내 손이었다면, 그 행위 안에 서로에 대한 배려가 조금이라도 있었다면 말이다.

그러나 그 행위에는 그런 면이 전혀 없었고 나는 분노가 치밀었다.

나는 입에 들어온 당신의 정액을 당신의 얼굴 위에 뱉었다. "죽어버려요, 케일럽. 당신은 짐승이야."

"이게 당신이 원하던 거잖아." 당신은 침과 함께 뺨에 묻어 있는 당신의 정액을 닦아낼 생각이 없는지 꼼짝도 하지 않고 서서 말했다.

"누가 강제로 해 달래요!" 나는 소리쳤다.

그러자 당신은 나를 붙잡아 홱 돌렸다. 엘리베이터 문에 몸이 납작하게 눌렸다. 당신은 내 등 뒤에 몸을 바짝 붙이고 무릎을 굽히더니 다시 내 몸 안으로 들어왔다. 천천히 부드럽게. 내 어깨에 당신의 입술이 닿았다. 머리카락 선 바로 밑 목덜미에도. 당신은 내 머리를 모아 쥐어 내 머리 위에 얹고 내 목에 키스했다. 당신의 입술이 목선을 따라 어깨로 내려갔다. 그러고는 찔렀다.

이미 사정을 한 터라 아무리 당신이라 해도 벌써 그 짓을 하는 것은 불가능한, 아니 힘든 일이었다.

"좋아?" 당신은 성기로 천천히 부드럽게 찌르면서 내 목에 키스했다.

좋아요. 나의 일부가 생각했다.

"아뇨." 나는 으르렁거렸다. 그러고는 팔꿈치로 힘껏 당신을 밀쳤다.

나는 당신이 내 입에 성기를 밀어 넣도록 내버려 두었다. 하지만 당신의 행동은 내가 바라던 것보다 훨씬 더 과격했다.

나는 하지 말라고 말하지 않았다. 그렇지 않아?

이제 모든 것이 의심스러웠다. 그중에서도 나 자신이 가장.

여전히 당신의 정액을 얼굴에 묻히고 서 있는 나 자신이.

"그만하라고 말해, 엑스."

"그만해요, 케일럽." 내 목소리는 차분했다. 내 마음은 전혀 차분하지 않았기 때문에 나는 그 목소리가 자랑스러웠다.

당신은 뒤로 물러서며 나를 놓았다. 당신이 내 몸에서 빠져나가자 맥이 풀려서 나는 엘리베이터의 차가운 은색 쇠문을 붙잡았다. 가슴을 들썩이고 헐떡이면서. 두 눈에서 눈물이 흘러넘쳤다. 나는 뒤돌아 당신을 향해 한 걸음 내디뎠다.

그러고는 손을 쫙 펴 있는 힘껏 당신의 따귀를 때렸다. 손바닥이 당신의 얼굴에 짝 붙었다. 나는 당신의 따귀를 때리고 또 때렸다. 당신은 몸을 움직여 자신을 방어하지 않았다.

"이게 내가 그 여자들을 다루는 방식이야. 난 그 여자들에게 어떤 걸 원하느냐고 묻지 않아. 그냥 그 짓을 하지. 내가 원하는 대로. 친절하지 않게. 그럼 그 여자들은 그런 취급을 받아들이든가, 아니면 떠나. 내가 당신이랑 이런 짓을 하지 않는 것은 당신이……당신이 이런 걸 좋아하지 않기 때문이야." 따귀를 여러 대 맞은 당신의 뺨이 벌겋게 부어올랐다.

내 침과 당신의 정액이 당신의 얼굴 위에, 내 손 위에 얼룩져 있었다. 우리는 둘 다 몰골이 말이 아니었다.

"내가 본, 레이철과 함께 있는 당신의 모습은 이렇지 않았어요." 얼굴을 닦고 싶은 마음이 너무나 간절했지만 당신에게 만족감을 안겨주는 행동을 하고 싶지는 않았다. "그리고 이런 짓을 하면 뭐가 달라지나요?"

"당신은 나를 말릴 수도 있었어. 내 성기를 입에 물고 있었으니까 물어버릴 수도 있었잖아. 두 손이 자유로웠으니까 날 때리거나 밀어내거나 내 불알을 움켜잡을 수도 있었지. 당신이 할 수 있었던 행동은 수천 가지야. 그런데 당신이 하지 않은 거야. 그냥 무릎을 꿇은 채 받아들인 거지." 당신은 말의 효과를 높이기 위해 잠시 뜸을 들였다가 다시 말을 이었다. "당신도 그 짓을 즐긴 거야."

"책임을 함부로 나한테 뒤집어씌우지 말아요, 케일럽 인디고."

"왜…… 부인하는 거지, 마담 엑스? 그게 진실 아닌가? 당신은 나를 말릴 수 있었잖아?"

당신의 말이 옳았다. 나는 그럴 수도 있었다. 그런데 충분히 열심히 싸우지 않은 것이다.

나는 당신이 뒤로 움찔 물러날 정도로 세차게 당신을 밀었다. "이 재수 없는 인간. 도대체 왜 이러는 거예요?"

당신은 쉽게 몸의 균형을 잡고 돌아서서 손으로 당신의 얼굴을 닦아내고는 평소와 똑같이 정확하게 옷을 입었다. "당신은 내가 나쁜 놈이길 바라지. 그래서 나쁜 놈이 돼볼까 해." 또다시 당신은 옷을 입고 나는 벌거벗은 상태가 되었다. 당신은 나를 빤히 내려다보며 말했다. "그리고 당신의 깊은 내면은 그 짓을 즐겼어. 어쩌면 당신이 처음에 바라던 것보다 내가 훨씬 더 거칠었는지도 모르지. 하지만 당신은 분명 **즐겼어**. 나랑 레이철이 그 짓 하는 모습을 훔쳐보는 걸 즐긴 것과 마찬가지로. 당신은 그런 짓을 한 나를 미워하겠지만, 내가 보기에는 그런 짓을 즐긴 자신을 더 미워하는 것 같아."

나는 고개를 저었지만 그 말에 반박할 말을 떠올릴 수가 없었다.

당신은 계속 미소를 짓고 있었다. 당신의 얼음장 같은 몸에 장난꾸러기 귀신이라도 든 것처럼. "부인하지 않는군."

나는 말을 하려고 입을 열었지만 할 말이 없었다.

다음 순간……

당신이 내게 키스했다.

부드러운 키스였다.

그 키스에는 다정함이 담겨 있었다.

당신은 몸을 떼더니 정장 재킷 안주머니에 손을 넣어 매끈매끈한 밤색 실크 넥타이를 꺼냈다. 그리고 그것으로 내 얼굴을 닦아낸 뒤 다시 내게 키스했다.

당신의 키스에 내가 반응한 걸 당신이 알아챘을까?

나는 휘청거렸다. 당신의 이런 감정 조종을 겪고 나면 나는 언제나 지치고 텅 빈 존재가 되어버리고는 했다.

당신은 바지 주머니에 손을 넣어 얇고 하얀 직사각형 물건을 꺼냈다. 핸드폰이었다. 당신은 그것을 내게 건넸다. "당신 거야. 내 전화번호는 저장해뒀어. 렌의 번호도. 운전사나 뭐 다른 도움이 필요할 때 써먹으라고." 그러고는 바닥에 쌓여 있는 내 겉옷, 드레스, 속옷을 힐끔 쳐다봤다. 그 옷가지 사이에 네모나게 접은 작은 쪽지가 놓여 있었다. 당신은 허리를 숙여 쪽지를 집어 펴고는 내용을 읽은 다음 던졌다. 쪽지는 팔랑팔랑 바닥으로 떨어졌다. 당신은 내 손에서 핸드폰을 다시 가져가 잠시 동안 화면을 두드렸다. "자, 이제 그 작자 전화번호도 이 안에 들어 있어. 당신한테 선택의 기회를 준 게 나라는 사실을 잊지 마."

나는 여전히 말없이, 당신이 건네는 핸드폰을 되돌려 받았다. 너무 피곤해서 똑바로 서 있기도 힘든 지경이었다. 당신은 그저 물끄러미 나를 바라보기만 했다. 당신의 얼굴에는 특유의 불가해한 표정이 떠올라 있었다.

당신은 네모난 쪽지를 가리키며 물었다. "저 여자가 되고 싶어?" 그 쪽지에는 이름이 적혀 있었다. "그럼 저 여자가 돼. 이민자 소녀가 되어 보라고."

당신은 몸을 돌려 엘리베이터 문을 열더니 문틀을 밟고 서서 열쇠를 꽂았다. 나는 당신이 팔을 뻗으면 닿을 거리에 서 있었다. 당신은 손바닥을 펴 내 엉덩이를 잡고 나를 자신의 몸 쪽으로 당겨, 다시 내 입에 키스했다. 전에는 한 번도 해본 적 없는 방식으로. 그러고는 나를 풀어줬다. 나는 비틀거리며 뒤로 물러섰다.

"당신은 이사벨, 나는 케일럽." 당신은 주문의 뒷부분을 외우지 않았다. 왜 그런지 몰라도 주문을 끝까지 외우는 것보다 그게 더 나쁜 것 같았다.

주문의 뒷부분을 그대로 남겨두다니, 당신이 자신의 말이 거짓이라고 인정하는 것처럼 느껴졌다. '나쁜 놈'은 존재하지 않았다고. 당신이 날 구한 게 아니라고. 불쑥 그 거짓말을 듣고 싶었다.

나는 거짓말을 원했다.

그러나 당신은 새로운 진실만을 반복할 뿐이었다. "당신은 이사벨, 나는 케일럽."

당신이 열쇠를 돌리자 엘리베이터 문이 닫혔다. 점점 좁아지는 문틈으로 당신의 모습이 보였다. 마침내 아주 얇은 띠 모양의 당신이 보였고, 곧이어 당신은 사라졌다.

그리고 나는 당신의 말과 함께 혼자 남겨졌다.

당신은 이사벨, 나는 케일럽.

아, 잔인한 인간. 설사 내가 이제 이사벨이라 하더라도 여전히 나는 당신의 소유물이었다.

나는 델 듯이 뜨거운 물에 오랫동안 샤워를 했다. 피부가 벗겨져 속살이 벌겋게 드러날 만큼 몸을 박박 문지르고 차가운 물로 씻어냈다. 잇몸에서 피가 날 정도로 칫솔질도 했다.

수건을 몸에 감고 침대 위에 누우니, 현기증 때문에 세상이 빙글빙글 돌아도 아무렇지 않았다.

나는 이사벨.

당신은 케일럽.

나는 이사벨.

그 사람은 로건.

나는 이사벨.

오래전, 모든 것이 변하기 전, 내 도서관에서 읽었던 성경 한 구절이 떠올랐다. "옳은 일을 행하고 싶지만 할 수가 없다. 선한 일을 행하고 싶지만 하지 않는다. 그른 일을 행하고 싶지 않지만 어찌된 일인지 나는 그 일을 하고 있다."

그 때는 그 말이 이해가 되지 않았지만 지금은 절감했다.

나는 중독자이고 당신은 나의 마약이다.

나는 이사벨이다.

중독자, 케일럽 중독자, 나의 가치가 딱 그만큼인 것처럼 당신이 베푸는 것을 무릎 꿇고 앉아서 받아들이는 소녀 말고 다른 사람이 되고 싶다면, 다른 사람이 되길 선택해야 했다.

나는 내가 그녀였든 아니었든 간에, 이사벨, 죽은 이민자 소녀가 되기로 선택했다.

나는 이사벨이다.

잠이 들기까지 오랜 시간이 걸렸지만, 뺨 위의 눈물 자국이 말라가면서 막상 잠이 들자 거기에서 도저히 헤어날 수가 없었다. 사방의 벽에 부딪치는 나의 흐느낌이 유령처럼 계속 울려 퍼졌다. 내 영혼 속에서 엑스의 망령이 몸부림쳤고, 당신 때문에 숨이 막히던 기억은 내 마음 전체에 생생한 상처로 남았다.

08

당신의 침실에는 빛을 차단하는 암막 커튼도, 소음 기계도 없다. 그런 물건들이 수면 시간에 나를 괴롭히는 악령들과 싸울 때 필요한 무기였는데 말이다. 그래서 이곳으로 생활공간을 옮긴 이후로 몇 달 동안 나는 잠을 푹 잔 적이 없었다. 악몽에 계속 시달렸고 당신은 언제나 그냥 가버렸으니까.

이번에는 잠에서 깨어날 수가 없었다. 나는 꿈속에서, 어둠 속에서 허우적댔다. 그늘 속 늑대의 울부짖음 같은 사이렌이 계속 울렸고, 빗줄기가 얼음 칼날처럼 내 얼굴을 베었다. 붉고 푸른 번개가 번쩍였고, 하얀빛이 검은 허공을 관통했다. 길을 찾았다. 두 눈을 부릅뜨고 길을 찾았다. 고통이 나를 찌르고 나를 휘어잡았다. 방향 감각을 잃은 나는 혼란스러웠다. 무슨 일이 일어난 건지 알 수가 없었다. 내가 아는 것이라고는 고통과 괴로움뿐이었다. 온몸이 타올랐다. 두개골이 지끈거렸고 얼굴이 쓰라렸다. 뼈가 덜거덕거렸고 근육이 떨려서 내가 숨을 쉴 때마다, 흐느낄 때마다 뼈와 근육에 상처가 났다. 상처가 나고 상처가 나고 또 상처가 났다. 나는 차갑고 물기가 흥건하고 딱딱한 바닥을 기었다. 바닥을 기느라 긁힌 손톱들이 찢어져 나갔다. 내가 어디로 가려고 그렇게 안간힘을 쓰고 있는 것인지 알 수가 없었다. 나는 그냥 도망치고 있었다. 멀리. 고통으로부터 멀리. 그러나 나 자신이 고통이었기 때문에 거기서 벗어날 수가 없었다. 나 자신으로부터는 벗어날 수가 없으니까. 나는 오로지 고통만으로 이루어진 존재였다.

그러다가 불현듯 땀범벅인 상태로 흐느끼며 잠에서 깼다. 혼자였다. 펜트하우스는 어둡고 고요했다. 나는 침묵이 내는 다양한 소리에 익숙했다. 그것은 누군가를 기다리는 침묵, 텅 빈 침묵이었다.

그리고 그것은 부재의 침묵이었다.

당신은 가버렸다.

갑자기 그 사실에 화가 났다. 그러면서도 당신과 다시 마주 볼 수 있을지 확신이 서지 않았다.

다음 순간 기억의 파도가 나를 급습했다. 내 머리칼, 악문 내 턱을 어루만지던 당신의 손가락, 내 음부를 핥던 당신의 혀에 대한 기억의 파도가.

나는 간신히 늦지 않게 욕실에 도착해 위에 든 내용물을 변기에 게워냈다. 뜨겁고 쓴 위산에 목구멍이 타들어 가는 것 같았다. 토사물이 혀와 입술을 덮었다. 턱에서도 토사물이 뚝뚝 떨어졌다. 나는 수도꼭지를 틀어 미지근한 물로 입을 헹구고 다시 양치를 한 다음 손 세정용 비누로 얼굴을 씻어냈다.

짧은 잠을 자는 동안 계속 악몽에 시달려서 그나마도 휴식이 되지 못했는지 너무 피곤했다. 나는 기면증 환자처럼 천천히 느릿느릿 몸을 움직였다. 공허하고 멍했다. 구토를 하면서 뭔가를 생각하거나 느끼는 능력을 모조리 밖으로 쏟아낸 모양이었다.

기계적으로 옷을 입었다. 란제리 세트밖에 없어서 어쩔 수 없이 검은색 란제리를 입고 단순한 디자인의 회색 드레스를 입었다. 무릎까지 내려오는 에이라인 스커트였다. 허리에 넓은 자주색 벨트를 매고 빨간색 펌프스를 신었다. 손가락으로 머리를 빗어 까마귀 날개처럼 파도치는 윤기 나는 흑발을 그냥 내려뜨렸다. 내가 왜 옷을 입고 있는지 알 수가 없었다. 내가 어디로 가려고 하는 건지 알 수가 없었다. 더 이상 그곳에 머물 수 없다는 생각만은 확실했지만.

엘리베이터를 향해 가는데 시커먼 옷더미에 발이 걸렸다. 내 발끝에 채인 뭔가 단단한 것이 마룻바닥 위로 쌩하니 미끄러졌다. 나는 그것을 주워들었다.

핸드폰이었다.

핸드폰을 들고 전원 버튼을 눌렀다. 화면에 불이 들어오면서 날짜와 시간이 나타났다. 2015년 9월 18일 오전 8시 48분. 그 밑에 녹색 아이콘이 있고 아이콘 옆에 이름이 쓰여 있었다. 케일럽. 그리고 그 옆에 문자 한 줄이 있었다. '전화 비밀번호 : 0309, 당신이 병원에서 퇴원한 날짜야.'

나는 아이콘을 눌러 오른쪽으로 밀었다. 그러자 자판이 나타났다. 아이디나 비밀번호를 쳐야 하는 모양이었다. 나는 숫자를 눌렀다. 화면 안에 문자를 보여주는 창이 열렸다. 화면 왼쪽 회색 말풍선 안에 당신이 보낸 아까 그 문자가 있었다. 인터넷 검색창처럼 생긴 아이콘을 누르자 다시 자판이 나타났다.

나는 답장 문자를 찍었다. '고마워요.'

말풍선이 하나 나타나고 그 안에 회색 점이 세 개 찍히더니 또 다른 문자가 짠 나타났다. '별말씀을' 문장부호도 없고 띄어쓰기도 안 되어 있는 그 문자를 보니 울컥 짜증이 났다.

나는 다시 문자를 쳤다.

'나 지금 떠나요.'
'어디로'

물음표도 없는 단어 한 개가 날아왔다. 당신의 문법 수준이 그
정도일 줄은 미처 몰랐다.

'모르겠어요. 여기만 아니면 어디든 상관없어요. 당신이 있는
곳만 아니면.'
'미안해, 엑스. 내가 너무 심했어.'
'그래요. 당신이 너무 심했어요.'
'돈 필요해?'

당신이 정말로 나를 놓아주려는 걸까? 그 사실을 어떻게 생각해
야 할지, 그 사실에 어떤 기분을 느껴야 할지 알 수가 없었다. 핸드
폰을 사용한다는 것, 핸드폰을 이용해 문자 보내기 같은 일상적인
행동을 한다는 것은 이상한 경험이었다. 당신이 핸드폰을 쓰는 모
습을 본 적이 있고 고객들이 쓰는 모습을 본 적도 있었지만, 내가
그런 행동을 하게 될 거라고는 미처 생각하지 못했다.

'당신 것은 아무것도 가져가고 싶지 않아요, 케일럽.'

'지금껏 당신이 누려온 모든 것은 다 내 것이었어, 엑스.'

'내 이름은 이사벨이에요. 아무튼 당신 말이 맞아요. 그리고 나도 알아요. 그래서 내 피부만 갖고 알몸으로 여기에서 나갈 수 있다면 그렇게 하고 싶은 심정이에요.'

'그런상태로는 멀리가지 못할걸'

띄어쓰기도 엉망이고 마침표도 없었다. 대체 왜? 시간을 조금 더 들여 문자를 치는 것이 그렇게 어려운 일인가? 이해가 되지 않았다. 그러다가 문득, 이름에 대한 내 말에 당신이 아무런 대꾸도 하지 않았다는 사실을 알아챘다.

'그래서 안 그러려고요.'

'로건이랑 재밌게 지내. 어차피 오래가지 못할 테니까.'

그 말이 무슨 뜻인지 이해되지 않았고 뭐라고 대답해야 할지 떠오르지도 않아서 나는 아무런 답장도 보내지 않았다. 당신이 핸드폰을 쓰는 모습을 본 적이 있고, 내 전화기가 검은색인 당신 전화기와 색깔만 다를 뿐 같은 모델이어서, 오른쪽 상단 버튼을 누르면 화면이 꺼진다는 사실은 알고 있었다. 나는 핸드폰을 손에 꼭 쥔채 엘리베이터로 다가갔다. 열쇠 구멍에 열쇠가 꽂혀 있는 것이 보였다. 나는 열쇠를 돌렸다. 문이 열리기에 열쇠를 뽑은 다음 엘리베이터를 타고 로비로 내려갔다. 열쇠를 가져가야 할지 혼란스러웠다.

그걸 가져간다면 그건 당신의 말을 인정하는 것이었다. 돌아올 마음이 있다는 뜻이었으니까.

그러고 싶지 않았다.

안내 데스크 옆에 서 있는 경비원이 보였다. 면식이 있는 남자였다. 프랭크였든가? 그의 이름이 곧바로 떠올랐다. 나는 구두 굽이 대리석 바닥에 닿는 또각또각 소리를 우렁차게 내면서 로비를 가로질렀다.

경비원이 의심스러운 눈초리를 나를 바라보았다. "마담."

"프랭크, 맞죠?"

"그렇습니다, 마담." 키가 크고 어깨가 둥그런 남자였다. 무성한 눈썹, 각이 진 턱, 삭발한 머리가 인상적이었다.

나는 열쇠를 내밀었다. "이걸 인디고 씨한테 전해줘요. 할 수 있다면."

"필요 없으시겠어요, 마담?"

"더 이상은요." 나는 대답을 기다리지 않고 몸을 돌려서, 느껴지지도 않는 자신감으로 가득한 척, 회전문을 통과했다.

오른쪽으로 꺾어서 5번가를 거슬러 올라갔다. 숨을 쉬려고 애쓰면서. 소음을 무시하려고, 공포를 무시하려고 애쓰면서.

이 세상에 나 혼자뿐이라는 사실을 무시하려고 애쓰면서. 내가 가진 것이라고는 이름뿐이었다. 내가 입고 있는 옷도, 핸드폰도, 신발도 모두 당신 것이었다. 당신이 재건 수술비용을 댔으니까, 나는 얼굴까지도 당신에게 빚지고 있는 셈이었다.

내 엉덩이에 심겨 있다는 칩이 떠올랐다. 그게 사실일까? 그게 가능한 일일까? 나는 세로로 두 블록, 가로로 세 블록을 걸은 뒤에야 잔뜩 곤두선 신경을 진정시킬 수 있었다. 손이 아플 정도로 핸드폰을 꼭 쥔 채 비틀거리며 어떤 건물에 기대어 섰다.

손가락으로 화면을 오른쪽으로 밀었다. 0309. 접속. 로건에게 전화 걸기.

신호음이 떨어졌다. 한 번, 두 번, 세 번.

"로건 라이더입니다." 그의 목소리는 위로가 되었다.

"로건? 나예요." 여기서 숨을 들이마셔야 했다. "이사벨이에요."

통화음 뒤쪽에서 배경음악처럼 사람들의 목소리, 전화벨 소리가 들렸다. "미안해요. 이 시간에는 사무실이 미친 듯이 시끄럽거든요. 잠깐 기다려요. 내가 다른 조용한 곳으로 옮길게요." 문 닫는 소리가 들렸고 배경에서 들리던 소음이 사라졌다. "괜찮아요?"

"아뇨. 나 나왔거든요."

"나왔다고요?" 그는 숨을 들이마셨다. "당신이 그곳을 나왔단 말예요? 맞아요?"

"그래요, 로건. 내 발로 걸어 나왔어요." 목소리가 떨렸다. "나는…… 케일럽 그 사람이…… 어떤 짓을 했어요. 나한테요." 그 이야기를 벌써 털어놓을 준비가 된 것인지 확신이 서지 않았다. 아직은.

"당신이 떠나게 그 사람이 그냥 뒀나요?"

"나한테 핸드폰을 줬어요. 당신 전화번호까지 저장해서."

"그럼 당신 위치 추적이 가능하겠네요. 아마도."

"그 사람이 그러더군요. 내 엉덩이에 외과 수술로 마이크로칩을 심었다고. 그런데 내 위치 추적하는 데 핸드폰이 굳이 필요할까 싶네요."

"지금 농담하는 거죠?"

"난 농담하는 재주 없어요, 로건."

"맙소사. 말도 안 돼요. 정말, 정말로 엿 같은 일이네요."

"나도 알아요." 한 남자가 옆으로 지나가기에 나는 잠시 말을 멈추었다. 남자는 욕망과 비슷한 어떤 감정이 실린 눈으로 나를 계속 쳐다봤고, 나는 나대로 최선을 다해 그를 쏘아봤다. 그러자 남자는 그냥 나를 지나쳐갔다. "내가 나올 때 케일럽이 한 말은 이게 다예요. 당신이랑 재밌게 지내라고. 어차피 오래가지 못할 거라고."

"그자가 무슨 꿍꿍이를 꾸미고 있는 건지 궁금하군요." 그는 골똘히 생각에 잠긴 목소리로 말했다.

"알아올 걸 그랬네요." 통화음 저편에서 전화벨이 울렸다. "전화 받아야 하지 않아요?"

"아뇨. 이런 일 하라고 직원들을 고용하는 건데요. 그런데 지금 어디 있어요?"

"모르겠어요. 그 빌딩에서 몇 블록 떨어진 곳이에요. 어디로 가야 할지 모르겠더라고요. 어떻게 해야 할지도 모르겠고. 곧장 당신한테 달려가고 싶지는 않았는데, 어떻게 해야 할지 알 수가 없어서요."

"당연히 나한테 곧장 달려와야죠. 난 당신을 위해 존재하는 사람이에요, 이사벨."

그 말이 좋았다. 아, 얼마나 듣기가 좋던지. 그의 입술을 통해 나오는 내 이름, 평범하고 아름다운 내 이름이.

"나 좀 데리러 올 수 있어요?"

"아…… 이런 젠장. 지금은 못가요. 빌어먹을. 미안해요. 천오백만 달러짜리 매물 건을 마무리 짓는 중이거든요." 그는 다시 한번 유창하게 욕설을 뱉어내고는 말을 이었다. "내 사무실은 9번가와 45번가가 만나는 교차로에 있어요. 찾아올 수 있겠어요?"

"네. 그 사거리에 도착하면 다시 전화할까요?"

"좋아요. 미안해요. 평소 같았으면 무슨 일을 하고 있었든 간에 바로 팽개치고 달려갔을 거예요. 그런데 이 거래만큼은 내가 꼭 회의에 참석해야 해서요."

"아뇨. 괜찮아요."

"전혀 괜찮지 않아요. 당신을 데려오라고 보낼 차도 없고 말이죠. 당신도 알다시피 나는 모든 생활을 간소하게 유지하고 있거든요."

"간소한 건 좋은 거예요. 내가 찾아갈게요."

"하지만 당신 공황장애 증상이……."

나는 목소리에 힘을 주려고 애쓰며 말했다. "어차피 이겨내야 할 일이잖아요."

"한 번에 한 호흡. 한 번에 한 걸음. 아기 걸음마로 로건한테 와요."

"그 영화에 나오는 또 다른 대사인가요?"

"맞아요."

"아직도 그 영화를 못 봤어요. 당신도 알다시피 지금껏 영화를 한 편도 본 적이 없지만요."

"내 사무실에 도착하면 그것부터 뜯어고칠 수를 냅시다."

"좋아요." 나는 숨을 한 번 쉬고 말했다. "난 할 수 있어요."

"당신은 할 수 있어요." 전화기 저편에서 로건의 이름을 다급하게 부르는 소리가 들렸다. "이제 가봐야 해요. 내가 필요하면 전화해요. 맹세하는데 무슨 일이 있어도 꼭 받을게요."

"알았어요. 그럼 이제 당신 매물한테 가 봐요."

그는 소리 내어 웃었다. "봤죠? 당신한테도 유머 감각이 있잖아요. 곧 만나요. 알았죠?"

그가 해야 할 일을 할 수 있게 나는 통화를 끝내고 제일 가까운 교차로와 거기 서 있는 표지판을 쳐다보았다. 7번가와 44번가가 만나는 교차로였다. 세로로 두 블록, 가로로 한 블록만 가면 목적지였다. 그 정도면 해낼 수 있을 것 같았다.

나는 벽에서 등을 떼고 척추를 바로 세운 다음 턱을 들고 심호흡을 했다. 한 발을 앞으로 내딛고 다른 발을 또 앞으로 내딛고 그렇게 앞으로 나아갔다. 갑자기 사이렌이 요란하게 울려서 몸이 움츠러들고 숨이 목구멍 속에 갇혀버렸지만 나는 억지로 걸음을 옮겼다. 한 발이 앞으로 나아가면 다른 발이 그 뒤를 따르고. 한 걸음 또 한 걸음. 나는 계속 숨을 쉬며 걸었다. 사람들의 존재를 무시하면서. 건널목에 서서 신호등이 바뀌길 기다리고 있는데 군중이 나를 둘러쌌다. 그중에 나를 쳐다보는 사람은 아무도 없었다. 나도 군중 속의 한 얼굴이었을 뿐이다. 익명성. 괜찮은 기분이었다.

45번가에 도착했는데, 왼쪽과 오른쪽 중에서 어느 방향으로 가야 할지 판단이 서지 않았다. 나는 왼쪽을 선택했고, 6번가에 도착해서야 내 선택이 틀렸다는 사실을 깨달았다. 나는 방향을 돌려 지금까지 걸어온 길을 되밟아 가기 시작했다. 거리를 채우고 있는 군중 속을 헤치며 걸었다. 어깨가 부딪칠 때마다 움찔하고 주춤하면서, 내 가슴속에서 쿵쾅거리는 심장을 무시하면서, 필사적으로 괜찮은 척하려고 애쓰면서. 진짜가 될 때까지 진짜처럼 행동하라고 로건이 말했으니까. 하지만 너무나도 힘들었다. 사방에서 경적이 울려대고 빛이 번쩍거리는 도시는 요란했다. 사람은 그야말로 인산인해였다.

8번가를 지나는데 웬 젊은 남자가 뛰어서 길을 건너왔다. 남자는 뒤쪽을 힐끔대면서 두 팔을 휘저으며 미친 듯이 달려오고 있었다. 나와 남자는 부딪쳤고 그 바람에 나는 휘청거렸다. 그때 어디선가 고함 소리가 들려왔고 매머드처럼 큰 말을 탄 기마경찰이 발굽 소리를 내며 나타났다. 내가 남자의 도주 경로 안에 서 있었던 것이다. 나는 여전히 균형을 잃은 채 두 팔을 풍차처럼 허우적대며 비틀대고 있었다. 신발 한 짝이 발에서 벗겨지면서 발목이 꺾였다.

마지막 순간 손 하나가 나타나 나를 붙잡아 길 밖으로 끌어냈다.

탄탄한 가슴에 안겨 있는데 날카로운 향수 냄새가 코를 찔렀다. 나는 위를 올려다보았다. 렌의 차가운 회색 눈이 보였다. 크고 건장하고 우락부락한 그의 외모가 눈에 들어왔다. 살로 만들어진 석상이 있다면 꼭 이런 모습 아닐까 싶었다.

"당신이 왜 여기 있어요?" 내가 물었다.

"사장님이 뒤를 밟으라고 지시하셨습니다. 아무 일도 안 일어나는지 확인하라고요." 렌은 범죄자를 추격하는 말과 기마경찰을 몸짓으로 가리켰다. "바로 이런 일 말입니다."

"당신 도움은 필요 없어요."

"하마터면 넘어질 뻔 하셨는데요."

공연한 심술을 부리고 싶지는 않았다. "도와준 건 고마워요, 렌."

"별일 아닙니다. 저런 건달들은 사람을 쓰러뜨리고도 눈도 깜짝하지 않는 종자들이죠."

"나의 소재에 대해 보고하는 모양이죠?" 나는 그의 귀에 감겨 있는 전선을 알아보고 말했다. 전선은 양복 밑으로 이어져 있었다.

"그럴 필요 없죠. 사장님은 이미 알고 계시거든요."

"당연히 그렇겠죠. 그 사람은 늘 그러니까."

렌은 어깨를 으쓱했다. "제 생각에도 그러신 것 같네요." 그러고는 내가 가던 방향을 손짓했다. "이제 제가 옆에서 함께 걷는 편이 더 낫겠습니다."

우리는 할 말이 많지 않았다. 렌은 과묵한 사내였고, 나는 공포를 억누르는 데 집중하느라 정신이 없었다.

9번가와 45번가가 만나는 교차로에 도착해 나는 걸음을 멈추고 로건에게 전화를 걸었다. 로건이 전화를 받기에 이렇게 말했다. "나 왔어요. 바로 밑에 있어요."

로건이 내가 서 있는 거리 맞은편, 45번가 상점 사이의 문으로 나왔다. 내가 누구와 함께 서 있는지 알아내려고 그의 눈이 가느스름해졌다. 그는 주위를 살피고는 경계하는 눈빛으로 렌을 바라보면서 나를 향해 길을 건너왔다.

"렌이랑 함께 있다는 말은 한마디도 하지 않았잖아요." 그가 지적했다.

"날 따라오고 있는지 아까는 몰랐어요. 중간에 기마경찰을 만나서 하마터면 넘어질 뻔 했는데 렌이 구해줬어요."

"사장님 지시라서요." 렌이 말했다.

"흠, 이 여자는 이제 안전해요." 로건은 나를 향해 손을 내밀었고 나는 그 손을 잡았다.

렌은 그저 고개를 끄덕였다. "또 봅시다." 그러고는 몸을 돌려 걸음을 옮겼다.

로건은 렌이 군중 속으로 사라질 때까지 그 모습을 지켜봤다. "또 보자고? 저주야 뭐야."

"렌은 좀 불길한 사람이죠."

"농담하지 말아요." 로건의 두 눈이 내게로 향했고 그 시선 가득히 연민이 차올랐다. "안으로 들어갈 준비가 됐나요?"

고개를 끄덕이는 것 말고는 할 수 있는 일이 없었다. 나는 로건의 시선을 생명줄처럼 붙잡았다.

로건은 한 팔을 내 허리에 두르고 나를 길 건너편으로 이끌었다. 나는 그의 체취를 들이마시며 그에게 몸을 기댔다. 그는 시나몬 껌을 씹고 있었다. 몸에 쫙 붙는 청바지 오른쪽 주머니에 들어 있는 담뱃갑이 느껴졌다. 그의 사무실로 안내되는 동안 그의 차림새를 자세히 살폈다. 그는 낡은 신발을 신고 있었다. 색이 바래고 여기저기가 긁힌 천 소재의 아디다스 스니커즈는 한 쪽 발가락이 원단을 뚫고 곧 밖으로 튀어나올 것처럼 헤져 있었다. 로건처럼 부유한 남자가 왜 이렇게 낡은 신발을 신고 있을까? 손목시계를 눈여겨봤다. 고무 소재의 벨트가 채워진 거대한 시계는 총알이 날아와도 막을 수 있을 것처럼 보였다. 그리고 그 시계가 지금껏 내가 목격한 그의 유일한 시계였다. 머리는 뒤로 빗어 넘겨 목덜미 위에 모아 묶은 모양이었다. 그렇게 머리를 뒤로 모아 묶으면 외모가 달라 보였다. 좀 더 매끈하고 나이도 덜 들어 보였다. 많이 웃어서, 햇빛에 노출되어서 생긴 눈가의 주름이 눈에 들어왔다.

바다 저쪽 사막에서 전투에 참여하며 세월을 보냈다던 그의 말이 떠올랐다.

우편함과 벽에 그려진 낙서가 보였다. 노숙자 사내 한 명이 문간에 쪼그려 앉아 있었다. 사내는 모든 것을 다 보고 있었는데도 왠지 그 눈에는 아무것도 보이지 않는 것 같았다.

몸에 꼭 끼는 로건의 검은색 티셔츠를 바라보았다. 티셔츠의 앞
면에는 흰색 해골이 그려져 있었는데, 턱을 형성하는 네 개의 수직
선은 옷 밑단까지 연장되어 있었고, 눈구멍은 화가 난 것처럼 기름
하게 그려져 있었다.

외양만 보면 로건이 수백만 달러의 재산을 보유한 부자라는 사
실을 짐작할 수 없을 정도였다. 나는 생각했다. 이게 중요한 거야.
모든 생활을 간소하게 유지하는 것.

그는 나를 데리고 폭이 좁은 계단을 세 층 올라가 문으로 들어
갔다. 사무실 안은 그야말로 아수라장이었다. 예전에 넓은 아파트
였던 장소를 개조해 내부 벽을 철거했는지 거실이 넓게 탁 트여 있
었다. 책상들은 모두 높았고 앉아서 일을 하는 직원은 한 명도 없
었다. 어떤 책상 앞에도 의자가 놓여 있지 않았기 때문이다. 책상
앞에서 일하고 있는 직원들은 모두 서 있었다. 그 대신 여기저기에
빈백 의자가 놓여 있었고, 벽면을 향해 있는 책상들 사이 공간에는
두꺼운 가죽 소파가 놓여 있었다. 그 아파트는 커다란 직사각형 모
양이었는데 길이가 긴 두 변의 벽에는 책상들이 줄지어 놓여 있었
다. 한쪽 짧은 변에는 화장실, 휴게실, 프린터와 복사기, 사무용품
이 보관된 비품실, 회의실이 있었고, 다른 쪽 짧은 변에는 텔레비
전 여러 대가 둑처럼 쌓여 있었다. 텔레비전 한 대에서는 뮤직비
디오가 나오고 있었다. 소리를 낮춘 그 뮤직비디오에 등장하는 강
렬한 느낌의 밴드 멤버들은 머리를 나부끼며 상체를 굽힌 채 기타

를 연주하고 있었다. 그 밖에도 무음으로 설정된 여러 대의 텔레비전에서 스포츠 하이라이트, 단신 뉴스, 주식 시세, 옛날 시트콤 등이 방송되고 있었다. 바닥에 놓여 있는 하얀색 게임기의 전선이 텔레비전 한 대에 연결되어 있었고 젊은 남자 두 명이 조종기를 손에 꼭 쥔 채 총 쏘기 게임에 무서울 정도로 열중하고 있었다.

그동안 내가 상상했던 로건의 사무실과는 사뭇 다른 모습이었다.

사무실은 혼란 그 자체였다. 직원 네 명은 전화기를 붙들고 큰 소리로 통화를 하고 있었고, 빈백 의자와 소파에 둥그렇게 모여 앉은 직원 여섯 명은 서로 서류를 주고받으며 각기 다른 주제에 대해 한꺼번에 대화를 나누고 있었는데, 그 주제의 개수가 적어도 세 가지는 되는 것 같았다. 게임에 열중하고 있는 두 젊은이는 서로에게 고함을 치고 욕설을 지껄이며 웃어대고 있었다.

젊은 여자 한 명이 로건에게 다가왔다. 소매가 없고 길이가 짧은 곡선형의 브이넥 드레스를 입은 여자의 피부는 문신으로 완전히 덮여 있었다. 정말로 문신이 어찌나 빽빽하게 새겨져 있는지 빈 곳을 찾기 어려울 정도였다. 심지어 눈에 보이는 가슴골까지도. "로건, 아흐메드가 통화를 기다리고 있어요. 4조 A항 두 개 조항에 한 가지씩 내용을 추가했대요."

방 저편에서 어떤 젊은 남자가 로건에게 소리쳤다. "로건! 지적재산권에 관한 추가 조항이 완전 엉망이에요. 젠장. 이렇게 하면 우리가 장차 이 사업에서 손을 떼면 프로젝트에 대한 전반적인 통제권을 그 작자들한테 거의 다 넘겨주게 될 거예요."

로건은 젊은 여자에게 지시를 내렸다. "아흐메드한테 내가 살펴보고 전화 건다고 말해요. 그 서류 인쇄해서 그 친구가 추가한 조항에 대한 본인 생각까지 기록해서 가져와요." 그러고는 방 저편에 있는 남자에게 손가락질 하며 말했다. "그럼 그 빌어먹을 조항을 고치게, 크리스! 젠장, 내가 도대체 자네한테 왜 월급을 주고 있는 거지?" 그러더니 나를 흘끔 쳐다봤다. 처음으로 그의 눈가에 어린 스트레스가 눈에 보였다. "미안해요, 엑스, 아니 이사벨. 지금 여러 가지 일이 꼬여서 그래요. 그 매물이 월요일 아침에 우리 무릎 위로 떨어졌는데 주말이 되기 전에 어떻게든 거기 얽힌 위험요소들을 제거하려고 애쓰고 있는 중이거든요."

"지금이 주말이에요, 로건. 아홉 시간 뒤면 금요일 밤이잖아요." 내가 지적했다.

"그 말이 맞아요. 하지만 우리가 인수하려는 회사는 캘리포니아에 있어서 아직 새벽 여섯 시밖에 안 됐거든요."

"매물 하나를 인수하는 데 보통 몇 개월씩 시간이 걸리지 않나요?"

"보통은 그렇죠. 하지만 반드시 인수해야 하는 매물일 때 여기 있는 이 친구들이 그걸 순식간에 박살 내는 거예요." 로건은 회의실을 손가락으로 가리켰다. "저리로 들어갑시다. 저기가 훨씬 조용해요. 이 친구들이 몇 분 안에 각자 맡은 일을 끝내주게 해결할 수 있을 테니까."

나는 정신이 멍했다.

아무런 감정도 느껴지지 않았다. 무섭지도, 두렵지도, 피곤하지도 않았다. 나는 내가 누구인지 여전히 모르는 상태였다. 마음이 언짢아야 마땅했다. 나는 마땅히…… 실은 어떤 감정을 느껴야 하는 건지도 알 수가 없었다.

무슨 일이 벌어지고 있는 건지 알 수가 없었다.

로건은 나를 회의실로 데리고 들어가 문을 닫고, 방 안이 보이지 않게 블라인드 막대를 돌렸다. 갑자기 어둡고 조용한 장소가 되었다. 회의실 안에는 빛이 전혀 없었다. 빛이라고 해봐야 창문에서 뿜어져 나오는 은은한 빛뿐이었다. 방안은 시원했다. 머리 위에서 내 피부 위로 찬 공기가 쏟아지고 있었다. 기다란 직사각형 테이블과 의자들이 공간 대부분을 차지하고 있었지만 한쪽 구석에 조립식 소파가 놓여 있었다. 로건이 그 소파 위에 앉기에 나도 그 옆에 앉았다. 나는 그의 품에 안겨 그의 몸에 얼굴을 비비며 모든 것을 잊고 싶었다.

나의 텔레파시가 그에게 전달된 것이 틀림없었다. 로건은 한 팔을 길게 펴 내 어깨를 감싸고 나를 자신 쪽으로 끌어당겼다. 나는 꼿꼿한 상체를 얼마 유지하지 못하고 풀썩 쓰러지고 말았다. 몸이 점점 낮게 미끄러졌고 결국 그의 무릎 위에 누워 있는 지경이 되고 말았다. 그 행위에는 성적인 요소가 전혀 없었다. 그는 두 손으로 내 머리를 넘기다가 손가락으로 내 어깨 근육을 꾹꾹 누르면서 확고하지만 부드러운 손길로 어깨를 주물렀다. 마사지를 받자 몸이 녹는 것처럼 나도 모르게 입에서 신음이 흘러나왔다.

"그냥 긴장 풀어요, 이사벨. 몸에 힘 빼고. 다 내려놔요."

"하지만 케일럽 그 사람이……."

"쉿, 자기. 지금은 그런 말 하지 말아요. 나한테 모든 이야기를 털어놓을 시간은 얼마든지 있으니까. 지금 당장 당신한테 필요한 건 긴장을 푸는 거예요."

"그런데 방법을 모르겠어요." 나는 이렇게 인정할 수밖에 없었다.

"생각하지도 말고 기분을 떠올리지도 말아요. 그냥 내 손의 느낌에 집중해요."

나는 그렇게 해보았다. 회오리치는 생각을 한쪽으로 밀어버리고 감정의 소용돌이 역시 안으로 쑤셔 넣고는 내 어깨, 쇄골 사이, 척추를 지나 허리 아래 뼈까지 엄지로 꾹꾹 누르며 내려갔다가 다시 올라오는 로건의 두 손에만 집중했다. 로건이 마사지를 시작하고 나서야 내가 너무나 긴장하고 있었다는 사실을, 근육들이 모조리 딴딴하게 뭉쳐서 스트레스성 근육 경직과 통증을 유발하고 있었다는 사실을 깨달았다. 그의 손길이 미치는 순간순간마다 내 몸의 긴장이 풀리고 있는 것이 느껴졌다.

나는 그의 체취를 맡았다. 향수, 땀 냄새 제거제, 시나몬 껌, 담배 냄새가 은은하게 풍겼다. 로건이 숨을 쉴 때마다 가슴이 팽창하고 수축하는 것이 느껴졌다.

내 호흡의 속도가 그의 속도와 같아졌다.

정신이 가물가물했다.

두 눈을 감자, 공간이 왜곡되는 것처럼 느껴졌다. 몸이 앞으로 굽는 것처럼, 의식이 내 몸 안에서 빠져나가는 것처럼 느껴졌다. 몸이 무거워지면서 축 처졌다. 내 정신은 빙글빙글 돌고 이리저리 비틀리고 이렇게 저렇게 기울어졌다.

로건의 손가락은 내 광대뼈 위를 지나 귀 뒤로 미끄러졌다. 그 손길이 너무나 아득하게 느껴졌다.

잠에 빠져드는 순간 로건의 말소리가 들려왔다.

"당신은 이제 안전해요, 이사벨. 이제는 당신을 보내지 않을 거예요. 다시는." 로건은 이렇게 속삭이고 있었다.

나는 그를 믿었다.

그가 자세를 바꾸었고, 그의 몸에 데워진 소파 가죽이 뺨에 닿는 것이 느껴졌다. 잠시 후 뭔가 따뜻한 것이 내 몸을 덮었다.

내 평생 그렇게 편안한 시간은 처음이었다.

나는 모든 것을 내려놓았다.

나는 흐느끼며 잠에서 깨어났다. 사이렌이 울리고 번개가 번쩍이는 악몽, 잔인하고 차가운 한 쌍의 눈동자가 나를 물품처럼 사용하면서 거만하고 해석 불가능한 시선으로 나를 내려다보는 악몽 때문이었다. 완벽한 몸뚱이가 나를 옴짝달싹 못하게 엘리베이터 문으로 밀어붙이는 악몽 때문이었다. 나의 의지를 앗아가고 나의 욕망을 조종하는 마법 같은 차가운 실크 넥타이가 내 얼굴을 닦아내는 악몽, 바람에 흩날리는 차갑고 축축한 비, 모양이 변하는 그림자, 피와 고통으로 가득한 악몽 때문이었다.

꿈속으로 어떤 목소리가 스며들었다. "이사벨, 당신은 괜찮아요. 그건 그저 꿈일 뿐이에요."

이사벨이 누구지?

내 귓가에 울리는 그 목소리는 부드럽고 다정하고 따뜻했다. "내가 여기 있어요, 이사벨."

아, 나였지. 내가 이사벨이야.

나는 이사벨이다. 그것이 진실이란 사실을 나 자신에게 상기시켜야 한다니.

누군가가 나를 들어 올려 품에 안았다. 귀밑에서 심장 소리가 들렸고 뺨에 닿는 부드러운 면직물의 촉감이 느껴졌다. 나는 그 사람이 침대인 것처럼 그 사람 위에 누워 있었다. 그의 두 손이 부드럽게 원을 그리며 내 등을 어루만졌다.

흐느낌을 멈출 수가 없었다.

눈물 때문에 두 눈이 따가워서 눈물을 멈추려고 안간힘을 썼지만 할 수가 없었다. "로, 로건······."

"쉿. 괜찮아요. 나 여기 있어요."

"미안, 미안해요. 도저히······ 눈물을······ 그칠 수가 없어요."

"사과하지 말아요, 내 사랑. 필요하면 울어야죠. 당신은 이미 내게 왔고 나는 당신을 보내지 않을 거예요."

내가 할 수 있는 일이라고는 그에게 찰싹 매달려서 우는 것뿐이었다. 마치 평생 억눌려 있던 눈물이 한꺼번에 나를 찢고 뿜어져 나오는 것처럼 걷잡을 수 없는 흐느낌이 북받쳐 올라와서 몸서리가 쳐졌고 온몸이 떨렸다.

그 울음이 얼마나 계속됐는지는 모르겠다. 몇 분? 아니면 몇 시간? 가늠할 수 없을 만큼 긴 시간 동안 나는 엉엉 울었다. 지난 열두 시간 동안, 평생 흘린 눈물보다 더 많은 양의 눈물을 흘린 것 같았다.

마침내 정상적인 호흡이 가능해졌고 흐느낌과 떨림도 잦아들었다.

아직 숨은 겨우겨우 쉬고 있는 상태였지만.

로건의 무릎 위에 누워서.

갑자기 그의 존재가 의식되었다.

내 몸 밑에 깔려 있는 그의 몸은 구석구석 내 몸에 딱 알맞게 조정되어 뻗어 있었다. 그의 두 팔은 내 몸을 감고 있었고 그의 턱은 내 정수리 위에 얹혀 있었다. 청바지를 입은 두껍고 탄탄한 허벅지가 내 몸을 받치고 있었다. 그의 숨결은 내 머리칼 속으로 스며들었고 그의 엉덩이는 내 엉덩이와 포개져 있었다. 내 두 손은 그의 가슴근육 위에 얹혀 있었고 내 숨결은 그의 가슴에 부딪쳤다.

그때 변화가 일어났다. 분위기가 바뀐 것이다. 전기가 튀듯이.

이제 그의 몸 위에 누워 숨을 쉬는 내 호흡 사이사이에 성적이고 야릇한 분위기가 가득했다.

다시 숨이 막혔지만 이번에는 그 이유가 달랐다.

나는 숨이 막혔다. 그를 너무나 원해서.

그를 향한 욕망이 너무나 강렬해서.

"이사벨⋯⋯." 그가 숨을 내쉬었다.

"로건⋯⋯."

"이제 그만 자리에서 일어나야죠." 로건이 말했다. 그것은 내가 기대한 말이 아니었다. "저 밖에 아직 남아서 일을 하는 사람들이 있어요. 이대로 몇 초만 더 지나면 그 사실을 잊을 것 같아요."

"당신이 그 사실을 잊으면 어떤 일이 벌어지는데요?" 나는 내가 그렇게 대담한 말을 감히 입 밖에 내고 있다는 사실조차 의식하지 못했다. 내 목소리에는 날 것 그대로의 욕망이 배어 있었다.

그는 내 머릿속으로 손가락을 부드럽게 집어넣어 자신의 얼굴 쪽으로 당겨 올렸다.

이번에는 내 차례였다.

나는 그에게 키스하고

키스하고

또 키스했다.

나는 손가락을 펴 한 손으로 그의 목 뒷덜미를 잡고 다른 손으로 그의 뒤통수를 감싸, 그를 더 가깝게 끌어당기며 그의 몸 위에 눕혀져 있는 내 몸을 높이 들어 올렸다. 그와 더욱 가까워지고 싶은 욕망에 사로잡혀 내 입술로 그의 입술을 완전히 덮었다. 그의 살을 맛보고 그를 느끼고 싶었다. 그의 입술을 빨아들이자 내 등을 받치고 있던 한 손이 점점 더 아래로 미끄러져 내려갔다. 나는 활처럼 몸을 휘게 해 그의 몸에 내 몸을 밀착시켰다. 나의 온몸이 그의 몸과 맞닿아 있었다. 나는 숨을 멈추고 헐떡이며 그의 입술 사이로 공기를 불어 넣었다. 내 몸이 조금이라도 더 그의 몸과 닿았으면 싶었다. 나는 그의 전부를, 나의 전부를, 우리의 전부를 원했다.

나는 완전한 합일을 갈망하고 있었고, 그것은 오직 로건만이 내게 줄 수 있는 것이었다.

그는 내 입술 위에서 자신의 입술을 움직이며 장난치듯 내 입술을 희롱했다. 그의 숨에서 뿜어져 나오는 열기가 내 혀를 간질였다.

"이런 일이 일어나겠죠." 그가 속삭였다.

"아," 나는 중얼거렸다.

"그래요, 아." 그는 손가락으로 내 머리칼을 헝클어뜨리고는 부드럽고 짜릿하게 내 두피를 지그시 눌렀다. 내 고개는 그의 고개에 맞춰 계속 기울어져 있는 상태였다. "그리고 이제는 멈출 수가 없네요."

"나는 당신이 멈추지 않았으면 좋겠는데요."

"멈춰야 해요. 안 그러면 그 무엇도 나를 멈출 수 없게 될 거예요."

"로건……."

"난 당신을 원해요. 나도 당신을 갖고 싶어요. 하지만 이사벨, 당신은 더 나은 대접을 받을 자격이 있는 여자예요. 우리는 더 나은 대접을 받아야 해요. 벽 너머에 있는 십여 명의 사람들을 신경 써야 하는 회의실 소파에서 말고요."

나는 욕망을 억눌렀다. "당신 말이 맞아요."

그런데 우리의 몸 사이에 끼어 있던 그의 성기가 잔뜩 발기해 내 배를 누르며 존재감을 과시하고 있었다.

나는 결국 참지 못하고 몸을 비틀면서 그의 건장한 목을 붙잡은 채 그를 더욱 갈구했다. 그의 턱 가장자리에 입을 맞추고 그의 체취를 들이마시며, 수염이 거뭇하게 자라 사포처럼 깔끄러운 그의 얼굴에 내 입술과 민감한 피부를 비벼댔다.

로건이 신음했다. 그의 가슴팍에서 낮은 울림이 느껴졌다. 그는 내 등을 받치고 있던 손을 오목하게 만들어 손가락 끝으로 내 척추를 꾹꾹 눌렀다. 그의 손길이 점점 아래로 미끄러져 내려가고 있었다. 점점 더 아래로. 그 손이 어디까지 내려갈까 기대가 돼서 숨조차 함부로 내쉴 수가 없었다. 폐가 오그라드는 것 같은 상태로 양쪽 허벅지를 꼭 붙이는 헛된 시도를 하면서 그의 오목한 손이 내 엉덩이에 도착하기를 기다렸다. 그렇게 기다리던 나는 마침내 그의 손바닥이 엉덩이의 곡선 모양을 따라 위로 불룩 솟고 나서야 겨우 숨을 내쉬었다. 그는 알아들을 수 없는 말을 중얼거리며 팽팽하게 당겨진 내 살을 손바닥으로 덮고 지그시 눌렀다.

"맙소사, 이사벨. 당신 엉덩이는 정말 놀랍군요." 로건이 갈라진 목소리로 말했다.

그 칭찬, 그 남자에게서 나온 네 단어의 말이 내게는 세상 전부였다. 나는 그의 욕망을 실현시켜주고 싶었다.

그의 다른 한 손이 내 머리를 떠나 척추를 타고 내려가더니 다른 쪽 엉덩이를 쥐었다. 이제 나의 양쪽 엉덩이는 그의 강인한 두 손에 잡혀 있었다.

그의 칭찬에 어울리는 대답을 할 수가 없었다. 그래서 그저 몸을 비틀면서 그의 광대뼈에 입을 맞추고, 두 손으로 그의 머리를 꽉 잡은 채 그의 입을 찾았다.

우리는 키스를 했다. 그리고 나는 천국의 영광이 어떤 맛, 어떤 느낌인지 이제 알게 되었다.

어찌 된 일인지 몸을 비틀어대는 와중에 치맛단이 말려 올라간 모양이었다. 그런데 그 치맛자락이 더 높이 들추어졌다. 로건의 손가락이 속옷을 밀어내고 내 엉덩이 맨살을 만졌다. 흉터가 남아 있는 그 자리였다. 그 속옷은 볼록 솟은 엉덩이 뒷부분을 지나는 레이스 한 줄과 음부를 덮고 있는 삼각형 실크로 되어 있었다.

나는 한쪽 무릎으로 소파를 누르고 그 다리를 더 높이 들어 올렸다. 그에게 몸을 열어주려고. 그 손길로 나를 탐험해보라고 부추기려고.

"젠장, 당신이 이렇게 나오면 내가 어떻게 저항할 수가 있죠, 이사벨?" 그는 언어로 애무를 하듯 내 이름을 발음했다. 내 이름, 선택받은 그 세 개의 음절을 발음하는 것이 어떤 확인 과정, 혹은 사랑의 행위인 것처럼.

오목하게 구부린 그의 두 손이 더 아래로 내려갔다. 그의 손가락이 내 양쪽 허벅지 안쪽을 지나 점점 더 내 음부 가까이 흘러들었다. 숨을 쉴 수가 없었다. 아, 세상에, 숨이 쉬어지질 않았다. 내 폐는 완전히 쪼그라들어서, 그의 숨결이 내 입으로 들어올 때만 숨이 쉬어졌다. 그것은 입에서 입으로의 인공호흡법이었다. 나는 내면의 욕망 때문에, 별의 씨앗처럼 타오르고 싶은 욕구 때문에, 발생 초기 초신성처럼 불이 붙고 싶은 열망 때문에 죽어가고 있었으니까.

"그럼 저항하지 말아요, 로건." 나는 뒤늦게 속삭였다.

그는 저항하지 않았다.

그가 숨을 내쉬자 그의 뜨거운 숨결이 내 입술을 적셨다. 그의 손가락이 과감하게 내 엉덩이를 더듬으며 돌아다녔다. 나는 그의 목덜미에 얼굴을 파묻은 채, 바짝, 그리고 미친 듯이 격렬하게 그의 목뼈와 둥그렇고 단단한 그의 머리에 매달리면서 한쪽 무릎을 더 높이 밀어 올렸다. 얇은 실크 천 위에서 춤을 추는 손가락 세 개가 느껴졌다. 속옷이 옆으로 확 걷히는 것도.

내 갈라진 틈으로 손가락 하나가 미끄러지듯 쑥 들어왔다. 나는 그의 피부에 입을 댄 채 신음을 흘렸다. 낮고 간절하게. 두껍고 놀라울 정도로 거친 그의 손가락이 뜨겁고 축축한 그곳으로 깊게 들어왔다. 손가락은 보드라운 분홍색 속살 속 질액을 묻혀 그것을 예민한 클리토리스 위에 문질렀다. 쾌감의 전율이 흘렀다. 갑작스러운 그 동작이 어찌나 자극적이었는지 나는 나도 모르게 그를 깨물고 말았고 그는 신음했다.

나는 내 이빨 자국이 남아 있는 곳에 입을 맞추며 속삭였다. "미안해요. 일부러 그런 게 아니에요."

"새끼고양이도 이빨은 있잖아요." 로건이 웅얼거렸다.

"난 암사자예요, 로건. 나한테 그렇게 말한 건 당신이잖아요."

그는 껄껄 웃음을 터뜨렸다. "맞아요. 내가 그렇게 말했죠." 그의 손가락이 다시 한번 내 안으로 들어왔고 나는 헐떡였다. "소리 안 낼 수 있어요?"

"해볼게요. 하지만 또 당신을 깨물지도 몰라요."

"난 괜찮아요. 나도 당신을 물면 되니까." 그는 내 목덜미 쪽 예민한 피부에 앞니를 대고 굉장히 고풍스러운 태도로 무는 시늉을 해 보였다.

"한 입이라고 할 수도 없겠는데요."

"안 물 테니 염려 말아요. 진짜로 당신을 다치게 하는 일은 절대 없을 거예요."

그러고는 손가락을 다시 꺼내 클리토리스 위에 문질렀다. 나는 그의 목에 매달려 한숨을 흘릴 수밖에 없었다. 손가락을 넣었다가 빼서 문지르는 동작이 계속 반복됐다. 그가 다음 진도를 더 나가줬으면, 내 몸을 더 만져줬으면 하는 욕망 때문에 통증이 느껴질 때까지.

"로건, 제발……." 나는 훌쩍였다.

"알았어요, 자기. 금방 끝나요." 이제 손가락 두 개가 들어왔고, 나는 그의 목덜미에 대고 거칠게 숨을 내쉬면서 그의 머리칼, 머리, 어깨를 붙잡았다.

더 강한 자극을 원하는 내 엉덩이가 움직이기 시작했다.

'금방' 끝난다는 약속과 달리 그 행위는 금방 끝나지 않았다. 그는 가위 모양으로 편 두 손가락을 꺼내어 그것으로 내 몸 밖을 탐사하고는 다시 안으로 들어가 내 속이 얼마나 깊은지 탐구했다. 손가락은 나올 때마다 클리토리스의 민감도를 테스트하듯 그곳을 문지르고 어루만지고 눌렀다. 그는 나를 만지고, 만지고, 또 만졌지만, 오르가즘을 느끼기엔 부족했다.

나를 만지는 그의 동작이 거칠어질수록 엉덩이를 움직이는 나의 동작도 점점 격렬해졌다. 나는 끝없이 흘러나오는 신음 소리가 들리지 않도록 그의 살 속에 얼굴을 파묻었다. 일정한 방향 없이 움직이던 내 엉덩이가 어떤 시점에 이르자 원을 그리며 돌기 시작했고, 드디어 그는 손가락 세 개로 내 안을 채웠다. 나는 그 손가락 위에 올라앉은 자세로 엉덩이를 돌렸다.

그의 손 위에 앉아 오르가즘을 느끼다니 너무 선정적이었다.

"아, 세상에, 로건……." 나는 신음했고, 그것은 결코 작은 소리가 아니었다.

"쉿, 자기, 쉬이잇. 필요하면 날 깨물어요."

나는 그의 어깨 위 둥그런 부위에 앞니를 박았다. 짭짤한 살맛이 느껴졌다. 혀를 그 위에서 놀리자 그의 살과 근육이 입안에서 더 강하게 느껴졌고, 그 맛이 나를 더 격하게 흥분시켰다. 온몸을 아래로 흔들어 그 손가락 쪽으로 음부를 밀면서 엉덩이를 돌렸다. 이제 오르가즘의 쓰나미가 몰려오려 하고 있었다.

나는 로건의 살에 앞니를 박은 채 흐느끼면서 내 안에 꽂혀 있는 그의 손가락 둘레를 따라 더 격하고 빠르게 엉덩이를 돌렸다.

막 절정에 도달하려는 순간 그는 손가락을 빼서 다시 내 클리토리스를 문질렀다. 나는 나도 모르게 등을 활처럼 뒤로 젖혔다. 터져 나오는 비명을 악무느라 하도 세게 힘을 주어서 어금니가 아플 지경이었다. 로건의 입이 내 입을 덮었다. 그는 혀로 내 입술을 열고 내 입에서 흘러나오는 신음을 삼켰다. 내 안에서 열기가 폭발했고 몸의 중심에서 번개가 쳤다. 온몸이 짜릿했다. 발가락이 오그라들었고 배가 팽팽해졌으며 허벅지가 떨렸다. 내가 할 수 있는 것은 그의 손길에 이끌려 내가 가진 모든 것을 토해내는 것뿐이었다. 그의 호흡 속으로 비명을 내지르며. 소리를 내지 않으려고 안간힘을 써보았지만 실패였다.

로건이 속삭였다. "세상에, 이사벨, 자기는 오르가즘을 느끼는 모습도 너무나 아름답네요. 나를 위해 알몸이 되어 지금처럼 몸을 비틀 당신 모습을 또 보고 싶어 미칠 것 같아요. 당신이 큰소리로 비명을 지를 수 있게 될 그 순간을 도저히 못 기다리겠어요."

그의 목소리가 기폭제가 되었다. 다시 절정에 도달할 수 있을지, 격정의 파도가 처음처럼 다시 휘몰아칠 수 있을지 확신이 서지 않았지만 말이다. 나는 이미 새로이 또 욕망에 사로잡혀 있었다. 그의 손가락이 생각보다 훨씬 빠른 속도로 내 클리토리스 주변을 둥글게 문질렀다.

마침내 나는 별을 보았다. 오르가즘이 가라앉았고 나는 축 늘어진 채 숨을 헐떡이고 있었다. "로건, 나의 신, 로건." 그 말 속에는 여러 의미가 내포되어 있었다. 말 그대로 로건이 내 세상과 내 믿음을 좌우하는 나의 신이라는 뜻일 수도 있었지만, 그저 성급하게 입 밖으로 튀어나온 상투적인 말일 수도 있었다.

나는 옷을 전혀 벗지 않은 상태였고 그도 마찬가지였다. 그런데 그 어느 때보다도, 어느 정도일 것이라고 내가 생각했던 것보다도 더 짜릿한 쾌감을 느꼈다.

로건이 내 양쪽 무릎을 잡고 자신의 몸쪽으로 바짝 끌어당기고 앞뒤로 흔드는 바람에 나는 소파에 등을 대고 누운 자세가 되고 말았다. 그의 두 눈 안에서 격렬한 야성이 뜨겁게 활활 타오르고 있었다. 자제심이 더없이 가느다란 실 가닥처럼 가늘어졌는지 그의 가슴이 위아래로 오르내렸다. 그는 내 몸 위로 상체를 숙였다. 묶은 머리가 다 풀려버려서 끝이 동그랗게 말린 금발 머리가 그의 어깨 위에서 파도처럼 찰랑대고 있었다. 그는 고개를 푹 숙여 내게 키스했다. 깊고 철저하게. 그 바람에 나는 전혀 숨을 쉴 수가 없었다. 그리고 그것은 의심할 여지없이 그가 의도한 바였다.

그는 상체를 세워 무릎 꿇는 자세를 취하고 손가락을 들어 자신의 입으로 가져갔다. 나는 놀라움과 혼란을 느끼며 그 모습을 그저 바라보기만 했다. 그가 내 몸 안에 들어갔던 검지를 들어 입에 넣고 나의 체액을 빨아먹는 모습을 보자 뜨거운 욕망이 끓어올랐다. 그는 내게서 시선을 떼지 않고 내 몸 안에 들어갔던 손가락을 차례대로 빨았다.

"괜찮아요, 로건?"

그는 빙그레 웃으며 말했다. "괜찮아요, 이사벨. 당신은 맛이 끝내주네요. 내 입으로 당신의 온몸을 빨 수 있는 시간이 얼른 왔으면 좋겠어요."

나는 불안정하게 숨을 내쉬었다. "무슨 맛이 나는데요?" 내가 이런 질문을 하다니. 오랫동안 궁금했지만 감히 물어볼 엄두조차 내지 못했던 질문이었다.

이전에 내가 즐겼던 관계에서는 질문과 대화가 대개…… 차단되었기 때문이다. 내 목소리는 오직 입 밖으로 내라는 명령이 내려졌을 때만 들렸기 때문이다.

로건은 대답하지 않았다. 적어도 말로는. 그는 내 속옷을 옆으로 밀고 손가락을 내 안으로 집어넣어 질액을 묻힌 다음 그 손가락을 내 입에 갖다 댔다. 알싸하고 날카로운 사향 같은 냄새가 났다. 그러더니 내 아래를 어루만지던 것과 똑같은 방식으로 그것을 내 입에 집어넣었다. 강한 나의 냄새와 희미한 그의 살 냄새가 느껴졌다.

"이런 맛이 나죠." 그는 이렇게 말하고는 두 발로 일어서더니 내 손을 잡고 나를 일으켜 세웠다. "이제 가야 할 시간이에요."

"어디로 가는데요?" 나는 알면서도 그렇게 물었다.

"우리 집."

불룩하게 솟아오른 그의 청바지가 눈에 확 들어왔다. 나는 그에게 다가서서 그의 목에 두 팔을 둘렀다가 한 손을 쫙 펴 그의 가슴과 허리를 지나 청바지 위로 옮겼다. "우선 내가 이것부터 도와줄게요."

그는 부드럽지만 단호하게 내 손목을 잡고 손을 떼어냈다. "그러지 않는 게 좋을 것 같아요, 이사벨." 그가 너무 단칼에 내 손을 뿌리쳐서 빨개진 얼굴을 그의 가슴에 댔다. "당신을 기분 좋게 만들어주려는 것이 나의 유일한 목표였어요. 다행히 나는 그걸 해냈고, 그런 당신을 바라보면서 하마터면 바지를 입은 채로 사정할 뻔했어요. 내 침대 위에 당신과 알몸으로 누우면 그때는 당신 손길을 받아들일게요. 날 믿어요."

"아프지 않아요? 그렇게 딱딱한 채로 계속 있으면?"

그는 어깨를 으쓱했다. "약간요. 곧 가라앉을 거예요. 평소랑 똑같이."

"나도 당신을 기분 좋게 만들어주고 싶어요, 로건."

그는 내 목, 턱 밑, 입가에 키스 하고는 내 귓가에 입을 대고 속삭였다. "좋아요. 나는 당신이 몹시 나쁜 여자가 되어주면 좋겠어요, 이사벨. 내가 아플 정도로 나쁜 여자가. 하지만 내게는 우리의 사생활도 중요해요. 그런 만큼 내 집에서 당신과 단둘이 지금 못 나간 진도를 마저 나가는 순간이 오기를 기다릴 거예요. 만약 지금 당신이 나를 만지면, 눈곱만큼 남아 있는 자제력이 날아가 버릴지도 몰라요."

나는 좌절감을 느꼈다. 그에 대한 나의 욕망은 점점 커져서 자제할 수 없는 지경이 되어버렸기 때문이다. 나는 그의 살을 원했다. 딱딱한 그의 몸을 만지고 맛보고 느끼고 싶었다. 지금까지 원했던 그 무엇보다도 더 강렬하게 그를 원했다. 그 남자보다 더 중요한 것은 아무것도 없었다.

우리보다 더 중요한 것은 아무것도 없었다.

그리고 그것은 우리에 관한 문제였다. 그만의 문제도, 나만의 문제도 아니었다. 독립된 하나, 전체로서의 우리에 관한 문제였고, 그 사실을 떠올리기만 해도 술에 취한 것처럼 황홀했다.

로건이 내 손을 잡고 깍지를 낀 다음 나를 회의실 밖으로 이끌었다. 밤이었다. 시간이 몇 시나 됐는지 알 수가 없었다. 조명이 낮추어져 있어서, 여러 대의 텔레비전에서 나오는 빛이 사무실 대부분을 밝히고 있었다. 직원 세 명이 소파와 빈백 의자 위에서 몸을 웅크린 채 잠들어 있기는 했지만 거의 모든 사람이 아직 남아 있었다. 깨어서 일하고 있던 직원 세 명이 손을 잡고 회의실에서 나오는 우리를 흘끔 쳐다보았다. 그들 세 사람은 사려 깊게도 무표정을 유지한 채, 지금까지 살펴보고 있던 서류에 다시 집중했다.

나는 로건에게 바짝 다가서며 속삭였다. "저 사람들한테 우리 소리가 들렸을 것 같아요."

그는 낄낄 웃으며 내 손을 꽉 쥐었다. "솔직히 말해서 자기 소리가 들렸겠죠."

나는 얼굴이 새빨개졌다. "미안해요, 로건. 조용히 하려고 애썼는데."

"걱정 말아요." 그는 건물 밖으로 나가 45번가에 대어놓은 자신의 자동차 쪽으로 나를 이끌면서 말했다. "그런 문제라면 저 친구들도 어른이니까요. 아니라면 다른 직장 찾겠죠."

"나는 다른 누군가가 직장을 잃길 바라지 않아요. 큰 소리를 낸 건 내 잘못이잖아요."

"저긴 내 회사고 내 회의실이에요. 그런데 어제 나도 베스랑 아이작이 거기서 내는 소리를 분명 들었어요. 그 두 사람이 근무 시간에 그곳에서 함께 포르노를 본 게 아니라면 말이죠."

"직원들이 근무 시간에 섹스를 하고 포르노를 보게 내버려 둔단 말예요?"

"물론 아니죠." 전에도 한 번 본 적이 있는 그의 차는 커다란 은색 적재함이 갖추어진 트럭이었었다. 그 차는 반 블록쯤 떨어진 길가에 일렬 주차되어 있었다. 메르세데스 벤츠 G63 AMG 모델이었다. 가격이 얼마나 될지 궁금했다. 아주 비싸겠지, 나의 추측이었다. "회사는 오직 업무용으로 쓰기 위해서 컴퓨터와 다른 장비들을 제공해요. 나는 그것들을 신경 써서 관리하고요. 그런데 포르노는 악랄한 바이러스를 끌어들이는 주범이에요. 아, 여기서 바이러스는 성병이 아니에요. 하지만 섹스에 관해서라면, 그 친구들이 신중하게 행동하는 한, 그리고 그것이 업무에 영향을 주지 않는 한, 그들이 무슨 짓을 하든 그 짓을 어디에서 하든 난 전혀 상관 안 해요."

"좋은 사장님이네요." 나는 안전벨트를 매며 말했다.

"그렇게 되려고 애쓰는 편이죠. 근본적으로, 빌어먹을 군대에서는 어땠더라, 먼저 떠올려본 뒤에 그 기억과 정확히 반대로 행동하는 거예요." 그는 이렇게 말하고 껄껄 웃었지만, 내게는 그것이 이해하기 힘든 농담이었다. "부분적으로 그렇다는 거예요. 유대감이 강한 사람들의 모임을 어떻게 운영하느냐를 비롯해 아주 유용한 기술들을 군대에서 수도 없이 배웠으니까요. 절대로 깨서는 안 되는 엄격한 규칙을 딱 몇 가지만 정해주고 나머지는 그 친구들이 알아서 하게 맡겨두는 거예요. 그런 분위기를 조성해놓으면, 좁은 장소를 쓰고 비교적 적은 수의 직원만 고용하더라도, 말문이 막힐 정도로 규모가 큰 거래들을 성사시킬 수 있어요. 나는 임금은 후하게 지급하고, 자유롭고 편한 분위기를 조성해준 다음, 직원들이 직접 시간을 관리하고 자기 속도에 맞게 알아서 일하도록 내버려 둬요. 그 친구들이 한결같은 작업성과를 내기만 하면, 일을 앉아서 하든 서서 하든 누워서 하든 떠들면서 하든 그냥 내버려 두는 거죠."

"직원들한테는 분명 천국 같은 직장이겠군요."

"그랬으면 좋겠어요." 그는 오가는 자동차의 흐름을 확인하고 도로로 빠져나가며 말했다. "그게 요점이에요. 채용되고 싶은 직장, 일하고 싶은 직장을 만들고 싶거든요. 나는 직원들한테 장시간 미친 듯이 일에 집중하라고 요구해요. 이번 건과 같은 마라톤 프로젝트의 경우 60시간씩 집에 못 가고 사무실에서 쪽잠을 자기도 하지요. 그 대신, 그럴 때 세 배의 수당을 지급하고 프로젝트가 끝나면 거액의 보너스도 줘요. 당신이 아까 본 게 내 회사의 전체이자 핵이에요. 이 도시에 자회사가 두 개 더 있고 엘에이와 런던에도 업체가 몇 개 더 있지만, 그 업체들도 모든 것을 전적으로 알아서 하지 나한테 지원을 요청하지는 않아요. 그 업체들을 운영하는 친구들을 관리하는 것이 내 일이긴 하지만요. 자회사들도, 지점들도, 보조 업체들도, 다들 자기들이 다 알아서 운영해요."

"그럼 분명 쉬지 않고 열심히 일하겠네요." 나는 로건이 어느 모퉁이에서 꺾어서 어떻게 집으로 가는지 기억해둘 생각조차 하지 않았다. 그가 어떤 모퉁이를 돌고 나서 내 손을 다시 잡고 깍지를 끼었다는 사실이 마냥 즐거웠기 때문이다.

내 손을 잡은 그의 손이 자연히 의식되었고 심장이 또 쿵쿵 뛰었다.

"그렇죠. 주당 60시간 노동은 기본이고 80시간 이상 일하는 때도 많아요. 이번 매물처럼 큰 프로젝트가 진행될 때는 일이 끝날 때까지 아예 사무실에서 살고요. 물론 일이 끝나면 며칠씩 사무실 문을 닫고 쉬거나 직원들한테 휴가를 주지만요."

"그럴 때 당신은 휴가를 안 쓰나요?"

그는 어깨를 으쓱했다. "실은 별로 안 써요. 일 중독은 아니지만, 지금 하는 일이 좋아서 일을 많이 하는 편이긴 하거든요. 그래도 일요일에는 대체로 집에 있어요."

"여가 시간에는 뭘 해요?"

그는 나를 바라보며 말했다. "영화도 보고 운동도 해요. 크라브 마가라는 무술 연습을 하기도 하고 조깅을 하기도 하죠."

"여자친구는 없어요?"

그는 도로로 시선을 돌리며 어깨를 으쓱했다. "없어요. 잠깐씩 사귀기도 했는데 진짜로 진지하게 만난 사람은 없었어요. 여자들이 진지하게 나오거나 더 깊은 관계를 요구하기 시작하면 헤어지고는 했거든요. 그 여자에 대한 호감이 남아 있더라도 솔직하고 싶었으니까요. 그게 뭐든 지나치게 진지한 걸 원하지 않으면서 그런 척하거나 거짓말하고 싶지 않았어요."

"왜 진지해지고 싶지 않았는데요?"

우리는 거리 위에 있었고, 나는 그 사실을 그제야 의식했다. 길고 조용하고 가로수가 늘어서 있고 산책로가 깔린 주택가의 대로였다. 그 주택가는 왁자지껄한 맨해튼 중심가에서 뚝 떨어진 사랑스럽고 비싸고 평화로운, 자그마한 별세계였다.

그는 한숨을 쉬었다. "그냥 그러고 싶지 않았어요. 멋지고 사랑스럽고 똑똑하고 아름답고 함께 어울리기 편한 여자들이었는데도 말예요. 하지만 그 여자들이랑 오래 만나지 못한 건 그 여자들 때문이 아니라 나 때문이었어요. 그 이유는 나도 잘 몰라요. 나한테 감정적인 문제가 있는 것도 아닌데. 그렇죠? 그냥 진짜로 확신이 서지 않는 상태에서 그 여자들이랑 장기적인 관계로 묶이기 싫었던 거겠죠. 나한테도, 그 여자들한테도, '우리'라는 개념에도 옳지 못한 일이었으니까요. 장기적인 관계란 두 사람 모두 서로에게 기꺼이 몰입할 때에만 가치가 있는 거잖아요. 두 사람 모두 서로에게 자신을 맡겨야지, 그렇지 않으면 그 관계는 오래 못 가요. 병원을 퇴원한 직후에 어떤 여자를 잠깐 만난 적이 있는데, 그 여자한테 홀딱 빠졌었어요. 그 여자가 참 좋더라고요. 그 여자도 날 많이 좋아했지만 그 시절 난 가난했어요. 지금 생각해보면 그 여자의 짝이 되기에는 너무 가난했던 거예요. 처음에는 그 여자도 그걸 의식하지 않았지만 일 년 반쯤 뒤에 날 뻥 차버렸어요. 그것도 내 동업자이자 주택 철거 책임자였던 남자와 동침을 하고 나서 그 사실을 내게 말해주는 기가 막힌 방법을 동원해서요. 당신도 알다시피 나는 전투 중에 상처를 입었었는데, 그땐 아직 죄책감이나 혼란 같은, 그 경험과 관련된 온갖 감정에서 여전히 벗어나지 못한 상태였어요. 그 여자는 나한테 외상 후 스트레스 장애를 떨쳐내지 못했다고 말했지만, 내 증상이 그 정도는 아니었어요. 지인 중에 외상 후 스트레스 장애를 앓고 있는 사람이 몇 명 있는데 상태가 심각하더라고요. 내 증상은 그냥 정상 범주에 속하는 것이었어요. 진짜 임상적인 외상 후 스트레스 장애는 정말 끔찍하거든요."

"그래서 지금은 어떤데요?"

"지금은 괜찮아요. 그럴 때가 있긴 하죠. 악몽에서 절대로 깨어날 수 없다거나 어떤 장면이 계속 떠오를 때. 그땐 그게 현실 속에서 우리가 보고 겪은 일일 거라고 생각하면 돼요." 그는 대문 밖 주차장에 커다란 SUV를 대고 내려서 차 앞으로 돌아와 나를 위해 문을 열어주었다. "아까 나한테 감정적인 문제가 전혀 없다고 말했는데, 사실 그건 살짝 거짓말이에요. 관계를 그렇게 끝낸 린 때문에 아직도 약간 문제가 있거든요. 그 뒤로 사람을 쉽게 못 믿어요. 하지만 그런 이유로 빌리랑 장기적인 관계를 맺고 싶지 않았던 건 아니에요. 빌리는 전적으로 믿었으니까요. 그냥 그 여자랑 함게 살고 싶은 마음이 들거나 그 여자한테 청혼하고 싶은 마음이 들 정도로 감정이 깊지 않았던 것뿐이죠. 빌리가 원한 건 딱 그런 거였는데 말이죠. 그 뒤로는 여자랑 가볍게 데이트를 하거나 재미를 보거나 여기저기에서 밤을 함께 보내거나 그러면서 지냈어요."

그는 현관문을 따고 경보기를 끈 다음 문을 닫았다. 이제 그의 애완견 코코아, 거대한 초콜릿 색 래브라도가 미친 듯이 짖으며 뛰쳐나올 차례였다.

"이제 코코아를 꺼내주려고 하는데 괜찮죠? 준비됐어요?"

나는 고개를 끄덕이며 심호흡을 했다. 개가 보일 반응을 예상하자 웃음이 나왔다. "더 잘될 수 없을 만큼 완벽하게 준비됐어요."

로건이 짧은 복도를 걸어가 침실 문을 열자 단단한 마룻바닥에 발톱 긁히는 소리와 함께 기쁨에 겨워 짖어대는 소리가 우렁차게 울려 퍼졌다. 그리고 드디어 곰만큼 큰 갈색 털북숭이가 나를 향해 돌진했다. 나는 충격에 대비했지만 접시만한 코코아의 앞발 두 개가 내 어깨 위로 떨어졌다. 그러더니 혓바닥으로 내 얼굴을 마구 핥는가 하면 내 코 주변에 얼굴을 비비기도 하고 내 목젖 주변 냄새를 맡으려고도 했다. 나는 개의 혀를 피하려고 상체를 푹 숙였지만 개는 내 얼굴을 따라와 몸을 낮춘 채 핥고, 핥고, 또 핥았다. 결국 나는 개를 밀어낼 수밖에 없었다. 그러자 개는 뒷발로 서서 내 어깨 위에 앞발을 올리고 나를 끌어안다시피 했다. 개의 침 때문에 한쪽 귀가 축축했다. 이토록 열광적인 환영 인사에 나는 웃음을 터뜨리며 즐거워할 수밖에 없었다.

상처받은 영혼에게 행복한 개의 애정 어린 인사는 큰 위로가 되는구나, 나는 그렇게 결론 내렸다.

로건이 자신의 허벅지를 치며 말했다. "코코아! 밖에 나가고 싶니?"

그 말에 주의를 빼앗긴 개는 크게 한 번 짖고 짧게 낑 소리를 한 번 낸 다음 집을 가로질러 뒷문 쪽으로 향했다. 그는 개를 내보낸 다음 개가 볼일을 보는 모습을 지켜보고는 다시 개를 안으로 들였다. 개는 벽난로 근처 부엌 바닥에 엎드려 갈색 눈으로 우리를 바라보았다.

로건은 나를 쳐다보며 물었다. "배고파요? 남은 샤와르마, 피자 반 판이 있어요." 그러고는 부엌 복판에 놓여 있는 아일랜드 식탁 서랍을 열고 여러 장의 메뉴를 꺼냈다. "아니면 내가 포장 음식을 사 올 수도 있어요. 당신 뜻대로 해요."

"샤와르마가 뭐예요?"

"중동 음식이에요. 마늘 소스, 닭고기, 쌀이 들어가죠. 맛이 끝내줘요."

너무 싫지만 지금까지 내가 얼마간…… 제한된 식사를 해왔다는 사실을 인정해야 했다. "둘 다 좋아요." 나는 이렇게 말했지만, 사실 주된 이유는 두 음식 다 먹어본 적이 한 번도 없었고 로건이 집을 비우는 것이 싫었기 때문이다. 단 한 순간도 혼자 남아 있고 싶지 않았다.

그는 눈썹을 찡긋 올렸다. "둘 다 데우면 어떨까요? 그럼 당신이 둘 다 먹어보고 고를 수 있잖아요. 당신 입맛에 별로인 건 내가 먹고."

그러고는 냉장고를 뒤져서 플라스틱 용기 하나와 크고 하얀 사각형 상자 하나를 꺼냈다. 용기에 담겨 있던 내용물을 종이 접시에 쏟아 전자레인지에 넣고 데움 버튼을 누른 다음, 더 큰 종이 상자에 담겨 있던 내용물도 종이 접시에 옮겨 담았다. 샤와르마가 데워지면서 부엌에 음식 냄새가 퍼지기 시작하자 내 뱃속에서 꼬르륵 소리가 났다. 마지막으로 식사를 한 것이 언제였는지 기억조차 나지 않았다. 갑자기 허기가 몰려왔다. 전자레인지에서 삑 소리가 나자 그는 접시를 꺼내 아일랜드 식탁 맞은편에 앉아 있는 내게 건네고는 평소에 늘 그렇게 하는지 음식 위에 포크 하나를 놓았다.

"한 번 먹어봐요." 그가 피자를 레인지에 넣고 버튼을 누르면서 말했다.

샤와르마는 이게 가능할까 싶을 정도로 맛있는, 살면서 내가 먹어본 음식 가운데 가장 맛있는 음식이었다. 양념 맛이 풍부하고 톡 쏘는 마늘 향이 가득했다. 첫 숟갈을 떠 넣은 순간 내 입에서 탄식이 흘러나왔다. 나는 서둘러 두 번 세 번 음식을 떠먹었다.

"샤와르마가 입에 맞는 모양이네요." 로건은 빙그레 웃으며 말했다. 그러고는 피자 한 조각을 떼어내어 조심스럽게 내게 건넸다. 우리 둘 사이에 치즈가 줄처럼 늘어졌다.

피자 역시 맛있었다.

나는 시인했다. "도저히 못 고르겠는데요. 둘 다 너무 맛있어요.”

아일랜드 식탁의 돌출된 판 밑에 동그란 의자가 있었다. 나는 그 의자를 꺼내어 그 위에 앉았다. 로건도 내 옆에 의자를 놓고, 물 방울이 송골송골 맺힌 녹색 유리병 두 개를 내려놓았다. 윗부분에 흰색 라벨이 붙어 있었다.

“그럼 우리 같이 먹어요.” 로건은 이렇게 말하고는 내 손에서 포 크를 가져가 샤와르마를 한 입 떠먹었다. 나는 음식을 먹는 그의 모습을 바라보았다. 그런 동작을 하는 모습 역시 너무나 매력적이 었기 때문이다.

“병에 든 게 뭐예요?” 나는 뭔가 새로운 것을 또 먹어보고 싶다 고 생각하며 물었다.

“맥주요. 더 정확히 말하면 스텔라 아르투아예요. 마셔 봐요.” 나는 그가 건넨 병을 받아 들고 조심스럽게 한 모금 마셨다.

맥주가 처음 입에 들어왔을 때는 별로 맛있다는 생각이 들지 않 았다. 약간 쌉쌀하기도 했고 약간 시큼하기도 했다. 그런데 뒷맛 이 내 혀의 미뢰를 상쾌하게 건드렸다. 그래서 조금 더 길게 두 번 째 모금을 들이켰다. 첫 번째보다 목으로 넘기기가 훨씬 쉬웠다. 내가 의식하기도 전에 맥주 반병이 이미 비워진 상태였다. 머리가 좀 느슨해졌는지 약간 알딸딸한 기분이었다.

로건은 웃음을 터뜨렸다. “와, 굉장한데요. 당신이 스텔라를 좋 아할 거라고 생각했어요. 그런데 어떻게, 더 마실 수 있겠어요?” 그러고는 손짓으로 피자를 가리켰다. “피자를 먼저 한 입 먹고 입

안을 헹구듯이 맥주를 마셔 봐요. 내가 장담하는데 이렇게 궁합이 잘 맞는 음식은 또 없을 거예요."

"벌써 배가 다 찼나 봐요. 난 늘 유기농 음식, 초(超)건강식만 먹었거든요."

"비건이에요?"

"그게 뭔데요?"

"고기도 안 먹고, 동물성 식품은 아무것도 안 먹는 거예요. 비건들은 달걀, 우유, 치즈와 같이 동물에게서 생산된 음식이라면 어떤 것도 섭취하지 않아요."

"왜요? 괴상한 사람들이네요."

"식품 산업계에서 벌어지고 있는 동물 학대에 반대해서요. 자세히는 나도 잘 몰라요. 그게 그 사람들 신념이라면, 그렇게 하는 것이 자신들한테 좋겠죠. 하지만 나는 고기가 좋아요."

"나도요. 그럼 난 비건은 아니네요. 고기를 먹으니까요. 보통은 연어, 방목한 닭과 칠면조 고기에 샐러드와 과일을 곁들여 먹어요. 어쩌면 채식주의자라고 부를 수도 있겠네요. 붉은 고기는 자주 먹지 않거든요."

"그럼 남은 피자는 내가 해치울게요. 몸이 깨끗한 음식에 익숙하다면 피자에 든 기름기가 위에 부담이 될지도 몰라요."

너무나 괴상하고 기이하고 초현실적인 경험이었다. 로건의 부엌에 앉아서 맥주를 마시고 정상적인 음식을 먹다니.

그리고 내게는 정상적인 이름도 있었다.

나는 더 이상 마담 엑스가 아니었다.

나는 더 이상 케일럽과 함께 있지 않았다.

케일럽 생각을 하자 심장이 뒤틀려서 그 생각을 떨쳐버리고 말았다. 다시는 그곳에 가지 않을 생각이었다. 이제는.

그런데 로건이 별일 아니라는 듯 나를 바라보지도 않고 샤와르마를 한 입 먹으면서 이야기를 꺼냈다. "무슨 일이 있었던 거예요, 이사벨? 케일럽이랑? 무슨 일이 일어나서 마침내 떠난 거죠?"

나는 한숨을 내쉬었다. "그 사람은…… 우리는……."

내가 하려던 말을 시작하기도 전에 로건이 끼어들었다. "캐묻고 싶은 마음은 없어요. 당신이 말하고 싶지 않다면 그 자체로 당신의 사생활을 존중할게요. 하지만 아까 당신 상태가 너무 안 좋아 보였거든요."

나는 남은 피자 조각을 먹어치우고 맥주 한 모금으로 입안을 헹구었다. 로건의 말이 맞았다. 앞으로 정상적인 음식을 먹을 때마다 오늘의 이 식사가 영원히 계속 생각날 것 같았다. 몸에 극도로 안 좋지만 너무너무 맛있는 음식을 이렇게 마음껏 먹다니. 나는 할 이야기를 머릿속으로 정리하려고 애쓰면서 샤와르마를 한 입 더 먹었다.

"그 사람이 나를 자기 집으로 데려갔어요. 펜트하우스라고 부르던가? 아무튼 그 빌딩 꼭대기 층 전체가 그 사람 집이에요. 나를 그리로 데려갔는데 처음에는…… 괜찮았어요. 그런데 평소와는 달랐어요. 그 사람이 나한테 키스를 했는데 보통 때는 그런 행동을 안 하거든요. 조금 이상했어요. 그러고는⋯⋯." 나는 두 눈을 감은 채 다시 한숨을 내쉬었다. 말해버려. 그냥 얼른 입 밖에 내버려. "그러고는 나를 억지로 무릎 꿇리고 자기⋯⋯ 성기를 내 입으로 밀어 넣었어요." 소리 내어 말하기가 너무 힘들었다. 왜냐고? 말로 이야기하니까 그 일이 더 현실적으로 느껴졌기 때문이다. 실제보다도 훨씬 더 현실적으로. "그러더니 결국 내 얼굴에⋯⋯ 사정을 했어요. 자기 넥타이로 내 얼굴을 닦아내고 아무 일도 없었던 것처럼 내게 키스하더니 그냥⋯⋯ 나가버리더군요."

"그건 강간이에요, 이사벨."

나는 고개를 저을 수밖에 없었다. "아뇨. 전적으로 그렇지는 않아요." 몸이 떨렸다. "하지만 강간일 수도 있죠. 잘 모르겠어요. 그 사람이랑 함께 있으면 모든 것이 너무 혼란스러워요. 그 사람이 내 머리를 접수하고 내 생각 전체를 모조리⋯⋯ 이해가 안 되게 만들어 버리거든요. 나 자신도⋯⋯ 이해할 수 없게. 모르겠어요. 그 사람은 내가 병원에서 깨어난 처음 그 순간부터 지금껏 내가 알고 있던 전부였어요. 내 옆에 항상 그 사람이 있었거든요."

"그런데 왜 아까 회사 회의실에서⋯⋯."

"그건 내가 **원한** 거였어요, 로건. 내 말을 제발 믿어줘요. 정말로 너무나 간절하게 원했어요. 매 순간이 너무나 즐거웠고요. 당신이 나를 만지는 방식, 내게 키스하는 방식, 그런 경험은 처음이었어요. 그런데 미치도록 좋았어요." 나는 의자를 돌려 그의 얼굴을 바라보고는, 나를 마주보려고 몸을 돌리는 그의 두 무릎을 꼭

187

잡았다.

그는 섬세한 눈길로 나를 바라보았다. 그의 푸르디푸른 눈동자가 내 영혼을 들여다보았다. "나한테는 거짓말 하지도 말고, 내가 좋아할 거라 생각되는 말을 골라서 하지도 말아요. 알았죠? 약속해줘요. 나는 편한 거짓말보다 불편한 진실을 듣는 게 좋아요."

"당신이랑 함께 있을 때는 항상 솔직하게 말할게요. 약속해요."

남은 음식과 맥주 두 병을 깨끗하게 해치우고 나자 로건은 불쑥 손바닥으로 식탁을 탁 치며 말했다. "영화 볼 시간이에요."

"뭐라고요?" 나는 갑작스러운 화제 전환에 당황해서 물었다.

"내가 당신을 우리 집으로 데려와 맥주와 피자를 먹이고 함께 영화를 실컷 보겠다고 맹세했잖아요." 그는 빈 병을 손으로 쿡 찌르며 말을 이었다. "맥주와 피자를 먹었으니 이제 영화를 볼 시간이에요."

"좋아요." 당신이랑 영화를 보고 싶은 것만큼 하고 싶은 일이 또 있다고, 회의실에서 시작한 일을 먼저 마저 끝내고 싶다고 어떻게 말을 하면 좋을지 알 수가 없었다.

그는 내 손을 잡고 내가 아직 들어가 보지 못한 자신의 침실로 나를 이끌었다. 집의 다른 공간들과 마찬가지로 단순하지만 아름답고 편안하게 꾸며진 방이었다. 벽에는 명도가 낮은 녹색 페인트가 칠해져 있었고 바닥에는 두툼한 카펫이 깔려 있었으며 천장에는 서까래가 그대로 노출되어 있었다. 높은 짙은 색 목조 틀 위에 넓은 침대가 놓여 있었고 침대 맞은편 벽에 평면 텔레비전이 걸려 있었다.

그는 손짓으로 침대를 가리키며 말했다. "이 집에서 텔레비전을 시청할 수 있는 유일한 장소예요. 편하게 누워요."

나는 긴장된 몸짓으로 엉덩이 부분을 쓸어 드레스 자락을 폈다. "알았어요."

침대는 너무 높았고 내 드레스는 사실 등반에는 적당하지 않았다. 최소한 우아하고 얌전하게 기어 올라갈 수 없는 것은 분명했다. 나는 무릎을 가지런히 모은 자세를 취하고 뒤로 올라가려고 해 보았다. 아까 전 그의 손가락을 가지고 우리가 함께했던 행위를 생각하면, 내가 왜 얌전해 보이려고 애쓰는지 그 이유를 알 수가 없었지만 왠지 그래야만 할 것 같았다. 그러나 내가 해낸 것이라고는 매트리스 가장자리에 엉덩이를 누르고 앉아 우아하지 못하게 버둥대는 것뿐이었다. 침대 틀에 한 발을 올려보려고 했지만 로건의 도움 없이는 어느 쪽 발도 올릴 수가 없었다. 특히나 하이힐을 신은 채로는.

로건은 웃음을 터뜨렸고 나도 어쩔 수 없이 웃음을 터뜨렸다. 침대 위로 올라가려는 나의 노력은 거의 몸개그에 가까웠기 때문이다. "내 사랑 이사벨, 내 말 오해하지 말아요. 그 드레스 멋지기는 한데…… 갈아입을 수 있는 다른 옷을 줄까요? 내 셔츠는 어때요?"

"당신 셔츠는 나한테 클 텐데요."

그는 고개를 끄덕였다. "그게 중요한 점이에요. 아마 수면 가운처럼 되겠죠."

"좋아요. 입어볼게요." 나는 태연한 척 말했지만 로건의 셔츠를 내가 입는다고 생각하자 속이 울렁거렸다.

그는 텔레비전 밑에 놓여 있는 탁상 서랍을 열고는 단정하게 개어 놓은 검은색 셔츠를 꺼내어 내게 건넸다. "내가 제일 좋아하는 셔츠에요. 고등학생 때부터 입던 옷이죠. 정말 부드럽고 편안해요. 그럼 나는……." 그가 몸을 돌리며 말을 이었다. "당신이 옷을 갈아입을 수 있게 시간을 좀 줄게요."

나는 구두를 벗어 던졌다. 두 발이 즉시 자유로워졌다. 로건은 침실 문 앞에 서서 목덜미를 문지르고 있었다. 그제야 나는 시간을 주겠다는 말의 뜻을 이해했다. 나를 이 방에 혼자 남겨두려는 것이었다.

"당신…… 음……." 나는 불안한 마음을 가라앉히느라 잠시 말을 끊었다. "당신 이 방에서 나가면 안 돼요, 로건."

그는 손잡이를 잡고 있던 손을 멈추었다. "아무 짓도 안 할게요, 이사벨. 모든 일을 당신이 보는 앞에서 할게요. 그럼 되죠?"

"이미 내 알몸을 본 적이 있으면서 그러네요, 로건."

"그렇다고 해서 그게 내가 옷 갈아입는 당신을 지켜봐도 된다는 뜻은 아니잖아요. 그런 건 아주 친밀한 관계일 때 하는 행동이죠."

"우리가 당신 회의실에서 한 짓은 뭐죠?"

그의 얼굴 위로 웃음이 스쳤다. "그러네요." 그는 다시 침실 안으로 발걸음을 옮겼다. "당신이 그러길 원한다면 여기 있을게요."

"난 괜찮아요." 나는 등 뒤로 팔을 뻗어 드레스 지퍼 손잡이를 잡으려고 애쓰면서 말했다. "내가 솔직해야 한다면, 실은 당신이 내 옆을 떠나는 게 싫어요."

몸을 비틀지 않은 상태로는 지퍼 손잡이를 잡을 수가 없었다. 로건이 단 세 걸음 만에 성큼성큼 방을 가로질러 와 내 등 뒤에 섰다. "내가 해줄게요."

그는 손가락으로 내 목덜미에 있는 머리칼을 어깨 위로 쓸어냈다. 지퍼가 내려가자 드레스 품이 느슨해지는 것이 느껴졌다.

나는 그 이상을 기대했지만 그는 한 걸음 뒤로 물러섰다. "됐어요."

나는 몸을 돌려 그를 바라보았다. 그의 두 눈은 곧장 내 몸으로 향했다. 나를 바라보는 그 두 눈에 담겨 있는 욕망이 또렷이 보였다. "로건," 무슨 말을 해야 할지도 모르면서 나는 일단 입을 열었다.

말이 필요 없다는 것이 내 결론이었다. 나는 그의 두 눈을 뚫어지게 바라보면서 어깨를 움츠려 드레스를 아래로 떨어뜨렸다. 드레스는 이제 내 두 팔, 구부러진 팔꿈치와 복부에 걸려 있었다. 긴장됐지만 이런 기회를 잃을 수는 없었다. 나는 두 손바닥을 펴 내 허벅지를 쓰다듬었다. 드레스가 내 발을 중심으로 동그라미를 그리며 바닥으로 떨어졌다.

로건의 두 눈이 내 몸을 탐닉했다. 그는 갈라진 목소리로 말했다. "당신은 너무나 아름다워요, 이사벨."

"아직 알몸도 아닌데요." 나는 칭찬이 민망해서 이렇게 대꾸했다.

"당신도 알겠지만 당신은 아름다워지려고 발가벗을 필요가 없는 여자예요." 로건은 이렇게 말하며 내게 다가와 손가락을 내 허리 위에 얹었다. "속옷을 입고 있어도 이렇게 섹시한걸요."

나는 얼굴이 달아올라, 그와 계속 눈을 맞추고 있을 수가 없어서 고개를 숙이며 말했다. "고마워요." 내가 할 수 있는 말은 그뿐이었다.

그가 도망치지 못하게 손가락으로 그의 손목을 잡았다. 그는 도망치지 않았지만 그저 쫙 편 손바닥으로 내 등 정중앙 척추를 지그시 누를 뿐이었다. 나는 나를 만지는 그의 손길에 성적인 면이 없다는 사실을 알아챘다. 성감대를 피하는 것은 나를 위해서일까? 아니면 자신을 위해서일까?

내 몸을 그에게 던지기 전, 먼저 해야 하는 단계는 옷을 마저 벗는 것이었다. 나는 두려움을 꿀꺽 삼켰다. 그가 나를 거부하지 않으리라는 사실을 알고 있었지만, 그가 지금 나를 존중해 내게 시간을 주고 있다는 사실 역시 알고 있었다. 그리고 얼마 전 내가 당한 일을 생각하면 그런 시간이 필요하긴 했다. 하지만 내 머릿속에는 온통 그의 키스, 내 입술을 덮는 그의 입술 생각뿐이었다. 내가 원하는 것은 그의 손길뿐이었다. 나는 그를 위해 다시 흥분하고 싶었다. 그를 느끼고 싶었다. 그를 흥분시키고 싶었다. 그가 자제력을 잃으면 어떻게 되는지 알고 싶었다.

나는 등 뒤로 손을 뻗어서 후크를 하나 둘 셋 풀었다. 그에게 생각할 틈을 주지 않고 잽싸게 팔을 줄에서 뺀 다음 브라를 바닥으로 벗어던졌다. 보는 방향에 따라 색이 달라지는 그의 인디고색 두 눈이 내 얼굴에서 가슴으로 내려갔다. 그의 시선에 내 젖꼭지가 단단해졌다. 너무 빨리 단단해져서 통증이 느껴질 정도였다. 가슴 속에서는 우레와 같이 울리는 심장 박동이 느껴졌고, 귀에는 내 맥박 소리만 들렸다. 엄지를 팬티 고무줄 안으로 넣어 엉덩이를 살랑살랑 움직이며 팬티를 내렸다. 숨쉬기가 힘들었다. 그리고 방바닥말고 다른 곳은 쳐다볼 엄두가 나지 않았다.

실크와 레이스로 된 팬티가 발목으로 떨어졌고, 나는 이제 알몸이 되었다.

전에도 로건 앞에서 알몸이 된 적이 한 번 있었지만 그것은 순전히 우연이었다. 그날 무슨 일이 일어났든, 로건이 내 알몸을 쳐다볼 수 있는 상황에서 일부러 옷을 다 벗는 것은 그 일과는 다른 종류의 사건이었다. 이것은 하나의 의사 표현이었으니까.

"젠장…… 이사벨…… 당신 미치도록 섹시하네요. 너무 섹시해서 이렇게 당신을 바라보고 있다가는 숨이 멎겠는데요." 그는 실크처럼 부드러운 목소리로 중얼거렸다.

나는 내가 가진 용기를 마지막 한 방울까지 짜내어 그에게 손을 뻗었다. 검지로 그의 벨트 후크를 잡고 그를 가까이 끌어당겼다. 그의 두 눈이 가느스름해지고 콧구멍이 넓어지더니 목젖이 까딱 움직였다. 그의 욕망, 부인할 수 없는 욕망, 격렬하게 타오르는 욕망이 느껴졌다. 나는 욕망의 불길에 휩싸여 있었다. 내 젖꼭지가 그의 가슴에 닿았다. 그의 티셔츠 밑단을 잡고 옷을 위로 올렸다.

그는 두 팔을 위로 뻗어 티셔츠를 조심스럽게 벗어 옆으로 던졌다. 셔츠를 벗은 로건을 보자 숨이 막혔다. 그를 바라보는 것만으로도 숨을 쉴 수가 없었다.

내 두 손은 자기들 멋대로 움직이고 있었다. 내 손이 그의 청바지 허리춤을 잡고 단추를 풀었다. 그는 꼼짝도 하지 않고 서서 거친 숨을 내쉬며 나를 바라보기만 했다. 내 손이 바지 지퍼 손잡이를 잡고 지퍼를 내렸다. 벌어진 바지 앞섶으로 그의 성기가 툭 불거져 나왔다. 목이 메면서 숨이 막혔다.

그는 여전히 눈만 깜박이면서 가만히 서 있었다.

내가 청바지를 아래로 내리자 로건이 바지에서 발을 뺐다. 회색 면 속옷이 맞춘 듯이 그의 몸에 딱 붙어 있었다. 그의 사타구니에서, 내 시선 때문에 두툼하게 부풀어 오른 성기의 윤곽선에서 눈길을 돌릴 수가 없었다. 마지막 남은 그의 옷을 향해 내가 손을 뻗자 그는 깊이 숨을 들이마셨다. 나는 한 손 검지와 중지를 고무줄과 그의 피부 사이로 집어넣으면서 다른 손으로 그의 상체를 쓰다듬었다. 손가락 끝으로 귀두를 건드리자 그의 몸이 움찔하면서 복부가 쑥 들어갔다. 내가 팬티를 내리자 옷감 안에 갇혀 있던 성기가 출렁 풀려났다. 로건은 발을 하나씩 빼서 나와 함께 알몸이 되었다.

우리는 함께 알몸이었다.

아찔함과 두려움이 동시에 느껴졌다.

그래도 그를 만져야만 했다. 나는 두 손을 쫙 펴 그의 가슴을 쓰다듬다가 옆구리를 지나 손을 뒤로 보내 그의 양쪽 엉덩이를 움켜쥐고 그를 더 가까이 당겼다. 그는 숨을 내쉬며 내 허리를 받치고 내 어깨에 입을 맞추었다.

"로건." 나는 숨을 내쉬었다. 그것은 애원이었고 그도 그것을 알고 있었다.

그의 입이 아래로 내려가 가슴뼈에 이르렀다. 그는 고개를 더 숙여 내 오른쪽 젖무덤 위에 입을 맞추었다. 내 허리를 받치고 있던 강인한 손을 앞으로 빼내 유방을 받치고는 자신의 입 쪽으로 들어 올렸다. 그의 손길은 다정했으며, 그의 입은 따뜻하고 촉촉했다. 젖꼭지가 그의 입안에서 눌리는 느낌, 그의 혀가 젖꼭지를 간질이는 느낌을 음미하며 나는 신음했다. 전율이 나를 관통하며 불꽃을 당겼다.

내가 그의 성기를 향해 손을 뻗으려는 순간 그가 뒤로 주춤 물러섰다. 그의 시선에 빛이 감돌았다.

"침대 위에 누워요, 이사벨." 그의 목소리는 언제나처럼 부드럽고 따뜻했지만 이번에는 고집스러움도 담겨 있었다.

나는 뒷걸음질 쳤다. 매트리스 위에 엉덩이를 털썩 내리고 그 위로 기어 올라가 뒤로 누웠다. 머리를 뒤척여 베개를 벴다. 숨이 거칠었고, 숨을 쉴 때마다 젖가슴이 위아래로 출렁였다. 젖꼭지가 쓰라렸다. 음부도 이미 흠뻑 젖어서 따가웠다. 그럴 생각은 아니었는데 나는 로건을 향한 욕망에 휩싸여 있었다. 한 손을 숱 많은 검은색 머리칼 속에 묻고 한쪽 무릎을 세워 그 발로 매트리스를 디딘 다음, 그의 눈에 음부가 보이지 않게 양쪽 허벅지를 딱 붙였다. 다른 쪽 팔은 가슴 위에 놓았다.

건장한 알몸의 그는 가만히 서서 잠시 동안 나를 바라보기만 했다. 나도 그를 쳐다보았다.

그는 너무나 아름다웠다.

여러 그림이 뒤엉킨 문신이 어깨부터 팔꿈치까지 새겨져 있었다. 끝이 동그랗게 말린 머리가 다 풀린 채 그의 어깨 위에서 파도치고 있었다. 그의 몸은 전사의 몸이었다. 채찍처럼 체지방이 없는 그 몸은 칼날처럼 예리하고 탄탄한 다이아몬드 형태였다. 그리고 마치 대리석에 새겨놓은 것처럼 모든 근육이 하나하나 살아 있었다. 그의 성기는…… 나는 그 부위를 바라보면서 아랫입술을 깨물었다. 내가 생각했던 것보다 훨씬 더 잘생기고 굵은 로건의 성기는 미묘하게 끝이 살짝 휘어 있었다. 나는 그를 만지고 싶었다. 손가락으로 그 성기를 잡고 내 입에 넣어 그를 느끼고, 혀로 그의 피부를 맛보고 싶었다. 그를 내게로 이끌어 내 몸을 관통하는 그를 느끼고 싶었다.

나는 그를 원하고 또 **원했다.**

내가 무릎을 양쪽으로 벌리자 그가 신음했다.

그러더니 침대 위로 올라와, 내 허벅지 사이에 무릎을 꿇고 나를 내려다봤다. 한 손으로는 내 머리 옆 침대를 짚고 다른 한 손으로는 내 머리칼을 빗기면서. 그의 입술이 장난치듯 내 입술을 스쳤다.

그것은 키스가 아니라 장난이었다.

그는 아까 내가 깨물고 있던 내 아랫입술을 혀로 핥았다.

위스키를 마신 기억이 떠올랐다. 그의 입술이 닿은 잔에 남아 있던 위스키를 마신 기억이. 혀에 닿던 위스키의 맛, 목구멍이 탈 것 같던 느낌이 생생했다. 그의 입술이 내 입술을 덮어 주길 원하던 내 마음도.

그는 손가락으로 내 머리칼을 쓸어내리다가 뒤통수를 받치더니, 내 입술이 그의 입술에 닿게 내 머리를 들어 올렸다.

그리고는 내게 키스하고,

키스하고,

또 키스했다.

영원히 끝나지 않을 것처럼 키스했다.

둘 다 숨이 막혀 죽기 전까지는. 그의 혀는 내 입 구석구석을 맛보았고 내 입술을 핥았으며 내 혀를 간질였다. 결국 나는 숨을 쉬기 위해 몸을 뗄 수밖에 없었다.

그는 몸을 일으키고 두 손으로 내 어깨를 쓸어내린 다음 젖가슴을 받치고 엄지로 양쪽 젖꼭지를 누른 채 고개를 숙여 젖가슴 사이 피부에 입을 맞추었다.

"당신은 경배받아 마땅해요, 이사벨. 당신이 얼마나 완벽한 여자인지 내가 당신에게 보여줄게요."

09

궁금함, 당황스러움, 욕망, 애정, 날것 그대로의 성욕 등 강렬한 여러 감정이 놀랄 만큼 한꺼번에 흘러넘쳐서 나는 눈을 깜박이고 있을 수밖에 없었다.

그런데 그 순간 이렇게 말하는 내 목소리가 들렸고 그 말에 나 스스로도 놀랐다. "그럼 날 경배해 봐요, 로건. 내게 보여줘요."

그는 내 젖꼭지를 빨면서 중지를 클리토리스 안으로 쑥 집어넣었다. "그러려고요." 손가락의 유연하고 도발적인 움직임에 나는 흘러나오는 신음을 멈출 수가 없었다. "날 위해서 크게 소리내줘요, 이사벨. 당신이 내는 모든 소리를 다 듣고 싶어요."

그는 한 손으로 유방을 받치고 젖꼭지를 문 채 다른 한 손으로 내 허벅지 사이를 쓰다듬었다. 그렇게 젖꼭지를 빨기도 하고 혀로 돌리며 희롱하기도 하고 입으로 잡아당기기도 했다. 손가락을 내 틈으로 밀어 넣어 질액을 묻혀 그것을 클리토리스에 문질렀다. 짜릿했다. 아, 너무나 짜릿했다. 다시 절정에 이를 수 있을 것 같았다. 그것도 곧, 그리고 아주 강하게. 예민한 클리토리스를 천천히 부드럽게 애무하는 그의 손가락의 회전에 일정한 리듬이 생겼다. 그러면서 그는 양쪽 유방에 번갈아 가며 입을 맞추고 그것을 빨았다. 이쪽 그리고 저쪽, 이쪽 그리고 저쪽. 내 몸 안 아랫배 가운데 부분에 힘이 들어갔다. 배가 팽팽해졌다. 나는 몸을 웅크리면서 무릎을 들어 올렸지만, 일정한 속도로 내 몸의 가장 민감한 부위를 만지는 그의 손길은 빨라지지 않았다. 내가 끊임없이 신음 소리를 내고 있다는 사실을 깨달았다. 견딜 수 없는 욕망이 계속 끓어올랐다. 그의 손길을 느낄수록 욕망이 점점 더 강해졌다.

"당신을 맛보아도 될까요, 이사벨?"

"제발, 로건."

"제발 뭐요? 원하는 걸 말해요, 자기. 내가 그걸 해줄게요."

"날 맛봐요. 날 흥분시켜줘요. 날 만져줘요. 당신을 만질 수 있게 해줘요."

그는 내 몸에 차례로 입을 맞추며 아래로 내려갔다. 가슴뼈, 배, 엉덩이, 허벅지. 한 군데도 빠뜨리지 않고 내 몸 전체에 입을 맞추었다. 심지어 내 왼 다리를 들고 무릎 뒤쪽에도 입을 맞추었다. 그 부위에 보드랍고 따뜻한 그의 입술이 닿자 내 입에서 흐느낌이 흘러나왔다. 그런 다음 그는 혀와 입술로 한쪽 허벅지 위를 돌아다녔고 나는 신음했다. 음순에 그의 혀가 닿자마자 나는 몸을 비틀며 헐떡였다. 하지만 그는 내가 원하는 것을 해줄 마음이 없었다. 아직은. 그는 다른 쪽 허벅지로 건너가 입을 맞추며 아래로 내려갔다. 종아리를 지나 발목까지 그의 입술이 다리 전체를 어루만졌다.

"로건……" 나는 헐떡였다.

"알아요, 자기. 하지만 내가 아까 그랬죠? 당신은 경배받아 마땅하다고. 내가 당신을 경배할 수 있게 해줘요." 그는 내 발끝에 입을 맞추며 말했다.

이제 그의 입은 다리 위를 지나 나의 중심, 두 허벅지가 만나는 지점으로 다시 올라오고 있었다. 그리고 그 입술은 마침내 두 다리가 시작되는 지점에 정착했다. 치골 위 성감대, 음부의 가장 높은 곳에. 그는 혀를 내밀어 내 음부의 모든 틈, 음순 사이를 핥았다.

"아, 세상에. 로건, 좋아요. 제발, 제발 더요." 나는 숨이 막혀 헐떡이면서 단어를 하나씩 말했다. 그것은 애원이었다. 그는 단지 애무와 키스만으로 나를 애원하게 만들었다.

그는 손가락 두 개를 내 틈 깊이 밀어 넣었다. 안에서 손가락을 구부리고 빼고 다시 넣고. 일정한 속도로 찌르는 행위가 시작됐다. 그의 혀는 클리토리스를 공략했다. 나는 그의 혀 때문에, 그리고 손가락 때문에 몸을 뒤틀었다. 부끄러운 줄도 모르고 그의 동작에 따라 몸을 움직였다. 내 머리에 손을 묻은 채 머리칼을 쥐어뜯고 엉덩이를 들썩이면서.

"절정이 다가오는 것 같아요?" 그가 웅얼웅얼 물었다.

"그런 것 같아요."

"얼마나 남았는데요?"

내가 할 수 있는 일이라고는 말없이 흐느끼며 침대 위로 등허리를 들어 올려 몸을 아치형으로 만든 채 그의 입과 손가락에 맞추어 엉덩이를 돌리는 것뿐이었다. 이제 그의 입은 내 음부를 덮고 있었다. 그는 두 입술로 내 클리토리스를 물고 빨아들이다가 혀로 그것을 간질였다. 손가락을 넣었다 뺐다 하는 동작을 반복하면서 자유로운 한 손을 뻗어 내 젖꼭지를 꼬집었다.

"이사벨, 이제 나를 위해 흥분해줘요. 바로 지금이에요. 내 손가락을 죄는 당신을 느끼고 싶어요, 자기. 숨이 멎을 만큼 세게 내 손을 조여 줘요." 그의 말이 내 욕망에 불을 지폈다. "내 손가락에 올라타듯이, 내 입에 올라타듯이. 날 야무지게 활용해요."

나는 헐떡였다. 꼭 감은 눈꺼풀 뒤에서 섬광이 번쩍였다. 힘을 너무 주어서 아랫배가 갈라지는 것 같았다. 나는 크게 소리를 내지르고 있었다. 내가 낼 수 있는 모든 힘을 끌어모아 그의 손가락을 꽉 조였다. 그의 입, 혀, 손가락에 대고 필사적으로 움직이는 나의 동작에 그가 속도를 맞추었고, 그렇게 나의 자제력은 모조리 바닥났다. 이제 나는 절정을 넘어 예전에는 있는지도 몰랐던 새로운 단계로 올라서고 있었다.

"그래요, 잘하고 있어요. 바로 그렇게 하는 거예요. 날 위해 비명을 질러요. 날 위해 흥분해요." 그는 내 피부에 입을 댄 채 속삭였다. "당신은 정말로 아름다워요, 이사벨, 너무나 섹시하고요. 욕 나올 정도로."

내 몸이 축 늘어지자 그는 상체를 일으키고 무릎을 꿇은 채 나를 내려다보았다. 여전히 헐떡이고 있는 내 온몸은 땀으로 번들거렸다. 숨을 몰아쉴 때마다 젖가슴이 출렁였다. 그는 내 몸의 움직임을 노골적으로 바라보았다.

오르가즘의 여파로 나는 여전히 떨고 있었다.

"이제 나도 당신을 만지고 싶어요, 로건." 나는 일어나 앉으며 그를 향해 손을 뻗었다.

그는 내 쪽으로 더 가까이 옮겨 앉고 무릎을 벌렸다. 그리고 나를 그윽이 내려다봤다. 내 얼굴 앞에 그의 성기가 있었다. 그는 내 양쪽 어깨에 두 손을 얹었다. "그럼 만져요."

나는 그의 성기에서 억지로 시선을 떼어내 그의 온몸을 훑어보았다. 문신이 새겨진 거칠고 두툼한 팔뚝으로 내 시선이 향했다. 그 속에는 카드게임을 즐기는 매력적인 미녀들, 십자형으로 교차된 돌격용 자동 소총 두 자루, 고풍스러운 영어 글자, 참새, 거미, 해골, 권총, 영화 주인공임이 틀림없는 인물, 가면 등이 있었다. 그 모든 그림이 하나로 어우러져, 팔꿈치에 뿌리를 둔 나무의 가지처럼 팔뚝 위로 자라나 있었다.

그다음 나는 시선을 내려 발기해 있는 그의 성기를 내려다보았다.

한 손으로 성기를 잡고 부드러운 살결을 느끼면서 그 손을 최대한 밑으로 내리고는 다른 손으로 윗부분을 잡았다. 두 손을 쫙 펴 감쌌는데도 위에 놓인 손 위로 귀두가 튀어나와 있었다. 내가 그 부분에 혀를 대고 핥자 그의 입에서 신음이 흘러나왔고 내 어깨를 잡고 있는 그의 손에 힘이 들어갔다. 나는 손바닥을 위아래로 부드럽게 움직였다. 한 손을 풀고 남은 한 손을 가장 밑에서 가장 위까지, 그리고 그 반대로 반복해서 움직였다. 그의 반응, 그의 성기가 내 손을 채우는 느낌, 그의 표피가 말렸다가 펴지는 모습을 익히면서. 어떻게 하면 그가 신음 하는지, 어떻게 하면 그가 탄식 하는지 익히면서. 내가 손에 부드럽게 힘을 주자 그가 헐떡였다. 욕망, 욕정이 나를 가득 채웠다. 나는 그의 전부를 원했다.

나는 내 입술로 성기 끝을 감싸고 두툼한 귀두 밑 홈에 입술을 맞추었다. 그의 입에서 긴 신음 소리가 흘러나왔다. "이사벨, 하지 말아요."

"하고 싶어요."

그는 뒤로 몸을 빼 주저앉으며 말했다. "내가 다시 당신을 핥아 줄게요."

나는 고개를 저었다. "난 당신을 원해요, 로건. 난 당신을 만지고 싶어요. 당신을 기분 좋게 만들어주고 싶어요. 이건 내가 원하는 일이에요."

"하지만 당신은 얼마 전에……."

"그 일은 당신이랑 아무 상관 없어요. 내가 당신을 얼마나 강렬하게 원하는지와 아무 상관없단 말예요." 나는 앞으로 몸을 기울여 그의 입에 키스했다. "뒤로 누워요. 나도 당신을 경배할 수 있게 해줘요, 로건."

그는 뒤로 누워 한 손으로 머리를 받치고 다른 한 손을 내 쪽으로 뻗었다. "나는 당신이 원하는 일만 했으면 좋겠어요, 이사벨."

"이게 내가 원하는 거예요."

이제는 내 차례였다. 나는 높고 날카로운 그의 광대뼈에서 출발했다. 양쪽 광대뼈에 키스 하고 입에 키스 한 다음 윗입술과 아랫입술을 차례로 핥았다. 그의 혀를 내 입에 넣고 빨아들였다. 그리고 목젖을 지나 가슴으로 내려갔다. 손가락으로 양쪽 젖꼭지를 꼬집고 가슴 근육 밑 쑥 들어간 부분을, 갈라진 복근 위를 어루만졌다. 점점 아래로 내려가 이제 엉덩이에 이르렀다. 두 손으로 엉덩이를 감쌌다가 아랫배 위에 두 손을 쫙 폈다. 그러고는 한쪽 허벅지를 따라 입을 맞추며 계속 아래로 내려갔다. 그가 내게 해준 것처럼. 나를 경배하던 그의 방식을 떠올렸다. 그를 맛보았다. 그의 시선이 저 아래 있는 내게로 향해 있었다. 군살 없이 탄탄한 그의 몸은 욕정을 뿜어내고 있었다. 그의 몸에서 남성적이고 성적인 매력이 흘러넘치고 있었다. 나는 한 손으로 그의 성기를 잡고 애무했다. 내 평생 겪어온 어떤 경험보다도 그 행위가 더 즐거웠다. 정크 푸드보다도, 자유보다도, 고전적인 책보다도, 그를 만지고 그에게 키스하는 행위가 더 즐거웠다. 내 평생 그런 경험은 처음이었다.

나는 그에게 완전히 압도되었다. 환희, 활기, 감사함, 격렬한 욕정이 감당할 수 없을 만큼 나를 가득 채웠다. 나는 갑자기 입으로 그의 성기를 덥석 물었다. 목구멍을 열고 그를 입속 깊이 넣었다가 혀끝으로 맛을 보았다. 그가 신음하며 몸을 떨었다. 입을 빼고 다시 손으로 쥔 다음 성기에 묻은 내 침을 거기에 문지르고 손을 놀려 쓰다듬었다. 점점 더 빠르게.

내 손 밑에 있는 그의 몸이 떨리는 것이 느껴졌다. 그의 가슴 속에서 울리는 신음 소리가 느껴졌다. 그 소리가 침실 전체를 울렸다.

사정이 임박했다는 것을 알 수 있었다. 내가 핥고 빨고 있는 성기 끝에서 맑은 액체가 분비되었고 그 맛에서 그 사실을 느낄 수 있었다. 나는 그의 성기 전체에 입을 맞추고 아래서부터 위로 혀로 핥았다. 나의 애무에 그의 몸이 움찔했고 내 입술 사이에서 성기는 점점 두꺼워졌다.

"당신은 정말 맛이 좋네요, 로건. 사정해요. 내 혀로 당신을 맛볼 수 있게 해줘요. 나한테 다 싸 버려요." 이렇게 말하는 내 목소리가 들렸다.

이런 식의 말을 하는 이 여자는 누구지? 나는 그런 말을 입 밖에 낸 적이 한 번도 없었다. 아니 그런 말을 생각해본 적도 없었다. 그런데도 내 입에서 그런 말이 넘쳐흘렀고, 그 말이 너무나 섹시하게 들렸다. 너무나 방탕하고 여성스럽고 관능적으로 들렸다.

"이즈, 이사벨, 맙소사. 도대체 나한테 무슨 짓을 하는 거예요?" 그가 숨을 내쉬며 힘이 들어간 목소리로 물었다.

"당신을 기분 좋게 만들고 있죠. 그게 내 바람이거든요."

"이건 그냥 기분 좋은 게 아니에요, 이즈. 천국에 온 느낌이에요."

이즈? 준말인가? 아니면 애칭인가? "이즈요?"

"내가 당신을 그렇게 부르는 게 싫어요?"

"아뇨, 좋아요. 듣기 좋은데요."

"이즈? 아니면 이지?"

"이즈, 그게 좋아요."

갑자기 로건이 나를 안은 채 옆으로 굴러서 내가 밑에 누워 있는 자세가 되었다. 그는 내 허벅지 사이에 무릎을 꿇고 앉아서 가슴을 들썩이며 나를 바라보았다. 그의 성기 끝에 물방울이 맺혀 있었다. 절정이 임박했다는 증거였다. "나를 위해서 다른 걸 해줄 수 있어요?"

"뭐든 말만 해요." 나는 정말로 그럴 생각이었다. 그가 내게 부탁하는 것은 뭐든 해줄 생각이었다. 너무나 빨리, 그리고 너무나 강하게 그런 감정을 느끼다니 내가 미친 것 같았지만, 내 마음이 정말로 그랬다.

"당신 몸을 만져요."

물론 전에도 내 몸을 스스로 만진 적은 있었다. 죽도록 고요한 밤, 새벽에 깨어나 잠을 못 이룰 때, 반복되는 악몽과 씨름하거나 새로운 욕구에 시달릴 때 내 몸을 만진 적이 있었다. 하지만 무슨 이유에서인지 그럴 때마다 나는 늘 약간 수치를 느꼈었다.

그 앞에서 나 자신을 만지라고? 그가 바라보고 있는 곳에서? 가슴이 오그라들고 피부가 뼈에 찰싹 달라붙는 것 같았다. 심장이 쿵쾅거리고 속이 울렁거렸다. 나는 그를 바라보며 눈을 깜박였다. 양쪽 허벅지를 꼭 붙이고.

나는 그에게서 시선을 돌리며 속삭였다. "로건, 잘 모르겠어요. 내가 그걸 할 수 있을지."

"당신이 자위하는 모습을 보고 싶어요. 그 모습을 바라보고 있으면 아주 섹시할 것 같아요." 매트리스 위에 정강이를 대고 앉아 있는 그의 성기는 단단하게, 우뚝, 자랑스럽게 서 있었다. 거대한 그 성기는 내 손가락을, 입술을, 음부를 갈망하고 있었다. "이렇게요, 이즈. 내가 하는 걸 봐요."

그는 한 손으로 자신의 두툼한 성기를 쥐었다. 성기를 쥔 그의 손은 너무나 튼튼하고 크고 거칠어 보였다. 그것을 쥐고 있는 그 손은 그의 손이 아니라 내 손이어야 했다. 하지만, 그 모습을 바라보니까 자극적이기는 했다. 그는 천천히 한 손으로 자신의 성기를 펌프질하기 시작했다. 손 밖으로 귀두가 툭 튀어나오기도 했고 표피가 뒤로 밀리기도 했다. 다른 한 손도 그의 동작을 도왔다. 성기를 잡은 손을 아래로 내리면서 다른 손 엄지로 성기 끝을 건드렸다.

아.

아. 세상에. 자위행위를 하는 그의 얼굴이 보였다. 두 눈은 가느스름해져 있었고 턱은 악물려 있었다. 가슴이 크게 들썩였다. 그의 손 밑에서 고환이 흔들렸다.

다음 순간, 나도 모르는 사이에 내 손가락이 배를 지나 허벅지 사이로 미끄러져 들어갔다. 자위행위를 하는 그를 바라보고 있으려니까 음부가 따끔거렸다. 따끔따끔 욱신욱신 불에 덴 것 같았다. 통증을 가라앉히려면 나 자신을 만질 수밖에 없었다. 손가락 세 개를 클리토리스에 대자 벼락이 치듯 강한 자극이 느껴졌다.

찰싹 때리고 원을 그리고 누르고.

호흡이 불안했다. 나는 그의 두 눈을 들여다보면서, 그가 잘 볼 수 있게 신경 써서 다리를 쫙 벌리고 엉덩이에 발꿈치가 닿게 두 다리를 굽혀 세웠다. 아, 아, 세상에, 그랬다. 그것은 너무나 에로틱하고 너무나 섹시했다. 그가 쳐다보고 있다는 사실을 알면서 내 음부를 만지는 것. 같은 행위를 하고 있는 그의 모습을 바라보는 것. 유대감이 우리를 하나로 묶었다. 나는 시선을 돌릴 수도, 손을 멈출 수도 없었다. 이제 나는 절정을 향해 오르는 중이었다. 산더미 같은 열기가 나를 덮쳤고 강렬한 전율의 파도가 나를 관통했다. 점점 더 거세지는 그의 펌프질, 점점 더 거칠어지는 그의 손동작이 보였다. 저게 내 손이었다면 훨씬 더 다정하고 부드러웠을 텐데. 나라면 훨씬 더 다정하고 섬세한 손길로 그를 애무해줬을 텐데.

나는 여전히 한 손을 내 허벅지 사이에 넣은 채 빠른 속도로 원을 그리고 있었지만, 결국 그를 만질 수밖에 없었다. 그의 손을 밀어내고 내 손으로 그의 성기를 잡았다. 그러고는 우리 둘의 성기를 동시에 애무했고 그는 그런 내 모습을 바라보았다.

그의 두툼한 성기를 애매하게 어루만지던 내 손의 펌프질 속도가 점점 빨라졌다. 그는 신음했고 나는 흐느꼈다. 이제 그는 내 손바닥에 자국이 날 정도로 강하게 자신의 성기를 찔러대고 있었고. 나는 내 손가락을 조인 채 엉덩이를 돌리고 있었다. 절정이 얼마 남지 않은 것이 느껴졌다. 그것은 산 두 개가 부딪치는 것처럼, 아니, 대륙 두 개가 서로 충돌하는 것처럼 느껴질 정도로 강렬한 오르가즘이었다. 나는 숨을 쉴 수도, 손을 멈출 수도 없었다. 내 눈에 보이는 것이라고는 오직 그의 얼굴, 믿기 힘들 정도로 푸른 눈, 부풀어 오르는 가슴, 문신, 내 손에 잡혀 있는 그의 성기, 필사적으로 원을 그리고 있는 내 손가락뿐이었다.

"아, 젠장, 이사벨, 쌀 것 같아요." 그는 악문 치아 사이로 내뱉듯이 말했다. "당신이 내 좆을 만져주는 걸 바라보고 있다니, 너무 좋아요."

좆. 그의 좆. 새로운 단어였다. 물론 들어본 적은 있지만 내 입으로 말해본 적은 없는 단어였다. "나도 당신 좆을 만지는 게 너무 좋아요. 당신이 싸는 모습을 보고 싶어 미칠 것 같아요, 로건."

"그렇게 더러운 말을 입에 담을 줄도 아네요. 아, 곧 싸겠어요."

"내가 그런 말을 하는 게 좋아요?"

그는 웅얼거리며 대답했다. "존나 좋아요. 자극적이잖아요. 당신은 물론 그 자체로 온몸이 자극적이지만, 당신이 그런 말을 하니까, 씨팔, 이렇게 짜릿한 자극은 처음이에요."

내 손놀림이 강해지고 빨라졌다. 나는 최대한 빠르게 손을 위아래로 움직였다. 그가 신음 소리를 내기 시작했다. 악 문 그의 턱이 보였다. 내 손을 찌르는 그의 좆을 느끼는 데 열중하다 보니 손을 움직이는 속도가 느려졌다.

"씨팔, 이사벨. 다 왔단 말예요. 제발 멈추지 말아요."

"멈추지 않을게요. 약속해요." 내가 속삭였다.

나는 그 모습을 지켜보고 싶었다. 느끼고 싶었다. 한순간도 놓치지 않고 그의 오르가즘을, 내가 그에게 선사한 황홀한 쾌락을 함께 경험하고 싶었다. 이제 그를 오르가즘에 도달하게 만드는 것 말고 내게 중요한 것은 아무것도 없었다.

그의 오르가즘이 시작된 것이 느껴졌다.

내가 속도를 늦추어 부드럽게 손을 놀리자 내 손에 대고 찌르는 그의 동작이 격렬해졌다. 그가 더 강하고 세게 만져주길 원한다는 사실을 나는 알고 있었지만, 내가 속도와 강도를 낮추면 그가 더 오르가즘을 강하게 느끼리란 사실 역시 알고 있었다. 그래서 사정을 되도록 늦추고 싶었다. 나를 위해서. 이기적인 행동이었지만 나는 그 시점을 계속 지연시키고 있었다. 그의 모습을 기억에 새기기 위해서.

그 정도로 좋았다.

나는 여전히 내 몸을 만지고 있었고 나 역시 또다시 절정을 향해 가고 있었지만, 그것은 사실 그를 바라보며 느끼는 황홀경의 쓰나미 때문이었다.

그의 윗입술과 이마에 땀방울이 송골송골 맺혔다. 그의 가슴도 번들거렸다. 그의 두 손은 균형을 잡느라 내 허벅지 위에 얹혀 있었고, 그의 성기는 내 손을 향해 돌진하며 더 강한 자극을 원하고 있었다.

"아…… 아, 씨팔, 이사벨……." 그의 입에서 거친 후두음이 흘러나왔다.

내가 그를 가까이 잡아당기자 그는 무릎으로 내 몸 옆 매트리스를 짚고 몸을 일으켜 세웠다. 이제 나는 그를 만지면서 동시에 맛볼 수 있었다. 나는 그의 성기를 입에 문 채, 한 손으로는 성기 밑동 부분을 애무하고 다른 한 손으로는 내 클리토리스를 문지르면서 신음했고, 그는 헐떡였다. 그의 몸에 힘이 들어가는 것이, 그의 몸이 팽팽해지는 것이 느껴졌다.

"이제 싸요, 이즈……." 그가 신음하며 말했다.

"으으으으으음." 내가 낼 수 있는 소리는 그것밖에 없었다. 나 역시 절정에 도달하는 중이었기 때문이다. 말을 떠올리기에는 그의 모습에 너무나 취해 있었기 때문이다. 그의 좆이 내 입을 가득 채우고 있었기 때문이다.

그가 성기를 찔렀고 나는 그것이 좋았다.

입에서 그의 맛이 났다.

하지만 나는 그 모습을 내 눈으로 직접 보고 싶었다.

나는 뒤로 물러났다. 내가 침대에 등을 대고 눕는 동안 그는 무릎을 세운 채 침대 머리판을 잡고 버텼다. 내가 그를 바라보자 그의 시선이 날아와 내 눈에 꽂혔다. 나는 손가락으로 내 몸을 만졌고 오르가즘이 온몸을 훑고 지나갔다. 뜨거운 칼에 베이는 것처럼 날카로운 자극이었다.

나는 몸부림을 치고 온몸을 뒤틀면서 흥분하고, 흥분하고, 또 흥분했다. 신음하고 흐느꼈다.

그때 로건이 사정을 시작했다.

로건의 신음과 함께 그의 성기에서 정액이 뿜어져 나왔다. 정액이 내 손가락 사이에서 뿜어져 나와 손마디 위로 흘러내리는 모습, 내 젖가슴 위로 튀는 모습을 나는 바라보았다. 로건도 그 모습을 함께 바라보았다. 그는 신음하면서 내 손에 강하게 성기를 찔렀다. 나는 고개를 숙여 성기를 입에 물고 빨았다. 그는 신음과 함께 욕설을 내뱉으면서 내 입안으로 성기를 찔렀다.

오르가즘이 아직 진행 중이었고 내 혀 위로 그의 정액이 발사되었다.

나는 매캐하고 찐득하고 소금기가 느껴지는 그의 정액을 맛보왔다. 마음에 들었다.

그는 계속 사정을 하고 있었고 나는 그 모습을 눈으로 보고 싶었다.

그래서 성기를 내 입에서 꺼낸 뒤 귀두부터 고환 바로 위까지 성기 전체를 강하게 펌프질했다. 그 성기 끝에서 다시 한번 정액 줄기가 발사되었고 내 젖가슴 위에 하얗고 따뜻하고 끈적끈적한 줄이 그어졌다.

이렇게 많은 양을 사정하다니, 나는 그를 올려다보고는 다시 찌르는 동작이 계속되고 있는 그의 성기를 바라보았다. 아직 끝이 아니었다.

나는 그의 좆을 입에 넣고 피부와 정액을 맛보았다. 성기를 깊숙이 물고 빨면서 한 손으로 고환을 받친 채 밑동 부분을 애무했다. 그렇게 그를 만지고 핥고 내 혀 위로 뿜어져 나오는 정액을 받아 삼키면서 그가 더 많은 정액을 사정할 수 있게 빨아댔다.

마지막 순간 나는 그를 자유롭게 놓아주었다. 그의 성기가 축 늘어졌다. 그 성기 끝에 액체 방울이 달려 있었다. 그의 두 눈은 내 눈에 고정되어 있었다. 나는 앞으로 몸을 일으켜 혀를 내밀어 그 마지막 남은 한 방울을 핥았다.

"맙소사, 이사벨." 그가 신음했다.

"당신은 정말 맛이 끝내주네요, 로건."

나는 아직 한 손으로 그의 성기를 잡고 있었다. 그리고 그 손을 놓고 싶지 않았다.

그가 몸을 낮추어 침대 위에 드러눕는 바람에 놓을 수밖에 없었지만. 잠시 침묵이 흘렀다. 우리는 그렇게 나란히 누워 격정을 가라앉혔다.

그는 자리에서 일어나 아무런 설명도 없이 방을 나갔다. 수돗물 흐르는 소리가 들렸다. 그는 물에 적신 수건을 들고 돌아왔다. 내가 손을 뻗었지만 그는 가만히 고개를 젓고는 내 손을 잡았다. 그러더니 내 손가락 사이에 말라붙어 있는 끈적끈적한 그의 정액을 다정하고 부드럽게 닦아냈다. 적신 수건을 접어서, 그 따뜻한 천으로 내 몸을 톡톡 두드려가며 다정하게 닦아냈다. 젖가슴에는 유난히 세심하게 주의를 기울여 하나씩 차례로 깨끗하게 닦아냈다. 그러고는 다시 방을 나가 젖은 수건을 욕조 안에 던져 넣고 침대로 돌아왔다. 그는 내 옆자리 담요 밑으로 들어왔다.

나는 그의 옆, 아까부터 누워 있던 그 자리에 여전히 가만히 누워 있었다. 우리 둘 사이의 간격은 몇 센티미터도 되지 않았다.

다음에는 또 무슨 일이 일어날지 짐작조차 할 수 없었다. 나는 더 강한 것을 원했다. 그를 원했다. 우리를 원했다. 하지만 그가 원하는 게 무엇인지, 내가 원하는 것을 그에게 어떻게 부탁하면 좋을지, 보통 사람들은 이런 상황에서 어떻게 행동하는지 알 수가 없었다.

로건이 나를 바라보았다. "저 먼 곳에서 무얼 하고 있어요?"

나는 어리둥절해져서 눈썹을 찌푸렸다. "저 먼 곳이라고요? 난 바로 당신 옆에 있는데요."

"그렇죠. 그리고 저 머나먼 곳에 가 있기도 하고요."

그는 한 팔로 나를 끌어안았다. 나는 옆으로 몸을 굴려 그의 품에 안겼다. 그의 가슴에 얼굴을 얹었다. 내 자리가 그의 왼쪽이어서 그의 심장 고동 소리가 들렸다. 쿵쿵 쿵쿵 쿵쿵 내 귀밑에서 팀파니 소리가 울렸다. 그는 팔에 힘을 주어 나를 더 가까이 끌어안았다. 나는 몸이 들린 채 그의 품에 아기처럼 안겨 있었다. 그의 탄탄한 팔이 팽팽한 밴드처럼 내 어깨와 등을 지나 뻗어 있었고 그의 크고 넓적하며 거친 손바닥은 내 동그란 한쪽 엉덩이를 잡고 있었다. 내 허벅지는 그의 허벅지 위에 놓여 있었고 내 손은 그의 가슴 위에 놓여 있었다.

"훨씬 낫네요." 그가 말했다.

나는 숨을 쉴 수가 없었다.

이건 너무 과분했다. 지나치게 좋았다.

나는 이런 대접을 받을 자격이 없는 여자였다. 그것은 지나친 행복, 지나친 완벽함, 지나친 경이로움이었다. 그것도 너무 너무 너무 지나친. 황홀경의 치명적인 발톱에 사로잡힌 나는 숨을 쉬기가 힘들었다. 눈물이 날 지경이었다.

그가 나를 안고 있다.

가만히 나를 안고 있다.

나는 그의 심장 소리에 귀를 기울이면서 감정을 가라앉히려고, 미친 듯이 방망이질 치고 있는 내 심장을 진정시키려고 안간힘을 썼다.

그리고 로건은 당연하게도 이런 나의 상태에 곧바로 관심을 보였다. "이사벨, 자기, 나뭇잎처럼 떨고 있잖아요. 뭐가 잘못됐어요?"

나는 고개를 저었다. "잘 모르겠어요."

그는 버저 소리를 냈다. "삐이이이, 오답입니다. 다시 정답을 말하세요."

"너무 과해요."

"뭐가요?"

"이거요." 나는 그의 가슴을 두드렸다. "우리, 날 안고 있는 당신 말예요. 어떻게 나한테 이런…… 지나치게 좋잖아요. 난 지금 이 상황이 너무 좋아요. 너무나 원하던 일이에요."

"어떻게 뭔가가 **지나치게** 좋을 수가 있죠?"

"그냥 그렇다고요. 나도 잘 모르겠어요." 갑자기 감정이 북받쳐 올랐다. 뭔가 너무나 강력한 것 안에 갇혀버려서 그것이 얼마나 큰지조차 파악하지 못하고 있는 것처럼 느껴졌다. 눈물이 나올 것 같았고 한 번 눈물이 나기 시작하면 멈출 수가 없을 것 같았다. 그토록 관능적이고 섹시하고 믿기 힘든 일을 겪은 뒤에 우는 행동만큼은 죽어도 하고 싶지 않았다.

그런데도 나는 코를 훌쩍였고 그런 나 자신이 미웠다.

로건은 내 턱을 들어 내 얼굴을 자신의 얼굴 쪽으로 돌리며 말했다. "어라, 이봐요. 이건 좋은 눈물이에요, 아니면 나쁜 눈물이에요?"

나는 그저 어깨를 으쓱했다. "잘 모르겠어요. 나쁜 눈물은 아닌 것 같아요. 지금 이 상황을 믿기가 너무 어려워서 그래요."

"그냥 내가 당신을 안고 있을 수 있게 해줘요. 괜찮아요." 그는 여기서 숨을 한 번 쉬고 말을 이었다. "울 수도 있죠. 그것도 괜찮아요. 당신이 원하는 건 뭐든 괜찮아요. 그냥 내가 당신을 안고 있을 수 있게만 해줘요."

"그 방법을 모르겠어요.

"무슨 방법을 모르겠다는 거예요?" 그는 이렇게 말하고는 자신의 입술로 내 입술을 스쳤다. 그것은 키스는 아니었지만 키스를 떠올리게 하는 접촉, 키스를 또 하게 될 거라는 약속이었다.

"당신이 나를 안고 있을 수 있게 해주는 거요. 나한테는 완전히 생소한 일이란 말예요."

그는 내 말뜻을 정확히 이해했고, 싫은 기색이 역력했다. 그러나 그는 아무 말도 하지 않았다. 그저 내 몸을 두른 팔에 힘을 준채, 손가락으로 둥그런 내 엉덩이를 주무르고 어루만질 뿐이었다. 그는 나의 양쪽 엉덩이를 차례로 꽉 쥐었다가 놓는 동작을 반복했다. 그냥 내 엉덩이를 쓰다듬는 것만으로는 충분하지 않다는 듯이.

잠시 후 로건은 손을 뻗어 침대 옆에 놓인 침실용 탁자 서랍을 열고 그 안에서 검은색 리모컨을 꺼내 텔레비전을 켰다. 넷플릭스인가 뭔가 하는 것을 통해 영화를 검색했다. 그가 내게 얘기했던 영화, 〈밥에게 무슨 일이 생겼나?〉였다.

나는 감정에 취한 채 알몸으로 그에게 안겨 있었다. 그전에는 한 번도 경험해본 적 없는 방식으로. 내 입에서는 여전히 그의 정액 맛이 났다. 그의 두 손은 내 등 위에 있었고 그의 가슴은 내 귀 밑에 있었다. 우리는 그 자세로 함께 영화를 봤다.

너무나 바보 같고 우스꽝스럽고 웃기고 저속하지만 아름다운 영화였다.

영화가 끝나자 그는 잽싸게 침대에서 빠져나가며 말했다. "여기 가만있어요."

그는 무슨 일을 하려고 하는지 설명하지 않았고, 나는 가만히 자리를 지켰다. 잠시 후 그가 한 손에는 맥주 네 병, 다른 한 손에는 감자칩 한 봉지를 들고 돌아왔다. 베개를 정돈해 등 뒤에 세워놓고 우리는 함께 앉았다. 얇은 침대보를 무릎에 덮고. 그는 내게 맥주 한 병을 건네고 내 허벅지와 자신의 허벅지 사이에 감자칩 봉지를 내려놓은 다음, 또 다른 영화를 틀었다.

〈P.S 아이 러브 유〉라는 영화였다.

우리는 맥주를 마셨고, 기름지고 건강에 안 좋고 믿을 수 없을 만큼 맛있는 감자칩을 먹었다.

그리고 나는 울었다.

실은 엉엉 울었다.

너무나 사랑스럽고 너무나 슬프고 너무나 낭만적인 영화였다. 나는 영화에 푹 빠져서 감자칩 봉지를 옆으로 치워버리고 로건 옆에 찰싹 달라붙었다. 그는 다시 한 팔로 나를 감쌌다. 이번에는 그의 손이 내 허벅지를 주물렀다. 허벅지를 소유하려는 듯 힘이 들어간 손길이었다. 그의 손이 이따금 위아래로 움직였고 나는 내심 그가 다시 날 흥분시키려는 것은 아닌지, 그의 손이 내 몸 안까지 들어올지 궁금했다. 아직은 몸이 긴장되지 않았지만 그 긴장감을 다시 느끼고 싶었다.

시간이 얼마나 흘렀는지 알 수 없었지만 상관없었다. 전혀 피곤하지 않았다. 바깥의 하늘은 깜깜했고 세상은 고요했다.

아니, 그 말은 진실이 아니다. 세상이 고요한 것이 아니라 그곳에는 세상이 없었다. 그곳에는 방울방울 떠다니는 순수성, 완벽함, 궁금증과 침대, 그리고 그 남자밖에 없었다. 우리의 피부, 그의 몸에 묻어 있는 나의 체취, 나의 몸에 묻어 있는 그의 체취뿐이었다. 내 입에 남아 있는 그의 맛, 우리가 나눈 키스의 영원한 기억뿐이었다. 그곳에 있는 것은 그것뿐이었고, 그것이 내가 원하는 전부였다. 나는 이 상황이 영원히 지속될 수 있게 해달라고 우주를 향해 빌었다.

로건은 우리 둘이 각자 한 병씩 더 마실 수 있게 맥주 두 병과 곽에 든 딸기를 가져왔다. 우리는 녹색 이파리를 집어 딸기를 베어 먹었다.

술기운이 약간 오르는지 현기증이 났지만 더할 나위 없이 행복했다.

로건이 〈투모로우〉라는 종말 영화를 틀었다. 그 영화 역시 마음에 드는 영화였다. 보기도 편하고 몰입하기도 쉬워서 다른 생각을 싹 지워주는 영화였다.

건장한 팔로 나를 안고 있는 남자에 대한 생각만 **빼고**.

침대 위에 앉아 있던 내 몸이 점점 아래로 미끄러져 내려가서 내 머리는 이제 그의 가슴 위에 놓여 있었다. 내 맥주는 이미 비워진 상태였고 더 이상 마시고 싶은 마음은 없었다. 나는 그 자리에 그냥 그렇게 누워서 로건의 품에 안긴 채, 그리고 로건을 안은 채 그와 함께 영화를 보고 싶은 마음뿐이었다. 한 팔을 그의 허리에 감았다. 그의 손가락은 내 등 위에서 원을 그리다가 과감하게 엉덩이까지 내려와 엉덩이 위에서 춤을 추고는 다시 척추를 따라 위로 올라간 뒤 다시 살그머니 아래로 내려가고는 했다.

나는 내 손이 그의 복부를 쓰다듬고 있다는 것을 깨달았다. 우리를 덮고 있는 평평한 침대보 밑 맨살을 갈망하면서.

그 순간 나는 그를 올려다보면서 용기를 내어 먼저 그의 성기를 잡았다. 그는 나를 내려다보며 빙그레 웃었다. 내 엉덩이를 쥐고 주무르며 장난치듯 희롱하던 그의 손이 양쪽 엉덩이 사이에 멈추어 섰다. 나는 숨이 막히는 것을 느끼며 몸을 꼼지락댔다. 내 손이 쥐고 있는 그의 좆이 부풀어 오르며 딱딱해졌다. 그 성기가 내 손 안에서 점점 길고 두껍게 자라나 두툼하게 완전히 발기하는 과정을 나는 지켜보았다.

그와 가장 먼저 하고 싶은 일이 뭔지 알 수가 없었다. 전부 다였다. 나는 전부를 원했다. 그것도 당장. 나는 그의 성기를 그렇게 계속 손으로 잡고 있고 싶었다. 내 손마디와 손바닥으로 그의 정액이 다시 쏟아질 때까지. 그 성기를 입으로 물고 빨고 싶었다. 그가 내 혓바닥 위로 다시 정액을 뿜어낼 때까지. 그의 몸 밑에 누운 채 그에게 애원하고 싶었다. 내가 보는 앞에서 자위를 해서 내 젖가슴과 얼굴 위로 정액을 뿌려 달라고. 나는 가랑이를 벌리고 그를 올라타고 싶었다. 내 음부에 그를 꽂고 말을 타듯 몸을 흔들고 싶었다. 우리 둘 다 완전히 녹초가 되어 숨을 헐떡이게 될 때까지.

나는 그 모든 것을 원했지만 어떻게 시작하면 좋을지 알 수가 없었다.

내가 아는 것이라고는 그를 향한 욕정 때문에, 그를 만지고 싶은 욕망 때문에 내가 통증을 느끼고 있다는 것, 그가 지금껏 느껴본 그 어떤 쾌락보다도 더 큰 기쁨을 느끼게 해줄 자신이 있기 때문에, 오르가즘으로 폭발하는 그를 바라보고 느끼고 싶은 마음이 더 간절하다는 것뿐이었다.

나는 숨을 내쉬며 말했다. "로건, 난 당신과 모든 것을 하고 싶어요."

"알아요. 나 역시 당신과 모든 것을 하고 싶어요. 나도 당신과 섹스를 하고 당신을 사랑하고 당신을 맛보고 당신 젖꼭지 위에 사정하고 싶어요. 당신이 더 해달라고 빌 때까지 당신 보지를 핥고 싶어요. 우리가 함께 절정에 도달했을 때 내 밑에서 몸부림칠 당신을 느끼고 싶어요."

나는 긴 손가락을 좍 펴 그의 좆을 애무했다. 내 손가락 사이로 들락날락하는 그의 살덩이를 바라보면서. 이리저리 밀리는 그의 표피를 바라보면서. 딱딱한 성기가 점점 더 딱딱해지는 것을 바라보면서. 나는 그것을 내 안에 넣고 싶었다.

그의 손가락이 내 몸 안으로 들어왔다. 아무런 예고 없이 쑥 들어온 그 손가락은 따뜻하고 축축한 내 안을 부드럽게 탐험했다. 내 안을 어루만지던 그 손가락에 손가락 하나가 더해졌다. 손가락 두 개가 부드럽게 그곳을 찔렀다. 그리고 세 번째 손가락이 더해졌다. 하나로 뭉친 세 개의 손가락이 나를 채웠다. 그 손가락이 미끄러지듯 안팎을 오가는 동안 나는 눈을 감을 수밖에 없었다. 온전히 그 느낌에 집중하려고, 그가 내 안을 만지는 그 느낌에 완전히 휩쓸리고 싶어서. 그는 내 축축한 체액을 질 밖으로 끌어내 클리토리스에 대고 원을 그렸다. 나는 신음했고 그는 다시 손가락으로 내 안을 뒤졌다.

그 바람에 나는 내가 무슨 일을 하던 중이었는지 까맣게 잊고 말았다. 로건이 나를 굴려 등을 대고 눕는 자세를 취하게 했다. 나는 두 허벅지를 쫙 벌린 채 그가 하는 대로 내버려 두었다. 그는 내 두 다리를 눌러서 더 넓게 벌리고 두 손으로 내 엉덩이를 받쳤다. 그러고는 나의 하반신을 완전히 침대 위로 들어 올리더니 내 틈에 입을 대고 마치 굶주린 사람처럼 허겁지겁 나를 먹어대기 시작했다. 후루룩 소리를 내가며 핥고 빨고, 그는 만찬을 즐기고 있었다. 나는 몇 초도 지나지 않아 다시 오르가즘을 느끼기 시작했지만 그를 말리지 않았다. 그는 높이 들린 내 하반신을 한 손으로 받치고 있었다. 내 엉덩이를 받치고 있는 그 한 팔은 전혀 힘들어 보이지 않았다. 그리고 그의 다른 한 손은 내 거기에 머물러 있었다. 내 두 발꿈치는 그의 어깨 위에 놓여 있었고 두 무릎은 좍 벌어진 채 허공에서 흔들리고 있었다. 나는 그를 위해 가랑이를 더 벌렸고 그는 만찬을 즐겼다.

나는 척추를 휘게 만들어 그의 입에 내 음부를 밀어붙이면서 흥분에 몸을 부르르 떨었다.

그는 질액이 묻은 손가락을 내 틈에서 꺼내 위아래로 문질렀다. 그러다가 나와 눈이 마주쳤다. "누가 당신 여기를 만져준 적 있어요?" 그는 이렇게 물으며 내 몸속에 숨겨져 있는 민감한 부위를 어루만졌다.

나는 고개를 젓고 숨을 내쉬며 말했다. "아뇨."

그는 허락을 구하지 않았다. 부드러운 손길로 나의 그 부분을 어루만졌다. 내 목구멍에서 낮은 신음 소리가 흘러나와서 나는 침을 꿀꺽 삼켰다. 그의 혀가 내 클리토리스를 간질였고 나는 몸을 떨었다. 그는 혀로 계속 나를 핥았고 마침내 나는 또다시 몸을 비틀었다. 나를 만지고 부드럽게 원을 그리는 그의 손가락 끝이 느껴졌다. 그 손가락이 가하는 압력이 내 몸을 꿰뚫었다. 온몸의 근육이 팽팽해지고 있었다. 음부가 열기로 차오르고 있었다. 나는 그를 말리지 않았다. 그의 손길을 원했다. 그를 원했다. 그가 내게 선사하는 모든 오르가즘을 원했다. 나는 그 모든 것을 너무나 갈망하고 있었다. 필사적으로, 그리고 적극적으로.

그의 탄탄한 어깨 근육 위에 놓여 있는 발꿈치를 누르면서 두 다리를 여전히 벌린 채 엉덩이를 아래로 내렸다. 내 엉덩이를 만지는 그의 손길은 여전히 너무나 부드럽고 너무나 섬세했지만, 이번에는 단호하기도 했다. 혀를 놀리는 속도, 클리토리스를 덮은 채 그곳을 빠는 속도에 일정한 간격이 생겼다. 그런데도 내 안에서는 빠르고 강력하게 또 다른 오르가즘이 부풀어 오르고 있었다. 오르가즘이 피할 수 없는 강력한 파도처럼 몰아치고 있었다. 이번 오르가즘은 지금껏 내가 평생 느껴온 쾌감 가운데 가장 강력한 것이었다. 그는 손가락 끝으로 나를 만지고 누르며 원을 그렸고 나는 몸을 비틀면서 헐떡이고 흐느꼈다.

“기분이 어떤지 나한테 말해 봐요, 이사벨.” 로건이 말했다.

“정말 좋아요. 딱 좋아요. 곧 절정에 도달할 것 같아요.”

“세게?”

“그래요, 로건.”

“얼마나 세게?”

“내 평생 느껴본 어떤 절정보다도 훨씬 더 세게.”

“내가 당신을 만지는 방식이 좋아요?”

나는 고개를 끄덕였다. “좋아요.”

그는 나를 누르는 손과 입에 압력을 약간 더 가했다. 그 손과 입을 두 다리로 감싸고 꽉 조이고 싶은 본능이 고개를 들었지만 나는 그러지 않았다. 아주 조금이기는 했지만 내 몸이 펴지는 것이 느껴졌다. 나는 엉덩이에 힘을 빼고 다리를 벌린 다음 숨을 거칠게 몰아쉬면서 그의 손길을 받아들였다.

"지금까지 아무도 당신을 이런 식으로 만져주지 않았나요?"

"네, 아무도요."

"기분 좋아요?"

귓가에 절정이 차오르는 소리가 들렸고 목구멍에서 탄식이 흘러나왔다. 혈액이 천둥처럼 솟구쳤고 음부에 힘이 들어갔다. "그래요."

"욕해요, 이사벨. 당신이 알고 있는 더러운 말은 모조리 다 말해 봐요." 그는 내 클리토리스를 핥았고 나는 몸을 떨며 전율했다. "절정에 도달하면 내 이름을 크게 외쳐줘요."

"로건……." 이 남자는 나쁜 말을 원한다. 내가 더러워지길 원한다. "기분이 존나 좋아요, 로건. 곧 절정에 도달할 것 같아요. 존나 세게."

"맛이 나요. 느낄 수 있어요. 내 혀에 마음껏 싸요."

"날 더 찔러줘요." 나는 나의 가장 은밀한 욕망을 흐느끼듯 내뱉었다. "당신 손가락으로…… 날 더 찔러줘요."

그는 내 안에 꽂은 손가락을 꼼지락댔고 나는 크게 괴성을 질렀다. "이거요? 이게 좋아요? 나의 더러운 년은 내가 씹을 쑤셔주는 걸 좋아하는군요."

나는 굴욕감과 욕망을 동시에 느끼며 신음했다. 그랬다. 아, 세상에. 내가 그랬다. 그 말이 너무나 좋았다. 그 말이 이렇게 기분 좋게 들리다니. "그래요, 로건. 난 그게 좋아요. 난 당신의 더러운 년이에요. 그리고 그 사실이 좋아요." 이 말이 어리석게 들렸을까?

그랬다. 적어도 내 귀에는. 멍청하고 천박하게 들렸다.

하지만 로건은 내 음부에 입을 댄 채 신음을 흘렸다. 내 몸을 찌르는 손가락의 깊이가 얕아졌다. 나는 흐느끼면서 그의 입에 대고 엉덩이를 세게 돌렸다. 그의 손가락을 갈구했다. 몸에 불이 지펴지는 것이 느껴졌다. 그 말이 내 귀에 어리석게 들리는 것은 당연했다. 그 말이 너무나 좋음에도 불구하고 나는 자의식이 너무나 강한 여자였으니까.

그 이전, 그러니까 내 삶의 다른 순간에 내가 어떤 쾌감을 느꼈든, 어떤 오르가즘을 느꼈든, 그것은 이제 막 나를 덮치려는 것에 대면 한낱 그림자에 불과했다.

나는 산산이 조각났다.

나는 비명을 내질렀다. 내 비명에 내 귀가 먹을 정도였다.

그것이 얼마나 강렬한 오르가즘이었는지 그것을 표현할 수 있는 말은 이 세상에 없다. 그것은 불이었다. 들불, 태양이 뿜어내는 불, 천사에게서 뿜어져 나오는 불이었다. 은하계에 존재하는 모든 별이 한꺼번에 초신성이 되어 내 음부를 덮쳤다. 화산이 폭발했고, 나의 존재를 지탱하던 지질구조판이 지진으로 균열을 일으켰다.

"로건!" 나는 비명을 내질렀다.

절정이 지나간 뒤로도 내 호흡은 여전히 불안했고 내 몸은 여전히 떨렸다. 나는 계속 소리를 지르고 있었다. 온몸에 맥이 풀려서, 완전히 녹초가 되어서 내가 할 수 있는 것이라고는 로건을 향해 손을 뻗는 것, 그를 꽉 껴안고 몸을 떨면서 호흡을 가라앉히려고 애쓰는 것뿐이었다. 잠시 후 호흡을 되찾자 여전히 고통스럽게 발기한 채 내 배에 닿아 있는 로건의 성기가 눈에 들어왔다.

나는 자세를 바꾸어 그의 몸 위로 올라가 그의 좆을 내 틈으로 눌렀다. 그의 두 눈에 열기와 야성이 가득했다. 그리고 갈등의 얼룩이 어른거리고 있었다.

나는 그를 내 몸 안으로 집어넣는 대신 그의 배 위에 주저앉으며 물었다. "왜요? 로건. 뭐가 잘못됐어요? 당신 눈 속에 담긴 욕망이 내 눈에도 보이는데."

그는 나를 옆으로 밀어냈다. 우리는 각자의 자리에 누워서 서로의 얼굴을 마주보았다.

"아직은 안 돼요, 이사벨."

나는 눈을 깜박였다. 목이 메었다. "아직은 안 된다고요? 왜 안 되는데요?"

"나도 하고 싶어요. 너무나 간절하게. 당신이 그걸 원하는 것도 알고요. 하지만 우리는 아직 그러면 안 될 것 같아요."

"그러니까 왜 안 되냔 말예요?" 절망감이 느껴졌다.

그리고 화가 났다. 이유는 알 수 없지만 화가 났다. 욕망을 채울 수 없다는 사실이 가장 치명적인 이유였겠지만, 거절당하고 거부당하고 퇴짜를 맞았다는 사실도 마음이 아팠다. 가슴에 힘이 들어갔다. 눈이 따갑고 뜨거웠다.

로건은 엄지로 내 눈을 닦아내며 말했다. 그의 목소리는 낮고 조용하고 조심스러웠다. "울지 말아요, 이사벨. 제발. 설명하기 너무 어려운 문제예요."

"입으로 나를 빨 수도 있고 내가 당신을 빨게 해줄 수도 있지만, 손가락으로 내……." 입 밖으로 소리 내어 말하기가 힘들었다. 그런데도 나는 억지로 속마음을 마구 뱉어냈다. 아무것도 여과하지 않고 직설적으로. "내 씹을 손가락으로 쑤실 수도 있고 내 젖 위에 사정할 수도 있고 내 보지를 핥을 수도 있는데, 나랑 섹스는 할 수 없다는 건가요?" 그런 말을 아무렇지도 않게 할 수 있다니, 그렇게 대담하게 지껄일 수 있다니 나 자신이 심히 자랑스러웠다.

그것은 내 방식이 아니었다. 아니, 그것은 마담 엑스의 방식이 아니었다. 하지만 그것은 이사벨이 말하는 방식일 수도 있었다.

그는 두 눈을 감은 채 눈에 힘을 꼭 주면서 거칠게 한숨을 내쉬었다. "이사벨……."

"난 이해가 안 돼요, 로건. 아무리 애를 써도 이해할 수가 없어요."

"지금까지 우리한테 일어난 모든 일은 놀라움 자체였어요. 당신은 놀라운 존재예요. 꿈같은 여자예요. 당신은 너무나…… 모든 면에서, 내가 만나본 그 어떤 여자보다 훨씬 더 아름다워요. 난 당신한테 완전히 사로잡혔어요." 그는 엄지로 내 광대뼈를 어루만지며 말을 이었다. "이따금 나는 내가 익사하고 있는 것 같은 기분이 들어요. 당신은 대양이고 나는 그 위에 어떻게든 떠 있으려고 애쓰는 존재인 거죠. 그런데…… 사실 그게…… 내가 원하는 거예요. 당신 안에 빠져 죽는 거. 그런 기분이 드는 게 난 좋아요. 당신 안에서 나 자신을 잃는 것 같은 그 기분. 아, 세상에, 말로 표현하려 니 어렵네요. 그곳에는 다른 일도 없고 다른 사람도 없고 심지어 세상도 존재하지 않아요. 이런 순간이면, 그런 느낌이 들어요. 당 신과 함께 있을 수만 있다면, 당신을 사랑하고 당신을 만지고 당신 을 기분 좋게 해줄 수 있다면, 영원히 우리 둘만 있고 아무것도 존 재하지 않는다 하더라도 괜찮을 텐데. 내가 당신 안으로 가라앉을 수 있을 텐데. 우리 둘 다 서로의 안으로 사라져 '우리'라는 완전체 로 다시 태어날 수 있을 텐데."

"나도 그래요, 로건. 나도 익사하는 중이에요. 아니, 난 이미 익 사했어요. 당신 없으면 난 숨도 쉬지 못해요. 이미 해봤지만 그럴 수 없었어요. 난 다른 건 아무것도 몰라요. 내가 원하는 건 이것뿐 이에요. 난 당신을 원해요. 우리를 원해요. 제발요, 로건." 마지막 두 단어를 말하는 내 목소리가 떨렸다.

그의 두 눈이 흔들렸다. 그의 시선은 내 눈을 떠나 내 입에 머물 다가 다시 내 눈으로 돌아왔다.

"나는 그냥 우리보다 더 큰 걸 원해요, 이사벨. 그 사실을 무시 할 수가 없어요. 그래서 섹스를 하고 싶지만 할 수가 없는 거예요. 이 순간이 되기 전까지 우리는 너무나 큰 즐거움을 느꼈고 우리 둘 다 그 사실을 알죠. 하지만 정말로…… 난 더 큰 걸 원해요." 그는 길고 깊게 숨을 내쉬었다. 마치 불편한 진실을 털어놓으라고 자신 을 재촉하는 것처럼. "난 당신을 원해요, 이사벨."

"난 이미 당신 여자예요, 로건."

"내 얘기 좀 들어볼래요? 괜찮죠? 우선, 당신은 내가 당신을 거부하는 게 아니라는 사실을 이해해야 해요. 나도 당신을 원해요. 나도 섹스를 원해요. 우리를 원하고요. 그래서 이건, 솔직히 말해서 내 평생 겪어온 일 중에 가장 힘든 일이에요. 당신에게 안 된다고 말하는 것, 그게 내가 평생 해온 그 어떤 일보다도 내게는 더 힘든 일이라고 말하고 있는 거예요. 당신한테 상처가 되리라는 걸 잘 알고, 당신한테 상처 주는 일은 내가 가장 하기 싫은 일이니까."

나는 숨을 들이마셨다. "아까 나한테 듣기 좋은 말보다는 불편한 진실을 말하겠다고 하지 않았나요. 흠, 나도 그렇게 할게요, 로건." 나는 일어나 앉아 가슴까지 침대보를 끌어올리고 그의 얼굴을 마주 보았다. "그러니까 나한테 진실을 말해줘요."

로건도 일어나 앉았다. 허리까지 침대보를 덮고. 그의 미간에 주름이 패었다. 그의 머리는 헝클어져 있었고, 그의 입은 일자로 굳게 다물어져 있었다. 이윽고 그가 입을 열었다. "만약 지금 당장 케일럽이 이곳에 나타나면 당신은 그 자에게 뭐라고 말할 건가요?"

맥이 풀렸다. 숨을 내쉬기가 힘들었다. 얼굴이 화끈거렸다. 울고 싶은 심정이었다. "모르겠어요. 하지만 그 사람은 지금 여기 없잖아요."

로건은 잠시 침묵했다. "당신은 이미 두 번이나 날 버리고 그 남자한테 갔어요, 이사벨. 내 생각일지 몰라도, 나는 당신 처지를 세상 그 누구보다도 더 잘 아니까, 그걸로 당신을 비난할 생각은 없어요. 하지만…… 당신이 날 세 번, 네 번 떠나지 말란 법도 없잖아요. 난 단지…… 그 모든 일을 다시 처음부터 겪어낼 자신이 없어요. 나도 당신을 원해요. 그렇지만 당신을 다른 남자랑 공유하고 싶지는 않아요."

"당신은 나를 공유하는 게 아니에요, 로건. 그리고……." 나는 화가 난 기분 속에서 힘을 끌어모으려고 말을 끊었다. "하지만 나랑 다른 짓은 전부 다 하잖아요. 아무도 해준 적 없는 방식으로 날 만져주기도 하고, 내가 지금껏 한 번도 해본 적 없는 행위들도 하고요. 그런데도 섹스는 할 수 없다는 거예요?"

그는 물끄러미 나를 바라보기만 했다. 푸른 두 눈에 슬픔이 가득했다. "그래요, 이사벨. 손가락이랑 입으로는 당신을 흥분시킬 수 있어요. 당신을 애무할 수도 있고 키스할 수도 있고…… 뭐든지 다 할 수 있어요. 거기까지만 하면 당신이 다시 날 떠나더라도 난 살아남을 수 있을 테니까요. 물론 기억으로는 남겠죠. 좋은 기억으로든, 나쁜 기억으로든. 앞으로 무슨 일이 일어나든 당신이랑 함께 보낸 이 시간은 영원히 잊지 못할 거예요." 그는 말을 잠시 멈추고 생각을 정리했다. "당신이 내가 심심풀이로 만나는 그냥 그런 여자였다면 이런 대화를 하고 있었을 리가 없죠. 하지만 당신은…… 당신은 내게 **특별한 의미**가 있는 여자예요, 이사벨. 내가 당신한테 그저 성적인 매력만 느꼈다면 지금쯤 나는 당신 안에 들어가 있었을 거예요. 당신이랑 그 짓을 해보고 싶어 미칠 지경이니까, 우리를 느낄 수 있었겠죠. 그렇지만…… 난 직감으로 알았어요. 추호도 의심할 여지없이, 우리가 섹스를 하고 나면, 단지 섹스하는 것으로 끝나지 않으리란 것을. 우리가 섹스를 한다면, 그건…… **전부**를 의미하게 될 거예요. 두 사람 모두에게 전부 말예요. 그래서 섹스를 하고 나면 내가 절대로 당신과 끝내지 못하리란 것을, 당신을 결코 떠나보내지 못하리란 것을 깨달았어요. 그러고 나서 당신이 날 떠나면 내가 다시는 살아남지 못하리란 것도요."

"난 당신을 떠나지 않아요."

그의 두 눈이 활활 타올랐다. "당신은 그렇게 말하면 안 돼요. 당신이랑 케일럽은 아직 끝난 관계가 아니잖아요. 그건 당신도 알고 나도 알고 그 남자도 아는 사실이에요. 그러니까, 그 남자랑 얼굴을 맞대고 있는 상황에서도 그 남자 대신 날 선택할 자신이 없다면 나한테 그런 약속을 해서는 안 돼요."

"로건……." 입을 열었지만 숨이 막혀서 말을 잠시 멈추었다. "젠장, 로건."

"내 말이 틀렸다고 말해줘요, 이사벨." 그가 내 턱을 들어 올렸고 나는 어쩔 수 없이 그의 얼굴을 쳐다보았다. 인디고색 두 눈에는 내가 지금껏 본 적 없는 고통이 담겨 있었다. 그것이 그가 평생해온 그 어떤 일보다도 그에게는 더 힘든 일이라는 그의 말을 믿을 수밖에 없었다. 그의 눈에 담긴 괴로움이 너무나 또렷하게 보여서. "섹스에는 특별한 의미가 있어요, 자기. 정말로 그래요. 많은 사람이 그렇지 않은 척하지만요. 사람들은 수천 명의 다른 상대랑 섹스를 할 수 있는 것처럼, 섹스에 아무런 의미도 없는 것처럼,

기분만 좋으면 장땡인 것처럼 굴어요. 하지만 당신도 당신의 영혼 속 음악을 울려주는 상대를 만난다면, 어떤 사람을 만났는데 그 사람이 존재만으로 당신의 심장 속 모든 공간을 다 차지해버리는 사람이라면, 그 사람이 당신의 영혼으로 하여금 노래를 부르게 만들고, 당신의 몸으로 하여금 그 어느 때보다도 더 살아 있는 것 같고 아름다워 보이는 것 같고 사랑받고 있는 것 같은 기분을 느끼게 만드는 사람이라면, 당신도 섹스에 특별한 의미가 있다는 사실을 깨닫게 될 거예요. 나도 예전에는 다른 사람들처럼 섹스가 별것 아닌 것처럼 행동했어요. 그런데 지금은 아주 잘 알아요. 만약 섹스에 아무런 의미가 없다면, 그게 그저 호르몬과 체액과 페로몬과 몇 분간의 쾌락으로만 이루어지는 일이라면, 상대한테 뒤통수를 맞더라도 전혀 상처받지 않겠죠. 우리가 그런 일에 상처를 받는 것은, 섹스에 특별한 의미가 있기 때문이에요. 린이 날 두고 다른 남자와 바람을 피웠을 때 내 안의 무언가가 박살 났어요. 빌리랑은 잘해보려고 애썼지만, 관계가 지속될수록 내 마음의 어딘가가 닫혀버렸다는 사실만 더 절감했을 뿐이에요. 나는 빌리한테도, 빌리랑 나 사이에 존재했던 우리라는 개념에도 전혀 몰입하지 못했던 거예요. 빌리와의 관계는, 그저 한 사람이랑 긴 기간 만나서 즐긴 별 특징 없는 섹스였던 거예요. 공허하고 의미도 없고 내 내면의 무언가를 채워주지도 않고 울림도 없는 사이였던 거죠. 나는 린이랑 내가 서로에게 울림을 주는 사이라고 생각했었는데, 내 생각이 틀렸다는 것을 린이 증명해줬어요."

"우리는 울림이 있잖아요, 로건." 말끝에서 내 목소리가 갈라졌다.

"우리가 그렇다는 건 나도 알아요. 그 느낌이 얼마나 강렬하면 내가 나와 린 사이에 있었던 일을 농담거리로 삼겠어요. 하지만 나는 그 느낌이 얼마나 막강한 힘을 가졌는지도 잘 알아요. 그 느낌이 나를 완전히 파괴해버리리란 사실도요. ……만약 이 관계가 잘 못되면 그럴 거란 얘기에요."

"그럼 당신은 날 믿지 못하는 거로군요."

"이사벨, 그렇게 간단한 문제가 아니에요. 지금 이 상황이 정상적인 상황은 아니잖아요."

"이럴 때는 무슨 말을 해야 하는 건지 모르겠네요." 나는 상처받았다. 그리고 화가 났다. 그의 말이 얼마나 옳은 말인지 너무나 잘 이해가 됐다. 그 사실이 나를 더 화나게 했다. "난 시간이 필요해요."

나는 내가 알몸이라는 사실을, 그 역시 알몸이라는 사실을 통렬하게 느끼면서 침대 밖으로 빠져나왔다. 그의 눈길이 유령처럼 내 피부를 만지는 것이 느껴졌다. 그가 나를 위해 내어준 셔츠를 찾으면서 참지 못하고 그를 흘끔 바라봤다. 그의 성기는 고통스럽게도 여전히 딱딱하고 단호하게 발기해 있었다. 침대보에 덮인 그 성기의 실루엣이 또렷하게 보였다. 나는 너무나 강렬한 내 바람대로 그를 향해 손을 뻗는 대신, 셔츠를 입었다. 보송보송한 천이 피부에 닿는 느낌에, 옷에 밴 로건의 체취에 하마터면 신음 소리를 낼 뻔했다.

"떠나려는 거 아니에요. 당신 뒷마당에 가려는 거예요. 난 그냥…… 시간이 필요해요."

"당신이 필요한 건 뭐든."

"난 **당신**이 필요해요, 로건." 나는 나 자신에게 그 말을 곱씹을 틈을 주지 않고 얼른 말해버렸다.

그는 침대 머리판에 머리를 기대며 미소를 지었다. "맙소사, 이사벨. 내 셔츠를 입은 당신은 정말 아름답네요."

"뭐라고요?"

그는 고개를 저었다. "아무것도 아니에요. 그냥 컨트리 송 가사예요."

그의 시선이 내 몸을 더듬었다. 젖꼭지가 단단해지면서 천이 톡 튀어나왔다. 밑단이 허벅지 중간 정도까지 내려오는 셔츠였다. 눈을 가리지 않게 머리를 손으로 빗어 하나로 묶으려고 두 팔을 머리 뒤로 뻗었더니 밑단이 위로 올라가면서 음부가 드러났다.

"당신은 내가 평생 보아온 여자들 중에 가장 아름다운 여자예요, 이사벨."

그의 시선이 나를 사로잡았다. 나는 무언가에 이끌리듯 그에게 다가갔다. 어느새 무슨 이유에선지 다시 침대 위에 앉아 있는 나를 발견했다. 셔츠는 다시 벗겨져 바닥에 팽개쳐져 있었다. 나는 침대보를 걷어버리고 그를 향해 손을 뻗었다. "내가 도와줄게요, 로건. 당신을 기분 좋게 해주고 싶어요."

그는 내 손목을 붙잡아 나를 말리는 것으로 내 제안을 거절했다. "언젠가는 가라앉을 거예요, 이사벨."

나는 욕망 때문에 머리가 어지러웠다. "로건…… 당신은 날 기분 좋게 해줬잖아요. 나도 당신을 만질 수 있게 해줘요."

"난 나약한 남자예요. 이사벨. 그리고 난 당신을 원해요. 그래서 우리 둘 모두에게 가장 옳은 일을 하려고 안간힘을 쓰고 있어요."

"그럼 아예 이 짓을 시작하지 말았어야죠. 당신을 이미 느껴버려서 내가 점점 더 강한 걸 원하는 거잖아요." 나는 엄지로 그의 성기를 문지르며 말했다. 내 손목을 잡고 있는 그의 손에 힘이 들어갔다.

그는 거칠게 숨을 내쉬었다. "젠장, 이사벨, 제기랄. 나도 미치도록 당신을 원해요."

"내가 당신을 더 미치도록 원해요, 로건. 난 그 마음 때문에 숨도 쉴 수 없는 지경이란 말예요." 나는 그에게 더 가까이 몸을 기울여 그의 턱에 입을 맞추었다.

그의 말을 완전히 이해했다. 그리고 저 깊은 곳에 있는 나의 일부는 그의 말이 옳다는 것을 알고 있었다. 그러나 이렇게 그의 피부에 입을 맞추고 있으면, 그의 성기를 손에 쥐고 있으면 머릿속에 온통 욕망만이 가득했다.

내 손목을 잡은 그의 손이 느슨해졌고 나는 그를 어루만졌다. 성기 전체를 천천히 애무했다.

그 순간 먹이를 낚아채는 뱀보다도 빠르게 내 몸에 무게가 실렸고 나는 등을 대고 눕고 말았다. 로건이 내 위에 올라가 있었다. 내 입술에 닿는 그의 숨결은 따뜻했다. 그의 몸은 무겁고 단단했다. 발기한 그의 성기는 완고했고 내 심장은 북처럼 쿵쿵 울렸다.

나는 우리 둘 사이에 끼어 있는 그의 두툼한 성기를 향해 손을 뻗어 손가락으로 움켜잡고 뿌리부터 끝까지 빠르고 부드럽게 애무했다. 나는 엉덩이를 들썩였지만 그의 탄탄한 몸은 여전히 꼼짝도 하지 않았다.

그의 이마가 내 이마에 닿았다. "하지 말아요, 이사벨. 당신이 내 여자, 오로지 나만의 여자가 될 때까지는 안 돼요."

나는 맥이 풀렸다. 숨을 들이마시며 눈물을 참았다. "난 당신 여자예요, 로건. 내가 유일하게 원하는 게 당신 여자가 되는 거란 말예요."

"하지만 아직은 완전한 내 여자가 아니잖아요."

나는 여전히 그의 성기를 잡고 있었다. 내 손가락 고리 안으로 로건이 성기를 찔렀다. 그의 배가 팽팽해졌고 엉덩이가 수축되었다. 나는 한 손으로 그의 둥글고 단단한 엉덩이를 감싸고 그 촉감을 느끼면서 그의 엉덩이를 희롱했지만 바로 그 순간에도 내 영혼은 아팠고 내 심장에는 금이 갔다.

나는 그를 그만 만질 수가 없었다.

그만둘 수 없는 것은 그도 마찬가지였다. 그는 몸을 내려 두 입술로 내 젖꼭지를 물었고 나는 그의 엉덩이를 꼭 쥐었다.

"이사벨⋯⋯."

나는 그의 얼굴을 내 얼굴 쪽으로 당겨 그의 입술에 입을 맞추었다. "쉿, 이 일에만 집중해요, 로건. 나한테 이 정도는 해줄 수 있 잖아요."

그의 호흡이 거세졌고 엉덩이의 움직임이 격렬해졌다. 나는 동 그랗게 모은 손을 뿌리까지 내렸다가 다시 올리면서 그를 도왔다. 두 동작의 속도가 같아졌다. 내가 손을 내리면 그는 내 손 안으로 성기를 찔렀다. 그의 이마는 내 어깨에, 그의 입술은 내 가슴에 닿 아 있었다. 로건이 신음했다.

시간의 흐름이 느려지다가 아예 멈추어버린 모양이었다. 이보 다 더 오래 그를 애무할 수는 없을 거란 생각이 들었다. 아직 사정 할 준비가 안 됐는지 아무래도 시간이 더 걸릴 것 같았다. 그때 내 마음 깊은 곳에서 어떤 의심, 자그마한 걱정의 씨앗이 떠올랐다. 어쩌면 그의 말이 다 옳은 것 아닐까? 나는 여전히 나약하고 깨지 기 쉬운 여자, 뭔가 맹독을 뿜어내는 것에 중독되어 있는 여자인 것은 아닐까?

맹독을 뿜어내는 누군가에게.

그렇다면 더더욱 나는 그럴 필요가 있었다. 그런 척하는 것, 흉 내 내어 보는 것. 그것은 로건이 내 위에서 몸을 움직이고 있을 때, 나도 움직이고 싶어 하는 척하는 일종의 게임이었다. 그 게임을 하 는 동안에는 그를 느낄 수 있고, 그의 척추를 쓰다듬을 수 있었으 니까. 그의 머리칼 속에 손가락을 묻고, 경직된 그의 엉덩이 근육 을 꼭 움켜쥘 수 있었으니까. 그런데 그 순간 그의 동작에서 변화 가 느껴졌다. 그의 숨소리 역시 더 거세졌다. 내 손가락 고리를 드

나드는 그의 성기가 두껍게 부풀어 오르는 것이 느껴졌다.

"이사벨…… 이런……."

"로건, 싸요. 내가 받을 수 있게, 내가 느낄 수 있게요. 내가 당신을 느낄 수 있게 해줘요. 난 당신을 최대한 많이 갖고 싶어요. 지금 이것도 내게 과하긴 하지만."

로건은 신음했지만 피아노 줄처럼 팽팽한 몸의 움직임은 느려졌다. 이제 그 역할은 내게로 넘어왔다. 나는 그의 성기를 움켜쥔 손을 거세게, 그리고 천천히 뿌리부터 끝까지 밀고 당겼다. 그러자 그의 엉덩이가 수축되었다. 그가 사정을 하는 순간 나는 우리의 몸 사이를 바라보았다.

그는 신음 소리를 흘리며 내 배 위로 뜨거운 정액을 발사했고 나는 그 과정을 지켜봤다. 욕정을 쏟아내는 그의 모습을, 그의 성기 끝에 맺힌 정액 방울을, 까무잡잡한 내 피부 위에 그어진 하얀 줄을 바라보았다. 나는 이제 더 빠르게 그를 애무하면서 계속해서 사정하는 그의 모습을 바라보았다. 단 한 순간도 그 모습을 놓치고 싶지 않았다. 그의 이마가 내 어깨를 무겁게 짓눌렀다. 그의 탄탄한 두 팔은 내 얼굴 옆에 일자로 놓여 있었다. 나는 몸을 비틀어 그의 한쪽 팔 팔뚝에 입을 맞추고 다른 쪽 팔에도 입을 맞추었다. 그런 다음 입술을 그의 광대뼈에 비볐다. 그러자 로건이 자신의 입술로 내 입술을 덮었다.

그리고는 내게 키스하고,

키스하고,

또 키스했다.

나는 그 키스 속에서 길을 잃고 말았다. 눈물이 났다. 내 배 위에는 그의 정액이 만들어낸 끈적끈적한 웅덩이가 있었고 내 손에는 아직 그의 성기가 쥐어져 있었다. 그것이 내가 진짜로 원하는 것의 희미한 모방이라고 해도, 어떤 대가를 치르더라도, 나는 그 기억을 잊지 않을 생각이었다.

"이사벨⋯⋯."

나는 고개를 저었다. "으으으으음, 아무 말 마요." 나는 그의 입술에 키스했다. 그의 숨결을 맛보았다. 파도치는 그의 감정이 느껴졌다. "당신 말이 맞아요. 인정하기 싫지만 당신 말이 맞아요. 무슨 말을 해야 할지 모르겠어요. 단지 이렇게 말하고 싶어요⋯⋯ 당신을 선택하겠다고 약속해요. 난 이미 당신을 선택했어요. 당신을 원해요. 오직 당신만 원해요. 그리고 언제나 당신만을 원할 거예요. 하지만 케일럽이 날 엉망으로 만들었음에도 그 사람이랑 나 사이에는 내가 마냥 피하기만 해서는 안 되는 문제가 있다는 걸 난 알아요. 그 사람한테서 대답을 들어야 해요. 그리고 난, 이보다 더 많은 걸 원해요. 당신 말이 맞아요."

그는 몸을 굴려 내게서 내려와 등을 대고 누워 숨을 몰아쉬었다. 그의 가슴이 위아래로 오르내렸다. 한 팔을 굽혀 눈을 덮고, 한쪽 무릎을 세워 발바닥으로 매트리스를 짚고. 나는 그의 아름다운 모습에 취한 채 물끄러미 그를 바라보았다. 그의 근육이 그려내고 있는 윤곽선을 눈으로 따라 그려보면서, 뒤엉켜 있는 문신 그림을 하나씩 골라내면서, 늘어진 그의 머리칼을 세어보면서, 그의 몸을 채우고 있는 긴장과 갈등을 느끼면서.

그는 나를 바라보지 않고 말했다. "나도 이보다 더 많은 걸 해주고 싶었어요. 당신은…… 나의 전부를, ……이보다 훨씬 더 나은 대접을 받아 마땅한 여자니까."

"그렇지 않아요, 로건. 지금도 충분히 완벽해요."

"오늘 이 일을 아예 시작하지 말았어야 했어요."

"당신, 이 일을 후회한다고 말하고 있는 거라면, 로건, 난 몹시 화가 날 거예요." 나는 굳이 몸을 덮지도 않았고 셔츠를 찾아 입지도 않았고 일어나 앉지도 않았다. 심지어는 내 배 위의 끈적끈적한 정액 웅덩이를 닦아내지도 않았다. 그 웅덩이가 계속 거기 있었으면 싶었다. 그게 거기 있는 느낌이 좋았다. 내 피부 위에서 말라가고 있는 그 웅덩이는 나를 향한 그의 욕망, 눈에 보이는 증거였으니까.

그는 나를 바라보았다. 이제야 그의 눈이 내 몸을, 젖가슴과 허벅지 사이 그늘진 곳을 훑었다. 그 눈은 다시 내 눈을 향해 올라왔다. "후회하지 않아요. 그저 '우리'를 더 원했었다는 말예요."

"나도 그랬어요. 지금도 그렇고요."

"그런데 왜 당신 말이 작별인사처럼 느껴질까요?" 그는 마침내 일어나 앉아서, 두 무릎을 세우고 깍지 낀 두 손을 그 위에 얹었다.

정말로 그런 것 같았다. 그 사실을 깨닫자 가슴이 아팠다. "우리는 왜 몇 시간 이상 함께 있지 못하는 걸까요, 로건?"

"나도 모르겠어요. 그 이유를 알았으면 좋겠네요. 이 상황을 뜯어고칠 방법을 알았으면 좋겠어요. 당신, 나, 우리, 모든 것을. 하지만 그건 내가 할 수 있는 일이 아니에요." 로건이 몸을 돌렸고 그의 두 무릎이 내 엉덩이와 허벅지를 스쳤다. 나는 같은 자리에 가만히 누운 채 그를 바라보면서 그의 체취를 들이마시고 있었다. 이 순간 그의 모습, 이 순간의 느낌을 머릿속에 새기면서. "당신은 이미 바보 같은 경매에서 내가 처음 만난 그 신비롭지만 불완전하던 여자에게서 이만큼 벗어났어요. 하지만 아직도 갈 길이 멀어요. 그 여행을 내가 대신해 줄 수는 없어요. 당신을 위해서 대신 선택을 해줄 수도 없고, 대신 케일럽을 상대해 줄 수도 없어요. 그 남자로부터 당신을 자유롭게 해줄 수 있는 사람은 내가 아니에요. 그 남자가 당신을 놓아줘야 해요, 이사벨. 물론, 전에도 당신을 놓아주지 않았듯 그 남자는 앞으로도 그러려고 하지 않겠지만요. 케일럽은 그런 종류의 인간이 아니잖아요. 절대 아니죠. 당신이 스스로를 자유롭게 만들어줘야 해요. 그 문제에 관한 한 나는 아무 도움을 줄 수 없어요. 나는 당신을 원하지만, 당신이 강인하고 독립적이고 완전한 자신의 주인이 되어야만, 우리 사이에 일어날 어떤 일들이 가능해지리라는 사실 또한 잘 알아요."

"그럼 나는 그런 여자가 아니란 말이군요." 나는 그에게서 어렵게 시선을 거두었다. "아직은요."

침묵이 흘렀다. 생소하고 무서울 정도로 고요하고 입 밖으로 나오지 않은 수천 가지 말들, 한숨, 탄식으로 가득한 침묵이었다. 지금쯤 우리가 만들고 있어야 했지만, 여전히 내 마음을 쥐고 있는 케일럽이라는 맹수의 발톱 때문에 결국은 만들지 못한 사랑이란 유령도.

"로건?"

로건은 나를 흘끗 쳐다보았다. "응?"

"케일럽에 대해 당신이 아는 사실을 나한테 말해줘요. 당신이랑 케일럽 사이에 무슨 일이 있었는지 말해줘요."

그는 창밖으로, 회색 하늘로 시선을 돌렸다. 내 마음 한구석으로 피로가 스멀스멀 기어들었다.

시간이 흘렀다. 내 말에 대답을 안 해주려는 것은 아닐까 걱정이 되기 시작했다. 그 순간 로건이 이야기를 시작했다. "나는 그때도 여전히 주택을 철거하는 중이었어요. 그걸로 돈을 좀 벌었죠. 내 취향이 좀 독특하고, 어떤 집이 철거가 잘 되고 어떤 집이 철거가 잘 안 될지 가려내는 안목이 있었거든요. 먼저 실제 건축 일을 할 인부들을 고용하기 시작하면서 주택을 골랐어요. 철거해서 다시 팔 주택을요. 그런데 그즈음 저당권이 설정된 거대한 주택을 사들였고 그건 일종의 도박이었어요. 시카고 외곽에 있는, 대문까지 설치된 그 저택은 대지 면적만 해도 7~8천 평 정도 되었죠. 게다가 상태가 굉장히 엉망이었어요. 매입자가 없어서 몇 년 동안 은행 소유로 방치되어 있었거든요. 낡은 건물에 수도관도 여기저기 터져서 흉물스러움 그 자체였어요. 꼭 부자들이 자기네가 얼마나 부유한지 과시하는 데 필요하다고 생각하는 천박하기 짝이 없는 장식물 같은 건물이었어요. 암적색 플러시 천 깔개, 도금 방식이 붙은 문손잡이, 육중한 짙은 색 호두나무 가구가 사방에 가득했어요. 가구가 어찌나 많은지 발 디딜 틈이 없더라고요. 상태는 그렇게 끔찍했지만 그래도 집의 골조는 훌륭했어요. 그야말로 어마어마한 규모의 프로젝트였고 그게 그동안 매입자가 없었던 이유였어요. 알겠어요? 정말로 철거 작업이 복잡한 프로젝트였던 거예요. 우선 마구 자라난 풀들부터 제거해야 하는 상황이었어요. 집도 화단도 웃자란 잡초에 완전히 뒤덮여 있더라고요. 철거 업자들 대부분은 최대 매입가 2~30만 달러 정도의 프로젝트를 선호해요. 그보다 비싼 매입가에 건물을 사들이면 상황이 완전히 달라지거든요. 만약 4~50만 달러에 주택을 매입했다면, 그 주택의 매매가로 백만 달러를 받아낼 방안을 찾기 시작해야 해요. 그래야 어느 정도 수익이 남으니까요. 그 결과 복잡하기 이를 데 없는 여러 단계의 과정들이 생겨나요. 흠, 그러니까 그 부동산은 위험부담이 아주 큰 매물이었던 거예요. 내가 그 건물을 40만 달러에 사들였거든요. 그나마도 건물 상태가 너무 절망적이어서 은행 쪽에서 얼마에든 팔아치우려고 했기 때문에 가능한 가격이었지만요. 아무튼 나한테는 지나치게 덩치가 큰 물건이라 재건축 비용의 최소 절반은 대출을 받아야 되리라는 사실을 난 알고 있었어요. 그래도 그 주택의 예전 거래 가격과 그 지역 부동산 시세를 토대로 따져 보니까 내가 지출한 돈의 두 배 정도는 쉽게 벌 수 있을 것 같았어요.

그래서 그 일에 뛰어들었죠. 건물을 철거하기 시작했어요. 마룻바닥을 모조리 다 뜯어내고, 비하중 내력벽, 그러니까 건물 지탱과 무관한 벽이란 벽은 다 허물었어요. 계단이랑 천장도요. 풀, 나무가 있는 정원도 싹 다 갈아엎었고요. 그러니까 내 말은 그 빌어먹을 건물을 뼈다귀로 만들었단 뜻이에요. 그게 린이 내 동업자이자 철거 책임자였던 마커스랑 내 뒤통수를 쳤다는 사실을 알아낸 뒤로 여섯 달쯤 흘렀을 때였어요. 그 여자를 떠난 뒤로 머릿속에는 오로지 살아남아야겠다는 생각뿐이었기 때문에 그 저택에 뛰어든 거예요. 철거에만 열중하려고. 그런데 처음으로 마커스 없이 진행하는 프로젝트였기 때문에 위험부담이 더 컸어요. 안 좋은 상황이었죠. 정신적으로도 전쟁의 섬광에서 아직 빠져나오지 못해서 불면증에 시달리고 있었고요. 그러니까 나는 스스로를 과신했던 거예요. 지금 돌이켜보면 그렇게 큰 물건에는 아예 손을 대지 말았어야 했어요. 늘 하던 대로 20만 달러 정도의 부동산을 취급했어야 하는 건데. 그런 상황에서 7천5백 평 대지 위에 앉아 있는, 복잡한 철거와 재건축 과정을 꼭 거쳐야 하는 3백 평 짜리 저택이라니? 한마디로 내가 어리석었던 거예요."

로건은 자신의 얼굴을 문질렀다. 양반다리를 하고 앉아 있는 그의 허리 아랫부분은 침대보로 덮여 있었다.

"지금 생각해봐도 내가 그 상황에서 어떻게 벗어났는지 잘 모르겠어요. 내내 술을 마시고 있었고 하루 중 절반 정도는 넋이 나가 있었기 때문에 프로젝트 전체가 희미한 안개처럼 머릿속에 남아 있거든요. 난 완전히 망가져 있었어요. 그런데도 그 일을 끝낼 수 있는 자금을 어떻게든 끌어모았고 철야 작업 인부들까지 고용했어요. 요점만 말하면 석 달 만에 재건축을 끝냈는데, 프로젝트 규모를 고려할 때 믿기지 않는 일이었죠. 작업이 끝났을 때 예산이 초과되긴 했지만요. 그것도 아주 많이. 저택 매입비 40만 달러 외에도 철거와 재건축 비용으로 30만 달러가 들어갔으니까요. 그 돈 대부분은 전기 설비를 새로 깔고 부엌을 새로 만드는 데 쓰였어요. 부엌만 제대로 만들어놓으면 어떤 집이든 팔 수 있거든요. 아무튼 그때 그 동네에서 시세가 가장 비싼 저택이 백만 달러였는데 그 건물은 우리 물건보다 40평이나 좁았고 대지도 600평 정도였어요. 게다가 리모델링이 되어 있는 것도 아니었고요." 로건은 나를 흘끗 쳐다보았다. "이런, 내가 당신을 지루하게 만들었군요. 그렇죠? 빌어먹을 그 재건축 이야기는 신경 쓰지 말아요. 이제 진짜로 간단하게 말할게요. 나는 그 건물을 백8십만 달러에 팔았어요. 한몫 크게 챙긴 거죠. 하지만 그즈음 나는 완전히 진이 빠져 있었어요. 그 일을 하느라…… 진땀깨나 뺐거든요. 다른 재건축 매물은 거들떠보고 싶지도 않았어요. 그 돈을 다른 재건축 매물을 사들이는 데 쏟아붓는 대신, 다른 일을 할 생각이었죠. 그런데 재건축 사업을 하면서 고용했던 우리 직원 중에 컴퓨터 부품 제조업을 하는 삼촌이 있는 친구가 한 명 있었어요. 그래서 그 업체를 사들여 구조조정을 했어요. 직원들을 대거 해고하고 훨씬 능력 있는 사람들로 새로 뽑았어요. 내가 신임하는 매니저도 한 명 채용했는데 그 친구가 흠잡을 데 없이 말끔하게 모든 일을 처리했죠. 곧 수익이 발생하기 시작했어요. 새로 채용한 직원 중에 매출 계좌를 모두 맡아서 관리하는 여직원이 한 명 있었는데 그 여자가 새로 개설한 계좌 여섯 개가 아주 유용했죠. 이게 내가 재정 상태가 안 좋은 컴퓨터 부품 업체를 인수하는 일에 뛰어들게 된 과정이에요. 나는 업체를 사들여 근본적으로 재건축해요. 구조조정을 하고 새 직원을 채용하고 새 계좌를 만드는 거죠. 내가 손 덴 공급 업체와 거래를 하면 컴퓨터 생산 단가를 훨씬 낮출 수 있었고 그 결과 컴퓨터 한 대를 팔 때마다 큰 수익이 발생했어요. 그때부터 나한테 정말로 운 좋은 일들이 일어나기 시작했어요. 한 번은 중고차 매장 여러 개, 레스토랑 두 개, 주유소 한 개를 소유한 남자를 알게 됐어요. 듀드라는 그 남자는 말기 암 환자였기 때문에 모든 재산을 급매물로 팔아치우는 중이었죠. 나는 듀드한테 중고차 매장 하나, 주식, 주유소를 사들였어요. 듀드는 제법 실력이 뛰어난 사업가였기 때문에 그 물건들은 모두 상태가 좋았어요. 그 덕분에 한두 달 안에 투자금을 모두 회수했어요."

로건은 다시 나를 흘끗 쳐다보았다. "안 됐지만, 자기, 조금만 더 참아요. 이제 곧 재미있는 이야기가 나오니까. 나는 그렇게 기업을 사들여 흑자로 전환해 되팔았어요. 실패한 적이 없었죠. 실제로 업체를 경영하는 일에는 관심이 없었기 때문에 업체를 사서 개선해서 팔기만 했어요. 듀드의 업체들만큼은 내가 계속 관리했지만요. 유산이나 뭐 그런 것 같은 기분이 들었거든요. 내가 그 업체들을 인수하고 몇 달 뒤에 듀드는 세상을 떠났지만, 지금까지도 그 업체들은 모두 내 소유예요. 흠, 아무튼, 나는 계속해서 투자 규모를 키워나갔어요. 큰 기업을 인수할수록 나중에 그 기업을 매각했을 때 내 수중으로 들어오는 수익금이 더 컸으니까요. 그러다가 마침내 기업들을 쫓아 뉴욕까지 오게 된 거예요. 핸드폰을 비롯한 기기들과 관련된 미래 기술을 연구하고 개발하는 업체들이 이쪽에 모여 있잖아요. 터치스크린 향상 기술, 홀로그램 전시 기술 등 그때부터 지금까지 몇 년이 흘렀는데도 여태 상용화되지 않은, 그리고 실상은 앞으로도 몇 년은 더 보기 힘들 온갖 기술 업체들이 다 있더군요. 그중 한 업체를 인수했는데 그 회사 사장이 계약서에 서명 한 뒤에 슬쩍 내게 다가와 말했어요. 자기가 좋은 건수를 하나 알려주겠다고. 자세한 내용은 아직 밝힐 수 없지만, 잠재적 수익이 엄청난 그 투자에 끼면 큰돈을 벌 수 있을 거라고. 수백만 달러만 투자하면 수억 달러를 벌어들일 수 있을 거라고요.

흠, 물론 난 그 말에 회의적이었어요. 누군가 그렇게 허황된 말을 하면 그런 말은 일단 의심해봐야 하는 거예요. 알았죠? 도대체 의도가 뭘까? 이렇게요. 그 사람이 날 케일럽과 연결해줬어요. 그 투자 기회란 게, 케일럽과 동업자 형식으로 선물 거래 회사에 돈을 넣는 거였어요. 주식 말예요. 그쪽 업계에 몸담은 사람이 아니면 설명을 들어도 잘 몰라요. 간단히 말해서 합법적인 매물에 선급으로 거액의 투자 금액을 쏟아붓는 거예요. 겉보기에 케일럽의 거래는 합법적인 것처럼 보였어요. 나한테는 완전히 새로운 거래 방식이었지만요. 그때까지도 난 기본적으로는 재건축업자였거든요.

그냥 건물 대신 기업을 재건축하고 있었을 뿐이죠. 주식, 선물, 주가지수? 이런 건 전혀 몰랐어요."

로건은 말을 멈추고 길게 한숨을 내쉬었다. "케일럽의 사업에 깊이 연루된 뒤에야 그 작자가 주가 조작, 내부자 부당 거래, 산업 스파이 등을 활용하고 있다는 사실을 알게 됐어요. 온갖 더러운 일들이 벌어지고 있었죠. 나는 열이 받아서 케일럽에게 따졌어요."

로건은 말을 멈추고 몇 분 동안 조용히 허공을 바라보았다.

"그자는 교활하고 조작에 능한 악당이에요. 말을 빙빙 돌리더군요. 중요한 것은 다 빼놓고요. 지금 생각해보면 그랬어요. 그때 나는 은행에 저금해둔 예금이 많았어요. 그때까지 내가 번 돈의 최소 열 배 정도는 되는 금액이었죠. 다행히도 난 바보가 아니었어요. 온갖 은행에 계좌를 개설해 그 돈을 분산 저금했으니까요. 절세를 위한 계좌, 해외 계좌 등등. 불법적인 방법을 쓰지는 않았어요. 그저 한 계좌에 돈이 다 모여 있지 않게 사방으로 분산시킨 것뿐이죠. 그런데 케일럽은 내 약점이라도 잡은 것처럼 굴었어요. 알겠어요? 분명히 그랬어요. 나는 덫에 걸려버렸지만 사실 무슨 일이 일어나든 그건 다 내 책임이었어요. 케일럽이 그러더군요. 일시적으로 쓰는 방법일 뿐이니까 그냥 넘어가자고. 케일럽은 그때 규모가 큰 기업을 인수, 합병하려고 자금을 모으는 중이었고. 그게 우리 둘 모두에게 수천만 달러의 돈을 안겨줄 거라고 그러더군요. 노골적으로 '수천만'이란 말을 강조하면서. 그래서 나는 그냥 넘어갔어요. 한참 지나고 나서야 일의 전말을 알게 됐고 때는 이미 늦은 상황이었어요. 삶에는 기본적인 원칙이 있어요, 이사벨. 진실이라고 하기에 지나치게 좋은 일은, 진실이 아닐 때가 많아요. 그 사건의 경우, 대기업 인수는 모두 계략이었어요. 케일럽은 내 눈에 보이지 않는 곳에서 나보다 두 배로 더 열심히 일했더군요. 나한테다 덮어씌울 방법을 마련하느라. 우리가 살고 있는 이곳이 얼마나 복잡한 세상인지 알아요? 이곳 맨해튼에서는 수천만 달러의 돈이오가는 큰 거래가 자주 이루어져요. 케일럽이 그때 꾸미고 있던 그런 게임을 사람들 몰래 진행할 수 있는 방법은 없어요. 케일럽은 너무 빨리, 너무 크게 성장했고, 너무 많은 돈을 너무 쉽게 벌었어요. 사람들은 모두 의심의 눈초리로 그 사람을 바라봤죠. 하지만 그곳은 케일럽의 세상, 케일럽의 게임장이었고, 나는 완전 초짜였어요. 더 자세한 내용은 생략할게요. 이해하죠? 케일럽이 나를 어떻게 계략에 빠뜨렸는지는 진짜 중요한 내용만 추려 말해도 지루하고 엿 같은 얘기거든요. 흥미진진한 얘기도 아니고요. 그 작자는 온갖 사무 범죄들을 총체적으로, 그리고 체계적으로 저지르고 있었어요. 공금 횡령, 돈세탁, 내부자 부당 거래, 산업 스파이 등등. 케일럽은 영리하고 조심스러운 자예요. 어떤 식으로 추적해도곧장 자신이 드러나지 않도록 일을 꾸몄더군요. 솔직히 나도 세상물정을 모를 만큼 순진하지는 않았어요. 내가 뭔가 더러운 일에 연루되어 있다는 사실을 알고 있었거든요. 당신한테 이렇게 말하고싶지는 않지만 나는 어느 쪽에서도 큰 역할을 맡고 있는 거물은 아니었어요. 그야말로 큰 그림의 한 조각, 후보 선수에 불과했죠. 나는 어떤 조직을 꾸리는 일에 늘 재능이 있었어요. 적재적소에 딱 맞는 사람을 고용하는 재주 말예요. 어디에서 누가 어떤 일을 어떻게 꾸미고 있는지를 추적해내는 재주도 있고요. 케일럽은 큰 사기 사건을 진행시키고 있던 여러 거물 중 한 명이었어요. 알겠어요? 그런데 실제 범죄와 자신 사이에 엄청나게 많은 방해 요소들을 층층이 쌓아놓았더군요. 그런데 아마도 증권거래위원회에 어떤 제보가 있었나 봐요. 정확한 내용은 나도 몰라요. 위원회 사람들이 냄새를 맡고 감사를 뜨는 바람에 모든 일이 엉망이 되어버렸어요. 수많은 사람들이 그 일로 파산했어요. 케일럽이 마련한 그 정교한 계략에는 굉장히 많은 사람이 연루되어 있었고, 그들 모두 어느 정도는 그때 무슨 일이 진행되고 있는지, 그 일에 불법적인 방법이 동원되었다는 사실도 다 알고 있는 사람들이었지만요. 케일럽 사건을 비롯해 광범위하고 다양한 사무 범죄로 그때 체포된 사람이 적어도 열두 명은 되었을 거예요."

침묵이 흘렀다. 잠시 후 로건은 손사래를 치며 말했다. "내가 어리석었어요. 그래서 그 대가를 치른 거예요. 나 자신 말고는 비난할 사람이 없더라고요. 나는 내가 아는 모든 것에 대해 위원회 사람들에게 카나리아처럼 다 불었어요. 케일럽에 대해서만 빼고. 분명히 말하는데 케일럽을 보호하려고 그런 건 아니에요. 그저 유령 이야기를 늘어놓으면 스스로 유령한테 속았다고 말하는 꼴이 되니까 그런 것뿐이죠. 난 감형을 약속 받고 내가 알고 있던 모든 사실을 그 사람들한테 다 털어놓고 사무 범죄 교도소로 이송됐어요.

10년형을 선도 받고 거기서 5년을 살았죠."

"케일럽이 당신한테 경고를 해주지 않아서, 단지 그 이유 때문에 당신이 그곳에서 세월을 보냈단 말인가요?"

"나는, 내가 그들의 조사 선상에 노출되어 있다는 사실을 확실히 눈치챌 수 있게 케일럽이 경고해주지 않아서 그곳에 간 게 아니에요. 이런 일에는 항상 계획이 있어요. 미끼로 삼을 사람도 늘 정해져 있고요. 케일럽이 나를 미끼로 정했기 때문에 내가 연방 정부 담장 안에서 5년을 보내게 된 거죠."

"내가 이해가 가지 않는 것은, 어쩌다가 당신이 그 일에 가장 먼저 연루되었냐는 거예요. 불법적인 일이라는 걸 알았다면서 왜 그 일에 끼어든 거죠?"

로건은 잠시 동안 말이 없었다. "당신은 나랑 다른 환경에서 자란 모양이군요."

나는 그를 향해 눈썹을 찡긋 올려 보였다. "난 내가 어떻게 자랐는지 몰라요."

로건은 날카롭게 숨을 내쉬었다. "이런, 미안해요. 당신 말이 맞네요. 내 말은 내가 흙바닥처럼 더러운 환경에서 성장했다는 뜻이었어요. 걸핏하면 학교를 빼먹고 대마초를 피우다가 불량 단체에 들어갔어요. 거기서 약물 과용으로 쓰러지는 사람들도 봤고, 가장 친한 친구가 마약 때문에 내 눈앞에서 죽는 것도 봤어요. 내가 보기에 그런 종류의 범죄에서는 늘 희생자가 발생하는 것 같았어요. 그리고 그런 범죄가 세상에 어떤 영향을 끼치는지도 알게 됐어요.

그런 영향은 즉각 나타나거든요. 예컨대, 내가 코카인을 팔면 그 코카인에 중독된 누군가가 새로 생겨나는 거예요. 진짜 코카인 중독자 혹시 본 적 있어요? 정말로 끔찍하더라고요. 그래서 결심했죠. 이 짓거리를 그만둬야겠다고, 마약을 파는 일 따위는 하지 말아야겠다고. 한편 집을 재건축하는 일은 건전하고 고되고 정직한 일이었어요. 내게 꽤 괜찮은 돈을 벌어주는 일이기도 했고 누군가에게 총 맞을 위험도 없는 일이었거든요. 지뢰를 밟거나 폭탄 위로 차를 몰아야 할 위험도 없고 내가 타고 있는 헬리콥터로 로켓이 발사될 위험도 없었고요. 하지만 그렇게 많은 이윤이 남는 일은 아니었어요. 돈을 꽤 많이 벌기는 했지만 그 돈을 다음 재건축 매물에 모두 쏟아 넣어야 했으니까요. 그래서 큰 프로젝트를 성공시켜 진짜 현금으로만 거금을 손에 쥐니까 그 일에서 벗어나고 싶더라고요. 그런데 부품, 설비 분야로 진출할 기회가 생겼고 거기서 돈 냄새를 맡았어요. 알겠어요? 첨단 기술 쪽에는 언제나 돈이 흘러넘쳐요. 언제나. 대상을 정확히 물색하고 그걸 사들여 되팔 방법만 궁리하면 되는 거예요. 흠, 물론 처음에는 합법적으로 보이기도 했지만, 그래서 의심스러우면서도 케일럽과의 거래에 발을 담근 거예요. 엄청나게 규모가 큰 인수, 합병을 상상해 봐요. 쉼표가 몇 개씩 있고 0이 무수히 찍힌 금액이 내 계좌로 입금되는 거예요. 개망나니, 혹은 전직 돼지 출신의 나 같은 사람한테는 그게 그냥 지나칠 수 없는 기회였어요. 그리고 케일럽은 아주 차근차근 나를 그 일에 끌어들였어요. 개구리를 요리하듯. 개구리를 어떻게 요리하는지 혹시 알아요? 개구리를 처음부터 물에 넣고 계속 그대로 두었다가 서서히 화력을 높이는 거예요. 개구리가 다 익을 때까지. 개구리는 자기가 죽어가고 있다는 사실조차 깨닫지 못한 채 익어버려요. 케일럽이 날 그렇게 다뤘어요. 아주 천천히 엮은 거죠."

"그 사람에 대해서는 실제로 얼마나 잘 알아요?" 내가 물었다.

그는 어깨를 으쓱했다. "잘 몰라요. 언제나 신비한 살쾡이 같은 작자잖아요. 실제로 그 사람을 만난 적은 별로 없어요. 보통은 전화로 대화를 나누고 그 사람이 보낸 이메일을 받았거든요. 그런데 어떻게 그 사람을 개인적으로 잘 알겠어요? 불가능하죠. 내 기억으로 케일럽을 직접 만난 건 세 번이에요. 한 번 만나서 함께 대화를 나눈 시간은 아무리 길게 봐도 20분이 안 넘고요. 그때 케일럽은 그냥…… 멋있고 냉정해 보였어요." 그는 말을 멈추고 숨을 한 번 쉰 다음 다시 말을 이었다. "이게 내가 사기 사업에 연루되어 감옥에 가게 된 사연이에요."

"그러면 그 일로 케일럽을 원망했겠네요."

로건은 고개를 끄덕였다. "그렇기도 하고 그렇지 않기도 해요. 나는 특정 시점을 지나서 내가 옳지 않은 일을 하고 있다는 사실을 알았어요. 하지만 그때는 이미 너무 많은 돈을 벌고 있었기 때문에 스스로 발을 빼지 못한 거예요. 여기서 백만 달러, 저기서 또 백만 달러가 들어오면 멈추기가 힘들거든요. 그런 관점에서 보면 케일럽을 원망하지 않아요. 그럴 수가 없죠. 모든 게 나 자신 때문이었으니까요. 하지만 나를 끌어들인 것, 자신의 잘못을 모두 뒤집어씌워 나와 다른 사람 열두 명을 대신 감옥에 보낸 것에 대해서는 원망해요. 물론 우리는 자신이 덫에 걸려들게 내버려 둔 멍청이들이었던 만큼 결국 자기 자신 말고 다른 사람을 탓할 수 없는 사람들이었지만요."

"무슨 말인지 알겠어요. 그 사건을 그런 식으로 보다니 무척 어른스럽네요."

로건은 콧소리를 내며 웃었다. "나는 그 일만 생각하면서 5년이란 시간을 보냈어요. 처음에는 물론 모든 비난의 화살을 케일럽의 어깨 위로 돌렸죠. 그래서 출소하면 어떻게 그 작자한테 복수해줄까, 그런 상상만 하면서 시간을 보냈어요. 그런데 시간이 흐르면서 점점 그 문제에 대해 진짜로 깊이 생각해보기 시작했고, 나 역시 그 작자의 공범에 불과했다는 결론에 이르렀어요. 물론 그 작자의 잘못이 크고, 내가 실형을 살게 된 데에는 그 작자의 책임도 있죠. 하지만 진짜 비난받아 마땅한 건 나 자신이었어요. 불법인 줄 알면서도 더러운 사업에 가담한 것, 덫에 걸려들 만큼 멍청했던 것, 둘 다 내 책임이니까요. 그래도 내가 그 작자를 용서했다고 오해하지는 말아요. 지금도 그 작자만 생각하면 분통이 터지지만 출소한 직후에는 훨씬 더 심했어요. 그 작자를 찾아 헤맸거든요. 복수 비슷한 뭐 그런 걸 할 생각이었나 봐요."

"케일럽을 어떻게 찾아냈어요?"

"쉽게 찾을 수가 없더군요. 전화번호부에 이름이 등록되어 있는 것도 아니고, 그 작자가 자신의 이름을 내걸고 합법적으로 운영 중인 회사도 없고. 게다가 나 역시 아무 일도 안 하고 가만히 앉아서 그 작자만 추적할 수 있는 처지도 아니었고요. 새 출발을 해야 했으니까요. 케일럽이랑 처음 일을 시작할 때 내가 추적하기 힘들게 자금을 여러 곳에 분산해 넣어 놓았다고 말했죠? 그래서 출소했을 때 내게는 밑천이 있었어요. 규모는 작더라도 다시 시작할 수 있는. 우선 내가 운신해도 될 만큼 내 범죄 기록이 묻혔는지 확인했어요. 그 뒤로도 계속 내가 관심 밖에 놓여 있는 것이 분명한지 확인했고요. 그러면서 유령회사를 통해 업체들을 사들였어요. 작은 업체부터 하나씩 하나씩 사들여 자금을 키워나갔죠. 그러는 동안에도 내내 한편으로 케일럽 찾는 일을 멈추지 않았어요. 마침내 작은 소문들이 내 귀에 들어오기 시작했어요. 대부분 재벌을 위한 에스코트 서비스에 대한 소문들이었죠. 내가 알아낸 바에 따르면 진짜 에스코트 서비스가 아니라 일종의 짝짓기 프로그램 같았지만요. 곁에서 보기에는 불법적인 요소가 전혀 없었어요. 형식적으로는 돈을 주고 상대를 사는 게 아니라 서비스 비용을 지급하는 것이었으니까요. 행사에 데려갈 데이트 상대, 장기 연애 상대를 대여해주는 서비스라고 하더군요. 심지어는 진지한 감정이 생기면 신붓감으로 삼을 수 있다고도 했어요. 보통 부자는 엄두도 못 낼 만큼 어마어마하게 비용이 많이 들어서 극소수 재벌들만 이용할 수 있는 일종의 극비 서비스, 뭐 그런 거였죠. '파이트 클럽의 첫 번째 규칙은 파이트 클럽에 대해 발설하지 않는 것이다.' 뭐 그런 종류의?"

로건은 나를 흘끗 쳐다보고 말을 이었다. "또 다른 영화 대사예요.

영화 얘기는 이미 질리도록 들었죠? 아무튼, 숨겨져 있는 그 사업의 전반적인 정체는, 여자를 사는 것에 흥미가 있고 그럴 의도가 있는 사람들에게 온갖 서비스를 제공하는 거였어요. 표면적으로는, 그 여자들은 성매매업 종사자들이 아니었지만요. 계약 기간에는 섹스를 할 수 없다, 뭐 그런 조항이 있었으니까요. 당신도 내게 그 이야기를 털어놓지 않았듯 아무도 그 이야기를 발설하지 않아서 찾아내기가 굉장히 힘들었어요." 로건은 뭔가를 짐작하는 표정으로 나를 바라보았다. "실제로 실시되고 있는 그 서비스, 실제 존재하는 '인디고 링'에 내가 좀 더 가까이 접근하자 다른 층 이야기가 들려오기 시작했어요. 훨씬 더 비용이 많이 들고 훨씬 더 비밀스럽게 제공되는 서비스가 있더군요. 바로 당신요."

"인디고 링이요?"

"그렇게 불리던데요. 인디고 링Indigo Ring, 대문자 이니셜로 줄여서 IR. 내 짐작이지만 케일럽이 그런 이름을 붙인 것 같지는 않아요. 내가 간신히 정보를 캐낼 수 있었던 사람들 사이에서 불리는 이름일 뿐이죠. 내가 찾아낸 사람 중에, 케일럽이 데리고 있던 아가씨와 결혼한 사내가 한 명 있었어요. 어떻게 그 많은 재산을 모았는지는 불분명하지만 수백만 달러의 재산을 보유한 그 남자는 마흔다섯 살이었어요. 숫기가 없고 내성적이며 까다로운 데다가 밤이고 낮이고 주중이고 주말이고 노상 일에 미쳐 있는 그런 남자였어요. 그 남자의 아내는 스물아홉 살로 아름답고 몸매는 풍만하고 게다가 영리하기까지 한, 그야말로 진짜 끝내주는 여자였고요. 하지만 딱 보니 알겠더라고요. 그 여자 역시 전직 성매매업 종사자에 마약 중독자였다는 것을요. 지금부터 하는 얘기는 그 여자가 나한테 들려준 얘기예요. 그 여자는 자기가 우여곡절 끝에 케일럽 프로그램을 졸업했다고 말했어요. 프로그램을 밟으면서 자기 방식대로 일도 하고 마약중독도 완전히 치료했다고요. 그 여자가 케일럽이랑 어떻게 만나게 되었는지는 몰라요. 자신이 '프로그램'이라고 부르는 것에 대해서는 내 질문에 곧바로 대답해주길 꺼리더라고요." 로건은 어깨를 으쓱했다. "그 여자는 케일럽한테 고마워하는 것 같았어요. 남편인 브라이언을 정말로 사랑하는 것 같았고요. 전공이 뭐였더라, 아무튼 무슨 학위를 딸 수 있게 남편이 도와줬대요. 남편을 만나기 전에도 겉보기에는 굉장히 지적으로 보였지만, 지금까지 살아온 방식 때문에 관심 있는 학문적인 분야에 진짜로 흥미를 붙일 수는 없었대요. 그런데 비밀에 꽁꽁 싸인 케일럽의 프로그램에 들어가 약을 끊은 뒤로 고등학교 졸업 인증서도 따고 관심 있던 공부도 새로 시작했대요. 컴퓨터 괴짜인 브라이언은 소프트웨어 프로그램 같은 걸 개발하는 사람이었는데, 정확히는 기억이 안 나네요. 어쨌든 브라이언이 그 여자를 대학에 보내줬고, 그 여자는 거기서 학위를 땄어요. 그것도 정확히는 기억이 안 나는데 정치학인가, 경제학인가, 사회학인가 뭐 그런 쪽이었어요. 사회과학 계열 말예요. 솔직히 말해서 멋지더군요. 완전히 딴판인 환경에서 살아온 극도로 다른 두 사람이 그렇게 만난 것 말예요. 브라이언은 교외에 거주하는 부유한 중상류층 가정에서 곱게 자란 평범한 사람으로 코네티컷 출신이에요. 그 여자는 퀸스 출신의 라틴계 여자로 거의 평생 거기서 마약과 매춘을 하면서 살았고요. 그런데 케일럽을 통해서, 내가 보기에도 완전히 합법적인 방법을 통해서, 두 사람이 만나서 사랑에 빠진 거잖아요. 그 이야기를 듣는데 기분이 이상하더라고요."

나는 레이철을 떠올렸다. "지금 그 프로그램에 속해 있는 여자를 한 명 알아요. 맨 처음 케일럽으로부터 도망쳤을 때 그 친구 방에 숨었거든요. 프로그램에 속해 있는 그 여자들은 그 건물, 격리된 각자의 아파트에서 살고 있어요. 그 여자들 모두, 부자 컴퓨터광이랑 결혼했다는 그 라틴계 여자랑 비슷해요. 삶과 죽음의 경계에서 구조된 마약 중독자이자 매춘부들이죠. 케일럽이 그 여자들을 발견해 프로그램에 넣어줬대요. 기본적으로는 약을 끊고 교육을 받고 정상적인 사회에 적응하는 법과 훌륭한 파트너가 되는 법을 배우는 프로그램이에요. 기본적으로는요. 동반자, 신부가 되는 거죠."

"그럼 실제로 창녀는 아니겠네요?"

나는 고개를 저었다. "레이철의 말에 따르면 아니에요. 섹스를 한다고 하더라도 그건 전적으로 자기들 선택이고요. 물론 신부나 장기 애인이 되면 섹스를 해야 하겠지만, 그런 내용까지 자세하게 계약서에 적혀 있지는 않아요. 고객들은 돈을 주고 여자를 살 수 없게 되어 있어요. 고객이랑 여자들 사이에 직접 돈을 주고받는 행위도 금지되어 있고요. 고객들은 인디고 서비스에 비용을 지불해요. 그럼 회사가 수수료를 떼고 나머지를 여자들에게 줘요."

"그럼 기본적으로는 계약직 직원이군요."

"그런 것 같아요." 그 안에는 더 많은 진실이, 너무나 많은 장막이 숨겨져 있지만 그걸 말로 어떻게 표현해야 할지 알 수가 없었다.

"지금 말 안 하고 있는 게 뭐죠?" 로건이 물었다.

나는 어깨를 으쓱했다. 숨을 쉬려고 애쓰면서. "그 여자들, 섹스 문제겠죠. 거기에는 더 큰 문제가 있어요. 케일럽이…… 그 여자들을 훈련시키거든요. 성적으로. 그 여자들이 장기 애인이나 신부가 되었을 때 남자를 기쁘게 하는 법을 갖추고 있을 수 있게. 섹스를 밝히는 남자한테 잘 대처할 수 있게."

로건은 나를 바라보며 눈을 껌뻑였다. "맙소사, 훈련이라고요? 그럼 케일럽이 그 여자들 모두랑 그 짓을 한단 말예요? 그리고 그걸 훈련이라고 부른단 말예요?"

"실제로 수업을 해요. 한 주에 한 번 보고서를 제출하고 평가도 받고요. 테크닉에 대해서."

"그래서 고객들은 그 여자들이랑 그 짓을 할 수 없게 되어 있는 거로군요. 그 여자들이 케일럽 소유라서." 이 말은 쓸쓸한 혼잣말이었는데도 왠지 질문처럼 들렸다.

"나는 레이철이 평가를 받는 동안 그 친구 침대 밑에 숨어 있었어요." 내가 속삭였다.

"그 말은…… 이 모든 사실을 우연히 알게 되었다는 뜻인가요? 케일럽이 다른 여자랑 섹스하는 소리를 엿듣고?" 로건이 물었다.

나는 고개를 끄덕였다. "맞아요." 그러고는 침을 꿀꺽 삼켰다. "그 뒤로 나는 레이철을 가끔 찾아갔어요. 우리는 그래도 친구였고 나는 케일럽 말고 대화할 다른 상대가 필요했거든요. 그런데 한번은 케일럽이 나타나서, 그 모습을 엿보고 엿듣고 있는 나를 붙잡았어요. 그 사람은…… 억지로 나를 앉혀 놓고 그 모습을 보게 했어요. 자기가 그 짓을 끝낼 때까지. 레이철이랑 하는 그 짓을."

"이사벨, 맙소사." 로건은 두 손으로 자신의 얼굴을 문질렀다. "도대체 이 이야기의 끝은 어디죠? 까도 까도 끝이 없네요."

"나중에 나는 케일럽한테 이렇게 말했어요. 그 사람이 레이철을 대하는 방식이랑 나를 대하는 방식이 너무 달라서 혼란스럽다고요. 그 사람은 두 여자 모두랑 섹스를 하지만, 나한테는 레이철한테 했던 식으로 한 적이 한 번도 없거든요. 나도…… 그런 짓을 원한다고 말하려던 게 아니었어요. 그저 혼란스럽다고 말하려던 거죠. 그 사람은 레이철이랑 할 때는 말도 하고 성적으로 색다른 행위도 하고……." 나는 잠시 말을 멈추었다가 다시 말을 이었다. "그랬더니 그다음에…… 아까 당신한테 말한 그 짓을 나한테 했어요. 그게 내가 듣고 본, 그 사람이 레이철이랑 하던 짓 중 한 가지였거든요."

그 혼란과 분노를, 그가 내게 한 짓을 나의 일부가 즐겼다는 사실을 입 밖에 낼 수는 없었다. 나의 일부는 내가 무기력하게 나약해지는 순간을, 그에게 종속되는 순간을, 소유되고 지배받고 유린당하는 순간을 갈망한다는 사실을. 나는 그런 나의 일부가 혐오스러웠고, 그 진실을 말로 표현할 수는 없었다.

그러나 로건은, ……이미, 그 사실을 알고 있었다. 그의 두 눈, 크리스털처럼 투명한 인디고색 두 눈이 휴지를 가르는 날카로운 칼처럼 나를 관통했다. 그 눈이 나를 베어, 그가 내 마음을 읽어낼 수 있게 내 비밀을 드러내고 있었다.

"이사벨……." 그의 목소리에는 온기가 서려 있었다. 이해심이 깔린. "나한테는 어떤 말이든 해도 돼요. 어떤 행동이든 해도 돼요. 그 어떤 진실도 당신을 향한 내 감정을 바꾸지는 못해요. 당신도 그거 알죠?"

나는 말을 하는 것은커녕, 움직일 수도, 숨을 쉴 수도, 어떤 기분을 느낄 수도 없었다. 나는 고개를 끄덕이려고 애썼다. 어떻게든 그에게 긍정의 뜻을 전달하려고 애썼다. 그러나 내 몸 밖으로 나온 것은 훌쩍이는 소리와 고개를 씰룩이는 행동뿐이었다. 나는 두 눈을 꼭 감고 고개를 푹 숙였다. 두 팔로 상반신을 꼭 감싼 채.

로건은 내 귀에 대고 중얼거리듯 말했다. "당신은 그런 행위를 보고 호기심이 생긴 거예요. 그 남자가 당신이랑은 하지 않는 짓을 다른 여자랑 하는 걸 보고 호기심이 생겼을 뿐이에요."

나는 고개를 끄덕였다. 이제 당황스럽고 역겹고 치욕스러운 진실을 그에게 빚진 셈이었다.

로건은 내가 차마 말하지 못한 비밀을 계속해서 이야기했다. "당신은 그런 짓들을…… 하고 싶었던 게 아니에요. 그저 궁금했을 뿐이지. 그리고 케일럽은 관찰력이 굉장히 뛰어나잖아요. 당신이 책을 읽듯 쉽게 사람의 마음을 읽는 작자죠. 그 작자는 당신의 호기심을 알아챈 거예요. 게다가 조작에 능한 악당이기까지 하니까 당신한테도 그런 수법을 써먹은 거예요. 당신한테 억지로 그런 짓을 해놓고 당신의 호기심을 변명거리로 써먹은 거죠. 당신으로 하여금, 당신 스스로 그걸 부탁한 것처럼, 당신이 원하는 일인데 당신이 말로 부탁하는 방법을 못 찾으니까 자기가 알아서 해준 것처럼, 그 모든 일이 자신이 아니라 당신 책임인 것처럼 느끼게 만들어버린 거예요."

나는 숨이 막혔다. 뇌에 산소가 전달되지 않는 것 같았다. 생각들이, 뜨겁게 빛나는 전구 주위에서 원을 그리며 날아다니는 나방처럼 팔랑댔다. 이 사람은 어떻게 이렇게 잘 알까? 이 남자는 어떻게 이렇게 내 마음속을 정확하게 읽어낼까? 내 생각과 열망과 감정들이 내 이마 위에 또렷한 형태로 나타나기라도 하는 걸까?

나는 돌아누웠다. 내 등 뒤에 앉아 있던 로건이 내 어깨 위에 한 손을 얹으며 내 귀에 입을 대고 속삭였다. "이봐요, 나한테 말해 봐요, 이즈."

"뭘 말하라는 거예요?" 나는 몸을 돌려 로건을 마주 보지 않고 내 앞 허공에 대고 말했다. "당신 말이 맞다고요? 좋아요. 당신 말이 맞아요. 나는…… 궁금했어요. 하지만 그 사람 말도 맞아요. 나의 일부는 그 짓을 원했거든요. 물론…… 그 사람이 나한테 한 그런 식은 아니었어요. 내가 원한 건 굴욕이 아니었어요. 그 사람이 레이철이랑 그 짓을 할 때는 서로를 배려하는 것처럼 느껴졌단 말

예요. 어쩌면 레이철을 가르치고 있었는지도 모르죠. 하지만 성적
으로 서로 소통하는 그 두 사람의 방식은 쌍방향인 것처럼 보였어
요. 아, ……말로 표현하기가 너무 힘드네요. 특히 당신한테는. 그
에 반해 케일럽과 나는…… 늘 일방통행이거든요. 그 사람이 자기
가 원하는 짓을 나한테 하면 나는 그냥 그걸 받아들여요. 내가 원
한 것은…… 아, 어떻게 표현하면 좋을지 모르겠어요. 나는 스스로
능동적인 참여자가 된 기분을 느끼고 싶었어요. 그저…… 그 사람
의 욕망을 받아들이기만 하는 그런 존재 말고요. 그리고 내가 궁금
했던 그 모든 기분이 어떤 건지 이제는 알게 됐어요. 다른 길을 통
해서."

"'우리' 관계에서는 어떤 기분이 들죠? 그러니까 당신과 나 말예
요. 그리고 지금 기분은?"

"이 관계 속에는 '우리'가 있어요. 늘 그랬어요. 항상 당신이 내
곁에 있는 것 같고, 날 보고 있는 것 같고. 당신은…… 당신은 두
가지를 동시에 해요. 나를 **보면서**, 나를 보죠. 내가 지금 각기 다른
두 단어를 강조했잖아요. 그게 중요한 거예요. 당신은 내가 뭘 원
하는지 살피고, 동시에 내가 누구인지 살피니까요."

"케일럽은 그러지 않고요."

나는 말문이 막혀서 침묵했다. 그러다가 마침내 억지로 입을 열
었다. "그게 진실인지 어떤지는 잘 모르겠지만 내 생각에 그 사람
은 내가 자신의 바람대로 되어가고 있는지에 대해서만 신경 쓰는
것 같아요. 실제로 내가 어떤 사람이 되어가고 있는가가 아니라,

자신이 만들어 놓은 나의 허상에 대해서만요."

내 어깻죽지 뼈 사이 척추에 입술이 닿았다. "나는 당신에 대해서만 신경 써요. 당신이 예전에 누구였는지, 지금은 어떤 사람인지, 앞으로 어떤 사람이 될지. 당신의 전부에 대해서만."

"알아요."

로건의 손이 내 팔을 잡아 내 몸을 돌렸다. 로건은 상체를 세운 채 너무나 반짝이는 두 눈으로 나를 내려다보고 있었다. 모든 것을 다 알고 있는 눈이었다. 이해심과 동정심과 아픔과 사랑이 가득한 시선이었다. 그랬다. 그것은 사랑이었다. 우리는 둘 다 그 말을 직접 말로 하지는 않았지만, 그 눈에 담긴 사랑이 내 눈에는 보였다. "하지만 그런 사실에도 불구하고, 당신과 케일럽 사이에는 아직 남은 것이 있어요. 당신이 부인할 수도 없고 무시할 수도 없는 무언가가요. 그리고 당신이 그 문제를 해결하기 전까지는 나는 당신을 가질 수 없어요."

"난 당신 말이 옳은 게 싫어요. 아까부터 계속 그랬어요."

"나도 그래요." 로건이 말했다.

"케일럽과 나 사이에 남아 있는 그게 뭔지 모르겠어요. 알아둘 걸 그랬어요. 그럼 단숨에 해결할 수 있을 텐데."

"나도 그래요." 로건이 같은 말을 반복했다. "하지만 당신과 케일럽 사이에 뭔가가 남아 있는 한, 당신과 나 사이에는 시작이 있을 수 없어요."

우리 두 사람 사이에는 고통으로 떨리는 침묵이 놓여 있었다.

아팠다. 그 통증은 지금껏 내가 느껴본 그 어떤 통증보다도 끔찍한 통증이었다. 목이 메고 눈이 따끔거렸다. 내 가슴 위에 얹혀 있는 통증의 무게 때문에 숨을 쉬기가 힘들었다. 우리 둘 사이를 흔들리며 오가는 작별의 추, 5백 킬로그램은 나가는 것 같은 그 추의 무게 때문에.

더 이상 할 말이 없었다. 아직 하지 못한 말도 없었다. 나는 로건을 침대에 남겨둔 채 방 밖으로 나와 샤워를 했다. 시간을 들여 몸 구석구석을 세심하게 문질러 씻어냈다. 그러고 싶지 않았다. 시간이 꽤 많이 흘렀는데도. 내 몸에 그의 체취가 계속 묻어 있었으면 싶었다. 로건이 내가 자기 여자라는 표식을 내 내면에 새겼듯, 밖에서도 보이게 그의 표식이 내 몸에 새겨져 있었으면 싶었다.

방으로 돌아와 보니 침대 위에 내 드레스가 단정하게 개어져 있었고 그 옆에 내 속옷이 놓여 있었다. 내 구두는 그 옆 방바닥에 가지런히 놓여 있었다. 로건은 보이지 않았다. 나는 신경 써서 옷을 입었다. 옷의 주름이 최대한 펴지게 손으로 문질러가며. 내 머리는 여전히 젖어 있었다. 로건의 욕실에는 드라이기가 없었고 내 머리는 숱이 많았기 때문이다. 나는 머리를 땋아 끝을 묶고 구두를 신었다.

로건의 옷장에 붙어 있는 전신 거울을 들여다보았더니 이제는 이사벨만 보였다. 늘 입던 옷을 입고 있었는데도 더 이상 마담 엑스의 모습은 보이지 않았다. 나는 나를 바라보았다. 한 사람을 바라보았다. 이제 주체로서의 자기 자신이 되어가고 있는 한 여자를 바라보았다. 나는 깊이 숨을 들이마시고 엉덩이 부분, 종 모양의 곡선을 두 손으로 문지른 다음 숨을 내쉬고 로건을 찾으러 밖으로 나갔다.

로건은 뒷마당에 있었다. 그는 한 손에는 담배를 들고 다른 한 손에는 맥주를 든 채 느릿느릿 둥글게 걷고 있었다. 문 옆 바닥에 코코아가 앉아 있었다. 두 앞발 위에 턱을 내려놓은 채 로건을 바라보면서, 갈색 털이 복슬복슬한 꼬리로 바닥에 깔린 판석을 치면서.

로건은 걸음을 멈추고 나를 훑어보았다. "정말 아름답네요, 이사벨."

"이 옷 입은 모습은 이미 봤잖아요." 내가 지적했다.

그는 어깨를 으쓱했다. "당신을 덜 멋져 보이게 만들어주는 옷 따위는 세상에 존재하지 않아요. 내가 당신을 처음 봤을 때 당신이 입고 있던 그 드레스도 그랬는걸요."

나는 숨을 쉬려고 해보았지만 내 폐는 공기를 전혀 받아들이고 싶지 않은 모양이었다. "이제 가야겠어요."

로건은 길게 담배를 빨아들였다. 담배 끝에서 오렌지색 불꽃이 번쩍였다. "알아요." 콧구멍에서 연기가 가늘게 흘러나왔다. "내가 데려다줄게요."

분홍색과 금색 빛이 어우러진 새벽빛을 뚫고 돌아가는 길 내내 차 안에는 침묵이 흘렀다. 라디오는 꺼져 있었고, 로건도 나도 아무 말이 없었다.

로건은 케일럽의 빌딩 바로 앞에 차를 세웠다. 그러고는 마침내 나를 바라보았다. "나한테 오는 법 알죠? 기다릴게요, 이사벨."

"얼마나 오래 기다려줄 거예요?" 그의 인디고색 눈에서 시선을 돌리고 싶지만 그렇게 하지 못하는 나 자신을 발견하며 내가 물었다.

"당신이 나한테 이제 그만 기다리라고 말할 때까지."

10

나는 당신의 빌딩 로비 한복판에 혼자 서 있었다. 안내 데스크가 오늘따라 직원들로 붐볐다. 나이 지긋한 백인 남자 두 명, 머리를 삭발해 눈에 확 띄는 젊은 흑인 여자 한 명, 나이를 가늠하기 힘들지만 대충 30살쯤으로 보이는 히스패닉 남자 한 명이었다. 그들은 모두 나를 쳐다보더니 바로 알아보고는 다시 하던 일에 열중했다. 다만 흑인 여자는 재빠르게 전화 한 통을 걸었다. 내가 누구인지 그들 모두가 알고 있다는 뜻이었으며, 잠시 후 필시 렌이 나타날 것이란 뜻이었다.

정말로 엘리베이터가 주르륵 늘어서 있는 쪽에서 렌이 나타났다. 그는 오늘도 표정을 읽을 수 없는 얼굴, 세월과 풍파에 단련된 돌처럼 단단한 몸을 하고 있었다. 그는 나를 반겨주지 않았다. 아니, 내게 말 한마디 건네지 않았다. 그저 엘리베이터를 손짓으로 가리켰을 뿐. 나는 고개를 끄덕이고 그를 따라 '개인용'이라는 글씨가 새겨진 엘리베이터에 탔다.

엘리베이터를 타고 올라가는 시간은 길고도 길었다.

나는 호기심을 참지 못하고 그에게 물었다. "렌, 몇 살이에요?"

"마흔아홉 살입니다, 마담."

"지금까지 해온 일 중에 가장 악한 일은 뭐예요?"

렌은 매우 깊은 침묵 속에 나를 가만히 내려다보았다. "하나만 딱 집어내는 것은 불가능할 것 같은데요. 전 좋은 사람이 아니거든요. 평생 좋은 사람이었던 적이 없죠."

"내 궁금증을 좀 채워줘 봐요."

오므린 입술 사이로 날숨이 뿜어져 나왔다. 그의 시선은 꼭대기 층으로 올라가는 엘리베이터의 층수 표시 상자에 머물러 있었다. 렌은 잠시 생각에 잠겨 있었다. 그러고 있으니 사람처럼 보이기도 했다. "저는 걸프전 첫 번째 전투였던 '사막의 폭풍 작전'에 해군 정찰병으로 참전했습니다. 거기서 같은 소대 소속 병사 두 명과 함께 이라크 병사 한 명을 생포했죠. 우리는 그 불쌍한 녀석을 쿠웨이트 국경선 부근 작은 오두막집에 가두어 놓고 온갖 더러운 고문을 가했답니다. 그 병사가 이라크 육군 고위급 장군들이 숨어 있는 위치를 알고 있으니 어떤 방법을 동원해서라도 정보를 캐내라는 명령이 떨어졌었거든요. 그래서 그 명령을 따른 겁니다."

"어떤 고문을 가했는데요?" 나는 참지 못하고 물었다.

"도대체 그 거지 같은 얘기를 왜 알고 싶어 하십니까, 마담 엑스?"

"난 이제 마담 엑스가 아니에요, 렌. 내 이름은 이사벨이에요.

그리고 지금, 겉보기와 완전히 똑같은 사람은 없다는 사실을 배우는 중이에요."

렌은 고개를 끄덕였다. "그거 좋네요. 우리는 펜치로 그 병사의 손톱을 뽑았습니다. 커터 칼로 피부를 가늘게 베어냈고요. 소형 토치로 발가락을 태우기도 했답니다. 바늘꽂이처럼 보일 때까지 온몸에 핀을 꽂고 그 핀을 라이터로 뜨겁게 달구기도 했고요."

나는 숨을 들이마셨다. 듣기만 해도 무서웠다. "세상에. 그 병사 안 죽었어요?"

"아, 네. 고문에서 가장 중요한 점은, 몹시 아프게 만드는 것, 그래서 그 고문을 멈추기 위해 알고 있는 사실을 다 불어야겠다는 생각이 들게 만드는 겁니다. 그러니까 그 장군들에 대한 정보를 다 불기 전까지는 죽지 않았답니다. 물론 필요한 정보를 다 빼낸 뒤에는 우리가 그 친구 뒤통수에 두 방을 갈겼지만요."

"연달아서요?" 나는 로건을 떠올리며 물었다.

렌이 고개를 끄덕였다. "네, 연속으로 총을 갈긴 다음, 독수리랑 개미 먹이로 그냥 버려뒀습니다."

"한 가지만 더 말해줘요." 내가 부탁했다.

"그러죠. 뭐 어려울 것 있나요."

"지금까지 해온 일 중에 가장 착한 일은 뭐예요?"

"그거야말로 정말 어려운 질문이네요." 렌은 오랫동안 침묵에 잠겨 있었다. "이라크 팔루자 지방 소녀 이야기가 있군요. 전투를 끝내고 병영을 향해 행군 중이었는데 어디선가 비명이 들려왔습니다. 명령을 어기고 그 소리를 따라가 봤죠. 그 동네 사내 몇 놈이 줄을 서서 한 소녀를 강간하고 있더군요. 그래서 다 죽여 버렸습니다. 주머니에 이라크 돈이 몇 푼 있어서 그 돈 전부를 그 애에게 쥐어 주고 군화 밑창이 닳도록 달려 소대로 복귀했어요. 그 뒤로 언제든 병영을 벗어날 기회만 있으면 그 애 집에 들러 이것저것 도와줬습니다. 돈, 음식, 옷 같은 물건을 비롯해 제가 손에 넣을 수 있는 것은 모두 그 애에게 갖다 줬어요. 지금까지도 제가 왜 그랬는지 모르겠습니다. 강간을 못 본 척하지 못하는 성격 때문이었겠죠. 제 말에 속지 마세요. 저는 끔찍한 악마랍니다. 두 번 생각할 것 없이 사람을 패고 고문하고 죽일 수 있는 사람이니까요. 하지만 여자한테는 절대 폭력을 쓰지 않습니다. 그런 일을 보고 그냥 지나치지도 못 하고요. 아마도 저는 비록 악당이긴 해도 저 나름대로 명예는 지키는 놈인 모양입니다. 뭐, 변변한 자랑거리는 아니지만요."

"그 여자는 어떻게 됐어요? 그 소녀 말이에요."

렌은 어깨를 으쓱했다. "연락이 끊겼습니다. 팔루자 전투가 일어났고 제가 엉덩이에 총을 맞는 바람에 더 이상 그 애를 찾을 수 있는 형편이 아니었거든요."

"케일럽을 위해 살인을 한 적도 있나요?"

렌의 눈빛이 돌처럼 굳었다. "지금 우리는 인디고 씨 이야기를 하는 게 아닙니다."

나는 렌의 시선을 피하지 않았다. "있군요. 케일럽이 명령하면 로건도 죽일 건가요?"

렌은 1초의 망설임도 없이 대답했다. "정확하게 심장을 쏠 겁니다."

"왜요?"

"위험한 사람이니까요."

"그건 당신도 그렇잖아요. 케일럽도 마찬가지고요. 난 위험한 남자들한테 둘러싸여 있는 것처럼 보이겠군요."

렌은 다시 어깨를 으쓱했다. "틀린 말씀은 아니네요." 엘리베이터는 이미 조금 전에 도착해 있었다. 렌이 문을 열지 않았을 뿐. 렌이 이제 열쇠를 돌려 문을 열었다. "사장님은 아직 귀가 전이시지만 곧 도착하실 겁니다." 보아하니 대화는 끝난 모양이었다.

"고마워요, 렌."

내가 감사를 표하자 렌은 어리둥절해 하는 표정을 지었다. "네." 우리 둘 사이로 문이 닫혔고 렌은 그렇게 가버렸다.

이제 곧 당신이 도착할 텐데, 나는 무슨 말을 해야 할지, 어떤 행동을 해야 할지 알 수가 없었다. 그렇지만 내게는 수백만, 아니 수천만 개의 질문이 있었다. 내게는, 어떤 질문이 날아올지 모르지만 거기에 응수할 답변이, 표현 방법을 찾지는 못했지만 당신에게 따져 물을 질문이, 충족시킬 방법 역시 아직 찾지는 못했지만 당신에게 요구할 내용 또한 마련되어 있었다. 그 모든 일을 이뤄내려면 반드시, 움찔하지 않고 당신과 얼굴을 마주한 채 대화를 해야만 했다.

그리고 나는 그 분야에 관한 한 좋은 성적을 거둔 적이 없는 낙제생이었다.

나는 당신이 집이라고 부르는 광활한 공간, 빌딩 전체 면적을 차지하고 있으면서도 완전히 탁 트여 있어서 소리가 울리는 아파트 안으로 딱 세 걸음 들어와 그 자리에 한참을 서 있었다. 저기에 그 소파가 놓여 있었다. 당신이 내게 그 짓을 했던 그 소파가. 여기, 내가 서 있는 자리 내 발밑에는 그 카펫이 깔려 있었다. 당신이 내 목구멍 안으로 당신의 좆을 밀어 넣고 내 얼굴 위에 사정할 때 밟고 서 있던 그 카펫. 촉각적 기억이 강렬하게 되살아나 나를 압도했다. 내가 얼마나 입을 크게 벌리고 있어야 했는지 떠올리자 지금도 턱이 욱신거렸다. 당신이 사정을 했던 얼굴 그 자리에 지금도 뜨겁고 축축한 유령이 엉겨 붙어 있는 것 같았다. 저쪽에 아침 식사를 하는 부엌이 있었다. 저 부엌 의자에서 당신이 나를 당겨 무릎 위에 앉혔었다. 서향 창문 밖으로, 당신을 위해 쫙 펼쳐져 있는 5번가 전체가 내려다보이는 저 부엌에서, 당신은 나를 당겨 무릎 위에 앉히고, 내 머리칼 속으로 두 손을 넣어 뒤통수를 잡아당겼었다. 그럼 나는, 당신이 내 밑에 앉아 내 몸 안으로 당신을 찔러 넣으며 날카로운 치아로 내 목을 깨무는 동안, 어쩔 수 없이 천장만 바라보고 있어야 했다. 당신은 내게 말 한마디 건네는 법이 없었다. 나한테 그 짓을 하고 내 몸을 깨무는 것 외에는 내 몸의 다른 곳을 만지는 일도 없었다. 그 섹스는 마치 처벌 같았다. 하지만 도대체 왜?

갑자기 몹시 이상했던 기억 하나가 떠올랐다. 새벽 세 시, 당신은 악몽에 시달리고 있던 나를 깨워서 부엌으로 끌고 왔다. 내 속옷을 홱 벗겨 식탁 위에 던져 놓고 나한테 무작정 그 짓을 했다. 당신이 절정에 도달할 때까지, 그리하여 사정을 할 때까지. 당신은 나를 옆으로 밀치고 내 속옷을 확 낚아 집어서 그것을 자신의 옷 주머니에 쑤셔 넣었다. 그러고는 조금 남은 더블샷 에스프레소 마키아토를 마시고 빈 컵을 던져버리더니, 뒤도 한 번 돌아보지 않고 성큼성큼 걸어서 나가버렸다. 나는 다시 침실로 돌아가 잠을 잤다. 다음 날 아침에는 그 일이 꿈처럼 느껴졌고 나는 그 일을 까맣게 잊고 말았다.

창가에 놓인 사이드 테이블 위에 호박색 액체가 담긴 크리스털 병이 놓여 있었다. 예술적으로 조각된 그 테이블은 그 자체로 작은 공예품이었다. 짙은 색 원목으로 만들어진 그 자그마한 원탁 위에 은쟁반이 놓여 있었고, 그 위에 크리스털을 깎아 만든 디캔터와 한 쌍의 잔이 놓여 있었다. 은쟁반이 놓인 그 원탁은, 내가 서 있는 곳 맞은편 벽면, 바닥부터 천장까지 통유리가 끼워진 두 개의 창 사이에 소담하게 놓여 있었다. 쿠션이 지나치게 빵빵한 안락의자 두 개가 그 테이블 양옆에, 테이블을 비스듬한 각도로 마주 보게 놓여 있었고, 그 안락의자에서 손을 뻗으면 닿을 거리에 두 개의 아주 작은 테이블이 각각 놓여 있었다. 그 작은 테이블 위에는 각각 크리스털을 깎아 만든 재떨이, 시가를 자를 때 쓰는 은제 가위, 횃불 모양의 라이터가 놓여 있었다. 거기서 몇 미터 떨어진 자리, 그

창문이 또 다른 한 쌍의 창문과 만나는 지점에 작은 테이블이 하나 더 놓여 있었고, 그 위에 유리 뚜껑이 달린 직사각형 상자 두 개가 놓여 있었다. 시가 상자였다. 나는 상자를 열고 시가 하나를 골랐다. 그 시가를 손에 든 채 잔에 스카치위스키를 적당량 따랐다. 그 술을 마시는 당신의 모습을 지금껏 천 번도 더 본 나였다. 그러고는 안락의자 옆 테이블에 놓여 있는 최고급 커터로 시가 끝을 잘랐다. 갓 자른 신선한 시가를 입에 문 채 불을 붙이고, 내가 보아온 당신의 방식대로 시가를 회전시키면서 입으로 빨았다. 시가에서 연기가 신나게 피어올랐고, 나는 그 연기를 입안 가득 물고는 맛을 보았다. 탁하고 매캐했지만 달콤한 맛이 감돌았다. 연기를 뿜어냈다. 다시 입에 문 채 시가를 돌리면서 연기를 입 밖으로 흘렸다. 시가를 가지고 놀았다. 그런 다음 스카치를 한 모금 맛보았다. 이 술은 전에도 마셔본 적이 있는 술이었다. 독한 액체를 입에 물고 우물우물하면서 로건을 생각하다가 꿀걱 삼켰다.

나는 그렇게, 당신이 나를 기다리던 식으로 당신을 기다렸다. 한 손에 스카치 잔을 든 채, 천정에 교묘하게 숨겨져 있는 환기구를 향해 시가 연기를 뱀 모양으로 꼬불꼬불 피어 올리면서. 당신은 거기 앉아서 늘 짙고 우울한 눈으로 교통의 흐름, 일몰과 일출을 바라보고는 했다. 시간은 언제나 당신과 무관하게 흘러가는 것 같았다. 당신은 새벽에도 자정에도 늘 한결같은 모습이었다. 언제나 완벽하게 옷을 갖추어 입고 침묵에 잠겨 있는 당신에게서는 힘과 긴장이 느껴졌다.

쉭 소리가 나면서 엘리베이터가 열렸다. 이 층에서는 '딩' 소리가 울리지 않았다. 그저 문이 스르르 열리면서 당신의 모습이 나타났을 뿐. 목이 메었다. 입 안도 바짝 말랐다. 새하얀 양말을 검은색 운동화 위로 살짝 올려 신고 탄성 밴드가 붙은 타이트한 검은색 땀복 반바지를 입었을 뿐 상의를 입지 않은 당신은 땀투성이였다. 당신의 가슴 근육은 땀으로 번들거렸고 가슴 근육 사이로는 땀방울이 흘러내리고 있었다. 팔뚝, 관자놀이 위 헤어라인, 하루만 지나면 수염이 까슬까슬 자라는 턱에도 땀이 번들거렸다. 당신의 양쪽 귀에서 시작된 두 개의 전선이 당신의 턱 밑에서 하나로 합쳐져 손에 든 핸드폰까지 이어져 있었다. 아파트 안으로 들어선 당신은 입으로는 유창한 중국어로 빠르게 통화를 하면서 눈으로는 나를 찾았다. 나를 바라보는 당신의 표정, 화성처럼 빛나지만 텅 빈 그 표정을 보고도 나는 당신이 살짝 웃었다고 생각했다.

땀에 젖은 당신의 반#나신은 그 자체로 완벽한 하나의 예술 작품이었다. 당신은 유난스럽게 느껴질 정도로 완벽한 그 근육을 매우 공들여 갈고 닦았다. 여성들의 눈을 즐겁게 해주려고. 여성들의 성욕을 자극하려고.

나는 감정을 가라앉히려고 위스키를 크게 한 모금 삼키고 숨을 내쉬었다. 당신은 나를 향해 다가오면서도 여전히 낮은 목소리로 통화를 계속했다. 당신이 60센티미터 정도 떨어진 곳에 서자 당신의 땀 냄새가 났다. 당신의 통화 상대는 이제 말을 하면서 당신의 침묵을 가늠하는 눈치였다. 당신은 손을 뻗어 내 술잔을 가져가 남은 스카치를 마셔버렸다.

그러더니 내가 당신의 하녀인 것처럼 유리잔으로 병을 가리키면서 주인인 양 고압적인 표정을 지어 보였다.

나는 지시대로 술잔에 술을 따랐지만, 그것을 당신에게 건네는 대신 테이블에 앉은 채 당신을 바라보며 내가 마셨다. 앞니로 시가를 물고 최대한 여자답지 못한 표정을 지은 채 크리스털 마개를 디캔터에 꽂았다. 당신은 턱을 들어 올렸다. 당신의 두 눈에서 빠지직 불꽃이 일었다. 두 눈동자가 불을 뿜어냈다. 당신은 이제야 깨달은 것이었다. 내가 더 이상 겁쟁이로 살지 않으려 한다는 사실을.

당신은 내게서 몸을 돌려 화가 실린 중국어 단어를 몇 개 뱉어내면서 부엌을 향해 걸어갔다. 다시 통화 상대의 말을 들으면서 냉장고에서 물 두 병을 꺼냈다. 통화에 계속 귀를 기울이면서 숨도 한 번 쉬지 않고 물 한 병을 비웠다. 다시 문장을 몇 개 말하고 말을 멈춘 채 듣고 다시 또 문장을 몇 개 말하고…… 그 동작을 반복하면서 천천히 두 번째 병을 들고 물을 마셨다.

지금 나를 무시하는 거야? 그런 거지? 나는 아무렇지도 않았다. 나는 여전히 그 자리에 앉은 채 맨해튼을 내려다보고 있었다. 두 번째 스카치 잔을 들어 술을 벌컥벌컥 마시면서 처음으로 그 맛을 음미하고 있었다. 틈틈이 시가를 피우면서. 하지만 내가 할 말을 신중하게 연습해보는 일 따위는 하지 않았다. 당신이 무슨 말을 할까, 내가 어떤 상상을 하든, 그 말이 진실일 리가 없으리란 사실을 잘 알고 있었기 때문이다. 또 내게는 예지 능력이 없었기 때문이다.

마침내 당신은 작별인사로 짐작되는 말을 하고 핸드폰 화면을 눌렀다. 그러고도 한동안 침묵 속에서 남은 물을 계속 마셨다.

당신이 나를 향해 돌아섰다. "좋은 아침, 이사벨." 내가 앉아 있는 자리에서 한참 떨어진 부엌에서 들려오는 소리였다.

"좋은 아침이에요. 케일럽."

"스카치를 마시기엔 너무 이른 시간 아닌가?" 당신의 목소리는 너무나 차분하고 너무나 깊고 참으로 위선적이게도 너무나 매력적이기까지 했다. 싱크홀 저 깊은 속을 들여다보고 있는 것처럼 측정할 수 없는 깊이, 어둠, 신비, 위험스러움이 느껴지는 목소리였다.

나는 어깨를 으쓱했다. "난 잠을 전혀 안 잤어요. 그러니까 나한테는 너무 이른 게 아니라 너무 늦은 거죠."

내 말에 당신의 표정이 굳었다. "그렇군. 그런데 로건은 어때?"

나는 대답했다. "당신이 상관할 바 아니잖아요. 당신이랑 상관 있는 건, 그 사람이 나한테 들려준, 자기가 감옥에 가게 된 사연밖에 없어요."

당신은 히죽 웃었다. "아, 그 작자가 당신한테 자기 버전 이야기를 들려준 모양이군. 그렇지?"

"자기 버전?"

당신은 고개를 끄덕였다. "모든 이야기에는 두 가지 버전이 있지. 안 그래?" 그러더니 거만한 태도로 내게 걸어와 맞은편 의자에 앉았다. 손에 든 물병은 거의 비어 있었다. "그 작자는 두 눈을 시퍼렇게 뜬 채 그 상황에 스스로 빠진 거야, 이사벨. 자기가 무슨 일에 연루되어 있는지 정확하게 알고는 있었지만, 체포되지 않을 만큼 영리하지는 못했던 거지."

"그렇다면 그 사람은 나한테 진실을 말해준 거네요."

"아무렴, 그러시겠지. 로건은 일종의 보험이었어. 나는 그치를 이용해 먹으면서, 써먹기 좋게 계속 다듬었지. 증권거래위원회에서 조사를 나와서 그치를 잡아가게 그냥 내버려 뒀고 말이야. 그런 상황이 생기면 써먹으려고 나는 계속 그치를 관리하고, 다른 사람들로부터 격리해 놓고, 현금으로 호화로운 생활을 누릴 수 있게 해주고, 내게 필요한 기술을 그치가 확실하게 갖추고 있는지 계속 확인했어. 그치는 내가 예상한 그대로 행동하더군. 그래서 야무지게 써먹었지. 낚싯바늘, 낚싯줄, 찌를 휙 던져서 그치를 낚아서. 그러니까 그 말이 맞아. 늘 예상하던 대로 증권거래위원회가 움직여서 상황이 나빠졌을 때, 내가 일부러 그치 몫의 책임을 스스로 지게 만든 거야. 자, 이제 다른 버전. 그치를 엮은 건 내가 아니야. 난 그저 그치는 노출되어 있고 나는 가려져 있는지 그 사실을 매 순간 확인했을 뿐이지. 나는 그치를 고발하지도 않았고 그치가 저지르지 않은 일을 뒤집어씌우지도 않았어. 만약 범죄를 저지를 계획이라면 말이야, 체포 상황에 대한 대비책, 도주로를 마련해놓고 실행에 옮겨야 하는 거야. 그러니까 당신 남자친구는 그냥 팔랑귀였던 거야, 이사벨. 나한테 그 문제에 대한 사과나 설명을 기대하는 거라면, 혹은 내가 어떤 다양한 방법을 동원해 이 많은 재산을 벌어들였는지 알고 싶은 거라면…… 흠, 꿈도 꾸지 않는 게 좋을 거야. 누구한테든, 어떤 일로든 난 사과 따위 하지 않을 거니까."

"난 당신한테 사과 따위는 기대하지도 않아요, 케일럽."

"확실히 당신이 그치보다는 나에 대해 훨씬 잘 아는군."

"이 세상에 당신을 아는 사람은 아무도 없어요, 케일럽."

당신은 남은 물을 다 마시고 병을 공처럼 우그러뜨린 다음 뚜껑을 닫았다. "그 말은 사실이 아니지. 당신은 날 알잖아. 그 누구보다도 당신이 날 더 잘 안다고 난 생각하는데."

"그럼 무슨 말이든 해봐요. 당신은 나한테도 완전히 베일에 가려져 있는 남자니까."

당신은 숨만 쉬면서 잠시 동안 나를 물끄러미 바라보기만 했다. 나도 숨만 쉬면서 당신을 바라보았다. 나는 스카치 잔을 내려놓았다. 그 정도면 충분했다. 당신에게서 어떤 이야기든 끌어내려면 꾀를 발휘할 필요가 있을 것 같았다.

"원하는 게 뭐야, 이사벨?" 마침내 당신이 물었다.

나는 솔직하게 대답했다. "나도 몰라요. 내가 뭘 원하는지 알면 좋을 텐데."

나는 스카치 잔을 당신에게 밀었지만 시가는 계속 들고 있었다. 손에 쥐고 있을 무언가가, 당신의 아름다운 모습에 시선을 빼앗기지 않게 해줄 무언가가 필요했다. 당신은 술잔을 받아 호박색 내용물을 흔들고는 한입에 털어 넣었다. 나는 당신의 목에 있는 아담의 사과가 까닥이는 모습을 바라보았다.

당신의 시선은 내게 고정되어 있었다. "당신은 자신이 뭘 원하는지 분명히 알아. 단지 나한테 말하기가 두려울 뿐이지."

그렇게 옳은 말을 하다니, 재수 없는 인간. 나는 목구멍이 쓰라릴 정도로 뜨겁게 치밀어 오르는 돌덩이 같은 감정을 꿀꺽 삼키며 말했다. "난 자유를 원해요. 난…… 진짜 인간이 되고 싶어요. 사랑하고 사랑받고 싶어요. 미래를 원해요. 내 과거도 원하고요. 나는…… 당신을 필요로 하지 않는 사람이 되고 싶어요. 당신한테 중독되지 않은 사람이 되고 싶어요."

"당신이 요구하는 건 뭐든지 해주지, 이사벨. 난 당신을 죄수 취급한 적 없어. 당신을 격리해 놓은 것은 사실이지만. 아마도 외로웠겠지. 그런데 그건 당신을 위한 처사였어. 물론, 솔직히 말하면 내가 이기적이기 때문이기도 하지만 말이야. 난 당신을 공유하고 싶지 않았거든. 누구하고든, 당신의 어떤 부분도. 하지만 이제는 그렇게 해야겠지. 마음에 안 들지만 그렇게 해주지."

"내가 내 위치를 추적하는 다른 모든 수단을 비롯해 내 엉덩이에 있는 마이크로칩을 제거해달라고 요구하면 그렇게 해줄 건가요?"

"그게 당신의 요구사항인가?"

"당신, 램프의 요정 지니예요? 실수를 하지 않도록 정확한 문장으로 요구사항을 표현해야 하는 거예요?"

당신은 싱긋 웃었다. "맞아, 이사벨. 난 지니야. 내가 당신한테

늘 하고 싶었던 말이 바로 그거야."

농담인가? 아니면 비웃음인가? 도대체 당신을 이해할 수가 없었다. "가끔 그런 기분이 들어요. 당신의 족쇄에서 벗어나려고 안간힘을 쓰면 쓸수록 점점 더 깊게 당신한테 끌려들어 가는 기분. 당신한테 뭔가를 부탁하다니, 이 상황이 끔찍하게 싫네요. 이러면 나는 또 당신한테 뭔가를 빚진 사람이 될 수밖에 없잖아요."

"당신은 나한테 모든 것을 빚졌고, 아무것도 빚지지 않았어." 당신은 스카치 잔을 내려다볼 뿐 그 말에 대해 아무런 보충 설명도 덧붙이지 않았다.

나는 기다리다 못해 결국 침묵을 깨뜨렸다. "무슨 말인지 이해가 안 되는데요, 케일럽."

"말 그대로야. 우리가 전에 함께 지내던 때를 생각해보면 내가 당신을 창조해낸 거야. 당신이 의식을 되찾던 자리에 내가 있었으니까. 당신이 걷는 법과 말하는 법을 다시 배우던 자리에 내가 있었으니까. 당신이 이름을 선택하던 자리에 내가 있었으니까. 당신의 정체성이란 건 내가 짜서 만든 거야. 그러니까 당신은 나한테 빚을 진 거지. 하지만 동시에, 당신은 사람이지 로봇, 혹은 소유하거나 제작되는 사물이 아니잖아. 그런 관점에서 보면 당신은 나한테 아무것도 빚지지 않은 거야. 어느 날은 이 말이 맞다는 생각이 들다가 다른 날은 또 저 말이 맞다는 생각이 들어." 당신은 나를 쳐다보지 않고 술을 한 모금 마셨다.

"나는 칩 제거를 원해요, 케일럽."

당신은 핸드폰 화면을 두드려 밀더니 몇 차례 빠르게 아이콘을 누르고는 핸드폰을 귀에 댔다. "좋은 아침이요, 프랑켈 박사. 난 잘 지내요. 박사는요? 잘 됐군요. 박사가 뉴욕으로 얼마나 빨리 올 수 있는지 알아보려고 전화했소. 6년 전 얼굴 재건 수술한 환자 기억 나시오? 그 젊은 여자 환자. 내가 무슨 말 하려는지 아실 텐데. 맞아요. ……천만 달러는 너무 비싼 것 같소만, 박사. 2백만 어떻소? 8백만? 말도 안 돼요. 아주 간단한 수술이잖소, 박사. 아무리 길게 잡아도 20분이면 끝날 텐데. 좋소. 그럼 3백만으로. 밤에 우리 아가씨 한 명을 데리고 나가서 내 단골인 끝내주는 클럽에서 제대로 대접해드리지. 그럼 내일 봅시다. 렌한테 시켜서 박사를 모셔 올 차를 대기시켜 놓겠소. 동부 시간으로 아침 열 시. 라과디아 공항 국내선 출구요. 좋소. 시간 내줘서 고맙소, 프랑켈 박사." 당신은 검지로 화면을 눌러 전화를 끊고 핸드폰을 안락의자 팔걸이 위에 내려놓은 다음 나를 바라보았다. "됐지? 내일 정오면 칩은 없어질 거야."

어색함과 편안함이 똑같이 공존하는 침묵이 우리 사이에 내려앉았다.

시간이 얼마나 흘렀을까. 당신이 일어서서 잔을 비우고 그 잔을 테이블 위에 내려놓았다. "난 오늘 할 일이 아주 많아. 다른 볼일이 없다면 난 샤워를 해야겠는데. 물론, 당신이 여기 마음대로 머무는 건 언제나 환영이야."

그렇게 간단하게 끝날 일이 아니었다. 그렇게 쉽게 끝날 일이 아니었다. 하고 싶은 말이 너무나 많았지만 어떻게 말을 해야 할지 알 수가 없었다. 적당한 방법이 떠오르질 않았다. 딱 맞아떨어지는 퍼즐 조각이 하나도 없었다. 그런데 그렇게 그 자리에서 빠져나가려는 당신의 모습을 보자 애가 탔다.

"기다려요." 나는 자리에서 일어섰다. 두툼한 깔개 위로 조심스럽게 걸음을 옮겨 당신 뒤에 섰다. 내 얼굴 바로 몇 센티미터 앞에 안정감 있는 당신의 물결무늬 등 근육이 있었다. 당신이 숨 쉬는 모습을 바라보았다. 당신이 숨을 쉴 때마다 살짝 올라갔다가 미세하게 내려오는 당신의 어깨를 바라보았다. "나한테 그 얘기를 들려줘요, 케일럽. 나를 어떻게 발견했는지."

"지금쯤이면 그 문제는 그냥 넘어갈 줄 알았는데." 당신은 뒤돌아보지 않았다. 두 손으로 주먹을 꽉 쥔 채.

동쪽 창문으로 아침 햇살이 쏟아져 들어왔고, 눈부시게 노란빛이 우리를 씻어내고 있었다. 햇살 줄기 속에서 티끌이 춤을 추었다.

"난 절대 그냥 넘어가지 않아요, 케일럽. 그 이야기를 꼭 들어야 해요." 내가 말하지 않는 진실, 내가 차마 입에 담지 못하는 진실은, 내가 당신을 의심하고 있다는 말이었다.

나는 당신 이야기의 진실성이 의심스러웠다. 나는 그 이야기가 어쩌면 그냥 꾸며낸 이야기가 아닐까 생각하고 있었다. 나를 당신 곁에 묶어 두려고 당신이 치밀하게 짜놓은 허구. 하지만 그런 이야기라도 나는 한 번 더 들어야만 했다.

이사벨로서.

당신은 천천히 느긋하게 창가로 걸어갔다. 창틀에 한쪽 아래팔을 얹고 그 위에 이마를 댔다. "아주 늦은 밤이었어. 자정도 지난 시간이었을 거야. 벌써 몇 시간째 비가 내리고 있었어. 온 세상이 물바다였지."

어떤 후각적 기억이 섬광처럼 떠올랐다. 물이 홍건하고 눅눅한 콘크리트 바닥, 비 냄새. 기억 속의 그 냄새가 내 목을 졸랐다.

당신이 다시 이야기를 시작했다. "가로등 불빛 때문에 보도가 번들거리고 있었어. 포장도로에 고인 물 위로 비치던 신호등 불빛, 그 빨간색 동그라미, 노란색 동그라미, 초록색 동그라미는 내 기억 속에 특별한 하나의 장면처럼 새겨져 있어. 도로 위를 딸각딸각 딛던 둔탁한 구둣발 소리도 또렷하게 기억나. 요즘은 뉴욕에서 보기 힘든 풍경이 됐지만, 그때 나는 심야에 보도 위에 혼자 서 있었어. 10월이라 빗줄기가 차가운 데다 바람까지 불고 있었지. 꼭 나가야 할 이유가 없다면 절대로 집 밖으로 나가고 싶지 않은 그런 날씨 말이야. 바람이 어찌나 거세던지 행인들의 우산이 걸핏하면 뒤집히더군. 내 우산도 뒤집혀서 그 우산을 쓰레기통에 처박아버린 터라 나는 흠뻑 젖어 있었어. 쏟아지는 비를 맞으며 몇 블록을 걸어온 참이었거든. 웃긴 건 그날 밤 내가 왜 외출을 했는지 기억이 나지 않는다는 거야. 어디를 가던 중이었는지, 어디에서 출발했는지, 왜 밖에 있었는지, 하나도 기억이 안 나. 아무튼 멍한 정신으로 되도록 빨리 집에 가야겠다고 생각하는 중이었어. 다른 때 같았으면 당신을 보고도 그냥 지나쳤을 거야. 나는 노숙자를 돕지 않는 걸 원칙으로 삼고 있었으니까. 내가 너무 중요한 사람이라서, 혹은 가난해서, 뭐 그런 이유 때문은 아니었어. 경험상 노숙자들을 도와주는 것은 마약, 음주, 도박 밑천을 더 대주는 것일 뿐이라는 사실을 알고 있었기 때문이지. 솔직히 나는 이 도시에 살고 있는 모든 사람이 다 지긋지긋해. 처음 큰돈을 벌었을 때는 도우려고도 해봤어. 내 생각에는, 처음 이 도시에 입성하면 누구나 거지들을 도우려고 하는 것 같아. 뉴요커가 되기 위한 일종의 통과의례랄까. 내 생각이 그렇다는 거야. 그러다가 결국 노숙자한테 동냥을 주는 데 전 재산을 쓸 수는 없다는 사실을 배우게 되지. 특히나 그 사람들 중 상당수는 사실 진짜 노숙자가 아니라 너무 게을러서 일을 하지 않는 사람일 뿐이라는 사실을 알게 되면 더더욱. 개인적인 경험이 많아서 난 그 사람들을 아주 잘 알아. 그 사람들이 얼마나 심각한 마약 중독자들인지, 자신을 파괴하는 것을 얼마나 즐기는지 말이야."

"이야기가 삼천포로 빠졌잖아요, 케일럽." 내가 말했다.

당신은 한숨을 내쉬었다. 그러더니 주먹을 쥔 손 손가락 마디로 창유리를 박자에 맞추어 두드렸다. 톡-톡-톡톡톡-톡-톡-톡톡톡. 당신은 여전히 아래팔에 이마를 댄 채 창밖을 물끄러미 내다보고 있었다.

"정말 그렇군."

당신은 침묵 속으로, 정적 속으로 빠져들고 있었다.

잠시 후 당신은 느리고 억양 없는 목소리로 다시 이야기를 시작했다. "보도 위에 당신이 바닥에 얼굴을 처박은 채 쓰러져 있었어. 파란 드레스 차림으로. 빗속에 공처럼 몸을 동그랗게 웅크리고. 그냥 거기 그렇게 누워 있었어. 꼼짝도 하지 않고. 나는 당신 옆을 지나쳐갔어. 그런데 그때 뭔가가 내 발길을 붙잡았지. 그게 뭐였는지는 아직도 모르겠지만 말이야. 아무튼 나는 몸을 돌려서 당신을 봤어. 진짜로 당신을 들여다본 거야. 나는 그때까지 남자고 여자고 노숙자 수천 명을 지나치며 걸어 다녔지만 그 사람들을 진짜로 들여다본 적이 없었는데, 당신을 들여다본 거야. 당신의 숱 많고 검고 너무나 긴 머리를 들여다봤다고. 푹 젖어 엉망인 머리에 피가 엉겨 붙어 있었어. 나는 들여다봤어. 그 피를. 어쩌면 그게 내 발길을 붙잡았는지도 모르지. 피를 흘리고 있는 당신. 당신은 노숙자가 아니라 부상자였던 거야. 몸을 잔뜩 웅크린 자세였지만 당신은 움직여보려고 안간힘을 쓰고 있었어. 어떻게든 기어보려고. 나는 걸음을 돌려 당신에게 다가갔고 당신은 한 손을 뻗어 몸을 끌고 보도를 가로지르려고 애썼어. 몸을 끄느라 당신의 손톱이 마구 찢어져 있더군. 그 상태로 얼마나 오래 기었는지 누가 알겠어. 당신 손가락은 상처투성이였어. 발가락도 마찬가지고. 당신이 기어 온 바닥 위에 핏자국이 길게 나 있더군. 그 추운 곳에서 혼자 푹 젖은 채 당신은 죽어가고 있었던 거야."

당신이 말을 멈추었다. 유리창에 비친 우리의 모습이 보였다. 유리창에 비친 당신의 얼굴은 옆모습이었다. 높은 광대뼈, 각진 턱, 더 없이 깊은 우주의 파편 같은 짙은 갈색 눈동자, 뒤로 쓸어 넘긴 땀에 젖은 검은색 머리칼, 예술가가 그려 넣은 것처럼 앞이마 위로 말려 올라간 머리카락 한 가닥. 나의 옆모습은 평소와 똑같았다. 올리브 캐러멜 같은 짙은 색 피부, 검은색 눈썹, 검은색 머리카락, 이국적인 몸매, 길쭉한 아몬드 형태의 눈. 내 눈은 당신의 눈보다 훨씬 더 색이 짙었지만 사실 검은 색은 아니었다. 검은색 눈동자는 생물학적으로 나올 수 없다고들 하니까. 하지만 너무나 짙은 갈색이어서 조명 바로 밑이 아니면 검은색처럼 보였다. 햇빛이 바로 내 눈을 비추고 있어서 지금은 평범한 갈색처럼 보였지만. 내 머리는 땋아져 있었고, 그 땋은 머리는 회색 드레스를 입은 내 오른쪽 어깨 위에서 흔들리고 있었다.

당신은 숨을 들이마시며 말을 이었다. "당신은 나를 올려다보며 이렇게 말했어. 'Ayudame, Audame.'"

뜨겁고 날카롭고 거세고 고통스러운 전기가 나를 관통했다. "도와주세요."

나는 창문 쪽으로 휘청거리며 다가가 당신 옆 창문에 기대어 섰다.

당신은 창에 비친 우리의 모습을 바라보고 있었다. 반사된 당신의 상이 깜짝 놀랐다. "기억이 나는 거야?"

나는 고개를 저었다. "아뇨. 더 이상은 생각 안 나요. 그냥 꿈의 기억처럼 희미한 인상만 남아 있을 뿐이죠. 좀 더…… 감각적인 그런 기억만. 비 냄새나 젖은 콘크리트 냄새 같은. 하지만 방금 그 단어는 무슨 뜻인지 그냥…… 안 거예요."

"Que utilizas para hablar español, creo."

'내 생각에 당신은 스페인어를 할 줄 아는 것 같군.'이란 뜻이었다.

그리고 놀랍게도 나는 이렇게 대답하고 있었다. "Si lo hice. Aún lo hago, parece."

'내가 스페인어를 알고 있네요. 지금도 여전히 할 줄 아는 것 같고요.'라는 뜻이었다.

"당신한테 스페인어로 이야기를 해봐야겠다는 생각이 왜 여태 한 번도 떠오르지 않았는지 모르겠군." 당신이 말했다.

"그것참 이상한 일이네요."

당신의 시선이 곧바로 내게 날아와 꽂혔다. 아마도 내 어조에 빈정대는 분위기가 담겨 있는 것은 아닌지 살피는 모양이었다. 희미하긴 해도 그런 분위기가 담겨 있긴 했다. "당신은 너무…… 불쌍해 보였어. 무력해 보였고. 나는 당신을 안아 올렸어. 당신이 무슨 말을 하고 있었지만, 발음이 너무 불분명하고 말이 너무 빨라서 알아들을 수가 없었지. 내 기억에는 당신 부모님에 대한 이야기였던 것 같아. 그때 나는 스페인어를 잘하지 못했고 당신은 웅얼거리고 있었어. 당신 억양이 생소하더군. 나는 생각했어. 스페인에서 온 진짜 스페인 사람이구나. 멕시코 사람이나 남미의 나른 다라 사람들이 사용하는 스페인어와는 달랐어. 그래서 내가 알고 있던 것과 당신의 스페인어는 완전히 다르더라고.

"몇 개 언어를 구사할 줄 알아요?" 나는 궁금해서 물었다.

"5개 국어. 프랑스어는 조금 할 줄 알지만 솔직히 말해서 유창하다고 할 수 있을 정도는 아니야. 영어, 체코어, 독일어, 스페인어, 중국어 이렇게 다섯 개야. 그중 제일 잘하는 건 독일어, 중국어지. 체코어는 내가 알고 있는 말은 구식 언어이기도 하고 이제 쓸일이 거의 없기도 해. 현재 내가 가장 많이 쓰는 언어는 영어라고보면 확실할 거야."

현재라고? 그게 무슨 뜻이지? 나는 물어보려고 입을 열었지만, 마침 당신이 뭔가 내게 들려줄 말이 생각난 듯 내 말을 가로막아서 의문점만 여러 가지 더 생기고 말았다.

"내가 당신을 안아 올리자 당신은 나한테 매달렸어. 당신한테그런 힘이 남아 있을 거라고는 생각할 수 없을 만큼 세게. 당신은당신이 있던 곳으로 돌아가자고, 돌아가자고 애원했어. 나는 당신을 꽉 끌어안고 있었어. 이유는 알 수 없었지만 말이야. 내가 당신한테 거기 뭐가 있냐고 물었더니 당신은 발작을 일으켰어. 두서없이 비명을 지르고 발버둥을 치면서. 당신이 내 온몸을 피투성이로 만들고 있었고, 나는 당신을 당장 병원으로 데려가지 않으면 당신이 곧 죽게 되리라는 사실을 깨달았어. 내게는 여러 가지 기술이 있었지만 부상 치료 기술은 없었거든. 그래서 당신을 안고 가장가까운 병원으로 달려갔어. 다행히도 두 블록 거리에 병원이 있었지. 지금 생각해보면 당신은 병원으로 가고 있었던 것 같아. 아니, 가려고 애쓰고 있었던 것 같아. 당신 상태로는 절대로 병원에 갈수 없었겠지만 말이야. 당신 몰골로는 못 갔을 거야. 그때 의사가 그렇게 말했어. 당신이 장시간 피를 너무 많이 흘려서 혼자서는 병원에 올 수 없었을 거라고." 당신이 말을 멈추었다. 기억 속을 더듬는지 당신의 눈은 초점이 없고 텅 비어 있었다. 당신의 말 속에 담긴 무언가가 내게 진실을 말하고 있었다. 적어도 그 말 전부가 거짓인 것은 아니라고 말하고 있었다. "절대 잊지 못할 거야. 그날 밤을. 내 두 팔로 안고 있던 당신을. 당신은 너무 연약하고 너무 가녀렸어. 너무 어리기도 했고. 나는 생각했어. 고작해야 열여섯 살이겠구나. 열여섯이나 열일곱 살쯤 되었겠구나. 아직 소녀구나. 그런데도 이렇게 아름답구나. 길을 잃은 채 겁에 질려 죽어 가고 있는 소녀. 응급실에 도착해 내가 당신을 간이침대에 내려놓자, 당신은 그 커다랗고 까만 눈으로 나를 올려다봤어. 그래서 나는…… 병원 밖으로 걸어 나갈 수가 없었어. 당신 눈 속의 뭔가가 날 붙잡았거든. 당신은 그때 나를 **필요**로 하고 있었어. 내 손을 꽉 잡고 놔주질 않더라고. 간호사들이 바퀴 달린 간이침대를 밀면서 응급실 복도를 지나 수술실로 달려갔고 나는 그 뒤를 따라갔어. 날 수술실에 들여보내 주지는 않았지만 말이야. 그 사람들은 내가 당신 남자친구이거나 남편인 줄 알았나 봐. 그러니까 일정 거리 안으로 못 들어오게 했겠지. 수술실에 들어가기 전 당신의 모습이 지금도 또렷하게 기억나. 당신은 간이침대 위에 누운 채 몸을 틀어 나를 찾고 있었어. 간절하게 날 찾고 있었다고. 꼭 내가 원래 당신을 알고 있었던 것 같은 기분이 들더군. 당신도 날 알고 있었던 것 같고. 그전에 난 당신을 만난 적은커녕 본 적도 없는데 말이야. 그런데도 난…… 당신을 딱 알아본 거야. 이유는 지금도 몰라. 도저히 이해가 안 가는 일이지만 그 병원을 떠날 수가 없었어. 병원 밖으로 걸어 나가면, 마치…… 내 허리에 밧줄이 묶여 있는 것처럼, 당신이 그 밧줄을 잡아당기고 있는 것처럼 병원 안으로 다시 끌려 들어가고는 했어. 그래서 병원 응급실 안 대기실에서 수술이 끝나길 기다렸어. 여섯 시간 동안."

나는 그 말을 믿었다. 그러면서도 당신이 뭔가에 대해 거짓말을 하고 있다고 확신했다. 전체가 아니라 뭔가에 대해. 어쩌면 뭔가를 누락시켰을 수도 있었다. 정확히는 알 수 없지만. 나는 그런 질문을 감히 하지는 않았다. 당신은 그 이야기를 내게 수천 번도 더 했지만, 오늘의 이야기는 그 가운데 가장 자세한 이야기였다. 그 이야기를 들어야 했다. 반드시. 나는 당신이 계속 이야기하게 내버려 뒀다. 유리창에 기댄 채 침묵하며 당신의 이야기에 귀 기울임으로써. 문득 내가 마치 천 년째 뭔가에 귀를 기울이고 있는 것처럼 느껴졌다. 로건의 이야기에, 그리고 지금은 당신의 이야기에. 몇 시간에 걸친 청취. 너무 피곤했다. 사실 나는 녹초가 되어 있었다. 하지만 자리를 뜰 수가 없었다. 당신이 그토록 오랫동안 숨겨온 만큼 그 이야기에 진실이 담겨 있지 않다면 그만 귀를 닫을 만도 한데 그럴 수가 없었다.

"병원에서 당신 머리를 빡빡 밀었어." 당신은 뒤쪽 안락의자 팔걸이 위에 놓인 핸드폰을 쳐다보더니 그것을 집어 들었다.

나는 손가락으로 화면을 미는 당신의 모습을 바라보았다. 당신은 지문 확인 버튼에 대고 엄지를 꾹 눌렀다. 그러자 아무것도 없는 새까만 배경화면이 나타났다. 아니, 그것은 그냥 까만 화면이 아니었다. 별들이 있었다. 반짝이는 은색 가루들. 그것은 별자리였다. 그게 무슨 별자리인지는 알 수 없었지만. 당신은 어떤 하얀색 아이콘을 눌렀다. 그 아이콘에는 여러 색의 꽃잎이 달린 장미가 그려져 있었다. 마치 기본색의 꽃잎이 바퀴 모양으로 붙어 있는 꽃 같았다. 당신이 아이콘을 누르자 사진들이 나타났다. 당신은 다시 위쪽에 있는 아이콘을 눌렀다. 훨씬 크기가 작은 사진들이 연도별로 정렬되어 나타났다. 당신은 화면을 계속 스크롤했고 점점 더 오래된 사진들이 나타났다. 당신의 얼굴 사진, 자동차 사진, 눈 사진, 어떤 그림 사진, 옷을 벗은 내 사진, 잠들어 있는 내 사진, 당신이 아닌 다른 곳을 보고 있는 내 사진, 등 뒤로 팔을 뻗어 브라 후크를 잠그고 있는 내 사진, 옆으로 고개를 돌리고 있는 내 사진이 보였다. 내 사진이 무수히 많았다. 레이철의 사진, 4호나 6호, 혹은 다른 여자의 사진은 한 장도 없었다. 내 사진뿐이었다. 모자이크처럼 주르륵 늘어서 있는 자그마한 사각형 사진들의 주인공은 모두 나였다. 당신은 계속 화면을 움직였고 촬영 연도가 계속 거슬러 올라갔다. 2009년도보다 더 이전까지. 사진의 행렬을 올리는 당신의 손놀림이 어찌나 빠른지, 하마터면 내 눈으로 본 사실을 의심할 뻔했다. 그 아이콘을 누르자 다시 지역별로 분류된 사진들이 나타났다. 뉴저지의 지명 몇 개, 뉴욕시 자치구 이름 몇 개가 있었다. 그 해의 사진들이 보관된 카테고리를 몇 차례 더 살펴본 뒤 마침내 당신은 사진 한 장을 찾아냈다. 딱 한 장. 또 내 사진이었다. 너무나 어린, 세상에나, 너무나 어린 내 사진이었다.

사진 속의 나는 나 스스로도 알아보기 힘든 몰골이었다. 얼굴이 너덜너덜했다. 긁힌 상처, 베인 상처, 시퍼런 멍. 너무나 말라서 아기 새처럼 건드리기만 해도 부서질 것만 같은 모습이었다. 삭발한 머리가 까슬까슬해 보였다. 그래서 두개골 윤곽선, 높고 날카로운 광대뼈, 아몬드 모양의 큰 눈이 더 두드러져 보였다. 내 왼쪽 두개골 위에 붉은색의 심각한 상처가 나 있었고 그 상처는 검은색 실로 봉합되어 있었다. 나는 당신을, 카메라를, 핸드폰을 바라보고 있었다. 웃음기 없는 얼굴로 그저 바라보고 있었다. 커다란 눈에 호기심이 가득했다.

내 기억 속에는 그런 장면이 없었지만, 분명 나는 당신을 바라보고 있었다. 침대에 누운 채. 사진의 배경 속에는 은색 난간, 베개, 아마도 병원 환자복인 듯한 푸른색 천의 일부가 담겨 있었다. 당신은 이 사진을 어떻게 찍었을까? 나는 너무나 멀쩡하고 편안해 보였다.

"당신의 1차 수술 결과는 좋았어. 얼마 후 의식도 되찾았고 만사가 다 괜찮아 보였지. 내가 이 사진을 찍었어. 이때 당신은 나를 기억하는 것 같았어. 사실 우리는 대화를 많이 나누지 않았어. 그저 함께 앉아 있었을 뿐이지. 그런데 그때 간호사가 들어와서 날 내쫓았어. 당신은 잠을 잘 필요가 있다면서. 그런데 다음 날 다시 병원에 갔더니 당신 의식이 없었어. 의사들은 밤 동안에 뭔가 잘못된 것 같다고 말했지. 뇌가 부어올라서. 의사들이 응급 수술에 들어갔지만 당신은 의학적 원인에 의한 의식 불명에 빠지고 말았지. 그리고 그 뒤로 6개월 동안 깨어나지 않았어."

나는 당신의 전화기를 받아 들고 내 모습을 물끄러미 쳐다보았다. 지금의 나보다 훨씬 어린 나의 모습을. 고작해야 0과 1이라는 두 개의 숫자, 즉 이진법으로 처리된, 겨우 몇만 개의 화소로 이루어진 디지털 사진 속에서 나의 과거, 예전의 나 자신에 대한 단서를 찾아낼 수 있을 것처럼. 하지만 아무것도 찾아낼 수 없었다. 사진 속의 나는 나처럼 보이지 않았다. 내 눈에 보이는 것은 열여섯 살 소녀였다. 가족을 잃고 혼자 남겨진 소녀, 자신만만하게 보이려고 애쓰는 소녀. 자신을 구해준 남자가 들고 있는 카메라를 쳐다보고 있는 소녀. 소녀는 불행해 보였지만 대담하고 용감해 보였다. 겁에 질린 모습이 아니었다. 내 눈에는 그래 보였다. 이때 나는 부모님이 죽은 걸 알고 있었을까? 내게 부모님의 죽음을 슬퍼할 기회가 있기는 했을까? 내 뇌 속에 차 있던 피가 내게서 그것마저 앗아가 버린 건 아닐까?

사진 속에 담겨 있는 내 모습을 어떻게 받아들여야 할지 알 수가 없었다. 머리가 빡빡 깎여 있어서 큰 눈과 광대뼈가 더 두드러져 보였고, 내 머리는 한없이 약해 보이면서도 왠지 굉장히 튼튼해 보였다. 나는 작은 아이의 모습을 바라봤다. 미소년의 외모를 하고 있었는데도 아이의 성별이 여성이라는 사실은 분명해 보였다. 나는 나도 모르는 사이에 손가락으로 사진 속 아이의 머리를 어루만지고 있었다. 까칠한 머리의 감촉이 느껴지길 기대하면서.

지금의 나도 할 수 있을까?

머리를 삭발하면 어떤 기분이 들까? 흉터가 있는 까칠한 두개골만 느껴지는 것 아닐까? 머리가 하나도 없다면, 숱 많은 검은색 긴 머리가 없다면.

진짜 이사벨이 되려면 머리를 싹 밀어버리고 다시 기르는 과정이 꼭 필요할 것 같았다. 미용사에게 비싼 돈을 주고 스타일링한, 완벽하게 손질된 마담 엑스의 머리를 싹 밀어버리고 이사벨이 되는 거야. 살과 피를 가진 새로운 여자로 다시 태어나는 거야.

당신은 핸드폰을 가져가 화면을 끄고 옆으로 대충 던졌다. 핸드폰은 안락의자 위로 떨어지더니 한 번 살짝 튕겨 올랐다. 당신은 나를 내려다보고 있었다. 당신의 손이 내 머리채를 잡고 고개가 들리게 내 머리를 당겼다. 살이 닿을 정도는 아니었지만 당신은 가까운 자리에 서 있었다. 내 위에 우뚝 서 있었다. 당신의 울룩불룩한 근육이 온 세상을 가로막고 있었다. 당신 냄새가 났다. 당신의 열기가 느껴졌다.

나는 화가 치밀어 올라서 당신을 밀었지만, 당신이 내 머리를 놓지 않았기 때문에 머리에 통증을 느끼며 당신의 품에 안길 수밖에 없었다. "놔줘요, 케일럽." 나는 머리가 아픈 것을 순순히 시인하면서 다시 당신을 밀어냈다.

당신은 숨을 들이마셨고 당신의 가슴은 부풀어 올랐다. "싫어." 당신이 으르렁댔다. "당신 화나 있는 건 나도 알아. 하지만 당신이 내 손길에 반응한다는 사실을 부인할 순 없을 걸, 이사벨."

그랬다. 아, 나는 그랬다. 그리고 그것이 내 분노의 진짜 원천이었다. 내가 당신의 손길에 언제나 **반응하는** 것, 당신이 가까이 있기만 해도 당신을 제외한 모든 존재가 다 사라져 버리는 것, 당신과 나의 외부에 존재하는 모든 것이 모조리 다 사라져 버리는 것. 당신의 열기와 당신의 우람하고 강인한 몸이 닿기만 해도, 내가 당신을 싫어하는 이유, 내가 당신을 믿지 않는 이유를 기억하는 내 능력이 완전히 뿌리 뽑히고 마는 것.

당신의 손길은 그만큼 내게 익숙한 것이었다.

나는 당신이 언제 다음 동작을 취할지 알고 있었다. 약간 뜸을 들이겠지. ……1초, 2초, 3초, ……자, 지금이야. ……그렇지. 당신은 내 목덜미를 받친 채 머리채를 잡아 내 목에 문질렀다. 보드랍고 비단결 같은 머리칼이 당신의 손 밑 내 목을 간질였다. 그러더니 당신은 내 머리를 위로 밀어 올려 나를 까치발로 서게 만들고 고집스러운 입술로 내 입술을 덮었다. 폭발하듯 내게 키스를 퍼부었다. 일그러진 혼란의 그림자가 진실의 광선 속에서 아른거렸고 뒤틀린 내 마음의 벽 위에서 명암 대비 퍼즐처럼 어지럽게 춤을 추었다. 현기증이 날 정도로 내게 키스를 퍼붓던 당신이 나를 밀어냈다. 그것도 갑자기, 너무나 과격하게.

"씨팔," 당신이 으르렁거렸다. "씨팔, 당신한테서 그 새끼 맛이나. 그 새끼 냄새가 난다고."

나는 손등으로 입술을 문질러 닦으며 말했다. "알고 있었잖아요. 내가 어디에 있었는지, 누구랑 있었는지."

"그걸 아는 거랑 그 맛을 느끼는 건 다른 문제야."

"그럼 레이철이랑 그 짓을 하는 당신을 지켜보는 내 기분은 어땠을 것 같아요?" 나는 언성을 높였다. "그럼 내 기분은 어땠을 것 같아요? 내 몸에 아직 당신 냄새가 남아 있는데 당신이 나를 두고 떠나 레이철한테 간다는 사실을, 그 여자랑 침대에 누워서…… 그 여자를 맛보고 그 여자랑 그 짓을 한다는 사실을 알게 되었을 때 내 기분은? 그 일이 끝나면 당신은 다시 나한테 돌아오죠. 그러고는 날 침대에 눕혀놓고 날 맛보고 나한테 그 짓을 하잖아요. 그럼 당신 피부에는 우리 두 여자의 냄새가 함께 묻어 있는 건가요? 아, 그 이상일 수도 있겠네요. 이 건물 그 층에 사는 다른 여자들이랑도 분명 그 짓을 할 테니까. 혹시 여자들이 더 있어요? 다른 건물에 여자들이 더 있는 거 아니에요? 그리고 이 도시에는 당신의 여자친구들도 여러 명 있잖아요. 그 여자친구들은 서로에 대해 전혀 모르죠? 그 리무진에서 내리던 여자…… 이름이 뭐였더라? 그 유대인 여자 말예요."

"이사벨……."

"그런 문제에 대해서라면 당신은 나한테 할 말 없어요, 케일럽. 어떤 말을 해도 그 상황은 바뀌지 않고, 나에 대한 당신의 배신행위 역시 합리화되지 않아요. 당신은 바로 저기 엘리베이터 옆에서 당신이 나한테 했던 짓을 지금 그대로 돌려받은 것뿐이에요. 당신이 날 **이용한** 방식 그대로." 나는 치밀어 오르는 분노와 상처를 꿀

껵 삼켜버렸다. "당신은 지금까지 **항상** 날 그렇게 이용했어요. 그 섹스 속에 '우리'가 존재한 적은 한 번도 없었어요. 그 속에는 늘 당신의 소유물로서의 나만 존재했죠. 당신의 **창녀**로서의 나만. 당신이 화대로 돈 대신 내 삶을 지급하는 것만 다를 뿐이죠. 당신은 화대로 물건을, 거짓 기억을, 밤의 주문을, 진실이 반만 담긴 옛날이야기를 지급하잖아요. 단순한 화폐보다도 유용성과 실재성이 훨씬 더 떨어지는 것들을 지급하잖아요, 케일럽. 그리고 난 더 이상 그런 형태의 화대를 받지 않을 거예요."

나는 몸을 돌렸다. 당신은 나를 잡지 않았다. 내가 앞으로 걸음을 옮기게 내버려 두었다. 그러나 당신은 곧 내 뒤로 다가섰다. 너무나 가깝게. 당신의 숨결이 내 몸 위로 쏟아졌고 당신의 몸이 내 등에 닿았다. 내 등에 닿은 당신의 성기는 이미 발기해 있었다. 당신의 두 손이 내 허리를 잡았다. 당신은 내 어깨와 목이 만나는 움푹 들어간 곳에 입술을 댔다.

그러고는 내게 웅얼거렸다.

"이 상황에서 도망칠 수 있겠어, 이사벨? 우리가 함께인 것이 느껴지지 않아? 맞아. 난 당신을 이용하고 있어. 하지만 당신도 마찬가지로 날 이용하고 있잖아. 당신은 내가 당신에게 주는 것을 받지. 아니, 내가 주는 것보다 더 많은 것을 가져갈걸. 당신은 늘 날 말리지 않아. 싫다고 말하지도 않고. 오히려 더해달라고 애원하지. 물론 말로는 그러지 않지만 섹스는 말로 하는 게 아니잖아, 그렇지? 당신은 거칠게 숨을 쉼으로써, 내가 당신을 가까이 끌어당길 때 몸에 힘을 줌으로써, 내가 당신 안으로 들어갈 때 등허리를 뒤로 젖힘으로써 더해달라고 늘 내게 애원해. 내가 당신을 만질 때 엉덩이를 위로 들어 올림으로써, 내가 당신을 흥분시킬 때 끝없이 신음을 흘림으로써 말이야. 당신은 늘 나 때문에 흥분한다고, 이사벨." 크고 강력하고 공격적인 당신의 두 손, 손톱에 매니큐어가 발라져 있고 손바닥에 거친 굳은살이 박인 두 손이 내 허리를 휘감았다. 그중 한 손은 위로 올라와 내 젖가슴을 쥐었고, 다른 한 손은 아래로 내려가 음부를 덮었다. "내가 처음 당신을 만지던 날 기억나?"

숨을 쉴 수가 없었다. 세상에. 나는 기억하고 있었다. 그 모든 일을 너무나 자세하고 너무나 생생하게 기억하고 있었다. 그 일이 있고 난 후 그 느낌을 아주 오랫동안 잊지 못했으니까. 몇 주, 몇 달? 아니, 몇 년 동안. 그 일을 떠올리자 몸 전체에 흥분이 차올랐다. 나를 만지지는 않고 바라보기만 하던 당신의 그 시선. 신체 접촉이 아예 없었던 것은 아니지만 그 무렵 당신은 나를 건드리는 일이 거의 없었는데. 그 날 우리는 새로 마련된 내 아파트에 있었다. 갓 칠한 페인트 냄새가 났다. 그때까지 나는 이 건물 안 다른 아파트에 살았었다. 새 아파트와 매우 비슷하지만 그보다 더 좁은 곳, 새 아파트만큼 넓지도 않고 멋지지도 않은 곳에 살았었다. 나는 부엌 조리대 앞에 서서 새집을 구경하고 있었다. 짙은 색 원목 마룻바닥과 서가에, 그리고 내가, 아니, 당신이 꽂아놓은 꿈같은 책들에 감탄하면서. 그때 당신이 딱 지금처럼 내 뒤에 와서 섰다. 처음에는 2센티미터 정도 간격을 두고. 당신의 향수 냄새가 났고 당신이 거기 서 있는 것이 느껴졌다. 당신은 내 양옆 조리대 위에 손을 얹었다. 그렇게 가만히 서 있었다. 나의 체취를 맡으면서. 나는 당신을 원했다. 당신을 만지고 싶었다. 그 기억이 지금도 생생했다. 당신의 근육을 만지면 어떤 기분일지 알고 싶은 욕망에 휩싸여 있던 기억이. 무언가를…… 욕망하던 그 마음. 나는 그때 내가 무엇을 바라는지 잘 알지도 못하면서 무언가를 욕망하고 있었다. 그런데 당신이 나에게 가까이 다가섰고 당신의 몸이 내 몸에 닿자, 그것이 무엇을 향한 욕망인지 깨달았다. 내 몸이 뻣뻣하게 굳었고 당신은 더 가까이 다가왔다. 내 등에 당신의 가슴이 닿는 것이, 두툼하게 부푼 당신의 성기가 닿는 것이 느껴졌다. 내 욕망과 스스로 싸우던 기억이 지금도 생생했다. 그것이 옳은 일인지 아니면 그른 일인지 알지도 못한 채, 내 욕망이 어떤 영향을 끼치는지 이해하지도 못한 채.

그러나 당신의 두 손이 내 허리 위에 내려앉았다가 아래로 미끄러져 내려가 내 양쪽 엉덩이를 움켜잡았을 때, 참고 있던 숨을 내쉬면서 당신 속으로 녹아내리는 것 말고 내가 할 수 있는 일은 없었다.

몇 초 동안 당신은 내 몸을 어루만지는 행위만으로 날 유혹했고, 난 당신을 말리지 않았다. 솔직히 말하면 나는 당신의 손길에 완전히 사로잡혀 있었다. 당신의 모든 손길에 적극적으로 반응하고 있었다. 한 꺼풀씩 내 옷을 벗기는 당신의 손길을 만끽하고 있었다. 그리고 마침내 그 부엌에서 나는 알몸이 되었다. 당신은 두 손으로 나의 맨살을 어루만지며 내 피부를 맛보았고 나는 신음했다. 잠시 후 당신이 내 거기를 맛보았다. 내 허벅지 사이에 얼굴을 묻고 나를 흥분시켰다. 그러고는 바로 그곳 조리대 위로 내 몸을 숙이게 하고 거칠게 내 안으로 들어왔다. 나는 놀랐지만 동시에 흥분했다. 섹스가 끝나자 당신은 나를 안고 침실로 데려가 침대에 눕혔다. 내 피부를, 굴곡진 내 몸을 쓰다듬었다. 불과 몇 분밖에 지나지 않았는데도 당신의 몸은 벌써 준비가 되어 있었다. 이번에는 내 몸을 굴려 두 무릎과 두 손으로 침대를 짚게 하고 당신은 다시 한 번 나를 취했다. 그러면서 내게 소리 내지 말라고 명령했다. 당신이 내게 그래도 된다고 허락하기 전에는 흥분조차 하지 말라고 말했다. 시간이 얼마나 흘렀는지 짐작은 할 수 없었지만 한동안 그 상태가 지속됐다. 당신이 내게 이제 흥분을 느껴도 좋다고 허락하면서 동작을 멈추었다. 나를 흥분시키다가 동작을 멈추었다. 점점 더 흥분시키다가 다시 동작을 멈추었다. 마침내 당신이 절정에 도달해도 좋다고 허락했고 나는 너무나 강렬한 오르가즘에 온몸이 찢기는 것을 느끼며 비명을 질렀다.

그 기억을 떠올리기만 했는데도 내 피부는 이미 뜨거워져 있었고 내 호흡은 불안정해져 있었다. 당신의 손이 옷과 브라 위로 내 젖꼭지를 꼬집었고 나는 헉 소리를 냈다. "내가 당신을 가지려고 얼마나 긴 시간을 기다렸는지 알아? 몇 년을 기다렸어. 매일매일 난 당신을 갖고 싶었지만 당신은 준비가 되어 있지 않았거든. 그래서 기다리고, 기다리고, 또 기다렸지. 우리가 그 아파트로 이사를 했을 때도 난 좀 더 기다릴 생각이었어. 그런데 거기 서 있는 당신이 어찌나 아름답던지 다가설 수밖에 없었어. 그때 당신의 반응을 보고 당신도 나를 원한다는 사실을 알았어. 당신도 준비가 되었다는 걸 알게 된 거야. 그전에도, 그리고 그 뒤로도 당신과 함께 즐긴 그 첫 섹스만큼 아름답고 에로틱하고 믿기지 않는 섹스는 없었어. 당신이 얼마나 적극적으로 반응했었는지. 자신이 뭘 원하는지 당신은 정확하게 알고 있더군. 그때 당신은 처녀가 아니었어, 이사벨. 그때의 당신은 지금의 당신보다도 더 기억이 없었지만 난 단박에 알아챘어. 당신은 자신이 무슨 행동을 하고 있는지, 무엇을 원하는지 분명하게 알고 있었어. 설사 당신은 그 사실을 인식하지 못했다 하더라도."

"몇 년이라고요?" 내게는 그 처음 몇 년의 기억이 흐릿했다. 내가 기억하는 것이라고는 당신의 존재뿐이었다. 언제나 당신, 오로지 당신뿐이었다. 당신이 왜 나를 건드리지 않는지, 왜 내게 키스하지 않는지 궁금해하면서 당신을 기다리던 기억뿐이었다. 그래서 당신이 내게 다가왔을 때 당신에게 격하게 매달렸던 것이다.

"매일, 매 순간, 나는 당신 곁에 있었어. 당신을 원하면서. 초기에 당신은 사람 구실도 간신히 할 수 있는 상태였어. 그런데 당신이 몸을 움직이고 말을 하는 법을 다시 익히고 나니까, 당신을 거부하기가 어찌나 힘들던지. 나는 당신을 가르치고 교육하고 훈련시켰어. 당신과 함께 산책을 하고 식사를 했지. 그 모든 일을 하는 내내 나는 당신을 갈망하고 있었어." 당신의 손가락이 속옷 위로 내 음부를 더듬었다. "지금 이렇게 당신을 갈망하고 있는 것처럼 말이야."

그다음 내 입에서 튀어 나간 말은 어리석고 대담하고 너무너무 바보 같은 말이었지만, 나는 그 말을 참을 수가 없었다. "그래서, 다른 남자가 내 몸을 만졌다는 사실을 알면서도 여전히 날 갈망하는 건가요, 케일럽? 다른 남자가 나를 맛보고 나를 만지고 내게 키스했다는 사실을 알게 됐는데도 여전히?"

당신은 내게서 몸을 뗐다. 당신의 얼굴에 치명적인 비웃음이 떠올라 있었다. 나는 당신이 정말로 인간의 탈을 쓴 짐승인 것은 아닌지 궁금했다. 당신은 두 손으로 거칠게 자신의 머리를 쥐어뜯으면서 뒷걸음질 쳤다. 나를 바라보는 당신의 두 눈에 통제할 수 없는 분노가 가득했다. 그 사나운 눈초리에 나는 덜컥 겁이 났다. 당신의 깊은 감정이 그렇게 표정에 드러나는 것은 극히 드문 일이었다. 당신은 스카치 디캔터가 놓여 있는 테이블로 화난 사자처럼 성큼성큼 걸어가더니 잔에 술을 한가득 부어 한 입에 털어 넣었다. 독한 술을 넘기는 당신의 목에서 쉭 소리가 났다.

"날 시험하지 마, 이사벨."

"그럼 어쩔 건데요?" 내가 물었다. 차분하고 조용한 내 목소리에는, 다른 것들과 마찬가지로 당신이 내게 가르쳐준 독기가 가득 서려 있었다. "날 때릴 건가요? 죽일 건가요? 아니면 쫓아낼 건가요? 내가 계속 당신을 시험하면 어떻게 할 건데요? 당신은 위선자, 거짓말쟁이에요. 케일럽 인디고. 이게 진짜 당신 이름인지는 모르겠지만요." 분노가 치밀어 올랐다. "당신은 날 갈망한다고 말하지만 그 대상은 내가 아니에요. 나, 이사벨이 아니란 말예요. 당신이 갈망하는 건, 마담 엑스, 당신이 창조해낸, 그 이름도 없고 정체성도 없는 여자예요. 난 당신의 로봇이었어요, 케일럽. 이젠 나도 그 사실을 알아요. 아주 잘 알죠. 당신이 흙으로 나를 빚어서 당신이 통제하는 신비로운 불로 구웠어요. 그런데 이제…… 이제 그 흙과 돌에 금이 가서 그 재료들이 떨어져 나가는 중이에요. 그 재료 밑에 숨겨져 있던 진짜 여자가 드러나는 중이라고요. 완벽한 형태로 빚어놓은 로봇의 피부를 뚫고 나오는 그 여자가 당신은 밉겠죠. 이 상황이 싫겠죠. 나는 그 여자, 당신이 생각하던 그런 여자가 아니니까. 내가 더 이상 당신의 완전한 소유물이 되고 싶어 하지 않으니까."

"너무나 시적이군, 이사벨. 화를 이렇게 우아하게 내다니." 당신의 목소리는 낮고, 전자 절단기의 칼날보다도 더 얇고 더 날카로웠다.

당신은 어느새 자신의 분노를 완벽하게 통제할 줄 아는 남자로 돌아가 느릿느릿 정확하게 몸을 움직이고 있었다. 아무렴, 당신은 분노를 쓸데없이 겉으로 드러내는 인간보다 훨씬 뛰어난 존재, 겉으로 성질을 부리는 인간보다 훨씬 뛰어난 존재니까. 당신은 잔을 바닥이나 벽에 집어던져 박살 내는 행동 따위를 하는 인간이 아니지. 그런 행동은 만족감은 줄 수 있을지언정, 아무짝에도 쓸모없고 공허한 행동이니까. 아무렴. 당신은 몇 초 동안 그냥 숨만 내쉬며 서 있었다. 나는 부풀어 올랐다가 가라앉는 당신의 가슴을 바라보았다. 주먹을 쥐었다가 다시 풀리는 당신의 손을 바라보았다. 눈 하나 깜빡하지 않고 뚫어지게 나를 쳐다보는 당신을 바라보았다. 당신의 눈은 다시 표정을 전혀 읽을 수 없는 그 눈으로 돌아가 있었다. 나는 당신의 생각을 전혀 읽어낼 수가 없었다. 세심하게 닫힌 그 표면, 당신의 얼굴 표면 밑에 무엇이 있는지, 표면을 뚫고 나오지 못하는 어떤 감정이 그 표면 밑으로 침잠해 똬리를 틀고 있는지 나는 알 수가 없었다.

당신은 리바이어던[2]이었다.

그리고 나의 분노는, 이제 처음 감정을 표현하는 법을 배우기 시작한 젊은 여자의 미숙한 격분에 불과했다.

당신은 내 앞으로 다가와 나를 내려다보았다. "당신은 날 거부할 수 없어, 이사벨. 당신 발로 이곳에서 걸어 나가더니 이렇게 또다시 돌아온 걸 봐. 내 집으로. 당신, 떨고 있군. 화가 나서 그런다 이거지."

당신은 한 걸음 더 가까이 다가섰다. 당신의 가슴에 내 젖꼭지가 닿았다. 드레스 옷감과 브라에 덮여 있는데도 내 젖꼭지는 당신의 접근에 반응했다.

---

2 리바이어던(Leviathan): 구약 성서 욥기에 나오는 거대 괴물이다. 영국의 철학자 토마스 홉스는 동명의 저서에서 개인으로서 국민의 자유와 인권을 통제하고 보호하는 국가의 절대 권력을 리바이어던에 비유했다.

"하지만 당신이 떨고 있는 건 욕망 때문이기도 하지." 당신의 입술이 내 귓불을 건드렸다. "**나를 향한.**"

난 이보다는 강한 여자야.

난 이보다는 강한 여자야.

당신은 크고 단단한 손으로 내 음부를 덮었다. "당신 보지는 이미 젖었군." 당신은 내 귓불을 깨물었다. 내 귓바퀴에 대고 은밀하고 더러운 진실을 속삭였다. "나 때문에."

난 이보다는 강한 여자야.

난 이보다는 강한 여자야.

당신의 말이 내 폐 속의 공기를 모조리 뽑아냈다. 당신은 가까이 다가서는 행동만으로 내 의지를 조롱하고 망가뜨렸다. 당신은 나를 유혹하는 것, 그 단 하나의 목표를 위해 마법의 그물을 짜는 마법사였다.

당신은 두 손을 들어 올려 내 젖가슴을 움켜쥐었다.

당신의 두 손 사이에서 드레스의 브이넥 모양이 우그러졌다.

당신은 정교한 손놀림으로 천천히 내 드레스를 맨 위에서 맨 아래까지 일자로 찢었다. 단 한 번 손가락을 튀기는 동작만으로 브라가 풀렸다. 팬티도 엉덩이 솔기를 따라 찢겼고 레이스가 달린 줄이 바닥으로 툭 떨어졌다.

나는 헐떡이며 숨을 쉬었고 그때마다 젖가슴이 출렁댔다. 피가 솟는 것을 느끼며 당신에게 저항할 의지를 찾아 헤맸지만 헛수고였다.

나는 다시 흐느꼈고, 당신은 두 손으로 내 얼굴을 들어 올려 당신의 입술로 내 입술을 덮었다. 어떻게 된 일인지 당신의 땀복 바지와 신발과 양말이 이미 벗겨져 있었다. 당신은 완전히 발가벗은 몸으로 나와 함께 서 있었다. 소리가 웅웅 울리는 그곳에, 새벽 햇살이 눈이 멀 것처럼 쏟아져 들어와 우리를 비추는 그곳에. 새벽 햇살이 어쩌나 강렬한지 그곳에는 내 나약함을 숨길 수 있는 그림자 한 장, 내 죄악의 얼룩을 삼켜줄 수 있는 어둠 한 조각조차 남아 있지 않았다.

당신은 나를 유리창으로 밀어붙였다. 차가운 유리가 내 척추에 닿았다. 크고 거칠고 튼튼한 당신의 두 손이 내 엉덩이를 움켜잡고 나를 들어 올리면서 당신을 위해 내 다리를 벌렸다.

당신이 내 안으로 찔러 들어올 때 나는 당신의 어깨를 물었다. 당신이 나를 가득 채우자 피 맛이 났다.

나는 마담 엑스로서 당신에게 소유 당하고 있었다.

나는 이사벨로서 당신에게 겁탈당하고 있었다.

찌르는 동작이 반복됐다. 당신이 격렬하게 내 안으로 들어올 때마다 나는 흐느꼈다. 내 피부가 유리창에 쓸리면서 끽끽 소리가 났다. 그것은 고통인 동시에 황홀경이었다. 당신은 기계처럼 움직였고, 당신의 엉덩이는 피스톤처럼 정확한 힘으로 당신을 내 안으로 찔러 넣었다.

그러나……

내 안에는 텅 빈 공간이 자리 잡고 있었다. 어쩌면 그 공간은 늘 그 자리에 있었는지도 모르지만, 이제는 당신이 아무리 찌르고 들어와도 채워지지 않는 공간이 있다는 것이 더없이 분명하게 느껴졌다.

나는 당신의 섹스 방식을 잘 알고 있었다. 당신의 욕망을 알고 있었다.

당신은 이렇게 얼굴을 마주 보는 자세로는 오래 섹스를 할 수 없는 사람이었다. 나는 기다렸다. 얼마 지나지 않아, 당신은 나를 바닥에 내려놓고 그 자리에서 내 몸을 돌려 유리창 쪽으로 밀어붙였다. 두 손뿐 아니라 온몸이 유리창에 찰싹 밀착되었다. 차가운 유리에 젖가슴이 뭉개졌고 허벅지, 배, 뺨도 마찬가지였다. 발가벗은 채. 나는 온 세상에 나 좀 봐달라는 듯 유리창에 그렇게 찰싹 달라붙어 있었다.

나는 노출되어 있었다.

그리고 당신은 내 뒤에서 나를 밀며 내 안으로 들어왔다. 한 손으로는 내 엉덩이를 잡아 내 엉덩이의 움직임을 유도하고 다른 한 손으로는 땋은 내 머리끝을 잡아당기면서.

당신은 찌르고, 찌르고, 또 찔렀다.

그러고 있는 동안 나는 아무런 쾌감도 느끼지 못했다. 내가 기억하는 한 난생처음으로. 당신은 내 상태에 관심을 기울이기 위해 단 1초의 시간도 할애하지 않았다. 오로지 광기 어린 고집으로 나를 찌르고, 찌르고, 또 찔렀을 뿐. 탄탄하고 동그란 내 엉덩이에서 철 픽 소리가 날 정도로 당신의 몸을 격렬하게 밀어붙였을 뿐. 내 귀에 들리는 소리는 오로지 그 소리뿐이었다. 철퍽 철퍽 철퍽 당신의 몸과 내 몸이 부딪치는 소리뿐. 나는 창밖을 바라보았다. 길 건너편 건물의 한 창문 안에서 나를 쳐다보고 있는 얼굴 하나가 보였다.

당신은 사정을 했고 당신의 뜨거운 정액이 분출되어 내 안을 채우는 것이, 내 몸 밖으로 뚝뚝 떨어지는 것이 느껴졌다.

당신은 그렇게 나를 소유했지만, 그 속에는 나만 아는 비밀이 숨겨져 있었다. 당신의 흔적이 내 피부에 들러붙지 못했다는 것, 당신의 소유가 내 영혼을 전혀 그을리지 못했다는 것.

그 마지막 몇 분 동안, 지구가 자리를 바꾸는 것이 느껴졌다. 당신의 마법 족쇄가 내게서 벗겨져 나가는 것이 느껴졌다.

당신은 한 걸음 물러섰다. 나는 그 자리에 온몸을 여전히 유리창에 붙인 채 서서 고개만 돌려 당신을 쳐다보았다.

내 안 어딘가가 아팠다.

할 말이 전혀 없었다.

나는 다시 당신으로부터 고개를 돌려 유리창 너머 세상을 내다보았다. 잠시 후 침묵이 점점 깊어졌고 마침내 그 침묵마저 사라졌다. 당신이 그 자리를 떠났다는 사실을 알 수 있었다.

재떨이에 올려놓은 내 시가에서 아직도 연기가 피어오르고 있었다. 나는 손가락 사이에 그 시가를 끼고 스카치를 넉넉히 따랐다. 탁한 담배 연기를 햇살 줄기 속으로 뿜어내고 독한 스카치를 한입 가득 물고 삼켰다. 그것은 내면에서 부풀어 오르는 자기혐오의 비명을 꿀꺽 삼켜 눌러버리려는 시도였다.

나는 시가를 피우고 술을 마시면서 당신이 샤워하는 소리를 들었다.

여전히 알몸인 채로. 옷 따위로는 나의 수치를 덮을 수 없었으니까.

옷을 갖추어 입은 당신이 나타났다. 머리는 젖어 있었지만 당신은 말끔하고 미끈한 모습으로 돌아가 있었다. 엷은 하늘색 셔츠에 황갈색 정장 차림이었다. 타이를 매지 않아서 셔츠 앞섶 사이로 맨살이 보였다. 당신은 나를 쳐다보고 눈살을 찌푸렸다. 콧날과 일직선으로 미간에 주름이 날카롭게 패었다.

나는 당신을 향해 고함을 지르고 싶었다. 내가 당신을 얼마나 혐오하는지 말해주고 싶었다. 내가 얼마나 큰 공허함을 느끼는지 말해주고 싶었다. 이제 모든 것이 달라졌다고, 모든 것이 바뀌었다고 말해주고 싶었다. 나는 변했다. 만약 내가 중독자고 당신이 마약이라면, 그 중독은 이미 시들었다.

그러나 나는 아무 말도 하지 않았다. 내 안에서 넘실거리는 혼돈을 표현할 수 있는 말이 없었기 때문이다.

우리는 둘 다 아무 말도 하지 않았다. 그리고 잠시 후 당신은 떠났다. 닫히는 엘리베이터 문틈 사이로 보이는 당신의 모습이 점점 좁아졌고, 마침내 그 자리에는 문짝 두 개만 남았다.

그리고 나는 또다시 혼자였다.

나는 비명을 내질렀다. 내 목소리는 시퍼런 유리창에 부딪혀 누덕누덕, 갈기갈기 조각이 났다. 나는 목소리가 나오지 않을 때까지 비명을 내질렀다. 그리고는 엉엉 울었다.

당신이 날 또 이용하도록 내가 허용한 것이었다. 기름 덩어리나 필름처럼 암 덩어리가 내 영혼을 뒤덮고 있는 것 같은 기분이었다.

이제 더 이상은 안 돼.

다시는, 절대로.

나는 울음을 멈추고 샤워를 해 당신의 체취를 씻어냈다.

길고 헐렁한 드레스를 입고 담요로 몸을 꽁꽁 싸맸다. 그러고는 몇 시간 동안 책 한 권을 읽었다. 지루함, 외로움을 느끼면서, 자기 혐오와 역겨움 속으로 빠져들면서. 마침내 날이 저물었고, 나는 소파 위에서 그대로 잠이 들었다. 아무리 잠만 잔다 하더라도 당신의 침대 위에는 절대로 눕고 싶지 않았으니까.

11

빗줄기가 얼음을 벼려 만든 칼날처럼 내 살을 벤다. 나는 몸서리를 친다. 하지만 추위 때문이 아니다. 나는 피를 흘리고 있다. 입에서 피 맛이 나고, 머리와 엉덩이에서 따뜻하고 축축한 피가 흘러나오는 것이, 핏방울이 뺨을 지나 턱에서 뚝뚝 떨어지는 것이 느껴진다. 어둠. 사방이 어둡다. 어떤 창문 하나가 만들어내는 희미한 빛의 사각형이 보도와 도로 일부를, 보도와 도로 사이에 놓인 연석을 비추고 있다.

사이렌 소리가 들린다. 절벽에 부딪쳐 울리는 선사시대 새의 지저귐처럼 사이렌 소리가 울린다.

몸이 따뜻해졌으면 좋겠다.

아프지 않았으면 좋겠다.

복부에 경련이 일어난다. 어떤 소리가 들린다. 울음소리다. 비명소리다.

목이 아프다. 그리고 그 울음과 비명이 내 목에서 나온 것임을 깨닫는다.

나는 혼자다.

머리를 들어 올릴 수가 없다.

희미한 불빛이 비치는 보도를 쳐다볼 수는 있다. 저기 도착할수 있다면, 저기까지 기어갈 수 있다면, 저 따뜻한 빛 속에 누워 있을 수 있다면 좋을 텐데. 여기, 빗줄기가 나를 두들겨 패고 있는 여기, 추위가 내 뼈를 갈라 골수를 얼리는 여기보다는 저기가 분명 훨씬 더 따뜻할 텐데.

내가 있는 여기가 어디지? 기억이 안 나.

두려운 생각, 무시무시한 꿈의 찌꺼기가 떠오른다. 유리가 박살 나고 철판이 찌그러지는 꿈, 면도칼처럼 날카로운 뭔가가 내 두개 골을 베는 꿈, 망치처럼 묵직한 뭔가가 내 몸을 두들기는 꿈. 그러 나 지금 나는 무중력의 어둠 속에 쓰러져 있다.

피.

피를 너무 많이 흘렸다.

얼굴 하나가 보인다. 천사인가?

아니다. 천사라고 하기엔 너무 어둡다. 두 눈이 밤의 파편처럼 번득인다. 허구한 날 나를 옥죄는 꿈, 악몽 같은 주문이 넘쳐흐르 는 그 꿈이 모습을 드러내는 밤의 파편처럼.

그럼 악령이로군.

나는 상상한다. 비에 젖은 근육질 남자의 몸 양쪽으로 펼쳐지는 날개가 눈에 보인다고, 뱀이 먹이를 공격하듯 뭔가를 재빠르게 채 찍질하는 두꺼운 꼬리가 눈에 보인다고. 나는 눈을 깜박인다. 그 는 그냥 인간 남자다.

나는 다시 눈을 깜박인다. 내가 아는 얼굴이다.

나는 소리를 지른다. 아니, 소리를 지르려고 애써본다. 그가 나 를 안아 올린다. 내 눈을 덮고 있는 머리칼을 쓸어 넘기는 그의 손 에 피가 묻고, 나는 그 피를 쳐다본다.

세상이 기울면서 깜깜해진다. 구멍 하나가 나를 뒤집어 삼키려고 한다. 그때 불꽃 여러 개가 보인다. 저 불꽃 안으로 들어가고 싶다. 저 안은 따뜻하겠지. 저 불꽃 안에 머물고 싶다. 불꽃 안에 불꽃과 함께 머물고 싶다.

나는 몸부림을 친다. 내 등이 강철 밴드에 묶여 있다. 불꽃을 잡으려고 손을 뻗는다. 불꽃 안을 들여다본다. 까맣게 변해가는 손 하나가 보인다. 바싹바싹 구워지며 말려 올라가는 소매 하나가 보인다. 어쩌면 이 모든 것이 상상일지도 모른다. 그 불꽃들은 나의 상상일지도 모른다.

모르겠다. 내가 아는 것은 춥다는 사실뿐이다.

너무 춥다.

나는 깨닫는다. 온몸이 아프다는 것을.

나는 깨닫는다. 내 몸을 감고 있는 강철 밴드가 따뜻하다는 것을. 위스키 냄새가 나는 숨결이 내 얼굴을 씻어내고 있다는 것을.

나는 위를 올려다본다. 두 눈이 나를 꿰뚫는다. "쉿! 당신은 괜찮을 거야. 내가 도와줄게." 벨벳처럼 부드럽고 강렬하고 깊은 그 목소리에서는 암실의 질감이 느껴진다.

나는 추락하는 중이다. 중력과 싸우면서. 왜냐하면 그것이 어둠 속에 눕는 방식이기 때문이다. 그 어둠 속에는 더 깊은 어둠이 도사리고 있기 때문이다. 이런 생각에 어떤 의미가 있는지는 모르겠지만, 싸워야만 한다는 것은 안다.

나는 길을 잃는다.

나는 추락한다.

깊이를 알 수 없는 어둠 속으로, 나는 추락한다.

나는 깜짝 놀라 잠에서 깨어났다. 목소리가 쉬어 있었고 목이 아팠다.

당신이 잔머리가 많은 내 머리를 쓰다듬고 있었다. 나를 진정시키면서.

꿈속에서 느껴지던 피 맛이 여전히 선명했다.

나는 당신을 밀쳤다. 당신의 손길은 편하지 않았고, 당신의 목소리에는 내 머릿속을 꽉 채우고 있는 장면들로부터 나를 구해낼 힘이 없었다. "저리 꺼져요."

"나야, 케일럽."

"알아요." 나는 크게 숨을 들이마시려고 안간힘을 썼다. "내 몸에 손대지 말아요. 절대로."

나는 일어나 앉아서 몸을 웅크리고 어깨에 담요를 단단히 둘렀다. 눈을 어찌나 질끈 감았는지 눈꺼풀 뒤에 별이 보이고 눈이 아팠다. 그 꿈을 당신과 공유하고 싶지 않았다. 하지만 뇌와 혀 사이 어딘가에서 그 꿈을 잃지 않으려면, 내가 죽어가고 있던 그 꿈을 죽이지 않으려면, 소리 내어 그 꿈을 세상 속으로 토해내야만 했다.

나는 속삭였다. "온 세상이 얼마나 흥건하게 젖어 있었는지 기억나요. 그 어둠도, 내가 다쳤던 것도, 너무 춥던 것도, 보도 위에 누워서 한 장짜리 빛을 바라보면서 저 빛까지만 갔으면 좋겠다고 생각하던 것도 기억나요. 빛이 비치는 그 자리가 더 따뜻할 것 같았거든요. 당신도…… 그 불꽃들도 기억나요. 마치…… 마치 꿈속의 꿈속이었던 것 같은데. 그건 기억이 안 나네요. 이제는 안 보여요."

"하지만 당신은 이제 안전해. 당신은 괜찮아."

나는 고개를 저었다. "아뇨, 난 안전하지 않아요. 당신이랑 함께 있으면 안전하지 않아요. 당신은 나한테 모든 진실을 털어놓지 않잖아요. 당신 이야기에는 진실이 없어요. 그러니까 나는 괜찮지 않은 거예요. 나는 한 사람의 유령, 그것도 그 유령의 일부에 불과해요. 이 조각들을 도대체 어떻게 맞추어야 할지 모르겠어요. 모든 조각이 다 내 손 안에 있는 것도 아니고요."

"이사벨……." 당신이 입을 열었다.

나는 단호하게 손사래를 쳐 당신을 침묵시키고 그 손으로 당신의 다리를 밀쳤다. "아니, 그 입 다물어요. 이 악령, 거짓말쟁이."

잠시 침묵이 흘렀다. 잠시 후 당신이 일어섰다. 차갑고 아득한 당신의 목소리가 들렸다. "프랑켈 박사가 도착했어. 수술은 몇 층 밑에서 하려고. 박사가 지금 거기서 준비 중이야."

나는 일어섰다. 내 발 옆 바닥으로 담요가 떨어졌다. "준비됐어요. 가요."

"아무것도 안 먹게?" 당신이 물었다.

"갑자기 내 걱정하는 척하지 말아요, 케일럽." 나는 쏜살같이 당신을 지나쳤다.

당신이 거칠게 내 팔을 움켜잡았다. 그 바람에 내 몸이 빙그르르 돌았다. 당신의 손가락이 내 턱을 잡았다. 아래턱뼈가 빠진 것은 아닌지 살피기라도 하는 것처럼. "내가 당신을 얼마나 깊이 걱정하는지 당신은 **영원히** 이해할 수 없을걸." 그러고는 나를 놓아주었다.

"아무렴요, 난 이해 못하겠죠." 나는 당신을 올려다보았다. 크게 흡뜬 당신의 두 눈 속에서 뜨겁고 거친 불길이 활활 타오르고 있었다. 그 두 눈에는 분노와 고통이 가득했다. "그리고 이해하고 싶지도 않아요." 이건 거짓말이었다.

당신은 나를 내려다보고 있었다. 꽉 다문 당신의 턱이 씰룩거렸다. 나를 쏘아보는 당신의 두 눈은 내 시선 속에서 뭔가를 찾고 있었다. 아무것도 못 찾았군, 나는 생각했다. "도대체…… 도대체 모르겠군. 당신을 어떻게 하면 이해시킬 수 있을지. 난 그 남자가 아니라서."

"시도해보지도 않았잖아요."

"시도해봤지. 그것도 아주 오랫동안. 자그마치……."

"얼마나 오래 해봤어요, 케일럽? 얼마나 오래 해봤죠?" 사실 내 인생 속 시간이란 기준에 대한 나의 이해는 일반적인 것이 아니었다.

몇 년 며칠 동안 내가 의식 불명에 빠져 있었더라? 내 기억 속에 저장된 세월이 몇 년이나 되더라? 내가 가진 기억이 얼마나 믿을 만한 것이더라? ……모든 것이 의심스러웠다. 나는 아는 것이 아무엇도 없었다. 아니, 안다고 **생각되는** 것이 아무것도 없었다. 그 사실만이 분명한 진실이었다.

"내 나이가 몇 살이에요?" 내가 물었다.

"사고가 났을 때 당신이 몇 살이었는지 병원에서 정확하게 알아내지 못했어." 당신이 대답했다.

"사고가 몇 년에 일어났는데요?"

"2009년에." 당신의 대답이 즉시 날아왔다.

"난 얼마나 오래 의식 불명에 빠져 있었죠?"

"6개월."

나는 당신을 밀어내고 지나갔다. "내 생각에 당신은 거짓말쟁이에요."

"이사벨⋯⋯."

"프랑켈 박사한테나 데려다줘요."

당신은 이를 악물고 고개를 뒤로 젖히면서 눈을 가늘게 떴다. "그러죠, 미스 드 라 베가. 원하신다면."

우리는 긴장감이 도는 침묵 속에서 엘리베이터를 기다렸다. 엘리베이터 문이 열렸을 때 나는 당신을 향해 몸을 돌리며 말했다. "진실을 말해줘요, 케일럽."

"뭐에 대해서?"

"나에 대해서요, 무슨 일이 일어났는지에 대해서요. 모든 것을 알려줘요."

당신은 열쇠를 돌렸다. "프랑켈 박사가 기다리고 있어."

우리는 둘 다 더 이상 아무 말도 하지 않았다. 한 층을 내려가 엘리베이터를 갈아타고 다시 32층으로 내려갔다. 아무런 특징도 없는 텅 빈 복도가 나타났다. 문들이 모두 다 똑같이 생겨서 위에 새겨진 알파벳과 숫자로만 구분이 되었다. 하얗게 칠해진 넓은 방으로 들어갔다. 침대 하나가 놓여 있었고 플라스틱처럼 단단한 질감의 가죽 커버 위에 흰 종이가 덮여 있었다. 프랑켈 박사는 키가 작고 땅딸막하며 성격이 까다로운 남자로 나이는 중년과 노년의 경계선쯤 되어 보였다. 시간과 중력의 지배를 혼자서 다 받은 것 같은 외모였다. 축 처진 턱살이 이리저리 흔들렸고 벨트 버클은 불룩 나온 뱃살에 덮여 있었다. 카키색 바지는 허벅지 부분은 꽉 꼈지만 종아리 부분은 헐렁했다. 그러나 갈색 두 눈에는 영민한 기질이 살아 있었고 자그마한 두 손의 놀림은 빠르고 민첩하고 경쾌하고 부드럽고 분명했다.

"아, 이 환자로군요. 상태가 아주 좋네요." 박사는 한 손으로 침대 종이 커버를 두드려 내게 거기 앉으라는 몸짓을 했다. 내가 그 위에 앉자 종이가 바스락 소리를 내며 구겨졌다. "그래요, 기억납니다. 내 입으로 이런 말 하긴 좀 뭐하지만 내가 한 수술 중에 상당히 결과가 좋은 수술이었거든요. 예전 상처 부위에 남아 있던 흉터도 없고, 아주 좋네요. 훌륭해요. 오늘 수술은 아주 쉬운 수술이라 금방 끝날 겁니다. 국부 마취를 하고 살짝 절개만 하면 끝나거든요. 통증도 없고 위험 요소도 없어요."

나는 침대 위에 누우며 말했다. "그럼 시작하시죠."

박사는 목청을 한 번 가다듬었다. "흠, 아시다시피 절개 부위가 엉덩이라서 옷을 벗어야 해요. 적어도 허리 아래로는."

나는 전혀 망설이지 않고, 벽에 시선을 고정한 채 치맛자락을 허리까지 걷어 올리고 팬티를 벗었다. "됐죠?"

"음, 네. 내가 잠깐 방 밖으로 나갔다 올 걸 그랬군요."

"난 이 일을 얼른 끝내고 싶어요. 얼른 칩을 제거하고 싶다고요."

"당신이 칩에 대해 알게 될 거라고는 생각 못했는데."

"나도 내가 이런 수술을 받게 될 거라고는 생각 못했어요."

박사는 머리를 무겁게 끄덕였다. "무슨 말인지 알겠어요. 자, 이제 이걸 피부 위에 넓게 펴고……." 프랑켈 박사는 커다란 파란색 사각형 천으로 내 엉덩이를 덮었다. 사각형 천 한복판에 둥그런 구멍이 뚫려 있었다.

박사는 흉터가 구멍으로 보이게 사각형 천을 움직인 다음 의학용 테이프를 붙여 천을 그 자리에 고정했다. 푸른색 실험용 장갑한 켤레를 곽에서 꺼내 끼고는, 손목 밴드 부근을 제외하고는 장갑에 어떤 것도 닿지 않도록 조심하면서 몸을 움직였다.

박사는 주사기를 들고서 나를 흘끔 쳐다보며 말했다. "약간 따끔할 겁니다." 날카로운 바늘로 찌르는 느낌이 잠깐 들고 그 부위 피부가 시원하게 느껴지더니 잠시 후 아무런 감각도 느껴지지 않았다. "요오드를 발라서 피부를 소독하고……." 뚜껑이 미리 열려 있는 작고 하얀 상자에서 갈색 액체 병과 스펀지 하나가 나왔다.

차가운 요오드 용액이 내 피부를 오렌지색으로 물들였다.

열려 있는 또 다른 곽에서 수술용 메스 하나와 겸자 가위 하나가 나왔다. 프랑켈 박사는 메스를 들고 그걸로 내 흉터를 쿡 찔러보며 물었다. "감각이 느껴져요?"

나는 고개를 저었다. "아뇨."

"좋아요. 그럼 이제 시작할게요. 딴 곳을 보고 있어요. 알았죠? 그리고 마취가 풀리는 것 같으면 곧바로 나한테 알려줘요. 다시 처치 해야 하니까. 환자가 이 통증을 고스란히 느껴서는 안 되잖아요."

"알았어요. 그럼 얼른 시작하세요."

프랑켈 박사가 한 손으로 내 피부를 팽팽하게 당기고 다른 한 손에 쥔 메스 칼날 끝으로 내 흉터를 찌르는 모습을 나는 호기심을 느끼며 바라보았다. 내가 아무런 통증을 느끼지 않는 것이 분명한지 확인하려고 박사는 나를 한 번 흘끔 쳐다보고는 흉터 크기와 정확히 일치하는 길이로 피부를 절개했다. 잠시 후 피가 흐르자 박사는 거즈로 그 피를 닦아내고 겸자 가위를 절개 부위에 집어넣어 피부를 벌렸다. 병적으로 들릴지 모르겠지만 내 피부가 벌어지는 광경을 바라보고 있으려니까 이상하게 기분이 좋았다. 정확히 따지자면 내 흉터는 엉덩이 위가 아니라 불룩 튀어나온 둔부 옆 골반 뒤에 있었다. 칩 같은 물체가 여기저기 부딪쳐 움직이지 않고 피하지방 밑에 가만히 심겨 있었던 까닭을 알 수 있는 대목이었다. 프랑켈 박사는 겸자 가위로 피부밑을 여기저기 뒤져보더니 가위를 꺼냈다. 그 끝에 붉은 피가 뚝뚝 떨어지는 조그맣고 네모난 플라스틱 조각이 끼워져 있었다. 칩은 너무나 작았다. 설사 내가 그 부분을 어딘가에 부딪쳤다 하더라도 그 부위의 뭔가가 잘못된 것은 아닐까, 그런 의심을 품을 수 없을 정도로. 작은 통 속으로 그 칩이 달그락 떨어졌다. 프랑켈 박사는 정교한 손놀림으로 절개 부위를 꿰매고는 검은색 실이 몇 땀 놓인 그 자리에 붕대를 덮고 반창고로 고정했다.

처음부터 끝까지 수술이 진행되는 데 걸린 시간은 5분 정도였다.

"완벽해요. 다 끝났어요." 프랑켈 박사는 장갑을 벗고 어지럽게 놓여 있는 외과 수술 도구들과 주사기를 하나로 싸서 쓰레기통에 버리고 쓰지 않은 도구들은 '취급 주의' 스티커가 붙은 상자 안에 넣었다.

당신이 말했다. "정말 고맙소, 프랑켈 박사. 잔금은 오늘 업무가 끝날 무렵 박사 계좌로 입금될 거요."

"당연히 그렇게 해주시겠죠." 박사는 케일럽을 흘끔 쳐다보며 물었다. "그런데 오늘 저녁은?"

"호텔 앞에 리무진 한 대가 서 있을 거요. 오늘 저녁 박사와 동행할 아가씨는 이미 정해놨소." 당신은 잠시 뜸을 들이고는 다시 말을 이었다. "우리 회사 직원에 대한 규정을 다시 한번 상기시켜 드려야겠군. 우리 직원들은 저녁 식사 자리에만 동행하는 거요. 물론 박사가 방금 수술에서 보여준 완벽한 능력에 대한 합당한 서비스가 제공되겠지만."

"나한테 규정을 일일이 상기시켜줄 필요는 없어요, 인디고 씨. 규정은 나도 알고 있으니까요. 몇 년 전에 이미 NDA 서류에 서명했잖습니까. 게다가 나는 입을 함부로 놀려서 내 자리를 잃는 사람이 아닙니다."

"물론 그러시겠죠." 당신이 말했다.

박사는 나를 쳐다보고 말했다. "봉합 부위를 잘 관리하세요. 몇 땀 되지도 않고, 며칠 지나면 실도 알아서 녹아 없어지겠지만, 적어도 48시간 정도는 물기가 닿지 않게 조심하셔야 합니다."

"꼭 기억할게요. 감사합니다, 박사님."

"천만에요. 다음번에는 우리가 서로를 알아갈 수 있게 내게 한두어 시간 정도 시간을 좀 내주시겠어요?"

"바라건대 다음번은 아마 없을 거요." 당신이 말했다.

프랑켈 박사는 웃음을 터뜨렸다. "아, 알았어요. 의사란 직업이 원래 그렇죠. 환자를 처음 만나면 행복하고, 그 환자랑 헤어지면 더 행복하고, 그 환자를 그 자리에서 영영 못 만나면 가장 행복한 법이니까요." 프랑켈 박사는 마지막 농담을 건네고 문밖으로 나갔다.

솜씨 좋은 의사가 자리를 뜨자 당신의 시선은 손목시계에 머물렀다가 내게로 향했다. "7분 노동한 대가치고는 너무 비싸군."

"애초에 여기다 그런 걸 심어놓지 않았다면, 그걸 제거하느라 3백만 달러를 쓸 일도 없었겠죠." 나는 눈썹을 찌푸렸다. "내 위치를 추적하는 칩을 도대체 왜 심은 거죠, 케일럽?"

당신은 숨을 내쉬었지만 한숨은 아니었다. "내 마지막 기벽이라고 해두지. 일종의 확실한 보호 수단으로……."

"내가 당신 자산이라서요?"

"최악의 상황만 가정하고 믿기로 작정이라도 한 거야?"

"그래요." 나는 속옷을 입고 치맛자락을 원래 자리로 내리면서 일어섰다. 엉덩이에 아직 감각이 없어서 몸이 흔들렸다. "그리고 그럴 만도 하잖아요."

"당신은 나를, 그리고 그 상황을 오해하고 있어."

"당신이 진실을 말해주지 않으니까요. 그러니 내가 상황을 제대로 이해할 재간이 있나요." 나는 침대에 기댄 채 균형을 잡으려고 애쓰며 말했다. "당신을 제대로 이해할 재간도 없고요. 뭐, 당신이 그 상황의 전부인 것이나 마찬가지지만."

당신은 물끄러미 나를 바라보기만 했다. 뭐야, 할 말을 잃은 거야? 나는 기다렸지만 당신은 말이 없었다.

나는 고개를 젓고 그 방에서 걸어 나왔다. 아니, 걸어 나오려고 애썼다. 사물의 표면에 매달려 걸음을 옮겨야 했으니까. 먼저 침대 표면에서 문설주로 손을 옮겨 짚고 다시 벽을 짚으면서 엘리베이터로 갔다. 엘리베이터 안에서는 벽에 몸을 기댄 채 호흡에 집중했다. 국부 마취가 풀리는 모양이었다. 몸의 통증이 피부가 갈려 열리고 봉합되던 과정 전체를 내게 상기시켰다. 유쾌한 느낌은 아니었다. 걸음을 멈추고 당신이 뒤따라오는지 확인할 필요는 없었다. 당신은 따라오지 않을 테니까. 처음 있는 일도 아니었고.

잠깐 핸드폰을 갖고 있었던 적이 있지만, 그걸 몸에 지니고 다니는 버릇이 안 들어서 어딘가에 두고 잊은 모양이었다. 로건의 집에 있나? 알 수 없었다. 지금 손에 핸드폰이 있었으면 싶었다. 그 사람한테 전화를 걸어야 하는데. 와서 나 좀 데려가 달라고 부탁해야 하는데.

나는 간신히 건물 밖으로 나오는 데 성공했다. 밝고 시끄러운 세상은 혼란 그 자체였다. 마음 한구석에서 공포가 스멀스멀 기어오르는 것이 느껴졌다. 그 공포가 폐의 바닥에 도사리고 앉아서 호흡을 앗아가고 있었다. 나는 건물 벽을 붙잡고 걸음을 옮기는 데만 집중했다. 그것은 지극히 어려운 과정이었다. 건물 밖으로 뛰쳐나왔던 지난번보다 모든 과정이 훨씬 더 힘겨웠다. 나는 비틀비틀 교차로로 걸어갔다. 당장이라도 쓰러질 것 같았지만 아무렇지도 않은 척하면서. 신호등이 바뀌자 나를 둘러싸고 서 있던 군중들이 앞으로 밀려 나가기 시작했고, 나는 균형을 잃고 휘청거렸다. 몇 번이나 넘어질 뻔했지만 그때마다 주위 사람들과 몸을 부딪치면서 간신히 균형을 되찾을 수 있었다. 건널목 맞은편에 도달하자 뭔가 기적적인 일을 성취해낸 것 같은 기분이 들었다. 숨은 여전히 쉬기 어려웠고, 시야 양쪽은 까맣게 좁혀져 있었다. 그래도 한 걸음씩 옮길 때마다 엄청난 집중력과 결단력을 발휘했고, 그 덕분에 어떻게든 휘청대거나 쓰러지지 않을 수 있었다.

그때 갑자기 주변이 평화롭게 느껴졌다. 나는 주위를 둘러봤다. 거기에 그 남자가 서 있었다. 큰 키, 금발 머리, 구릿빛 피부, 인디고색으로 반짝이는 두 눈. 그는 내게로 성큼성큼 다가와 두 팔을 마음껏 벌려 나를 끌어안았다. 그의 얼굴에 떠올라 있는 미소는 다정한 웃음, 나를 발견한 것에 대한 잔잔한 즐거움이 담긴 웃음이었다. 그는 나랑 처음 만났을 때 입고 있던 꽉 끼는 짙은 색 청바지를 입고 있었다. 그리고 오늘 입은 붉은 색 티셔츠에는 다음과 같은 글씨가 검은색으로 크게 쓰여 있었다. '달렉[3]에게 반대표를 던지자. 오늘 몰살을 막아내자.' 그리고 그 글씨 밑에 검은색 마디가 군데군데 박히고 총으로 무장한 로봇 그림이 그려져 있었다. 그가 가진 티셔츠 대부분은 이해하기 힘들었다. 아마도 대중문화와 관련된 디자인인 모양이었다. 기억상실 전에도, 그 후에도 나는 누려본 적 없는.

그는 두 팔로 나를 감싸고 자신의 가슴 쪽으로 내 몸을 끌어당겼다. 따뜻하고 굳건하고 편안한 품이었다. 그의 체취, 시나몬 껌 냄새와 담배 냄새도 이제는 익숙했다. 나는 그의 가슴에 귀를 얹고 심장박동 소리에 귀 기울였다. 그러자 정말로 오랜만에 숨통이 트였다. 그는 내가 지금 나약한 존재라는 사실을 굳이 말로 설명하지 않아도 이해한다는 듯 아무 말도 하지 않았다.

그의 한 손이 허리 쪽으로 내려와 엉덩이 위, 봉합한 자리 위에 얹혔다. 내가 통증을 느끼며 헉 소리를 내자 그는 불에 덴 것처럼

---

3 달렉(Dalek): 영국 BBC 방송사에서 1963년부터 방영된 시리즈 드라마의 제목이자, 그 드라마에 등장하는 인공지능 로봇 이름이다. 달렉은 '몰살하라!(Exterminate!)'라는 구호를 입버릇처럼 외친다.

손을 뗐다.

"이런, 다쳤어요?" 그는 내 어깨를 붙잡고 어디 다친 구석이 없는지 나를 샅샅이 뜯어봤다.

나는 고개를 저었다. "아뇨. 흠, 다친 거 맞네요. 엉덩이에서 마이크로칩을 조금 전에 제거했거든요. 더 이상 내 위치를 추적할 수 없게 말예요. 적어도 그 방법으로는."

"그게 언젠데요?"

나는 어깨를 으쓱했다. "한 10분 전쯤?"

그는 한숨을 내쉬었다. "맙소사, 이사벨. 그럼 이렇게 두 발로 서 있으면 안 돼요." 역시 그는 말보다 행동이 어울리는 남자였다. 두 팔로 나를 번쩍 들어서 아기처럼 가슴 앞 품에 안은 것이었다.

나는 그의 목덜미에 얼굴을 묻고 중얼거렸다. "내려줘요, 로건. 난 괜찮아요. 게다가 이렇게 나를 안은 채 맨해튼 중심가를 걸어갈 수는 없어요."

"내가 해내나 못 해내나 한 번 볼래요? 당신 말이 맞는다면야 내가 못해내겠지만요." 로건은 마치 무게가 전혀 느껴지지 않는 것처럼 나를 두 팔에 안은 채 군중 속을 뚫고 전진하기 시작했다. 내가 행인의 몸에 머리를 부딪치지 않는지 매 순간 조심스럽게 확인하면서. "한 남자가 한 여자를 안고 중심가를 걸어가는 모습이 오늘 저 사람들이 목격한 가장 희한한 광경일 텐데 다들 관심이 없네요."

나는 로건의 품에서 내려오고 싶지 않았다. 정말로. 그래서 그냥 안고 걸어가도록 내버려 두었다. 로건의 존재를, 체온을, 힘을 즐기면서. 내가 보살핌의 대상, 배려의 대상이라는 사실을 즐기면서.

"그래서…… 당신이랑 케일럽은……." 그것은 다정한 재촉이요, 머뭇거림 끝에 나온 질문이었다.

나는 목이 메었다. "못 헤어졌어요, 로건. 아직은요."

로건은 내 뺨과 이마에 입을 맞추었다. "언제든 당신이 준비가 되면 말해요. 아니면 어쩔 수 없고요. 난 계속 이 자리에 있을 거니까. 알았죠? 당신은 그 걱정만 해요. 난 이 자리에 있을게요. 당신을 이해하면서."

커다랗고 네모난 그의 은색 SUV는 두 블록 떨어진 곳에 주차되어 있었다. 거기까지 가는 내내 나를 안고 있었는데도, 로건은 비틀거리지도 않았고 손의 위치를 바꾸지도 않았다. 단 한 순간도 전혀 가볍지 않은 내 몸무게가 무거운 것처럼 행동하지 않았다. 그는 나를 두 발로 세워놓고 조수석 문을 연 다음 내가 차에 오를 수 있게 돕고 문을 닫았다.

그러고는 날렵하게 운전석에 올라타 시동 버튼을 눌렀다. 그 즉시 시끄럽고 거칠고 요란한 음악 소리가 차 안을 가득 채웠다. 쿵쿵 소리로 가득한데도 멜로디가 듣기 좋은 음악이었다. 여가수의 목소리는 분노에 차 있었는데도 감미로웠다. 여자의 목소리가 노래와 비명 사이를 자유자재로 오갔다. '나는 당신이 창조해낸 어둠, 당신의 죄악, 당신의 창녀예요.' 로건이 서둘러 음악을 끄려고 했지만 내가 말렸다.

"잠깐만요." 그 여가수가 노래하는 방식, 비명을 지르는 방식에 무언가가 있었다. 그 가사 속에 무언가가 있었다. 광기 어린 그 음악 속에 본능적인 무언가가 담겨 있었다. "무슨 노래예요?"

"인 디스 모멘트라는 밴드에요. 노래 제목은 〈창녀〉고요."

"내 이야기일 수도 있겠네요."

우리는 가만히 앉아서 음악을 들었다. 나는 깊은 감동을 받았다. 그녀가 너무나 분명하게 느끼고 있는 분노, 자신의 내부에 존재하는 어둠에 대한 그녀의 주인의식, 아무리 물어도 대답 없는 질문, ……내 영혼의 취약한 부분을 그대로 들려주는 노래였다.

잠시 후 다음 노래가 흘러나왔다. '당신도 나처럼 아픈가요? ……내가 아름다운가요?' 그 노래에는 더 큰 분노가 담겨 있었다. 증오심과 자기혐오와 더러운 자기 자신에 대한 이해가 더 강하게 느껴졌다.

지금 내 존재가 처해 있는 상황과 너무나 비슷하고, 내 존재 자체와 너무나 흡사한 노래였다. 나 역시 불과 분노로 조각된 존재한테 나 자신을 의탁하고 있었던 것은 아닐까. 나는 지금껏 계속 거짓말에 속아 소유당해온 여자, 내게 어울리지 않는 형태로 억지로 빚어진 여자, 계속 세뇌를 당해서 내가 아닌 존재로 만들어진 여자였다. 그게 나였다. 나에게 내 과거는 은폐되어 있었다. 나에 관한 모든 진실은 계속 매장되어 있었다. 심지어 지금까지도 내 욕망은 내 뜻과 반대로 이용되고 있었다. 내 욕망은 무기, 내 살을 베는 날카로운 칼날로 벼려져 있었다.

나는 강풍에 날리는 낙엽처럼 떨고 있었다.

"이 정도면 됐어요." 그 노래가 끝나자 로건이 말했다.

"아뇨, 한 곡만 더요."

로건은 〈피〉라는 제목의 노래를 틀었다. 나는 가사에 귀를 기울였다. '더럽고 더러운 여자…… 당신이 내 모든 걸 앗아갔어. ……당신은 나를 지배하고 짓밟았지…….'

나는 두 눈을 감고 노래 속으로 빠져들었다. 노래에 굴복했다. 여가수와 함께 소리를 지르고 여가수와 함께 노래를 불렀다. 노래 속에서 나 자신을 잃었다.

로건이 노래 한 곡을 더 틀었다. "〈약속〉이란 노래예요." 그 노래에서는 남자 가수의 목소리도 들렸다. 제목이 약속이더니만 두 남녀는 서로에게 상처를 주겠다고 맹세하고 있었다.

그게 어떤 기분인지 나는 알고 있었다. 지금 내가 그 기분을 느끼고 있었다. 나는 용기를 내어 로건을 쳐다봤다. 그리고 진실을 깨달았다. 내가 이 남자에게 상처를 주겠구나. 내가 이 남자에게 이미 상처를 주었구나. 이 남자가 그 사실을 아직 모를 뿐.

로건은 운전을 했고, 나는 로건이 뜻대로 선곡하게 내버려두었다. 그는 노래가 나올 때마다 하나씩 노래 제목과 가수를 알려주었다. 로건이 튼 노래를 부른 가수들은 헤일스톰, 플라이리프, 아마란스, 스킬렛, 파이브 핑거 데스 펀치 등이었다. 왜 다들 이름을 그렇게 지었을까?

그 노래들은 하나같이 분노에 대해 노래하고 있었다.

다시 말해서…… 나는 노래에 담긴 감정의 의미를 이해했다.

우리는 로건의 집에 도착했다. 잠깐이었지만 나는 새로운 음악에 첫발을 내디딘 셈이었다. 당신의 영혼 속에 존재하는 비밀에 도달해 그 비밀을 현실로 바꾸고 그 현실에 목소리를 부여한 음악에. 그것은 내 목소리를 과격하게 바꾸어놓고 있었다.

"내 여자가 메탈을 좋아하네요." 로건이 시동을 끄면서 말했다.

"난 당신 여자가 아니에요." 말을 그렇게 거칠게 함부로 하다니 나 자신이 미웠다. 로건의 얼굴을 보고 내가 그에게 상처를 주었다는 사실을 깨달았다. "말이 잘못 나왔어요. 미안해요."

"아뇨, 사실이잖아요."

"내 말은 그런 뜻이 아니었어요. 하지만…… 말 그대로 난 당신 여자가 아니에요. 당신 여자가 되고 싶고, 지금 내가 당신 여자라면 얼마나 좋을까 생각하지만…… 난, 아니에요. 로건. 난 그냥…… 아니란 말예요."

"왜 아니죠?"

"왜냐하면, 난 망가졌으니까요. 난 끝이 날카로운 파편으로만 이루어진 여자예요. 당신이 계속 나와 함께 있으려고 하면 난 당신을 베어서 갈가리 찢어버리고 말 거예요."

"당신을 위해서라면 피를 흘리는 것쯤은 아무렇지도 않아요."

"그럴 필요 없잖아요." 나는 목구멍에서 느껴지는 씁쓸함을 꿀꺽 삼켰다. "날 위해서 그러지 말아요. 난 그럴 만한 가치가 없는 여자니까."

"가치가 없다고요?" 로건은 목이 메는 소리로 말했지만 나는 차마 그의 얼굴을 바라볼 수가 없었다. "그럴 만한 **가치**가 없다고요? 맙소사. 그 개자식이 당신한테 또 상처를 줬군요. 그렇죠?"

"나 혼자 그렇게 생각한 거예요."

"내 말이 맞잖아요. 안 그래요?"

"맞아요." 나는 차에서 내렸고 그는 내 뒤를 따라왔다. 로건은 집으로 들어가는 현관 맨 아래 계단에 털썩 주저앉았다. "아까 거기에 왜 있었어요, 로건? 그러니까 내 말은, 어떻게 당신은 매번 내가 당신을 가장 필요로 할 때…… 항상 **그곳에**…… 있냔 말예요?"

"난 그냥…… 알아요. 이유는 나도 몰라요. 제정신이 아닌 것처럼 들리겠지만, 설명할 수는 없지만, 그냥…… 아는 거예요. 아, 내가 거기 가 있어야겠구나. 당신한테 내가 필요하겠구나, 그냥 알았어요. 아무것도 안 하고 가만히 앉아 있을 수가 없었어요. 그 매물 건이 끝나서 1주일 휴가가 시작됐는데, 난 그냥…… 당신이 없으니까 미칠 것 같았어요. 당신한테 내가 필요하리라는 사실을 알고 있기도 했고요." 그는 청바지 주머니에서 내 핸드폰을 꺼냈다. "또, 당신이 이걸 우리 집에 놓고 갔잖아요. 이걸 돌려줄 생각이었어요."

"고마워요."

로건은 어깨를 으쓱했다. "무슨 일이 있었던 거예요, 이즈?" 그러고는 담배에 불을 붙여 깊이 빨아들였다.

나는 그 담배를 넘겨받아 그와 함께 담배를 피웠다. 맛은 끔찍했지만 머리가 약간 어지러워지는 것이 쓸 만했다. 몸이 붕 떠 있는 듯한 기분이었다. 잠시나마 자유로운 존재가 된 것 같은 기분이었다. 그리고 어떤 식으로든 그 흡연이 나와 로건을 하나로 묶어주고 있었다.

나는 내 발밑 콘크리트를 물끄러미 바라보았다. "여러 이야기가 있죠. 절반의 진실, 거짓말, 내 나약함까지. 대부분 내가 이미 알고 있었던 것들이지만."

로건은 아주 오랜 시간 침묵했다. 검지와 엄지로 담배를 잡은 채 얼굴 주위로 덩굴손 모양의 나른한 담배 연기를 피워 올리면서. "그럼 내 말이 맞네요."

"솔직하게 말해요, 로건. 내 기분 신경 쓰지 말고요." 나는 그에게 담배를 받아들고 빨아들이면서 점점 색이 짙어져 가는 버찌를 바라보았다. 담배를 돌려주며 이렇게 덧붙였다. "당신 기분도 신경 쓰지 말고 요점을 말하란 말예요."

로건은 가만히 나를 바라보며 눈만 깜박였다. 마지막으로 담배를 빨아들이고 과감한 손놀림으로 담배꽁초를 날렸다. 꽁초는 4미터쯤 떨어진 거리 위에 내려앉으며 불꽃을 터뜨렸다. "케일럽이랑 섹스했어요?"

나는 기어들어 가는 목소리로 간신히 대답했다. "짧게 대답하면…… 그래요."

짧고 잔인한 침묵이 흘렀다. "제기랄. 난 그 사실을 이미 알고 있었어요." 로건은 일어서서 걸음을 옮기면서 묶은 머리를 확 풀어버리고 머리를 흔든 뒤 물결치는 금발 머리를 손가락으로 빗었다. 그러더니 나와 3미터쯤 떨어진 자리에 멈추어 서서 나를 바라보며 물었다. "긴 대답은 뭔데요?"

"이런 상황을 만들다니 내가 정말 싫네요. 난 알고 있었어요. 그 섹스가 아무것도 변화시키지 못하리란 사실을요. 그 사람을 변화시키지도 못하고, 나 자신을 변화시키지도 못하리란 사실을요. 그런다고 원하는 대답을 얻을 수 있는 것도 아니고요. 하지만⋯⋯ 난 나약한 여자예요, 로건. 그 사람이 날 망쳐놨거든요. 물론⋯⋯ 그 사실조차 어떻게 설명해야 할지 알 수 없지만. 그런데 이번에는⋯⋯ 공허함을⋯⋯ 느꼈어요. 그리고 깨달았어요. 그 사람은 그러려고 마음만 먹으면 아무것도 내보이지 않을 수 있는 사람이란 사실을요. 어쩌면 뭔가를 내보이는 그 사람만의 별난 방식이 있는데 내가 그 방식을 모르는 것일 수도 있지만요. 그래서 이 집을 떠날 때보다 나 자신이나 내 과거에 대해 더 알아낸 것이 아무것도 없어요. 그리고 지금은⋯⋯."

"그리고 지금은 어떤데요, 이사벨?"

"당신, 그리고 나뿐이에요. 당신 눈에는 내가 어떻게 보이나요?"

로건은 손가락으로 내 턱을 들어 올렸다. 나는 너무 나 자신에게 열중하고 있었던 터라 그가 내 앞에 와 있는 것도 몰랐다. "당신은 애초에 왜 내가 당신을 보내줬다고 생각해요? 왜 내가 함께 진짜 섹스를 하지 않으려 한다고 생각해요?"

"모르겠어요."

"흠, 헛소리. 당신도 알고 있을걸요. 그 이유를 내가 이미 말해 줬잖아요." 로건은 다시 내 옆에 앉았다.

나는 기억을 더듬었다. "당신은 그렇게 말했죠. 나와 케일럽 사이에 뭔가가 남아 있는 한, 당신과 나 사이에는 시작이 있을 수 없다고요."

"맞아요." 로건은 잠시 뜸을 들였다. "그래서? 이제 끝났나요?"

"잘 모르겠어요. 당신이 결정적인 대답을 듣고 싶어 하는 건 알지만…… 난 그런 답을 줄 수 없어요. 그 사람이 물리적으로 날 소유하는 것은 이제 끝난 셈이죠. 하지만 감정적으로는? 잘 모르겠어요. 그 사람한테 들어야 하는 대답이 아직도 너무 많아요. 나, 나는 아직도 뒤죽박죽이에요, 로건. 그 사람은 뭔가를 알고 있는데 나한테 말을 안 해줘요. 내 과거 문제, 당신 말이 맞을 수도 있지만, 그 사람이 그 사실을 왜 나한테 숨기는지 모르겠어요. 그렇게 철저하게 비밀을 지켜야 할 무슨 이유가 있는 걸까요? 난 단지…… 그 사람한테서 뭔가를 더 알아내야 해요. 내가 다 알게 되었다는 생각이 들기 전에는, 이 정도면 됐다는 기분이 들기 전에는 난 케일럽으로부터 완전히 자유로워질 수 없을 거예요."

"그 문제라면 내가 당신한테 불평할 수가 없잖아요."

"또, 이게 당신한테 무슨 의미가 있을까 싶지만, ……난 그 사람이랑 진짜로 섹스한 게 아니에요. 그 사람이 나한테 섹스를 했고 난 그냥 내버려 두었을 뿐이죠. 뭐, 지금까지 항상 그런 식이긴 했지만요. 물론 솔직하게 말해서 내가 공모한 건 맞아요. 내가 늘 허용했던 대로 그 섹스를 또 허용했으니까요. 하지만 그 순간 그 사람이 거기 서 있는데 난 그냥…… 자신을 잃고 말았어요. 자신이 없었단 말예요." 나는 로건의 손을 잡고 싶었지만 그러기가 겁이 났다. 용기를 내는 고통스러운 시간이 잠시 흐른 뒤, 나는 그의 손 밑으로 내 손가락을 집어넣었다. "그 일 때문에 우리 관계가 달라지는 건가요, 로건?"

로건은 내 손을 깍지 끼어 잡았다. "난 속상해요. 그리고 화가 나요. 무슨 일이 일어날지 이미 알고 있었거든요. 우리 관계의 시작을 미루고 있는 이유도 그거고요. 그런데 여전히 그대로잖아요." 그는 자리에서 일어나서 나를 집 안으로 이끌었다. "난 그저 시간이 좀 필요할 뿐이에요. 알았죠? 당신과 그 남자 사이에 거리를 좀 둬요. ……당신과 나 사이에도."

나는 '당신과 나 사이'라는 말에 대해 생각해볼 수 있는 상태가 아니었다. 간신히 서 있는 것만 해도 버거웠다. 내 마음은 은하계 궤도 모델처럼 각기 다른 방향으로 회전하는 수백만 가지 생각들로 어지러웠다. 로건과 케일럽이라는 두 개의 항성을 공전하는 행성들로서 그 생각들 모두가 제각각 복잡한 궤도를 돌고 있었다. 그리고 그 두 항성은 모두 나를 끌어들이는 자기만의 중력을 갖추고 있는 초질량 독립체였다.

아니, 케일럽은 빛과 질량과 사물을 모조리 빨아들여 가차 없이 파괴해버리는 블랙홀, 로건은 생명과 열을 제공하고 생물의 성장을 허용하는 태양이었다.

로건은 나를 거실로 데려가 소파 쪽으로 밀었다. 내가 소파에 앉자 로건이 코코아를 풀어주었다. 코코아는 특유의 활기찬 강아지 키스로 내게 환영 인사를 건넨 다음 바닥에 누워 우리를 지켜봤다. 로건은 부엌으로 사라졌다가 뚜껑을 딴 새 맥주 두 병과 반쯤 남은 제임슨 위스키 한 병을 들고 돌아왔다. "술 마시기 전 경고 하나. 술은 아무것도 바로잡지 못해요. 하지만 가끔은 떡이 되도록 마셔도 괜찮아요. 그러면 삶이라는 그 빌어먹을 진창에 대해 걱정하지 않을 수 있거든요. 좀 거리를 두고 세상만사를 볼 수 있게 되는 거예요. 그리고 내가 경험을 통해 깨달은 바에 의하면 지독한 숙취에 시달리고 있을 때 고민거리에 대한 가장 명쾌한 생각이 떠오르는 경우가 있더라고요. 머리가 아프고 속이 뒤집히면 잔인할 정도로 스스로에게 솔직해지거든요."

로건은 내게 위스키병과 맥주 한 병을 건넸다.

나는 멀거니 그를 쳐다보았다. "잔은 어디 있어요?"

그는 소리 내어 웃었다. "이렇게 술을 마실 때는 잔 없이 그냥 마시는 거예요, 자기. 그냥 병에 입을 대고 마셔요."

"얼마나 많이?"

"적당한 크기의 스트레이트 잔 용량 정도니까 두 모금쯤. 하지만 이런 상황에서는 그냥 몸을 가눌 수 없을 때까지 계속 마시라고 말하고 싶네요."

최악의 상황이라는 생각이 들었지만, 되도록 빨리 몹시 심하게 취해버리면 정말로 괜찮을 것 같았다.

나는 병을 들어 입술에 대고 조심스럽게 술을 마셨다. 독한 술이었지만 스카치와는 스타일이 달랐다. 사실 제임슨이 스카치보다 넘기기가 더 쉬웠다. 독한 술을 목구멍으로 흘려 넣고 숨을 내쉬어 그 술을 넘겼다. 그러고 나서 로건이 알려준 대로 했다. 한 모금, 두 모금, 세 모금 더 술을 마셨다. 너무 독해서 목구멍이 타는 것 같았고, 산소를 들이마시려고 숨을 헐떡여야 했다. 날뛰는 목구멍을 진정시키려고 한 번에 맥주 반병을 마셨다. 잠시 후 머리가 핑핑 돌기 시작했다.

로건은 내 손에서 병을 가져가 나와 똑같이 술을 마셨다. 내가 마신 양만큼 위스키를 마시고 맥주로 목을 씻어냈다. 잠시 후 로건이 갑자기 뭔가 참으로 희한한 행동을 하기 시작했다. 위스키와 맥주병을 탁자에 내려놓고 소파에 앉아 내 다리를 자기 무릎 위에 얹더니 양말을 벗겨서 바닥으로 던져버리는 것이었다. 내 한 발을 들고 두 손으로 그 발을 감싸더니 발바닥의 오목하게 들어간 부분을 엄지로 꾹꾹 눌렀다. 그 즉시 내 입에서 탄식이 흘러나왔다.

"지금 뭐 하는 거예요, 로건?"

"인생의 지극한 즐거움 중 하나인 발 마사지를 해주는 거예요."

믿기지 않는 경험이었다. 로건의 손이 멈추지 않았으면 싶었다. 그 손길이 어찌나 친근하고 경쾌한지 섹시하게 느껴지기까지 할 정도였다. 로건은 오목한 부분에 엄지를 꾹 누른 채 단호하게 원을 그렸다. 뒤꿈치와 발 앞부분을 차례로 누른 뒤 발가락 사이사이에 손가락을 꼈다. 간지러운 느낌에 나는 깔깔 웃음을 터뜨렸다. 맥주를 마시며 잠시 쉬었다가 로건은 다른 쪽 발도 똑같은 방법으로 마사지했다.

그런 다음 이번에는 손가락으로 종아리 근육을 꾹 누른 채 원을 그리면서 주물렀다. 두 다리를 번갈아 가면서. 로건의 손은 점점 위로 올라와 이제 내 무릎 위에 머물러 있었다. 1센티미터씩 위로 올라올 때마다 마사지는 점점 더 은밀해지고 있었다. 내 발목과 종아리를 하나씩 잡고 있는 그의 두 손 위로 드레스 치맛자락이 걷혀 있었다.

아, 맥주를 깜박하다니. 나는 맥주를 한 모금 마시고 로건의 얼굴을 살폈다. "이거 정말 놀라운 느낌인데요."

"잘됐네요. 당신은 인생의 놀라운 것들을 좀 맛볼 필요가 있어요."

"가장 놀라운 건 당신한테 있던데요." 이 말을 입 밖으로 소리 내어 할 생각은 아니었는데, 위스키 때문에 혀가 느슨해진 모양이었다.

로건은 내 위험한 농담에 웃지 않았다. "남들이 보면 내가 당신한테 나쁜 영향을 준다고 말할지도 몰라요." 그가 위스키 병을 건네기에 나는 병을 받아 두 모금을 마시고 곧바로 맥주로 목을 씻어냈다. "이게 그 대표적인 예네요. 내가 당신한테 맥주로 위스키를 씻어내는 법을 가르쳤군요."

"그건 사실이잖아요. 그것도 아주 분명한 사실이죠. 하지만 난 상관 안 해요. 당신이 나쁘다고 말하는 것들은 대부분 다 좋은 것들이니까."

이 말에는 로건도 웃었다. "당신이 그렇게 생각한다니 기분 좋네요."

오른 다리에서 왼 다리로 그의 손길이 옮겨갔다. 그의 두 손이 내 다리 위에 머물러 있다는 사실 말고는 아무것도 떠오르지 않았다. 로건은 손가락으로 근육을 꾹꾹 누르고 손바닥으로 무릎 뒷부분의 부드러운 피부를 쓰다듬었다. 친근한 손길이었다. 그런 식으로 그의 손길이 점점 더 위로 올라왔으면 좋겠다는 생각이 내 마음의 더러운 한구석에서 피어올랐다. 바로 그 순간 일어날 수 있는 일 가운데 그게 가장 가능성 없는 일이라는 사실을 잘 알고 있었는데도.

"배고파요?" 로건이 물었다.

나는 대충 고개를 끄덕였다. "네. 아주 많이 많이 배고파요."

"당신 취했네요." 로건이 웃음을 터뜨렸다.

"네, 취했어요. 사실 아주 많이 취했어요. 그리고 그 사실이 아아아아아주 마음에 들어요."

그 소파 역시 마음에 들었다. 편안하고 포근한 소파였다. 소파가 나를 빨아들여 삼키고 있었다.

"좋아요. 그럼 된 거예요. 별로 많이 마시지도 않았잖아요. 그렇죠?"

"사실 나는 술을 많이 안 마셔요. 자주 마시지도 않고요. 케일럽이 계속 나더러…… **건강한** 음식만 먹으라고 해서……."

"흠, 그럼 나는 건강하지 않고 맛있는 음식을 줄게요. 그 자리에 딱 붙어 있어요." 플라스틱 용기 부딪치는 소리가 들렸다. 잠시 잠잠하더니 전자레인지 문을 여닫는 소리, 전자레인지에서 뭔가가 데워질 때 나는 낮은 웅 소리가 들렸다. 궁금했다. 하지만 술을 마시는 것이 너무나 편하고 즐거워서, 로건이 뭘 만들고 있는지 굳이 보러 가고 싶은 마음이 들지 않았다. 잠시 후 음식 냄새가 났지만 무슨 음식인지 알아낼 수는 없었다.

로건이 한 손에 맥주 두 병, 다른 한 손에 도자기 접시를 들고 와 내 옆 소파 위에 털썩 주저앉았다. 그러고는 내가 손에 쥐고 있는 병을 가져갔다. 사실 나는 그 병이 비어 있는지도 몰랐다. 언제 그 술을 다 마셨는지도 기억나지 않았다. 로건은 내 손에 가득 찬 새 맥주병을 쥐여 주었다. 나는 한 모금 들이켰다. 마시면 마실수록 점점 더 맛있었다. 그때 음식 냄새를 맡았다. 식사를 마지막으로 한 게 언제였는지 기억조차 나지 않았다. 접시에 칩 모양의 과자가 담겨 있었다. 녹은 치즈가 곁들여진 노란색 옥수수 칩이었다. 제멋대로 뭉치고 늘어난 오렌지색 치즈 웅덩이 위에 그보다 약간 흰빛이 도는 노란색 옥수수 칩이 피라미드 모양으로 쌓여 있었다.

한 개를 집어 먹어 보았다. 아, 세상에나.

"이게 뭐예요?" 나는 입안 가득 칩과 치즈를 문 채 물었다.

로건은 웃음을 터뜨렸다. "외계인한테 음식 대접하는 기분이네요. 장담하는데, 당신은 맛있는 음식은 하나도 먹어보지 못한 게 분명해요. 이건 나초라고 해요. 치즈를 곁들인 칩이죠. 안주로 이

보다 더 좋은 음식은 없을걸요."

"피자랑 치킨 샤와르마만 빼고요." 내가 거들었다.

"아, 감자칩도."

"그리고 맥주도."

"맥주가 빠지면 절대 안 되죠." 로건이 동의했다. 로건은 칩을 집으려다가 말고 웃음을 터뜨렸다. 내가 이미 깨끗이 먹어치워서 접시가 비어 있었기 때문이다. "정말로 배가 고팠군요. 그렇죠?"

나는 당황해서 로건의 얼굴을 쳐다보았다. "미안해요. 돼지처럼 먹어치울 생각은 아니었는데."

로건은 그저 웃으며 고개를 저을 뿐이었다. "그런 바보 같은 소리 하지 말아요. 사과도 하지 말고요." 그러더니 손을 뻗어 내 머리를 쓰다듬었다. "뭐 더 먹고 싶어요?"

나는 가만히 고개를 끄덕였다. 그 많은 걸 나 혼자 순식간에 먹어치우다니 믿을 수가 없었다. 큰 접시 가득 칩이 쌓여 있었는데. "좋아요, 주세요."

"'땅버젤' 먹어본 적 있어요?"

"뭐라고요?"

"없나 보네요. 땅콩버터와 젤리를 바른 샌드위치요."

나는 어깨를 으쓱했다. "그런 기억은 없는데요."

"그럼 한번 먹어봐요. 마음에 들 거예요. 내 주식 중 하나거든요. 난 땅버젤을 먹으면서 자랐어요. 지금도 뭘 먹어야 할지 모르겠다 싶을 때는 그걸 먹어요."

몇 분 뒤 로건은 샌드위치 네 개를 들고 돌아왔다. 두 개는 내 몫, 두 개는 자신의 몫이었다. 첫입을 베어 물었는데…… 말 그대로 꿀맛이었다. 땅콩 알갱이가 씹히는 버터, 차가운 과일 젤리, 보드랍고 하얀 빵. 샌드위치 한 개를 순식간에 끝장냈다. 그리고 두 번째 샌드위치를 반쯤 먹었을 때 어떤 기억이 떠올랐다.

햇살이 눈부시다. 앞이 안 보일 정도로. 나는 두 눈을 빛내며 식탁에 앉아 있다. 손 밑에 놓인 나무가 느껴진다. 나뭇결이 거칠고 투박한 식탁이다. 여기저기 긁히고 홈이 패어 있지만 세월의 풍파에 닦여 부드럽게 광이 나는 식탁이다. 나는 오른손 검지 끝으로 홈을 어루만지다가 손톱으로 그 홈을 긁어낸다. 그 동작을 백만 번은 한 것 같다. 그 자리에 앉아 뭔가를 기다리면서 손톱으로 홈을 긁어내는 그 동작을. ……바다, 소금물 냄새가 난다. 어딘가 거리가 좀 있는 곳에서 철썩철썩 파도치는 대양 소리가 들려온다. 내 의문에 함께 답하듯 갈매기가 끼룩끼룩 울어댄다.

햇빛 속에 한 여인의 실루엣이 서 있다. 키가 크고 가녀린 여인이다. 풀어헤친 긴 머리가 허리 높이에서 찰랑댄다. 여인은 오직 자기 귀에만 들리는 음악에 맞추어 엉덩이를 살랑살랑 흔든다. 조리대 앞에 서서 무언가를 하는 모양이다. 여인은 샌드위치를 만들고 있다. 포도 젤리를 빵 위에 두껍게 펴 바르고 그 위에 땅콩이 듬뿍 든 땅콩버터를 바른다. 사선으로 반 토막 낸 샌드위치를 내 앞에 내려놓는다. 가장자리에 파란 꽃무늬가 정교하게 새겨진 하얀색 도자기 접시에 담아서.

여인이 앞으로 몸을 숙인다. 여인의 몸에 햇빛이 가려지면서 얼굴이 보인다. 해가 떠오르듯 미소가 얼굴 전체로 퍼져 나가는 여인의 얼굴이 보인다. 여인의 두 눈이 반짝인다. "Comer, mi amor.[4]" 여인의 목소리는 음악 같다.

여인이 내 뺨에 입을 맞춘다. 여인에게서 마늘 냄새와 향수 냄새가 난다.

"……이사벨? 이사벨!" 로건의 목소리가 내 의식 속으로 스며들었다.

"우리…… 우리 엄마가 나한테 이 샌드위치를 만들어주고는 했어요. 내가 어렸을 때. 지금 막 생각이 났어요. ……엄마를 본 것 같아요. 나는 식탁에 앉아 있었어요. 바닷가 집 같았어요. 기억나는 건 그게…… 그게 다예요. 하지만…… 난 느낄 수 있었어요."

로건은 말문이 막힌 것 같았지만 나는 그의 말이 필요하지 않았다. 로건은 한 팔로 나를 안고 가까이 끌어당겼다. "내가 곁에 있어요, 자기."

내게 필요한 것은 그게 다였다. 로건은 아무 말도 하지 못했지만, 나는 그에게 들을 말이 없었다.

로건의 규칙적인 심장 박동이 나를 안심시키듯 내 귀 밑에서 부

---

4 Comer, mi amor: 스페인어로 '많이 먹으렴, 내 사랑.'이란 뜻이다.

드럽게 둥둥 울렸다. 지금이 몇 시인지 알 수 없었지만 아무래도 상관없었다. 세상은 빙글빙글 돌고 있었고 나는 세상과 단절되어 있는 듯한 기분이었다. 원심력 때문에 고삐가 풀려버려서 언제라도 훨훨 날아가 버릴 수 있을 것만 같은 기분이었다.

"케일럽의 집에서…… 꿈을 꿨어요. 지금 생각해 보니까 기억 같아요. 확실하진 않지만요. 자동차 사고였어요. 물론 그것도 짐작일 뿐이지만. 그때 꿈속의 내가 알고 있던 것은 아프다는 것, 춥다는 것, 비가 내리고 어둡다는 것뿐이었어요. 고통이 너무 심했어요. ……혼자였거든요. 그런데 그 사람이 거기 있었어요. 그 전에 그 사람을 본 적이 있는 것 같은 기분이 들었죠. 그리고 그건 노상강도 사건이 아니었어요. 그 사람은 항상 나한테 그렇게 말했지만요. 노상강도가 저지른 짓이라고. 하지만 내 꿈에서 일어난 일은 그게 아니었어요. 노상강도가 아니었단 말예요. 그 사람이 나한테 거짓말을 한 거죠. 그런데 왜요? 왜 그런 거짓말을 했을까요?"

"그 사건 중에 일어난 어떤 사실을 당신에게 알려주고 싶지 않기 때문이겠죠."

너무나도 이해가 되지 않는 일이었다. 그 생각만 하면 가슴이 아팠다. 케일럽이 숨기고 있는 사실이 뭘까? 잠깐만 생각해봐도 이런저런 가능성이 너무 많았고, 그런 걸 일일이 따져보기에는 머리가 너무 어지러웠다.

샌드위치 반쪽이 여전히 손에 들려 있었다. 샌드위치를 옆에 내려놓았다. 차갑고 축축한 코가 손을 쿡 찌르는 것이 느껴져서 눈을 떠보니 코코아의 코가 보였다. 코코아의 코가 두 개로 보였다. 흐릿하게 두 개의 상이 겹쳐진 코코아가 간절한 눈빛으로 나를 올려다보고 있었다. 나는 남은 샌드위치를 바닥으로 떨어뜨렸다. 그 조그만 빵조각이 코코아의 발 옆에 툭 떨어졌다.

코코아는 음식에 덤벼드는 대신 간청하는 눈빛으로 로건을 쳐다보았다. "사람 음식은 먹지 않기로 되어 있지만 이번 한 번은 봐줘도 될 것 같은데." 그는 애정 어린 손길로 코코아의 귀 뒤를 긁어주었다. "먹어, 딸."

코코아는 빵조각을 한입에 해치우고 입술을 핥더니 제자리로 돌아갔다. 거실과 복도가 만나는 문 근처 깔개 위 자리였다. 그러고는 꼬리로 박자감 있게 바닥을 두드렸다. 탁, 탁, 탁, 탁.

"난 코코아가 좋아요. 참 착한 강아지예요."

로건은 웃음을 터뜨렸다. "알아요. 그런데 코코아는 내 여자예요."

"난 내가 당신 여자인 줄 알았는데요." 내가 듣기에도 너무 안달난 것처럼 들리는 목소리였다.

"지금 내 개를 진짜로 질투하는 거예요, 이사벨?" 로건이 물었다. 그의 목소리에서 웃음기가 묻어났다.

"아뇨. 닥쳐요." 내 얼굴과 목소리에서 묻어나는 웃음기를 숨길 수가 없었다. 그러려고 해보지도 않았지만.

잠시 후 우리 두 사람 사이에 편안한 침묵이 흘렀다. 세상이야 내 주위를, 내 밑을 돌건 말건 상관없었다. 로건에게 몸을 기대고 귀밑에서 울리는 그의 심장박동 소리를 들을 수만 있다면. 그 순간에는 케일럽도, 거짓말도, 나 자신과 관련된 숨겨진 진실도, 아니 아무것도 머릿속에 떠오르지 않았다.

"고백할 게 있어요." 로건이 말했다.

나는 부정의 몸짓으로 그의 가슴에 얹혀 있는 머리를 저어보려고 했지만 머리는 엉성하게 좌우로 까닥이기만 했다. "난 지금 진지한 이야기를 감당할 수 있는 상태가 아닌데요."

"그런 얘기가 아니에요. 그저 당신을 취하게 만든 데 숨겨진 다른 의도가 있었다는 말을 하려던 거였어요."

나는 몸을 비틀어 멍한 눈으로 로건을 바라보았다. 로건도 두 명으로 보여서 초점을 맞추려고 한쪽 눈을 감아야 했지만, 아무튼. "아, 그래요? 그게 뭔데요?"

"그래야 당신의 유혹에 걸려들 가능성이 줄어들 테니까요. 난 당신이 지쳐 있는 순간을 이용해 먹는 놈은 아니거든요. 특히나 지금처럼 당신이 취약해져 있는 순간에는 더더욱 그럴 수 없죠."

"그건 내가 기대한 말이 아닌데요."

로건은 내 팔을 어루만졌다. "알아요. 난 그저 합당한 상황을 만들고 싶은 것뿐이에요. 앞으로 우리한테 그 일이 일어났을 때 우리 둘 다 준비가 되어 있는 그런 합당한 상황 말예요. 당신은 아직 그런 상황이 아니고요."

나는 고개를 끄덕였다. "그래요. 그랬다면 얼마나 좋았겠냐만 내 상황은 아직 그렇지 못하니까. 내게 필요한 답이 그 사람한테 있어요. 그리고 그 답을 얻지 못하는 한 나는 그 사람 손아귀에서 빠져나가지 못하겠죠. 당신한테는 공정하지 못한 일이지만요."

"삶은 원래 공정하지 못한 거예요. 지금까지 내 삶은 언제나 공정하지 못했어요. 앞으로도 계속 그럴 테고요. 삶이 공정하다면 가장 친한 친구가 죽는 일도, 내가 감옥에 가는 일도 일어나지 않았겠죠. 삶이 공정하다면 내가 아니라 케일럽이 체포되었을 거예요. 그리고 당신도 기억상실증에 걸리지 않았겠죠. 삶이 공정하다면 우리는 벌써 함께였을 거예요. 이런 식으로 우릴 가로막는 것들도 없었을 테고요."

"그러니까 삶은 공정하지 않은 거네요."

로건은 한숨을 내쉬었다. "어림도 없는 일이죠. 우리가 함께 한 일을 후회한단 말은 아니에요. 그저…… 그 일 때문에 내가 합당한 상황을 만들기가 더 어려워졌다는 것뿐이죠. 내가 당신을 이미 알게 되었으니까요. 우리 둘 사이에 끼어 있는 모든 장애물이 없어지고 나면 둘이 함께 무엇을 할 수 있을지, 그 미래를 미리 살짝 맛보게 되었으니까요."

"하지만 난 나약한 여자예요. 그리고 우리 둘 사이에는 아직 뭔가가, ……케일럽이 끼어 있잖아요." 말을 맺는데 목이 메었다.

로건은 또다시 말이 없었다. 그 말은 사실이었고, 우리는 둘 다 그 사실을 알고 있었다.

"지금 몇 시예요?"

"왜요?"

"몇 신지 감이 안 잡혀서요. 궁금하기도 하고."

로건은 손목을 들고 시계를 들여다봤다. "오후 두 시 반이에요."

"피곤하네요." 두 눈을 계속 뜨고 있고 싶었지만 그럴 수가 없었다. 눈꺼풀이 협조를 안 했다. "미안해요. 이렇게 재미없는 사람처럼 굴어서. 그냥…… 너무 피곤해서 그래요."

"내가 곁에 있을게요, 이사벨. 편하게 쉬어요. 갑시다. 방에 데려다줄게요."

나는 계속 로건 옆에서 잠을 자고 싶었다. 그 사람 곁에 있으면 안전하다고 느끼는 모양이었다.

꿈에 로건이 나왔다. 우리는 함께 발가벗고 있었다. 우리 사이에는 아무것도 존재하지 않았다. 그리고 유리가 산산조각나고 철판이 우그러지는 꿈을 또 꾸었다. 그곳은 여전히 비가 내리고 있었고 어두웠다. 그런데 그 어둠 속에 로건이 나와 함께 비를 맞고 서 있었다. 손을 뻗으면 닿을 것 같은 거리에.

딱 손을 뻗으면 닿을 것 같은 거리에. 현실에서처럼 꿈에서도.

겁에 질려 꿈에서 깨어나고 보니 혼자였다. 나는 온몸이 땀에 젖은 채 소리를 지르고 있었다. 두려움이라는 꿈의 찌꺼기가 내 마음을 뒤덮고 있었다. 종탑 안에서 날갯짓하는 박쥐처럼 악몽의 파편이 내 영혼이란 공간 속에서 퍼덕거리고 있었다. 어둠 속에서 굶주린 두 눈을 빨갛게 빛내면서. 불현듯 앞이 안 보일 정도로 밝은 빛이 나를 비추었다. 혈관 속 피가 얼음처럼 차가워졌다. 상실감, 혼란. 내 마음속은 온통 무질서하고 거칠고 어수선하고 강렬하지만 무의미한 것들로 가득했다.

숨을 쉬려고 했지만 할 수가 없었다. 숨을 쉴 수가 없었다. 가슴이 강철판에 짓눌려 있어서 숨을 쉴 수가 없었다. 두 손이 떨렸다. 두 볼을 타고 눈물이 제멋대로 마구 흘러내렸다. 도저히 멈출 수 없는 눈물이었다. 간절히 숨을 쉬고 싶었지만 그럴 수가 없었다. 공포가 두개골 안쪽을 짓밟고 심장을 쥐어짰다. 심장이 제비 날개처럼 파르르 떨렸다.

로건은 어디 있지?

내가 있는 여기는 어디지?

나는 침대에 누워 있었다. 넓은 매트리스 위에는 나뿐이었다. 담요는 발에 채어 침대 가장자리로 밀려나 있었고 시트는 내 다리 밑에 마구 뭉쳐져 있었다. 온몸이 땀범벅이었다. 밖은 어두웠다. 침대 옆, 손을 뻗으면 닿을 거리에 있는 나이트스탠드 위 전자시계를 보니 새벽 1시 28분이었다. 온 세상이 깜깜했다. 불이란 불은 모두 꺼져 있었다. 그때 창문으로 달빛이 흘러들었다. 빛의 강이 바닥과 내 피부를 은색으로 물들였다. 나는 브라와 팬티만 입고 있었다. 옷을 벗은 기억이 나지 않았다.

나는 간신히 실낱같은 공기를 빨아들였다. 한 번 더. "로건?" 목에서 쉰 목소리가 들렸다.

아무 대답이 없었다.

"로건?" 조금 더 크게 불러보았다.

몸을 굴려 침대 밖으로 나와 두 발로 바닥에 섰다. 맨발에 닿는

원목 마룻바닥이 차가웠다. 브라가 너무 꽉 껴서 답답했다. 숨을
쉴 수가 없었다. 더듬더듬 후크를 풀고 브라를 벗어서 옆으로 던져
버렸다.

나는 어지러웠다. 목이 말랐다. 머리가 아팠다. 심장이 쿵쿵 뛰
었다.

숨을 쉴 수가 없었다.

로건이 없어서 숨을 쉴 수가 없었다.

로건은 소파 위에서 헐렁한 반바지만 입은 채 잠들어 있었다.
커피 테이블 위에 노트북 한 대가 열린 채 놓여 있었다. 화면은 깜
깜했다. 그 옆에 로건의 핸드폰과 메모지 패드, 펜이 나란히 놓여
있었다. 메모지 위에 전화번호 몇 개가 적혀 있었다. 모두 212국
으로 시작되는 뉴욕 번호였다. 갈겨쓴 글씨, 위에 줄을 그어 지운
글씨, 끼적거려 놓은 글씨, 추상적인 모양의 낙서, 잉크 소용돌이,
삼각형과 합쳐진 사각형, 나무로 자라난 회오리 모양과 여러 개의
호로 가득했다. 그 종이 맨 밑에 로건이 밑줄을 몇 개 쳐놓은 글씨
가 있었다.

'제이콥 카슈파레크'

그 밑에 한 개의 단어가 적혀 있고 위에 써진 이름과 짙은 색 화
살표로 이어져 있었다. '서명'

이게 다 무슨 뜻일까?

그저 로건을 보기만 했는데도 진정이 되었다. 로건은 깊이 잠들
지 않았는지 자꾸 몸을 뒤척였다. 나는 로건의 머리가 놓인 쪽 소

파 위에 앉아 손가락으로 그의 머리를 쓰다듬었다. 로건은 뭔가 알아들을 수 없는 말을 몇 마디 중얼거리더니 몸을 뒤척여 내 쪽으로 다가왔다. 나는 그의 머리를 끌어당겨 내 무릎 위에 얹었다. 그는 만족스러운 듯 소년 같은 목소리로 작게 중얼거렸다. 그 소리를 듣자 내 안의 무언가가 녹아내렸다. 그의 한 손이 내 허벅지 위에 얹혀 있었다. 나는 소파에 앉은 채 몸을 낮춰 커피 테이블 위에 두 발을 얹었다. 그러자 로건이 소파 등받이와 내 등허리 사이로 한 팔을 집어넣었다.

다시 잠이 들 수는 없었지만 휴식을 취할 수는 있었다. 두 눈을 감은 채 긴장을 풀고 나를 관통하는 평화로운 느낌을 그대로 받아들였다.

나는 마음이 아플 정도로 이 남자가 너무나 필요했다.

12

나는 새벽 내내 꾸벅꾸벅 졸았다.

해가 뜨고 시간이 좀 지난 뒤 로건이 갑자기 잠에서 깼다. 그는 나를 보자마자 눈을 깜박이며 물었다. "이사벨?"

나는 그를 내려다보며 웃었다. "안녕!"

그의 시선이 내 젖가슴을 더듬었다. 로건은 간신히 시선을 떼어 내며 말했다. "도대체…… 흠, 어떻게 된 거예요?"

"악몽을 꿨어요. 잠에서 깼는데 당신이 옆에 없어서 찾으러 나왔죠."

"당신이 악몽을 꿨는데, 내가 당신 무릎 위에 머리를 얹은 채 잠에서 깼단 말인가요?" 로건은 내 무릎 위에서 머리를 치우고 싶은 마음이 없어 보였고, 나는 그 사실이 좋았다.

"보통 나는 악몽을 꾸면 공황장애 증상이 도져요. 숨을 쉴 수도 없고 몸을 움직일 수도 없죠. 생각하는 것도 힘들고요. 그런데 오늘은 여기에 잠들어 있는 당신 모습을 보자마자…… 진정이 됐어요. 이렇게 내 무릎을 베고 잠을 자는 당신을 보니까…… 괜찮아졌어요. 내게 필요한 건 그것뿐이었거든요."

"미안해요. 당신이 잠에서 깼을 때 옆에 못 있어 줘서."

"하지만 옆에 있었는걸요."

"내 말이 무슨 뜻인지 알잖아요." 로건은 두 눈을 문질러 잠기운을 털어냈다. 그의 시선이 다시 벌거벗은 내 젖가슴 위로 돌아왔다. "맙소사. 당신은 정말 눈부시네요."

"당신도 그래요."

로건은 정말로 눈부셨다. 나는 그의 문신 속에서 여러 그림을 구분해 따라 그려보면서 꽤 긴 시간을 보냈다. 그의 근육 위에 그려져 있는 등고선을 손가락으로 어루만지면서, 숨 쉬는 그의 모습을 지켜보면서.

"당신, 셔츠를 입어야겠어요. 아니면 내가 다른 방으로 가야 할 것 같아요." 로건의 목소리는 두껍고 낮았다. 로건이 일어나 앉았다. 내가 그에게 영향을 끼쳤다는 사실을 알 수 있었다. 그는 몸을 비틀어 그 사실을 숨기려고 했지만, 그의 성기가 반바지를 뚫고 나올 것처럼 일어서 있는 것이 보였다.

"내 옷 어디에 뒀는데요?"

로건은 일어섰다. "음, 침대에 당신을 눕힐 때 내가 벗겼어요. 그럼 당신이 훨씬 편하게 잘 수 있을 거라고 생각했거든요."

나는 그를 바라보며 말했다. "정말 사려 깊네요. 그런데 난 보통 잘 때는 브라를 안 해요. 불편해서요. 다음에는 꼭 그것도 벗겨줘요."

로건은 침실로 사라졌다가 내 옷을 들고 돌아왔다. "그런 상황이 또 생기면 내가 자제심을 잃지 않을 수 있을지 모르겠네요." 그는 내게 옷을 건넸다. "난 잠깐 샤워를 하려고 하는데 당신 먼저 할래요?"

나는 고개를 저었다. "아뇨. 고맙지만 난 괜찮아요."

로건은 끝으로 나를 다시 한번 쳐다봤다. 내 몸을 감상하듯 더 듣는 그의 시선에는 욕망이 노골적으로 드러나 있었다. 잠시 후 로건이 욕실로 들어갔고 샤워기에서 물 쏟아지는 소리가 들렸다. 몇 분 지나지 않아서, 그가 끼적여 놓은 쪽지가 생각났다. 의문점도 함께 떠올라서 나는 로건에게 물어보기로 했다. 욕실 문을 살짝 밀어 열자 증기와 비누 냄새가 흘러나왔다. 샤워 부스가 유리로 되어 있어서 그의 모습이 그대로 보였다. 뭉게뭉게 피어오르는 뿌연 수증기 때문에 약간 흐릿해 보이기는 했지만. 그의 알몸은 눈부시고 완벽하고 아름다웠다. 나는 멀거니 그의 모습을 바라봤다. 로건은 한 손으로 앞 벽을 짚은 채 샤워 물줄기를 마주 보고 서 있었다. 물줄기가 그의 머리를 지나 목과 등으로 흘러내렸다. 그는 등을 살짝 굽혀 앞으로 몸을 숙이고 있었다.

나는 로건이 무엇을 하고 있는지 단박에 알아챘다. 그의 손이 거대한 성기 위를 천천히 오르내리고 있었다. 그는 자위행위를 하고 있었다. 로건은 내가 거기에 와 있는 것을 아직 모르고 있었다. 나는 그 모습에 사로잡혀 말없이 바라보기만 했다. 자극적이었다. 그의 두 눈은 꼭 감겨 있었고 턱은 악물려 있었다. 그의 자세에서 그가 어떤 내적 고통을 겪고 있는지, 얼마나 엄청난 갈등을 겪고 있는지 알 수 있었다. 나는 자신의 성기를 꽉 잡고 거칠게 손을 놀리는 로건의 모습을 바라보았다. 저 손이 내 손이라면 훨씬 더 부드럽게 해줄 텐데. 관음증 환자가 된 것 같은 죄책감은 전혀 느껴지지 않았다. 죄책감을 느껴야 마땅했지만 죄책감 대신 짜릿함만 느껴졌다. 몸 아래쪽으로 열기가 몰리면서 음부가 젖어왔다. 그의 몸을 만지고 싶었다. 팬티를 벗어버리고 로건이 있는 샤워 부스 안으로 들어가 로건의 손을 치우고 내 손으로 그를 만지고 싶었다. 허벅지를 그의 허리에 감고 내 안으로 들어오는 그를 느끼고 싶었다. 나를 취하는 그를, 나를 강탈하는 그를, 나를 유린하는 그를, 나를 겁탈하는 그를 느끼고 싶었다.

예전에 바로 이 욕실 밖에서 로건에게 했던 말이 생각났다. "옷 입어요, 엑스. 내 자제력을 확인하려는 게 아니라면 말이에요. ……앞뒤 가리지 않고 당신을 겁탈하고 싶어지니까."

로건이 앞뒤 가리지 않고 나를 겁탈해줬으면 싶었다.

그러나 감히 그런 행동을 할 수는 없었다. 아직은. 케일럽의 체취가 내 몸에 생생하게 묻어 있는 지금은. 나는 로건을 원했다. 로건이 필요했다. 너무나 간절하게 필요했다. 하지만 그를 가질 수가 없었다. 나를 쥐고 흔드는 케일럽의 손아귀에서 벗어나지 못하는 한.

맙소사. 이제 로건의 손은 흐릿하게 보일 정도로 빠르게 움직이고 있었다. 쭉 편 상체가 흔들렸다. 자신의 성기를 쥔 그의 손이 밑동 맨 아랫부분까지 내려갔다가 다시 위로 올라왔다. 주먹 안으로 성기를 찔러 넣을 때마다 힘이 들어가 팽팽하게 조여지는 불룩한 엉덩이, 격한 손아귀 힘 때문에 보라색으로 변해버린 귀두를 바라보고 있으려니까 최면에 걸린 것처럼 꼼짝도 할 수가 없었다. 시선을 돌릴 수가 없었다. 그러고 싶지도 않았지만.

로건이 억누르듯 작게 신음 소리를 냈다. 성기를 펌프질하는 손놀림이 다시 빨라졌다. 이제 그는 몸을 앞으로 기울여 대리석 벽을 짚은 한 팔에 몸무게를 모두 실은 채, 엉덩이를 앞으로 찌르고 있었다. 척추는 호를, 그의 전신은 활 모양을 그리고 있었다. 근육, 문신, 단단한 살과 몸의 각도, 그는 남성성의 결정체였다.

로건이 사정을 할 때 하마터면 나도 함께 흥분할 뻔했다. 그의 성기에서 정액이 온천처럼 뿜어져 나와 대리석 벽을 덮었고 그 정액은 샤워기 물에 씻겨 내려갔다. 그는 계속해서 자신의 성기를 거칠게 펌프질했다. 잠시 후 성기 끝에서 다시 한번 거세게 정액이 뿜어져 나왔다. 그리고 밑동 부분을 쥐고 문지르자 세 번째로 흰색 점성 액체가 분출되었다. 로건은 손바닥으로 귀두를 문지르고, 손으로 성기를 잡아 펌프질해 짜내는 동작을 두어 번 반복했다. 마침내 그의 자위행위가 끝났다.

그리고 그 순간 로건이 나를 발견했다.

그의 눈이 가늘어졌고 그의 턱에 힘이 들어갔다. "이사벨."

내 젖가슴을 더듬던 그의 시선이 아래로 내려가더니 음부에 멈추어 섰다. 나도 고개를 숙여 아래를 내려다봤다. 음부를 덮고 있는 실크 팬티가 내 틈을 따라 짙은 색으로 젖어 있었다.

나는 사과할 마음이 전혀 없는 태도로 그의 시선을 마주 보았다. 턱을 비스듬히 들고.

그러고는 도망쳤다. 그의 침실로 돌아와 침대 위에 몸을 던졌다. 세상에, 내가 지금 무슨 짓을 한 거지? 로건이 자위행위 하는 모습을 훔쳐보다니. 그 사람 화났을까? 모르겠다. 적어도 놀라기는 했겠지. 혼란스럽겠지. 자신을 바라보면서 내가 얼마나 흥분했는지 그 사람도 봤으니까.

아, 이런. 아, 세상에. 나는 두 눈을 감았다. 그의 굳건한 손에 잡혀 있던 두꺼운 성기가, 그의 무자비한 손아귀 힘에 색이 짙어진 도톰하고 탐스러운 귀두가 눈앞에 선했다. 내 손에 쥐어져 있는 그의 성기가, 내 젖가슴을 희롱하는 그의 입술이 느껴지는 것만 같았다. 나는 신음하며 허리 아래 팬티 속으로 손가락을 밀어 넣었다. 손가락 두 개를 내 틈 속으로 밀어 넣었다. 그 손가락으로 질액을 묻혀 클리토리스에 문질렀다. 빛이 지글지글 소리를 내며 나를 관통했고 나는 입술을 깨문 채 신음 소리를 흘렸다.

문소리가 들렸다. 로건이 들어온 것이었다. 나는 눈을 뜨지 않았다. 침대 위로 엉덩이를 들어 올려 팬티를 벗어 발로 차버렸다. 두 다리를 쫙 벌리고 다시 한번 내 몸을 만졌다. 손가락으로 원을 그리는 리듬을 찾으면서.

손가락을 규칙적으로 놀리면서 실눈을 떴다. 눈꺼풀 사이로 로건이 보였다. 그는 닫힌 침실 문에 기대어 서 있었다. 검은색 수건을 허리에 두르고 그 수건을 한 손으로 꽉 잡은 채. 나는 멈추지 않았다. 계속 그의 모습을 살피면서 내 클리토리스를 애무했다. 다시 한번 틈으로 손가락을 집어넣어 질액을 묻혀 원을 그리면서 클리토리스를 문질렀다. 호흡이 거칠어지면서 엉덩이가 파르르 떨렸다. 목이 메었다. 나도 모르게 신음 소리가 흘러나갔다. 열기가 근육을 팽팽하게 만들었다. 긴장이 아랫배 안쪽에 똬리를 틀었다.

로건의 허리에 둘려 있는 수건은 새롭게 또다시 발기한 그의 성기를 가려주는 데 아무런 도움도 되지 못했다.

우리가 뭘 하고 있는 거지? 도대체 우리는 왜 이러고 있는 거지?

답을 알 수가 없었다. 그래도 이것만은 알고 있었다. 내가 멈추지 않으리라는 것. 그리고 그 역시 멈추지 않으리라는 것. 그러나 로건은 더 이상 가까이 다가오지 않았다. 그가 다가온다면 모든 것이 순식간에 변할 텐데. 한 번의 손길만으로 모든 것이 끝날 텐데. 로건이 침대 위 내 옆으로 올라온다면. 나는 그것을 원했지만, 로건이 어제 말한 대로 합당한 상황에서 그 일이 일어나는 것 역시 원했다. 그런 점에서 지금의 이런 행동은 잘못된 것일 수도 있었지만 그렇지 않을 수도 있었다. 답을 알 수가 없었다. 내가 아는 것은 내 몸을 바라보는 그의 시선이 좋다는 것뿐이었다. 내 몸을 더듬는 것이 그의 손이었으면 싶었다. 나는 알고 있었다. 지금 만약 그런 일이 일어난다면, 마음이 아플 정도로 너무나 오랫동안 원해온, 로건과 하고 싶었던 온갖 더러운 행위들을 온몸이 땀범벅이 되도록 하면서 발가벗은 몸으로 서로 뒤엉켜 이곳에서 몇 날 며칠을 보내게 되리라는 것을, 그런 다음 이 침대 위에서 쓰라린 몸의 통증을 느끼면서 잠에서 깨어나게 되리라는 것을. 그럴 수 있을 것 같았다. 그러나 그런다고 해도 내게는 여전히 의문과 문제들이 남아 있을 터였다. 아무것도 달라지지 않고, 아무것도 해결되지 않은 채.

그래서 나는 기다리기를 선택했다.

그래놓고 이렇게 관음증을 자극하는 은밀한 행위를 해 보임으로써 로건과 나 자신을 괴롭히고 있었다. 나는 그에게 시각적 자극을 선사하는 중이었다. 다리를 굽혀 발뒤꿈치를 엉덩이 앞에 세우고 그를 위해 가랑이를 쫙 벌렸다. 질액에 젖어 번들거리는 음부가 잘 보이도록. 풍만한 젖가슴을 몸 양쪽으로 흘린 채. 내가 눈을 떠 로건을 쳐다보자 로건은 알몸이 되었다. 수건이 바닥으로 떨어졌다. 불가능해 보일 정도로 다시 딱딱하게 부푼 성기가 그의 한 손에 쥐어져 있었다.

"젖꼭지를 꼬집어봐요, 이사벨." 로건의 목소리가 내게로 흘러왔다. 나는 엄지와 검지로 내 젖꼭지를 꼬집으며 흐느꼈다. "더 세게. 아플 정도로."

나는 젖꼭지를 더 세게 꼬집었다. 찌르르한 통증이 온몸을 관통했고 나도 모르게 엉덩이가 들썩였다.

로건이 거칠게 자신의 성기를 문질렀다.

나는 로건과 시선을 맞추고 말했다. "로건, 부드럽게, 다정하게요. 그렇게 거칠게 하지 말고요." 로건의 손놀림이 부드러워졌다. "그래요, 그렇게요."

"이게 당신 손이라면 얼마나 좋을까." 로건이 웅얼거렸다.

"아니면 내 입이거나."

"아니면 당신 보지거나."

"그럼 완벽하겠죠. 내가 당신을 꽉 조여줄 텐데. 당신이 내 안에서 절대 빠져나가지 못하게 꽉 조여줄 텐데."

"당신 보지 속으로 들어가면 난 절대 안 나올 거예요. 아예 그 속

깊이 묻혀버려야지……." 로건은 천천히 부드럽게 자신을 애무하고 있었다. 하지만 그것은 나의 애무와는 다른 방식이었다.

세상에. 나는 너무나 그를 만지고 싶었다.

내 손, 내 입안에 있던 그의 느낌을 떠올렸다. 내 피부, 내 혀 위로 쏟아지던 그 정액의 느낌도.

나는 미쳐가고 있었다. 자제심의 가장 끝자리에 서 있었다. 모든 내숭을 다 집어치우고 먹이를 향해 달려드는 암사자처럼 그를 덮칠 준비가 되어 있었다.

"우리 도대체 왜 이러고 있는 거죠, 로건?" 갈라진 내 목소리에 간절함이 가득했다.

"젠장, 나도 몰라요." 로건은 눈꺼풀이 무거운 듯 눈을 감았다. 그의 손놀림이 점점 격하게 거칠어지고 있었다.

"난 당신이 필요해요."

"나도 당신이 필요해요, 자기." 로건이 이를 악물었다. 그의 근육은 팽팽해져 있었다. 그는 실눈을 뜨고 레이저를 쏘듯 나를 쳐다봤다.

나는 흥분해가고 있었다. 점점 오르막을 올라 이제 절정의 가장자리였다. 나는 속도를 늦추면서 로건을 바라봤다. "이제 곧……곧 도달할 것 같아요, 로건."

"나도요."

감히 그를 쳐다볼 수가 없었다. 그를 쳐다봤다가는 침대에서 뛰어내려 그의 앞에 무릎을 꿇고 그의 정액을 입으로, 얼굴로, 젖가습으로 받고 싶은 욕망을 이겨낼 수 없을 것 같았다. 로건의 몸 위로 뛰어내려, 걸음조차 걷지 못하게 될 때까지 마음껏 그를 올라타고 싶었다. 맙소사. 나는 그를 갖고 싶어 미칠 것만 같았다.

"당신을 갖고 싶어 미칠 것 같아요, 이사벨." 로건이 말했다. 나는 내 생각이 소리가 되어 밖으로 튀어나온 줄 알았다.

"아…… 아, 이런. 아 세상에." 나는 내 마음속 로건, 꼭 감은 눈꺼풀 뒤에 비친 로건의 모습을 바라보며 폭발하고 있었다.

그런데 그때 로건이 느껴졌다. 이것도 상상인가? 그의 입이 내 젖꼭지를 물고 있었다. 내 젖꼭지를 거세게 빨고 누르고 깨물고 있었다. 그의 손가락이 내 손가락과 함께 미친 듯이 원을 그리고 있었다.

주문이 풀릴까 봐 나는 감히 눈을 뜰 수가 없었다. 그대로 누운 채 신음하고 흐느꼈다. 폭발하듯 강렬한 쾌감이 온몸을 관통했고 비명이 터져 나올 것 같았다. 촉촉하고 따뜻한 혀가 내 젖가슴 위에서 춤추었고 입술이 내 피부 여기저기를 더듬었다.

"로건……." 내가 속삭였다.

"쉬이잇." 로건이 곁에 있었다. 너무나 가까이. 나는 그가 필요했다. 로건이 정말로 여기에, 진짜로 침대 위에 나와 함께 있다니, 이 남자를 덮쳐야겠어. 내 간절함에 반발할 기회조차 빼앗아버리겠어. "쉿, 자기. 내가 자기를 즐겁게 해줄게요."

"하지만……."

"쉿." 그 순간 그의 입이 그곳에, 내 음부에, 내 클리토리스 위에

가 있었다. 나는 숱 많고 긴 그의 머리칼 속에 손가락을 묻고 그의 머리를 거칠게 내 몸쪽으로 당겼다. 그의 입안으로 내 몸이 더 많이 들어가도록. 나를 더 많이 먹어달라고 재촉하는 몸짓으로. 좀 더 많이, 아, 세상에, 좀 더 세게.

나는 그의 얼굴에 대고 몸을 뒤틀면서 흥분했다. 너무나 강하게 흥분했다. 눈 속에서 별이 폭발했다. 나는 황홀한 흐느낌에 가까운, 헐떡거리는 소리를 내며 숨을 쉬었다.

"로건…… 제발, 로건."

나는 더 이상은 피할 수 없다고 시인했다. 여기서 멈출 수는 없었다. 나는 그 행위를 원했다. 해야겠어. 이 남자를 가져야겠어. 더 이상은 저항 못하겠어. 부질없는 짓이야.

그의 혀가 또다시 나를 오르가즘으로 몰아가고 있었다. 나를 절정에 올려놓는 그 엄청난 기술에 몸이 아플 지경이었다. 이제 절정이구나 생각하면, 곧바로 더 큰 쾌락이 따라왔다. 그것도 두 번씩이나 더. 나는 생각했다. 이 남자가 날 벌주고 있구나. 나를 흥분시키고, 흥분시키고, 또 흥분시킴으로써. 나는 멈추지 않고 계속 흥분했다. 내가 멈추도록 그가 내버려 두지 않았으니까. 그런 일이 가능한지도 몰랐는데 나는 절정에 도달하고, 도달하고, 또 도달했다. 마치, 일렬로 늘어서서 앞의 도미노를 쓰러뜨리는 도미노처럼 절정이 계속 몰려왔다. 로건의 한쪽 손 손가락이 내 안을 뒤졌고 다른 손 손가락이 딱딱하게 굳은 내 젖꼭지를 비틀었다. 나는 소리를 지르고 흐느끼고 울먹였다. 쾌감과 죄책감에. 너무나 고통스러운 황홀경이었다. 로건이 내 안에서 그런 감각들을 일깨우고 있었다. 그는 전에도 나를 이렇게 만든 적이 있었다. 아니, 우리는 전에도 이곳에서 이 행위를 한 적이 있었다.

로건이 너무나 가까우면서도 너무나 멀게 느껴졌다.

나는 불쑥 로건을 밀어냈다. 걸신들린 것처럼 나를 먹어대고 있는 로건의 입에서 벗어나 몸을 일으켰다. 로건의 시선이 나를 따라왔다. 나는 그에게 돌진했다. 허겁지겁 그에게 달려들어 그의 성기에 내 입을 문질렀다.

"다 잊어요, 로건." 내가 속삭였다. 내 숨결이 그의 성기와 뒤엉켰다. "싹 다 잊어버려요, 제발. 그냥 우리 해버려요. 끝까지 해버리자고요."

"난 못해요, 자기." 로건이 말했다. 그의 목소리가 낮게 울렸다. "난 아무것도 변화시키지 못해요."

"아뇨, 당신은 할 수 있어요. 이미 날 변화시켰잖아요."

나는 그를 가져야만 했다. 그를 느껴야만 했다. 더 이상은 이러고만 있을 수가 없었다. 유치하게 섹스만 하지 않는 척해봐야 아무 소용없었다. 점점 더 가까이 벼랑 끝으로 다가가고 있으면서 벼랑으로 떨어지지는 않겠다고 고집을 피워봐야 아무 소용없었다.

우리는 침대 한복판에 무릎을 꿇은 채 무릎을 맞대고 앉아 있었다. 그의 입술이 거칠게 내 입술을 덮치고 빨고 으깼다. 그의 두 팔이 내 몸을 안았다. 그의 손가락이 내 척추를 타고 아래로 내려가 내 엉덩이를 격렬하게 움켜잡았다. 나는 허벅지를 일으켜 세워 단단한 그의 가슴에 젖가슴이 납작하게 눌리도록 상체를 밀어붙였다. 우리의 몸 사이에 끼어 있는 그의 성기가 느껴졌다. 두껍고 단단하고 뜨거운 성기 끝이 내 아랫배에 닿아 있었다. 나는 한 손으로 그의 금발 머리를 한 움큼 움켜잡고 그를 더 가깝게 끌어당기면서 한 손을 우리 몸 사이로 집어넣어 그의 성기를 쥐었다. 묽은 액체가 흘러나오고 있는 그 성기 끝을 손바닥으로 문지르다가 성기 밑동까지 손을 내렸다. 로건이 신음했고 나는 그 신음 소리를 입으로 받아 맛보고 삼켰다. 다시 그의 성기를 애무하면서 그의 호흡을 빨아 마시고 그의 탄식을 마음껏 흡입했다.

내가 상체를 숙이자 로건이 매트리스에 등을 대고 누웠다. "이사벨……."

"난 더 이상 못하겠어요, 로건. 이걸 못해서 난 죽어가고 있단 말예요. 당신을 못 가져서 죽어가고 있다고요." 나는 그의 귀와 턱이 만나는 부분에 입을 대고 흐느낀 다음 그 자리에 입을 맞추었다.

침대 위에 펴져 있는 로건의 두 다리가 부르르 떨렸다. 그 역시 그것을 너무나 간절하게 원한다는 사실을 깨달았다. 그는 그 욕망, 자신, 그리고 나와 싸우고 있었다. 나 역시 그 모든 것들과 싸우고 있었다. 우리는 둘 다 패배해가는 중이었다.

나는 로건 위에 있었다. 두 다리를 벌려 그의 엉덩이 양 옆 매트리스를 무릎으로 짚고. 내 엉덩이는 허공에 들려 있었고 내 음부에서는 욕망이 뚝뚝 흘러 떨어지고 있었다. 나는 하체를 내려 발기해 있는 그의 성기를 내 틈으로 집어넣었다.

"이사벨, 오, 젠장, 이사벨. 이즈. 맙소사, 빌어먹을." 그는 고통에 빠진 영혼이었다. 그리고 그 역시 이제는 거부할 수 없었다. "이런…… 제기랄."

우리는 함께 그 죄를 저지를 운명이었다. 그 죄에 사슬로 묶인 노예가 될 운명이었다.

"날 봐요, 로건." 내가 애원했다. 로건이 꿈쩍이며 두 눈을 떴다. 강렬하고 날카로운 인디고색 시선이 내 눈에 날아와 박혔다. "나한테서 함부로 시선 돌리지 말아요."

우리는 둘 다 알고 있었다. 왜 우리가 그런 짓을 해서는 안 되는지, 잘했다는 기분이 느껴져야 하는 상황에서 왜 잘못한 것 같은 기분이 느껴지는지.

바로 얼마 전에 내가 케일럽과 함께 있었기 때문이었다.

나는 그 생각을 억지로 떨쳐버렸다. 그 생각이 내 눈 속에 보여서 로건도 그 사실을 알아챈 것이 분명했다.

"지금 자기랑 함께 있는 사람은 나예요." 그의 시선은 대담하고 굳건하고 흔들림이 없었다.

우리는 그 상태로 잠시 얼어붙어 있었다. 그가 완벽하게 나를 꿰뚫기 직전이었다. 우리의 시선이 뒤엉켰다. 팽팽한 긴장감이 감돌았다. 우리는 둘 다 시선을 돌리지 않았다.

나는 두 손바닥을 쫙 펴 로건의 가슴을 어루만졌다. 풀어헤친 숱 많은 내 머리, 잉크처럼 새카만 내 머리가 휘장처럼 드리워져 있었다. 내가 고개를 숙여 그에게 키스를 퍼붓자 그 머리칼이 휘장처럼 우리를 온 세상으로부터 격리시켰다.

아, 끝날 줄 모르는 그 키스가 어찌나 거칠고 아름다운지 천국에 온 기분이었다. 심장이 목구멍으로 튀어나와 내 혀를 조종하는 것 같았다. 내 혀는 그의 혀와 뒤엉켰고, 나는 그의 혀와 입술에 묻은 나의 질액을 맛보고 핥았다. 내 입술을 덮고 있는 로건의 입에서 느껴지는 힘, 그 힘 속에 담긴 격렬한 욕망에 맞추어 내 영혼이 노래를 불렀다. 나 자신을 넘어서 행위 자체에, 로건에게, 그리고 우리에게 전달되는 순수하고 황홀한 쾌락에 나는 온몸을 파르르 떨었다.

나는 로건에게 아무런 경고를 하지 않았다. 나 자신에게도 아무런 경고를 하지 않았다.

나는 그의 몸 위로 주저앉으며 키스했다. 나는 그의 따뜻한 입속으로 내 혀를 밀어 넣었고 그는 내 몸속으로 성기를 밀어 넣어 나를 채웠다. 나는 등허리를 뒤로 젖히며 그 아름다운 충만감을 아프도록 불태웠다. 그 황홀한 느낌에 나는 흐느낄 수밖에 없었다.

"아, 세상에, 로건. 로건……." 나는 훌쩍였다.

"젠장, 씨팔, 천국이 따로 없네요." 로건은 숨을 내쉬며 두 손으로 내 허리를 잡았다. 그러고는 내 엉덩이, 허벅지, 등까지 손이 닿는 만큼 내 온몸을 쓰다듬었다. "이사벨, 나의 이사벨. 세상에, 자기는 너무나 완벽한 여자예요."

그곳에 다른 것은 아무것도 존재하지 않았다. 나는 완벽하게 그에게 찔린 채 그의 몸 위에 앉아 있었다. 꼼짝도 할 수 없었지만 숨을 쉴 수는 있었다. 내 평생 처음으로, 마침내 제대로 숨을 쉬게 된 것처럼 느껴졌다. 로건은 나의 숨결이었다. 나를 채운 로건이 내 온몸 속에 뻗어 있었고, 그 황홀한 느낌에 나는 미칠 것만 같았다. 로건이 나를 채우고 나를 태우고 있었다. 그런 경험은 처음이었다. 내 내부에 꼭 맞춘 듯 나를 완벽하게 채우는 그의 몸과 비교할 수 있는 것은 아무것도 없었다. 우리는 천생연분, 서로에게 딱 맞게 태어난 존재들이었다.

"이사벨……." 로건이 신음했다.

조금 전, 침실 맞은편에 서 있을 때 로건도 사정하기 직전이었다는 사실이 떠올랐다. 그는 사정을 참고 있었다. 사정하고 싶은 욕망, 몸을 움직이고 싶은 욕망 때문에 고통에 빠져 있었다.

"더 이상은 못 참겠어요." 로건이 속삭였다. 그는 어디를 만져줘야 내가 더 큰 쾌감을 느낄지 결론 내리지 못한 사람처럼 손으로 내 음부와 엉덩이와 허리를 번갈아 가며 쓰다듬었다.

"참지 말아요. 절대로. 나한테 당신의 전부를 줘요, 로건."

나는 그의 몸 위로 더 깊이 몸을 낮추었다. 그의 가슴 위에 젖꼭지가 닿자 짜릿함이 느껴졌다. 숙인 상체 옆에 허벅지를 딱 붙이고 엉덩이를 조였다. 로건은 내 몸 안에 상처가 날 정도로 깊이 밀고 들어왔다. 내 입술이 그의 가슴에 닿았다. 나는 혀로 그의 젖꼭지를 간질였다. 그의 목덜미를 깨물었다. 두 손으로 그의 얼굴을 감싸고 턱과 양쪽 입가에 키스했다. 그의 윗입술을 훑고 거기 맺힌 땀방울을 맛보았다.

"날 사랑해줘요, 로건." 나는 속삭임이 아닌 큰 목소리로 이렇게 외쳤다. 내 목소리에는 그를 간절히 원하는 광적인 욕망, 고통, 갈등, 자기혐오가 숨김없이 그대로 다 담겨 있었다.

그의 성기가 거의 다 밖으로 나올 정도로 살그머니 몸을 일으켜 세웠다. 나는 멈출 생각이, 그의 반응을 기다릴 생각이 없었다. 그의 얼굴을 내 얼굴 쪽으로 끌어당겨서, 굶주린 여자처럼 내가 가진 열정을 모두 다 동원해 그의 입술에 키스를 퍼부으면서 그의 성기 위로 다시 앉았다. 로건은 내 입속으로 신음을 토해내면서 위로 성기를 찔렀다. 배 두 척의 선미와 선미가 충돌하듯 우리의 골반이 부딪쳤다. 그는 두 손으로 내 양쪽 엉덩이를 꽉 움켜잡고 나를 자신 쪽으로 끌어당겼다. 내가 능력껏 최대한 완벽하게 그의 몸 위에 앉아 있었는데도 우리는 둘 다 더 강한 것을 원했다. 그가 더 깊이 내 안으로 들어오길 원했다.

나는 두 발로 그의 허벅지 옆 매트리스를 짚고 그의 가슴에 내 무게를 실으면서 그의 어깨에 매달려 균형을 잡은 다음, 끝까지 늘어나는 고무 밴드처럼 몸을 뒤로 밀어 세게 그의 성기 위에 주저앉으면서 비명을 내질렀다. "로건!" 저주처럼, 축복처럼, 축원 기도처럼, 감사 기도처럼. 로건의 목소리도 내 목소리와 함께 점점 높아졌고, 이제 그도 나와 함께 소리를 지르고 있었다. 몸의 위치가 바뀐 것도 아니었고 자세가 바뀐 것도 아니었는데 이제 주도권은 그에게 넘어가 있었다. 로건이 내 엉덩이, 허벅지와 만나는 부분을 잡고 나를 밀어 올렸다가 당겨 내렸다. 잠시 후 우리의 동작에 일정한 리듬이 생겼다. 그의 몸은 땀으로 빛났다. 햇볕에 그을린 그의 피부에서 반짝반짝 윤기가 흘렀다. 우리는 시선을 돌리지 않았다. 로건이 몸을 찔러 내 안을 채울 때 나는 뚫어지게 그의 눈을 들여다봤고, 그의 몸이 미끄러져 나갈 때 쾌감에 눈꺼풀이 파르르 떨렸지만 눈을 감지도, 시선을 돌리지도 않았다.

다른 사람과 계속 시선을 맞추고 있는 것은 어려운 일이다. 마음이, 영혼이 잠시 후 시선을 돌리고 싶어 하기 때문이다. 시선을 피하지도 않고, 움찔하지도 않고, 자연스럽게 눈을 깜박이는 행동조차 하지 않고 누군가의 시선을 마주 보는 것, 누군가의 눈을 가만히 들여다보면서 그 시선을 되돌려 받는 것, 그것은 거의 불가능한 일이다.

그것이 지나치게 친밀한 행동이기 때문이다. 자신의 영혼 그 자체를, 나약하기 짝이 없는 심장을 그대로 내보이는 일이기 때문이다.

나는 내 몸의 구석구석을 모두 로건에게 주면서 시선을 돌리지 않았다. 내 눈을 들여다보는 그의 시선을 그대로 받아들였고, 그에게도 그와 똑같은 대접을 받았다. 그것은 하나의 선물이었다.

우리는 이제 같은 속도로 몸을 움직이고 있었다. 우리만의 속도를 찾은 것이었다. 우리의 몸을 하나로 묶어주는 그 음악은 감미롭고 선명했다. 우리는 둘 다 그 음악을 위해 만들어진 존재들이었다. 그 음악을 이런 식으로 함께 연주하기 위해 태어난 존재들이었다.

"이사벨, 세상에, 이사벨." 로건의 목소리는 그의 치아 뒤에 세상으로 나오길 기다리고 있는 단어들이 있는데 그 말을 간신히 참고 있는 것처럼 들렸다.

"무슨 말이든 괜찮으니까 해요, 로건."

우리는 이제 미친 듯이 몸을 움직이고 있었다. 나는 다리를 접어 웅크린 자세를 취하고 엉덩이를 돌리면서 그의 숨결을 들이마셨다. 가끔씩 그에게 키스를 하고 그의 입술을 빨면서.

"너무 좋아요." 로건이 말했다. 그의 몸 안에서 찢겨 나오는 것 같은 목소리였다.

나는 그의 목덜미에 얼굴을 묻은 채 말했다. "나도요. 너무 좋아요."

"이 일을 내 평생 기다려온 것 같은 기분이에요."

"그 기분 알아요. 나도 그렇거든요."

"당신을……." 로건은 말을 하다가 말았다.

나는 우리의 리듬을 깨고 싶지는 않았지만 그의 얼굴을 볼 수 있게 고개를 들었다. 여기 내 인생 전부가 있구나, 나는 생각했다. 그곳에는 그 행위, 그리고 우리 말고는 아무것도 없었다. 다른 것은 아무것도 존재하지 않았다. 오직 현재, 오직 그 천국의 순간뿐이었다.

"말해요, 로건." 나는 그의 아랫입술을 물고 그것을 내 입안으로 빨아들이며 말했다. "가슴 속에 있는 모든 말을 털어놔요."

"예전에 전쟁터에서 전투 전에 느꼈던 두려움도 지금 내가 느끼고 있는 감정에 대면 아무것도 아니에요." 로건은 내 뺨에 입을 댄 채 속삭였다.

"알아요. 당신 감정이 내게도 느껴져요."

"이 말을 소리 내어 해버리면 난 다시는 예전 상태로 돌아갈 수 없을 거예요."

"그건 나도 마찬가지예요. 그리고 난 예전 상태로 돌아가고 싶지 않아요."

로건은 두 다리를 당기면서 일어나 앉았고, 나는 그의 허리에 두 다리를 휘감았다. 그는 두 손으로 내 엉덩이를 받치고 나를 들어 올렸다. 내 몸을 들었다가 다시 내려놓으면서 내 안으로 찌르고 들어왔다. 나는 그의 어깨를 꽉 붙잡고 몸을 들어 올렸다가 다시 편하게 내려앉았다. 그런 식으로 로건은 내 안으로 너무나 깊이 들어왔고, 나는 숨이 멎을 것만 같았다. 눈꺼풀 뒤에서 별이 반짝이고, 내 내부에서 놀라운 황홀경이라는 신성이 폭발하고 있었다.

나는 그에게 휘몰아쳤다. 그에게 돌진했다. 그에게 매달려 그의 피부에 코를 대고 숨을 쉬었고 그의 냄새를 맡았다. 그를 휘감은 채 그에게 미쳐가고 있었다. 그렇게 나의 욕망을, 나의 광기를 마음껏 발산했다. 그와 함께 절정에 도달하면서 신음하고 흐느끼고 비명을 내질렀다.

"로건, 맙소사, 로건……."

"이사벨. 젠장, 아. 세상에." 우리는 서로를 미친 듯이 사랑하고 있었다. 로건은 내 귓불을 깨문 채 말했다. "내가 당신을 사랑한다고 말하면, 그리고 나서 당신이 돌아가 버리면…… 당신이 돌아가 버리면, 난 망가지고 말 거예요. 그동안 여러 번 살아남아…… 내 삶을 재건했지만, 더 이상은 못 하겠어요. 당신이 떠난 뒤에는 그러지 못할 거예요. 내게는 이제 당신이 전부니까. 이런 일이 어떻게 일어났는지 모르겠지만, 난 당신한테 완전히 미쳐버렸어요, 자기. 이 일을 되돌리고 싶지 않아요. 당신한테 내가 부족한 사람일까 봐 무서워 죽겠어요. 그 자식은 아직도 당신 목줄을 잡고 있지. 그리고 또……." 로건은 몸의 움직임에 맞추어가며 한 마디씩 말을 했다.

"아뇨, 로건." 내가 그의 말을 잘랐다. "난 절대로 당신한테 그런 짓 안 해요. 난 그 사람한테 돌아가지도 않을 거고 상황을 되돌리지도 않을 거예요. 난 당신 여자예요, 로건. 제발, 제발, 제발 날 믿어줘요. 미안해요. 내가 미안해요. 정말 미안해요……."

우리는 여전히 함께 움직이고 있었다. 어떤 방법을 동원했는지, 로건은 아직도 사정을 하지 않은 상태였다. 아마도 초인적인 자제력을 발휘해 준비가 끝날 때까지 사정을 참고 있는 모양이었다.

"뭐가 미안해요?"

"그 사람한테 돌아갔던 거요. 지금까지 일어났던 일들, 그리고 지금 일어나고 있는 이 일, 이런 문제들을 일으킨 거요." 우리는 지금까지, 아니, 적어도 그 순간에는, 둘 다 그 말을 입 밖에 내고 싶은 마음이 없었다. 그런데도 나는 그에게 나의 진심을 모조리 털어

놓고 있었다. "원래는 나도 이럴 생각은 없었어요. 그냥 그 상황이 싫었을 뿐이죠. 매 순간 그 상황이 싫었어요. 그런데 지금은 일을 이렇게 만든 나 자신이 미워요. 그렇지만 이전에도 난 사실 당신 여자였어요. 그 화장실에서 당신을 처음 본 그 순간부터, 당신 목소리를 처음 들은 그 순간부터."

로건이 자제력을 잃기 시작했다. 그의 몸놀림이 격렬해졌다. 그의 입에서 헐떡거리는 숨소리가 흘러나왔다. 내 엉덩이를 쥐고 있는 두 손에 엄청나게 세게 힘이 들어갔다.

나 역시 절정을 향해 가고 있었다. 나는 이미 그를 휘감은 채 산산이 부서질 준비가 되어 있었다.

그러나 그는 사정을 하지 못하고 있었다. 나는 몸으로 느껴서 그것을 알 수 있었다.

나는 그의 귓바퀴를 입술로 살그머니 물고 그의 몸 위로 주저앉았다. 그의 몸이 완벽하게 나를 꿰뚫었다. 로건은 두 손으로 나를 든 채 자신의 성기로 내 내부를 찔렀다. 그에게 나를 그대로 내맡겼다. 하나로 뒤엉킨 우리의 몸에 나를 내맡겼다. 그의 머리를 감싸고 손가락으로 그의 머리칼을 어루만지며 그의 몸 위에서 몸을 뒤틀고 그의 체취를 들이마셨다.

내가 로건에게 속삭였다. "사랑해요, 로건. 세상에, 당신을 사랑해요."

로건은 척추를 굽히며 내 안으로 깊이 들어왔다. 알아들을 수 없는 발산의 비명을 외치는 그의 목소리가 높아졌다. 내 안에서 그가 폭발한 것이 느껴졌다. 그는 자신의 몸을 들어 올려, 매트리스에 등이 닿게 나를 눕혔다. 이제 그가 내 몸 위에 있었다. 그는 거칠게 내 안으로 밀고 들어오며 입으로 내 입술을 덮쳤다. 그러면서 사정하고, 사정하고, 또 사정했다. 로건이 어찌나 힘차게 내 안으로 밀고 들어오는지, 나는 호흡을 완전히 빼앗기고 말았다. 나 역시 그와 함께 절정에 도달해 이제 산산이 부서지고 있었다. 나는 약속했던 대로 있는 힘껏 세게 그를 조이면서, 손톱으로 그의 등을 할퀴며 그의 이름을 외쳤다.

"이사벨…… 사랑해요, 이사벨." 로건은 내 몸 위에 엎드린 채 엉덩이를 격렬하게 움직이며 말했다. "너무나 사랑해요. 미치도록."

우리는 함께 무너졌다. 나는 온몸에 진이 빠졌다. 로건은 내 위에, 내 젖가슴 사이 가슴에 얼굴을 얹고 엎드려 있었다. 나는 두 손으로 다정하게 그의 등을 쓰다듬고 토닥였다. 내가 긁어놓은 자리를 어루만졌다. 우리 두 사람의 몸은 여전히 떨리고 있었다.

우리의 땀이 뒤섞여 있었다.

우리의 호흡이 뒤엉켜 있었다.

나는 난생처음으로 완전해진 기분이었다. 더 이상 아무것도 필요하지 않았다. 이것 말고는, 이 남자 말고는, 우리 말고는.

잠시 후 로건은 내 몸에서 내려와 욕실로 들어갔다가 따뜻한 물에 적신 수건을 들고 돌아왔다. 내 사지를 들어가며 그 수건으로 다정하고 정성스럽게 내 몸을 닦아냈다. 그러고는 그 수건을 욕조에 던져 넣고 와서 내 옆에 누웠다.

그 행동 하나만으로도 내게는 큰 의미가 있었다. 그가 내게서 단 한 번도 시선을 돌리지 않았다는 사실 하나만으로.

함께 보낸 매 순간이 우리에게는 선물이었다. 우리 둘 다 너무나 원하던 것을 정확하게 받았으니까.

로건은 내 옆으로 다가오더니 두 팔로 나를 감싸서 아기처럼 자신의 가슴 위에 눕혔다.

나는 그의 심장박동 소리를 들으며 물었다. "이 순간이 영원할 수 있을까요?"

"그래요, 이사벨. 우리의 이 순간은 영원할 거예요."

"약속해줄래요?"

"내 목숨을 걸고."

내게 필요한 것은 그것뿐이었다.

13

로건은 잠이 들었고, 나는 잠이 안 왔다. 잠을 잘 수가 없었다. 그의 전자시계는 새벽 네 시 반을 알리고 있었다. 피곤해야 마땅했다. 온몸이 쓰라려야 마땅했다. 몸이 쓰라리기는 했지만 피곤하지는 않았다. 맛있는 쓰라림, 완벽한 통증, 나는 그 섬세한 느낌을 만끽하고 있었다.

몸으로만 그런 것이 아니라 마음으로도 그랬다.

나는 내 자리인 로건의 왼쪽에 누워서 잠든 로건의 모습을 바라보았다. 소년처럼 천진해 보이는 그의 얼굴을 물끄러미 들여다보았다. 로건이 잠들어 있는 동안 나는 체지방 하나 없이 미끈하고 아름다운 그의 몸을 내 눈에 새겼다. 로건은 자면서 살짝 코를 골았다. 나는 그 코 고는 소리에 낄낄 터져 나오는 웃음을 한 시간 반 동안이나 참았다. 그 코를 잡아서 코를 못 골게 할까, 그런 마음도 조금 있었지만 로건을 깨우고 싶지 않았고 그러기엔 그 모습이 너무 귀여웠다.

나는 눈물과 싸우는 중이었다. 소용돌이치는 여러 감정과 전투를 치르는 중이었다. 나는 너무나 행복했다. 정신이 혼미할 정도로 행복했다. 기쁨에 온몸이 떨렸다. 믿기지 않는 현실에 압도되어 있었다.

이 남자는 나를 **사랑**한다. 그는 나를 사랑한다.

나를.

로건 라이더가 말했다. 나를 사랑한다고.

그 생각을 하자 눈가에서 눈물이 찔끔 흘러나왔다. 나는 그 단어들을 곱씹으면서 놀라웠던 그 순간을 계속 반복해서 되새겼다.

하지만 잠시 후 다른 문제들이…… 생각났다.

케일럽이.

케일럽의 거짓말이.

케일럽의 진실이.

케일럽이 진실과 거짓말을 뒤섞어 짜놓은 미로처럼 복잡한 직물이. 어떻게 하면 그 실타래를 풀어 진실과 거짓말로 나눌 수 있을지 확신이 서지 않았다.

고작 48시간이 조금 넘는 시간 전에 드높은 펜트하우스 유리창에 납작하게 눌린 채 케일럽한테 후위 강간을 당하고 있던 내가 아닌가. 그런 내가 어떻게 그 일을 해낼 수 있을까.

그 해프닝을 어떻게 느꼈어야 하는 걸까? 맹독성 마법, 조종 마법으로 나를 옭아매는 당신을 어떻게 느꼈어야 하는 걸까? 나는 얼마나 무력했으면 그 행동을 말리지 못했을까? 당신을 거부하고 싶은 마음, 거절하고 싶은 마음은 늘 있었지만, 실제로 그 마음을 표현한 적은 한 번도 없었고 그 이유 역시 알 수 없었다. 도대체 당신이 내게 어떤 마법을 걸어놓았기에 내 몸조차 내 마음대로 움직일 수 없는 걸까? 이런 나약함 때문에 그동안 내가 로건에게 얼마나 큰 고통을 안겨주었을까? 내가 이렇게 나약하다면 우리에게 미래란 것이 있을 수나 있겠는가?

로건과 함께 잠을 잔, 아니, 함께 **사랑**을 나눈 지금, 나는 다시 케일럽과 맞설 수 있을까?

나는 그동안 케일럽한테 그 짓을 당해왔다. 케일럽과 섹스를 해왔으나 실은 그 짓을 당해온 것이다. 당신에게 이용당해온 것이다. 나는 당신과 사랑을 나눈 적이 **한 번도** 없다.

48시간 간격을 두고 두 남자와 섹스를 했다. 그 사실이 나를 어디로 데려갈 것인가?

생각 하면 할수록 로건과는 즐겼지만 케일럽과는 한 적이 없는 행위들의 의미가 더 크게 느껴졌다. 케일럽과 한 행위들 역시…… 강요, 강압에 의한 것은 아니었지만…… 잘 모르겠다. 적당한 표현이 떠오르질 않는다. 강압으로 느껴졌었다. 케일럽이 내게 강요하고 있는 것처럼 **느껴졌었다.** 물론 케일럽은 나를 힘으로 억압하지 않았고 기술적으로 강간한 것도 아니었다. 그러나 전적으로 내 의지였다고 말하기는 힘들다. 나는 당신을 갖고 싶지 않았으니까. 당신에게 이용당하고 싶지 않았으니까.

더 이상은 케일럽의 장난감으로 살고 싶지 않았다. 그런데도 언제든 케일럽이 가까이 다가오기만 하면 상황은 종료되고 말았다.

나는 로건의 여자다. 내가 그쪽을 선택했으니까, 그를 선택했으니까, 그의 여자가 되기로 선택했으니까.

그러나 케일럽은 나를 자신의 소유물로 여기고 있다.

어떻게 하지?

이렇게 침대에 계속 누워 있을 수는 없어.

움직여야 해. 뭐든 해야 해. 그게 뭐든.

나는 침대 밖으로 빠져나가 속옷을 입고 로건의 '달렉에게 반대표를 던지자' 티셔츠를 걸쳤다. 까치발로 살금살금 침실을 나가 문을 닫았다. 복도에 문 네 개가 있었다. 세 개의 문은 침실, 욕실, 코코아의 방문이었다. 나는 아직 열어본 적 없는 나머지 하나의 문을 열어 보았다. 사무실이었다. 단순하지만 아름다운 짙은 색 원목 책상이 놓여 있었고 그 위에 커다란 평면 데스크톱 컴퓨터, 봉투와

서류 더미, 파일 폴더 여러 장, 필기도구가 가득 꽂혀 있는 하얀색 도자기 연필꽂이가 놓여 있었다. 그 도자기 연필꽂이에는 단순화된 곰 발바닥 무늬가 그려져 있었다. 곰 발바닥 무늬 위에는 소총 조준경이라고 생각되는, 안에 십자가가 그려진 빨간색 동그라미가 새겨져 있었다. 그리고 위쪽에 가로로 '블랙워터Blackwater'라는 단어가 적혀 있었다. 벽에 사진이 몇 장 걸려 있었다. 사진 속 로건은 특징 없는 검은색 전투모와 전투복 차림에 줄이 매어진 돌격용 자동 소총을 메고 있었다. 자연스럽게 한 손으로 든 소총의 총구는 땅을 겨누고 있었다. 로건이 다른 한 팔로 안고 있는 동료 병사의 옷차림 역시 비슷했다. 다른 사진 속 로건은 훨씬 전통적으로 보이는 전투복 차림이었다. 위장용 색깔의 모자를 쓴 로건은 비슷한 차림의 사내 대여섯 명과 함께 거대한 트럭 앞에서 포즈를 취하고 있었다. 두 명이, 혹은 단체로 웃으면서 찍은 그 사진들은 모두 로건이 군대에 복무하던 시절 전쟁터에서 찍은 사진이었다. 군인 로건은 훨씬 더 젊고 튼튼하고 날카로워 보였다. 그 방 안에 사진 한 장이 더 있었다. 작은 액자에 끼워진 그 사진은 책상 위에 따로 서 있었다. 내 손바닥보다도 크기가 작은 사진이었다. 그 사진 속 로건은 훨씬 더 어려서 10대 소년으로밖에 보이지 않았다. 로건은 한 팔을 또래 히스패닉 소년의 어깨에 두르고 있었다. 두 소년은 모두 자신들보다도 키가 큰 서핑보드를 잡은 채 행복한 함박 웃음을 짓고 서 있었다. 아마도 로건의 가장 친한 친구, 마약 거래상한테 살해당했다는 그 소년인 모양이었다.

나는 신성불가침 영역처럼 느껴지는 사무실에서 나왔다.

2층으로 올라 가볼 차례였다.

층계참에서 걸음을 멈추고 거기 걸려 있는 반 고흐의 그림을 들여다보았다. 〈별이 빛나는 밤〉이었다. 그 그림을 보면 당연히 감동을 느껴야 할 것 같은 기분이었지만 아무런 감동도 느껴지지 않았다. 어쩌면, 예전만큼 큰 감동을 느끼지 못한 것일 수도 있지만 말이다. 그 그림은 여전히 내게 의미가 있었지만, 예전처럼 심장을 가두는 그런 느낌은 아니었다. 그 이유를 알면 좋으련만.

조용히 계단을 올라가자 내가 찾고 있던 바로 그 공간, 체력 단련실이 나타났다. 2층 전체가 탁 트여 있었고 사방 벽에는 명도가 낮은 페인트가 칠해져 있었다. 드넓은 공간 중앙에 세워져 있는 두꺼운 사각형 기둥 두 개가 천장을 받치고 있었다. 온갖 종류의 운동 장비들이 벽 쪽으로 나란히 놓여 있었고, 두 기둥 사이 중앙 공간에 중량이 조절되는 역기가 놓여 있었다. 한쪽 구석에는 천정에 두꺼운 사슬로 매달아 놓은 검은색 샌드백도 있었다.

나는 몸을 푸는 준비 운동으로 역기를 들어 올리는 동작을 몇 세트 실시했다. 브라를 입고 있지 않아서 운동 강도를 낮게 유지해야 했다. 젖가슴이 너무 풍만해서 브라를 하지 않으면 달리기나 다른 운동을 할 때 몹시 불편했기 때문이다. 30분 정도 역기를 든 다음 기계 쪽으로 옮겨가 한쪽 끝에서부터 시작해 내 나름의 방식에 따라 여러 개의 기계를 돌았다. 힘이 완전히 빠져버려서 피로와 통증 때문에 몸을 움직일 수 없을 때까지. 하지만 그것은 만족스러운 통증, 기분 좋은 피로였다. 땀에 흠뻑 젖어서 땀 냄새가 물씬 났다. 비틀비틀 계단을 내려가 로건의 냉장고를 뒤져 물 한 병을 찾아냈다. 물병을 들고 욕실로 들어가 문을 닫고 샤워기를 튼 다음 그 물을 마셨다.

조금 전 살짝 들여다보았을 때 로건은 여전히 잠들어 있었다. 몸을 모로 웅크리고 한 손을 베개 밑에 넣은 채. 나는 로건 옆 침대 속으로 기어들어 가고 싶었지만, 기분을 정리할 시간과 공간이 필요했다. 몸에서 역하게 땀 냄새가 나는 것은 물론이고.

나는 샤워기 밑에서 피부가 아릴 정도로 뜨거운 물을 맞으면서 시간을 보냈다. 뜨거운 물이 어깨 위로 사정없이 쏟아졌다. 여기서 있던 로건을 떠올리지 않으려고, 거대하고 딱딱한 자신의 성기를 쥐고 있던 그의 손을 떠올리지 않으려고 안간힘을 썼지만 헛수고였다. 다른 생각은 전혀 떠오르질 않았다. 지금부터 샤워를 할 때면 언제나 그 모습을 떠올리게 되리라는 사실을 알았다.

물기를 말리면서 당신과 나눈 대화를 곱씹어보았다. 그 이야기에서는 진실의 분위기가 느껴졌다. 그 이야기 속에 거짓말이 담겨 있다면, 노골적인 거짓말보다는 진실을 누락한 거짓말이었을 거라고 나는 생각했다. 확신할 수는 없었지만, 그 이야기는 사실로 느껴졌다. 진실로 느껴졌다. 그리고 당신은 어수선한 기억을 재구성해 다시 말로 풀어내고 있는 듯한 모습이었다. 당신이 진실을 말하고 있었을 가능성이 있을까? 모르겠다. 그랬을 수도 있다. 아니, 그랬을 가능성이 더 크다. 하지만 그 이야기에는 부인할 수 없는 다른 요소도 담겨 있었다. 당신이 거짓말을 하고 있거나 어떤 내용을 일부러 누락시키고 있다는 사실을 보여주는 요소가. 노상강도는 없었다. 그 사실만큼은 확실했다. 그것은 로건의 주장대로 자동차 사고였다. 보잘 것 없는 것이나마 내 기억도 자동차 사고라는 이야기와 일치했다. 내 꿈도 마찬가지였다. 꿈도 그것이 범죄자에 의해 가해진 폭행이 아니라 자동차 사고에 의한 부상이라고 말하고 있었다. 사방에 피가 뿌려져 있기는 했지만 총이나 칼이나 주먹은 등장하지 않았으니까.

당신은 거짓말을 하는 동시에 진실을 말하고 있었다.

당신은 내 목숨을 구했다. 나와 함께 머물렀다. 내가 의식을 찾던 자리에 있었다. 그 뒤로 매일 그 자리를 지켰다.

기억 하나가 갑자기 떠올라서 나는 변기 뚜껑을 닫고 그 위에 앉을 수밖에 없었다. 의식불명에 빠지기 전 기억은 아니었다. 회복기에 보았던 당신에 대한 기억이었다. 당신은 쳇바퀴를 굴리는 다람쥐처럼 내 옆에서 달리고 있었다. 검은색 민소매 셔츠와 검은색 반바지를 입은 당신은 달리고, 달리고, 또 달렸다. 당신은 말이 아니라 행동으로 나를 격려하고 있었던 것이다. 나는 걷는 연습을 하는 중이었다. 포기하고 싶었다. 난간에 필사적으로 매달린 채 그저 한 발을 다른 발 앞에 놓으려고 발버둥 치면서 간신히 느린 걸음을 옮기고 있었다. 포기하고 싶은 마음이 들 때마다 나는 당신을 쳐다보았고 당신은 여전히 달리고 있었다. 내가 걷는 한 당신은 계속 달렸다.

당신은 내가 옷입는 것을 돕기도 했다. 나는 그 사실 역시 기억하고 있었다. 병원에서 퇴원할 때쯤 나는 어느 정도 운동 기능을 되찾았지만 여전히 주위의 도움이 필요했다. 혼자서 옷을 입는 일은 느리고 고달픈 과정이었다. 당신이 그 자리에서 날 도왔다. 당신은 벌거벗은 내 몸을 보고 어색하게 행동한 적도, 부적절하게 내 몸을 만진 적도 없다. 하지만 돌이켜보면 당신은 조심스럽게 내 눈을 피해 내 몸을 훔쳐보면서 내 피부에 손이 닿지 않게 하려고 애쓰고 있었다. 자신의 욕망을 억누른 채. 그 사실을 이제야 깨닫다니.

당신은 내가 음식 먹는 것을 돕기도 했다. 심지어 병원에서는 내게 음식을 직접 떠먹이기도 했다. 집에 와서도 힘들었던 날은 음식을 떠먹였다. 그때 나는 두 발로 똑바로 서 있는 것, 말하는 것만으로도 너무나 고달팠다. 정상적인 대화만 나누어도 피로가 몰려왔다. 그런 날 저녁이면 혼자 음식을 먹는 것이 불가능할 정도로 힘겨운 일이었다. 그러면 당신이 음식을 내게 떠먹이고는 했다. 당신은 불평하는 법이 없었다. 참을성 없이 군 적도 없었다. 당신은 언제나 그 자리에 있었다.

그리고 당신은 그렇게 나의 세계가 되었다.

운동 능력을 회복하는 데 도움이 되는 운동을 매일 반복했고, 힘을 키우고 몸매를 가꾸는 데 필요한 식이요법도 매일 진행했다. 나는 그렇게 살아났지만 그것은 당신과 함께였기 때문이 아니라 당신이 가까이 있었기 때문이다. 당신은 곁에서 내게 필요한 모든 것을 제공했다. 음식, 의복, 여가 생활, 그리고 삶까지도. 나는 그 사실에 의문을 품은 적이 없다. 당신 없이는 무엇을 해야 할지도, 어디로 가야 할지도 몰랐기 때문이다. 그 당시 나는 당신에게 너무나 의존적이었다. 전적으로, 그리고 완벽하게 무력한 존재였다. 기억도 전혀 없었다. 나는 그 누구도 아니었다. 아는 것도 전혀 없었다. 당신은 자신이 내 남자친구이거나 가족 구성원이라고 주장한 적이 없다. 당신이 내게 어떤 존재인지 설명한 적도 없다. 그저…… 그 자리에 있었을 뿐이다. 내 냉장고와 찬장을 음식으로 채우고 옷장을 옷으로 채우면서. 순서가 정해져 있는 운동, 일반적인 기술을 몸으로 직접 해 보이면서. 당신은 나에게 책도 가져다줬다. 처음에는 한두 권씩, 그다음에는 한 아름씩, 책에 대한 내 집착이 커진 다음에는 상자 가득.

그러던 어느 날, 아무 이유 없이 당신이 별안간 내 뒤에 살그머니 다가와 섰다. 당신은 나를 건드리지도 않았는데 나는 감전된 기분이었다. 그렇게 성적 탐험이 시작되었고 그것은 사실 '관계'라고는 규정할 수 없는 행위였다. 모든 통제권은 당신이 쥐고 있었다. 나는…… 노예가 아니었지만 노예와 별반 다름없었다. 아니, 솔직히 말하자면…… 나 스스로 기꺼이 노예가 된 것이었다. 당신은 손가락 하나만을 사용해 나를 애무해 오르가즘 비슷한 것을 느끼게 만들어놓고 그 상태로…… 너무나 오랫동안 나를 내버려 두었다. 내가 몸부림을 치면서 애원할 때까지 클리토리스를 간질여놓고 내게 기다리라고 말했다. 당신이 그래도 된다고 허락할 때까지는 홍분조차 하지 말라고 명령했다. 당신이 허락하기 전에 내가 홍분하면, 다음번에 날 실컷 달아오르게 만들어놓고 오랫동안 그 상태로 방치했다. 내 두 손을 내 머리 위로 뻗게 하고 오르가즘 비슷한 것을 느끼게 만들어 나를 고문했다. 몇 시간이라고 느껴지는 수십 분 동안. 다음에는 더 착하게 굴겠다고 내가 맹세할 때까지.

나는 당신의 몸을 만진 적이 없다. 얼굴을 마주 보는 자세로 당신이 사정하는 모습을 본 적이 없다. 당신은 언제나 내 뒤에 있었다. 나는 언제나 먼 곳을 보고 있었다. 아니면, 침대 위에 두 무릎을 벌리고 엎드린 자세로 아래를 내려다봤다. 내 손이나 무릎, 내 배 밑에 깔려 있는 베개를 쳐다봤다. 혹은 유리창에 납작 눌려 있었다.

당신은 그 체위를 정말로 즐겼다. 발가벗은 내 몸을 창문에 꽉 누르는 체위를. 당신이 내게서 쾌락을 느끼는 동안, 나는 누구라도 볼 수 있는 자리에 노출되어 있었다. 창문에 전시된 당신의 트로피, 상패처럼 온몸으로 이렇게 떠벌리면서. "내가 뭘 가졌는지 잘 봐. 너도 갖고 싶지? 하지만 넌 이 여자를 가질 수 없어. 그걸 알아야지."

젖가슴이 차가운 유리에 납작 눌린 채, 창문에 꽉 눌린 채 나는 당신한테 그 짓을 수도 없이 당했다.

왜 얼굴을 마주 보고 하지 않는 거지?

나는 궁금했지만 물어본 적이 없다.

당신은 언제나 내게 뭔가를 숨기고 있는 것 같았다. 하지만 무엇을 숨기고 있었을까? 한두 번, 특히 최근에 내가 당신을 떠나 로 건을 알게 되기 전, 당신이 될 수도 있는 남자의 모습을 살짝 본 적이 있다. 그 남자는…… 친절하다거나 다정하고 말 할 수는 없지만, 거의 그런 것처럼 느껴졌다. 어쩌면 약간 친숙해질 수 있을지도 모르는 남자. 단지 정복자, 폭주하는 성적 지배자, 포식자, 본능적 힘을 타고난 원시인이 아닌, 그냥 한 남자 말이다. 아마 연인은 아니어도 최소한 섹스 파트너 정도는 될 수 있는.

나는 당신의 파트너였던 적이 없다. 나는 당신의 종이었다. 당신의 소유물이었다.

며칠 전 당신의 집에서 당신이 했던 말을 떠올려보았다. 당신이 날 얼마나 원하는지, 심지어 내가 머리를 빡빡 밀었던 그 순간에도 나를 얼마나 원했는지, 내가 부서질 것처럼 나약하고 모든 것을 잃은 존재였을 때에도 나를 얼마나 원했는지, 당신은 말했다. 진짜로 마담 엑스에서 벗어나고 싶다면, 지금까지와 완전히 다른 존재가 되고 싶다면, 새로운 정체성을 얻고 싶다면, 외모를 바꿀 필요가 있다고 생각했던 기억이 떠올랐다.

나는 시간을 들여 그 생각을 곱씹지 않았다. 곧장 욕실 세면대 밑 로건의 캐비닛을 뒤졌고 내가 찾는 것을 발견했다. 전기이발기.

목구멍 안에서 심장이 쿵쿵 울렸다. 내가 할 수 있을까? 내 손으로 삭발을 할 수 있을까?

이발기 스위치를 켜자 욕실 가득 웅웅 소리가 울렸다. 내 손에 진동이 전해졌다. 나는 머리를 풀면 척추에 닿는 가운데 부분 머리를 한 움큼 움켜잡았다. 그 머리를 뒤로 당긴 채 거울에 비친 내 모습을 바라보면서 머리가 없는 내 모습을 상상해 보았다. 나는 케일럽의 핸드폰에서 본 사진 속 나보다 이미 나이가 열 살쯤 더 많았다. 머리를 깎으면 외모가 극단적으로 변하겠구나. 그렇게 생각하자 나의 일부가, 이발기로 두개골 위를 밀어야겠다는 생각에 반기를 들었다. 머리를 한 번 밀어버리고 나면 머리가 영영 자라지 않을 것처럼 느껴졌다.

하지만 나는 변해야 했다. 외모를 바꿀 필요가 있었다. 더 이상은 케일럽 인디고가 창조해낸 생물과 닮은 모습으로 살아갈 수 없었다.

나는 간신히 숨을 쉬고 눈을 깜박여 무슨 감정 때문인지 정체를 알 수 없는 눈물을 짜내면서, 이발기를 두개골 가까이 들어 올렸다. 앞이마 피부에 닿는, 속삭이듯 이를 딱딱이는 칼날이 느껴졌다.

이발기가 머리카락에 닿고 나서 눈 깜짝할 만큼의 시간도 흐르지 않았는데, 그 순간 로건의 손이 내 손목을 잡고 이발기를 빼앗았다. 부드럽지만 단호한 손길로 그 이발기를 내 손에서 빼앗아 갔다.

"이사벨…… 자기…… 도대체 뭘 하고 있는 거예요?"

나는 침을 삼켰다. "나, 난 그저……."

"머리를 밀어버리려는 거예요?" 로건의 목소리에서 두려움이 느껴졌다.

"그래요."

로건은 이발기를 변기 물탱크 뚜껑 위에 내려놓았다. "왜요? 내 말은…… 세상에, 당신 머리가 얼마나 눈부신데요, 이즈. 그 머리를 왜 밀어버리려는 거예요?"

내가 로건에게 얼마나 솔직해질 수 있을까? 그 사실을 생각해볼 겨를도 없이 내 입은 진실을 다 토해냈다. "더 이상은 이런 창작물의 모습으로 살 수 없어요, 로건. 나는 그 사람이 만들어낸 여자예요. 그 사람이 창조해낸 여자란 말예요. 나는 무엇을 입을지, 어떻게 보일지, 내 외모에 선택권이 전혀 없었어요. 나는 그 사람의 페르소나에 불과했으니까요. 나는 마담 엑스였고 그녀는 언제나 완벽했어요. 늘 디자이너의 작품인 가운, 드레스, 스커트, 블라우스만 입었죠. 섹시하지만 품위 있는. 심지어는 내 속옷도 그 사람이 골랐어요. 자신을 위해서. 그 사실은 당신도 이미 알잖아요. 머리는…… 그 사람이 몇 달에 한 번씩 미용사 여자를 데려와 내 머리를 다듬게 했어요. 하지만 머리를 자르는 것은 허락되지 않았죠. 그런 말을 직접 들은 적은 없지만요. 미용사는 집으로 와서 내 머리를 다듬고 그냥 갔어요. 언젠가 한 번은 내가 머리를 몇 센티미터 정도만 더 잘라 달라고 말했지만, 그 여자는 내 말을 무시했어요. 난 지금 돈이 한 푼도 없어서 새 옷을 살 수 없어요. 심지어 집도 없죠. 그렇지만 머리는? 그건 바꿀 수 있잖아요. 적어도 머리만큼은 내가 주인일 수 있는 거잖아요."

"그렇다고 머리를 빡빡 밀려고요?" 로건은 두 손을 내 머리카락 속으로 집어넣었다. 실크처럼 부드러운 머리 타래가 물처럼 그의 손가락 사이로 흘러내렸다. "나는 당신의 인생이나 당신의 몸에 대해, 아니 그게 어떤 일이든 간에, 당신이 어떤 행동을 하든 토를 달 생각은 없지만, 머리를 빡빡 밀어버리는 건 그냥…… 약간 극단적이라고 느껴지네요."

"외과 의사들이 수술을 하려고 내 머리를 민 적이 있어요. 머리가 하나도 없는 내 사진을 케일럽이 보여줬어요. 나는 그 상황이 기억나지 않지만, 그 사람 말이 처음 수술을 했을 때는 경과가 괜찮았대요. 의식도 바로 돌아왔고 기억도 있었다더군요. 그런데 그때 뇌출혈이 시작되었고 그 바람에 뇌가 부어올라서 재수술을 했는데 그 과정에서 의식불명에 빠진 거래요. 다시 의식을 되찾았을 때 난 이미 모든 기억을 잃은 상태였죠. 그러니까 그 사진은 정체성을 잃기 전 내 모습이 담긴 마지막 사진, 유일한 사진이었어요. 그 사진 속의 나는 진짜 나, ……예전의 내 모습을 간직한 이사벨이었어요. 방법은 잘 모르겠지만, 난 다시 그녀가 되고 싶어요. 물론 그 모습으로 되돌아갈 수 없다는 건 나도 알아요. 단편적인 기억이 몇 가지 떠오르기는 했지만 그런다고 모든 것을 되돌릴 수 있는 건 아니니까요. 그건 나도 알아요. 그렇지만 난 그저…… 머리를 밀어버리면 내가 예전에 어떤 사람이었는지…… 뭐라도 떠오르지 않을까, 그렇게 생각한 것뿐이에요."

"이해할 수 있을 것 같아요. 예전에 당신이 갖고 있던 정체성을 되찾고 싶은 거죠. 그 사실은 완전히 이해가 돼요. 하지만 만약……."

나는 로건의 말을 잘랐다. "단지 그것뿐이 아니에요. 이건 내 외모를 바꾸는 일이잖아요. 어떻게 보일지 나 자신을 위해서 내가 스스로 선택하는 거예요. 내가 되고 싶은 사람이 직접 되어보는 것, 내가 원하는 외모를 직접 만들어보는 것. 케일럽이 만든 나 말고요. 내 생각에 그 무엇보다 내가 원하는 게 그거인 것 같아요."

"그 말도 일리는 있네요. 그래도…… 머리를 삭발하는 건 너무 극단적인 것 같아요. 절충안이 있지 않을까요. 그렇게 극단적으로 행동하지 않고도 외모를 완전히 바꿀 방법 말이에요." 로건은 얼굴을 찌푸리며 한숨을 내쉬었다. "삭발한 여자들을 몇 번 본 적이 있는데…… 어떻게 말해야 헛소리로 들리지 않게 내 생각을 잘 전달할 수 있을지 잘 모르겠지만, 삭발이 어떤 요소, 그러니까…… 여성성을 완전히 빼앗아버리는 것 같았어요. 긴 머리가 없다고 해서 여자가 아닌 건 아니지만, 당신이 하려는 대로 머리를 완전히 밀어버리는 건…… 잘 모르겠네요. 내 친구 중에 고급 미용실을 운영하는 친구가 한 명 있어요. 내가 당신을 그리로 데려다줄 수 있어요. 그럼 당신은 프로 미용사한테 머리 자르는 일을 맡길 수 있고요. 픽시 커트로 머리를 자를 수도 있죠. 난 그냥, 당신이 충동적으로 머리를 밀려고 하는 것 같아서 그래요. 그랬다가는 후회할지도 몰라요. 무를 수 있는 일도 아닌데 말이죠."

"나, 나는……." 백만 가지 생각이 내 머릿속을 두들겼다. 모든 생각이 밖으로 표현되고 싶어서 아우성이었다. "나는 내 손으로 직접 하고 싶어요."

"날 믿어요?" 로건이 물었다.

나는 침을 꿀꺽 삼켰다. 내가 이 남자를 믿나?

"네."

그 단음절 대답 뒤에 로건은 안심해서 맥이 풀린 듯이 보였다. 그 사실을 인정하는 일이 내게 얼마나 중요한 일인지 알고 있는 듯. "그럼 내게 맡겨요. 나한테 계획이 있어요."

"그럼 내 머리는요?"

로건은 나를 바라보며 빙그레 웃었다. "그냥 날 믿어요. 내가 알아서 잘해줄게요."

그 순간 우리는 불쑥, 내가 상체에 수건 한 장만 감은 채 거울 앞에 서 있다는 사실을 깨달았다. 수건은 가슴골 사이에 매어져 있었다. 두꺼운 면 수건이 자꾸 풀리려고 해서 그 수건을 손으로 움켜잡아야 했다. 내 뒤에서 그윽하게 날 쳐다보고 있는 로건 역시 알몸이나 마찬가지였다. 헐렁한 반바지 한 장만 엉덩이 부근에 걸쳐져 있어서, 골반의 날카로운 형태와 복근 아랫부분의 오목한 V자 모양이 그대로 드러나 있었던 것이다. 그 모습이 어찌나 매혹적인지 나는 하마터면 그의 은밀한 부위를 노골적으로 바라볼 뻔했다.

거울 속에서 우리의 시선이 엉켰다. 심장이 두근거렸다. 아랫배에 힘이 들어갔다. 허벅지를 꼭 붙이자 열기가 온몸을 관통했다. 나는 손가락을 하나씩 펴서 쥐고 있던 수건을 놓았다. 수건을 두른 나와 셔츠를 입지 않은 로건이라니, 데자뷔 현상 같았다. 그래도 이번에는 그의 반바지 속에 무엇이 들었는지, 그게 어떤 느낌인지 이미 알고 있었지만.

나는 수건을 풀었다. 의도적인 도발이었다. 그의 눈앞에서 알몸이 되었다. 젖꼭지가 딱딱해지는 바람에 젖가슴이 아팠다. 살이 당기고 따끔거렸다.

"맙소사, 이사벨."

"왜요?"

로건은 고개를 저었다. "그냥 당신 때문에요. 당신은 말 그대로 완벽해요." 그의 두 손은 불룩 솟은 내 엉덩이 윗부분에 얹혀 있었다. "내가 여기 이렇게 서서 당신을 바라보고 있는데도, 내가 당신을 만졌었다는 사실을 못 믿겠어요. 내가 당신에게 키스하고 당신과 사랑을 나누었다는 사실은 물론, 심지어는 내가 당신의 알몸을 보고 있다는 사실조차 믿기지 않아요."

엉덩이에 얹혀 있던 두 손이 아래로 내려가더니 허벅지 뒤쪽에서 빙글빙글 맴돌았다. 잠시 후 그의 손길이 점점 위로 올라왔고 나는 숨을 멈추었다. 두 손은 내 음부에서 몇 밀리미터 떨어진 부분을 지나 골반을 넘어 내 배를 쓰다듬었다. 그리고 윗배와 횡격막 언저리를 지나 계속 위로 올라왔다. 잠시 후 그는 두 손으로 내 양쪽 젖가슴을 쥐고 위로 들어 올렸다. 부드러운 내 젖가슴을 마음껏 주무르고 들어 올려 무게를 가늠했다. 그의 엄지 두 개가 한가롭게 내 젖꼭지 위에서 노닐고 있었기 때문에 나는 숨을 쉴 수가 없었다. 그때 그 손가락이 젖꼭지를 잡아당겨 비틀었고 나는 그의 두 손 안으로 가슴을 내밀면서 헉 소리를 냈다. 꼿꼿하게 일어서 있는 젖꼭지부터 음부까지 생명줄이 이어져 있는 것처럼 그의 손이 닿을 때마다 내 아랫배에서 열기가 폭발했고 욕정이 온몸에서 반짝였다.

"당신 젖꼭지는 이사벨, 시팔, 진짜 믿기지 않을 만큼 예뻐요. 당신 젖꼭지는 아무리 탐해도 모자라요. 당신은 온몸이 그렇지만 특히나 이 젖꼭지는." 로건은 거칠게 느껴질 만큼 세게 젖꼭지를 꼬집었다. "내가 당신 젖꼭지를 원한다고 예전에 말했다면 당신은 뭐라고 했을까요?"

불쑥 튀어나온 예상치 못한 그 상스러운 표현들을 들으면서 나는 욕망으로 헐떡였다. 나는 그의 더러운 말이 좋았다. 설사 그 말을 내가 소리 내어 말하지 못한다 하더라도 듣기에 좋았다. "아마도……." 당황스러움을 꿀꺽 삼켰다. "당신 하고 싶은 대로 하라고 했을 거예요."

"정말로요?"

나는 입술을 핥았다. 욕망으로 입술이 바짝 말라 있었다. 아마도 신체 시스템이 몸 안의 액체란 액체는 모조리 허벅지 사이로 보내고 있는 모양이었다. "그래요. 당신 하고 싶은 대로 해요, 로건."

나는 제 자리에서 뒤돌았다. 나의 시선이 그의 사타구니, 바지 밑에 우뚝 일어서 있는 그의 성기로 향했다. 어찌나 거대하고 두툼하게 부풀어 있는지, 팬티 고무줄을 늘이고 밖으로 튀어나올 것 같은 모습이었다. 나는 한 손을 뻗어 고무줄 밑으로 검지를 넣어서 성기를 그의 몸에서 떼어냈다. 조금씩 그의 성기가 모습을 드러냈다. 신축성 있는 실크 속옷이 조금씩 아래로 내려갔고 마침내 거대한 그의 성기 전체가 나를 위해 모습을 드러냈다. 그의 두 허벅지가 만나는 지점에 팽팽하고 묵직하고 색이 짙은 고환이 소담히 자리 잡고 있었다. 로건은 상체를 숙여 내 젖가슴을, 젖꼭지를 들어올렸다. 나는 그 단어가, 그 단어에서 느껴지는 더러움이, 욕정 가득한 생생한 그 느낌이 좋았다. 로건은 내 젖꼭지를 입으로 물었다. 나는 고개를 숙이고 그의 모습을 바라보았다. 풀어 헤쳐져 있는 그의 곱슬머리를, 그의 구릿빛 손가락이 더듬는 나의 스페인계 짙은 색 피부를, 그의 분홍색 입술을 바라보았다. 로건이 입술로 젖꼭지를 물고 당기는 모습을 바라보았다.

세상에, 저 입.

나는 그의 머리에 두 손을 묻고 그의 얼굴을 내 얼굴 쪽으로 당겨 그의 입술을 내 입술로 덮었다. 그의 혀를 탐하고 그의 호흡을 만끽했다. 우리 둘 다 숨을 쉴 수 없는 지경이 되었을 때 나는 그를 놓아주었다. 내가 그의 옷을 마저 벗겼고 우리 둘은 함께 그 과정을 바라보았다. 로건이 바지에서 발을 뺐고 우리는 마침내 함께 알몸이 되었다. 짙은 색 피부와 구릿빛 피부가 같은 공간을 차지하고 있었다. 내가 그의 묵직한 고환을 손으로 살며시 쥐자 로건이 숨을 멈추었다. 이제는 로건이 그를 어루만지는 내 모습을, 애무하는 내 모습을 바라보고 있었다. 그것은 그를 흥분시키기 위한 애무가 아니라 애정을 표하는 애무였다. 나 자신을 위한 이기적인 애무였다. 그를 느끼는 것, 내가 원하는 만큼 그를 만질 수 있는 것이 어떤 기분인지 그 기억을 새기는 것, 그의 아름다운 몸을 내 눈 안에 담는 것이었으니까. 그 순간 나는 깨달았다. 내 마음대로 그를 가질 수 있다는 사실을, 이 남자는 나를 위해 존재하는 사람이라는 사실을. 나는 손가락을 벌려 그의 성기를 잡았다. 강철처럼 완고하고 두툼한 그 성기의 엄청난 크기에 대면 내 손은 한없이 작고 가녀리고 섬세해 보였다. 그 성기는 손으로 움켜잡았을 때 손가락이 맞닿지 않을 정도로 두꺼웠다. 나는 한 손을 성기에 두르고 다른 한 손으로 그 위를 잡았다. 내 손가락 위로도 밑으로도 살이 한참이나 남아 있었다. 나는 두 손을 함께 아래로 내렸고, 로건의 입에서 본인 의지와 무관한 신음 소리가 흘러나왔다.

"이사벨, 세상에. 지금 나한테 무슨 짓을 하는 거예요?"

"난 그냥 당신을 만지고 있는 중이에요, 로건."

"그냥 날 만진다. ……그 말이 맞는 표현인지 모르겠네요." 로건은 잠시 생각에 잠긴 채 자신의 성기를 위아래로 오르내리는 내 손을 바라보았다. "당신은 마치, 남자 성기를 한 번도 만져본 적 없는 사람처럼 날 만지는군요. 마치 앞으로 다시는 그걸 만져보지 못할 사람처럼요."

진실을 그에게 털어놓을 방법을 알면 좋겠다는 생각이 들었다. 나는 분위기를 망치는 그 이름을 입에 담지 않고 그 진실을 어떻게 표현하면 좋을까, 적당한 단어가 없을까, 고심했다. "아마도…… 그 말이 정확하게 맞을 거예요, 로건. 나, 나는…… 만져볼 기회가 한 번도 없었어요. 경험해보거나 느껴볼 기회도요. 난 그냥……
즐겨보고 싶어서. 지금 내 인생은 이 모양이라서, 미래도 어떨지
실은 잘 모르겠지만 나를 위해서, 아니 우리를 위해서…… 난 매
순간을 즐기고 싶어요." 나는 그의 앞에 무릎을 꿇었다. "당신을 맛
보고 싶어요. 그리고 그 맛을 영원히 기억하고 싶어요. 나는 당신
과 모든 것을 해보고 싶어요."

로건은 가만히 나를 내려다보았다. 그의 두 눈에 욕망, 혼란, 공
감, 걱정스러움, 다정함이 모두 담겨 있었다. 내가 그의 앞에 무릎
을 꿇고 아름다운 그의 페니스를 어루만지는 동안 그는 말없이 그
저 내 모습을 바라보기만 했다. 내가 그를 맛보고 혀로 맨 아래부
터 맨 위까지 그의 성기를 핥는 동안에도 그는 그저 내 모습을 바
라보기만 했다. 나는 도톰한 귀두에 입을 맞추고, 성기 끝에서 흘
러나온 액체를 맛보았다. 입술로 성기를 문 채 고개를 기울여 그를
올려다보았다. 그는 그 모습을 내려다보고 있었다.

그의 가슴이 부풀었고 두 눈이 가늘어졌다. 로건은 두 손으로
주먹을 꽉 쥐었다가 손가락으로 내 머리를 빗겼다. 숱 많고 긴 검
은색 머리가 한 손에 다 잡힐 때까지. 마침내 그는 두피 바로 위로
내 머리채를 모두 모아 쥐었다. 그 순간 그가 내 입속으로 성기를
찔러서, 이제 그가 주도권을 가져가는 걸까 하고 나는 잠시 생각했
다. 성행위에 내가 직접 참여하고 있다는 생각에 긴장이 되고 심장
이 두근거렸다. 실제로 신체의 심장이 신경 쇠약에 걸린 것처럼 두
근두근 뛰었고 내 마음속의 심장도 욕망과 두려움으로 쨍그랑 댕

그랑 울렸다.

그러나 로건은 그 동작을 계속하는 대신 나를 일으켜 세웠다. 내 맨살이 그의 맨살에 눌리게 나를 가까이 끌어당겼다. 내 젖꼭지가 그의 따뜻하고 단단한 가슴에 닿아 납작해졌다. 그의 성기는 두꺼운 막대처럼 우리 두 사람의 배 사이에 끼어 있었다. 나는 고개를 뒤로 젖혔다. 로건의 인디고색 시선에는 수많은 감정이 가득했다. 그 감정들을 뭐라고 부르면 좋을지 알 수는 없었지만 그렇게 고스란히 두 눈 속에 드러나 있었다.

로건은 내 입술에 입을 맞추었다. 그의 혀가 내 입안에서 춤을 추었다. "그만요, 이사벨. 무릎을 꿇어야 하는 사람은 당신이 아니라 나예요."

그 순간 내 안에서 거친 감정이 솟아올랐다. 광기 어린 짐승이 풀려나 울부짖는 것 같았다. 그토록 오랫동안 나를 규정하고 있던 조신한 품위라는 덫에 분노한 미친 여자가 모습을 드러냈다. 그러나 그 감정을 어떻게 표현하면 좋을지 알 수가 없었다. 나는 그 여자가 너무나 되고 싶었다. 로건과 함께 있는 이 순간, 앞으로 내가 어떤 여자가 될 수 있을지, 내가 될 이사벨이 어떤 모습일지, 흐릿하게나마 알 수 있을 것 같았다. 관능적이고 치명적이고 섹시한 동물이 될 수 있을 것 같았다. 내가 되고 싶은 그 여자, 그 여자가 되려면 그에 합당한 용기를 내야만 했다.

"로건," 단어와 감정의 회오리 속에서 숨이 넘어가고 있는 나 자신이 느껴졌다. "나는……."

"왜요, 이사벨?" 로건은 내 머리를 놓고, 크고 거칠지만 다정한 두 손으로 내 얼굴을 감쌌다. "당신이 원하는 걸 나한테 말해줘요."

"나는……." 논리적인 표현을 찾으려고 안간힘을 썼다. "나는…… 너무너무 되고 싶어요."

"뭐가 되고 싶어요?" 로건은 엄지로 내 뺨을 쓰다듬고 내 아랫입술을 희롱했다. "말해요, 자기. 두려워하지 말고."

"하지만 두려운걸요."

"뭐가 두려운데요?"

나는 눈을 깜박이며 숨을 쉬고 생각에 잠겼다. 그리고 솔직해지기로 마음먹었다. "이런 내 모습을 당신이 더 이상 좋아하지 않을까 봐. 난 계속 변화하는 중이에요. 당신이랑 새로운 경험을 하면서. 당신은 항상 나한테 새로운 걸 알려주잖아요. 나 자신에 대해서, 그리고…… 이렇게 말하면 되겠네요. 당신과 나에 대해서……."

"변화 속도가 너무 빠르다고 느껴지면 날 말려요." 로건은 고개를 숙여, 손으로 희롱하던 내 아랫입술을 깨물었다. 나는 말 없이 키스했다. "어쩌면 이 말이 도움이 될지도 모르겠네요. 내가 느끼기에 당신은…… 한 마리 나비 같아요. 이제 막 고치에서 탈피한 나비 말예요. 난 이미 당신과 사랑에 빠졌어요, 이사벨. 그리고 그 사실은 변하지 않아요. 당신이 어떤 행동, 어떤 말을 하든, 그 사실을 바꾸진 못해요. ……그리고 당신이 새로운 모습을 보이면 보일수록 당신을 향한 내 사랑은 점점 깊어지는걸요. 그러니까 그냥…… 당신이 돼요. 대담하게, 용감하게, 어떤 사람이 되고 싶은 마음이 들면 씨팔, 그냥 그렇게 돼버려요, 이즈. 그런 걸로 사과하지 말고요."

난 이미 당신과 사랑에 빠졌어요.

그 문장 하나가 귓가에 울렸다. 그 다섯 어절의 문장에 나는 온몸이 떨렸다. 로건은 너무나 아무렇지도 않게, 너무나 쉽게 그 말을 했다. 물론 나는 공기가 희박한 그의 침대에서 땀범벅이 되어 벌거벗은 몸뚱이를 밀착시키고 있던 순간에 우리가 강렬한 감정을 꾹꾹 눌러 담아 사랑이란 단어를 속삭였던 사실을 기억하고 있었다. 하지만 그 말은 그 순간에 존재한 말이요, 섹스를 하는 중에 튀어나온 단어였다. 그런 만큼, 이미 우리의 입 밖으로 나온 말들이었는데도, 이 조용한 순간에 로건이 그 말을 하는 것을 들으니 심장이 아플 정도로 부풀어 올랐다. 깨질 것처럼 팽창했다.

"전에 당신이 날 경배하겠다고 말한 적 있잖아요. 실제로 당신은 그렇게 했고요." 나는 불안한 마음을 침처럼 꿀꺽 삼켰다. "이제 나는…… 당신이랑 함께 죄를 짓고 싶어요. 나쁜 짓을 하고 싶어요. 당신이 부드럽게 대해주는 것도 좋았어요. 나한테 필요한 일이었거든요. 하지만, 당신이 날 조금만 더 거칠게 대해주면 그것도 좋을 것 같아요. 물론, 내가 겪은 일에 대해서도 우리는 대화를 나눴죠. 당신도 알다시피, 내가 당신한테 전화했을 때 말했었잖아요. 그때 내 기분이 어땠는지. 그런데…… 당신이랑 하면 다른 기분이 들 것 같아요."

로건의 턱이 굳었다. "난, 당신이 많은 일을 겪었다는 사실밖에 몰라요. 당신을 연약하고 나약한 여자라고 생각해서 이러는 건 아니지만, 나는 그 남자랑 비슷한 행동은 아무것도 하고 싶지 않아요. 그 자식이 당신한테 저지른 짓을 떠올리게 만드는 짓은 아무것도 하고 싶지 않단 말예요. 실은 그 자식을 입에 담는 것도 싫어요. 이렇게 우리끼리 친밀함을 나누는 시간에는 더더욱."

"당신은 안 그래요. 케일럽이랑 안 비슷하다고요. 하나도. 설사 그 사람이 나한테 한 짓과 똑같은 행동을 한다고 해도 당신은 다를 걸요. 당신의 의도가 다르니까요. 당신은 나랑 함께하고 싶어 하는 것, 나한테 바라는 것, 나를 위해 해주고 싶어 하는 것, 그 모든 것이 그 사람과, 그 사람이 나한테 바라는 것과 반대거든요."

그 사이 로건의 성기는 줄어들어 있었고, 순간의 열기도 가라앉아 있었다. 내가 정확히 어떤 순간으로 되돌아가고 싶은 것인지 확신이 서지 않았다. 진실을 말하자면 우리는 계속 진행 중이었으니까. 그러나 로건과 함께 하는 그 시간을 다시 즐기고 싶은 것, 그를 내 것으로 만들고 싶은 것만은 분명했다. 나는 내가 원하는 대로 하기로 했다. 내 욕망에 나를 맡기기로 했다. 나 자신을 탐구하기로 했다.

그런데 지금 이 순간 내가 원하는 게 뭐지?

내 시선이 욕실 밖 복도로 이동했다. 나를 향한 로건의 욕망이 얼마나 강렬한 것인지 맨 처음 진심으로 느꼈던 순간이 떠올랐다. 몇 달 전 저 복도에 알몸으로 서 있던 나, 비에 흠뻑 젖은 청바지 말고는 아무것도 입지 않고 서 있던 로건, 높이 들려져 로건의 허리에 두 다리를 감았던 기억, 그렇게 몸이 들린 채 내려앉아 이 남자로 내 안을 채우면 어떤 기분이 들까, 마음 가장 깊은 곳에서 궁금증이 일었던 기억이.

대담하게, 용감하게, 어떤 사람이 되고 싶은 마음이 들면 씨팔, 그냥 그렇게 돼버려요, 이즈. 그런 걸로 사과하지 말고요.

나는 로건의 손을 잡고 짧은 복도로 그를 이끌었다. 나는 알몸으로 그를 마주 보고 서서 심호흡을 했다. "기억나요? 내가 처음 당신 집에 왔을 때, 이 복도."

"그 순간이 낙인처럼 뇌에 새겨져 있죠. 하마터면 그냥…… 당신을 가질 뻔했으니까. 손가락을 움직여 청바지만 벗어 던졌어도 당신 안에 들어가 있었을 텐데."

"그게 내가 원하는 거예요, 로건."

그의 두 눈이 내 눈에 와서 박혔다. 그의 성기가 다시 부풀고 있는 것이 느껴졌다. 시선을 내려 내 눈으로 본 것은 아니지만 그냥…… 느낄 수 있었다. 나는 그를 기다렸다. 로건이 내 몸쪽으로 자신의 몸을 밀어붙였다. 맨살이 서로 닿았는데도 그는 멈추지 않고 계속 나를 밀어붙였다. 나는 결국 뒤로 발을 내디뎠다. 그래, 이거야. 그의 성기는 이제 완전히 두껍게 일어나 있었다. 따뜻하고 부드럽지만 너무나 딱딱한 그의 성기가 내 배를 파고들었다. 로건은 계속 앞으로 걸음을 내디뎠고 나는 다시 뒤로 발을 내디뎠다. 마침내 차가운 석고벽에 내 어깻죽지와 엉덩이가 닿았다. 머리도 살짝 쿵 부딪쳤다. 로건은 두 손으로 내 손을 잡아 깍지를 꼈다. 왼손과 오른손이, 오른손과 왼손이 만났다. 그는 내 두 손을 머리 위로 들어 올려 손등이 벽 쪽으로 향하게 내 손을 눌렀다. 그 상태로 무릎을 살짝 굽혀 속삭임처럼 부드럽게 내 입술에 키스했다. 한 번, 두 번, 세 번. 그러고는 아플 정도로 세게 내 윗입술을 깨물었다. 나는 헐떡였다. 로건이 내 아랫입술을 물고 잡아당기기에 나는 키스해달라고 고개를 숙였지만, 그는 재빨리 내 입을 피했다. 좌절감에 나는 새끼고양이처럼 신음했고 그 소리에 로건은 빙그레 웃었다. 내게 키스를 안 해주려나 보다, 그런 생각이 들 때쯤 로건이 갑자기 몸을 밀어붙이면서 내 입을 격렬하게 덮쳐 키스했다. 내가 키스 리듬을 찾고 그 안으로 침잠하고 있을 때 로건이 입을 뗐다. 그러고는 무릎을 굽혀 보드랍고 두툼한 자신의 성기로 내 두 허벅지가 만나는 지점을 찔렀다. 나는 기꺼운 욕망에 헐떡이면서 두 다리를 벌렸다. 로건은 잠시 머뭇거리며 내 눈을 들여다보더니 엉덩이를 돌렸다. 내 음부를 때리는 그가, 음순을 맛있게 문지르는 그의 피부가 느껴졌다. 나는 그가 얼른 내 안으로 들어오길 바라며 헐떡였다.

"아, 로건." 내가 숨을 내뱉었다.

"얼마나 원해요, 이사벨?"

로건은 내 두 손을 계속 머리 위에서 붙잡고 있었다. 우리의 손가락이 뒤엉켜 있었다. 그것은 통제라기보다는 친밀감을 표현하는 사랑의 행위였다. 내 온몸은 흥분으로 활기가 가득했고 욕망으로 팽팽하게 당겨져 있었다. 로건은 자신의 가슴을 내 가슴에 문질렀다. 그의 가슴 털이 내 민감한 피부를 자극했고 내 젖꼭지가 그의 흉근 위에서 뛰놀았다. 로건은 자신의 배를 내 배에 문질렀다. 로건의 성기가 강철 볼트처럼 우리의 몸을 이어주고 있었다. 로건은 내 목덜미에 키스했고, 나는 좀 더 키스해달라고 고개를 비스듬히 들었다. 그는 내 목덜미, 턱 바로 밑에 키스했다. 내 목덜미에, 맥박이 뛰는, 목뼈가 시작되는 움푹한 부분에 키스했다. 그러고는 계속 엉덩이를 돌리면서 내 귓불을 깨물었다. 그의 성기가 내 틈을 찾아낸 것이 느껴졌다. 나는 헐떡거리면서 어깻죽지를 벽 쪽으로 젖히고 발 폭을 넓혔다.

"이렇게 해주길 원해요?" 로건은 정교하고 부드럽게 내 안으로 들어왔다. 능숙하게 느린 속도로 한 번, 두 번. 너무나 느리고 너무나 부드러웠다. "아니면…… 이렇게?"

로건은 갑자기 성기를 빼고 몸을 세우더니 두 손으로 내 뺨을 감싸고 내게 키스했다. 간절하고 격렬하게, 영원히 끝나지 않을 것처럼. 그 키스에서 물씬 느껴지는 에로틱한 분위기에 나는 숨을 쉴 수가 없었다. 로건은 내 입을 소유하고 내 호흡을 지배하면서 내 영혼과 내 마음을 모조리 내게서 앗아가고 있었다. 단지 입만으로, 입술과 혀만으로.

갑자기 내 몸이 붕 떠올랐다. 아무런 경고도, 아무런 예고도 없이. 로건이 내 손을 놓고 두 손으로 내 엉덩이를 들어 올린 것이었다. 자동으로 내 두 다리가 그의 허리를 휘감았다.

"씨팔!" 내가 소리쳤다. 그렇게 상스러운 말이 내 몸에서 찢겨져 나오다니.

로건이 내 안에 있었다. 내 안으로 돌진하고 있었다. 내 몸이 땅에서 떠오르던 그 순간 그의 성기가 갑자기, 그리고 거세게 내 안으로 밀고 들어온 것이었다. 그 갑작스러운 맹공에 나는 숨이 멎고 말았다. 내 안에 쭉 뻗은 그의 성기가 달콤한 열을 뿜어내고 있었다. 그는 다시 나를 위로 올렸다가 아래로 내렸다. 이번에는 부드러웠다. 그때를 떠올리고 있구나, 나는 생각했다.

"이렇게?" 로건이 물었다. 대답을 요구하는 질문이었다.

"아뇨." 내가 속삭였다.

그의 치아가 내 피부를 물고 뜯었다. 불룩 솟은 젖가슴 위쪽, 목 옆 살을 깨물고, 화끈화끈 통증이 느껴지도록 젖꼭지를 씹었다. 로건은 두 손으로 내 엉덩이를 받치고 내 다리를 벌리면서 나를 위로 올렸다가 내리는 동작을 한 번 더 부드럽게 반복했다. 그러면서 매끄럽게 내 안으로 찌르고 들어왔다.

그의 입이 거칠게 내 입을 덮었고, 그의 치아가 내 입술을 날카롭게 깨물었으며 그의 혀가 세게 내 혀를 잡아당겼다. 그러면서 그는······.

그 행동을 더 잘 표현할 수 있는 단어는 없다.

그는 내게 몸을 박았다.

그는 엉덩이를 조이면서 성기로 거칠게 나를 찔렀다. 두 손으로 멍이 들 정도로 강하게 내 궁둥이를 움켜쥐고, 더 깊이 박을 수 있게 내 몸을 벌렸다. 그의 입이 내 입을 떠나 내 젖가슴을, 젖꼭지를 찾았다. 그는 내 젖을 빨아 흥건하게 만들었다. 젖꼭지만 빤 것이 아니라 유륜과 젖통 아래까지 핥고 빨았다. 그러면서 동시에 야만적으로 느껴질 만큼 거칠게 나를 강탈했다.

"이렇게?" 로건이 물었다. 그의 목소리는 어둡고 두껍고 평소보다 훨씬 거칠었다.

"그래요, 로건. 아, 그렇게요." 나는 그의 목과 어깨에 매달려 있었다. "멈추지 말아요, 멈추지 말고 그렇게 계속 날 박아줘요." 이런 말이 입 밖으로 튀어나오다니 순간적으로 부끄러웠지만, 내 말을 들은 로건은 낮게 으르렁거리면서 더 세게 내 젖꼭지를 빨고 더 거칠게 자신의 성기를 내 안으로 쑤셔 넣었고, 나는 불쑥 자부심을 느꼈다.

아, 너무나 완벽해. 바로 이거야. 나는 그의 머리칼에 두 손을 묻고 머리통을 꽉 잡은 채 몸을 계속 움직였다. 그를 올라탔다. 나 자신을 마음껏 발산했다. 등이 벽에 딱 붙도록 등허리를 뒤로 젖힌 채 마음껏 신음하면서 그의 성기에 대고 엉덩이를 돌렸다. 더 세고 더 강한 자극이 필요했다. 그의 몸 위에서 격렬하게 몸을 움직이면서 손가락으로 그의 머리채를 잡고 그의 입을 내 젖꼭지 쪽으로 잡아당겼다. 더 세게 물고 빨고 핥고 깨물어 달라고. 그의 앞니가 날카롭게 내 젖꼭지를 깨물었고 나는 숨소리와 함께 비명을 내질렀다. 그는 나의 비언어적 격려에 힘입어 같은 동작을 반복했다.

나는 감각의 모든 파편들을 마음껏 흡입했다. 내 젖꼭지를 물어뜩는 그의 거친 입, 내 안으로 들어와 나를 관통하는 그의 자지, 내 엉덩이를 움켜잡고 있는 그의 두 손. 손에 어찌나 힘이 세게 들어가 있는지 나중에 엉덩이에 자국이 남을 게 분명했다. 그 자국을 소중하게 간직해야지, 로건한테 꼭 말해줘야지. 나를 위로 들었다가 아래로 내리는 그의 동작, 그럴 때마다 점점 더 강하게 찌르는 동작. 마침내 클리토리스가 그의 뿌리 옆에 닿는 것이 느껴졌다. 나는 내내 멈추지 않고 소리를 질렀다. 그의 귀에 입을 대고 훌쩍였고, 천장을 향해 황홀한 흐느낌을 내뱉었다.

내 오르가즘에는 중단이 없었다. 오르가즘이 폭주 기관차처럼 내 안을 질주했고 내 밑의 땅이 갈라져 열렸다. 안에서 분출되는 비명을 참을 수가 없었다. 나는 그의 성기 위에서 몸을 뒤틀었다. 그의 머리카락을 내가 너무 거칠게 움켜잡아서 머리가 아프겠구나, 그런 생각이 들었지만 로건은 그저 늑대처럼 본능적이고 사납고 거칠게 으르렁댈 뿐이었다.

"로건, 로건…… 이런 씨팔, 젠장, 로건."

"당신 보지를 만져요, 이사벨. 지금 바로, 흥분이 느껴지는 동안 계속." 로건이 내 귀에 대고 으르렁댔다.

나는 한 손을 그의 목에 감고 몸을 뒤로 젖혔다. 로건도 똑같이 행동했고 우리의 뒤엉킨 몸 사이에 공간이 생겼다. 로건은 두 손으로 내 몸을 올려 내 엉덩이를 앞쪽으로 밀었다. 그리고 계속해서 내 안으로 밀고 들어왔다. 믿을 수 없을 만큼 능숙한 솜씨로, 숨이 멎을 만큼 강력한 힘과 정력으로. 나는 우리의 몸 사이로 손을 뻗어 내 음부를 만졌다. 처음에는 약지로 클리토리스를 건드리기만 했다. 잔잔한 파도처럼 나를 조여오는 절정을 느끼면서 나는 신음하고 몸을 뒤틀었다. 파도가 점점 더 높아지고 뜨거워지고 거세졌다. 맙소사, 바로 이거야. 나는 어떻게 하면 스스로를 강하고 빠르게 흥분시킬 수 있는지 그 방법을 정확히 깨우쳤다. 그랬다. 완벽한 압력, 원을 그리는 완벽한 속도를 찾아낸 것이었다. 로건은 계속 나를 찔렀고 나는 이제 관자놀이와 젖가슴 사이로 땀을 뚝뚝 흘리면서 흐느끼고 있었다.

전기, 섬광, 열기. 그 어떤 말로도 나를 뒤덮는 그 힘을 충분히 표현할 수 없었다. 나는 곧바로 흥분했다. 내 몸의 안팎이 완전히 뒤집힌 것처럼 느껴졌다. 내 안이 갈라져 열리고 갈가리 찢겨 뒤엉키는 것 같았다. 내 밑에 있는 로건, 내 안에 있는 로건, 나를 안고 있는 로건이 모두 느껴졌다. 내 젖꼭지를 물고 있는 그의 앞니, 내 엉덩이를 쥐고 있는 그의 두 손, 내 보지 안에 들어가 있는 그의 자지, 세상 전체를 막아서고 있는 그의 탄탄한 몸이. 그의 몸에 가려 이 남자 말고는, 우리 말고는, 은하계 별들이 한꺼번에 초신성으로 폭발해버리는 절정 말고는 아무것도 느껴지지 않았다.

난 속도를 늦추거나 동작을 멈추지 않았고 그도 마찬가지였다.

그런 수준의 오르가즘이 존재하는지도 몰랐는데, 오르가즘이 하나씩 연달아 계속 찾아왔다. 오르가즘의 폭발은 다음 오르가즘의 시작이었고, 그렇게 연쇄 폭발이 일어났다. 정신이란 것이 신체적, 감정적 경험이라는 중요한 실체로부터 조각조각 떨어져 나갈 수 있는 것인지, 영혼이란 것이 폭발해 차원 분열 도형으로 조각날 수 있는 것인지 전에는 미처 알지 못했다. 보드랍고 연약한 나의 본질이 밖으로 완전히 드러나 녹아내려 로건의 본질과 융합되고 있었다.

로건 역시 분해되는 중이었다. 산산이 조각나는 중이었다. 미처 가는 중이었다. 내면에서 끓어오르는 모든 것을 밖으로 발산함으로써. 사정하는 순간 그의 두 눈이 번쩍 뜨였고 나는 시선을 돌리지 않았다. 나는 자신을 내 안으로 쏟아 붓고 있는 그의 심장을 들여다보았다. 그의 목소리는 난폭한 포식자처럼 으르렁거리고 있었지만, 그의 두 눈에는 물기가 차오르고 있었다. 순수하게 남성적이고 강렬하게 야성적인 그의 몸도 오르가즘에는 어쩔 수 없는 모양이었다. 그가 분열되는 것이 느껴졌다.

그리고 나는 그 조각을 모조리 모아서 내 조각들과 하나로 맞추었다. 로건은 사정을 했고 나는 키스를 했다.

그때 내 안의 무언가가 깨지는 것이 느껴졌다. 무언가 뜨겁고 축축한 것이 밖으로 줄줄 흘러내렸고 바로 그 순간 로건이 비명을 질렀다. 나도 모르게 일어난 부끄러운 일이었다. 내 음부 안쪽 무언가가 말 그대로 쪼개진 것처럼 체액이 쏟아져 뒤엉켜 있는 우리의 몸을 흠뻑 적셨다. 로건도 그걸 느낀 것이 분명했다.

로건의 허벅지가 떨렸고 무릎의 움직임이 멈추었다. 그는 풀썩 내려앉았고 나는 내 발로 땅을 디뎠다. 그 순간 그와 계속 연결되어 있고 싶은 마음이 너무나 간절해서, 로건이 복도 바닥에 그대로 누워버리자 나는 그의 몸 위에 엎드려서 말랑말랑해진 그의 성기를 손으로 만지고 그의 묵직한 불알을 손바닥으로 쓰다듬었다. 그의 가슴과 턱과 뺨과 입술과 목과 귓바퀴에 키스했다.

로건이 땀을 흘리면서, 그리고 여전히 숨을 헐떡이면서 말했다. "맙소사, 이사벨. 이런 느낌을 느낄 수도 있다는 사실을 전에는 미처 몰랐어요."

"나도 몰랐어요."

몇 분 뒤 내 밑에 깔려 있던 로건이 몸을 꼼지락댔다. "내 위에 누운 자기를 안고 있는 건 너무 좋지만, 이 마룻바닥은 누워 있기에 그다지 좋은 장소는 아니네요."

나는 그에게서 미끄러져 내려서 손을 내밀었다. 로건은 빙긋 웃으면서 그 손을 잡았고, 나는 온 힘과 무게를 다해 그를 일으켜 세웠다. 그는 여전히 땀을 흘리고 있었다. 그의 몸은 여전히 떨리고 있었고 호흡도 여전히 불안정했다.

"다리 운동을 하루도 거르지 않은 건 정말 다행이에요."

아드레날린과 성호르몬이 잦아들고 나자 운동을 해서 온몸이 쑤시던 기억이 떠올랐다. "당신은 나를 놀라게 했어요, 로건."

로건은 고개를 저었다. "내가 한 게 아니라 당신이 한 거예요, 이사벨. 모두 당신이 한 일이에요."

무슨 뜻인지 이해가 되지 않았다. 그런데도 그렇게 말하는 로건의 방식만으로도 내 심장은 다시 완전히 녹아내렸다.

"둘 다 땀투성이가 돼버렸네요." 내가 말했다.

"당신은 조금 전에 샤워를 했는데 말이죠." 로건은 뜨거운 물을 틀고 물 밑으로 들어갔다.

나도 로건을 따라 들어갔다. 뭔가 더 귀엽고 재치 있는 말을 했다면 좋았을 텐데, 그런 생각이 들었지만 아무 말도 하지 않았다. 내가 할 수 있는 일은 뜨거운 물줄기 밑에 서서 두 손으로 그의 몸을 쓰다듬는 것뿐이었다. 두 눈을 감고 내 몸을 씻기는 그의 손길을 느끼면서. 몸을 씻는 데 필요한 실제 시간보다 더 긴 시간을 들여서 내 몸을 구석구석 문지르는 그의 손길을 느끼면서. 마침내 내 몸을 씻기는 그의 일이 끝났다. 이제는 내 차례였다. 나는 물기 젖은 그의 매끈한 피부를 비누로 문질렀다. 온 세상에 존재하는 모든 시간을 다 쏟아부어 내 두 손으로 그의 아름다운 몸을 감상했다.

"이제 그만 나가는 게 좋겠어요. 그러지 않으면 2라운드를 치르게 될 것 같아요." 로건이 말했다.

물은 여전히 뜨거웠고, 나 역시 여간해서는 지칠 줄 모르는 욕망으로 여전히 활활 타오르고 있었다. 로건이 내 안의 무언가를 일깨웠다는 사실을 깨달았다. 만족할 줄 모르는 탐욕이랄까.

나는 뒤로 물러서 샤워기 밑 대리석 벽에 등을 기대고 서서 두 발을 벌렸다. 키스해달라고 그를 재촉하면서. 나는 두 손으로 그의 머리칼을 잡고 그의 얼굴을 내 음부 쪽으로 끌어당겼다. 그의 입이 클리토리스에 닿았다. 나는 몸을 뒤틀었고 로건은 내가 흥분할 때까지 거기에 얼굴을 묻고 있었다.

한 번, 두 번, 그리고 또다시 한 번.

이 남자가 나를 흥분시킬 수 있는 회수와 방법에는 끝이 없었다.

마침내 나는 숨을 헐떡이며 축 늘어졌다. 무릎을 꿇고 주저앉았다. 이 모든 일이 시작될 때쯤, 로건이 나랑 전부터 해보고 싶었던 일이 있다고 말했던 사실이 떠올랐다. 그의 성기는 벌써 딱딱해져 있었다. 놀랍고 아름답게 딱딱해진 그 성기가 내 눈앞에서 꺼덕이고 있었다. 샤워 물에 젖은 채, 욕망에 젖은 채. 나는 혀로 핥아 물기를 털어낸 다음, 혀로 그의 성기를 계속 후려쳤다. 입으로 성기를 물고 로건이 신음할 때까지 빨다가 입에서 꺼냈다. 내 두 손으로 젖가슴을 들고 앞으로 몸을 기울였다. 젖통 사이 좁은 틈에 그의 자지를 끼고 젖통으로 양쪽에서 짓눌렀다. 로건이 몸을 찌르자 팽팽한 구체 사이로 자지 끝이 툭 튀어나왔고 나는 그 끝을 입으로 빨았다.

"당신이 전부터 해보고 싶었다는 일이 이거 맞죠?" 나는 그를 올려다보며 물었다. "이렇게요?"

"헛소리 마요, 이즈." 로건은 머리를 뒤로 젖히며 신음했다.

"그렇다는 뜻으로 받아들여요?"

로건이 나를 내려다보았다. 그의 눈꺼풀이 무거워 보였다. "젠장, 맞아요."

나는 그와 함께 몸을 움직였다. 로건이 엉덩이를 뒤로 빼면 상체를 들었고 그가 몸을 위로 찌르면 몸을 낮췄다. 그가 끝까지 몸을 다 찌르면 입술로 귀두를 물고 끝을 빨고 핥았다. 혀로 끝과 그 주위를 간질였다. 로건은 눈도 거의 깜박이지 않고 그 모습을 바라보고 있었다.

로건의 손가락이 내 머리칼을 어루만졌다. 머리를 밀겠다는 나를 그가 말려준 것이 기뻤다. 그의 손이 내 머리를 만지는 것이, 내 머리를 쥐는 그의 방식이 너무나 좋았기 때문이다. 머리를 자르더라도 로건이 잡을 수 있을 만큼은 남겨놓아야겠다고 나는 결심했다.

"으으으음." 로건이 더 세게 빨아달라고 내 머리를 잡아당겼고 나는 신음했다. "그래요, 그렇게요. 누려요, 로건"

로건은 가깝게 모여 있는 내 젖꼭지 사이로, 그리고 내 입으로 점점 더 강하고 빠르게 몸을 찔렀다. 내 머리가 움직이지 않게, 축축하고 헝클어진 내 머리를 두 손으로 꽉 잡고는. 내가 할 일이라고는 내 젖꼭지를 쥐고 있는 것, 입으로 그의 자지를 빠는 것뿐이었다. 나는 그를 맛보고 싶은 열망에 열심히, 나의 이 사이와 혀 위로 그의 딱딱한 성기를 받아들였다. 너무 깊숙이는 아니지만 그를 맛볼 수 있을 정도로.

그의 성기가 내 입술 사이를 지날 때마다 나는 신음했다. 로건을 위해 신음했다. 내가 신음할 때마다 그의 입술이 일그러졌고 찌르는 동작이 거세졌으며 그의 성기가 더 두꺼워졌기 때문이다. 동시에 나는 나 자신을 위해 신음했다. 그에게 쾌락을 안겨주고, 자제력을 잃는 그의 모습을 지켜보는 것이 내게 환희로 돌아왔기 때문이다. 그것 역시 성적 쾌락이 구현되는 한 가지 방식이었기 때문이다. 그것은 오르가즘으로 이어지는 그런 쾌락이 아니라, 연인에게 뭔가 아름답고 믿을 수 없는 것을 선사할 때에만 느낄 수 있는 쾌락이었다.

그리고 로건은 나의 연인이었다.

그 깨달음에 나는 몸서리를 쳤다. 심장이 두근거렸다. 그렇게 사소한 일이 나를 놀라게 만드는 힘을 갖게 된 데에는 몇 가지 이유가 있었다.

그가 나를, 내 입을, 내 젖꼭지를 취했기 때문이었다.

"곧 쌀 것 같아요, 이사벨." 로건이 경고하듯 웅얼거렸다.

나는 신음하고 콧노래를 부르면서 그의 성기를 감쌌다. 젖꼭지를 놓고 두 손으로 그의 성기를 잡았다. 그를 빤히 바라보면서 성기를 천천히 애무했다. 도톰하고 탄성 있는 귀두를 입술로 어루만지고 혀로 성기 끝을 간질이면서.

마지막 순간 주인의식을 되찾아 나 자신에게 뭔가 해주기로, 나자신을 위해 뭔가 함으로써 스스로 느끼는 나의 수치심과 폭력성을 지워버리기로 결심한 것은 순전히 내 변덕이었다.

내 입술 사이로 찔러 들어오는 그의 성기가 팽팽해지는 것이 느껴졌다. 그 결심이 떠올라서 나는 잽싸게 입을 빼고 젖은 대리석 바닥에 웅크려 앉았다. 우리 두 사람의 몸 위로 샤워 물이 쏟아지고 있었다. 로건이 사정했다. 끈적끈적하고 하얀 정액이 격렬하게 그의 성기에서 뿜어져 나와 위를 바라보고 있는 내 얼굴 위로 쏟아졌다. 내 입, 입술, 뺨에 정액이 쏟아지는 것이 느껴졌다. 입을 벌리고 있었기 때문에 혀 위로도 흘러들었다. 알싸하고 짭짤했다.

뺨에 묻은 정액이 턱으로 흘러내렸다. 나는 쏟아지는 물줄기와 얼굴에 고인 정액 때문에 눈을 깜박이면서 로건을 올려다보았다. 나 때문에 깜짝 놀란 로건의 모습이 보였다.

나는 다시 무릎을 꿇고 그의 자지를 내 젖꼭지 사이에 끼운 다음 다시 뿜어져 나오는 그의 정액을 입술로 받아 핥아 먹었다. 로건을 올려다보면서. 로건이 너무나 강하게, 매력적으로 느껴졌다. 내가 한 그 행동은 로건을 위한 것이 아니라 나 자신을 위한 것이었다. 케일럽에게, 그리고 내가 선택하지 않았는데도 그가 내게 저지른 모든 행동들에 '엿 먹어'라고 말하는 일종의 시위 행위였다. 평범한 상황이었으면 내가 원하지 않았을 일이지만, 그 순간에는 내게 필요한 일이었다. 나 자신을 되찾는 일, 나의 성적 매력에 대한 나의 주인의식을 확인하는 일이었다.

나는 로건의 성기를 두 손으로 감싸 내 입에 넣고 손과 입으로 펌프질했다. 로건이 신음하고 으르렁댈 때까지. 그가 두 무릎을 접어 내 몸 위로 상체를 숙일 때까지. 로건은 다정하게 나를 밀어내 일으켰다. 젖은 수건을 찾아내 물기를 짰다. 내 허리에 한 팔을 감아 자신의 몸 옆으로 당겼다. 내 턱을 잡아 얼굴을 들어 올리고 자신의 정액을 씻어낸 다음 내게 키스했다.

"그런 행동은 예상하지 못했는데." 로건이 속삭였다.

"알아요. 나도 예상 못했으니까요. 하지만 나는…… 그 부정적인 느낌과 오명을 지워버리고 싶었어요."

"당신 기분을 꼭 알고 싶은 건 아니지만……."

물이 차가워지기 시작해서 나는 샤워기를 잠그면서 로건의 말을 잘랐다. "로건, 난 내가 하고 싶은 일을 한 거예요. 나를 위해서." 로건이 말했던 대로, 내 말뜻을 정확히 전달하기 위해 용기를 냈다. "당신으로 하여금 내 젖꼭지에 그 짓을 하게 만든 것⋯⋯ 그건 당신을 위한 거예요. 얼굴로 당신 정액을 받은 건 나를 위한 거고요. 물론 내가 성적 취향이 독특해서 그런 건 아니에요. 그건⋯⋯ 내가 무슨 일을 겪었는지 당신도 알잖아요. 내가 당신한테 말해줬으니까. 그래서 날 위해서 그렇게 한 거예요. 그 일을 되돌리려고."

로건은 샤워 부스에서 내가 나가는 것을 돕고, 마른 수건을 펼쳐 하나는 내 몸에, 또 하나는 자신의 몸에 감았다. 우리는 각자 몸의 물기를 닦았다. 잠시 후 나는 자신의 허리에 수건을 단단히 묶고 있는 로건을 향해 몸을 돌렸다.

"로건, 궁금한 게 있어요. 당신은 기분이 어땠어요? 아까 무슨 생각 했어요?" 나는 물기를 이미 다 닦아서 성가시게 수건을 두르고 싶지 않았다. 그리고 내 몸을 바라보는 그의 시선이 좋았다.

로건은 숨을 내쉬었다. "당신은 어떤 일이든 할 수 있는 것 같아요. 그 행동들이 모두 믿기지 않을 만큼 놀라운 것은 아니지만⋯⋯ 너무 자극적이었어요. 거짓말이 아니에요. 당신을 보는 것, 당신을 바라보는 것, 당신이 입으로, 그 아름다운 젖꼭지 사이로 내 자지를 받아들이는 모습을 바라보는 것만도⋯⋯ 실제 섹스를 하는 것만큼 자극적이었어요. 맹세하는데, 내가 살아 있는 한, 그 장면은 영원히 잊지 못할 거예요. 내가 죽는 날까지 그 장면을 머릿속에 떠올리면서 계속 자위행위를 할 수 있을 것 같아요. 하지만 당신 얼굴에 사정하는 것은…… 조금 다른 문제예요. 사실 그건 내가 하고 싶었던 행동이 아니었어요. 그냥 내 취향이 아닌 거죠. 내 생각에 나는 다른 사람에게 수치심을 느끼게 하면서…… 그 사실에 흥분하고 싶어 하는 사람이 아닌 것 같아요. 얼굴에 사정을 하는 건 포르노에서 자주 등장하는 장면이지만, 나는 그런 장면에서 에로틱한 기분을 못 느끼겠더라고요. 나한테 정말로 놀라운 섹스는 상호작용, 상호 만족의 행위예요. 이 세상 속에 우리의 연결을 보여주는 행위는 그것밖에 없잖아요. 그러니까 그 행위를 그렇게…… 믿기 어려울 정도로 놀라운 상호 화학작용으로 만든 건 바로 우리예요."

로건은 다시 우리 이야기로 돌아와 있었다. 맙소사, 내가 이 남자를 얼마나 사랑하는지.

현실에 존재하는 남자 맞겠지? 아니면 내가 꿈을 꾸고 있는 건가? 열병에 걸려 꿈을 꾸고 있는 것은 아니겠지?

"자위행위를 자주 해요?" 내가 물었다.

로건은 고개를 까닥였다. "때에 따라서는."

"얼마나 자주요? 솔직하게 말해 봐요."

로건은 침실로 들어갔고 나는 그의 뒤를 쫓아갔다. 우리는 각자 옷을 입었다. 로건은 팬티와 청바지를 입으면서 말했다. "당신을 만나기 전에는 섹스 파트너가 몇 명 있었어요. 진지한 관계도 아니고 하룻밤 즐기는 사이도 아닌, ……그 중간쯤 되는 상대 말예요. 단기 애인이라고나 할까. 그런데…… 그 섹스 파트너들하고는 영…… 흠, 그래서 규칙적으로 자위행위를 했어요."

"나를 만난 뒤로는요?" 도대체 무슨 대답을 듣고 싶은 건지 알수가 없었다.

로건은 티셔츠를 입었다. 아랫부분에 하얀 해골이 그려져 있는 약간 소름 끼치는 검은색 티셔츠였다. 해골의 턱뼈가 나무뿌리로 변하는 모양이었다. 해골 위에 까마귀 한 마리가 앉아 있었고 빨간 장미 한 송이가 피어 있었다. 그 위에 가로로 '나의 발렌타인을 위한 총알'이란 글귀가 새겨져 있었다. 나는 싫은 기색을 했고 로건은 내 표정을 놓치지 않았다.

"마음에 안 들어요? 너무 과한가? 흠. 알았어요." 그는 티셔츠로 가득한 서랍을 열어 다른 셔츠를 한 벌 꺼내어 바꿔 입었다. 이번에는 머리가 길고 덥수룩한 남자가 그려져 있는 티셔츠였다. 남자의 코와 입 위에 바나나 한 개가 그려져 있었다. 남자는 등에 석궁을 메고 있었다. 그리고 그 위에 커다란 빨간색 블록체로 '워킹 데드The Walking Dead'라는 글씨가 적혀 있었다. "좀 낫죠?"

나는 고개를 끄덕였다. "네, 훨씬 낫네요. 고마워요. 아까 그 셔츠는…… 징그럽던데요."

로건은 낄낄 웃었다. "흠, 메탈 밴드 셔츠가 약간 극단적인 경향이 있죠."

"아직 내 질문에 대답 안 했어요." 내가 지적했다.

"정말로 그 대답을 듣고 싶어요?" 로건은 내가 드레스를 다 입고 뒤로 머리를 묶을 때까지 기다렸다.

"그래요, 듣고 싶어요."

로건은 침대 틀에 등을 기대고 앉았다. "첫째, 당신을 만난 뒤로는 다른 여자를 만난 적이 한 번도 없어요. 그 사실만은 분명히 해두고 싶네요. 안 그러면 모를 테니까. 그 경매에서 당신을 만난 뒤로, 우리 직원이 아닌 여자와는 말도 거의 안 했어요. 그 뒤로는……." 로건은 한숨을 내쉬며 나를 흘끗 쳐다보더니 말을 이었다. "매일, 어떤 날은 하루에 두 번 이상 당신을 생각하면서 자위행위를 했어요. 당신을 처음 만난 뒤로는…… 당신만 떠올랐어요. 화장실에서 했던 그 키스만요. 그런 순수한 키스가 그렇게 강렬하게 느껴진 건 그때가 처음이었거든요. 그리고 당신이 어찌나 섹시했는지, 내가 고통스러울 정도였어요. 그래서 이 방에 있는 당신 모습을 상상했어요. 여기 서서 당신이 옷을 벗는 모습을…… 젠장, 이런 부끄러운 이야기를 하고 있다니, 십 대 시절로 돌아간 것 같은 기분이네요."

"부끄러워하지 말고, 로건, 좀 더 말해줘요."

그는 침을 꿀꺽 삼키고 손으로 콧날을 문질렀다. "그리고 복도 사건이 일어난 뒤로는, 그때 우리가 할 뻔했잖아요. 그래서 그 생각을 수도 없이 했어요. ……당신 속으로 침잠하는 그 생각만. 당신 안으로 들어가면 당신이 얼마나 날 꽉 조여줄까, 당신은 얼마나 부드러울까. 상상했어요. 그러면서 더러운 짓을 한 것 같은 죄책감도 동시에 느꼈죠. ……왠지 내가 당신을 더럽히고 있는 것 같은 기분이 들어서 당신 생각을 떨쳐내려고 했어요. 그런데 그럴 수가 없었어요. 다른 생각을 해보려고 아무리 안간힘을 써도, 나를…… 흥분시키는 다른 생각은 떠오르지 않았어요. 당신 말고는. 오죽하면 한두 번 포르노를 본 적도 있다니까요. 내가 평소 포르노를 즐겨 보는 편이 아니라 그런지, 그냥…… 멍청하고 공허하게 느껴졌어요. 우리 집 복도에 서 있던 당신만큼 에로틱한 장면은 어디에도 없더라고요. 당신이 수건을 떨어뜨리던 그 모습. 당신은 그때 당신이 얼마나 아름다운 여자인지 입증해 보여 달라고 거의 온몸으로 애원하고 있는 것이나 다름없었거든요."

"거의가 아니라 나는 진짜로 애원하고 있었어요, 로건."

"나는 그럴 수가 없었어요. 당신이 그 상황을 이해해주길 바랐을 뿐이죠." 로건은 나를 올려다보았다.

나는 고개를 끄덕였다. "그때 이해했어요. 지금도 이해하고요. 그런다고 상황이 더 쉬워진 건 아니지만 이해는 했어요."

"그건 일종의 자기방어였어요. 그때는 당신 때문에 내가 무너질 것 같은 기분이 들었거든요. 당신과 케일럽 사이의 일들이 어떻게 변할지 몰라서, 그래서 당신한테 얼른 접근하지 못했던 거예요." 로건은 고개를 푹 숙이고 자신의 발을 쳐다보며 말했다. "나는 아직도 그게…… 두려워요. 당신이 그 자식한테 돌아가면 난 어쩌나."

"로건……." 나는 그를 안심시켜주고 싶었지만 로건이 내 말을 막았다.

"나는 쉽게 무너지는 사람이 아니에요, 이사벨. 하지만 일단 무너지기 시작하면 거침없이 순식간에 무너지죠." 로건은 자리에서 일어서 내게 성큼성큼 다가와 두 손으로 내 엉덩이를 잡았다. "나는 이제 돌아갈 곳이 없어요. 있다 해도 돌아가고 싶지도 않고요. 내게는 그 사실이 너무나 자명해요. 나는…… 나는 당신과 비교할 수 있는 여자를 한 명도 본 적이 없어요. 그래서 그냥 당신을 계속 마음에 품고 살려고요. 알았어요? 당신은 당신이 해야 하는 일을 해요. 당신이 가는 길이 당신을 내게서 멀어지게 한다 해도 붙잡지 않을게요. 그래도 너무 쉽게 가버리지는 말아요. 알았죠?" 로건은 자기 생각을 분명하게 표현할 줄 아는 남자였기 때문에 망설이거나 더듬거리지 않고 이 말들을 쏟아냈다. 내가 떠나는 상상을 한다고 하니 눈물이 날 것 같았다. 그는 전사, 죽음을 목격한 적도 있고 누군가에게 죽음을 안겨준 적도 있는 남자, 아슬아슬하게 죽음에서 살아난 남자였다. 감옥에 가본 적이 있는 남자, 그곳에서 나와 훨씬 더 좋은 사람이 된 남자였다. 내게 배신을 당한 적이 있음에도 여전히 용기를 내어 자신의 진짜 모습을 내게 보여줄 수 있는 남자, 스스로 나약한 존재라는 사실을 인정할 줄 아는 남자였다.

내가 알고 있는 사실들을 다 알면서도, 나에 대한 그의 믿음을 흔들 만한 일을 내가 두 번 이상 저질렀다는 사실을 잘 알면서도, ……저런 말을 하려면 얼마나 용기를 내야 하는 걸까? 나로서는 짐작도 할 수 없는 일이었다.

"당신이 내가 가야 할 길이에요. 로건."

"그걸 바라는 만큼 난 확신도 있어요. 그러니까 날 믿어요, 이사 벨. 난 단 한 순간도 당연하게 여기지 않을 거예요. 설사 우리가 함 께할 시간이 천 년이 남아 있다고 해도."

로건은 목덜미 바로 위 축축한 내 머리를 손바닥으로 감싸고 내 얼굴을 비스듬하게 자신의 얼굴 쪽으로 당겼다.

그리고는 내게 키스하고,

키스하고,

또 키스했다.

사랑이란 고통스러운 감정이구나, 나는 그 사실을 깨닫고 있었 다. 내 심장을 둘러싸고 있는 벽이 갈라져 열렸다. 사랑은 내게 솔 직함, 용기, 꾸밈없는 태도, 겸손을 요구하고 있었다. 그것은 경쾌 하고 화려하고 쉬운 감정, 영웅과 그의 연인이 함께 말을 타고 일 몰 속으로 사라지는 이야기책에나 나오는 그런 감정이 아니었다. 현실 속에서는 영웅의 연인 역시 전사가 되어 그와 함께 어둠에 기 꺼이 맞서야만 했다. 자신의 영웅과 나란히 서서 악마나 용과 대적 할 수 있을 만큼 용감해야만 했다. 일몰은 고사하고 일출이라도 볼 수 있기를 바란다면.

14

심장이 목구멍 밖으로 튀어나올 것 같다. 나는 한 손으로는 검은 머리 한 움큼을, 다른 한 손으로는 가위를 잡고 있었다. 눈을 깜박이고 숨을 내쉬면서 미용사의 거울 속에 비치는 내 모습을, 로건의 모습을 바라보았다. 로건은 내 뒤에 서서 주머니에 두 손을 찌른 채 나를 지켜보고 있었다. 그의 친구, 미용실 전체를 소유하고 있는 미용사 메이가 아까 작고 섬세한 손으로 내 머리를 만졌었다. 두피를 어루만지는 그녀의 민첩한 손가락이 나를 안정시키고 진정시켰다.

나 자신에 대해, 내 사연에 대해 한마디도 하지 않았는데 그녀는 이해했다. 나는 그저 외모를 과감하게 바꿔야 한다고만 말했다. 메이는 다 안다는 눈빛으로 한동안 내 눈을 들여다보다가 나를 향해 미소 지었다. 그러고는 나를 의자에 앉히고 손가락으로 내 머리를 빗어, 머리를 쫙 풀어보기도 하고 부풀려보기도 하고 뒤로 모아보기도 했다. 진지하게 내 얼굴 모양을 가늠하면서, 머리를 자르면 내가 어때 보일지 짐작하듯 머리를 손으로 잡고 위로 올렸다가 아래로 내렸다가 했다.

메이는 잠시 후 내게 가위를 건네며 말했다. "첫 번째 커트는 직접 하세요."

불과 몇 시간 전 머리를 두피까지 빡빡 밀려던 순간이 있었는데도, 막상 손에 가위를 들고 머리를 자르려고 하니까, 순간적으로 의심이 생겼다. 아니면 망설임이거나.

로건은 아무 말도 하지 않고 그냥 지켜보기만 했다.

메이가 내게서 가위를 받아 들고 내 앞쪽으로 자리를 옮겼다. 그녀는 키가 작고 마른 체형이었다. 라벤더색으로 염색한 머리는 양쪽 길이가 달랐다. 더 긴 왼쪽 머리는 꼬여서 머리 위에 얹혀 있었다. 영어를 유창하게 구사했지만 발음에서 아시아인 악센트가 느껴졌다. "당신이 선택해요. 머리는 잘라도 되고 안 잘라도 돼요. 이 머리랑 관계있는 유일한 사람은 당신이니까요. 하지만 내 말을 들으면 자르고 싶은 마음이 들 거예요. 우리가 긴 머리를 '사랑의 머리채'라는 단체에 기부하거든요." 그녀는 아까워하는 손길로 내 머리를 다시 한번 쓸어내렸다. "첫 번째 가위질은 직접 하세요. 그럼 내가 아름답게 만들어 드릴게요. 지금보다 훨씬 더 아름답게. 이미 충분히 아름답지만."

그녀는 다시 내게 가위를 건넸다. 그러고는 손가락 사이에 머리 한 움큼을 끼워서 들어 올렸다. 그녀의 두 손 사이에 작은 틈이 있었다. "내 두 손 사이, 그 부분을 자르세요."

나는 숨을 내쉬면서 가위를 움직여봤다. 짤각짤각 짤각짤각. 잠시 후 나는 머리가 잘린 내 모습을 더 이상 상상하지 않고 가위를 넓게 벌려 메이의 손 사이 머리를 잘랐다. 목덜미 위에서 묵직한 머리가 툭 떨어지는 것이 느껴졌다. 머리가 약간 가벼워진 것 같았다. 메이는 가위를 받아들고 내 앞에 섰다. 그 바람에 시야가 가려서 거울 속의 내 모습이 보이지 않았다. 나는 머리를 털었다. 기분이 이상했다. 등허리 위에서 찰랑대는 긴 머리, 귀 옆으로 길게 늘어져 있는 머리, 어깨 위에 펼쳐져 있는 머리가 없어진다니. 이건 아무것도 아니야. 나는 울고 싶은 동시에 웃고 싶었다. 어느 쪽을 더 하고 싶은 건지 알 수가 없었다.

"내가 좀 볼게요." 내가 말했다.

메이는 가만히 고개를 저었다. "머리가 끝날 때까지는 안 돼요. 눈을 감아요." 나는 두 눈을 감았다. 그녀는 거울이 보이지 않게 내 의자를 180도 돌리면서 내 어깨를 토닥였다. "좋아요. 이제 눈은 떠도 되지만 훔쳐보면 안 돼요."

그녀는 내 목에 검은색 망토를 두르고 단추를 잠근 뒤 손가락으로 내 머리를 몇 번 빗어 내렸다. 아, 세상에. 짧아도 너무 짧았다. 움직이는 그녀의 손가락 밑에 남아 있는 머리는 너무나 짧았다.

메이가 본격적으로 머리를 자르기 시작했다. 싹둑…… 싹둑싹둑싹둑…… 싹둑싹둑. 한 움큼씩 머리가 잘려 검은색 망토 위로, 내 어깨 위로 떨어져 무릎 위로 흘러내리는 것이 느껴졌다. 이쪽 조금, 저쪽 조금. 머리가 조금씩 점점 더 짧아졌다. 그녀의 가위질은 너무나 빠르고 빈틈없고 거침없었다. 머릿속에 완벽한 머리 모양이 그려져 있어서 현실 속에서 그 머리를 만들려면 어떻게 해야 하는지 정확하게 알고 있는 손놀림이었다. 빗질 역시 화가의 붓놀림처럼 완벽하게 확신에 차 있었다. 나는 텅 빈 미용실 한복판에 두 다리를 벌리고 가슴위에 팔짱을 낀 채 가만히 서 있는 로건을 바라보았다. 로건은 주의 깊게 나와 메이를 살펴보고 있었다. 로건이 읽을 수 없는 표정을 짓고 있어서 나는 마음이 불안했다. 무슨 생각을 하고 있는 거지? 마음에 드나? 안 드나?

머리가 끝나면 나는 어떤 생각이 들까?

알 수 없었다. 그래도 기분은 괜찮았다. 편안하고 가볍고 자유롭게 느껴졌다. 내가 되고 싶은 모든 것, 내가 되려고 그렇게 안간힘을 쓰고 있는 모든 것이 그렇게 느껴졌다.

메이는 영원처럼 느껴지는 시간 동안 커트를 하고는 한 걸음 뒤로 물러서서 내게 일어서라는 몸짓을 했다. "이리 오세요. 자, 이제 거의 다 끝났어요. 머리를 감고 다듬으면 완성된 머리를 볼 수 있어요." 그녀는 나를, 앞부분이 U자형으로 움푹 홈이 팬 세면대 앞으로 데려가 등받이가 넘어가는 의자에 앉혔다. 나는 뒤로 몸을 기댔다. 그러자 U자 홈에 목이 들어갔다. 따뜻한 물과 강한 악력이 내 머리에 가해졌다. 그녀는 내 머리를 감기기만 한 것이 아니라, 강력한 손가락으로 두피 여기저기와 목덜미를 꾹꾹 누르며 두피 마사지를 했다. 긴장이 풀리면서 몸이 편해졌다. 짧아진 머리에 샴푸를 발라 문지르고 그것을 씻어낸 다음 수건 여러 장으로 머리를 말렸다.

"됐어요. 의자로 다시 가서 앉으세요." 그녀는 작은 스프레이에 담긴 거품을 손바닥에 짜서 두 손을 몇 차례 비비고는 그 무스를 내 머리에 발랐다. "익숙해지려면 시간이 좀 걸릴 거예요. 그래도 이제는 머리에 샴푸, 컨디셔너, 무스를 조금씩만 바르면 돼요. 그동안 그 긴 머리를 관리하느라 아주 많은 제품을 많이씩 발랐을 거 아녜요. 처음 몇 번은 샤워 하면서 제품을 너무 많이 짜내게 될 거예요. 그럼 그냥 웃으세요. 머리를 짧게 자른 여자 모두가 겪는 일이니까요. 나도 예전에는 당신처럼 머리가 길었어요. 그 긴 머리를 잘라내고 이렇게 자주색으로 염색을 한 거예요." 그녀는 손으로 자신의 머리를 가리켰다. "우리 아버지는 화를 내셨어요. 내가 몇 주 동안이나 샴푸를 과하게 썼거든요. 그래서 그 일이 안 잊혀요."

그녀는 드라이 바람으로 내 머리를 말리면서 손가락에 힘을 주어 머리 모양을 매만졌다. 앞머리에는 볼륨을 넣고 옆머리는 차분하게 아래로 쓸어내렸다. 앞이마, 관자놀이, 눈썹이 따끔거렸다.

머리를 감고 말리고 스타일을 매만지는 데 총 15분 정도밖에 걸리지 않았다. 그 자체가 기적으로 느껴졌다. 전에는 샴푸로 머리를 감는 데만 15분, 그 머리를 헹구는 데 다시 15분이 걸렸었기 때문이다. 그리고 그 젖은 머리가 완전히 마르는 데에는 열두 시간 정도가 걸렸다. 어떨 때는 온종일, 아니 그 이상 걸리기도 했다.

이제 머리를 감고 말리고 매만지는 데 15분이면 충분했다. 시간을 들여 빗질 같은 건 할 필요도 없었다.

그 사실만으로도 나는 기분이 아찔했다.

"자, 아주 잘됐네요." 메이는 두 손으로 내 어깨를 잡고 손에 살짝 힘을 주었다. 그러고는 상체를 숙여 내 귀에 대고 말했다. "준비됐나요?"

나는 불안하게 숨을 내쉬었다. "그런 것 같아요." 다시 척추를 곧게 펴며 말했다. "그래요. 준비됐어요." 메이가 거울이 보이게 의자를 돌리는 동안 나는 두 눈을 감고 있었다.

"좋아요. 이제 눈 뜨세요."

나는 두 눈을 떴다. 숨을 내쉬려던 내 입에서 와 소리가 흘러나왔다. 짧고 자연스러운 머리. **완벽했다.** 소년 같은 짧은 머리였다. 내 두 눈 위로 앞머리가 내려져 있었고 귀 옆으로 길고 가느다란 V자 모양의 귀밑머리가 내려져 있었다. 머리 모양 때문에 이국적인 외모가 더 두드러져 보였다. 안 그래도 크고 색이 짙은 두 눈이 극적으로 느껴질 정도로 더 커 보였고, 높고 날카로운 광대뼈는 더 높아 보였다. 하트 모양 얼굴, 숱 많은 눈썹, 키스를 부르는 입술이 제각각 다 생생하게 살아 있었다.

"화장을 좀 해드릴까요?" 메이가 물었다.

나는 어깨를 으쓱했다. "그럴까요? 평소에는 화장을 별로 안 하지만요."

"진하게 안 해요. 그럴 필요 없는 얼굴이거든요." 그녀는 거울장 밑 캐비닛을 열고 가방 하나를 꺼내더니, 가방에 든 케이스, 깡통, 붓, 튜브 등을 꺼내어 거울장 진열대 위에 늘어놓았다.

그러고는 내 의자를 거울이 보이지 않게 다시 돌렸다. 그녀는 뺨을 붓질한 뒤 아이라이너로 눈 밑에 아이라인을 그리고 나서 눈꺼풀에는 아이섀도를, 입술에는 립스틱을 발랐다. 나는 색조 화장을 할 줄도 몰랐고 해본 적도 없었다. 노상 내가 듣던 말은, 나는 화장을 할 필요가 없다거나, 나처럼 타고난 미인은 장식이 없거나 최소한의 장식을 걸쳤을 때 가장 감상하기 좋다는 말뿐이었다.

화장을 끝내자 메이는 다시 의자를 돌렸고, 나는 다시 내 모습에 숨이 멎고 할 말을 잊었다. 내 두 눈은 거대해 보였다. 자연스러운 아몬드 모양, 짙은 색 홍채가 더 돋보였다. 내 눈은…… 말 그대로 최면에 빠지게 하는 눈이었다. 광대뼈는 면도칼처럼 더 날카로워 보였고, 짙은 빨간색 립스틱을 바른 입술은 더 도톰해 보였다. 효과가 미미할 정도로 얼굴 전체를 조금씩 손댄 것이었지만 결과는 참으로 굉장했다. 아련하고 신비롭고 관능적이고 육감적인 얼굴이었다.

"세상에, 메이." 눈물이 날 것 같았다. "내가 봐도…… 누군지 모르겠네요. 나 자신조차 못 알아볼 뻔했어요."

"마음에 들어요? 우시네요. 그게 좋은 눈물인지 나쁜 눈물인지는 모르겠지만."

"괜찮아요. 완벽해요. 마음에 쏙 들어요. 완벽하게요. 내가 봐도 나라는 게 당장은 믿기지 않지만요."

나는 이쪽저쪽으로 머리를 돌리며 다른 각도에서는 어떻게 보이는지 자세히 살폈다. 실제로, 정말로 나 자신조차 알아보기 힘든 모습이었다. 날카롭고 세련되고 섹시하고 이국적으로 보였다. 구닥다리 품위 따위는 존재하지 않았다. 나의 예전 모습 속에 담겨 있던 구세계의 권위적인 아름다움은 남아 있지 않았다. 익숙해질 거야. 나는 당돌해 보이는 내 모습이 마음에 쏙 들었다. 바람에 날리고 헝클어질 수 있는 머리, 그래도 외모를 망치지 않는 머리. 두 손으로 마구 헝클어뜨릴 수 있는 머리, 그래도 외모를 더 못생겨 보이게 만들지 않는 머리. 나는 생각대로 손가락을 머리카락 속으로 집어넣어 머리를 흐트러뜨리면서 손가락에 느껴지는 가벼운 머리카락 무게에 경탄했다. 나는 머리를 한꺼번에 한쪽으로, 왼쪽으로 다 넘겨보았다. 그렇게 하니까 얼굴이 또 조금 달라 보였다. 오른쪽으로 넘겨보아도 마찬가지였다. 그때마다 미묘한 변화가 얼굴에 일어났다. 다시 머리를 앞으로 끌어내리고 헝클어뜨렸다.

"봤죠? 벌써 터득했네요." 메이는 나를 향해 미소 지었다. "머리를 마구 문질러도 되고 갖고 놀아도 되고 뒤로 완전히 넘길 수도 있어요. 그렇게 하면 악당처럼 보일 거예요. 아주 극적이고 아주 다르게. 새로운 당신, 아름다워 보여요. 여전히 여성스럽고요. 전혀 남자 같지 않아요. 그냥 머리가 좀 짧고, 예리해 보일 뿐이죠. 완전히 달라 보여요." 그녀는 단추를 풀고 망토를 벗겼다. 잘린 머리가 내 발 옆 바닥으로 우수수 떨어졌다.

나는 자리에서 일어나 상체를 숙여 그녀를 두 팔로 끌어안았다. 메이의 몸이 굳었다. 이런 애정 표현이 불편한 것이 확실했다. 하지만 잠시 후 무슨 이유에서인지 메이도 어색하게 나를 끌어안았다.

1초 뒤 그녀는 나를 밀어냈다. "자, 이제 포옹 시간 끝났어요."

"미안해요. 난 그저…… 고마워서 그래요, 메이. 정말로 고마워요. 진짜 마음에 들어요."

"나도 기뻐요." 그녀는 로건을 흘끔 쳐다보고 말을 이었다. "로건의 친구라면 내 친구이기도 하니까요. 언제든 놀러 와요. 와인을 진탕 마시면서 여자 친구끼리 대화를 해보자고요. 멍청한 남자들 욕도 좀 하고."

"그거 재밌겠네요."

"좋아요. 금요일 저녁에 와요. 금요일에는 저녁 일곱 시면 문을 닫거든요. 함께 즐거운 시간을 보낼 수 있어요." 그녀는 두 손으로 화장품을 모으다 말고 나를 쳐다봤다. "그런데 화장품 좀 있어요?"

나는 고개를 저었다. "아뇨. 아까 말했다시피 화장을 거의 안 했거든요. 아이라이너랑 립스틱 몇 개, 그게 다예요. 이 화장품들처럼 화사한 건 하나도 없어요." 화장품처럼 사소한 물건은 말할 것도 없고, 내 소유로 된 물건은 아무것도 없다는 말은 하지 않았다.

"지금 당신 보기 좋아요. 화장을 하니까 신비로워 보여요. 약간 도도해 보이기도 하고요." 그녀는 캐비닛에서 비닐봉지를 한 장 꺼내더니 화장품들을 쓸어 담았다. "당신 거예요. 난 화장품 많아요. 연습해 봐요. 금요일에 와요. 원하면 화장법도 가르쳐줄게요."

"고마워요, 메이. 난……."

메이는 닭 떼를 몰듯 두 손을 홰홰 저어 우리를 문 쪽으로 몰아내면서 내 감사 인사를 사양했다. "자, 이제 그만 가세요. 얼른 가요. 곧 다른 고객이 올 거예요. 청소해야 해요."

밖으로 나온 우리는 늦은 아침 햇빛을 맞으며 로건의 SUV 자동차를 향해 걸었다. 차를 타고 가다가 빨강 신호등에 걸렸을 때 나는 로건을 향해 몸을 돌렸다. "자, 당신은 어떻게 생각해요, 로건?"

그는 오랫동안 나를 샅샅이 뜯어봤다. "파격적인 변신이네요,

이사벨. 당신 정말 눈부셔요. 당신이 무슨 짓을 하든, 이 세상에 당신의 아름다움을 덜하게 만들 수 있는 일은 없겠지만, 이 머리는 당신한테 완벽하게 어울려요. 메이 말처럼 전보다 훨씬 더 신비로워 보이고요."

"메이랑은 어떻게 아는 사이에요?"

"아, 흠, 글쎄요. 프로그래밍 작업 때문에 내가 메이를 고용했었죠. 사실 메이는 컴퓨터 프로그래밍 능력이 보기 드물게 뛰어나거든요. 내가 만나본 프로그래머 중에서 최고예요. 그래서 우리 회사 웹사이트 프로그래밍이랑 시스템 디버깅 같은 일을 맡겼어요. 프리랜서 계약자로. 그리고 그 일이 끝난 뒤엔 친구로 지냈죠."

"그냥 친구요?"

로건은 나를 쳐다봤다. "질투하는 거예요?"

나는 얼굴을 붉혔다. "약간? 나한테는 좀 생소한 감정이지만요. 난 왜 그런 감정이 느껴지는지도 잘 모르거든요."

로건은 소리 내어 웃었다. "한 번 데이트를 한 적이 있어요. 데이트가 끝날 때쯤 내가 메이한테 키스를 했는데, 둘이 동시에 느꼈어요. ……아, 이건 아니구나. 그래서 그 뒤로는 그냥 친구로 지냈어요." 로건은 나를 흘끔 쳐다봤다. "질투는 전적으로 자연스럽고 정상적인 감정이에요. 당신 자신과 나한테 솔직하기만 하면 돼요."

"그냥 익숙하지 않아서 그래요. 나는 한 번도…… 케일럽이 다른 여자와 함께 있는 걸 보기 전까지는 질투라는 감정을 느껴본 적이 없어요. 그 사람은 일부러 그런 짓을 했어요. 어떤 일 때문에…… 나한테 화가 났었거든요. 흠, 그건 너무 긴 이야기네요. 아무튼 나한테 화가 나서 일부러 다른 여자랑 키스하는 모습을 내게 보여줬어요. 그것도 내 아파트 앞 길거리에서. 아, 예전에 살던 그 아파트 말예요." 나는 그 일을 떠올리고 싶지 않았다. 그 기억으로 나 자신이 새로 태어난 것 같은 기분을 망치고 싶지 않았기 때문이다. "그게 작전이었다면 효과가 있었어요. 내 기억으로는 그때가 내가 처음 질투를 느꼈을 때였거든요. 내 생각에 그 사람은…… 잘 모르겠네요. 아무튼 그 질투는 온전한 내 감정은 아니었어요. 케일럽과 나는 그런 관계가 아니었으니까요. 그저…… 그 사람 인생에 다른 여자가 있을 수도 있다는 생각을 한 번도 해본 적이 없어서 그랬겠지만, 좋은 기분은 아니었어요."

"그랬겠죠." 그 이야기에 대해 로건이 한 말은 그게 다였다. 역시 현명한 남자구나, 나는 생각했다. 케일럽에 대한 그의 견해가 좋을 리 없었다. 나는 로건이 케일럽을 어떻게 생각하는지, 왜 그렇게 생각하는지 알고 있었고 그런 문제로 로건과 말싸움을 할 만큼 눈치 없는 여자는 아니었다.

타이어 밑으로, 차창 밖으로 수 킬로미터의 거리가 지나갔다. 라디오가 꺼져 있어서 차 안은 짙은 침묵으로 가득했다. 우리가 지금 어디로 가고 있는 건지 나는 알지 못했다.

"이제 뭘 하고 싶어요, 이사벨?" 로건이 불쑥 침묵을 깨고 물었다.

"안 그래도 지금 어디로 가는 중인지 궁금해하던 참이었어요."

로건은 고개를 저었다. "아뇨, 내 말은 그런 뜻이 아니에요. 지금은 점심을 먹으러 가는 중이고요. 브룩클린에 있는 괜찮은 지중해 식당을 한 곳 알거든요. 내 질문은 당신 인생, 당신 자신에 대한 것이었어요. 무슨 일을 하고 싶어요? 어떻게 살아갈 생각이에요?"

나는 순식간에 비관적인 기분에 빠져버렸다. "모르겠어요, 로건."

"그냥 물어본 거예요. 당신이 본인 능력으로 생활을 유지해야만 만족할 수 있는 사람이라는 사실 정도는 알 만큼 당신에 대해 이제 잘 알게 되었으니까요." 로건은 한 손을 뻗어 내 손을 잡고 잠깐 내 얼굴을 쳐다봤다. "나랑 같이 살아도 돼요. 내가 당신을 먹여 살릴게요. 내가 가진 것은 모두 당신 거예요. 케일럽만큼 엄청난 부자는 아니지만, 나도 내 나름대로 사업을 잘해나가고 있거든요. 아무것도 부족하지 않게 해줄게요. 당신을 반기지 않아서 하는 말이 아니에요. 동거 만료 기한이 있다는 뜻도 아니고요. 난 그냥 당신도 당신만의 공간을 갖고 싶을 것 같아서 그래요. 당신 명의의 재산도 갖고 싶을 테고요. 그래서 물어보는 거예요. 자신을 위해서 무슨 일을 하고 싶어요?"

로건의 말이 맞았다. 그에게 의지해서 살아간다면 다시 소유물로 전락한 듯이 느껴질 것 같았다. 로건의 의도가 그렇지 않다고 해도, 내가 그런 기분을 느끼지 않게 로건이 특유의 방식으로 매사에 신경을 쓴다고 해도 그런 생각이 들 것 같았다.

그렇다면 나는 무슨 일을 하고 싶은 걸까?

아무런 생각도 떠오르지 않았다. 내가 뭘 할 줄 알지? 내가 잘하는 일이 뭐지?

나는 오랜 시간 그 생각에 잠겨 있었다. 그래서 겨우겨우 한 가지 결론을 이끌어냈다. "나는 딱 한 가지 일밖에 안 해봤어요. 내가 할 줄 아는 유일한 일은 마담 엑스가 되는 것뿐이에요. 그런데 이제 그 일은 할 수 없어요. 그렇다면 내가 할 수 있는 다른 일이 뭐가 있을까요?" 눈물이 날 것 같았다. 고개를 푹 숙인 채 눈물을 참았다.

"굳이 마담 엑스가 되지 않고, 기본적으로 같은 성격의 서비스를 고객에게 제공한다면 어떨까요? 그러니까…… 당신 회사를 차려서 말예요. 당신 자신을 위해서, 마담 엑스로서가 아니라 이사벨 드 라 베가로서 일하는 거예요."

나는 천천히 조심스럽게 심호흡을 했다. "나…… 난 잘 모르겠어요. 내가 할 수 있을까요? 모르겠네요. 그리고 왜 하필 그 일을 해야 하죠? 지금까지 내가 해온 그 일이 뭐라고요." 가죽 시트 가장자리의 실 땀을 손가락으로 문질렀다. "돌이켜보면 내가 제공한 그 서비스에 무슨 가치가 있었는지 의심스럽기만 한데 말이죠."

"글쎄요, 난 그 말에 동의하지 않아요. 나는 당신이 제공한 그 서비스가 매우 가치 있는 일이라고 생각하거든요. 당신이 상대하던 의뢰인들만큼 부유한 사람들은 으레 부모 노릇을 길가에 팽개쳐버려요. 부를 쫓다 보면 다들 돈만 중시하게 되니까요. 그래서…… 망가진 부잣집 아드님들이 결국 당신한테까지 찾아오게 된 거예요. 현실 개념도 없고 힘겨운 노동이나 돈의 가치도 모르는 인간, 자존감이나 예절이나 도덕심은 물론 아무것도 갖추지 못한 인간이 되어서. 나는 그런 인간들을 단 몇 수만에 제압해버리는 당신의 그 능력이 당신의 진짜 가치를 잘 보여준다고 생각해요. 당신은 그 인간들한테 세상이 언제나 본인들 중심으로 돌지는 않는다는 사실을 깨우쳐주잖아요. 과거에도, 현재에도, 미래에도 세상은 그렇게 돌지 않으니까요." 로건은 길가에 차를 세웠다. 나는 우리가 있는 곳이 어디인지도, 우리가 갈 식당이 어디인지도 알지 못했다. 아마도 우리가 평행 주차한 그 자리 앞 식당인 모양이었다. 로건은 차에서 내리지 않고 자리에 앉은 채 몸을 돌려 내 눈을 들여다보았다. "나는 당신이 당신 사업체를 차려서 기본적으로 같은 일을 할 수 있을 거라고 생각해요. 몇 단계 준비 과정이 필요하긴 하겠지만요. 그 일을 하면 돈도 제법 벌 수 있을 거예요. 망가진 명청이들을 새사람으로 다시 태어나게 해주니까 세상에 좋은 일도 하는 셈이고요."

나는 그 말을 곱씹어보았다. "정말로 그렇게 생각해요?"

로건은 고개를 끄덕였다. "그래요, 정말로 그렇게 생각해요. 하지만 그 일을 시작하게 되면 이번에는 당신 자신의 방법으로 해야 해요. 누군가의 페르소나로서 말고 당신답게요. 당신 방식으로, 전에 했던 것처럼 고객을 만나고 상태를 파악하고 치료 계획이라고 해야 하나? 아무튼 뭐 그런 걸 세우는 거예요. 명칭이야 당신이 붙이고 싶은 대로 붙이면 되겠죠. 그런 다음 그 사람들한테 기본예절 같은 매너를 가르치는 거예요. 손님에게 식사 대접하는 법을 가르쳐도 좋고 무료 급식소 같은 곳에서 자선활동 하는 법을 가르쳐도 좋겠죠. 뭐든, 그 사람들을 변화시키는 데 필요하다고 판단되면 그 일을 시키는 거예요."

"고객은 어디에서 찾고요? 어, 어디에서부터 시작해야 할지 앞이 깜깜한데요."

로건은 나를 보고 빙그레 웃으며 내 손을 꽉 쥐었다. "내가 도울 수 있어요. 당신도 알다시피 내가 그런 일에 소질이 좀 있잖아요. 그리고 당신한테 창업 자금을 대출해줄 수도 있어요."

"생각을 좀 해봐야겠어요."

로건은 고개를 끄덕였다. "당연히 그래야죠. 중대한 일이잖아요."

나는 그 생각을 머릿속 한편에 넣어 두었다. 우리는 차에서 내려 식당에 들어가 자리를 잡았다. 음식은 물론 맛있었다. 주문은 모두 로건에게 맡긴 터라 음식 이름은 하나도 알 수 없었지만, 그래도 모든 음식에서 풍부한 마늘 향이 난다는 사실은 알 수 있었다. 올리브를 곁들인 쌀 요리, 양고기와 닭고기, 바삭바삭하고 납작한 피타라는 빵이 나왔다. 모두 풍미가 좋고 포만감을 안겨주는 음식들이었지만 부담스럽지는 않았다. 식사를 하면서 로건은 내 이름으로 회사를 차리는 문제에 관한 대화를 다시 시작했다.

"내가 분명하게 말할 수 있는 사실 한 가지는, 재택근무는 하면 안 된다는 거예요. 일과 가정은 분리할 필요가 있거든요. 집에서 일할 거면 컴퓨터 프로그래머 같은 프리랜서들처럼, 딱 혼자만을 위한 공간을 마련하는 게 좋아요. 우리가 고려 중인 그쪽 업계 일은 더더욱 그렇겠죠. 집 거실에서 고객을 맞을 수는 없는 노릇이잖아요. 집에는 원래 정말로 친한 사람들만 초대하는 거예요. 고객과는 적당히 냉담한 관계를 유지하는 게 필요하죠. 함부로 막 대할 수 없는 권위가 어느 정도 필요하니까요. 물론 상담 분위기는 격식 없고 편안해야겠지만, 개인적인 공간이랑 업무 공간은 반드시 분리해야 해요." 로건은 밥을 포크로 몇 번 퍼서 입에 집어넣고 그린 올리브를 찍었다. 포크에 찍은 올리브를 든 채 손짓을 하며 말했다. "그러니까 내 생각엔······." 그는 올리브를 입에 넣었다. 이 대화를 하면 할수록 로건이 점점 흥분하고 있다는 사실을 나는 눈치챘다. 한 가지 생각에 저렇게 몰두하며 흥분하다니, 그의 모습은 사랑스러웠고 내게 자극도 되었다. 마음이 따뜻했다. 그래서 그 기분이 내게도 전염되는 것 같았다. "내 생각은 이래요. 당신도 우리 집 같은 주택을 사는 거예요. 그럼 내가 당신 요구에 맞게 그 집을 개조해줄 수 있어요. 집 앞쪽에 거실을 만든 다음 거기에 깊고 편안한 가죽 소파를 놓는 거예요. 주방 겸 바, 거리 쪽으로 돌출된 창도 만들고요. 그러고 나서 당신 공간으로 들어가는 현관을 따로 설치하고 집 나머지 영역에 당신 공간을 꾸미면 돼요. 1층, 2층을 다 활용해서요. 침실은 2층으로 올려서 탁 틔우면 어떨까요? 당신 공간으로 들어가는 문은 보안을 철저하게 유지해야 하니까 생체

인식 시스템을 활용하면 좋겠네요. 지문 인식이든 뭐든."

나는 끝없이 쏟아지는 그의 말을 가로막았다. "로건, 듣기만 해도 멋지지만⋯⋯." 나는 좌절감에 한숨을 내쉴 수밖에 없었다. "나는 돈이 땡전 한 푼 없어요. 내 소유의 옷도 한 장 없고요. 무일푼 신세죠. 그런 내가 어디서 돈이 생겨서 맨해튼에 주택을 사겠어요? 창업 자금은 또 어디서 구하고요?"

로건은 음식을 찍은 채 포크를 흔들었다. "내가 도와주겠다고 말했잖아요. 창업 자금은 내가 마련할게요."

"당신 돈을 받을 수는 없어요, 로건. 그랬다가는⋯⋯."

로건은 포크를 내려놓고 진지한 표정으로 나를 바라보았다. "난 돈을 그냥 주겠다고 하지 않았어요, 이사벨. 빌려주겠다고 했죠. 주거래 은행 담당자를 불러서 서류도 제대로 갖출 거예요. 당신이 내 돈을 받지 않을 거란 사실은 나도 이미 알고 있었어요. 그러니까 그건 당신한테 그냥 주는 돈이 아니에요. 그리고 나는 당신 사업에 전혀 관여하지 않을 거예요. 물론 당신에게 희망을 불어넣는 일은 계속 할게요. 당신 사업에서 이윤이 발생해야 내가 투자 배당금을 받을 수 있을 테니까요. 그래도 당신 사업으로 큰 이익을 볼 생각은 없으니까, 대출 조건은 아주 너그럽게 정할게요. 이자율도 낮게 잡고. 그래야 당신이 돈을 갚기도 쉬울 것 아니에요. 내가 당신한테 주겠다는 도움이 이거에요. 당신이 새 출발을 할 수 있게."

"그런데 도대체 왜요, 로건?"

로건은 우스꽝스러운 표정을 지었다. 슬픔, 애정, 사랑, 혼란 등의 감정이 한 얼굴에 한꺼번에 나타나 있었다. "사람은 누구나 가끔씩 도움이 필요할 때가 있으니까요. 그리고 당신을 사랑하니까요. 난 당신을 돕고 싶어요. 당신이 받아주기만 한다면 그깟 돈 다 당신한테 그냥 줘버리고 말 텐데. 사실 나는 평생 써도 다 못 쓸 만큼 돈을 많이 벌어요. 꽤 많은 돈을 자선단체에 기부하는데도 말이죠. 그리고 나는 당신이 성공하는 모습을 보고 싶어요. 내가……." 로건은 의자 등받이에 등을 기대며 한숨을 내쉬었다. "내가 그렇게 하려는 데는 사실 좀 이기적인 동기도 깔려 있어요. 당신이 성공한다면, 그래서 혼자 힘으로 생활할 수 있게 된다면, 당신이 행복해질 가능성이 훨씬 더 커지잖아요. 당신이 행복해진다면, 우리 두 사람의 관계도 훨씬 좋아질 거 아니에요."

나는 그 말에 웃을 수밖에 없었다. "당신의 그 이기적인 동기라는 게, 고작 내 행복을 중시하는 건가요?"

로건도 빙그레 웃었다. "어, 흠, 그러니까 내 말은…… 이렇게 생각해봐요. 행복하면 당신은 나한테 더 집중할 수 있겠죠. 당신이 행복하면, 내가 당신이랑 주말 내내 내 침대에서 발가벗은 상태로 함께 지낼 기회가 더 많아질 거 아니에요. 내 사랑 이사벨, 나는 어젯밤이랑 오늘 아침 내내, 어떻게 하면 당신이 허락하는 시간 동안 계속 당신과 발가벗은 채 땀투성이가 되어 지낼 수 있을까 그 계획만 세웠어요."

"그 계획은 꼭 들어보고 싶네요."

로건의 두 눈이 뜨거워졌다. "카리브해에 작은 별장을 하나 사서 주말 내내 해변에서 발가벗고 지내는 거예요."

나는 두 눈을 감고 그 장면을 그려봤다. 내가 성공했다고, 내 사업으로 돈을 번다고 쳐보자. 로건은 내 차지, 오로지 내 차지다. 다른 사람은 아무도 없다. 어딘가에 있는 해변이 머릿속에 떠올랐다. 로건과 함께 모래 위에 담요를 한 장 깔고 알몸으로 눕는 거야. 머리 위엔 태양이 뜨겁게 빛나고, 로건의 입술이 내 입술을 덮고. 그런 생각을 하자 욕망으로 온몸이 달아올라서 나는 몸을 꿈지럭댔다.

"지금 상상하고 있죠? 안 그래요?" 로건은 테이블 위 내 쪽으로 상체를 숙여 내 귀에 대고 속삭였다. "당신이랑 내가 알몸으로 해변에 있는 그 상상 맞죠?"

"맞아요." 나는 숨을 내쉬었다.

"마음껏 상상해요, 자기. 그 장면을 항상 머릿속에 간직해요. 우리가 그걸 현실로 만들 수 있을 테니까."

잠시 침묵이 흘렀고 우리는 식사를 끝냈다. 내 마음은 그의 침실로, 우리에게로 돌아가 있었다. 소파에 잠들어 있던 로건이 떠올랐다. 글자를 휘갈겨 써놓은 메모장도.

"로건?" 나는 알아야 했다. 꼭 물어봐야만 했다.

로건은 질문하듯 눈썹을 올리며 나를 쳐다봤다. "네?"

"제이콥 카슈파레크가 누구예요?"

로건의 표정이 굳었다. "메모를 봤군요."

"그래요, 봤어요. 그게 무슨 뜻이에요, 로건?"

로건은 음식을 씹어 삼키고 숨을 내쉬었다. "사건을 좀 더 조사 중이었어요. 용케 당신 퇴원 서류를 볼 수 있었는데, 그 퇴원 서류에 서명되어 있는 이름이 제이콥 카슈파레크였어요."

"케일럽 인디고가 아니고요?"

로건은 고개를 저었다. "아니에요. 제이콥 카슈파레크가 맞아요." 그는 한쪽 어깨를 들면서 말을 이었다. "그래서 그 이름도 조사해봤는데 아무것도 찾아내지 못했어요. 단 한 가지도 못 건졌죠. 당신을 병원에서 데리고 나간 사람이 서류에 서명한 이름이 케일럽 인디고가 아니라 제이콥 카슈파레크라는 사실 말고는 아무것도 알아내지 못한 거예요."

나는 침을 꿀꺽 삼켰다. 호흡을 안정적으로 유지하려고 안간힘을 쓰면서. "다, 당신 말을 의심하는 건 아니지만…… 확실해요?"

"백 퍼센트 확실해요. 미안해요. 당신 일을 좀 쉽게 만들어주고 싶었는데 별 도움이 못 돼서요."

"난 단지…… 그 사람이 병원에서 날 데리고 나오면서 서명을 하던 그 날이 기억나서 그래요. 그 사람이 서류에 서명하는 모습을 본 기억이 있어요. 나, 나는 그 서명을 못 보았지만…… 이해가 안되네요. 모르겠어요. 정말로 모르겠어요."

머리가 핑핑 돌았다. 어지러웠다. 아팠다. 아무것도 이해가 되지 않았다. 더 알게 된 사실도, 새로 알게 된 진실도 없었다.

피부밑에서 공황장애 증상이 부글부글 끓어오르는 것이 느껴졌다. 공포가 내 목구멍과 마음을 움켜쥐고 있었다. 그 증상을 진정시켜야 했다. 뭔가 다른 생각을 떠올려야 했다. 그쪽으로는 그만 생각해. 지금은 안 돼. 여기서는 안 돼.

"아까 자선단체에 돈을 기부한다고 그랬죠?" 나는 화제를 전환하려고 로건에게 물었다.

로건은 내 의도가 무엇인지 알아챈 듯 어깨를 으쓱했다. "그래요. 내 사업이 그럭저럭…… 아니 실은 꽤 잘되거든요. 지난번 그 매물 건으로 올린 수익만 3천만 달러예요. 나는 그 수익을 고르게 분배했어요. 그래야 우리 직원들도 재산을 좀 모을 수 있죠. 그 친구들도 사자의 먹이를 함께 나눠 먹을 자격이 충분할 만큼 열심히 일했으니까요. 나는 원래 회사 수익에서 30퍼센트의 지분만 챙기는데, 작년 한 해 수입만 9백만 달러였어요. 그런데 당신도 알다시피 나는 혼자 사는 남자잖아요. 혼자 사는 남자가 1년에 9백만 달러를 어디에 쓰겠어요? 게다가 생활도 간소하죠. 집도 한 채뿐이고, 1년의 대부분을 맨해튼 주변에서만 보내니까요. 물론 여기저기에서 며칠씩 휴가를 보내기도 하지만, 난 일하는 게 좋아서 대체로 일만 하거든요. 그러니까 난 돈을 쓸데가 별로 없단 뜻이에요. 차도 한 대뿐이잖아요. 거지 같은 뉴욕 도로 사정을 생각해봐요. 이런 곳에서 멋진 차를 몇 대씩 굴리는 건 현실적이지 못한 짓이에요. 뭐, 어차피 그런 건 내 방식도 아니지만요." 그는 손사래를 쳤다. "그래서 자선단체 여러 곳에 기부금을 내요."

"어떤 단체요?"

로건은 그 대화 주제가 몹시 불편해 보였다. "여러 전투에 참여한 퇴역군인들로 구성된 단체가 하나 있어요. 주로 이라크와 아프가니스탄에 파병되었던 군인들이죠. 그 군인들은 대부분 외딴곳에 칩거하면서 상담 치료를 받아요. 그래서 나는 '블랙워터'라는 용병 회사 출신의 퇴역군인 두 명이랑 비영리단체를 세웠어요. 그 단체는 외상 후 스트레스 장애를 앓고 있는 퇴역군인들을 위해서 정말로 놀라운 사업들을 많이 추진해요. 빌어먹을 상담실에 쭈그리고 앉아서 위축감을 느끼며 우리의 감정을 이야기하는 것 말고, 고정관념을 깨는 새로운 시도들을 많이 하죠. 군인들은 그걸 지독하게 싫어하거든요. 우리가 저지른 짓을 말하는 것만큼 끔찍한 일은 없어요. 그 진실은 숨기되 악몽에 시달리지 않는 것, 그게 우리가 원하는 거예요. 알겠어요? 그래서 고백 말고 외상 후 스트레스를 치료할 수 있는 다른 방법은 없을까, 거기에 사업의 중점을 뒀죠. 그 결과 지금은 승마 치료, 애견 치료, 그 외에도 미술 치료, 음악 치료, 운동 치료 같은 걸 진행해요. 그리고 또 교육 재단도 있어요. 학자금이 필요한 학생이 있으면 재단은 관료주의가 요구하는 불필요한 온갖 요식 행위를 다 건너뛰고, 지원금을 필요로 하는 학생이 다니는 학교에 곧바로 학비를 지급해요. 재단은 뉴욕 학구에 속한 학교뿐 아니라 전국에 있는 여러 학교에 돈을 보내요. 재단 규모가 계속 커지고 있어서 새로 지원을 받는 학교들에는 일정 액수가 적힌 수표를 발행해주는 모양이더군요. 그 재단에는 까다로운 자격 조건도 없고, 불필요한 서류 심사도 없고, 뒷돈을 요구하는 정치인 같은 관리도 없어요. 그저 아이들이 배울 수 있게 학교에 현금을 지급할 뿐이죠." 이야기를 할수록 로건은 마음을 터놓았다. 그의 두 눈에 그 일에 대한 열정이 고스란히 드러나 있었다. "나는 특히 그 재단이 마음에 들어요. 내가 어렸을 때 나한테는 교육이 전혀 중요하지 않았거든요. 나는 돈 버는 일에 더 관심이 있었어요. 그래서 갱단과 관련된 문제에 얽혀든 거죠. 물론 내가 살던 동네에 학교가 있었다고 해도 나는 제대로 된 교육을 많이 받지는 못했을 거예요. 그래도 샌디에이고에는 엘에이나 퀸스의 동네 학교보다 괜찮은 학교들이 많아요. 그저 누구에게나 교육 기회를 제공할 만큼 돈이 충분하지 않을 뿐이죠."

"정말 멋진 일이에요, 로건."

로건은 눈동자를 굴렸다. "그렇지 않아요. 나는 돈만 기부하는 걸요. 내 자선활동은 실무자들이 하는 일에 대면 귓구멍에 든 귀지나 마찬가지예요. 진짜 자선활동은 도움의 손길이 필요한 곳에 그걸 제공하는 거예요. 그냥 가만히 앉아 있는 게 아니라. 게다가 난 기부 덕분에 세금 감면까지 받고 있고요."

"후원하는 다른 단체가 또 있어요?"

"여기저기에 있는 소규모 단체 여러 곳에 기부해요. 비행 청소년을 돕는 단체는 내가 비행 청소년이었기 때문에 후원하는 거고요. 그 밖에 여성 쉼터, 무료 급식소, 마약 중독 치료소도 있어요."

"당신이 하는 일을 저평가하지 말아요, 로건. 세상을 바꾸는 일이잖아요."

로건은 나를 향해 미소 지었다. "그건 나도 알아요. 그게 내가 이 일을 하는 이유고요. '전사의 귀환', 그러니까 퇴역군인들을 지원하는 그 단체를 위해서…… 내가 매년 한 번씩 후원 캠프를 열어요. 전 세계로 파병을 다녔던 육군과 해군 퇴역군인, 은퇴한 경호요원을 모두 불러서 뉴욕주 북쪽에 있는 농장에 데려가요. 거기서 오솔길 승마, 서바이벌 게임, 농구 대회 같은 재미있는 여러 프로그램을 진행하죠. 하지만 그 후원 캠프 전체 프로그램 중에서 하이라이트는 '모닥불 헛소리'에요. 장작을 산더미만큼 높게 쌓아서 불을 피우고 맥주잔을 부딪치면서 전쟁 이야기를 하는 거예요. 말하자면 그곳은 판단 유보 지대예요. 이해가 가요? 그 프로그램이 가장 중요한 이유는, 친구나 가족한테는 털어놓을 수 없는 이야기들을 거기에서 할 수 있기 때문이에요. 친구나 가족은 그 이야기를 이해하지 못해요. 이해 못 할 수밖에 없죠. 그런데 옛 같은 그 전쟁터에 함께 있었던 동지들이 잔뜩 있으면 얘기가 달라지잖아요. 물론 어떤 사람들은 말하고 싶어 하지 않아요. 그럼 안 하면 되는 거예요. 그냥 다른 사람들의 이야기를 듣는 것, 내가 겪은 일을 똑같이 경험한 사람들이 존재한다는 진실을 알게 되는 것만으로도 그 자리에 있는 사람들 모두가 카타르시스를 느끼게 되니까요."

"당신은 정말 쉬지 않고 나를 놀라게 만드는군요. 로건." 나는 그의 뺨을 어루만졌다. "당신을 잘 안다고 생각하면 그때마다 여지없이 다른 새로운 모습을 또 보여주잖아요."

로건은 고개를 다정하게 저으며 부드럽게 웃었다. "흠, 내가 좀 퍼즐 같긴 하죠."

"당신은 정말 그래요. 성공한 사업가인데, 도시 빈민, 비행 청소년 출신이고, 갱단 일원이었던 적도 있죠. 가장 친한 친구가 살해되는 모습을 목격했고요. 전쟁에 참여하고 감옥에도 가봤죠. 그런데 그 모든 위기를 극복하고 사회에 잘 적응해 성공했잖아요." 나는 장난스럽게 그의 머리를 한 움큼 내 쪽으로 잡아당기며 말했다. "무엇보다도 당신은 내가 만나본 사람 중에 가장 섹시한 남자예요."

"더 섹시해지라고 강박관념을 심어주려는 거예요?" 로건이 말했다.

우리는 밖으로 나와서 그의 자동차 옆에 서 있었다. 난생처음으로 내 상황이…… 정상인 것처럼 느껴졌다. 이런 게 내가 꿈꾸던 삶이었다. 나는 새사람으로, 완전한 존재로 다시 태어난 것 같았다.

가슴 가득 충족감이 차올랐다.

나는 로건을 사랑한다. 로건도 나를 사랑한다.

온 세상이 가능성으로 빛나고 있었다.

그 순간 온몸의 피가 차갑게 식었다.

토머스의 모습이 보였기 때문이다. 큰 키에 위협적인 얼굴, 밤처럼 새카만 피부, 피아노 건반처럼 하얀 치아가. 토머스는 뭔가 가늘고 긴 것을 손에 쥐고 있었다. 총은 아니었지만 방망이 같은 물건이었다. 아, 곤봉이었다. 토머스가 어디에서 나왔는지 알 수가 없었다. 그곳에서, 아니, 어느 곳에서도 토머스의 모습을 보지

447

못했는데 눈 깜짝할 사이에 그가 우리 눈앞에 서 있었다. 내가 입을 쩍 벌릴 새도 없이.

정오의 눈부신 태양 밑에서 토머스가 번개처럼 손을 휘둘렀다. 둔탁한 퍽 소리와 함께 곤봉이 로건의 머리, 귀 바로 뒤를 내리쳤다. 정확한 가격, 숙련된 솜씨였다. 쓰러지는 로건의 모습이 보였다. 섬광이 일어난 직후 그의 두 눈에서 피가 흘렀다.

나는 비명을 지르려고 숨을 들이마셨다. 그때 손 하나가 내 입을 막았다. 렌이구나. 나는 몸을 비틀며 뒤로 발길질을 했다.

"내가 당신을 못 찾아낼 줄 알았어?" 내 귓가에 울리는 그 목소리는 렌의 목소리가 아니었다.

당신의 목소리였다.

절망의 눈물이 눈꺼풀 밑에서 차오르는 것이 느껴졌다. 안 돼, 안 돼. 이럴 수는 없어. 당신한테는 안 갈 거야. 다시는. 이제는.

내 등 뒤에서 앞으로 돌아오는 당신의 움직임이, 당신의 숨소리가 느껴졌다. 당신이 내 눈앞에 서 있었다. 완벽하게 잘생긴 모습으로. 옷을 제대로 갖춰 입은 차분하고 멋진 모습으로. 당신의 향수 냄새가 났다. 검은색 정장, 타이를 매지 않고 맨 위 단추를 잠그지 않은 자주색 셔츠. 당신의 손에 권총이 쥐어져 있었다. 납작하고 새카만, 짐승처럼 커다란 당신의 손에는 너무 작은 권총이었다.

당신은 나를 흘끔 쳐다보았다. 당신은 웃지 않았다. "난 내가 당신을 놓아줄 수 있을 줄 알았어." 당신은…… 하마터면 슬퍼 보일 뻔한, 후회스러워하는 표정을 짓고서 내 뒤에 서 있는 렌을 쳐다봤다. "내 생각이 틀렸더라고."

차가운 물체가 목에 닿는 것이 느껴졌다. 주삿바늘이었다. 바늘이 목을 찔렀고 뭔가 차가운 물질이 순식간에 온몸으로 퍼졌다.

내 발밑 그림자에서 어둠이 피어올랐다. 내 몸 위로 기어올랐다.

나는 어둠과 싸우고 있었다.

당신이 로건에게 총을 겨누었다.

안 돼!

안 돼! 나는 비명을 질렀지만 내 목에서는 희미한 흐느낌만 흘러나왔다.

초승달 모양 금속 방아쇠를 당기는 당신의 손가락이 느린 동작으로 보였다.

안 돼!

나는 비명을 지르며 울고 싶었다. 그런데 그럴 수가 없었다. 내가 할 수 있는 일이라고는 어둠 속으로 가라앉는 것뿐이었다.

그 뒤에 일어난 일은 보지 못했다. 그저 귀를 찢는 '빵!' 소리를 들었을 뿐.

그곳에는 이제 아무것도 존재하지 않았다.

추위와 어둠과 공허함만 존재할 뿐.

15

내 몸 안에 의식이 없었다. 나는 어둠 속에서 빠져나가려고 발버둥 치면서, 침묵 속에서 몸부림치면서, 소리와 감각이 부재하는 세계 속을 둥둥 떠다니면서 의식을 찾아 헤매고 있었다. 의식이 돌아올락 말락 했다. 반달 모양의 각성이 서서히 슬그머니 몸으로 들어왔다. 자각은 어느 정도 있었지만 어려운 동작을 수행할 수 있는 능력은 없었다.

나는 안간힘을 썼다. 그러나 고치에 돌돌 말려 있는 것 같았다. 그것은 일종의 싸움이었다. 나는 절대로 이길 수 없는. 결국 나는 굴복했다.

손 하나가 내 머리채를 움켜잡는다. 내 머리가 뒤로 젖혀진다. 나는 신음한다. 가짜로 신음 소리를 낸다. 머리가 잡혀 있어서 아프기도 하지만 누군가가 내게 신음을 기대하기 때문이기도 하다.

나는 두 손과 두 무릎을 짚고 엎드려 있다. 침대 위에. 어둠 속에. 내 신음 소리만 들리는 침묵 속에. 남자의 낮은 신음 소리가 뒤에서 들린다.

아프다. 너무 크고 너무 과격하다. 너무 딱딱하고 너무 거칠다.

나는 영겁의 시간 동안 무릎을 꿇은 채 앉아 있었다. 벌을 받으면서, 내 몸을 거칠게 찔러대는 그 짓을 영원히 감당하면서. 거기가 아프다.

나는 그 짓을 그만하고 싶다.

하지만 내게는 말이 허용되지 않는다. 신음 소리 말고 다른 소리를 내는 것은 허용되지 않는다. 나는 그 규칙을 안다. 그 규칙을 어기면 벌을 받는다는 것도 안다.

나는 오르가즘을 기대한다. 하지만 내 목에 끼치는 숨결에서 위스키 냄새가 난다. 오르가즘은 아직도 손이 닿지 않는 곳에 있다.

손 하나가 내 엉덩이를 찰싹 때린다. "내 이름을 말해." 거칠고 불분명하게 으르렁대며 목소리가 명령한다.

"케일럽……." 내가 중얼거린다.

손이 다른 쪽 엉덩이를 때린다. "다시 말해."

"케일럽."

"더 크게." 매질이 거세진다.

통증이 온몸으로 퍼진다. 그 매질은 장난 혹은 성적 쾌감을 위한 접촉이 아니다. 말 그대로 실수에 대한 처벌이다. 아프다.

그러나 다른 불편한 일에 정신이 팔려 통증은 금세 잊힌다.

"케일럽!" 나는 좀 더 크게 말한다.

"이제 흥분을 해야지." 위스키 냄새가 나는데도 그 말은 명쾌하고 분명하고 발음이 정확하다.

나는 흥분을 할 수가 없다. 그러나 그 말을 할 엄두가 안 난다. 그렇다고 가짜 신음 소리를 내듯 가짜로 흥분하는 척할 수도 없다. 가짜 오르가즘 연기는 젬병인지라. 예전에도 몇 번 해본 적이 있는데 그때마다 들통났다.

"흥분해, 엑스. 격하게 흥분해."

"나는……."

내 뒤의 존재가 상체를 일으킨다. 여전히 내 뒤에 서 있는 남자의 찌르는 동작은 수그러들 기미가 보이지 않는다. 내 허리 위로, 허벅지 사이로 손가락이 들어온다. 처음에는 간지럽기만 했다. 그런데 뭔가 다르다.

손이 거세게 내 머리를 잡아당긴다. 머리가 뒤로 젖혀지는 바람에 어쩔 수 없이 천장을 바라본다. 위스키 냄새가 섞인 숨결이 내 얼굴로, 내 귀로 쏟아진다. "날 위해서 흥분해, 엑스."

내 음부에 닿은 손가락이 빠르고 정확하게 움직인다. 빛이 내 몸을 관통한다. 갑작스럽고 뜨거운 빛이다. 속이지 않아도 된다니 다행이다. 둔탁하게 저리는 쾌락이 느껴진다. 이제 흥분을 해야 할 차례다.

그러나 나는 흥분하지 않는다. 내 뒤에 있는, 내 안에 있는 존재가 몸을 빼 침대 끝에 주저앉는다. 나는 여전히 무릎을 꿇은 채 호흡을 고른다. 두개골이 욱신거린다.

하지만 끝난 것이 아니다. 단단한 손이 내 손목을 거세게 잡아당긴다. 거칠게 나를 매트리스 밖으로 끌어내 바닥에 무릎 꿇린다. 손가락 몇 개가 턱까지 내려오는 내 머리를 움켜잡는다. 내 손을 기다리고 있는 성기 쪽으로 나를 이끈다. 딱딱하지만 완벽한 물건은 아니다.

"내 걸 받아."

나는 명령받은 대로 움직인다. 손으로, 입으로. 시간이 오래 걸린다. 나는 피곤하다. 너무나 피곤하다. 턱이 아프다. 계속 몸을 위아래로 움직이느라 팔뚝도 아프다. 사정이 끝난다. 평소만큼 왕성한 사정은 아니다.

이제야 침대에 들어가도 좋다는 허락이 떨어진다. 나는 매트리스 한복판에 웅크리고 눕는다. 담요 한 장이 내 몸을 덮는다.

발소리를 듣지 못했는데, 내 옆에 서 있는 어떤 존재가 느껴진다. 그 존재는 가만히 서서 나를 내려다본다.

나는 몸을 축 늘어뜨린 채 그대로 누워 있다. 호흡조차 제멋대로다. 입도 쩍 벌어져 있다. 꽤 긴 시간 잠이 든 척한다. 위스키 냄새가 난다. 숨소리가 들린다. 이제는, 잠에 빠져든 척, 꾸며대고 있다고 말하기 힘든 상태가 된다. 잠이 들기 직전이다.

"이사벨," 거의 들리지 않을 만큼 낮고 작은 속삭임이다. "내 사랑 이사벨." 슬픔, 후회, 열망, 비참함, 그 속삭임 속에 모든 감정이 다 담겨 있다.

이사벨이 누구지?

내 관자놀이에 입술이 닿는다. 다정하고 부드럽다. 공기의 속삭임, 내가 허구로 만들어낸 상상의 속삭임인 모양이다. "일이 이런 식으로 전개되어서는 안 되는 거였는데."

뭐가 안 된다는 거지?

"정말 미안해. 나 때문에 일이 이렇게 돼서."

나는 잠에서 깨려고 애쓰지만 그럴 수가 없다. 나는 잠과 싸운다. 잠에 너무 취해 있어서 그런지 아무것도 현실적으로 느껴지지 않는다. 너무 지쳐서 헛것이 느껴지는 모양이다. 내 상상인 것이 분명하다. 나는 이미 잠에 빠져들었고 지금 꿈을 꾸는 중이다. 분명하다. 그런 것이 분명하다.

지난 몇 년 동안 내가 알고 지낸 그 남자는 이런 식으로 말하지 않는다. 이런 감정을 느끼지도 않는다. 이건 꿈이다.

그냥 꿈이다.

단지 꿈일 뿐이다.

"일어나, 엑스." 익숙한 목소리가 귓가에 울렸다.

나는 눈을 깜박이다가 번쩍 떴다. 이런 것이 심신 미약으로 인한 방향 감각 상실인가 보다, 생각하면서. 내가 잠에서 깬 건가? 아니면 여전히 꿈속인가?

내가 있는 이곳은 어디지? 지금 몇 시지?

나는 내 방에 있었다. 암막 커튼이 제자리에 쳐져 있었다. 소음 기계 역시 쉿 소리를 내면서, 나를 진정시키는 파동을 만들어내고 있었다. 침실 문이 빠끔 열려 있어서 그 틈으로 은색 빛이 쏟아져 들어왔다. 그 틈으로 거실 일부가 보였다. 내 소파, 루이 14세 안락의자, 고풍스러운 지도가 그려져 있는 커피 테이블.

어떻게 된 거지?

그 모든 일이 다 꿈이었단 말이야?

눈물이 날 것 같았다. 아니야, 그럴 리가 없어. 로건은 꿈이 아니야. 그건 현실이었어. 그 사람은 현실 속 남자야. 꿈이 아니란 말이야.

꿈이 아니었어.

그렇지?

나는 내 머릿속을 떠다니면서 여전히 기억의 파편을 모으고 있었다. 내 방 안에 당신이 있었다. 통증, 피로, 무감각이 나를 엄습했다. 진짜 감정을 느끼는 케일럽이라니, 잠을 자면서 판타지 꿈을 꿀 수도 있구나. 그런데 누가 이사벨이라는 이름을 불렀는데.

이사벨.

나는 일어나 앉았다. 당신은 침대 위 내 옆에 쪼그려 앉아 있다가 내가 일어나 앉자 두 발로 일어섰다. 당신은 고압적이고 냉담했다. 거리감이 느껴졌다. 황갈색 정장, 맨 위 단추를 잠그지 않은 짙은 남색 버튼다운 셔츠. 당신은 슈트 코트 가운데 단추를 채웠다.

"일어날 시간이야, 엑스. 30분 뒤에 고객이 올 거야. 당신 아침은 내가 이미 차려놨어."

"뭐, 뭐라고요, 케일럽? 내가 여기서 뭘 하는 거죠? 도대체 어떻게 된 거예요?"

당신은 돌아섰다. "무슨 말을 하는 거야? 어떻게 된 거냐니? 고객이 올 거라니까. 트래비스 미첼, 미첼 제약회사 창업주이자 대표이사인 마이클 미첼의 아들이야."

나는 고개를 저었다. 머리가 아팠다. 감각이 둔했다. 기억이 고개를 들었고 꿈의 파편들이 우수수 쏟아졌다.

그게 현실이 아니었단 말이야? 로건, 조용한 거리에 있던 로건의 집, 코코아, 알몸으로 로건과 함께 침대에 누워 있던 일, 그의 모든 손길과 모든 키스에 반응하던 일. 매 순간 기억이 생생했다. 그의 흉터, 문신까지도 하나도 빠짐없이 다 그려낼 수 있을 것 같았다.

"싫어요." 내 입에서 탁하고 거친 목소리가 흘러나왔다. "안 돼요. 이제 그만해요, 케일럽."

"뭘 그만해?" 솔직히 말해서 당신은 약간 혼란스러워 보였다.

"빌어먹을 내 머리, 내 기억으로 장난치는 거요. 이제 효과 없으니까." 나는 침대에서 빠져나와 두 발로 섰다. 나는 알몸이었다.

"샤워나 해, 엑스." 당신은 앞장서서 걸음을 옮겼다. "당장."

나는 뒤따라가며 말했다. "그만해요. 제발…… 그만하라고요."

그러다가 두 손으로 머리를 잡았다. 온몸이 떨리면서 기운이 빠졌다. 내 머리가 짧았던 것이다.

메이.

로건, 아, 세상에, 로건. "당신이 그 사람을 쐈어." 나는 앞으로 돌진해 있는 힘껏 세게 주먹으로 당신의 광대뼈를 쳤다. 격렬한 분노가 불쑥 치밀어 올랐다. "개자식, 당신이 그 사람을 쐈어!" 나는 다시 손을 휘둘렀고 그 손이 당신의 턱을 때렸다.

나는 침대와 벽 사이 바닥에 주저앉았다. 당신은 애매한 동작으로 내 앞에 무릎을 꿇었다. 그러더니 한 손으로 내 턱을 억세게 움켜잡았다.

"당신은…… 내…… 소유야." 앙심으로 가득 찬 당신의 목소리에서 독사 같은 쉿 소리가 났다. "당신은 내 거야. 당신은 마담 엑스야. 그리고 내 **여자야.**"

나는 당신의 빈틈을 노려 발길질을 했다. 내 발이 당신의 가슴을 가격했고 당신은 뒤로 나동그라졌다. 나는 두 발로 벌떡 일어서 뒷걸음질 쳤다. 침대 모서리를 붙잡았다.

"닥쳐요, 케일럽. 닥치란…… 말이야. 내 이름은 이사벨 마리아 드 라 베가 나바로에요. 난 마담 엑스가 아니라고요. 그리고 난 소유물이 아니에요. 당신 소유물이 아니라고. 앞으로 다시는 당신 소유물로 살지 않을 거야."

당신은 내 발에 채어 주저앉은 그 자리에서 벽에 등을 기댔다. 마치 원래부터 그 자리에 앉으려고 했던 것처럼. "당신은 내 소유야. 앞으로도 쭉 그럴 거야. 열여섯 살 때부터 내 소유였던 것처럼."

"뭐라고요? 그게 무슨 말이에요?" 나는 로건이 했던 말을 떠올렸다.

"당신이 이미 모든 답을 다 찾은 줄 알았는데. 당신의 소중한 로건이 모든 걸 알아낸 줄 알았거든."

"비열하게 굴지 말아요. 케일럽." 나는 어둠 속에서, 당신 옆을 지나지 않고 어떻게 하면 내 몸을 가릴 수 있을까, 궁리했다. 당신이 나와 내 옷장 사이에 앉아 있었기 때문이다.

결국 나는 침대 시트를 잡아당겨 몸에 감고, 뒤로 매듭을 묶었다. 시트 자락이 웨딩드레스 치맛단처럼 뒤로 늘어졌다. 잠시 후 당신은 일어서서 나를 쳐다보며 옷을 털었다. 당신의 얼굴은 차갑고 단단한 본래 모습으로 돌아가 있었다.

"아침부터 먹는 게 좋겠어." 당신은 뒤도 한 번 돌아보지 않고 내 침실에서 나갔다.

나도 당신을 따라 방에서 나갔다. 모든 것이 그대로였다. 내 책들, 텅 빈 벽난로 선반. 텔레비전도, 라디오도, 컴퓨터도 없었다. 고풍스러운 책과 저자 서명이 되어 있는 초판본 책들로 가득한 내 도서관. 그림들, 〈마담 엑스〉의 초상화와 〈별이 빛나는 밤〉도 그대로였다. 아침 식사라더니 식탁 위에 단순한 하얀색 도자기 접시 하나가 놓여 있었다. 포도 반송이, 바닐라 맛 그리스 요거트, 영국제 얼그레이 홍차 한 잔, 유기농 곡물 빵에 농장 직송 버터를 얇게 펴 바른 토스트 한 쪽, 그게 다였다. 나는 음식을 쳐다봤다. 배에서 꼬르륵 소리가 났다. 치즈를 곁들인 스크램블 에그가, 휘핑크림을 높게 쌓은 벨기에 와플이, 가공 시럽이 뿌려진 딸기가, 갈색으로 바삭하게 구워진 베이컨이, 흰 빵에 젤리를 듬뿍 바른 샌드위치가 먹고 싶었다.

나는 당신이 차려놓은 아침을 무시했다. 토스트 기계에 빵을 넣었다. 방목한 닭이 낳은 달걀이 담긴 용기, 뜯지도 않은 더블린 체다 치즈 상자를 냉장고에서 찾아냈다. 스크램블 에그를 만들 준비를 했다. 그 음식 조리법을 내가 어떻게 알고 있는지 알 수 없었지만, 나는 분명하게 알고 있었다.

볼에 달걀 네 개를 깨고 팬이 달구어지는 동안 달걀을 저었다.

불쑥 기억 하나가 떠올랐다.

조리대 앞에 엄마가 서 있다. 한 손으로는 하얀 볼을, 다른 손으로는 포크를 들고 달걀을 젓는다. 포크가 부드럽게 원을 그리며 움직인다. 부엌은 화덕 근처에 놓인 작은 라디오에서 흘러나오는 음악 소리로 가득하다. 한 남자가 기타를 치면서 스페인어로 노래를 부른다. 리듬에 맞추어 엄마의 엉덩이가 흔들리고 까닥인다. 눈부신 아침이다. 파도 소리가 철썩철썩 들린다. 나는 식탁에 앉아서 손톱으로 나무 식탁에 팬 홈을 긁는다. 달걀을 젓는 엄마를 바라보면서. 나는 내가 가장 좋아하는 순간을 기다리고 있다. 달걀 물이 치이익 소리를 내면서 달구어진 팬에 부어지는 그 순간을.

갈매기 한 마리가 끼룩끼룩 운다. 배 한 척이 저 멀리에서 부우우우우 경적을 울린다.

엄마가 치즈를 뿌린 보송보송한 달걀을 팬에서 긁어 내 접시에 담으면서 나를 향해 미소 짓는다. 내 관자놀이에 입을 맞춘다. 엄마의 두 눈이 반짝인다. "Comer, mi amor." 엄마의 목소리는 음악이다.

달걀 냄새, 엄마의 향수 냄새, 짭조름한 바다 냄새, 갈매기 소리, 배의 경적 소리가 너무나 생생하게 느껴질 정도로 또렷한 기억이었다. 눈물이 뺨을 타고 흘러내렸다. 나는 볼 위로 고개를 숙인 채 달걀을 마저 저으며 눈물을 숨겼다. 잘 푼 달걀을 팬에 부었다. 달걀이 끓어 오르는 치이익 소리를 듣자 기억이 온몸을 관통했다. 왠지 내가 엄마와 연결된 상태로 달걀을 요리하고 있는 것 같은 기분이었다. 짧지만 강렬한 기억이었다.

나는 치즈를 넉넉하게 얹고 달걀을 저으면서, 엄마, 달걀, 바닷가의 아침 기억을 온몸으로 빨아들였다.

토스트 기계에서 빵이 튀어나왔다. 나는 사각형 빵 위에 두껍게 버터를 발랐다. 달걀이 다 요리되어서 그것을 접시에 담고, 그 옆에 토스트 네 장을 쌓았다. 그 접시와 아직도 잔에서 김이 피어오르는 홍차를 들고 소파로 갔다. 매듭이 풀리지 않았는지, 몸에 시트가 잘 감겨 있는지 다시 한번 확인했다.

당신은 부엌에 서서 나를 바라보고 있었다. 당신의 시선 속에 분노가 끓어오르고 있었다. 나는 당신을 무시하고 아침을 먹었다.

음식을 먹는데 로건의 컴퓨터 옆에서 보았던 쪽지 내용이 떠올랐다.

식사를 마치고 나서 커피 테이블 위에 접시를 내려놓고 소파에 몸을 기댄 채 차를 마시며 물었다. "케일럽?"

당신은 천천히 나를 향해 걸어왔다. 루이 14세 안락의자에 앉아서 다리를 꼬고 손가락 끝으로 팔걸이를 톡톡 두드렸다. "왜 그러지, 엑스?"

당신은 나를 짜증 나게 하려고 애쓰는 모양인데 별 효과는 없다. "제이콥 카슈파레크가 누구예요?"

당신의 얼굴이 창백해졌다. 두 눈이 커졌다. 입술이 얇아졌다. 숨이 멎었다. "어디서, 대체 어디서 그 이름을 들었지?"

"제이콥 카슈파레크가 누구예요?" 나는 같은 말을 반복했다.

당신은 망설이다가 대답했다. "아무도 아니야. 처음 듣는 이름인데."

나는 찻잔 위로 당신을 바라보았다. "거짓말쟁이."

"엑스⋯⋯."

"진실을 말해줘요, 케일럽." 평온한 내 목소리에 자부심이 느껴졌다.

"전에도 말했잖아⋯⋯."

"거짓말, 이 개자식! 당신이 나한테 말한 건 다 거짓말이야!" 나는 상체를 일으키며 소리쳤다. **"진실을 말하란 말이야!"**

내 입에서 버럭 터져 나온 고함 소리에 당신은 흔들리는 것 같았다.

내 안의 치명적인 폭력성이 느껴졌다. "나한테 빌어먹을 진실을 털어놓으란 말이야. 무슨 일이 일어났는지 말해. 내가 누군지 말하라고. 내가 얼마나 오랫동안 의식불명에 빠져 있었는지, 몇 년도에 사고가 일어났는지 말해. 노상강도 사건이 아니었다는 사실을 인정해. 제발⋯⋯ 그냥⋯⋯ 시팔, 그냥 좀 다 털어놓으라고, 케일럽!" 말끝에 흐느낌이 섞여 나왔다. "난 알아야 해. 당신은 왜 나를 당신 소유물로 생각하지? 왜 날 놔주지 않는 거야? 로건은 지금 어디 있어?"

당신은 두 발로 일어섰다. "당신은 거기 앉아서 내게 대답을 요구하지만 난 당신한테 빚진 게 없어. 아무것도!" 그러고는 문 쪽으로 성큼성큼 걸어갔다.

나는 당신을 향해 찻잔을 던졌다. 남은 찻물이 바닥으로 쏟아졌다. 섬세한 도자기 잔은 당신 얼굴 옆 문짝에 부딪혀 박살이 났다. 당신은 걸음을 멈추고 돌아섰다.

"미쳤어? 내가 맞을 뻔했잖아!"

"당신을 맞출 생각이었어. 이 빌어먹을 개자식아!" 나는 시트를 가슴 위로 끌어올리고 당신에게 다가가며 씩씩거렸다. "대체……그 젠장맞을…… 제이콥 카슈파레크가 누구지? 지금은 케일럽이라 말 못하는 건가? 내 퇴원 서류에는 그 이름이 서명되어 있었어. 케일럽 인디고가 아니라."

당신의 어깨가 축 늘어졌다. "좋아, 말해주지." 당신은 나를 흘끔 쳐다봤다. "그러니까 가서 옷부터 입고 오지 그래."

"난 아무 데도 안 가. 그러니까 이야기를 시작해." 잠시라도 그 자리를 떴다가는 당신이 밖으로 나가 문을 잠가 버릴까봐, 다시 영원히 당신의 죄수로 살게 될까봐 겁이 났다.

당신은 내 짐작보다 내 생각을 더 잘 이해한 모양이었다. 내 방, 그러니까 예전 내 방으로 들어가 위아래 속옷 세트, 드레스, 하이힐을 들고 돌아왔다. 그 물건들을 내게 건네고 기대에 찬 얼굴로 기다렸다.

나는 당신을 쳐다보았다. "뒤 돌아. 당신 앞에서는 옷 안 입을 거야."

당신은 눈을 껌벅거렸다. "진담이야? 우리는 이미…….."

"우리가 아니라 당신이 나한테 저지른 그 모든 짓거리를 말하는 거지? 그래 진담이야. 난 당신 소유물이 아니야. 그러니까 더 이상 내가 옷 입는 모습을 보면 안 되지."

당신은 한숨을 내쉬고는, 이런 상황에 계속 저항하는 것이 우습게 느껴졌는지 제자리에서 돌아섰다. 나는 꽉 조이는 불편한 속옷, 점잖고 품위 있는 드레스에 역겨움을 느끼며 재빨리 옷을 입었다. 하이힐은 무시했다. 드레스 앞자락을 잡고 가운뎃부분을 몇 센티미터 정도 찢었다. 앞섶이 벌어지면서 불룩한 가슴골이 드러났다. 한쪽 소매도 잡고 찢었다. 솔기가 하늘하늘한 드레스는 쉽게 찢어졌고, 나의 맨 팔이 드러났다. 다른 쪽 소매도 똑같이 찢었다. 그러고는 씩 웃었다. 훨씬 낫군.

당신이 뒤돌아섰다. "도대체 무슨 짓을 한 거야? 당신을 위해 맞춤 제작한 만 달러짜리 드레스에."

"그게 나랑 무슨 상관이야, 케일럽. 난 이제 당신 옷 안 입을 거야. 더 이상은 당신이 바라는 외모를 유지하면서 살 생각 없거든."

"또 그 머리 하며……."

"더 이상은 한 마디도 하지 마."

당신은 한숨을 내쉬었다. "알았어." 그러고는 다시 루이 14세 안락의자에 앉아 다리를 꼬았다. "알고 싶은 게 뭐야?"

"제이콥 카슈파레크가 누구지?"

침묵이 흘렀다. 당신은 내가 아닌 내 뒤쪽을 바라보고 있었다. 당신의 표정이 풀렸다. 당신의 시선은 먼 곳을 향해 있었다.

"나야."

재신다 와일더(Jasinda Wilder)

뉴욕타임스, USA투데이, 월스트리트저널 등에서 주목하는 세계적인 베스트셀러 작가 재신다 와일더는 섹시한 남자들과 강한 여자들에 대한 자극적인 이야기를 다루는 성향을 지닌 미시간주 태생의 저자다. 『Forever & Always』, 『Alpha』, 『Beta』 등의 소설과 세계적인 인기를 끈 『Falling Into You』를 썼다. 그녀는 남편인 작가 잭 와일더와 여섯 명의 아이들 그리고 동물들과 미시간주 북부 농장에서 지내고 있다.

옮긴이 | 신윤진

아주대학교에서 사학, 국어국문학을, 한국방송통신대학교에서 영어영문학을 전공했다. 원작의 감동과 원문의 결을 잘 살린 책을 독자들에게 소개하고자 애쓰고 있다. 역서로는 『두 도시 이야기』(더클래식, 공역), 『엔젤폴』, 『캐롤라이나의 사생아』, 『애시』, 『나의 백 년』, 『세상에 하나뿐인 소년』, 『침묵의 힘』, 『유럽의 그림자』 등이 있다.

마담 엑스 | 두 번째 이야기 노출

초판 1쇄 인쇄 2019년 3월 20일
초판 1쇄 발행 2019년 3월 28일

지은이	재신다 와일더
옮긴이	신윤진
펴낸이	최종숙
펴낸곳	글누림출판사
편 집	이태곤 권분옥 홍혜정 박윤정 문선희 백초혜
디자인	안혜진 김보연 최선주
마케팅	박태훈 안현진 이희만

주소	서울시 서초구 동광로46길 6-6(반포4동 577-25) 문창빌딩 2층(우06589)
전화	02-3409-2055(대표), 2058(영업), 2060(편집)
팩스	02-3409-2059
전자메일	nurim3888@hanmail.net
홈페이지	www.geulnurim.co.kr
블로그	blog.naver.com/geulnurim
북트레블러	post.naver.com/geulnurim
등록번호	제303-2005-000038호.(2005.10.5)

정가는 뒤표지에 있습니다.
ISBN 978-89-6327-548-2 03840

* 이 도서의 국립중앙도서관 출판예정도서목록(CIP)은 서지정보유통지원시스템 홈페이지(http://seoji.nl.go.kr)와 국가자료공동목록시스템(http://www.nl.go.kr/kolisnet)에서 이용하실 수 있습니다. (CIP제어번호: CIP2019007519)